# Dem Sturm entgegen

Florencia Bonelli

# Dem Sturm entgegen

Roman

Aus dem Spanischen
von Lisa Grüneisen

Weltbild

Die argentinische Originalausgabe erschien 2007 unter dem Titel
*El cuarto arcano – El Puerto de las Tormentas*
bei SUMA de letras, Buenos Aires.



Genehmigte Lizenzausgabe für Verlagsgruppe Weltbild GmbH,
Steinerne Furt, 86167 Augsburg

Übersetzung: Lisa Grüneisen
Umschlaggestaltung: Zeichenpool, München
Umschlagmotiv: www.shutterstock.com/Masterfile,
Düsseldorf/Mauritius, Mittenwald
Gesamtherstellung: GGP Media GmbH, Pößneck
Printed in the EU
ISBN 978-3-86800-378-9

2013 2012 2011 2010
Die letzte Jahreszahl gibt die aktuelle Lizenzausgabe an.

Dieses Buch ist meinen geliebten Neffen Patá und Agustín gewidmet. Meine Liebe zu euch ist das reinste und edelste Gefühl, dessen ich fähig bin.

Für meinen süßen Tomás, gleichermaßen.

Für meinen kleinen Neffen Felipe, der gerade unterwegs ist.

Ich liebe dich schon jetzt aus ganzem Herzen.

»Ich liebe sie nicht um ihrer süßen Lippen willen, ihrer strahlenden Augen, ihrer sanften Lider; ich liebe sie nicht, weil unter ihren Händen meine Lust entspringt und ihr Spiel mit mir treibt, wie die Tage ihr Spiel mit der Hoffnung treiben; ich liebe sie nicht, weil ich bei ihrem Anblick das Wasser in der Kehle spüre und zugleich einen unstillbaren Durst; ich liebe sie, weil ich nicht anders kann, als sie zu lieben. Könnte ich über meine Liebe bestimmen, so liebte ich sie vielleicht nicht. Doch so weit reicht meine Macht nicht.«

*Kalif Abdedoba*
*(Aus dem Buch »Die Magie der Liebe und die geheiligte Sexualität« von Ramiro Calle)*

# *Was bisher geschah*

Im Januar 1806 kommt der wohlhabende englische Adlige Roger Blackraven nach über einjähriger Abwesenheit nach Buenos Aires, wo er über weitläufige Besitzungen verfügt. Dort wird er von seinem Geschäftspartner Alcides Váldez e Inclán und dessen schöner Gemahlin Bernabela empfangen.

Doch am Río de la Plata angekommen, findet er nicht den erhofften Frieden. Blackravens Mündel, der kleine Víctor, hat eine neue Erzieherin: Melody, eine junge Frau irischer Abstammung mit großem Selbstbewusstsein und unbezähmbarem Freiheitsdrang. Diese hat sich über die Anordnungen Valdez e Incláns hinweggesetzt und ist mit den Kindern des Hauses auf Blackravens Landgut El Retiro gezogen, um dort die Sommermonate zu verbringen.

Blackraven reist wutentbrannt nach El Retiro. Dort lernt er Isaura »Melody« Maguire kennen, von den Sklaven der Stadt wegen ihrer Fürsorge und Fürsprache nur der »Schwarze Engel« genannt. Der Engländer fühlt sich fast augenblicklich zu der jungen Frau hingezogen, nicht nur wegen ihrer ungewöhnlichen Schönheit, sondern auch wegen ihrer widerspenstigen Art und ihrer Klugheit. Melody empfindet einerseits Abneigung gegen den Engländer, denn sie kann nicht vergessen, wie viel Hass ihr Vater, der Ire Fidelis Maguire, dieser Nation zeitlebens entgegenbrachte; gleichzeitig fühlt sie sich von der Stärke und Ausstrahlung dieses mächtigen Mannes angezogen.

Roger und Melody entdecken schon bald, dass sie sich lieben, und eine leidenschaftliche Beziehung nimmt ihren Lauf.

Doch viele versuchen, die Liebenden auseinanderzubringen. Da ist Bernabela, die Frau von Alcides Valdez e Inclán, die in krankhafter Leidenschaft für Blackraven entbrannt ist. Paddy Maguire, Melodys Cousin, und auch ihr Bruder Tommy, der seiner Schwester nicht verzeihen kann, dass sie einen Engländer liebt. Und Enda Feelham, Paddys Mutter, will den Tod ihres Sohnes rächen, der – so glaubt sie – von Blackraven getötet wurde.

In Frankreich, viele tausend Meilen vom Río de la Plata entfernt, hat Napoleon Bonaparte den besten Auftragsmörder Europas, genannt die Kobra, damit losgesandt, den englischen Spion mit dem Decknamen Schwarzer Skorpion aus dem Weg zu räumen. Doch zuerst muss der Mörder das Geheimnis lüften, das diesen umgibt: Wer ist der Schwarze Skorpion?

Schließlich wird Roger und Melodys Traum wahr, und sie heiraten. In ihrem Liebesglück bemerken sie nichts von den Stürmen, die sich über ihnen zusammenbrauen.

Außer sich vor Eifersucht über Blackravens Heirat mit dem Schwarzen Engel, vergiftet Bernabela ihren Mann Valdez e Inclán, um sich seiner zu entledigen. Melody soll die Nächste sein. Als Roger das Verbrechen der Frau entdeckt, beschließt er, sie ins Kloster zu schicken, um ihr das Gefängnis zu ersparen und so den Ruf ihrer vier Töchter zu retten. Doch auch hinter den Klostermauern treibt Bernabela weiterhin ihr Spiel und enthüllt Melody unangenehme Wahrheiten aus Blackravens Vergangenheit, die eine Kluft zwischen das Paar treiben.

Wärenddessen organisiert Tommy Maguire, der die Sklaverei verabscheut, einen Aufstand gegen die einflussreichsten Sklavenhändler. In der Nacht des Überfalls verstecken sich Blackraven und sein treuer Sklave Servando, die von Maguires Absichten wissen, auf dem Anwesen Martín de Álzagas, des reichsten Sklavenhändlers der Stadt, weil sie befürchten, dass Tommy und seine Gruppe in einen Hinterhalt laufen. Jemand hat sie verraten.

Im allgemeinen Durcheinander retten Blackraven und Servando Tommy und dessen Freund Pablo und verstecken die beiden in einer Höhle, wo Pablo seinen Verletzungen erliegt. Außer sich vor Schmerz und Wut, beschließt Maguire, sich an seinem Schwager zu rächen, den er für den Verräter hält.

Am nächsten Tag erscheint er in Blackravens Haus und versucht, diesen zu erschießen, was ihm indes nicht gelingt. Seiner Schwester gegenüber beschuldigt er Roger, die Behörden über den Aufstand vom Vorabend in Kenntnis gesetzt zu haben. Melody, noch verletzt von Bernabelas Enthüllungen, schenkt Tommy Glauben und bezichtigt Blackraven, Pablos Tod verschuldet zu haben.

Zutiefst verletzt von dem Misstrauen und der Feindseligkeit seiner Frau, reist Roger Blackraven aus Buenos Aires ab.

Als Melody ihren Fehler erkennt, ist es bereits zu spät: Blackraven ist auf einem seiner Schiffe mit unbekanntem Ziel aufgebrochen. In ihrem Kummer und ihrer Verzweiflung über die Trennung stellt sich die junge Frau nur eine Frage: Wird sie Roger Blackraven jemals wiedersehen?

In London ist der Kobra unterdessen eine entscheidende Entdeckung gelungen: Hinter dem Schwarzen Skorpion versteckt sich der berühmte, einflussreiche Roger Blackraven, Graf von Stoneville und Sohn des Herzogs von Guermeaux. Doch Bonaparte hat mittlerweile seine Meinung geändert; er will den Schwarzen Skorpion nicht länger tot, sondern lebendig. Er soll in seinen Diensten arbeiten. Die Kobra nimmt die neue Herausforderung an und macht sich auf die Suche nach dem englischen Spion.

# *Kapitel 1*

Palast des Vizekönigs, Rio de Janeiro,
Dienstag, 13. Mai 1806

Baronin Ágata de Ibar beugte sich zu der alten Dame neben sich und fragte hinter dem Fächer hervor: »Señora Barros, wer ist dieser Herr?«

»Welcher?«

»Der, der mit dem Handschuh herumwedelt.«

»Das ist Roger Blackraven, der Graf von Stoneville.«

Die alte Dame merkte, dass die Baronin den englischen Grafen taxierte wie ein Pferdehändler ein Vollblut.

»Und die Frau neben ihm? Seine Gattin vielleicht?«

»Oh, nein. Er stellte sie mir als seine Cousine vor. Éloïse Letrand ist ihr Name. Französin, wenn ich recht verstanden habe. Und der junge Herr mit den blonden Locken ist der Bruder des Mädchens, Prosper Letrand.«

Ágata de Ibar schlug den geschlossenen Fächer gegen ihr Kinn, ohne den Blick von Blackraven abzuwenden, der in diesem Moment auf eine Bemerkung seiner Cousine den linken Mundwinkel zu einem ironischen Lächeln verzog. Diese Geste zog die Baronin in ihren Bann, ihre eigenen Mundwinkel bewegten sich nach oben, und sie schlug mit einer raschen Bewegung den Fächer auf, um sich damit Luft zuzufächeln.

»Er ist attraktiv, nicht wahr?«, hörte sie Señora Barros raunen. »Obwohl er noch nicht lange in Rio de Janeiro weilt, ranken sich schon allerlei Gerüchte um ihn. Es wird gemunkelt, er sei ein Pirat.« Ágata de Ibar fuhr herum, und Señora Barros nickte. »Zwei seiner Schiffe ankern in der Bahía de Guanabara, aber es heißt, seine Flotte bestehe aus über zwanzig Schiffen. Andere behaupten, er sei ein englischer Spion, und wieder andere beteuern, er sei ein Spitzel Kaiser Napoleons. Im Grunde weiß man nichts Genaues, nur dass er unermesslich reich ist. Und wenn er reich ist, ist er auch mächtig.«

»Stellt ihn mir vor, Señora Barros«, bat Ágata, und die alte Dame kicherte.

In diesem Augenblick stieß Baron João Nivaldo de Ibar zu ihnen und fasste seine Frau zärtlich am Arm. Schlank und hoch gewachsen, hoben sie sich von der Menge ab, wobei die Baronin verführerische Rundungen vorzuweisen hatte. Beide waren elegant gekleidet, jedoch ohne die Extravaganz so mancher Gäste der Soirée, die der Vizekönig anlässlich des Geburtstags des Prinzregenten Dom João gab, der die Regierungsgeschäfte in Portugal übernommen hatte, seit man seine Mutter, Maria I., für verrückt erklärt hatte.

»Wollen wir uns zurückziehen, Baronin? Es ist schon spät«, sagte der Baron de Ibar.

»Señora Barros hat sich erboten, mich einer Freundin vorzustellen, Señorita Éloïse Letrand.« Sie deutete diskret in deren Richtung. »Ihr wisst doch, wie sehr ich meine Freundinnen vermisse. Seit ich Lissabon verlassen habe, hatte ich abgesehen von der entzückenden Señora Barros keine Gelegenheit, mit interessanten Menschen zu plaudern. Könntet Ihr warten, bis wir uns vorgestellt wurden?«

Der Baron nickte und führte die Damen durch den Salon, wo Señora Barros sie den Geschwistern Letrand und dem Grafen von Stoneville vorstellte. Es entspann sich ein Gespräch auf Französisch. Die Baronin warf Roger Blackraven verstohlene Blicke zu. Von nahem wirkte er beeindruckend, ein Mann von Format, daran bestand kein Zweifel, ganz abgesehen von seiner muskulösen Gestalt und diesem dunklen, hypnotischen Blick unter dichten, zusammengekniffenen Augenbrauen. Er bewegte sich zwanglos, und nichts an seinem Auftreten verriet die Selbstverliebtheit, die so viele seiner Klasse an den Tag legten. Sie stellte fest, dass er keine Perücke trug, und sagte sich, dass kein vernünftiger Mann das tun würde, der so wunderbar volles schwarzes Haar besaß. Sein natürlicher Stolz stellte die übrigen Männer im Saal in den Schatten, und er besaß eine starke sinnliche Ausstrahlung, die den erfahrenen Verführer verriet. ›Obwohl man ahnt, dass er so grausam sein kann wie die Pferde des Diomedes‹, dachte Ágata erregt und errötete. Er strahlte eine solche Kraft aus, und dazu einen Zynismus, mit dem er bei so manchem gut ankam, bei ihrem Mann ganz gewiss, der gerade über einen Scherz lachte und dabei schnatterte wie ein Ganter.

Ja, Roger Blackraven sah aus wie ein Gentleman. Gleichzeitig verriet etwas in seiner Miene, in seiner Art zu reden und in seinem Blick, dass in ihm etwas steckte, das zu diesen Freibeutergerüchten passte.

Der Baron reichte Éloïse die Hand und bat sie um den nächsten Tanz, einen Walzer. Blackraven seinerseits forderte die Baronin auf, und Prosper musste mit Señora Barros vorliebnehmen, die sich indes weigerte, da sie, so erklärte sie, diesen neuen Tanz nicht gutheiße.

Blackravens Hände waren groß und kräftig. Die Baronin war überrascht, wie gewandt er sich bewegte. Sie fühlte sich leicht, und auch er selbst wirkte leichtfüßig trotz seines schweren, kräftigen Körpers, von dem sie einen Eindruck bekam, als sie seinen Arm umfasste. Ágata fühlte sich augenblicklich wohl in den Armen dieses Mannes.

Wie es der Tanz vorschrieb, sah Blackraven seiner Partnerin in die Augen und lächelte, doch in Gedanken hielt er eine andere Hand und umfasste eine andere Taille. Plötzlich befand er sich beim Tanz an einem heißen Februarsonntag auf seinem Landgut

El Retiro, und in seinem Kopf hallten die Worte wider, die er damals zu ihr gesagt hatte, um sie zu beruhigen: »Entspann dich einfach und lass dich von mir führen. Das Wort Walzer kommt aus dem Deutschen und bedeutet *wälzen*, sich drehen. Nichts anderes ist dieser Tanz, Isaura, wir müssen uns nur um uns selbst drehen.« Voller Vertrauen hatte sie sich von ihm durch den Salon führen lassen. Sie drehten sich, drehten sich immer weiter, und er, der den Blick nicht von ihr wenden konnte, wurde Zeuge, wie sich ihre Wangen röteten, ihre Augen glänzten und ihr Busen sich im Ausschnitt hob und senkte. Später am Abend waren sie trunken vor Lust an das Ufer des Río de la Plata gerannt und hatten sich ins Wasser gestürzt, Isauras Beine um seine Hüften geschlungen, ihre Arme um seinen Hals, bis sie sich schließlich am Ufer geliebt hatten.

»Seht mich nicht so an, Exzellenz«, bat Ágata.

»Stört es Euch?« Die Baronin schenkte ihm ein Lächeln, das ihre Worte Lügen strafte, und Blackraven sagte: »Das hatte ich vermutet.«

»Für einen englischen Grafen, Exzellenz, lässt Euer Benehmen sehr zu wünschen übrig. Ich glaube, ich werde den Gerüchten Glauben schenken müssen, die Euch zu einem Freibeuter erklären.« Blackraven warf lachend den Kopf in den Nacken, und Ágata hielt fasziniert den Atem an. »Ihr wirkt nicht einmal wie ein Engländer«, sagte sie laut.

»Meine Mutter ist Italienerin. Vielleicht erklärt das mein wenig angelsächsisches Aussehen.«

»In der Tat, das tut es. Sagt mir, Exzellenz, seid Ihr nun ein Freibeuter oder nicht?«

»Nein.« Blackraven hob eine Augenbraue. »Enttäuscht?«

»Es wäre eine außergewöhnliche Erfahrung gewesen, mit einem Ganoven der Meere zu plaudern. Beinahe ein Abenteuer. Ich gebe zu, es wäre auch eine Lehrstunde gewesen. Ich weiß nichts über das Meer und seine Geheimnisse.«

Blackraven lächelte nachsichtig und tanzte weiter.

»Und was sagt Ihr zu dem Gerücht, dass zwei Eurer Schiffe in der Bahía de Guanabara ankern?«

»Ich sage, dass es stimmt.«

»Wie heißen sie?«

»*Sonzogno* und *White Hawk*.«

»Hm … *Sonzogno* und *White Hawk*.«

Der Walzer war zu Ende, und Ágata de Ibar war enttäuscht, als ihr Tanzpartner sie an der Hand nahm, um sie zu ihrem Gatten zurückzubringen.

Sie logierten in den besten Zimmern des angesehenen Hotels Faria Lima, nur wenige Straßen von der Residenz des Vizekönigs entfernt. Éloïse schritt an Blackravens Arm die Treppe hinauf, während sie über die Soirée zu Ehren des Prinzen Dom João sprach.

»Findest du nicht, mein Lieber? Roger, hörst du mir überhaupt zu?«

»Verzeihung, Marie«, entschuldigte sich der Graf und nannte sie bei ihrem richtigen Namen. »Ich war abgelenkt.«

Marie und ihr Bruder Louis Charles – den sie als Prosper ausgaben – wechselten einen Blick. Seit der Abreise aus Buenos Aires war ihr Cousin Roger nicht mehr derselbe. Er wirkte abwesend und nachdenklich, zerstreut und desinteressiert. Die beiden kannten den Grund für seine Melancholie.

»Ich fragte, ob du meine Meinung hinsichtlich des Barons de Ibar teilst. Ich fand ihn reizend.«

»Du hattest mehr Gelegenheit, mit ihm zu sprechen, als ich. Ich vertraue auf dein Urteil«, erklärte Blackraven. Das Mädchen sah betreten zu Boden; erst vor kurzem hatte ihr mangelndes Urteilsvermögen, William Traver betreffend, Isaura Maguire, die Frau ihres Cousins, beinahe das Leben gekostet.

»Señora Barros hat uns morgen Abend zu sich nach Hause

eingeladen«, berichtete Louis Charles. »Sie sagte, die feine Gesellschaft von Rio de Janeiro werde anwesend sein.«

»Können wir hingehen?«, begeisterte sich Marie.

Sie waren vor Maries Zimmertür angekommen. Blackraven sah ihr in die Augen, dann lächelte er und nickte, bevor er sie auf die Stirn küsste. Nichts bewegte ihn dazu, mit diesen Leuten zu plaudern, außer dem Wunsch, seiner Cousine und seinem Cousin den Aufenthalt angenehmer zu machen. Bevor er Rio de Janeiro verließ, musste er sichergehen, dass seine beiden Schützlinge sich mit ehrbaren Menschen umgaben.

»Morgen früh um zehn«, sagte Blackraven, »sehen wir uns dieses Haus im Viertel São Cristovão an. Wir frühstücken um halb zehn in meinem Zimmer.«

Er verabschiedete sich auch von Louis und begab sich in sein Zimmer, das sich auf derselben Etage befand. Er nickte einem seiner Männer zu, die als Page verkleidet Wache standen.

»Der Laufbursche hat eine Nachricht unter Eurer Tür durchgeschoben, Kapitän.«

»Danke, Shackle. Alles ruhig?«

»Alles ruhig, Señor.«

Er schloss die Tür auf und bückte sich, um den versiegelten Umschlag aufzuheben. Er kannte das Siegel, und er hätte den Inhalt nicht lesen müssen, um zu wissen, dass es sich um eine chiffrierte Botschaft von Adriano Távora handelte, einem Spion, der gemeinsam mit Gabriel Malagrida (dem Kapitän der *Sonzogno*), Amy Bodrugan, Ribaldo Alberighi und Edward O'Maley eine Fünferbande bildete, die unter dem Befehl des Schwarzen Skorpions stand. Eigentlich waren sie nur noch zu viert, denn vor zwei Jahren war Ribaldo Alberighi in Paris unter den Händen von Joseph Fouchés Folterknechten gestorben, ohne den Mund aufgemacht zu haben.

Wie bei Roger Blackraven lastete auch auf Adriano Távora das Stigma, ein von seinem Vater abgelehnter Bastard zu sein.

Als unehelicher Sohn Josés I. von Portugal und Teresa Leonor Távoras kam er in einem Gefängnis bei Lissabon zur Welt, wo seine Mutter, die gemeinsam mit der restlichen Familie Távora des versuchten Königsmordes angeklagt war, auf ihre Hinrichtung wartete. Er war erst wenige Tage alt, als der Premierminister Sebastião José de Carvalho e Melo, später bekannt als Marqués de Pombal, auch für das Kind die Todesstrafe forderte. Selbst Königin Mariana, die Gemahlin Josés I., widersetzte sich diesem Irrsinn und verfügte, dass der Junge unter die Obhut ihrer eigenen Mutter, der schönen und intriganten Königin Isabella de Farnese, an den spanischen Hof gebracht werden solle.

Der erst einige Monate alte Adriano Távora traf gleichzeitig mit dem neuen Monarchen von Spanien im Palast in Madrid ein. Karl III. hatte auf das Königreich Neapel verzichtet, um den Thron einer der mächtigsten Nationen der Welt zu besteigen. Der neue Herrscher kam mit seiner Gemahlin Maria Amalia von Sachsen und einer ganzen Schar von Kindern, unter denen sich auch eine illegitime Tochter befand, der Liebling des Königs, Isabella de Bravante.

Gerührt von der Geschichte des kleinen Távora, gestattete Karl III., dass Adriano gemeinsam mit seinen Kindern erzogen werde, die dieser schließlich als Geschwister ansah. Dabei war ihm Isabella, die Illegitime, am liebsten, vielleicht, weil sie dasselbe Schicksal teilten. Adriano weinte und litt, als das Mädchen nach Versailles geschickt wurde, um dort zu leben. Sie hörten nie auf, sich zu schreiben, und einmal erhielt Adriano sogar die Erlaubnis seines Onkels Karl, wie er den König nannte, sie zu besuchen. So lernte er den Sohn seiner geliebten Isabella kennen, Alejandro di Bravante – oder Roger Blackraven, wie er seit seinem zwölften Lebensjahr hieß, als ihn sein Vater, der Herzog von Guermeaux, seiner Mutter Isabella entriss und ihn unter seine Fittiche nahm.

Nachdem er Távoras verschlüsselte Nachricht gelesen hatte, zog Roger Blackraven bequeme Kleidung an und warf einen leichten Mantel über. Der Hotelportier brachte ihm sein Pferd Black Jack. Blackraven galoppierte über die Praça Quinze und durch die Rua do Cano in das Viertel mit den Hafenkneipen. Er hielt vor der Schänke O *Amigo do Diabo*, die genauso schäbig aussah, wie es der Name – »Der Freund des Teufels« – verhieß, und führte Black Jack am Zügel in den Stall. Er hörte das Stöhnen sofort, als er durch das Tor kam, aber er ging weiter, als ob nichts wäre. Er band das Tier an, stellte ihm einen Eimer mit Wasser hin und ging hinaus, um gleich darauf wieder zurückzukehren. Er traf auf einen schwarzen Jungen, der übel zugerichtet worden war. Sein linkes Auge war fast nicht mehr zu erkennen, so zugeschwollen war es, und seine Lippe war aufgesprungen und blutete. Blackraven stellte fest, dass der Kleine zitterte.

»Ich tue dir nichts«, sagte er auf Portugiesisch mit starkem Akzent zu ihm. »Komm her.« Der Junge sah ihn ängstlich und erstaunt an, ohne Anstalten zu machen, sich ihm zu nähern.

Was würde Isaura jetzt tun?, fragte sich Blackraven. Wie würde sie das Vertrauen des Kleinen gewinnen? Er ging ein paar Schritte vor dem Kind in die Hocke und hielt ihm ein Taschentuch entgegen.

»Los, nimm schon. Wisch dir das Blut von der Lippe.«

Der Junge kam hinkend auf ihn zu, und Blackraven entdeckte unter der zerfetzten, zerlumpten Kleidung Peitschenstriemen auf den Gliedmaßen und der Brust. ›Oh, Isaura, wenn du das sehen würdest‹, dachte er mitleidig.

»Wer hat dich geschlagen?«

»Mein Herr«, stotterte das Kind. Es klapperte mit den Zähnen.

»Wer ist dein Herr?«

»Don Elsio.« Blackraven kannte ihn. Es war der Besitzer des

*O Amigo do Diabo*. »Er war wütend, weil ich eine Rumflasche zerbrochen habe. Aber es war nicht meine Schuld!«, versicherte der Junge, den Tränen nah. »Zwei haben sich geprügelt und mich angerempelt, und da ist sie mir runtergefallen.«

»Wo sind deine Eltern?«

»Ich weiß nicht. Ich habe sie nie kennengelernt.«

»Los, jetzt hör auf zu weinen. Heute ist dein Glückstag. Ich werde dich Don Elsio abkaufen als Diener für meine Frau.«

Der Junge hob sein Gesicht und bedachte ihn mit einem misstrauischen Blick. Ihm konnte man nichts vormachen – auch Frauen konnten böse sein; die von Don Elsio war die Pest.

»Wird mich Ihre Frau auch auspeitschen, wenn ich etwas kaputtmache?«

Blackraven lächelte und legte eine Hand auf seine kleine, knochige Schulter. Aufgrund der schlechten Ernährung wirkte er wie fünf oder sechs, obwohl er älter war.

»Meine Frau ist ein Engel, und glaub mir, sie wird für dich fast wie eine Mutter sein. Wie heißt du?«

Der schwarze Junge zuckte mit den Achseln.

»Ich werde Ratte genannt.«

»Das ist kein Name.« Der Junge sagte nichts weiter dazu und sah ihm in die Augen, etwas, das den Sklaven eigentlich verboten war. »Also«, sagte Blackraven. »Ich bin gleich zurück. Du bleibst hier und passt auf mein Pferd auf. Und überleg dir einen Namen, der dir gefällt.«

»Senhor«, sagte Ratte und hielt ihm das schmutzige Taschentuch hin, »Sie haben das hier vergessen.«

»Behalt es«, sagte Blackraven, und der Junge sah ihn aus großen Augen an. Es war sein erstes Geschenk.

Im *O Amigo do Diabo* empfingen ihn derselbe Lärm und derselbe abstoßende Gestank wie immer. Durch den Rauch der Pfeifen und Zigarren und den Qualm des schlecht abziehenden Kamins waren die Gäste nicht gleich zu erkennen. Er lehnte sich an die Theke und hieb zweimal mit seinem Degen dagegen. Don Elsio begrüßte ihn mit großem Getöse.

»Kapitän Black! Herzlich Willkommen, Kapitän!«

»Bring eine Flasche vom besten Brandy nach oben, den du hast.«

»Zu Diensten, Kapitän.«

Blackraven nahm immer zwei Treppenstufen auf einmal und öffnete die Tür am Ende des ersten Stocks, ohne anzuklopfen. Adriano Távora sprang von seinem Stuhl auf und eilte ihm entgegen. Sie umarmten sich und klopften sich gegenseitig auf den Rücken.

»Wie schön, dich zu sehen, Roger!«, erklärte Távora in seiner offenen Art.

»Die Freude ist ganz meinerseits, mein Freund.«

»Wo hast du gesteckt? Ich bin dir seit Ceylon auf den Fersen.«

Es klopfte an der Tür. Don Elsio kam mit einer Flasche und zwei Gläsern herein.

»Brandy, Kapitän Black. Vom Besten«, brüstete sich der Wirt. »Wünschen die Herren noch etwas?«

»Wie viel willst du für den Kleinen, den du heute Abend fast totgeprügelt hast?«, fragte Blackraven und drehte dem Wirt den Rücken zu.

»Wo steckt dieser Teufelsbraten? Hat er Euch etwa belästigt, Kapitän?«

Der Handel dauerte nur wenige Minuten. Danach schob Távora den Riegel vor die Tür und kehrte mit einem spöttischen Grinsen zurück.

»Seit wann kümmerst du dich um das Schicksal misshandelter Sklaven?«

»Ich bedaure, dass du als einer meiner besten Freunde ein so falsches Bild von mir hast. Ich bin nicht der heilige Franziskus, Adriano, aber auch ich habe ein Herz.«

»Ha! Ein Herz!«

Távora reichte ihm ein Glas Brandy und setzte sich ihm gegenüber. Er brachte schlechte Nachrichten aus der Alten Welt, genauer gesagt aus England. William Pitt der Jüngere war im Januar dieses Jahres verstorben. Mit dem Tod des Premierministers der Torys war das Amt in die Hände von Lord Grenville von der oppositionellen Whig-Partei gelangt. Blackraven zog spöttisch den linken Mundwinkel nach oben, während er sich fragte, was Isaura wohl sagen würde, wenn sie wüsste, dass Lord Grenville für die Abschaffung des Sklavenhandels kämpfte. Würde sie ihre Meinung über die Engländer ändern?

»Wer ist der neue Lord der Admiralität?«, wollte er wissen.

»Der Viscount of Howick.«

Blackraven nickte. Der Viscount schuldete ihm so manchen Gefallen und würde ihm keine Steine in den Weg legen, wenn es darum ging, das Korsarenpatent für seine Schiffe zu erneuern. Távora berichtete noch einige Minuten über die europäische Politik, vor allem über die jüngsten Machenschaften des französischen Kaisers Napoleon, der sich bereits als Herr über den ganzen Kontinent aufspielte. Als das Thema auf Spanien kam, sagte Távora: »Ich war bei deinem Onkel Karl.« Gemeint war König Karl IV., mit dem Távora wie ein Bruder aufgewachsen war.

»Was hast du mir von ihm zu berichten?«, erkundigte sich Blackraven. »Geht es ihm gut?«

»Nicht besonders. Zwischen Napoleon, seinem Premierminister Godoy und Königin Maria Luise steht es nicht zum Besten, nicht zu sprechen von deinem nichtsnutzigen Vetter Prinz Ferdinand, der, angestachelt von seinem Lehrer, dem Kanoniker Escoiquiz, seine Mutter und Godoy am liebsten bei lebendigem Leibe verspeisen würde.« Nach einer Pause setzte er etwas milder hinzu: »Karl hat deine Wechsel angenommen. Er war angenehm überrascht, als er die Summe sah, die du ihm geschickt hast. ›Der gute Junge!‹, sagte er ein wenig gerührt. Weißt du, er ist in finanziellen Schwierigkeiten. Er hat deine Wechsel gleich am nächsten Tag eingelöst.«

Távora nahm einen Umschlag aus seiner Briefmappe und überreichte ihn Blackraven. Das Siegel der spanischen Krone prangte darauf. Es handelte sich um einen Brief König Karls an seinen Neffen Roger Blackraven sowie ein Geleitschreiben, in dem er ihm freies Aufenthaltsrecht in den spanischen Kolonien der Welt sowie freie Handelsmöglichkeiten zusicherte.

»Ich nehme an, dieses Dokument kommt dir sehr zupass bei deinen Plänen, die Unabhängigkeit nach Südamerika zu bringen.« Blackraven las weiter, und Távora setzte hinzu: »Karl äußerte mir gegenüber auch seine Absicht, dir einen Adelstitel zu verleihen.«

Blackraven ließ ein lautes Lachen vernehmen und stand auf.

»Was brauche ich noch einen Titel, Adriano? Weißt du, was ich brauche? Seeleute, die sich beim Entern eines feindlichen Schiffs nicht in die Hosen machen. In ein paar Monaten läuft in der Werft von Liverpool ein neues Schiff vom Stapel, und ich habe noch nicht einmal ein Drittel der Mannschaft zusammen.«

»Deine Mutter wird es nicht gerne hören, dass du einen Adelstitel ihres Bruders, des Königs von Spanien, ausgeschlagen hast.«

»Hast du sie in Madrid gesehen?«

»Nein. Den Gerüchten zufolge hat sich deine Mutter mit Königin Maria Luise entzweit und ist nach England zurückgekehrt. In London angekommen, suchte ich dein Haus in der Birdcage Road auf, doch dort war niemand.«

»Und mein Onkel Bruce? Und Constance?«, fragte Blackraven erstaunt.

»Dein Butler teilte mir mit, dass alle, dein Onkel Bruce, Constance und deine Mutter, nach Cornwall abgereist seien.«

»Nach Cornwall? Meine Mutter hasst Cornwall. Hat Duncan dir gesagt, wann sie gefahren sind?«

»Sie waren gerade erst abgereist. Am Tag vor meiner Ankunft hatten sie einen Brief erhalten und waren noch am selben Nachmittag aufgebrochen. Das war vor einem Monat. Ich stach wenig später in See und nahm direkten Kurs hierher, nach Rio de Janeiro.«

»Weshalb hast du London überhaupt angelaufen?«, erkundigte sich Blackraven.

»Wir sind auf dem Weg nach Ceylon auf ein türkisches Schiff getroffen und haben es geentert. Ich bin dann nach London zurückgekehrt, um mich dem Prisengericht zu stellen. Die Laderäume dieses Schiffes waren bis obenhin voll. Gewürze, Metalle, Stoffe, Leder, Geschirr, Möbel. Ich habe deinen Anteil bei Lloyd's hinterlegt, siebzehntausend Pfund.«

»In der Tat eine ausgezeichnete Prise.«

»Hier habe ich das Urteil des Prisengerichts, in dem die Verteilung festgelegt ist.« Er deutete auf die Zeile mit dem Beuteanteil für den Schiffseigner. »Mister Spencer von Lloyd's fragte, ob sie dir eine Anweisung schicken sollten, und ich war so frei, ihm zu raten, dies nach Rio de Janeiro zu tun. Hätte ich dich nicht hier angetroffen, hätte ich das Geld mit Hilfe der Vollmacht, die du mir gegeben hast, eingelöst und es dir dorthin gebracht, wo du dich aufhältst.«

»Das hast du gut gemacht«, bestätigte Blackraven und nahm das Schriftstück entgegen. »Ich brauche Geld, um die Gerberei in Buenos Aires fertigzustellen, und dort gibt es keine Handelsvertreter oder Banken. Welches Schiff hast du befehligt, als du die Türken aufgebracht hast?«, erkundigte er sich plötzlich auf diese für ihn typische Weise, ohne Vorwarnung und ohne Pause von einem Thema zum anderen zu springen.

»Die *Minerva*.« Die *Minerva* war eines der Schiffe in Blackravens Flotte mit größerem Tiefgang.

»Die *Minerva* ist hier in Rio?«

»Oh, nein. Ich musste schnell sein. Ich hatte es eilig, dich zu treffen. Also habe ich sie im Hafen von London gelassen und die *Wings* genommen. Als ich in der Bahía de Guanabara ankerte, sah ich die *Sonzogno* und die *White Hawk*, und da wusste ich, dass du in der Nähe bist. Gabriel Malagrida, der Kapitän der *Sonzogno*, sagte mir, wo du logierst. Er erzählte mir auch, dass du deine Cousine und deinen Cousin dabeihast, König Ludwig XVII. und Madame Royale. Was ist geschehen? Weshalb hast du sie aus Buenos Aires weggebracht?«

»Das werde ich dir noch erzählen. Aber zuerst musst du mir erklären, warum du es so eilig hattest, mich zu treffen.«

Távora füllte erneut die Brandygläser.

»Es gibt schlechte Nachrichten, Roger.« Er sah auf und sagte dann: »Simon Miles ist tot. Ermordet.«

Blackraven sah ihn unbewegt an, die Augen hart und reglos, Lippen und Nasenflügel angespannt. Távora merkte, wie fest er das Glas umklammerte, da seine Fingerknöchel eine weiße Farbe annahmen.

»Wie ist es passiert?«

»Ein Stich in den Hals, zu Hause in seiner Wohnung. Er hatte einige Zimmer an der Cockspur Road in London gemietet. Dort hat ihn die Concierge gefunden.«

Blackraven stellte das Glas auf den Tisch, stützte sich mit beiden Händen auf die Tischkante und ließ den Kopf sinken. »Simon«, sagte er voller Wehmut.

»Es tut mir leid, Roger. Ich weiß, dass ihr nicht im Guten auseinandergegangen seid, aber ich weiß auch, dass du ihn sehr geschätzt hast.«

»Er war wie ein Bruder für mich. Er hatte einen schrecklichen Tod.«

Roger Blackraven ließ sich auf den Stuhl sinken. Einen Augenblick später nahm Távora eine Veränderung an Blackraven wahr. Er sah, wie dieser sich straffte und einen Punkt weit hinter ihm fixierte, die Faust auf den Mund gepresst.

»Valdez e Inclán ist ebenfalls tot.« Távora sog hörbar die Luft ein. »Doch. Bernabela hat ihn vergiftet.«

»Seine Frau?«

»Ja, seine Frau. Alcides wollte mir noch etwas sagen, bevor er starb. Er wirkte sehr verängstigt, aber er konnte nur noch einige Wörter flüstern, die keinen Sinn ergaben.«

»Wie lauteten sie?«

»Simon Miles. Und jetzt sagst du mir, er sei tot. Ermordet.«

»Vielleicht hat das eine nichts mit dem anderen zu tun«, mutmaßte Távora. »Ja, ja, ich weiß«, gab er angesichts der Miene des Engländers zu, »es sind einfach zu viele Zufälle.«

»Simon kannte Maries Aufenthaltsort«, sagte Blackraven nach einer Pause.

»Er wusste, dass Madame Royale am Río de la Plata weilte?«

»Ja, und ich musste sie und Louis von dort fortbringen, weil ein Auftragsmörder, Le Libertin, versucht hat, die beiden umzubringen.«

»Le Libertin! Le Libertin in Buenos Aires!«

Távora erinnerte sich an den französischen Spion. Vor Jahren hatte er eine Waffenlieferung an die französischen Monarchisten im Hafen von Bordeaux vereitelt, und es hatte viele Tote gegeben.

»Glaubst du, Simon hat die Information an Le Libertin verkauft?«

»Er hat mich gehasst«, erklärte Blackraven. »Er gab mir die Schuld an Victorias Tod.«

»Dennoch war Simon ein anständiger Mensch«, wandte Távora ein. »Ich bezweifle, dass er Madame Royale in Gefahr bringen wollte, um dir zu schaden. Außerdem«, überlegte er, » hatte Simon keinen Zugang zu Leuten wie Le Libertin. Ein gewöhnlicher Bürger wie er pflegt keinen Umgang mit Personen wie diesem verfluchten französischen Spion. Andererseits, was hat Valdez e Inclán mit Simon Miles zu tun?«

Über eine Stunde lang stellten sie Hypothese um Hypothese auf, und Blackraven befriedigte die Neugier seines Freundes bezüglich der Ereignisse um William Traver, der sich Le Libertin genannt hatte, und auch hinsichtlich des qualvollen Todes seines Geschäftspartners Valdez e Inclán.

»Das alles ist ein großes Rätsel«, schloss Távora. Dann schwieg er. »Roger«, sagte er plötzlich, »eigentlich war es nicht die Sache mit Simon Miles, die ich dir so dringend mitteilen wollte.« Blackraven forderte ihn mit einer Handbewegung zum Weitersprechen auf. »Bevor ich hierherkam, war ich in Paris, um die neuesten Nachrichten einzuholen. Meinem Informanten zufolge hat Fouché, Napoleons Polizeiminister, einen Mörder angeheuert – den Besten –, um den Schwarzen Skorpion zu töten. Er nennt sich die Kobra, und angeblich scheitert er nie.«

»Ich habe schon von ihm gehört. Was weißt du noch?«

»Nicht viel. Es wird behauptet, er habe ihn schon vor einiger Zeit für ein Vermögen angeheuert, womöglich 1804, als er Ribaldo geschnappt hat. Sollte es Fouché gelungen sein, Ribaldo eine Information abzupressen und die Kobra auf diese Fährte zu setzen?«

»Das bezweifle ich«, erklärte Blackraven. Er kannte seine Männer. Er hatte sie selbst ausgebildet.

»Fouchés Schergen können sehr überzeugend sein«, wandte Távora ein.

»Ribaldo hat nichts verraten, da kannst du beruhigt sein. Bitte Don Elsio um Feder, Papier und Tinte und ein wenig Siegellack.«

Távora kehrte wenige Minuten später zurück, und Blackraven begann zu schreiben. Es waren zwei Nachrichten, die nur aus wenigen Zeilen bestanden. Er erhitzte den Siegellack über dem Docht und ließ ihn auf die gefalteten Blätter tropfen. Bevor der Lack erkaltete, klappte er den Deckel des Rings in Form eines Kleeblatts auf, den er am Ringfinger der rechten Hand trug, und drückte ihn in den Lack, in dem der Abdruck eines Skorpions zurückblieb. Távora nahm die Botschaften, las die Namen der Empfänger und steckte sie in die Innentasche seiner Jacke.

»An Fouché? Und an den Grafen der Provence?«, fragte er besorgt. »Was hast du ihnen zu sagen?«

»Dass Le Libertin als Fischfutter dient und Louis XVII. noch lebt.«

»Roger, du weißt nicht mit Gewissheit, wer Le Libertin geschickt hat! Es könnte auch eine andere Gruppierung gewesen sein, die daran interessiert ist, den wahren König von Frankreich zu eliminieren. Außerdem würdest du sie darüber in Kenntnis setzen, dass Louis XVII. in der Obhut des Schwarzen Skorpions ist.«

»Vielleicht hören sie dann auf, ihm nach dem Leben zu trachten. Außerdem soll Fouché wissen, dass sein Mörder bislang erfolglos war.«

»Bist du dir sicher, dass die Bourbonen und Fouché überhaupt wissen, dass Louis XVII. nicht als Kind im Temple-Gefängnis gestorben ist? Du könntest ihnen damit Informationen zuspielen, die ihnen bislang unbekannt waren.«

»Sie wissen es. Sie wissen es ganz genau. Keine Sorge, ich bin mir absolut sicher.«

»Wenn Fouché es weiß, dann weiß es auch Napoleon«, überlegte Távora.

»Sowohl Napoleon als auch dem Grafen der Provence kommt es sehr gelegen, wenn Louis Charles stirbt oder im Untergrund bleibt. Napoleon, um seine Position als Kaiser von Frankreich zu stärken, und dem Grafen der Provence, weil er eines Tages selbst König werden will.«

»Verflucht sei dieser Graf der Provence!«, entfuhr es Távora. »Man sollte doch meinen, dass er seinen Neffen Louis Charles beschützen will, statt ihn zu jagen wie ein Tier.«

»Überrascht dich das?«, mokierte sich Blackraven. »Bist du

nicht alt genug, um zu wissen, in welche Bestie sich ein von Habgier getriebener Mensch verwandeln kann?«

»Macht und Geld bringen jeden um den Verstand.«

»Nicht jeden«, widersprach Blackraven, »aber die meisten.«

»Ich kenne keinen, der für Geld oder Macht nicht seine Seele an den Teufel verkaufen würde.«

»Ich schon«, sagte Roger Blackraven leise. »Ich schon.«

»Na, dann wüsste ich gerne, wer das ist. Ich kenne nämlich nur die anderen. Der Marquês de Pombal ist ein gutes Beispiel für die Niedertracht, die auf dieser Welt herrscht. Er hat meine gesamte Familie ermorden lassen, auch die Frauen und Kinder, um seine Macht über meinen Vater zu sichern.«

»Vergiss nicht, dass er bei deiner Schwester Königin María in Ungnade fiel und sie ihn ins Exil schickte. Er starb in der Verbannung auf seinen Gütern.«

»Ich hätte seinem Leben ein Ende machen sollen«, bedauerte Távora. »Ich hätte ihn mit meinen eigenen Händen töten sollen«, presste er zwischen den Zähnen hervor.

Blackraven fasste ihn an der Schulter und schüttelte ihn sanft. Sie sahen sich an, und beide wussten um ihren tiefen Groll und ihre bösen Erinnerungen.

»Lass es gut sein.«

»Wie?«, entgegnete Távora empört. »Hast du etwa deinem Vater vergeben? Hast du vergessen, dass er dich als Kind entführte und von deiner Mutter trennte?«

»Ich habe es weder vergessen, noch habe ich ihm vergeben, aber es schmerzt nicht mehr so wie früher«, räumte Blackraven ein. Dann sagte er rasch: »Diese Schreiben müssen unbedingt zu ihren Empfängern gelangen. Kümmere dich darum.«

»Wird gemacht. Sobald der Proviant verstaut ist, werde ich mit der *Wings* in See stechen.«

»Wenn der Auftrag ausgeführt ist, kommst du gleich an den Río de la Plata.«

»Du willst nach Buenos Aires zurück?«, fragte Távora überrascht. »Besuchst du nicht deine anderen Besitzungen in Übersee?«

»Ich sagte dir doch, dass ich zurück muss, um die Gerberei fertigzustellen. Durch den Tod von Valdez e Inclán bleibt jetzt alles an mir hängen.«

Távora sah ihn ungläubig an. Ohne darauf zu achten, stürzte Blackraven den letzten Schluck Brandy hinunter und zog den Mantel an.

»Wo ist übrigens Somar?«, erkundigte sich Távora nach Blackravens türkischem Diener.

»Er ist in Buenos Aires geblieben.«

»Du bist *ohne* ihn gereist?«, fragte Távora ungläubig, erhielt jedoch keine Antwort. »Wann kehrst du zum Río de la Plata zurück?«

»Ich weiß noch nicht. In zwei Monaten vielleicht.«

Blackraven steckte die Schriftstücke und das Sendschreiben Karls IV. ein und griff nach seinem Degen. Er wollte gerade das Zimmer verlassen, als Távora ihn am Arm zurückhielt.

»Roger«, sagte er, »ich habe erfahren, dass Lord Bartleby, Englands neuer Außenminister, Kontakt zum Schwarzen Skorpion aufnehmen möchte.«

Der englische Geheimdienst unterstand dem Außenministerium in Whitehall im Herzen Londons im Kampf um die Vernichtung des französischen Widersachers. Die Geschichte des Schwarzen Skorpions war nicht von Anfang an mit dieser Einrichtung verbunden, aber in letzter Zeit hatte er einige Missionen im direkten Auftrag des letzten Außenministers Sir Hughes Fulham ausgeführt. Dieser war schließlich ein enger Freund des Schwarzen Skorpions – Roger Blackravens – geworden und hatte das Wissen um dessen wahre Identität sowie jene seiner fünf Spione und der übrigen Männer, die seinem Netz angehörten, mit ins Grab genommen. Wenige Wochen nach Sir Fulhams

Tod war Ribaldo Alberighi von Fouchés Häschern im Gasthaus »Stroh und Heu« in Calais gefasst, nach Paris gebracht und zu Tode gefoltert worden.

Blackraven konnte nicht ohne tiefe Verbitterung an diesen Vorfall denken. Er machte sich Vorwürfe, nicht gut genug auf seinen Gefährten achtgegeben zu haben. Zweifel nagten an ihm, und dass er nicht herausfinden konnte, woher der verräterische Schlag gekommen war, raubte ihm den Schlaf. Da er sich die Schuld an Ribaldos Tod gab, war er in großer Sorge um das Schicksal der vier überlebenden Spione und der übrigen Agenten, die in seinen Diensten standen. Deshalb hatte er beschlossen, sich nach Übersee zurückzuziehen und abzuwarten, auch wenn er wusste, dass es seine Mitstreiter in die europäischen Spionagekreise zog; nur dort fühlten sie sich wohl.

»Woher weißt du, dass Lord Bartleby den Schwarzen Skorpion sprechen möchte?«

»Bodrugan hat es mir gesagt.«

»Du warst bei Amy?«

»Ja, in Ceylon. Sie ist ebenfalls auf der Suche nach dir. Sie sagte mir, dass sie von dort zu deinem Anwesen auf Antigua segeln werde.«

Blackraven nickte und ging zur Tür.

»Wie lautet deine Entscheidung?«, hielt Távora ihn zurück. »Arbeiten wir wieder für den Whitehall Palace?«

»Nein.«

»Warum nicht?«

»Weil ich Bartleby nicht traue.«

# Kapitel 2

Als Blackraven, seine Cousine Marie und sein Cousin Louis Charles, gefolgt von dem Sklavenmädchen Anita und Ratte, das Hotel in Richtung des Viertels São Cristovão verließen, trafen sie in der Halle mit dem Ehepaar Ibar zusammen. Die Baronin ergriff das Wort und teilte ihnen mit, dass sie von nun an im Faria Lima logieren würden.

»Wir haben gleich nach unserer Ankunft versucht, Zimmer in diesem Hotel zu bekommen«, erklärte sie, »doch erst heute teilte man uns mit, dass zwei Zimmer im zweiten Stock frei werden. Das Hotel Imperial bietet nicht die Annehmlichkeiten, die ich gewöhnt bin«, setzte sie hinzu.

Marie bemerkte, dass Blackraven ungeduldig schwieg.

»Es ist eine erfreuliche Neuigkeit, zu erfahren, dass wir in demselben Hotel wohnen werden«, stellte Louis fest. »Sehen wir uns heute Abend bei Señora Barros?«

»So wird es sein«, schaltete sich der Baron ein. »Nun lassen wir Euch weiter Euren Angelegenheiten nachgehen. Entschuldigt die Störung.«

Sie verabschiedeten sich unter zahlreichen Verbeugungen, und jede Partei setzte ihren Weg fort. In der Kutsche nahm Marie den Arm ihres Cousins und versetzte ihm einen leichten Klaps mit dem Fächer auf die Hand.

»Was gedenkst du mit diesem Jungen zu tun?« Sie deutete zum Kutschbock, wo Ratte neben dem Kutscher und Anita Platz genommen hatte. »Woher hast du ihn? Er sieht so geprügelt aus.«

»Ich habe ihn heute Nacht auf der Straße aufgelesen und beschlossen, ihn unter meine Fittiche zu nehmen.«

»Ich sehe, der Einfluss von Miss Melody hat dein Herz erweicht«, sagte Marie lachend, doch ein kurzer Blick ihres Bruders verdüsterte ihre Miene. Seit der Abreise aus Buenos Aires herrschte ein stillschweigendes Abkommen zwischen ihnen: Isaura, oder Miss Melody, wie sie von den meisten genannt wurde, durfte nicht erwähnt werden. Maries Bemerkung indes war ein spontaner Ausdruck der Überraschung über das Verhalten des Grafen von Stoneville, hätte man ein solches doch eher von seiner jungen Ehefrau, der Beschützerin der Sklaven von Buenos Aires, erwartet als von einem Mann seines Schlages.

»Was den Jungen angeht, Marie«, sagte Blackraven, »so wollte ich dich bitten, ihn mitzunehmen und einige Kleidungsstücke für ihn zu besorgen. Er besitzt praktisch nichts. Dieses Hemd und die Hose gehören dem Sohn eines Zimmermädchens aus dem Hotel.«

»Selbstverständlich, mein Lieber«, antwortete sie und nahm die Münzen entgegen, die Blackraven in ihre behandschuhte Hand legte.

In dem Haus in São Cristovão musste einiges gerichtet werden. Für das Haus sprachen seine Größe, die soliden Wände, die vergitterten Fenster und die hohe, mit Glassplittern bewehrte Mauer rings um das Grundstück. Blackravens Entschluss, es zu mieten, stand fest, als er den Glanz in Maries hellblauen Augen beim Anblick des Gartens mit einer Orangerie hinter dem Haus bemerkte.

»Hier werde ich die meiste Zeit verbringen«, erklärte sie mit einer Begeisterung, die sie seit Monaten nicht mehr an den Tag gelegt hatte, nachdem sich ihr Verehrer William Traver als der französische Spion Le Libertin entpuppt hatte. »In diesem milden Klima wird mein Garten ein ebensolches Paradies werden wie das meiner Mutter in Versailles.«

»Königin Marie Antoinette verfügte über die besten Gärtner Europas und erhielt Setzlinge der exotischsten Pflanzen. Ich bezweifle, dass du das Niveau ihrer Gartenanlagen erreichen wirst«, stichelte Blackraven.

»Warte ab, du wirst es ja sehen«, entgegnete Marie trotzig. »Anita und ich werden dieses Fleckchen Erde in ein Blütenmeer verwandeln. Stimmt's, Anita?«

»Ja, Herrin.«

Später, als Marie damit beschäftigt war, Ratte einzukleiden, ging Blackraven zum Hafen, um seinen Schiffen einen Besuch abzustatten.

»Ich lade Euch zum Mittagessen ein«, sagte er zu Gabriel Malagrida, dem Kapitän der *Sonzogno*. »Das Restaurant des Faria Lima zählt zu den besten der Stadt, und es gibt eine gute Auswahl an Weinen.«

Gabriel Malagrida, ein Mann von etwa fünfundsechzig Jahren, trug das schlohweiße Haar kurz sowie einen dünnen, langen Schnurrbart, dessen Enden er immer wieder geistesabwesend zwirbelte. Fast so groß wie Blackraven und in ein edles Jackett aus Nanking-Seide mit großem Revers und einem weißen Seidenhalstuch gewandet, flößte seine Erscheinung Bewunderung ein. Er hatte einen energischen Gang, und die Absätze seiner Stiefel hallten auf den Decksbohlen wider. Im Gefecht erteilte er seine Befehle mit wilder, heiserer Stimme und einer erbarmungslosen Miene, die Freund und Feind Furcht einjagte. Ansonsten war er verbindlich und liebenswürdig, wie es eher seiner Eigenschaft als Priester denn der eines Freibeuters entsprach. Gabriel Malagrida war Jesuit.

Unter dem Vorwurf, den Madrider Hutaufstand vorbereitet zu haben, waren die Mitglieder der Gesellschaft Jesu – sowohl in Spanien wie in Übersee – Anfang des Jahres 1767 auf Befehl Karls III. des Landes verwiesen worden. Malagrida überquerte die Pyrenäen und reiste nach Straßburg, wo er früher in der angesehenen Militärschule diente, bis er den Entschluss fasste, den Habit zu nehmen. Aufgrund seines Talents im Florettfechten, seines perfekten Griechischs und Lateins und seiner umfassenden Kenntnisse in Geschichte und Geographie beschaffte ihm Jean-Paul Fressac, sein ehemaliger Fechtlehrer, eine Anstellung als Lehrer. So lernte er den Kadetten Roger Blackraven kennen, den unehelichen Sohn des mächtigen Herzogs von Guermeaux. Malagrida erkannte sofort die außergewöhnlichen Anlagen dieses Jungen, der trotz seiner Befähigung zum Militärleben noch in dem Jahr, als die Französische Revolution ausbrach, das Land verließ. Er sah ihn fünf Jahre später während der Schreckensherrschaft in Paris wieder, obwohl seine kräftige Statur, sein langes Haar und seine gebräunte Haut es ihm schwermachten, ihn wiederzuerkennen.

Zu diesem Zeitpunkt hatte sich Malagridas Leben drastisch geändert. Nachdem er einige Monate nach dem Sturm auf die Bastille seine Anstellung in der Militärschule verloren hatte, war er nach Paris gegangen, wo er in die Dienste eines Mannes trat, der schließlich als Abgeordneter der Girondisten in den Nationalkonvent einzog. Als 1793 die Jakobiner die Macht an sich rissen und Robespierre im Namen des Wohlfahrtsausschusses erklärte: »Der Terror ist nichts anderes als die unmittelbare, strenge und unbeugsame Gerechtigkeit«, wusste Malagrida, dass seine Tage und die seines Arbeitgebers gezählt waren. Eines Nachts Anfang 1794 wurde seine Wohnung gestürmt, und nachdem man Dokumente und Briefe an die Girondisten von Caen beschlagnahmt hatte, wurde er in die Conciergerie geworfen, ein Gefängnis, das als »Vorzimmer des Todes« bekannt war.

Blackraven begegnete ihm zufällig, als er nach dem Aufenthaltsort seiner Mutter suchte, einer Hofdame, deren freundschaftliche Verbindung zu Königin Marie Antoinette weithin bekannt war. Er hatte sich die Listen der Gefangenen in den Kerkern von Paris beschafft. Den Namen Isabella di Bravante fand er darin nicht, aber er stieß auf denjenigen seines Lehrers an der Militärschule von Straßburg, Gabriel Malagrida.

Für den jungen Blackraven war Malagrida eine Überraschung gewesen. Da nach seiner Überzeugung alle Lehrer unbarmherzig und despotisch waren – sein Lehrer in Cornwall, Mr. Simmons, hatte häufig zum Stock gegriffen –, waren ihm der gutmütige Charakter, die fröhliche Art und die Ungezwungenheit dieses Mannes zunächst suspekt gewesen. Malagrida wagte es, das Verhalten der Könige zu kritisieren und zu behaupten, ein Mann aus dem Volk habe die gleichen Rechte wie ein Adliger und Frauen seien die besseren Menschen. Roger gefielen seine gütige Entschlossenheit, sein Einfühlungsvermögen und seine außergewöhnliche Befähigung als Lehrer. Begeistert fieberte er den Lateinstunden entgegen. Als großer Bewunderer von Gaius Julius Cäsar zitierte Malagrida vor einer Prüfung dessen Aussage *Alea jacta est* – die Würfel sind gefallen –, ein Satz, der Blackraven paradoxerweise beruhigte. Er bewunderte seinen Lehrer, seit dieser für ihn gelogen und seine Stelle riskiert hatte.

An jenem Tag hatte der Rektor der Militärakademie Malagrida zu sich bestellt, um mit ihm über die neue Stelle als Griechischlehrer zu sprechen, die er ihm anbieten wollte. Eine Schreibmappe auf den Knien, wartete Malagrida in seinem schlichten Lehrergewand im Vorraum. Der Sekretär war nirgendwo zu sehen. Die Geräusche aus dem Arbeitszimmer verrieten ihm, dass der Rektor nicht allein war. Vielleicht war sein Assessor bei ihm. Es war unmöglich zu verstehen, was sie sprachen. Es vergingen einige Minuten, dann war eine aufgeregte Frauenstimme zu vernehmen.

»Erlaubt mir wenigstens, ihn hier in Eurem Büro zu sehen. Nur ein paar Minuten.«

Eine Frau an diesem Ort war nur schwer vorstellbar; dass sie es wagte, gegenüber dem Leiter der Militärschule die Stimme zu erheben, konnte man als Torheit erachten. Der Rektor murmelte einige unverständliche Wörter.

»Ich bin seine Mutter!«, beharrte die Frau.

»Und der Herzog von Guermeaux ist sein Vater!« Aus dem nun folgenden Gepolter schloss Malagrida, dass der Rektor sich brüsk erhoben hatte.

Der Herzog von Guermeaux, wiederholte er bei sich. Der Vater des Kadetten Roger Blackraven.

»Bringt mich nicht in Verlegenheit, Madame. Der Herzog hat bestimmt, dass sein Sohn nur Besuch empfangen darf, den er zuvor gutgeheißen hat.«

»Monsieur Barère«, versuchte es die Frau nun in einem versöhnlicheren, jedoch nicht weniger entschiedenen Ton, »versteht mich doch. Ich bin von Versailles angereist, um meinen Sohn für einen kurzen Moment zu sehen. Wenn ich ihn nicht hier in der Akademie sehen kann, dann bringt ihn wenigstens zu dem Hotel, in dem ich wohne. Ich logiere im *Le Régent Hôtel*.«

»Seine Durchlaucht hat auch bestimmt«, erklärte der Schulleiter, »dass sein Sohn das Gelände der Akademie nur in seiner Begleitung verlassen darf.«

»Ist mein Sohn etwa hier gefangen?«

»Madame!«, empörte sich der Rektor. »Euer Sohn ist kein Gefangener. Aber er ist minderjährig, und ich bin seinem Vater, dem Herzog von Guermeaux, verpflichtet.«

Als die Tür aufgerissen wurde und eine Frau erschien, sprang Malagrida von seinem Stuhl auf. Ihre Blicke kreuzten sich für eine Sekunde, bevor die Dame raschen Schrittes dem Ausgang zustrebte. Ihre Schönheit ließ ihn mit offenem Munde im Vorraum stehen, und er bemerkte gar nicht, dass der Rektor ihn hereinrief.

Als die Schüler am nächsten Tag nach dem Lateinunterricht das Klassenzimmer verließen, teilte Malagrida dem Kadetten Blackraven mit, er erwarte ihn um fünf Uhr nachmittags in seinen Gemächern, damit er ihm bei der Übersetzung eines Kapitels aus Vergils *Georgica* behilflich sei. Geschmeichelt über die

Einladung, bemerkte der junge Roger gar nicht, wie ungewöhnlich diese war. Mit langen Schritten, das lateinische Wörterbuch unter dem Arm, eilte er zu dem Flügel, in dem die Lehrer wohnten. Er klopfte an die Tür.

»Komm herein, Blackraven«, sagte Malagrida und trat zur Seite.

Mitten in dem kleinen, mit Büchern und Möbeln vollgestellten Zimmer stand eine wunderschöne Frau, die seiner Mutter glich. Ohne den Blick von ihr zu wenden, trat er ein, um schließlich das Wörterbuch fallen zu lassen und sich in Isabellas Arme zu werfen, als diese rief: »Alejandro, mein Liebling!«. Unter Tränen erklärte Isabella dem verwirrten Roger, der mit großen blauen Augen zwischen seiner Mutter und dem Lehrer hin und her sah, die Situation. Auch Michela war da, Isabella di Bravantes Zofe, die den Jungen küsste und »mio bambino« nannte, ohne sich etwas daraus zu machen, dass dieser sie um Haupteslänge überragte.

»Dein Onkel Bruce teilte mir mit, dass du hier zur Schule gehst, und sobald ich mich von meinen Verpflichtungen in Versailles freimachen konnte, bin ich hergereist, um dich zu sehen. Gestern war ich bei Monsieur Barère, der mir jedoch erklärte, nur dein Vater dürfe dich besuchen, niemand sonst. Der Zufall wollte es, dass Monsieur Malagrida dort war, als ich mit dem Rektor sprach. Er schickte mir eine Nachricht in mein Hotel. Ich musste inkognito kommen, denn Monsieur Barère hat angeordnet, mir den Zugang zu verweigern. Du musst deinem Lehrer sehr dankbar sein, Alejandro, denn er hat alles aufs Spiel gesetzt, um diese Begegnung zu ermöglichen. Übermorgen kehre ich nach Versailles zurück. Deine Patentante braucht mich bei den Vorbereitungen für die Festlichkeiten zu ihrem Geburtstag.«

»Mutter, weshalb bittest du meinen Patenonkel nicht, Monsieur Barère anzuweisen, dass du mich so oft besuchen darfst, wie du willst? Er ist der König, er kann tun und lassen, was er will. Monsieur Barère wird nichts anderes übrig bleiben, als sich zu fügen. Gegen einen Befehl Ludwigs XVI. ist der Herzog von Guermeaux machtlos.«

»Das will ich nicht, mein Sohn«, erklärte Isabella. »Zum einen möchte ich deinen Patenonkel nicht mit Nebensächlichkeiten behelligen. Er hat Gott weiß schon Probleme genug. Zum anderen werde ich deinen Vater nicht gegen dich aufbringen. Ich habe Angst, er könnte es an dir auslassen, wenn einem seiner Befehle zuwidergehandelt wird.«

An diesem Tag unterhielten sie sich, bis die Glocke den jungen Roger zum Abendessen rief. Wenn er nicht zum Appell im Speisesaal erschien, würde man ihn hart bestrafen. Er sah Isabella und Michela am nächsten Tag noch einmal in Malagridas Zimmer, wo sie ihn mit Geschenken überhäuften, hauptsächlich Süßigkeiten, Kekse, Schokolade und Gläser mit Eingemachtem und Konfitüre. Für den Lehrer hatte Michela ebenfalls einen Korb mit Leckereien vorbereitet.

Es war einer der glücklichsten Tage in Rogers Leben gewesen. Malagrida und seine Mutter glichen sich in ihrer zwanglosen Art, wie sie freien Geistern eigen ist. Sie lachten, aßen Nussbrot und tranken heiße Schokolade, und obwohl Mutter und Sohn es nicht offen aussprachen, wussten beide, dass diese Begegnung ohne die Anwesenheit des Lateinlehrers nicht so wundervoll gewesen wäre.

»Irgendwann werde ich Euch vergelten, was Ihr für meine Mutter und mich getan habt«, sagte Blackraven schließlich. Dann reichte er dem Lehrer die Hand, die dieser fest drückte.

Daran erinnerte sich Blackraven, als er bei der Suche nach dem Namen seiner Mutter in den Gefangenenlisten der Conciergerie auf Gabriel Malagrida stieß. »Den Plan, den Roger ausheckte, um mich aus dieser Hölle herauszuholen, kann man nur als selbstmörderisch bezeichnen, hätte ihn ein anderer Sterblicher ausgeführt«, beteuerte der Jesuit, wenn er von der Heldentat erzählte, die ihm das Leben rettete.

Eines Tages erhielt er eine Botschaft auf Lateinisch; sie trug keine Unterschrift und wurde von einer Zugehfrau überbracht, die sie durch das Gitter der *Côte des Douzes* schob, ein Geviert gleich neben dem Hof, wo die Gefangenen eine gewisse Freiheit genossen. »*Tempus promissi mei solvendi advenit. Accinge te, in duabus diebus illinc te educam. Alea jacta est.*« (Die Zeit ist gekommen, mein Versprechen einzulösen. Halte dich bereit, in zwei Tagen bringe ich dich von dort fort. Die Würfel sind gefallen.) Weil Malagrida kein Feuer hatte, um die Nachricht zu verbrennen, verschluckte er sie, nachdem er sie gelesen hatte.

In der Nacht der Flucht erschien Roger Blackraven mit einem falschen Passierschein auf den Namen Georges-Jacques Rinaud, ausgestellt vom Oberaufseher der Pariser Gefängnisse, Jean Grandpré, im Wachbüro der Conciergerie. Er verlangte, in die Zelle des Gefangenen Nummer 307 geführt zu werden, und behauptete, er komme im Auftrag Grandprés. Aufgrund der Uhrzeit waren die Wachen ein wenig beunruhigt. Nachdem der Wachhabende einen weiteren Blick auf den Passierschein geworfen hatte, ordnete er an, den Besucher nach Waffen abzutasten. Man fand nur eine Taschenflasche in seinem Jackett. Blackraven lächelte und reichte sie dem Wachhabenden.

»Nein danke, Bürger. Ich trinke nicht im Dienst. Malreaux!«, sagte er dann zu einem seiner Untergebenen. »Bring den Bürger Rinaud zur Zelle von 307.« Und er reichte ihm einen Schlüssel.

Malreaux würde dem Plan dienlich sein, überlegte Blackraven, während er in Gedanken den Grundriss der Conciergerie durchging und sich den Weg einprägte. Er war zuversichtlich, denn der Wächter führte sie den vorgesehenen Weg. Bevor sie den Trakt mit den Männerzellen betraten, mussten sie drei Eisengitter passieren, die von je einem Mann bewacht wurden; jeder öffnete mit seinem eigenen Schlüssel. Wie Blackraven vorausgesehen hatte, begleitete Malreaux ihn nicht in die Zelle und schob hinter ihm den Riegel vor.

Malagrida, der wegen der Botschaft in Alarmbereitschaft war, sprang erwartungsvoll auf. Er spähte in die Dunkelheit und flüsterte: »Wer bist du?«

»Ich bin es, Roger Blackraven, Euer Schüler von der Militärschule in Straßburg.«

Malagrida trat zwei Schritt vor und nahm schweigend diesen großen, dunklen Mann in Augenschein.

»Du hast dich verändert, mein Junge.«

»Ich weiß«, sagte Blackraven. »Hört gut zu, Professor.« Mit diesen Worten stellte er einen Fuß auf die Pritsche, schob das Hosenbein hoch und entblößte die Wade; in der Kniekehle war mit einem Lederriemen eine Ampulle befestigt. »Ihr müsst dieses Abführmittel trinken, damit Ihr Euch übergebt und die Wache abgelenkt ist.«

»Ich kann auch ohne Abführmittel eine Übelkeit vortäuschen«, schlug der Jesuit vor. »Ich könnte mich auf den Boden werfen und stöhnen.«

»So dumm sind die auch nicht«, wandte Blackraven ein. »Er wird nur hereinkommen, wenn er sieht, dass es etwas Ernstes ist.«

Als Malreaux Blackraven fluchen hörte, während Malagrida sich übergab, spähte er durch den Türspion und kam sofort herein, um zu fragen, was zum Teufel da los sei. Von einem heftigen Schlag in den Nacken getroffen, sank er bewusstlos zu Boden. Blackraven bot Malagrida sein Taschentuch an und reichte ihm das Fläschchen mit dem Tonikum, um ihm neue Kräfte einzuflößen. Dann zog er dem Wachsoldaten die Uniform aus.

»Los, zieht die an. Wir haben Glück, es ist ungefähr Eure Größe. Der Wachsoldat bekommt Eure Kleider.«

»Die Hose ist mir zu kurz.«

»Sie werden es nicht bemerken.«

Mit der Uniform und dem Gewehr über der Schulter gingen Blackraven und Malagrida zum ersten Eisengitter. Malagrida lachte, während Blackraven einen Witz über die Girondisten erzählte. Sie gingen schnell weiter und wichen dem Blick des Wachsoldaten aus, wobei ihnen das schummrige Licht zu Hilfe kam. Am zweiten Gitter fragte der Wachsoldat von der anderen Seite aus, was mit Malreaux passiert sei. Sie traten leutselig näher, und Malagrida stammelte einige unverständliche Erklärungen. Aber Blackraven ging kein Risiko ein. Gewandt wie eine Schlange fuhr er mit dem Arm zwischen den Gitterstäben hindurch, packte den Wachsoldaten am Hals und schlug ihn mit dem Gesicht gegen die Eisenstangen. Sie benutzten Malreaux' Gewehr, um an den Schlüssel zu kommen, der an der Wand hing.

»Schnell«, drängte Blackraven. »Die Wachrunde wird ihn bewusstlos vorfinden und Alarm schlagen. Wir müssen durch das dritte Tor sein, bevor es so weit ist. Ich habe gehört, wie sie diesen Wärter François nannten.«

François saß auf einem Stuhl und schlief.

»Los, hoch mit dir, François!«, fuhr Malagrida ihn an. »Der Bürger Rinaud hat es eilig.«

»Hier entlang«, drängte Blackraven Malagrida, als sie außer Reichweite der Wache waren.

Ihr Vorteil war, dass sich in den Gängen bei Nacht nur wenige Wachen befanden. Sie rannten, bis sie den Gefängnistrakt hinter sich gelassen hatten. Während sie den Hof durchquerten, hörten sie Geschrei und Alarmrufe: Die Wache hatte die Flucht entdeckt. Als sie die *Côte des Douze* erreichten, sah Malagrida zwei Seile über die hohe Mauer baumeln, die das Gefängnis umgab.

»Junge, sieh mal!«

»Die haben meine Leute angebracht«, erklärte Blackraven. »Zur Ablenkung«, setzte er dann hinzu, zog den Stiefel aus, brachte einen Schlüssel zum Vorschein und schloss damit einen Türflügel auf, der sie in den Frauentrakt führte.

Die Wärter rannten noch immer schreiend hin und her. Sie mussten sich ein paar Mal verstecken, bevor sie eine Art Refektorium erreichten, wo sie von Elodie erwartet wurden, die Malagrida zwei Tage zuvor die lateinische Botschaft zugespielt hatte.

»Beeilt Euch!«, zischte sie ihnen zu. »Mein Dienst ist seit einer halben Stunde vorbei. Wenn man mich hier sieht, werden sie Verdacht schöpfen.« Sie öffnete eine Tür und sagte: »Seid vorsichtig. Die Treppe, die in den Keller führt, ist in einem schlechten Zustand.«

»Hast du das Fenster offen gelassen?«, vergewisserte sich Blackraven.

»Ja, ja«, beteuerte das Mädchen und reichte jedem von ihnen eine Kerze. »Ich habe Kleider für Euch dort hinterlegt und ein paar Kisten aufgestapelt, damit Ihr das Fenster erreichen könnt.«

Die Tür wurde hinter ihnen abgeschlossen. Sie blieben oben an der Treppe stehen, nur ihr schwerer Atem und das Klappern von Elodies Holzpantinen auf dem Boden waren zu hören. Dann folgten gebrüllte Befehle und das Lärmen der Truppe, und mit der Stille war es vorbei. Malagrida zuckte zusammen, als er das typische Reiben des Feuersteins hörte.

»Reicht mir Eure Kerze«, bat Blackraven, »ich werde sie anzünden.« Er hielt den Feuerstahl an den Docht. »Vorsichtig«, mahnte er, während sie die Treppe hinabstiegen.

»Wo sind wir hier?«, fragte Malagrida.

»In dem Keller, wo die Putzsachen aufbewahrt werden. Es gibt eine Fensterluke unter der Decke, die sich auf Bodenniveau mit der rückwärtigen Straße befindet. Wir müssen uns beeilen.«

Sie erstarrten, als sie hörten, wie jemand so heftig an der Tür rüttelte, dass der Riegel wackelte.

»Lass das, André.« Die gedämpfte Stimme klang gebieterisch. »Siehst du nicht, dass von außen abgeschlossen ist? Sie müssen durch den Hof geflüchtet und an den Seilen über die Mauer geklettert sein.«

»Diese Seile sollten uns auf die falsche Fährte locken«, behauptete André. »Wenn sie sie wirklich benutzt hätten, um über die Mauer zu klettern, hätten sie auf der anderen Seite herunterhängen müssen. Sonst frage ich mich, wie sie nach draußen gelangt sein sollen.«

»Sie werden wohl gesprungen sein«, schlug sein Kamerad schlecht gelaunt vor.

»Von einer Dreimetermauer?«

»Jetzt hör endlich auf damit! Wir können jedenfalls sicher sein, dass sie nicht in diesem Keller sind.«

Die Soldaten entfernten sich. Malagrida atmete auf. Er schwankte.

»Fühlt Ihr Euch gut?«, fragte Blackraven beunruhigt.

»Ja, ja, mein Junge, mir geht's gut. Los, gib mir die Kleider, die ich anziehen soll.«

Die Holzkisten knackten unter Blackravens Gewicht, als dieser das Fenster – vielmehr eine Luke – einen Spaltbreit öffnete, um einen Blick nach draußen zu werfen. Malagrida fragte sich, wie sie dort durchpassen sollten. Als draußen Soldatenstiefel vorbeiliefen, zog Blackraven mit einer raschen Bewegung den Kopf ein.

»Sie haben das Gebäude umstellt«, eröffnete er.

»Was machen wir jetzt?«

»Wir warten, bis sie diesen Bereich räumen. Setzt Euch auf die Kiste da und ruht Euch aus.«

Malagrida wusste nicht, wie viel Zeit verging. Vielleicht nur fünfzehn Minuten, aber ihm kamen sie wie Stunden vor. Seine Hände zitterten, sein Atem jagte dahin, und er war sicher, dass seine Knie nachgeben würden, sobald er aufstand. Blackraven reichte ihm die Taschenflasche und nötigte ihn, das Stärkungstonikum in kleinen Schlucken zu trinken.

»Ihr geht voran.«

»In Ordnung«, willigte der Jesuit ein.

Es war ein anstrengendes Unternehmen, insbesondere für Malagrida, den Blackraven an den Armen packte, um ihn durch die Luke zu ziehen. Dann mussten sie noch ein Stück laufen, denn die Pferde warteten ein paar Straßen entfernt.

»Halt! Stehen bleiben!« Der Befehl der Wache hallte von den Mauern der dunklen Straße wider.

Ein Gewehrschuss trieb sie die Straße hinunter. Sie schauten nicht zurück, sondern rannten die Straße entlang, die parallel zum Fluss verlief, eine Truppe Soldaten auf den Fersen. An der Brücke Saint Michel überquerten sie die Seine, schutzlos den Schüssen ausgeliefert, die von der Île de la Cité abgefeuert wurden. Sie hörten die Kugeln an sich vorbeipfeifen. Nachdem sie die Insel verlassen hatten, versuchten sie durch leere, düstere Gassen zur Place Saint André des Arts auszuweichen.

»Kapitän Black!«, rief ein Mann, als er sie um die Ecke biegen sah.

»Schnell, Milton! Wir werden verfolgt!«

Milton und Blackraven hoben Malagrida in den Sattel, bevor sie ihre eigenen Pferde bestiegen. Sie trieben die Tiere mit Rufen und Peitschenhieben an und preschten im gestreckten Galopp die Rue de Bac hinunter zum Sitz der schwedischen Botschaft, wo sie, gestärkt von einem Mahl und einem Bad, die Nacht verbrachten.

»Wie bist du an diesen schwedischen Pass für mich gekommen?«

»Mit Hilfe meiner Freundin, Madame de Staël. Sie hat sich von der Schweiz aus darum gekümmert. Ihr Mann ist Botschafter von Schweden.«

»Ja, ich weiß. Wie ich sehe, mein Junge«, bemerkte Malagrida ironisch, »kennen deine Beziehungen und dein Einfluss keine Grenzen.«

»Natürlich kennen sie Grenzen.« Und Blackraven erzählte ihm, dass es ihm im vergangenen Jahr nicht gelungen sei, seine Patentante, Königin Marie Antoinette, aus demselben Gefängnis, der Conciergerie, zu retten. »Nach dem fehlgeschlagenen Befreiungsversuch wurde ihre Bewachung noch verschärft.«

»Es heißt«, ergänzte Malagrida, »ihre Wächter hätten nur

durch einen Wandschirm von ihr getrennt mit ihr in der Zelle gelebt.«

»Man hätte sie nicht befreien können. Es wäre Selbstmord gewesen«, erklärte Blackraven, offensichtlich beschämt und voller Bedauern. »Aber ich werde ihre Kinder retten, koste es, was es wolle. Ich werde Madame Royale und König Ludwig XVII. aus den Fängen dieses Pöbels befreien. Zumindest das bin ich ihrer Mutter schuldig.«

»Das wird nicht einfach sein«, bemerkte Malagrida.

Sie verließen die schwedische Botschaft am helllichten Tage, mit gepuderten Perücken und in kostbaren Kleidern. Obwohl die Wachen an allen Stadttoren verstärkt worden waren, zeigte der Soldat, der ihre Papiere kontrollierte, nicht den geringsten Zweifel, als er dem Kutscher bedeutete, er könne weiterfahren. Sie erreichten ohne Zwischenfälle Calais, und als sie sich auf dem Schiff mitten im Ärmelkanal befanden, fühlte sich Malagrida in Sicherheit. Er umarmte Blackraven und dankte ihm herzlich.

»Ich verdanke dir das Leben, mein Junge. Solange ich lebe, werde ich dir nicht vergelten können, was du für mich getan hast. Du bist ein großherziger Mensch.«

»Ihr werdet anders denken«, warf Blackraven ein, »wenn ich Euch sage, dass aus mir ein Pirat geworden ist.«

Malagrida schloss sich der Mannschaft Kapitän Blacks an, wie ihn seine Männer nannten, und verhielt sich in allem wie ein Flibustier, außer wenn er mittschiffs die Messe las. Sie kreuzten zwischen der Küste Afrikas und den Häfen der Neuen Welt, um mit Sklaven zu handeln und Schiffe zu überfallen. Die übrige Zeit verbrachten sie im revolutionären Frankreich. Ein Teil der Beute wurde darauf verwendet, Beamte zu bestechen, falsche Papiere zu beschaffen, Helfershelfer zu bezahlen, Waffen zu kaufen und Pläne zu schmieden. Blackravens Angewohnheit, seine chiffrierten Botschaften mit seinem Skorpionring auf pechschwarzem Siegellack zu zeichnen, brachte ihm den Namen *Der Schwarze*

*Skorpion* ein. Die französischen Behörden hassten diesen Konterrevolutionär; sie wagten gar nicht zu schätzen, wie viele Verräter dieser schwer zu fassende Spion vor der Guillotine bewahrt hatte.

Anfangs glaubte man, er sei Engländer, doch Zeugen, die behaupteten, seine Stimme gehört zu haben, hielten ihn für einen Franzosen. Andere widersprachen und sagten, es handele sich um einen Zigeuner, sein Aussehen verrate ihn, und so ließ man das fahrende Volk durchsuchen, das von Region zu Region zog. In den Vorstädten von Paris schossen die Legenden um den Schwarzen Skorpion aus dem Boden, und manche davon trugen nahezu mythologische Züge.

Die Behörden glaubten, nach dem Ende der Schreckensherrschaft und des Großen Terrors würden die Husarenstücke des Schurken ohne Staatsangehörigkeit und ohne Gesicht aufhören, doch sie irrten sich: Er fuhr mit seinen Tollkühnheiten fort und kollaborierte mit den alliierten Staaten, um zuerst jene zu besiegen, die den Sinn der Revolution verfälschten, und danach Napoleon. Im Laufe der Jahre wurde der Schwarze Skorpion zu einem der meistgesuchten Feinde des französischen Staates, doch nun wollte man ihn nicht mehr tot, sondern lebendig. Er sollte zum Ruhm Frankreichs beitragen.

Das Mittagessen mit Malagrida im Faria Lima fand ein jähes Ende, als Blackraven wieder einfiel, dass er in einer halben Stunde mit Marie und Louis Charles bei Señora Barros erscheinen sollte. Er begleitete den Jesuiten in die Hotelhalle und trug einem Pagen auf, eine Kutsche oder eine Sänfte zu besorgen. Malagrida war überrascht, als Blackraven ihm mitteilte, dass er vorhabe, auf der *Sonzogno* an den Río de la Plata zurückzukehren.

»Wann?«, wollte er wissen.

»Ich weiß es noch nicht.«

»Und was hast du mit der *White Hawk* vor?«

»Sie wird auf Kaperfahrt gehen, sobald der Proviant an Bord ist. Wir haben von einigen holländischen Schiffen gehört, die mit Waren beladen auf dem Weg nach Timor sind. Flaherty« – der Kapitän der *White Hawk* – »wird sie vor dem Kap der Guten Hoffnung abfangen.«

»Und wo ist dein wilder Heide?«, fragte Malagrida unvermittelt. Mit dem »wilden Heiden« war Somar gemeint, Blackravens türkischer Diener.

»Er ist am Río de la Plata geblieben.« Malagrida sah ihn stumm an. »Ich habe ihm eine Aufgabe anvertraut, für die mir niemand sonst geeignet schien.«

»Ich frage mich, was das wohl für eine Angelegenheit ist, die dich dazu gebracht hat, dich von deinem treuesten Diener zu trennen.«

Der Empfang im Hause der Señora Barros fand in einer angenehmen Atmosphäre statt. Blackravens anfänglichem Unwillen zum Trotz erwies sich der Baron de Ibar mit seiner offenen, leutseligen Art als angenehmer Gesellschafter. Für den Rest der Zeit vertieften sie sich in eine kultivierte Konversation. Der Baron befasste sich mit neuen Verfahren zur Weiterentwicklung von Nutzpflanzen, um sie vor Krankheiten und Schädlingsbefall zu schützen. Er bereiste die Welt, um Informationen zu sammeln und neue Arten aus dem Pflanzen- und Tierreich zu bestimmen. Seine Aufzeichnungen versah er mit Zeichnungen, denn er war sehr geschickt im Umgang mit dem Bleistift.

Blackraven schilderte ihm seine Sorgen bezüglich des Pelzkäfers, der umfangreiche Schäden in den Gerbereien am Río de la Plata verursachte, sowie der Getreidespitzwanze und des Getreiderosts beim Weizen- und Maisanbau. Er kam auch auf seine Olivenhaine zu sprechen, mit deren Ertrag er die Ölmühle auf seinem Anwesen El Retiro betrieb, und der Baron von Ibar warnte ihn vor den in Spanien und Portugal am weitesten verbreiteten Krankheiten, der Stammfäule, der Olivenfliege und der Olivenschildlaus, wobei er einräumte, nicht zu wissen, ob diese auch die Pflanzungen in Übersee befielen.

»Meine Frau Gemahlin und ich reisen in wenigen Wochen zum Río de la Plata«, kündigte de Ibar an. »Dort erwartet uns mein Kollege, der Naturforscher Thaddäus Haenke. Ich bin sehr interessiert daran, diese Gegend zu erforschen, hat doch Haenke in den höchsten Tönen von ihr geschwärmt.«

»Ihr könnt in meinem Haus wohnen«, bot Blackraven an. »So lange Ihr wollt.«

»Ihr seid wirklich großzügig, aber ich möchte Euch keine Umstände machen.«

»Ihr werdet mir keine Umstände machen«, beteuerte er. »Ich bin dafür bekannt, ein gastfreundliches Haus zu haben. Zum anderen wird mir Euer Wissen bei meinen Geschäften von Nutzen sein. Ihr seht«, fügte er mit einem Augenzwinkern hinzu, »meine Einladung ist nicht ganz uneigennützig.«

»Es wird mir ein Vergnügen sein, Eure Pflanzungen und die Gerberei zu besichtigen«, versicherte de Ibar und erhob das Glas.

Blackraven ergriff das seine, wobei er die Blicke spürte, die ihm die Baronin vom anderen Ende des Salons zuwarf. Sie hatte während der gesamten Feier kein Auge von ihm gewandt.

Als er müde und etwas angetrunken ins Hotel zurückkehrte, glaubte Blackraven, der Tag sei zu Ende. Doch dann hörte er, wie an seine Tür geklopft wurde. Es war Louis Charles. Er willigte ein, noch ein paar Sätze mit seinem Schützling zu wechseln.

Obwohl noch jung – er war soeben einundzwanzig geworden –, von ruhiger Wesensart und mit den Gesichtszügen eines Engels, zeigte Ludwig XVII. mit seiner zurückhaltenden Entschlossenheit jene Charaktereigenschaften, die man von einem direkten Nachkommen Ludwigs XIV., des Sonnenkönigs, erwartete.

Der junge Mann zog es vor, stehen zu bleiben. Während er mit seinen hellen Augen jene seines Cousins fixierte, teilte er diesem mit, dass er niemals König von Frankreich werden wolle. Diese unerwartete, jedoch entschiedene Aussage ließ Blackraven schlagartig wieder wach werden. Nachdem er einen Fluch ausgestoßen hatte, legte er beide Hände auf Louis Charles' Schultern.

»Bist du sicher, dass du auf den Thron deines Landes verzichten willst? Er steht dir zu.«

Der junge Mann führte Gründe an, über die er, das war offensichtlich, schon seit längerer Zeit nachdachte. Zunächst einmal, so sagte er, hege er keine guten Erinnerungen, weder an Frankreich, noch an sein Volk, das er als »Königsmörder« bezeichnete.

»Meine Eltern waren nachsichtig, und meine Schwester ist es auch«, gestand er ein, »aber ich weiß nicht, ob diese Tugend in mir obsiegt, denn seit Jahren denke ich mit großem Groll an die Erniedrigungen zurück, die man uns zufügte. Ich kann die letzten Jahre im Temple-Gefängnis nicht vergessen, und dass Hébert mich zwang, dieses Dokument aufzusetzen und zu unterzeichnen, in dem ich meine Mutter des schändlichsten Verbrechens bezichtigte, dessen man eine ehrbare Frau beschuldigen kann, ein Dokument, das letztlich zu ihrem würdelosen Tod führte.«

»Das stimmt nicht. Niemand hat geglaubt, dass deine Mutter dich missbrauchte. Vielmehr gab es nach dieser Episode, bei der deine Mutter sich so mutig und würdevoll verteidigte, viele, die ihre Hände erhoben, um sie zu retten, nachdem sie sie zuvor verurteilt hatten.«

»Ach, Gott«, seufzte Louis, als hätte er die Worte seines Cousins gar nicht gehört. »Meine Mutter, meine verehrte Mutter, guillotiniert wie eine Verbrecherin.«

»Vergiss nicht die Worte Corneilles«, rief Blackraven ihm in Erinnerung. »*Das Verbrechen bringt Schande, nicht das Schafott.*«

»Es ist egal, Roger. Meine Mutter ist tot, und es lastet auf meinem Gewissen, ihr diese letzte bittere Erfahrung vor ihrem schrecklichen Ende verursacht zu haben.«

»Deine Mutter hat dir in ihrem Abschiedsbrief vergeben. Sie

sagte, sie wisse, dass nicht du der Verfasser dieses Dokuments gewesen seist.«

»Ich habe sie im Stich gelassen«, beharrte der junge König. »Ich kann kein Volk regieren, auf das ich einen solchen Groll hege. Vielleicht werden diese finsteren Empfindungen mit den Jahren schwächer, doch heute scheint das unmöglich. Zum anderen hat mich niemand darauf vorbereitet, ein guter Monarch zu sein; du weißt ja, dass man mich von frühester Jugend an in ein Gefängnis sperrte, wo die Revolutionäre alles daransetzten, mich zu einem Sansculottes herabzuwürdigen. Mit kaum acht Jahren machte man mich betrunken, brachte mir anstößige Wörter und Sprüche bei, unterwies mich im Spielen und Wetten und erzählte mir Geschichten über meine Eltern, die mich eine Zeitlang dazu brachten, sie zu hassen. Später, als ich die Absichten dieser Unmenschen begriff, weinte ich bitterlich. Nur Madame Simon, die Frau meines Wärters, zeigte Mitleid mit mir, doch sie konnte wenig gegen Hébert, Chaumette und die anderen ausrichten. Das alles ist geschehen, Roger, und hat tiefe Spuren in meiner Seele hinterlassen.«

»Wie war das mit dem Austausch gegen den skrofulösen Jungen?«

»Die erste Maßnahme Héberts und Chaumettes bestand darin, Simon und seine Frau zu entlassen und die Wärter auszutauschen. Kaum einen Tag nach diesem Ereignis erschienen Schlosser, Glaser, Ofensetzer, Schreiner und andere mehr in meiner Zelle, um den Raum vollständig umzugestalten. Nach Beendigung der Arbeiten blieb ich alleine in einem kleinen Zimmer zurück, mit einem winzigen Fensterchen, durch das kaum der Himmel zu sehen war. Sie kamen nicht einmal herein, um mir das Essen zu geben, sondern schoben es durch eine Öffnung, in die ich meinerseits den Teller und den Nachttopf stellte. Ich hatte kein Wasser, um mich zu waschen, ich durfte nicht in den Hof, ich sprach mit niemandem und niemand sprach mit mir. Ich lebte wie ein Hund.«

»Oh, mein Gott«, entfuhr es Blackraven.

»Sie mussten mich isolieren, damit der Austausch ohne Risiko vonstatten gehen konnte.«

»Weshalb wollten Hébert und Chaumette dich ersetzen?«

»Ich weiß es nicht«, gab Louis zu. »Ich nehme an, sie hofften, finanzielle Vorteile daraus zu ziehen, indem sie Geld von meinem Onkel, dem Grafen der Provence, oder meinem Cousin Franz von Österreich forderten. Vielleicht spekulierten sie auf einen politischen Vorteil.«

»Was geschah, nachdem man dich aus dem Temple-Gefängnis holte?«

»Ich wurde aufs Land gebracht, wo man mich bei einem kinderlosen Ehepaar in guter Position unterbrachte, den Désoites, die mich aufnahmen, ohne zu wissen, wer ich war. Sie nannten mich Pierre. Dreiundzwanzig Tage, nachdem man mich aus dem Temple-Gefängnis weggebracht hatte, fielen Hébert und Chaumette der Guillotine zum Opfer und nahmen das Geheimnis meines Austauschs mit ins Grab.«

»Nein, sie haben es gestanden, bevor sie starben. So konnte ich dich Jahre später ausfindig machen. Sie sagten nicht, wohin sie dich gebracht hatten, aber sie gaben zu, dich durch ein krankes Kind ersetzt zu haben, das älter war als du.«

Louis Charles nickte und blickte zu Boden. Da er dieses traurige Thema nicht fortführen wollte, sagte Blackraven in weniger finsterem Ton: »Wie du mir erzähltest, ließ dir die Familie, die dich aufnahm, eine gute Erziehung angedeihen. Du bist ein gebildeter Mann von außergewöhnlicher Intelligenz. Wir werden deine akademischen und politischen Kenntnisse vertiefen, um dir mehr Selbstvertrauen zu geben.«

»Roger, du bist der Einzige, der meiner Schwester und mir aufrichtiges Wohlwollen und Zuneigung entgegengebracht hat. Wenn du mir sagst, dass ich meinen Platz als französischer König einnehmen *müsse*, weil davon gewisse Interessen abhingen, die dir wert und teuer sind, würde ich es tun, um der großen Zuneigung und Dankbarkeit willen, die ich für dich empfinde. Das wäre der einzige Grund, kein anderer.«

»Denkst du etwa, dass ich dich und deine Schwester protegiere, um mir irgendwelche Vorteile zu verschaffen?«, fragte Blackraven eher erstaunt als verärgert.

»Ganz und gar nicht«, lautete die knappe Erklärung des jungen Mannes. »Ich sage nur, wenn meine Rückkehr auf den Thron dir von Vorteil sein könnte, wäre ich dazu bereit. Andernfalls würde ich es nicht tun, denn den Platz meines Vaters einzunehmen, hieße, eine Position einzunehmen, für die ich nicht die Befähigung besitze.«

»Du und Marie, ihr seid für mich wie Geschwister, und ich hätte alles getan, um Euch all dieses Leid zu ersparen. Ich erwarte nichts dafür. Wenn du kampflos auf den französischen Thron verzichten willst, wenn das dein Wunsch ist, soll es so sein.«

Blackraven ging zu einer Anrichte und goss aus einer Karaffe Brandy in zwei Gläser. Er reichte seinem Cousin eines.

»Woher weißt du, dass ich wirklich der Sohn Ludwigs XVI. bin?«

Blackraven setzte bei dieser Frage perplex das Glas ab, aus dem er gerade trinken wollte.

»Ich machte dich ausfindig, nachdem ich dich jahrelang gesucht hatte. Anfangs, um das Jahr 1793, verfügte ich noch nicht über das Netz von Agenten und Spionen, dessen ich mich mit der Zeit bediente. Das mit der Suche nach dir ist eine lange Geschichte, Louis. Irgendwann glaubte ich tatsächlich, du seist gestorben, denn bei den beiden Jungen, bei denen es sich um Ludwig XVII. hätte handeln können, stellte sich bald heraus, dass sie logen. Die Erste, die mir Hoffnung machte, dass du nicht gestorben warst – zumindest nicht im Temple-Gefängnis –, war die Frau deines Wärters Simon, die ich in einem Armenhaus aufsuchte. Sie brachte mich auf die erste richtige Fährte, die mich zu dir führte.« Und mit eindringlichem Blick beteuerte Blackraven: »Ich weiß, dass du Ludwig XVII. bist, vor allem, weil Marie es bestätigt hat.«

»Ja, Marie hat es bestätigt, aber wie willst du den anderen meine Identität beweisen? Niemand weiß, dass die echte Marie bei dir ist. Alle halten diese Doppelgängerin, die jetzt bei meinem Onkel lebt, für die wahre Madame Royale. Ihre Aussage ist also nichts wert.«

»Da ist das lilienförmige Muttermal auf deinem Unterarm, an dem dich Marie erkannt hat«, führte Blackraven an.

»Nur wenige wissen von seiner Existenz: meine Eltern, meine Amme, mein Kindermädchen, meine Tante Elisabeth. Sie alle sind tot.«

»Wenn du der Welt offenbaren wolltest, wer du bist, würden wir einen Weg finden, es zu beweisen. Es wird nicht einfach, das weiß ich, aber es ist auch nicht unmöglich. Wir könnten uns an die britische Regierung wenden. Dort war man sehr daran interessiert, dich zu finden, und England wäre ein mächtiger Verbündeter.«

Louis Charles griff in seine Jackentasche und nahm ein Metalletui heraus, wie es die Frauen verwendeten, um ihren Fächer darin aufzubewahren. Er zog den Deckel ab und drehte es um, und eine Pergamentrolle fiel in seine Hand.

»Ich möchte, dass du dieses Dokument für mich aufbewahrst.«

Blackraven nahm das Pergament und rollte es auf; während er las, zeichnete sich die Überraschung auf seinem Gesicht ab.

»Woher hast du das?«

»Edgeworth de Firmont hat es mir überreicht, der Priester, der meinem Vater in seinen letzten Stunden beistand und ihn aufs Schafott begleitete. Er besuchte uns am Tag nach seiner Hinrichtung und legte mir dieses Schriftstück in die Hände, zusammen mit dieser Miniatur.«

»Wer ist das?«, Blackraven deutete auf das winzige Porträtbild.

»Madame de Ventadour, die Hauslehrerin meines Urgroßvaters Ludwig XV. Er verehrte sie mehr als seine eigene Mutter. Es heißt, er habe sich nie von diesem Miniaturbildnis getrennt. Seine Liebe zu dem Porträt war allgemein bekannt, und als er vor den Pforten des Todes stand, übergab er es meinem Vater, der ihm versprach, es stets bei sich zu tragen. Mein Vater wollte, dass ich es bekam. Es ist mein Wunsch, dass du beides aufbewahrst, Roger, das Dokument und die Miniatur. Damit könntest du beweisen, dass ich Ludwig XVII. bin. Dieses Schriftstück wird den strengsten und sorgfältigsten Prüfungen der besten Kalligraphieexperten standhalten. Es ist die Handschrift meines Vaters, von ihm unterzeichnet und gesiegelt, und das hier« – er deutete auf den unteren Rand des Dokuments – »ist die Unterschrift Edgeworth de Firmonts, der als Zeuge fungierte.«

Blackraven las noch einmal den entscheidenden Absatz: *Deshalb verzichte ich, Ludwig XVI., König von Frankreich und Navarra, nachdem ich am heutigen Tage, dem 17. Januar 1793, zum Tode verurteilt wurde, im Temple-Gefängnis der Stadt Paris vor meinem Zeugen, dem Bürger Henry Essex Edgeworth de Firmont, zugunsten meines Sohnes Louis Charles, der den Namen Ludwig XVII. tragen soll, auf den Thron von Frankreich und Navarra …*

»In seinem tiefsten Inneren hat dein Vater die Republik nie anerkannt.« Der Junge nickte, ernst und gedankenverloren. »Wie ist es dir gelungen, dieses Dokument über so viele Jahre verborgen zu halten?«

»Ich übergab es Simons Frau, als sie im Temple-Gefängnis entlassen wurde. Vor Jahren besuchte ich sie in demselben Armenhaus wie du, und sie gab es mir zusammen mit dem Miniaturbild zurück.«

»Erkannte sie dich wieder?«

»Sofort als sie mich sah«, antwortete der junge Mann mit Nachdruck. »Sie nannte mich ›ihren Charles‹, wie sie es in der Vergangenheit getan hatte, und ich nannte sie *Bêtasse*, ebenfalls wie früher. Ich gebe zu, die Tatsache, dass ich im Besitz dieses Dokuments bin, beweist nicht eindeutig, dass ich Ludwig XVII. bin, so wertvoll es auch sein mag. Meine Gegner könnten anführen, ich hätte es dem wahren König von Frankreich gestohlen.«

»Das stimmt«, gab Blackraven zu, »aber dennoch würden viele vor dem Besitzer dieses Schreibens zittern. Man würde dich und das Schriftstück Hunderten von Prüfungen unterziehen, bei denen du bestens wegkämst. Unterschätz es nicht«, sagte er nach kurzem Schweigen. »Dieses Dokument ist ein Schlüsselelement.«

Blackraven steckte die Pergamentrolle in die Metallhülse zurück und reichte sie Louis Charles gemeinsam mit der Miniatur.

»Ich denke, du solltest diese Gegenstände aufbewahren«, erklärte er. »Trenn dich nicht von ihnen. Irgendwann, wenn du dich dazu entscheidest, werden sie als Beweis dafür dienen, wer du bist.«

»Ich weiß, wer ich bin«, entgegnete Louis mit bewundernswertem Selbstvertrauen, ohne die Gegenstände entgegenzunehmen, die Blackraven ihm hinhielt. »Das muss ich keinem beweisen. Ich habe meine Schwester wiedergefunden und deine Freundschaft gewonnen. Jetzt muss ich nur noch ein Leben beginnen, das mich zufriedenstellt. Ich will nur meinen Frieden. Nimm die Abdankung meines Vaters an dich, Roger, tu mir den Gefallen. Neben Marie bist du der Einzige, dem ich vertraue.«

Blackraven nickte und holte eine Eisenkassette hervor, in der er Pfandbriefe, Anweisungen, Wechsel, eidesstattliche Erklärungen, Seefahrerpatente und weitere Dokumente seiner Schiffe aufbewahrte. Er öffnete sie mit einem Schlüssel, den er um den Hals trug, und legte beide Gegenstände, Metalldose und Miniatur, hinein. Als er sich wieder umdrehte, begegnete er dem gleichmütigen Blick seines Cousins.

»Hast du immer noch Interesse daran, Architektur zu studieren?«

»Es ist mein größter Wunsch. Aber verschieben wir dieses Gespräch auf morgen. Es ist schon spät.«

Nachdem Louis Charles sich verabschiedet hatte, trat Blackraven auf den Balkon, um vor der stickigen Hitze im Zimmer zu fliehen. Die Feinde des Königs von Frankreich, sagte er sich, waren viel zu zahlreich und zu mächtig, um zu glauben, er könne ihn am Leben halten, wenn er der Welt seine Identität preisgab. Im Augenblick konnte er nicht einmal mit Gewissheit sagen, ob derjenige, der Le Libertin entsandt hatte, um Ludwig XVII. zu ermorden, wusste, wo dieser zu finden war. Hatte Le Libertin eine Nachricht an seinen Auftraggeber geschickt, wer auch immer das sein mochte, um ihm mitzuteilen, dass der junge Pierre Désoite, der sich im Haus des Grafen von Stoneville am Río de la Plata aufhielt, in Wirklichkeit der Sohn Ludwigs XVI. war? Diese Frage hatte Blackraven dazu bewogen, Marie und Louis Charles aus Buenos Aires wegzubringen, ihre Namen zu ändern und ihnen eine neue Lebensgeschichte zu geben. Vielleicht war die Entscheidung des jungen Monarchen, auf den französischen Thron zu verzichten, weder überstürzt noch unbesonnen. Des Weiteren würde er nach Pater Edgeworth de Firmont suchen lassen, dem einzigen Zeugen der Abdankung Ludwigs XVI. zugunsten seines Sohnes, und auch nach Madame Simon, die das Schriftstück so viele Jahre aufbewahrt hatte. Er musste sie unbedingt in Sicherheit bringen.

Er betrachtete das Medaillon, das er in der Hand hielt. »Isaura«, murmelte er. Er hatte das Bedürfnis, ihren Namen auszusprechen. Seit er sie vor einigen Wochen in Buenos Aires zurückgelassen hatte, war kein Moment vergangen, in dem er nicht an sie dachte. Nun, da er zu dieser nächtlichen Stunde in der Einsamkeit seines Zimmers die Sehnsucht mit Hilfe von Brandy zu betäuben versuchte, brachen die Erinnerungen an Isaura über ihn herein. Er konnte sich nicht konzentrieren, nicht schlafen, nicht zur Ruhe kommen, und so vergingen die Stunden bis zum Morgengrauen, in denen er das kleine Porträtbild betrachtete, sich nach ihr verzehrte, sie liebte. Schließlich zwang er sich, zu Bett zu gehen und einzuschlafen, aber er träumte von ihr, und das Erste, was ihm beim Aufwachen in den Sinn kam, war sie. Er konnte ihre türkisfarbenen Augen nicht vergessen.

Er hätte zu gerne die leidvolle Erinnerung an jenen letzten gemeinsamen Morgen ausgelöscht, als sie ihn als habgierigen Verräter beschimpfte, als Lügner und sogar als Mörder. Dass sie, seine süße, wunderbare Isaura, so schlecht über ihn dachte, war bitter für ihn. Roger Blackraven öffnete das Medaillon; er bewahrte eine Locke ihres wundervollen roten Haars darin auf. Lächelnd erinnerte er sich an die Nacht, als er es ihr abgeschnitten hatte. Sie hatte gelacht, weil er so lange brauchte, um die röteste, dickste Locke zu finden. Er nahm die Haare zwischen die Finger und hielt sie unter die Nase. Er hasste die Vergänglichkeit der Zeit, denn sie ließ den Duft des Frangipani-Parfüms verblassen, das er für sie ausgesucht hatte und das sie immer für ihn auftrug, bevor er sie liebte.

Von Anfang an, seit jener Nacht, da er sie zur Frau machte, hatte er gespürt, dass ohne Isaura alles seinen Sinn verlöre; er hatte sich selbst eingeredet, sie nicht so sehr zu brauchen, doch es war vergeblich gewesen, denn er liebte sie abgöttisch. Er hasste dieses brennende Verlangen, sie zu besitzen, während sie so ätherisch und unnahbar wirkte. Die Enttäuschung verursachte eine Leere in seinem Herzen, kalte, öde Brache, das genaue Gegenteil des Paradieses, das Isaura ihm eröffnet hatte, als sie ihm noch ihr Herz schenkte. Sie hatte ihm die Kraft geraubt, so wie Dalila dem Samson, aber nicht mit einer Schere, sondern mit dem verächtlichen Blick, der ihre harten Worte begleitete: »Ich kann dir nicht glauben. Ich habe kein Vertrauen in dich.« Gott, es schmerzte noch immer so sehr! Es schmerzte, sie so sehr zu lieben und von ihr nicht mit der gleichen Inbrunst wiedergeliebt zu werden. Er gehörte ganz und gar ihr, ein geblendeter Untertan zu Füßen seiner Göttin. Sie hingegen gehörte ihm nicht; sie gehörte den anderen, denjenigen, die sie brauchten.

»Genug«, murmelte er und schloss die Faust um das Medaillon, wütend auf diese Schwäche, die so gar nicht zu seiner Wesensart passte. Wenn er diesen Punkt erreichte, verwandelte sich die Sehnsucht in Wut und die Liebe in Hass.

Auf seinen Schiffen fand er ein wenig Frieden. Er verbrachte Stunden bei seinen Männern, erteilte Befehle, studierte Karten, löschte Kisten und kletterte bis in den Masttopp. Dann war er wieder er selbst. Die *Sonzogno* war ihm besonders lieb, ein Schiff mit hervorragender Wasserlage und großem Tiefgang aus holländischer Fertigung – daher der heilige Nikolaus als Galionsfigur –, mit fünfzig Geschützen zu je vierundzwanzig Pfund. Sie war stets tadellos in Schuss, Bordwand und Masten brüniert, ordentlich kalfatert, die Segel und Beflaggung makellos. Man bemerkte die Hand des Jesuiten auf diesem Schiff.

Die Sonne begann zu brennen. Er zog sein Hemd aus und hängte dann weiter Eimer mit Sand an die Augbolzen. Auf der Brücke entdeckte er Ratte, der Malagrida mit Fragen löcherte. Er war ein aufgeweckter Junge, der schnell lernte. Er beherrschte schon ein paar Sätze Spanisch. Die Besatzung hatte ihn ins Herz geschlossen, aber seine Wissbegierde war ihm manchmal lästig. Malagrida hingegen schien sich nicht daran zu stören.

»Herr Roger!«, rief der Junge, sprang aufs Deck und kam zu ihm gerannt.

»Was gibt's, Ratte?«, fragte er, ohne in seiner Arbeit innezuhalten.

»Herr Roger, Sie brauchen mich nicht mehr Ratte zu nennen. Kapitän Malagrida hat mich getauft. Von jetzt an heiße ich Estevanico.« Blackraven warf ihm einen Blick zu, der Begeisterung zeigen sollte.

»Estevanico soll es also sein.«

»Kapitän Malagrida sagt, Estevanico war ein Sklave aus Nordafrika, aus dem später ein sehr angesehener und sehr bekannter Entdecker wurde. Er bereiste den Golf von Texiko und ...«

»Golf von Mexiko.«

»Ja, Mexiko. Und dann ...«

Der Junge sprang plappernd um ihn herum, während Blackraven Eimer füllte und aufhängte. Hin und wieder nickte er oder sah ihn mit abwesendem Blick an. So traf ihn das Ehepaar de Ibar an, als es über die Gangway, die auf der Mole auflag, an Bord kam.

»Kapitän Black!«, rief einer der Matrosen. »Hier fragt jemand nach Euch, Kapitän.«

Der Baron entdeckte eine Spur von Ungeduld auf Blackravens Gesicht, während dieser hastig ein Hemd überzog und ihnen mit einem aufgesetzten Lächeln entgegenkam. Die Baronin war zuerst an Bord gegangen und hatte Blackraven entdeckt, bevor sie gemeldet wurden. So blieben ihr einige Sekunden, um ihn fast nackt und mit offenem Haar beim Schleppen der Eimer zu sehen, die, seinen angespannten Muskeln nach zu urteilen, schwer sein mussten. War dieser Fleck auf seinem linken Arm etwa eine Tätowierung? Sie konnte es nicht genau erkennen. Als sie ihn so sah, war Ágata stolz auf ihre Intuition, denn schon am Abend ihres Kennenlernens hatte sie geahnt, dass sich hinter der Maske des vornehmen Herrn ein Wilder verbarg.

Blackraven begrüßte den Baron und die Baronin de Ibar mit einer Verbeugung und entschuldigte sich für sein Aussehen.

»Es war eine Dreistigkeit unsererseits, Exzellenz«, erklärte de Ibar, »ungebeten an Bord Eures Schiffes zu kommen. Aber als wir so am Kai entlangspazierten, entdeckte meine Gattin den Namen des Schiffes, den Ihr auf der Soirée zu Ehren des Geburtstags von Prinz Dom João erwähntet.«

Blackraven und Ágata wechselten einen flüchtigen Blick.

»Ihr werdet immer auf jedem meiner Schiffe willkommen

sein«, beteuerte Blackraven und lud sie mit einer Geste ein, näherzutreten. »Estevanico, lauf und sag Kapitän Malagrida, dass ich ihm ein paar Freunde vorstellen möchte.«

Sie schlenderten über das Deck, wobei sie sich über dies und jenes unterhielten. Ágata, die schweigend hinterherging, bemerkte, dass Blackraven ganz und gar nicht so aussah, als sei ihm seine unpassende Bekleidung unangenehm. Im Gegenteil, er sah wunderbar aus als Pirat. Sie war überrascht, wie sauber es auf dem Schiff war, und genoss den Terpentingeruch des blauen Lacks, mit dem ein Matrose den Bug auf der Steuerbordseite anstrich. Sie mochte diesen Geruch, der ungewöhnlich war in einer Welt, in der normalerweise Gestank vorherrschte. Die Beiboote waren mit sauberen blauen Planen bedeckt. Das Holz der Lafetten, auf denen die Geschütze standen, war blitzblank. Die Mannschaft war bunt gemischt, Männer aus allen Nationen, und auch sie waren sauber und trugen zu ihrem Erstaunen die Haare kurz, mit Sicherheit, um die Läuse in Schach zu halten. Mehrere Seeleute verluden Futtersäcke und Ballen mit Wolle und Baumwolle; ein anderer zapfte ein Fass an, wahrscheinlich mit Rum, der die Grundlage des typischen Seemannsgetränks, des Grogs, war. Obwohl sie bei der Arbeit freundlich miteinander umgingen, waren sie doch mit Sicherheit wilde Gesellen, davon zeugten ihre Ausdrucksweise und die Säbel und Messer, die sie am Gürtel trugen.

Das geschäftige Treiben war ein Hinweis darauf, dass sie in kurzer Zeit in See stechen würden. Die Winde hob unentwegt schwere Bündel an Deck und mehrere Seeleute schleppten die Vorräte in den Lagerraum. Eine Gruppe rollte ein Fass mit Sauerkraut heran, und der Baron de Ibar fragte, ob man es verzehre, um Skorbut zu vermeiden, was Blackraven bejahte.

»Wir haben noch nie einen Mann an diese Krankheit verloren«, erklärte Kapitän Malagrida zur Begrüßung.

Blackraven stellte sie einander vor. Nachdem sie das Deck besichtigt hatten, begaben sie sich in die Kapitänskajüte, um einen kleinen Imbiss zu sich zu nehmen.

Nach dem Abendessen mit Marie, Louis Charles und dem Ehepaar de Ibar im Faria Lima bestieg Blackraven sein Pferd und ritt in das Viertel bei den Molen an der Bahía de Guanabara. Sein Ziel war erneut die Schänke *O Amigo do Diabo*. Távora erwartete ihn im selben Zimmer.

»Ich habe dich auf der *Wings* gesucht, dich aber nicht angetroffen«, sagte Blackraven.

»Ich war unterwegs. Heute Morgen habe ich eine Ladung Rum verkauft, die ich von La Isabella mitgebracht habe«, – Távora sprach von Blackravens Landgut auf Antigua – »und ich musste das Geld anlegen. Ich habe dich nicht gefragt, denn der Preis war nicht zu toppen und der Käufer ist schon am frühen Nachmittag ausgelaufen.«

»Ist in Ordnung. Du weißt ja, ich vertraue deinem Geschäftssinn.«

»Hier hast du den Beleg.«

»Hast du deine Provision abgezogen?«

»Ja. Ich habe sie schon angelegt.«

Von all seinen Spionen war Távora nicht nur flink mit Zahlen, er zeigte auch außergewöhnliches Geschick beim Beschaffen von Informationen. Nachdem sie sich über Gelddinge ausgetauscht hatten, erwähnte er, er habe einen ehemaligen Leutnant zur See von der Besatzung der HMS Margaret kennengelernt, der behaupte, gesehen zu haben, wie der Auftragsmörder namens »die Kobra« seinen Admiral ins Jenseits geschickt habe. Er habe ihm in einer Gasse in Nikosia aufgelauert und ihm einen Degen ins Herz gebohrt.

»Der Mann versichert, er habe noch nie jemanden gesehen, der sich so flink und so gewandt bewege.« Blackraven nippte geistesabwesend an seinem Glas. »Hörst du mir überhaupt zu?«

»Ja, ich höre dir zu. Wenn dieser Mörder ein Ausbund an derlei Fertigkeiten ist, können wir nichts unternehmen. Du sagst, in Paris habe man dir erzählt, Fouché habe ihn gedungen, um den Schwarzen Skorpion zu töten. Nun, er wird zuerst herausfinden müssen, wer der Schwarze Skorpion ist.«

»Ribaldo könnte es Fouché verraten haben, bevor er starb.«

»Ich sagte dir doch, Ribaldo hat den Mund nicht aufgemacht. Ich neige eher zu dem Gedanken, dass es Valdez e Inclán gewesen sein könnte und dass es das war, was er mir mitteilen wollte, bevor er starb.«

»Hast du Eddie am Río de la Plata getroffen?«, erkundigte sich Távora nach dem fünften Spion, dem Iren Edward O'Maley.

Blackraven setzte ihn über die Aktivitäten O'Maleys in Kenntnis, der, nachdem er den europäischen Kreis verlassen hatte, für die *Southern Secret League* arbeitete. Blackraven und andere einflussreiche Persönlichkeiten aus England hatten diesen Geheimbund gegründet, der es sich zum Ziel gesetzt hatte, die Südhalbkugel zu beherrschen, um deren Rohstoffe auszubeuten und die englische Industrie damit zu beliefern. Dabei sollte der Unabhängigkeit Westindiens eine Schlüsselrolle zukommen.

Távora berichtete ihm von Plänen der britischen Regierung, die die Ziele des Geheimbundes in Gefahr zu bringen drohten.

»Ich habe in Erfahrung gebracht, dass der Graf von Montferrand die Absicht hegt, dem Premierminister einen Plan zur Unabhängigkeit Mexikos zu unterbreiten und ihm vorzuschlagen, den dortigen Thron mit einem französischen Bourbonenprinzen zu besetzen. Die Rede ist vom Herzog von Orléans.«

Sie sprachen ausführlich über die Sache, bis Blackraven schließlich feststellte: »Montferrand wird seinen Plan zurückziehen.« Er sagte das mit einer Überzeugung, die daher rührte, dass er Montferrand 1794 vor der Guillotine gerettet hatte. »Was weißt du von Popham?«, fragte er plötzlich ganz unvermittelt. »Wandelt er immer noch mit dem Venezolaner Miranda durch die Flure von St. James's und Whitehall? Hält er nach wie vor an seiner Idee fest, Westindien unabhängig zu machen?«

»Ich habe erfahren, dass er zum Kap der Guten Hoffnung aufgebrochen ist mit dem Auftrag, die Holländer von dort zu vertreiben.«

Blackraven trank schweigend, den Blick auf den Tisch gerichtet.

»Das liegt auf derselben Höhe wie Buenos Aires, etwa dreitausendsiebenhundert Meilen entfernt«, sagte er nach einer Weile. »Wann sind sie in See gestochen?«

»Ende August des vergangenen Jahres, im Hafen von Cork.«

»Dann sind sie schon vor Monaten in Kapstadt angekommen«, schloss Blackraven und erhob sich.

Távora tat es ihm nach.

»Weißt du was, Roger, ich habe ein sehr sauberes, ansehnliches Freudenhaus ausfindig gemacht; die Mädchen sind eine Wucht. Weshalb kommst du nicht mit?«

»Nein«, sagte der und zog sein Jackett an.

»Nein?«

»Nein. Ich sehe dich morgen. Komm zeitig mit diesen Frachtverträgen ins Hotel, die ich durchsehen soll.«

Es war schon einige Zeit her, dass er eine Frau angefasst hatte, und so seltsam es schien, er hatte auch kein Verlangen danach. Wenn er Isaura nicht haben konnte, wollte er keine. Dieser Zustand war so ungewöhnlich für ihn, dass Távora und Malagrida sich gebogen hätten vor Lachen, wenn sie davon gewusst hätten.

Er gab Black Jack die Sporen und ritt über die Praça Quinze bis vor den Eingang des Faria Lima. Trotz der späten Stunde kam ein Stallknecht heraus und nahm das Pferd in Empfang. Bevor er, immer zwei Stufen auf einmal nehmend, die Treppe hinaufstieg, gab er Anweisung, ihm ein Bad zu bereiten. Im ersten Stock traf er auf Radama, einen Madegassen, der seit Jahren auf seinen Schiffen diente, einen Mann seines Vertrauens, der gelegentlich mit dem Schwarzen Skorpion zusammengearbeitet hatte. Gemeinsam mit Shackle, Milton und anderen bildete er die Privatarmee des Spions, und genau wie die restliche Mannschaft verehrte er Kapitän Black, weniger wegen seiner sprichwörtlichen Großzügigkeit bei der Verteilung der Prisen, sondern weil er ihm nach langen Jahren als Sklave grausamer Türken die Freiheit zurückgegeben hatte.

»Guten Abend, Radama.«

»Kapitän Black«, sagte der Mann, lüftete ein wenig den Dreispitz und neigte den Kopf.

»Alles ruhig?«

»So ist es, mein Herr. Euer Cousin und Eure Cousine haben sich zur Nachtruhe zurückgezogen, und dieser Sklavenjunge ist auf Eurem Zimmer. Fräulein Marie versichert, Ihr hättet ihm die Erlaubnis dazu gegeben.«

Ratte – jetzt Estevanico – schlief auf einer Matte auf dem Fußboden. Er betrachtete ihn aus seiner Höhe von sechs Fuß und fünf Zoll, bevor er ihn hochhob und zum Sofa trug. Obwohl seit der Prügel von Don Elsio bereits Wochen vergangen waren, hatte der Junge immer noch Striemen an Armen und Beinen. Sofort musste Blackraven an Isaura denken und fragte sich, was sie wohl machte. Er nahm das Medaillon aus der Jackentasche und betrachtete das Miniaturbildnis. Hoffentlich schlief sie friedlich in dem Bett, das sie bis Mitte April geteilt hatten. Ob sie die Gewohnheit beibehalten hatte, nach dem Abendessen Klavier zu spielen und zu singen? Für wen würde sie es tun? Vielleicht ging sie auf die Schmeicheleien von Covarrubias ein, oder gar auf jene dieses Schwerenöters Diogo Coutinho. Er ballte die Faust und presste die Lippen aufeinander. Würden sie es wagen, ihr den Hof zu machen? Er schüttelte den Kopf: Somar würde das nicht zulassen.

Es klopfte an der Tür, und ihm fiel der Eimer heißen Wassers für sein Bad wieder ein. Er öffnete. Die Baronin de Ibar versuchte einen verführerischen Gesichtsausdruck aufzusetzen, den er schon von ihr kannte, die Augen weit geöffnet, die Lippen zu einem leichten Lächeln geöffnet.

»Darf ich eintreten, Exzellenz?« Blackraven musterte sie mit undurchdringlicher Miene. »Ich möchte nur ein paar Worte mit Euch wechseln«, setzte sie hinzu.

»Was Ihr mir zu sagen habt, hat gewiss Zeit bis morgen.«

»Es ist etwas, das mich beunruhigt, und ich würde gerne jetzt gleich mit Euch darüber sprechen.«

Blackraven trat zur Seite und ließ sie eintreten. Ágata entdeckte den kleinen Sklaven, der sich schlaftrunken auf dem Sofa aufsetzte.

»Schlaf weiter«, sagte Blackraven auf Spanisch zu ihm, und der Junge kehrte ihnen den Rücken zu und legte sich wieder hin.

Die Baronin sah ihn fragend an. Der Negerjunge wirkte fehl am Platz in diesem vornehmen Zimmer, und Blackravens Verhalten passte so gar nicht zu dem Bild, das sie sich von ihm gemacht hatte. Er war zu abgebrüht für einen solchen Akt christlicher Nächstenliebe, dachte sie. Oder sollte es sich gar um eine Perversion handeln? Eine Mutmaßung, die sie gleich wieder verwarf.

»Es überrascht mich, dass Ihr diesem Sklaven gestattet, in Euren Gemächern zu schlafen. Gab es keinen Platz in den Gesinderäumen des Hotels? Meine Sklavin ist noch auf meinem Zimmer, sie könnte ihn mit zu sich nehmen.«

»Vielen Dank, Baronin, aber das wird nicht nötig sein. Ihr sagtet, Ihr wolltet ein paar Worte mit mir wechseln. Gehen wir doch ins Nachbarzimmer. Bitte.« Er deutete auf eine angelehnte Tür, durch die Ágata einen Betthimmel erkennen konnte.

Der Vorwand der Baronin brachte Blackraven beinahe zum Lachen: Sie wolle ihn fragen, ob demnächst eines seiner Schiffe zum Río de la Plata auslaufe. Sie wolle nicht auf der portugiesischen *Cleopatra* fahren.

»Und das hatte keine Zeit bis morgen?«

»Eure Schiffe sind so sauber«, argumentierte sie, »und Eure Mannschaft ist so wohlerzogen.«

»Señora, meine Schiffe sind sauber und meine Mannschaft ist wohlerzogen, aber wir befördern keine Passagiere. Wir verfügen nicht über die Annehmlichkeiten, die eine Dame wie Ihr benötigen würde, um standesgemäß zu reisen, ganz abgesehen davon, dass meine Männer es als schlechtes Omen ansähen, eine Frau an Bord zu haben.«

»Ich flehe Euch an.« Wie zufällig legte sie eine Hand auf Rogers Brust. »Außerdem seid Ihr so stark, dass ich mich sicher fühlen würde. Ich führe auf Reisen ständig ein Gebet im Munde, wenn ich daran denke, dass wir von Piraten überfallen werden könnten. Was würde dann aus mir werden?«

»Señora«, sagte Blackraven und schob ihre Hand weg, »ich bezweifle, dass Ihr auf der Strecke zwischen Rio de Janeiro und dem Río de la Plata auf ein Piratenschiff treffen werdet. Auf Korsaren vielleicht, doch in diesem Falle würde Euch kein Leid geschehen. Wenn Ihr jetzt gestattet ...«

»Bitte, weist mich nicht ab!« Sie hielt ihn mit beiden Händen auf. »Erlaubt uns, auf Eurem Schiff zu reisen.«

»Baronin, weshalb geht Ihr davon aus, dass ich vorhabe, zum Río de la Plata zu reisen?« Ágata blickte ihn überrascht an. »Wenn Ihr mich nun entschuldigt, ich bin müde. Es war ein harter Tag, und ich muss morgen früh aufstehen.«

Die Frau sah zu ihm auf. Sie hatte ihr Pulver verschossen. Blackraven wusste, dass sie nun zum Punkt kommen würde.

»Gefalle ich Euch nicht, Euer Gnaden?« Er sah sie weiter an, ernst und ungerührt. »Findet Ihr nicht, dass ich eine schöne Frau bin?« Sie öffnete die obersten Knöpfe seines Hemdes. »Erlaubt mir, diese Tätowierung anzusehen, die Ihr auf dem linken Arm tragt. Sie interessiert mich. Alles an Euch interessiert mich.«

Blackraven packte sie bei den Handgelenken und führte sie aus dem Zimmer.

»Baronin, ich schätze Euren Gatten und möchte nicht unhöflich zu Euch werden. Ich bitte Euch, diese Unterhaltung für beendet zu erachten und auf Euer Zimmer zurückzukehren. Ich verspreche, mich zu erkundigen, ob in Kürze ein Schiff zum Río de la Plata ausläuft, das in besserem Zustand ist als die *Cleopatra*. Das ist alles, was ich für Euch tun kann.«

Er öffnete die Tür, doch Ágata machte keine Anstalten zu gehen, sondern blieb auf der Türschwelle stehen. Ihre Augen sprühten Funken. Schließlich sagte sie: »Ich kann doch davon ausgehen, dass so viel Männlichkeit« – sie machte eine Handbewegung, die Rogers Größe unterstrich – »nicht vergeudet wird?«

»Davon könnt Ihr ausgehen, Señora.«

»Findet Ihr mich nicht attraktiv?«

»Nein.«

Nachdem sie die erste Verwirrung überwunden hatte, brach die Baronin in Lachen aus.

»Das glaube ich Euch nicht. Eure Zurückweisung muss einen anderen Grund haben. Es ist wegen einer Frau. Eure Gemahlin vielleicht, die in Buenos Aires geblieben ist?«

Sie hatte offenbar ins Schwarze getroffen, denn obwohl Blackravens Miene unbewegt blieb, hatte Ágata den Eindruck, dass sich ein Schatten über seine Augen legte.

»Eure Cousine hat mir von ihr erzählt. Wisst Ihr, wir haben uns angefreundet. Sie hat mir erzählt, sie sei sehr jung und sehr hübsch.«

»Da hat meine Cousine nicht gelogen. Gute Nacht, Baronin. Ich wünsche Euch eine angenehme Nachtruhe.« Und er schlug die Tür zu.

Dann ging er zum Sofa und vergewisserte sich, dass Estevanico schlief.

# *Kapitel 3*

Melody seufzte und wendete die Buchseite um. Seit ihr Mann abgereist war, hatte sie eine Schwäche für die abendliche Lektüre entwickelt. Anfangs hatte das Unglück sie aufs Bett geworfen und sie konnte nur weinen. Mit der Zeit kam die Ruhe, eine traurige, wehmütige Ruhe, in der sie die Gesellschaft des Türken Somar suchte, Blackravens Diener und gleichzeitig bestem Freund, um sich ihm näher zu fühlen.

Manchmal geriet ihr Glaube ins Wanken und sie sagte sich: »Er wird nie wiederkommen. Ich habe ihn für immer verloren.« Roger, den sie liebte, wie sie noch nie zuvor einen Mann geliebt hatte, und den sie unbarmherzig und zu Unrecht verletzt hatte. Mit seinem Schweigen aus der Ferne strafte Blackraven sie für die Anschuldigungen, die sie ihm unbedacht an den Kopf geworfen hatte. Sie hatte dieses Unglück und vielleicht noch Schlimmeres verdient, denn bereits wenige Tage später hatte sie erkannt, wie falsch ihr Verdacht gewesen war. Voller Reue und Scham hatte sie die Hände vors Gesicht geschlagen und bitterlich geweint. Als dann Papá Justicia aufgetaucht war und ihr berichtete, wie die Sache mit dem Sklavenaufstand wirklich gelaufen war, war Melody nicht überrascht. Sie war selbst zu dem Schluss gekommen, dass ihr Mann die Gruppe nicht verraten hatte, die an jenem Montag nach Palmsonntag die Niederlassungen der größten Sklavenhändler von Buenos Aires überfallen hatte. Eine Gruppe, deren Anführer ihr Bruder Thomas Maguire war. Es blieb nicht einmal die Frage zu klären, wer der Verräter gewesen war; Servando hatte es ihr gesagt.

Sie seufzte erneut und schlug dann das Buch zu. Es hatte keinen Sinn, weiterzulesen, sie hatte das Interesse an Tirso de Molina verloren. Sie war beunruhigt, weil Somar noch nicht da war, der normalerweise mit ihnen zu Abend aß. Jimmy, Víctor und Angelita bewunderten ihn und saßen atemlos zu seinen Füßen auf dem Teppich des Salons, während der Türke in seinem drolligen Kauderwelsch aus Spanisch und Englisch von den Heldentaten Kapitän Blacks berichtete. Auf diese Weise lernte Melody unbekannte Seiten ihres Gatten kennen, die ihr einen anderen Mann zeigten, ebenso ehrenhaft und verwegen, aber eher Pirat als Graf. Diese Seiten überraschten sie nicht, hatte sie doch immer geahnt, dass Blackraven ein Mann mit mehreren, zum Teil widersprüchlichen Gesichtern war, die er auf wundersame Weise zu vereinbaren verstand. Dennoch verletzte sie diese verborgene, unzugängliche Seite von Roger, weil er sie vor ihr geheim gehalten hatte, und sie wollte ihn vollständig besitzen.

Wenn die Kinder nach den Abenteuern Kapitän Blacks schlafen gingen, erzählte ihr Somar von anderen, weniger stürmischen und heldenhaften Momenten aus Roger Blackravens Leben, etwa von jenem Tag, als sein Vater ihn aus Versailles entführen ließ, um ihn im englischen Cornwall zum künftigen Herzog von Guermeaux zu erziehen. »Von einem Tag auf den anderen«, berichtete Somar, »nahm man ihm seinen Namen, die Sprache, die Heimat, Freunde und Verwandte. Er spricht nie darüber«, erklärte er. »Ich weiß es von Señora Isabella, seiner Mutter, die ebenfalls sehr darunter gelitten hat.« Dann bat Somar um Erlaubnis, sich zurückziehen zu dürfen. Melody nickte kaum, sondern saß still in ihrem Sessel, die vergessene Näharbeit im Korb, ein einziges Bild im Kopf, das Bild jenes Morgens in El Retiro, da sie ihn so ungnädig behandelt hatte, als sie ihm sagte, der richtige Name des Sklaven Servando sei Babá.

»Weshalb habt Ihr ihn Babá genannt?«, hatte er sie argwöhnisch gefragt.

»Weil er so heißt.«

»Sein Name ist Servando.«

»Nein. Dieser Name wurde ihm gegeben, als man ihn in Afrika aufs Schiff brachte. Sein richtiger Name ist Babá. Und so werde ich ihn auch nennen. Fändet Ihr es gut, Señor Blackraven, wenn man Euch eines Tages einfach so einen neuen Namen geben würde und Euer Leben völlig auf den Kopf stellte, Euch dem Schoß Ihrer Familie entrisse und an einen fernen Ort brächte, zu Menschen, die Ihr nicht kennt und die Euch keinerlei Zuwendung entgegenbrächten?«

»Nein, natürlich nicht«, hatte er, plötzlich bedrückt, geantwortet. »Würdet Ihr Euch auch um mich kümmern und mich mit derselben Freundlichkeit behandeln, die Ihr Babá entgegenbringt, wenn ich Ähnliches durchlebt hätte?«

»Señor Blackraven, ich kann mir keine Situation vorstellen, in der Ihr mein Mitleid erregen könntet.«

Nach Somars Enthüllungen erschien ihr ihre Antwort vorlaut und dumm, und sie schämte sich dafür.

Sie erhob sich aus dem Sessel, stellte das Buch in die Bibliothek zurück und ging in ihr Schlafzimmer. Im ersten Patio begegnete sie dem Türken.

»Somar, Gott sei Dank! Ich habe schon angefangen, mir Sorgen zu machen.«

»Geht schnell hinein, Señora. Es ist empfindlich kalt und Ihr seid wie immer ohne Mantel unterwegs. Ich habe in der Calle Santiago zu Abend gegessen«, rechtfertigte er sich, als sie drinnen waren. »Don Diogo hat mich gebeten, ihm Gesellschaft zu leisten, um über die Gerberei zu sprechen.«

»Irgendwelche Neuigkeiten?« Es war eine häufige Frage zwischen ihnen, und sie brauchte Somar nicht zu erklären, was sie damit meinte. Wie immer schüttelte er den Kopf, ohne sie dabei anzusehen, weil ihn der Kummer in ihren türkisblauen Augen schmerzte.

»Warst du bei der Post? Kein Brief von ihm?«

»Roger hat es nicht so mit dem Schreiben, Señora.«

Eines Abends, als sie noch niedergeschlagener war als sonst, rang sie sich mit erstickter Stimme dazu durch, ihm ihre Zweifel zu gestehen.

»Und wenn Roger dir schreiben würde und dich bäte, zu ihm zu kommen, würdest du uns dann verlassen, Somar?«

»Es gibt drei Dinge, die ich genau weiß: dass Allah der einzige Gott ist und Mohammed sein Prophet, dass ich eines Tages sterben werde und dass Roger Blackraven mir niemals befehlen würde, Buenos Aires zu verlassen, solange er nicht hier ist, um Euch zu beschützen. Einige Tage vor seiner Abreise bestellte er mich nach El Retiro und trug mir auf, gut auf Euch achtzugeben. ›Du bist der Einzige, dem ich sie anvertrauen kann.‹ Das hat er zu mir gesagt.«

»Wirklich? Das hat er gesagt?«

»Ich lüge nie, Señora.«

So klangen ihre Tage für gewöhnlich in Gesellschaft Somars aus, der die Hoffnung nährte, die das Unglück über Blackravens Schweigen und die Schuldgefühle zu zerstören drohte. Tagsüber war keine Zeit für Grübeleien oder Langeweile. Mit dem Haus, der Erziehung der drei Kinder und der Sorge um das Wohlergehen der erwachsenen Töchter Valdez e Incláns und vor allem ihren Bruder Tommy hatte sie mehr als genug zu tun. Die Sklaven nannten sie nach wie vor den Schwarzen Engel und fragten während der Mittagspause am Hintereingang des Hauses in der Calle San José nach ihr, um ihr zahlreiche Bitten zu unterbreiten.

Anders als in der ersten Zeit als verheiratete Frau, als Blackraven noch in der Stadt weilte und sie als »Frau Gräfin« tituliert wurde, war ihr gesellschaftliches Leben zum Erliegen gekommen. Nicht nur, dass keine Einladungen zu Kaffeekränzchen, Abendgesellschaften und Festen mehr eintrafen, man mied sie auf der Straße, grüßte sie nicht mehr vor der Kirche und setzte

Verleumdungen in die Welt. Die alteingesessenen Familien der Stadt hatten sie nie gemocht, doch seit der tragischen Nacht des Sklavenaufstands schnitten sie sie, und nichts würde sie davon überzeugen können, dass der Angriff auf Álzaga, Sarratea und Basavilbaso nicht auf das Konto des Schwarzen Engels ging. Schließlich steckte ihr Bruder Thomas Maguire, der immer noch auf der Flucht war, in der Sache mit drin.

Tommy bereitete ihr die größten Sorgen. In seinem Leichtsinn und seinem Idealismus bemerkte er gar nicht, welche Bedrohung über seinem Kopf schwebte. Er trieb sich in der Stadt herum, ging nachts aus, betrank sich mit einer neuen Gruppe von Taugenichtsen und hasste nach wie vor seinen Schwager, den er nur »den englischen Freibeuter« oder »den Verräter« nannte.

Einige Wochen nach dem Überfall auf die Sklavenhändler, Melody wähnte ihren Bruder in einem Versteck viele Meilen von Buenos Aires entfernt, damit er nicht in die Hände von Martín de Álzaga fiel, mischte sich Tommy eines Mittags unter die Sklaven, die sie am Hintereingang des Hauses in der Calle San José aufsuchten. Wortlos schob er die Kapuze zurück und enthüllte sein Gesicht. Melody war einer Ohnmacht nahe. Als Trinaghanta bemerkte, wie blass sie war, fasste sie sie um die Taille und erklärte die Audienz des Schwarzen Engels für beendet.

»Lass den Mann mit der Kapuze holen, der an der Hintertür war«, befahl sie ihrer singhalesischen Dienerin. »Bitte ihn herein und führe ihn in mein Zimmer.«

Tommy brach auf der Türschwelle zusammen, und als Melody den Umhang zurückschlug, bemerkte sie, dass das Hemd auf Höhe des Bauches blutdurchtränkt war. Sie schnitten das Hemd mit einer Schere auf. Er hatte eine Stichverletzung. Melody ließ saubere Handtücher und Mullbinden, heißes Wasser und Basilienpulver bringen.

»Wir können keinen Arzt holen«, erklärte Melody. »Glaubst du, du kannst das behandeln?«

Trinaghanta begutachtete schweigend die Wunde und nickte schließlich.

»Sie ist tief und lebensbedrohlich«, sagte sie. »Ich gehe meine goldene Nadel und seidenen Faden holen.«

Tommy trank einen Schluck Laudanum, bevor die Singhalesin die Wunde säuberte und nähte; den letzten Stich ließ sie offen, damit die giftigen Säfte austreten konnten.

»Was ist geschehen?«, wollte Melody einige Stunden später wissen, als die Wirkung des Opiums nachließ.

Nach der Verschwörung und dem Mordversuch an seinem Schwager war Tommy nicht aus der Stadt geflohen. Er hatte sich in der Höhle versteckt, in die Servando ihn gebracht hatte, eine Art unterirdischer, mit Bohlen aus Quebrachoholz verstärkter Gang, der Blackravens Anwesen El Retiro mit dem Ufer des Río de la Plata verband. Als die Vorräte knapp wurden, begann er, nachts seinen Unterschlupf zu verlassen, um auf den Landgütern, auch in El Retiro, Gemüse, Obst und Kleinvieh zu stehlen. Manchmal fing er mit etwas Glück eine Alse oder einen Surubí. Er verbrachte ruhige Wochen, während er darauf wartete, dass sich die Aufregung um den Angriff auf die Sklavenhändler legte, bis er in der Höhle mit Servando zusammentraf. Der Sklave hatte den Auftrag, den Tunnel sauberzuhalten und die Vorräte aufzufrischen; deshalb kam er mindestens einmal im Monat vorbei. Als Tommy ihm nach so langer Zeit von Angesicht zu Angesicht gegenüberstand, warf er ihm vor, ihn an seinen Schwager, »den englischen Freibeuter«, verkauft zu haben.

»Ich bin kein Verräter«, brauste Servando auf. »Ich habe zu niemandem ein Wort über die Verschwörung gesagt!«

»Du hast Blackraven davon erzählt, und er hat uns an seinen Geschäftspartner Martín de Álzaga verkauft. Du hast uns schon einmal verraten, als wir beschlossen haben, die Brandeisen aus der Compañía de Filipinas zu stehlen. Du verfluchter Neger! Judas! Dein Verrat wird dich teuer zu stehen kommen!«

Sie lieferten sich einen erbitterten Messerkampf, bei dem Tommy den Kürzeren zog.

»Tommy, du kannst nicht hierbleiben«, stellte Melody fest. »Wir wissen immer noch nicht, wer der Verräter war. Es könnte jemand aus diesem Haus sein, der nun zu den Behörden läuft, um ihnen zu erzählen, dass du hier bist.«

»Die Verräter heißen Blackraven und Servando.«

»Sei still!« Melodys Zorn überraschte den Jungen. »Hör auf, solchen Unsinn zu reden. Ich bin deine Sticheleien und deine Ausfälle leid. Entweder, du hältst jetzt den Mund und lässt mich machen, oder ich setze dich vor die Tür und du kannst sehen, wo du bleibst. Ich habe genug von dir!«

Tommys Zustand – er hatte große Schmerzen und fühlte sich leicht fiebrig – war zu schlecht, um beleidigt zu sein und sich wegschicken zu lassen. So fügte er sich und blieb brav und still in dem duftenden Bett mit den weichen Kissen liegen.

»Du wirst dich im Haus der Valdez e Incláns verstecken«, teilte ihm Melody am Abend mit. »Nur Señorita Leonilda und ihre Nichte Elisea wissen, dass du dort wohnst. Sie werden dich im Zimmer von Don Alcides unterbringen, das nicht genutzt wird und stets abgeschlossen ist.«

Mitten in der Nacht bestieg Tommy, in eine Decke gehüllt und vor Fieber zitternd, einen Karren, den Somar in die Calle de Santiago lenkte, wo Leonilda und Elisea auf ihn warteten, um ihm zu helfen.

Am nächsten Morgen ließ Melody Servando zu sich rufen, bevor er in die Werkstatt des Polsterers, seines neuen Lehrmeisters, ging.

»Du hast gestern meinen Bruder verwundet.«

»Er hat Herrn Roger einen Verräter genannt. Und mich auch.«

»Irgendjemand muss Álzaga die Information verkauft und ihm gesagt haben, dass es einen Überfall auf die Sklavenlager geben wird.«

»Ich war es nicht«, beteuerte Servando mit dem Stolz und der Haltung eines Wolof.

»Ich weiß, dass du's nicht warst«, antwortete Melody genauso fest. »Aber wir müssen herausfinden, wer es war. Wir können nicht länger im Ungewissen bleiben. Der Verräter könnte sich mitten unter uns befinden.«

»Der Verräter befindet sich schon seit einer Weile nicht mehr unter uns«, erklärte der Sklave. »Ich habe Sabas getötet.«

»Sabas!«, entfuhr es Melody. »Er ist also nicht geflohen, wie wir dachten. Er ist tot.«

Atemlos hörte sie sich an, was Servando zu berichten hatte, unfähig, ein Wort zu sagen oder Fragen zu stellen.

»Als ich ihn im Wald stellte, um ihn zu töten, weil er Elisea entehrt hatte, entdeckte ich eine enorme Geldsumme bei ihm, über achthundert Pesos, die Álzaga ihm für seine Information gezahlt hatte. Es ist das Geld, das Ihr auf Eurem Bett gefunden habt. Ich habe es dort hingelegt, für das Hospiz, das Ihr gründen wollt.«

Melody ließ sich in einen Sessel sinken und sah ihn entgeistert an.

»Vielleicht hat er sich das Geld mühsam erarbeitet.« Doch sie verwarf diesen Gedanken gleich wieder: Sabas hatte nie viel von Arbeit gehalten, weil er der Sohn von Doña Belas Lieblingssklavin Cunegunda war. »Woher weißt du, dass es Martín de Álzaga war, der ihm diese Summe gegeben hat? Es könnten auch Sarratea oder Basavilbaso gewesen sein.«

»Ich glaube, dass Sabas mit Don Martín in Verhandlungen stand. Bevor er in den Wald ging, um das Geld zu holen, das er in einem hohlen Baumstamm versteckt hatte, machte er am Rathaus halt und wechselte ein paar Worte mit Martín de Álzagas persönlichem Sklaven. Kurz darauf trat Don Martín selbst auf die Straße, um mit ihm zu sprechen. Soweit ich verstand, bat Sabas ihn, Papá Justicia freizulassen. Er drohte ihm mit irgendetwas.«

»Er drohte Álzaga?«, fragte Melody ungläubig.

»Wir alle haben unsere dunkle Seite, Miss Melody. Vielleicht hat Sabas die von Don Martín entdeckt und konnte ihn deswegen erpressen. Andernfalls hätte Don Martín ihm nicht so viel Geld gegeben, noch hätte er Papá Justicia freigelassen, ohne ihn der Folter zu unterziehen, damit er redet.«

»Ich verstehe.«

»Das Geld wurde für eine gute Sache verwendet«, setzte der Sklave hinzu, ohne Reue zu zeigen. »Ihr und Doña Lupe habt das Haus für das Hospiz gekauft.«

»Mit Geld, an dem Blut klebt.«

»Sabas hatte den Tod verdient, Miss Melody.«

»Es wäre vergebens, wenn du Pater Mauro deine Sünde beichtest, denn wie ich sehe, bereust du nicht.«

»Ich bereue es nicht, und ich würde es wieder tun.«

»Hast du seine Leiche begraben?« Servando schüttelte den Kopf. »Wir sollten ihn holen gehen und ihm ein christliches Begräbnis geben.«

»Ich bezweifle, dass die wilden Tiere etwas von ihm übrig gelassen haben.«

Tage später fanden Wäscherinnen am Fluss die Überreste eines offensichtlich schwarzen Mannes. Streunende Hunde hatten sie dorthin geschleift. Der Aufseher des Merced-Viertels ließ Diogo Coutinho holen, der vor Wochen die Flucht des Sklaven Sabas angezeigt hatte.

»Ja, er ist es«, bestätigte Don Diogo, während er das Medaillon mit dem Bildnis der Jungfrau von Monserrat aufhob, von dem Sabas sich niemals getrennt hatte.

»Mag sein, dass sie bei keinem der Überfälle dabei war«, erklärte Doña Magdalena, die Ehefrau von Martín de Álzaga, »aber sie ist es gewesen, die diesen teuflischen Plan ausgeheckt hat, meinen Mann und weitere ehrbare Untertanen Seiner Majestät anzugreifen. Wenn dieser Thomas Maguire gefasst wird, wird er gestehen, dass seine Schwester mit von der Partie war. Bis heute hat keiner der Sklaven gestanden, die den Überfall überlebten, so hart man sie auch befragt hat. Sie vergöttern sie! Sie ist der Schwarze Engel. Das grenzt doch schon an Ketzerei! Man sollte die Inquisition einschalten.«

»Unter welchem Vorwurf hat man sie heute verhaftet?«, erkundigte sich María del Pilar Montes, eine schöne Katalanin, die Gemahlin des Barons von Pontevedra.

»Diebstahl«, antwortete Marica de Thompson.

Es wurde jeden Tag früher dunkel, dachte Melody. Sie stand an dem Fensterchen der Zelle, in die man sie gesperrt hatte. Die beiden Bürgermeister de Lezica und Sáenz Valiente waren soeben peinlich berührt und betreten gegangen. Angesichts der Anschuldigung, vier Sklaven – drei Männer und eine Frau – gestohlen zu haben, hatte Melody sie ruhig angesehen, erst den einen, dann den anderen, und gesagt: »Meine Herren, Sie wissen, dass es sich um eine Verleumdung handelt.«

Genau genommen gehörten die vier Sklaven, die erst kürzlich aus Afrika eingetroffen waren, der Real Compañía de Filipinas, die von Señor Sarratea geleitet wurde. Als die Versteigerung zu Ende war, waren diese vier Afrikaner auf dem Podest zurückgeblieben, weil sie wegen ihres schlechten Zustands keinen Käufer gefunden hatten. Ihre Geschwüre und Krankheiten zu heilen und sie tagelang durchzufüttern verursachte Kosten, für die die Gesellschaft nicht aufkommen wollte, und so warf man sie auf die Straße. Halbnackt, krank, ohne Spanisch zu sprechen, verwirrt und durcheinander wären diese armen Gestalten auf der Straße gestorben, hätte Papá Justicia sie nicht zu Miss Melody gebracht. Melody ließ die vier in das Haus bringen, in dem bald das neue Hospiz seinen Betrieb aufnehmen würde. Dort wurden sie gebadet, verpflegt, gekleidet und mit Essen versorgt.

Am nächsten Morgen waren der Erste Bürgermeister de Lezica, sein Stellvertreter Sáenz Valiente sowie der Generalvertreter in dem Haus in der Calle San José vorstellig geworden, hatten nach Señora Blackraven gefragt, ihr die Anklage vorgelesen und ihr Handfesseln angelegt. Trinaghanta klammerte sich an ihre Herrin und flehte in einer wilden Mischung aus Englisch, Singhalesisch und lautem Schluchzen, sie gemeinsam mit Melody in den Kerker zu werfen. Dann erschien Somar, zog den Säbel und hielt ihn dem Generalvertreter an die Kehle; dahinter folgten die Sklaven des Hauses und die Kinder Jimmy, Angelita und Víctor mit Perla und Jaime, dem Lehrerpaar von der Biskaya, das sich seit einigen Tagen um ihre Unterrichtung kümmerte.

»Jimmy«, sagte Melody, »ganz ruhig, mein Liebling, nicht erschrecken. Mir wird nichts geschehen. Ich gehe mit diesen Herren mit und bin bald wieder da. Perla, Jaime, bitte bringt die Kinder ins Studierzimmer. Somar, nimm dein Schwert herunter. Lauf zu Doktor Covarrubias und erklär ihm die Situation. Meine Herren«, sagte sie dann mit großer Würde, »ich komme mit.«

Melody seufzte und setzte sich auf das pieksige Stroh. Die Zelle stank zwar nach Urin und ranzigem Essen, aber zumindest hatte sie ein Fenster zum Hof des Rathauses hin. Schlimmer wäre es gewesen, im Verlies zu landen. Vielleicht hatte man ihr diese Qual mit Rücksicht auf ihren Titel und den Einfluss ihres Mannes erspart. »Roger«, flüsterte sie mit zitternder Stimme und strich sich über den Bauch. Sie hatte keinen Zweifel mehr: Seit einigen Wochen wusste sie, dass dort ihrer beider Kind heranwuchs. Das Glücksgefühl, das diese Gewissheit für kurze Momente in ihr auslöste, wich der Frage, ob Blackraven dieses Kind jemals kennenlernen würde. Sie litt unter der Einsamkeit. Sie sehnte sich danach, die Nachricht ihrer Schwangerschaft mit ihm zu teilen, sehnte sich danach, seinen Gesichtsausdruck zu sehen, wenn sie ihm verkündete, dass ihre Liebe Früchte getragen hatte.

Die Schreie einiger Gefangener riefen ihr ihre augenblickliche Lage in Erinnerung. Sie vermutete, dass Martín de Álzaga dieses Komplott eingefädelt hatte. Wie sonst hätte de Lezica erklären können, dass die Strafe für den Diebstahl der Sklaven milde ausfallen werde, wenn sie ihnen Tommys Aufenthaltsort verrate?

Somar erklärte Covarrubias, was vorgefallen war, und dieser bat seinen Chef bei Gericht um Erlaubnis, zum Rathaus gehen zu dürfen, wo er die sofortige Freilassung der Gräfin von Stoneville verlangte. Da er keine Zeit gehabt hatte, sich vorzubereiten, blieben seine dürftigen Einlassungen erfolglos. In seiner Verzweiflung warf er de Lezica vor, die Verhaftung stelle einen Amtsmissbrauch dar und übersteige seine Befugnisse als Erster Bürgermeister, da die Frau Gräfin aufgrund ihres Standes vom Königlichen Gericht angeklagt werden müsse. Vor Erregung zitternd, verließ er das Gebäude und ging, gefolgt von Somar, zu Doktor Mariano Moreno. Der Türke hatte bereits beschlossen, dass er Miss Melody gewaltsam befreien würde, wenn es Moreno nicht gelingen sollte, sie dort herauszuholen. Seine Herrin würde nicht die Nacht an diesem Ort verbringen müssen.

Bei der Rückkehr in die Amtsräume des Ersten Bürgermeisters trafen Covarrubias, Moreno und Somar auf Martín de Álzaga, der sie mit einem Ausdruck der Genugtuung begrüßte. Moreno wandte sich an de Lezica: »Ich fordere die sofortige Freilassung der Gräfin von Stoneville. Es handelt sich um einen völlig abwegigen Übergriff, nicht nur in Anbetracht der Ehrbarkeit der Dame, der Gemahlin eines herausragenden englischen Adligen, sondern weil der Vorwurf des Diebstahls eine betrügerische Machenschaft ist. Ich rufe den hier anwesenden Rechtsgelehrten in Erinnerung, dass ein Diebstahl nach der Definition der *Siete Partidas* ein Vergehen ist, das eine Person begeht, wenn sie ohne Zustimmung ihres Besitzers eine fremde Sache an sich nimmt, in der Absicht, diese in ihren Besitz oder ihren Gebrauch zu bringen. Wenn Señor Sarratea, so wie ich es verstehe, die besagten vier Sklaven von dem Gelände der Real Compañía hat werfen lassen – eine recht häufige Praxis, wie mir scheint –, so ist kein Diebstahl zu erkennen, da ein Aspekt der Definition des fraglichen Delikts keinesfalls zutrifft, der da wäre: *ohne Zustimmung ihres Besitzers*. Es war ihr Besitzer selbst, der sie hinauswarf, um sich ihrer zu entledigen!«, betonte er. »Folglich muss die Gräfin von Stoneville, Doña Isaura Blackraven, unverzüglich freigelassen werden, bis Señor Sarratea beweist, dass diese Sklaven tatsächlich gestohlen wurden – was ihm in Anbetracht der Sachlage sehr schwerfallen wird. Und Señor Sarratea kann versichert sein, dass wir rechtliche Mittel gegen die Verleumdung und schwere Beleidigung meiner Mandantin einlegen werden.«

Er sprach über eine halbe Stunde und zitierte aus dem Gedächtnis Paragraphen aus den Leyes de Indias, den Siete Partidas, den Gesetzen des Rats von Kastilien und sogar dem Gesetzbuch von Burgos. Covarrubias bewunderte ihn im Stillen, denn er hatte nur die Minuten von Morenos Haus in der Calle de la Piedad bis zum Rathaus gehabt, um ihn ins Bild zu setzen. ›Er ist brillant‹, gestand er sich ein.

Es wurden mehrere Zeugen aufgerufen, darunter Papá Justicia, der versicherte, die Sklaven hätten sich außerhalb des Geländes der Gesellschaft befunden. Der Angestellte Ramón Guasca habe sie durch das Tor zum Fluss gejagt. Aber da das Wort eines Freigelassenen, der im Ruf stand, ein Hexer zu sein, nichts galt, machte sich Somar auf die Suche nach Pater Mauro, der Señor Sarrateas unmenschliches Verhalten verurteilte und die christliche Nächstenliebe der Gräfin von Stoneville rühmte, deren Redlichkeit und Rechtschaffenheit er bezeuge.

»Wo muss ich die Aussage unterschreiben?«, fragte der Priester und ließ seinen Blick über die Amtsträger schweifen.

Vor sieben Uhr abends wurde Melody unter der Auflage, die Sklaven an die Real Compañía zurückzugeben, wieder auf freien Fuß gesetzt. Außerdem musste sie eine Strafe von zehn Pesos zahlen, weil sie ein Hospiz eröffnet hatte, ohne die entsprechenden Genehmigungen zu haben.

»Es war unmöglich, die Genehmigung zu bekommen«, beschwerte sich Covarrubias. »Die Hermandad de la Caridad und die Stadt haben den Antrag immer wieder unter fadenscheinigen Vorwänden abgelehnt.«

Álzaga würde der Eröffnung des Hospizes niemals zustimmen, solange sie die Initiatorin war, dachte Melody.

Somar nahm sie beim Arm und führte sie hinaus, wo eine Gruppe von Afrikanern, Freigelassene und Sklaven, die Freilassung des Schwarzen Engels feierte. Trinaghanta und Miora, Melodys schwarze Zofe, umarmten sie unter Tränen.

»Kein Wort davon an Roger«, murmelte Melody.

»Ihr wisst nicht, was Ihr da von mir verlangt«, beschwerte sich Somar.

Noch am gleichen Tag lauerte er Martín de Álzaga vor seinem Geschäft in der Calle de la Santísima Trinidad auf und passte ihn in der Dunkelheit ab, ohne vom Pferd abzusteigen. Der Baske schrie auf und griff an den Gürtel, um seine Pistole zu ziehen, doch zu spät: Somar hatte seinen Säbel gezückt und hielt ihm die Spitze unters Kinn.

»Ihr werdet den Zorn meines Herrn kennenlernen«, sagte der Türke.

Dann gab er seinem Fuchs mit hocherhobenem Säbel die Sporen und sprengte die Straße hinunter. Es vergingen einige Sekunden, bis Álzaga den Schaft seiner Waffe losließ. Er betrachtete seine Hand. Sie zitterte noch.

Bei Sonnenuntergang kam häufig Guadalupe bei Melody vorbei, Mariano Morenos Gattin. Dann gingen sie gemeinsam mit den Kindern – Lupe hatte einen einjährigen Sohn, Marianito – zur Plaza Mayor, um vor dem Hauptportal des Forts dem Zapfenstreich zu lauschen. Manchmal schlossen sich ihnen die Valdez e Incláns sowie ihre Tante, Señorita Leonilda, an. Bei diesen Gelegenheiten tauchte auch der Sklave Servando auf, der sich aus der Polsterei – ganz in der Nähe des Forts – davonstahl, um der jungen Elisea, seinem Augenstern, auf Schritt und Tritt zu folgen. Niemand bemerkte die verstohlenen Blicke, die sie einander zuwarfen, mit Ausnahme von Melody, der in letzter Zeit eine gewisse Gereiztheit an Servando auffiel, als wollte er mit seinen unsteten Blicken und den verkniffenen Lippen etwas sagen. Sie fragte sich oft, was sie mit den beiden machen sollte, die in einer aussichtslosen und nach Ansicht der meisten unmöglichen Liebe gefangen waren. Vielleicht hatte sie einen Fehler gemacht, als sie Elisea in ihrem Entschluss bestärkte, die Verlobung mit Ramiro Otárola zu lösen. Damit hatte sie nämlich nicht nur Servando neue Hoffnung gemacht, sondern sich zudem Befugnisse angemaßt, die ihr gar nicht zustanden, denn Roger und nicht sie war der Vormund der Valdez e Incláns. Allerdings tuschelte man in der Stadt nicht über Elisea, sondern über Miss Melody, denn die Leute waren davon überzeugt, dass sie für die Entlobung verantwortlich war, weil die Álzagas mit der Familie des Bräutigams befreundet waren.

Ein weiterer Spaziergang, der die Kinder und insbesondere Víctor begeisterte, führte sie die Alameda hinunter bis zu der Stelle am Fluss, wo die Fischer, auf Pferden sitzend, ihre Netze auswarfen, um sie dann, mit Fischen gefüllt, wieder einzuholen. Während die Kinder fasziniert das Schauspiel mit den randvollen Netzen beobachteten, blickte Melody zum Horizont und fragte sich, ob sie Roger womöglich nie wiedersah. War zwischen ihnen alles vorbei? Die Sklavin Miora, die ihre Herrin nie alleine ließ, wischte ihr mit den Händen über die tränenfeuchten Wangen und sagte: »Bald, Miss Melody, bald. Das sagt mir mein Herz.« Melody fasste sich rasch wieder, damit die Kinder sie nicht so aufgelöst sahen, insbesondere Jimmy, dessen angegriffene Gesundheit keine Aufregung vertrug. In letzter Zeit war sein Herz schwächer geworden, und der bevorstehende Winter, die schlimmste Jahreszeit für seinen Zustand, war ein Schreckgespenst, das Melody mehr fürchtete als alles andere.

So traf sie eines Nachmittags María del Pilar Montes an: den Blick zum Horizont gerichtet, weit weg vom Lärmen der Kinder und den Rufen der Fischer. Sie fasste sie in einer seltsam vertrauten Geste am Arm und fragte: »Seid Ihr die Gräfin von Stoneville?«

»Ja, die bin ich«, antwortete Melody, augenblicklich gefangen von diesen sanften grauen Augen.

»Mein Name ist María del Pilar Montes, Baronin von Pontevedra. Entschuldigt, dass ich Euch auf diese unorthodoxe Weise anspreche, aber man hat mir so viel über Euch erzählt, und ich wollte Euch gerne kennenlernen. Ich habe Euch an Eurem Haar erkannt«, setzte sie mit einer Offenherzigkeit hinzu, die Melody die Sprache verschlug. In der Stimme dieser Frau schwang außerdem eine Bewunderung mit, die sie ebenfalls verwirrte.

»Ich vermute, es war nichts Gutes«, sagte sie nach einer Weile und bedauerte, dass sie so bitter klang.

»Nein, tatsächlich nicht. Aber ich wollte Euch trotzdem kennenlernen. Wer für diese armen Geschöpfe eintritt«, sagte sie und deutete auf drei Sklavinnen, die einige Schritte entfernt standen, »kann kein schlechter Mensch sein. Vielmehr rührt mich Euer selbstloser Einsatz für die Afrikaner. Ich weiß von dem Hospiz, das Ihr gründen wollt. Ich bewundere Euch«, setzte sie nach einer Pause hinzu.

Von einer Frau, ob verheiratet oder ledig, wurde erwartet, dass sie ein ruhiges Leben führte, sich um das Haus, Mann und Kinder, die Eltern oder bedürftige Geschwister kümmerte, zur Kirche und gelegentlich zu einer Abendgesellschaft ging, nähte, stickte und Klavier spielte. Es wurde auch erwartet, dass sie die Männer mit nichtigen, aber lebhaften Plaudereien unterhielt, die spanischen und französischen Tänze beherrschte und Gedichte rezitieren konnte. María del Pilar Montes – Pilarita für ihre Freunde und Familie – erfüllte nicht nur diese Voraussetzungen, sondern stach auch durch ihre Schönheit und ihren guten Geschmack hervor. Als Tochter des Herzogs von Montalvo, eines einflussreichen katalanischen Adligen, war ihr die Bewunderung der feinen Händlersgattinnen gewiss.

Melody mit ihren Idealen und Projekten, die nicht jungfräulich in die Ehe gegangen war, Schwester eines Justizflüchtlings und von Schwarzen und Armen verehrt, verkörperte das genaue Gegenteil, das Unerhörte. Am Anfang misstraute sie Pilaritas Freundlichkeit, doch schließlich nahm sie ihre Einladungen an, zum Teil, weil sie unter der allgemeinen Ablehnung zu leiden begann, aber auch, weil die drei Söhne von Pilarita – Leopoldo, Tito und Francisco – sich sehr gut mit Jimmy, Víctor und Angelita verstanden. Die Kleinste, Carolina, die fast noch ein Baby war, spielte mit Lupes Sohn Marianito.

An dem Nachmittag, als die Nachricht aus dem Kloster der Schwester vom Göttlichen Erlöser eintraf, saß Melody im Salon ihres Schlafzimmers mit ihren Freundinnen beim Tee. Die Kinder waren nicht dabei, sondern in der Obhut der biskayischen Lehrer Perla und Jaime.

»Du wirst ja ganz blass, meine Liebe«, stellte María del Pilar fest.

»Schlechte Nachrichten?«, erkundigte sich Lupe besorgt.

»Eher beunruhigend. Die Oberin des Klosters teilt mir mit, dass Doña Bernabela, die Witwe von Valdez e Inclán, verschwunden ist. Seit gestern haben sie nichts mehr von ihr gehört. Sie ist weder in ihrer Zelle noch anderswo zu finden. Sie wissen auch nicht, wo die Sklavin Cunegunda geblieben ist, die dem Orden als Teil von Doña Belas Mitgift übergeben wurde.«

Sie spekulierten hin und her. Melody erklärte, noch nie von der plötzlichen religiösen Inbrunst der Witwe Valdez e Inclán überzeugt gewesen zu sein. Lupe setzte hinzu, am wenigsten könne man glauben, dass sie es auf Wunsch ihres todkranken Mannes getan habe, wo doch bekannt sei, dass sie ihn unerträglich fand. Pilarita gab in ihrer überlegten, versöhnlichen Art zu bedenken, vielleicht habe Doña Bela das Kloster ja gegen ihren Willen verlassen.

Melody trug Trinaghanta auf, nach Servando schicken zu lassen, der sich bei Señor Cagigas, dem Polsterer, befand.

»Soll ich Mariano bitten, die Mutter Oberin aufzusuchen und sich um die Angelegenheit zu kümmern?«, bot Lupe an.

Ich wünschte, Roger wäre hier, dachte Melody. Er würde wissen, was zu tun war, welche Maßnahmen zu ergreifen waren. Schon seine Gegenwart hätte sie beruhigt. Er war so stark und unerschütterlich.

»Bevor du deinen Mann behelligst, Lupe, möchte ich noch eine Sache klären.«

Servando klopfte an die Tür, nahm die Mütze ab und blieb auf der Türschwelle stehen.

»Die Herrin hat mich rufen lassen?«

»Ja. Du musst für mich zum Haus der Valdez e Incláns gehen und möglichst unauffällig herausfinden, ob Doña Bela dort ist. Sie ist aus dem Kloster verschwunden«, erklärte sie. »Ich weiß nicht, wo sie hin ist und wo sie sich jetzt aufhält. Ich muss es unbedingt herausfinden. Mach dich gleich auf den Weg. Als Vorwand kannst du Señorita Leonilda um den Leinenstoff bitten, den sie mir versprochen hat.«

»So sehr vertraust du diesem Wolof?«, fragte Lupe überrascht, und Melody nickte.

Niemand wunderte sich über Servandos Besuche in dem Haus in der Calle de Santiago; sie waren alltäglich. Man ging davon aus, dass er seine Kinder besuchte, die er mit vier Sklavinnen des Hauses gezeugt hatte. Dafür hatte man ihn damals schließlich gekauft: als Zuchthengst. Es war allerdings schon verwunderlich, dass der Wolof mit keiner von ihnen zusammenlebte, obwohl sich die Mädchen durchaus willig zeigten. Eine Frohnatur war er nie gewesen, aber nun legte er ein abweisendes, sogar grobes Verhalten an den Tag, das einem Angst machte.

An diesem Tag betrat er das Haus der Valdez e Incláns nicht nur, um Doña Bela zu suchen, sondern auch Tommy Maguire. Dieser hatte sich mittlerweile von der Wunde, die Servando ihm beigebracht hatte, erholt. Manchmal verließ er sein unterirdisches Versteck auf El Retiro und schlich sich in das Haus in der Calle Santiago, um Elisea zu besuchen.

Nichts wies auf Doña Bela oder ihre Sklavin Cunegunda hin. Im Haus und bei seinen Bewohnern ging alles seinen gewohnten Gang, niemand wirkte nervös oder unruhig. Elisea war nicht bei ihren Schwestern, die im Salon saßen und stickten. Er fand sie im Garten, ein Tuch um den Kopf geschlungen, wo sie auf Knien die Erde zwischen dem Blumenkohl auflockerte. Thomas Maguire saß neben ihr, erzählte ihr etwas und brachte sie zum Lachen.

»Was macht Ihr hier?«, fuhr Servando ihn an. Elisea stieß einen erschreckten Schrei aus.

»Das geht dich gar nichts an, du schwarzer Verräter«, entgegnete Maguire und richtete sich auf.

»Miss Melody hat Euch tausendmal gesagt, Ihr sollt nicht mehr in die Stadt kommen. Eine ganze Armee ist hinter Euch her. Verschwindet sofort von hier!«

»So weit kommt es noch, dass ich Befehle von einem Sklaven entgegennehme!«

»Früher habt ihr behauptet, wir seien alle gleich«, rief Servando ihm in Erinnerung. »Für Euch hatten wir Sklaven dieselbe Würde wie der hochwohlgeborenste Herr.«

»Du hast keine Würde! Du bist ein Verräter!«

»Bitte, Señor Maguire, Ihr solltet besser gehen. Servando hat recht, man könnte Euch entdecken …«

»Und das wäre schlimm für Euch, oder, Fräulein Elisea?« Der Sklave sah sie durchdringend an, bis sie den Blick senkte. »Ihr würdet sehr leiden, wenn Señor Maguire etwas zustieße, nicht wahr?«

»Wie kannst du es wagen, auch nur das Wort an sie zu richten?«, empörte sich Tommy.

»Ihr kompromittiert sie und alle Valdez e Incláns, wenn Ihr in dieses Haus kommt. Wenn man Euch hier findet, werden sie als Komplizen im Gefängnis landen. Nun geht endlich!«

»*Du* solltest gehen! Verschwinde sofort von hier, wenn du nicht mein Messer zwischen den Rippen spüren willst!«

Servando verzog den Mund zu einem spöttischen Grinsen, das Tommy in Rage brachte. Elisea hielt ihn am Arm zurück, als er sich auf den Sklaven stürzen wollte.

»Bitte, Señor Maguire, geht! Ihr geht jedes Mal ein großes Risiko ein, wenn Ihr Euch in die Stadt wagt. Miss Melody hat recht. Geht bitte!«

»Ich werde gehen, Señorita Elisea, denn ich möchte Euch nicht aufgebracht sehen. Aber seid gewiss, dass ich wiederkommen werde, um Euch zu sehen.«

Bei diesen Worten senkte Elisea den Kopf, um Servandos wutverzerrtem Blick nicht zu begegnen. Sie sah ihn auch nicht an, nachdem Tommy das Gelände mit einem Sprung über die Gartenmauer verlassen hatte. Reglos saß sie zwischen dem Blumenkohl, während sich Servando neben sie kniete.

»Ist er etwa dein neuer Liebhaber?«

Mit einer raschen, unerwarteten Bewegung sah Elisea ihm in die Augen und gab ihm eine Ohrfeige.

»Wie kannst du es wagen, so etwas auch nur zu fragen?«

»Was soll ich denn denken? Ich finde dich hier mit ihm, unbeaufsichtigt, wie ihr die Köpfe zusammensteckt und über irgendetwas lacht. Was soll ich da denken, Elisea?« Er krallte seine Finger in ihre Arme und schüttelte sie, ohne seine Kraft zu bändigen. »Deine Gleichgültigkeit macht mich verrückt. Seit Monaten versagst du mir deine Liebe.«

»Du weißt, warum! Du weißt es besser als jeder andere! Weshalb quälst du mich?«

Servando nahm sie in die Arme und wiegte sie sanft, während sie leise schluchzte.

»Ich werde noch verrückt«, sagte er. »Ich habe solche Angst, dich zu verlieren.«

Elisea wischte sich die Augen an der Schürze ab und sah ihn ernst an. Dann streichelte sie seine dunkle Wange und hauchte mit ihrem kleinen Mund einen Kuss auf seine Lippen. Servando schlang seine Arme um ihre Taille und küsste sie mit einer Leidenschaft, die von den Zeiten der Enthaltsamkeit kündete. Sie sanken auf die weiche Erde.

»Lass mich dich lieben. Gib dich vertrauensvoll deinem Servando hin, der dich mehr liebt als sein Leben. Denk an die glücklichen Tage im Glockenturm, als ich dich hemmungslos und ohne böse Erinnerungen lieben konnte. Denk daran, Elisea! Erinnere dich! Du hast dich in meine Arme geworfen und dich mir voller Leidenschaft hingegeben. Ich habe dich mit Küssen bedeckt und es war, als könnte ich nie genug von dir bekommen. Ich dürste immer noch nach dir. So sehr …« Und er vergrub sein Gesicht am Hals des Mädchens.

»Servando …«, hauchte sie mit geschlossenen Augen.

Sie ließ sich zwischen den Blumenkohlsetzlingen lieben, und es war wie ein Wunder für Elisea, denn nachdem sie sich tot und verdorrt gefühlt hatte, brachte die Liebe dieses Wolof-Sklaven sie ins Leben zurück.

Der Schwarze Braulio schlug den Vorhang beiseite, der als Tür diente, und steckte den Kopf in die Hütte.

»Hier sind sie, Doña Enda.«

Die Frau blickte von ihrem Buch auf. Hinter der massigen

und einschüchternden Gestalt ihres Sklaven, der als Einziger den Ausverkauf zur Begleichung der Spielschulden ihres Sohnes Paddy überstanden hatte, waren die Umrisse von Bela und Cunegunda zu erkennen.

»Sie sollen reinkommen«, sagte Enda und stand auf.

Sie sahen erschöpft aus, und auf ihren Gesichtern spiegelten sich die Stunden der Aufregung und der Schlaflosigkeit der letzten Nacht wider. Enda deutete auf ein paar Schemel. Bela setzte sich mit einem Seufzer, und nachdem sie sich das Haar aus den Augen gestrichen hatte, sah sie sich um. Cunegunda blieb neben ihrer Herrin stehen. Es handelte sich um den bescheidensten Raum, in dem Bela jemals gewesen war. Das Mobiliar war spärlich und billig. Eine Anrichte fiel ihr ins Auge, eine gute Handwerksarbeit mit Türen aus Glas – ein ungewöhnliches Detail – und Regalbrettern voller Arzneiflaschen, Kräutersträußen, Dosen, Tiegeln und Büchern.

»Setz dich, Cunegunda«, bot Enda an. »Du musst erschöpft sein.«

»Danke, Señora Enda.«

Es verstrichen lange Minuten, in denen niemand etwas sagte. Enda bereitete einen kleinen Imbiss aus Maisbrot und kaltem Braten. Dann kehrte Braulio zurück, der das ganze Zimmerchen auszufüllen schien. Er musste sogar den Kopf einziehen, um nicht gegen das Strohdach zu stoßen. Er brachte einen Krug mit Milch und füllte zwei irdene Schalen, die er vor Bela und Cunegunda hinstellte.

»Ich nehme an, diese Hütte kommt dir unzumutbar vor«, mutmaßte Enda.

»Sie ist mir tausendmal lieber als die Klosterzelle. Hier bin ich in Freiheit.«

»Nicht ganz«, wandte die Irin ein. »Die Oberin wird mittlerweile deine Flucht und die deiner Sklavin, die ja nun Eigentum des Klosters ist, öffentlich gemacht haben. Wir müssen also vorsichtig sein. Wir werden sagen, dass du meine kürzlich verwitwete Tochter bist. Ich nenne mich jetzt Gálata, und wenn ich wegen meines Akzents gefragt werde, ob ich Engländerin bin, werden wir ja sagen. Nur wenige in Buenos Aires werden den Akzent eines Engländers von dem eines Iren unterscheiden können. Du wirst dich Rosalba nennen und deine Sklavin Melchora.«

Bela nickte.

»Wo sind wir hier? Wie heißt diese Gegend?«

»Wir sind eine Meile von San José de Flores entfernt.«

»Ja, das kenne ich«, sagte Bela. Mehrere ihrer Freundinnen besaßen Landgüter an diesem Ort, wo sie die Sommermonate verbrachten.

»Wem sollen wir überhaupt sagen, dass ich deine Tochter bin? Diese Gegend wirkt völlig verlassen. Es ist weit und breit niemand zu sehen.«

»Es kommen Leute zu mir«, lautete die Antwort.

»Leute? Wer denn?«, fragte Bela mit einem sarkastischen Unterton.

»Leute, die mich ernähren, die von nun an uns ernähren.«

»Und was wollen sie hier?«

»Sie kommen wegen meiner Gabe.« Enda antwortete geduldig, ohne in ihrer Beschäftigung innezuhalten.

»Deiner Gabe?«

»Señora Enda«, sagte Braulio mit einer donnernden Stimme, die seinem Leibesumfang entsprach, »ist eine große Heilerin. Ihre Arbeiten sind in der ganzen Region bekannt. Es kommen sogar Damen aus der Stadt.«

Eine Giftmischerin, und eine Hexe obendrein, dachte Bela bei sich und warf erneut einen Blick auf den Inhalt der Anrichte.

»Weshalb hast du uns zur Flucht verholfen, Enda? Warum hast du uns aus dem Kloster geholt?«

»Weil du mich damals darum gebeten hast, als ich zu dir kam und du mir den Schlüssel zu dem Haus in der Calle San José gabst, damit ich meiner Nichte Melody deine Nachricht überbringe.« Angesichts von Belas ungläubigem Gesichtsausdruck setzte sie hinzu: »Dich und mich eint der Hass auf Blackraven und auf Melody. Ich brauche eine Verbündete, um meinen Plan in die Tat umzusetzen.«

»Ich will sie tot sehen!«, rief Bela und sprang auf.

»Ich entscheide, wann es so weit ist«, stellte die Irin klar und heftete ihre durchdringenden grünen Augen auf sie, bis Doña Bela sich wieder auf den Schemel sinken ließ. »Sie ist schwanger. Fürs Erste werden wir ihr nichts tun.«

»Woher weißt du, dass sie schwanger ist?«

Enda zuckte mit den Schultern, dann sagte sie:

»Ich habe sie ein paar Mal in der Stadt gesehen. Ihr Bauch ist noch nicht sehr gewölbt, aber ich kann an anderen Dingen erkennen, wenn eine Frau schwanger ist. Los, esst jetzt auf. Dort ist dein Bett, Bela. Für Cunegunda legen wir eine Matratze daneben. Ihr könnt Euch ein paar Stunden ausruhen, wenn ihr wollt. Aber dann helft ihr mir bei der Arbeit.«

Draußen wurde in die Hände geklatscht. Braulio ging, um zu öffnen. Es war eine sanfte, vornehme Frauenstimme zu vernehmen, die fragte, ob dies das Haus der Heilerin sei, die man als Doña Gálata kenne.

# *Kapitel 4*

Blackraven trat an die Reling der *Sonzogno* und betrachtete den endlosen, gewaltigen Horizont. Er atmete die salzige Luft tief ein, bevor er sie wieder ausstieß. Er liebte die Seefahrerei. Das Meer war sein Element, sein Verbündeter, der ihn reich und als Kapitän Black berühmt gemacht hatte. Man schrieb ihm Heldentaten zu, die eher eines Odysseus als eines Normalsterblichen würdig gewesen wären. Größtenteils waren sie dem übermäßigen Genuss von Rum und dem Hang der Seeleute zur Übertreibung zuzuschreiben.

Er betrachtete den rötlichen Abendhimmel, der einen klaren Morgen verhieß. Bislang waren ihnen die Winde günstig gesonnen, und in den fünf Tagen, die sie nun auf See waren, hatten sie mehr Meilen zurückgelegt als vorhergesehen. Wenn sich die Wetterbedingungen hielten, würden sie früher als berechnet am Río de la Plata sein. Er seufzte. Vielleicht sollte er dem Rat von Malagrida und Távora folgen, die ihn gedrängt hatten, nach Antigua zu segeln, um seine Hazienda La Isabella zu besuchen, wo er Amy Bodrugan getroffen hätte, die Einzige, die imstande war, ihn aus diesem Zustand zu reißen. Und von Antigua weiter nach London, wo Angelegenheiten von höchster Dringlichkeit sein Eingreifen erforderten, etwa die Festnahme des Grafen von Montferrand, der vorhatte, dem Premierminister einen Plan zur Kolonisierung des Vizekönigtums Neuspanien zu unterbreiten. Von dort würde er Kurs auf Ceylon nehmen und dann weiter nach Indien, China, das Königreich Siam, die große Insel Australien und Borneo, ohne jemals lange an einem Ort zu verweilen.

Am Abend vor dem Auslaufen, als sie in der Kabine der *Sonzogno* zu Abend aßen, hatte ihm Malagrida in die Augen gesehen und gefragt: »Roger, was wollen wir am Río de la Plata? Die Einweihung der Gerberei klingt mir nach einem Vorwand.«

Da Malagrida und Távora genau wie die anderen Spione des Schwarzen Skorpions von seinen Aktivitäten in der *Southern Secret League* wussten, ja sogar mit ihm zusammenarbeiteten, überlegte er, politische Gründe ins Feld zu führen. Doch nach kurzem Nachdenken blickte er auf und erklärte: »Ich will zurück, um meine Frau zu sehen.«

Wie es seine Art war, schwieg Malagrida ruhig und mit ernster Miene; Adriano Távora hingegen brach in lautes Gelächter aus und schlug mit der Faust auf den Tisch.

»Du, verheiratet? Du und eine Ehefrau?«

Er erzählte ihnen in groben Zügen, wie er Melody kennengelernt hatte und unter welchen Umständen die überstürzte Hochzeit stattgefunden hatte. Während die Minuten vergingen und seine Freunde zunehmend gefesselt waren und Fragen stellten, gab er seine Zurückhaltung auf und erzählte wortreich und ausführlich von den Tagen voller Angst und Sorge. Seine Freunde waren überrascht von seinem Verhalten, sagten aber nichts.

Blackraven stellte fest, dass es ihm guttat, über Melody zu reden. Er musste es tun, als wäre sie ihm näher, wenn er sie erwähnte, greifbarer. Er hatte Angst vor dem, was ihn in Buenos Aires erwartete, und diese heitere, gelöste Art, über sie zu sprechen, vertrieb die bösen Erinnerungen, nahm ihnen angesichts der schönen Momente an Bedeutung. Er sah die Situation aus einem anderen Blickwinkel und beurteilte sie nicht mehr so finster. Malagrida und Távora bogen sich vor Lachen, als sie von Melodys anfänglicher Ablehnung erfuhren, und beteuerten, sie sei wohl die erste Frau, die ihm einen Korb gegeben habe. Sie lachten immer noch, als Blackraven das Miniaturbildnis von Melody aus der Jackentasche hervorholte. Adriano stieß einen Pfiff aus und hob anerkennend die Augenbrauen, während er bei sich dachte, dass sie nicht so schön war wie Victoria. Malagrida fand, dass sie ein sehr hübsches junges Mädchen war. Sie erhoben die Gläser und tranken auf das Wohl von Isaura Blackraven, dem Schwarzen Engel.

Blackraven lächelte, als er an dieses Gespräch vor einigen Abenden zurückdachte. Er stützte die Ellenbogen auf die Reling und legte, plötzlich müde, den Kopf in die Hände. Dann schloss er die Augen und klammerte sich an Isauras Bildnis, um nicht wehmütig zu werden. Er erinnerte sich an die Nacht, als sie sich an der Uferböschung des Flusses liebten, an ihren sanften Blick, nachdem sie zum höchsten Genuss gelangt war, er dachte an ihren leicht geöffneten Mund, dem sich spitze Seufzer entrangen, und an ihre Augen – Gott, diese so ungewöhnlich türkisblauen Augen, durchdringend und sanft zugleich. Und wie sollte er ihr Haar vergessen, das ihn an jenem Sommermorgen in El Retiro als Erstes bezaubert hatte.

Obwohl er Dinge mit ihr gemacht hatte, die andere Mädchen ihres Standes verstört hätten, war ihm Isaura stets bereitwillig zu Gefallen gewesen. Gott war Zeuge, dass er nie Rücksicht auf sie genommen hatte, weder auf ihren Glauben noch auf ihre Jugend, auf gar nichts. Isaura hatte ihm den Verstand geraubt, und er hatte sie mit derselben Rücksichtslosigkeit genommen wie ein liederliches Weibsstück. Und das Erstaunlichste war, dass sie sich trotz der verdorbenen Art und Weise, mit der er sie in die körperliche Liebe eingeführt hatte, diese Aura der Unschuld bewahrt hatte, die in ihrem Blick lag, selbst in der Art, wie sie sprach und sich bewegte. Im Herzen war sie ein kleines Mädchen geblieben. Niemand würde je ermessen können, was es ihm, einem unverbesserlichen Sünder, bedeutet hatte, als Isaura sich ihm hingab, ihm ihre Unschuld und vor allem ihr Vertrauen schenkte. Durch sie war er ein besserer Mensch geworden.

Er fragte sich, was er machen sollte, wenn er in Buenos Aires ankam. Zum Teil hing seine Entscheidung von Isauras Verhalten ab. Sie war nicht nachtragend, sagte er sich hoffnungsvoll. Er wollte sie nur umarmen und küssen, sie zum Bett tragen und sie lieben. Ihm lag nichts daran, dass sie ihn um Verzeihung bat, weil sie ihn grundlos beschuldigt hatte, oder dass sie ihm Erklärungen gab. Er wollte sie nur wiederhaben, spüren, dass sie sein war, sie mit den Geschenken überhäufen, die er in Rio de Janeiro für sie gekauft hatte, Geschmeide aus Topas, Aquamarinen, Chrysolith, Zitrin und Amethysten, Seidenstoffe, Brokat und Samt und die belgische Puppe mit ihrem Kleidchen aus Brüsseler Spitze und den langen rotblonden Locken, die ihn an ihr Haar erinnerten. Er wollte, dass sie nackt vor ihm auf und ab ging, nur mit dieser Kette um den Hals, die er für sie hatte anfertigen lassen, während ihr das gelöste Haar über die Schultern fiel. Er betrachtete das goldgefasste Schmuckstück aus Perlmutt mit einer eingelegten rosafarbenen Koralle. Er konnte beinahe ihren nackten Körper spüren, seine Finger in ihren üppigen Brüsten vergraben, den Geschmack ihrer Brustwarzen schmecken.

Um seine Erregung zu bekämpfen, begann er Pläne zu schmieden. Schon seit einiger Zeit dachte er über die Zukunft nach. Vielleicht war der Zeitpunkt gekommen, sich aus dem Seefahrerleben zurückzuziehen. Der Gedanke, sich an einem ruhigen Ort niederzulassen, Cornwall vielleicht, erschien ihm nun ebenso verlockend wie früher seine Schiffe. Er schüttelte lächelnd den Kopf. Nur Melody brachte es fertig, dass Kapitän Black die Möglichkeit in Betracht zog, sein Seefahrerdasein aufzugeben und sich in eine Landratte zu verwandeln.

Dann gefror sein Lächeln und seine Stirn legte sich in Falten. Solange die Bedrohung durch den gedungenen Mörder, der unter dem Namen »die Kobra« bekannt war, nicht gebannt war, würde Isaura am Río de la Plata bleiben. Zwar hielt er es für unwahrscheinlich, dass man seinen Namen mit dem Schwarzen Skorpion in Verbindung brachte, aber es stand zu viel auf dem

Spiel. Wenn man einen Zusammenhang herstellte, würde seine Ehefrau zur Zielscheibe seiner Feinde werden. Andererseits war auch Buenos Aires nicht frei von Gefahren, insbesondere jener, die von Enda Feelham ausging, die nach dem Tod ihres einzigen Sohnes Paddy nach Rache dürstete. Noch nach Monaten sah er sie mit erschreckender Deutlichkeit unter der Eiche auf dem Anwesen Bella Esmeralda stehen, den Blick auf ihn gerichtet, als könnte sie ihn durch den schweren Vorhang hindurch sehen. Diese harten Augen hatten ihm mehr über ihre Entschlossenheit verraten als tausend Worte.

Er fragte sich, ob Somar und O'Maley ihren Aufenthaltsort ausfindig gemacht hatten. Adriano Távora, eine geschickte Spürnase, wäre ihm bei der Suche von Nutzen gewesen, doch der Portugiese begleitete sie nicht auf der *Wings* nach Buenos Aires, sondern war mit verschiedenen Aufträgen auf dem Rückweg zum Alten Kontinent. Unter anderem sollte er mehr über die Kobra herausfinden. Ihn auszuschalten, hatte oberste Priorität; aber vorher würde er gestehen, wer ihn geschickt hatte.

Adriano sollte außerdem den Priester Edgeworth de Firmont ausfindig machen, der das Abdankungsschreiben Ludwigs XVI. zugunsten seines Sohnes Louis Charles bezeugt hatte und der Schlüssel zum Beweis der Echtheit des Dokuments war. Und er würde dasselbe bei Madame Simon versuchen, die Louis Charles liebevoll *Bêtasse* genannt hatte und der er das Dokument anvertraut hatte, das andernfalls den Jakobinern Hébert und Chaumette in die Hände gefallen wäre. Er musste sie in Sicherheit bringen in dieser Welt aus Spionage und Gegenspionage, in der selbst hochgeheime und mit größter Sorgfalt gehütete Informationen aufgedeckt werden und in die falschen Hände geraten konnten. Genau deshalb beunruhigte es Blackraven, dass ein gedungener Mörder, der als der beste Europas galt, hinter dem Schwarzen Skorpion her war – nicht um seiner selbst willen, sondern wegen Melody.

Obwohl weder Malagrida noch Távora einverstanden gewesen waren, war es die richtige Entscheidung gewesen, sowohl den Bourbonen im Exil als auch Minister Fouché Botschaften zu schicken, damit beide erfuhren, dass Le Libertin tot war, der Schwarze Skorpion noch lebte und Ludwig XVII. unter seinem Schutz stand. Er lachte leise, als er sich die Mienen des Grafen der Provence und Fouchés vorstellte, wenn sie die knappen Zeilen lasen. Was Napoleon betraf – und er kannte ihn –, so ging er davon aus, dass seine Reaktion anders ausfallen würde. Die Nachricht bezüglich des Sohns Ludwigs XVI. würde ihn nicht überraschen, wohl aber beunruhigen. Er musste einen Nachfolger zeugen, um seinen Thron zu sichern, und bislang war Kaiserin Josephine unfähig gewesen, ein Kind zu empfangen.

Obwohl er nicht dazu neigte, an der Boshaftigkeit der Menschen und dem Unrecht in einer Welt voller Dummköpfe – wie er fand – zu zweifeln, empörte ihn die Situation Madame Royales und Ludwigs XVII. zutiefst. Noch Kinder, als die Revolution in ihrer Heimat ausbrach, lebten sie seither in Angst, immer auf der Flucht, immer im Verborgenen. Marie hatte geweint, als er in das Haus in São Cristovão kam, um sich zu verabschieden, und auch das Versprechen, schon bald zurückzukommen, hatte sie nicht getröstet. Dieses Bild war ihm zu Herzen gegangen, und er wusste um die Sinnlosigkeit der Ausflüchte, die er anführte, um sie davon zu überzeugen, dass Rio de Janeiro ein guter Ort für sie war: das herrliche Haus in São Cristovão, der Garten, den sie liebevoll pflegte, die Orangerie, ihre Freundschaft mit der Baronin de Ibar.

»Die Baronin de Ibar ist nicht meine Freundin«, hatte sie empört erklärt. »Glaubst du, ich hätte nicht bemerkt, dass sie meine Gesellschaft sucht, um etwas über dich zu erfahren? Du wirst sehen, jetzt, wo du Rio verlässt, wird sie sich nicht mehr blicken lassen.«

Die Baronin de Ibar war zu einer Plage geworden. Ihre Schamlosigkeit widerte ihn an, vor allem, weil er João Nivaldo de Ibar schätzte. Sie machte sich nichts daraus, dass er ihr an jenem ersten Abend deutlich zu verstehen gegeben hatte, dass sein Interesse an ihr nicht nur gering, sondern gar nicht vorhanden war, und sie bewies, dass sie nicht eben zartbesaitet war, wenn es darum ging, ihr Ziel zu erreichen. Sie hatte noch mehrmals an seine Tür geklopft, und einmal fand er sie sogar nackt in seinem Bett (Estevanico hatte sie eingelassen). Es bereitete ihm Kopfzerbrechen, dass das Ehepaar de Ibar beteuert hatte, in Kürze einen Besuch am Río de la Plata machen zu wollen. Er wollte keine Probleme mit Melody.

Er hörte Malagrida und Estevanico näher kommen. Die beiden verstanden sich bestens. Der Jesuit entfaltete seine Fähigkeiten als Lehrer, während der kleine Sklave begierig aufnahm, was man ihm beibrachte. Blackraven beobachtete ihn aus dem Augenwinkel. Die Zuwendung und das gute Essen hatten Wunder bei dem Jungen bewirkt. Seine Art zu gehen, die Kopfform und gewisse Züge in seinem Gesicht erinnerten ihn an seinen Sklaven Servando; vielleicht stammte auch Estevanico von Wolofs ab.

»Herr Roger!«

»Was gibt's?«, antwortete dieser, ohne sich umzudrehen.

»Ich habe Kapitän Malagrida beim Damespiel besiegt.«

»So, so«, sagte Blackraven und hörte, wie Gabriel Malagrida leise lachte.

»Morgen, hat er mir versprochen, bringt er mir das Schachspielen bei. Das Spiel, das Ihr mit Eurem Cousin Señor Letrand gespielt haben.«

»Ich bin gar nicht mehr so sicher, ob ich's dir beibringen soll, Estevanico«, unterbrach der Jesuit. »Ich will nicht auch noch im Schach geschlagen werden.«

»Aber Ihr habt es versprochen«, beschwerte sich der Sklave.

»Wir werden sehen. Es hängt ganz davon ab, wie gut du deine Spanischlektion lernst.«

»Oh, wenn es das ist, Kapitän, dann werdet Ihr mir das Schachspielen beibringen müssen, denn das spreche ich schon sehr gut. Herr Roger«, sagte er dann und zupfte ihn am Ärmel, damit dieser ihn ansah. »Wie heißt meine neue Herrin?«

»Du wirst sie Miss Melody nennen, wie alle anderen.«

Estevanico nickte und wiederholte den Namen lautlos. Nur seine Lippen bewegten sich.

»Aber ist das auch ihr richtiger Name?«

»Ihr Name ist Isaura, aber nur ich nenne sie so. Und jetzt lauf zu den anderen, Essen fassen, und dann sofort ab in die Koje. Morgen vor Tagesanbruch werde ich dich wecken.«

»Ist gut, Herr Roger. Bis morgen, Kapitän Malagrida.«

»Schlaf gut, Estevanico.«

Es war Nacht geworden, und der Mond spiegelte sich auf dem Meer und erleuchtete einen Streifen, der wie aus Silber zu sein schien. Das Besansegel blähte sich im Wind und trieb das große Schiff in Richtung Süden. Die Windfahne flatterte gegen den Hauptmast, und dieses Geräusch vermischte sich mit den Stimmen der Matrosen an Deck und dem gedämpften Lärm, der aus dem Mannschaftsdeck kam, wo sich die übrigen zum Essen setzten.

»Lässt sich deine Frau nicht von der Dienerschaft ›Frau Gräfin‹ nennen?«, fragte Malagrida.

Blackraven lächelte, ohne ihn anzusehen, den Blick auf den Widerschein des Mondes gerichtet.

»Nein, es ist ihr unangenehm, wenn man sie so nennt.«

»Sehr eigen«, bemerkte der Jesuit, und Blackraven lächelte erneut, ohne etwas dazu zu sagen. »Ich lade dich zu einem Lacrima Christi in meine Kajüte ein, bei meiner letzten Prise erbeutet. In Jumilla in Fässern gereift und abgefüllt. Eine Offenbarung.«

Sie nippten schweigend an dem Süßwein, während Blackraven, über den Tisch gebeugt, die Karte studierte. Malagrida räumte Sextanten, Astrolabien und Kompasse sowie geographische und

Seekarten beiseite und bedeutete seinem Diener, das Essen aufzutragen. Während des Essens sprachen sie nicht. Die Freundschaft und die tiefe Vertrautheit zwischen ihnen gab ihnen die Freiheit, nicht das Schweigen füllen zu müssen, das andere so verunsichert hätte.

»Was weißt du über deine Mutter?«, erkundigte sich Malagrida unvermittelt.

Vielleicht, überlegte Blackraven, hatte er ihn seit Wochen nach ihr fragen wollen. Isabella war es genauso ergangen, als sie etwas über Kapitän Malagridas Schicksal erfahren wollte: Er wich aus.

»Adriano sagte mir, sie sei mit meinem Onkel Bruce und Constance nach Cornwall gegangen.«

»Nach Cornwall? Sie hasst Cornwall.«

Blackraven sah auf und fragte mit einem Blick, was seine Lippen nicht aussprachen: »Seit wann kennt Ihr die Vorlieben meiner Mutter?«

Nach einer Weile sagte er: »Mag sein, dass sie Cornwall hasst, jedenfalls ist sie dorthin aufgebrochen.«

Lange Minuten verfielen sie wieder in Schweigen. Blackraven hatte den Blick unverwandt auf einen Punkt auf dem Tisch gerichtet, während Malagrida ihn mit der nachdenklichen Miene dessen beobachtete, der ein Objekt studiert, das Bewunderung und Neugier in ihm hervorruft.

»Du, Roger Blackraven«, sagte er dann mit tiefer, ruhiger Stimme, »besitzt die Weisheit eines Mannes, der zwei Welten angehört.« Dann zitierte er: »Denn wie die Landschaftszeichner ihren Standpunkt in der Ebene suchen, um die Beschaffenheit der Berge und hochgelegenen Orte zu überschauen, und auf Berggipfel steigen, um die Beschaffenheit der Täler zu betrachten ...«

Und Blackraven ergänzte: »... so muss man Herrscher sein, um das Wesen der Völker zu durchschauen, und man muss ein

Mann des Volkes sein, um das Wesen der Herrscher zu erkennen.« Er blickte auf und lächelte seinem früheren Lehrer zu. »*Der Fürst*, Euer Lieblingswerk«, sagte er. »Was verdanke ich diesen Gedanken?«

»Was beunruhigt dich?«, fragte Malagrida zurück. »Ich weiß, dass du eine große Verantwortung trägst, aber das ist immer so gewesen. Jetzt kommt es mir so vor, als bedrückte dich etwas Besonderes.«

»Ihr sprecht die Wahrheit. Ich habe immer viel Verantwortung und jede Menge Probleme gehabt, doch das hat mich keinesfalls bedrückt, sondern war eine Herausforderung für mich, die mir Kraft und Energie gab. Doch nun fühle ich mich verletzlich.« Nach einer Weile gestand er: »Es ist wegen Isaura. Sie hat mich verletzlich gemacht. Indem sie ihr Schicksal an das eines Mannes wie mich band, ist sie allen Gefahren ausgeliefert, die mich umgeben, Gefahren, die mich nie schreckten und die ich nun fürchte. Um ihretwillen.«

»So sehr liebst du sie?« Blackraven sah ihn an, ohne zu antworten. »So wie eine Lilie inmitten der Dornen, so ist meine Freundin inmitten der Töchter«, deklamierte der Jesuit.

»Seid Ihr unter die Dichter gegangen?«

Malagrida schüttelte lächelnd den Kopf.

»Das ist aus dem Hohen Lied der Liebe.«

»Gottgütiger, schütze uns!«, rief der Wachposten im Turm der Festung Santa Teresa am Ostufer des Río de la Plata.

»Was ist los?«, fragte sein Kamerad beunruhigt und nahm ihm das Fernglas ab. »Engländer«, sagte er leise, und seine Stimme verriet die Angst, die ihm dieses Wort einflößte.

Sie waren die Ersten, die die Fregatte *Leda* sichteten. Admiral Sir Home Riggs Popham hatte dem Schiff Order gegeben, das Geschwader zu verlassen und den Fluss zu erkunden, der für seine Sandbänke und Strömungen bekannt war.

Die Nachricht von dem englischen Schiff, das vor der Küste des Ostufers kreuzte, beunruhigte die Bevölkerung von Buenos Aires, auch wenn es keine Überraschung war – man rechnete seit Monaten mit einem Angriff, insbesondere wegen der laxen Haltung des Vizekönigs Sobremonte. Dieser hatte sich darauf beschränkt, nur ein paar undisziplinierte und schlecht ausgerüstete Bataillone in der Festung von Buenos Aires zurückzulassen und stattdessen Truppen nach Montevideo zu schicken, da er der Überzeugung war, dass die Engländer zunächst versuchen würden, diese Festung zu erobern.

Tatsächlich war dies die Absicht von Brigadegeneral William Carr Beresford, der, den Kragen seines Jacketts hochgeschlagen, um sich vor der Kälte zu schützen, soeben an Bord der Fregatte *Narcissus* ging. Dort sollte die Lagebesprechung stattfinden, bei der es um die Entscheidung ging, ob man zuerst Buenos Aires oder Montevideo angriff.

Beresford und Popham schüttelten sich widerwillig die Hände und begaben sich dann in Begleitung weiterer Offiziere in die Kajüte Kapitän Donellys. Sie tranken auf das Wohl Seiner Majestät George III., um sich dann umgehend in eine hitzige Diskussion darüber zu vertiefen, ob man nun die eine oder die andere Stadt erobern sollte.

»Ich bin der Ansicht«, schlug Beresford in seiner zurückhaltenden und höflichen Art vor, »zunächst Montevideo anzugreifen, diesen Standort zu sichern, den ich als Schlüssel zum Río de la Plata erachte, und dann erst auf Buenos Aires vorzurücken.«

»Wir wissen, dass Montevideo besser ausgerüstet ist als Buenos Aires«, wandte Kapitän Honeyman ein, ein anderer, mit der Mission betrauter Offizier. »Der Vizekönig hat sogar weitere Truppen aus Buenos Aires kommen lassen und dieses praktisch ungesichert zurückgelassen.«

»Genau aus diesem Grund«, sagte Beresford, »sollten wir zunächst Montevideo angreifen. Mir ist bewusst, dass es eine größere kriegerische Herausforderung bedeutet, aber wir werden Waffen und Munition erbeuten, mit denen wir nicht eben reichlich ausgestattet sind. Damit werden wir Buenos Aires im Handstreich nehmen. Erobern wir hingegen zuerst Buenos Aires, wo sich so gut wie keine Truppen befinden, wird es später schwieriger sein, Montevideo zu belagern. Es wird sogar schwierig werden, Buenos Aires zu halten.«

Popham stand auf und erklärte: »Ich verstehe Eure Haltung, Herr Brigadegeneral, aber angesichts der Umstände, in denen wir uns befinden, halte ich sie nicht für die Vorteilhafteste. Die Eroberung der Hauptstadt des Vizekönigtums wird großen Eindruck auf die Regierung und die Bevölkerung im Allgemeinen machen, ein Umstand, der uns später dabei helfen wird, die übrigen Regionen zu erobern, auch Montevideo. Zum anderen gehen die Vorräte unserer Schiffe zur Neige, der Mannschaft fehlt es an allem. Wenn wir Buenos Aires angreifen so unbewacht, wie es ist, wäre uns der Sieg sicher und wir könnten uns unverzüglich mit Proviant versorgen. Das gut bewaffnete und gesicherte Montevideo anzugreifen, birgt ein Risiko, das wissen wir. Wie sollen wir uns mit Lebensmitteln versorgen, wenn es uns nicht gelingt, die Stadt einzunehmen? Wir befänden uns in einer misslichen Lage.«

Dieses Argument schien den übrigen Offizieren einzuleuchten, denn sie begannen zu nicken und zu flüstern. Beresford wusste, dass er den Schlagabtausch verloren hatte. Er sah Popham ungnädig an, denn er wusste, dass es andere Gründe waren, die diesen dazu veranlassten, seinen Standpunkt zu vertreten. Zum einen wollte er sich die Schätze unter den Nagel reißen, die sich in der Hauptstadt des Vizekönigtums befanden, bevor die Regierung sie in Sicherheit brachte, und zum anderen wollte er mit einem strahlenden Triumph und der Entsendung mehrerer Truhen voller Gold und Silber die Achtung und die Bewunderung des Hofes am St. James's Palace erringen.

Nach Malagridas Berechnungen würden sie in fünf Tagen die Mündung des Río de la Plata erreichen, wenn der Wind weiter so günstig blieb. Deshalb müssten sie, so fügte er hinzu, weder Wasser noch Proviant rationieren. Durch ihre Größe war die *Sonzogno* recht unabhängig und konnte wochenlang unterwegs sein, ohne einen Hafen anzulaufen.

Blackraven stand auf dem Achterkastell und beobachtete, wie Schegel geschickt das Steuerruder bediente. Dann ließ er den Blick über das Deck schweifen, wo mehrere Seeleute die Bürsten in Eimer mit Seifenlauge tauchten und eifrig die Decksplanken schrubbten. Andere standen über große Fässer gebeugt und überprüften die Vorräte an eingelegtem Kohl und grünen Bohnen, um schlechte und verdorbene Blätter zu entfernen. Unter dem Hauptmast saßen Milton und Peters und besserten das Klüversegel aus.

Er war stolz auf seine Schiffe und seine Männer, die er sorgfältig auswählte und intensiven Schulungen unterzog, bei denen es nicht nur um körperliche Stärke, seemännisches Geschick und den Gebrauch von Waffen ging, sondern auch um die Einhaltung von Disziplin, Sauberkeit und Ehre. Sie waren keine Piraten, sondern Korsaren, und als solche hatten sie sich an einen Verhaltenskodex zu halten. Schlägereien, Saufgelage und Pflichtversäumnis an Bord wurden mit fünfzig Peitschenhieben geahndet. Sodomie wurde mit dem Tod bestraft.

Estevanico schlich sich vorsichtig näher, um den Herrn Roger nicht auf sich aufmerksam zu machen. Aus der Nähe sah der Junge, wie die Abendsonne auf Blackravens Gesicht fiel und seinen ernsten, nachdenklichen Gesichtsausdruck unterstrich. Sein Blick war wie stets finster. Trotzdem hatte er keine Angst vor ihm, im Gegenteil. Er mochte diesen Mann; er strahlte eine vornehme Wesensart aus.

»Hast du getan, was ich dir aufgetragen habe?«

Estevanico lachte.

»Ich habe mich ganz langsam angeschlichen, Herr Roger. Woher wusstet Ihr, dass ich hier bin?«

»Versuch nicht, Kapitän Black auszubooten«, riet ihm Radama, der Madegasse, der gleich neben ihnen eine Rahe auftoppte. »Er ist nicht so leicht zu überraschen, weißt du.«

»Ich habe dich gerochen«, scherzte Blackraven. »Man könnte meinen, du hättest dich seit Tagen nicht gewaschen. Los, lauf in die Kombüse und frag nach heißem Wasser. Radama«, sagte er dann plötzlich, den Blick unverwandt auf den Horizont gerichtet, während er die Augen mit der Hand beschattete. »Reich mir mal das Fernrohr.«

Bevor der Madegasse der Aufforderung nachkommen konnte, war Shackles Stimme zu vernehmen, der in etlichen Fuß Höhe im Ausguck saß und nun lauthals verkündete, dass backbords ein Schiff in Sicht sei. Radama reichte Blackraven das Fernrohr, und dieser sah die Meldung und seinen Verdacht bestätigt. Malagrida verließ die Kommandobrücke und näherte sich mit großen Schritten. Beide analysierten schweigend die Lage.

»Es ist eine herrliche Fregatte«, bemerkte Blackraven schließlich, ohne das Fernrohr abzusetzen.

»Wundervoll«, stimmte der Jesuit zu. »Sie hat sämtliche Segel gesetzt und kommt schnell näher.«

»Ihrer Position nach zu urteilen hat sie uns zuerst gesehen.«

»Glaubst du, sie sucht den Kampf?«

»Ja.«

»Kannst du ihre Flagge sehen?«

»Sie holen gerade die spanischen Farben ein und hissen den Jolly Roger«, erklärte Blackraven, denn so nannte man die Piratenflagge mit dem Totenkopf und den gekreuzten Knochen.

Malagrida ließ das Fernglas sinken und sah seinen Freund von der Seite an.

»Der Jolly Roger! Der Jolly Roger!«, riefen die Seeleute aufgeregt, die sich rings um sie versammelt hatten.

»Piraten?«, entfuhr es dem Jesuiten.

»Ja, und von der schlimmsten Sorte.«

»Du kennst sie?«

»Ich kenne diese Fregatte, die *Butanna*. Sie gehört dem Sohn von Ciro Bandor.«

»Ciro Bandor? Der Bukanier, den du getötet hast?« Blackraven nickte. »Kennst du seinen Sohn?«

»Ja, ich kenne ihn. Sein Name ist Galo Bandor. Was würde sich Amy Bodrugan freuen, heute hier zu sein!«

Malagrida sah, wie der Zorn Blackraven übermannte. Er kannte diese Miene mit den zusammengepressten Lippen und den geweiteten Nasenflügeln.

»Galo Bandor weiß, dass die *Sonzogno* eines meiner Schiffe ist. Er wird angreifen, und er wird alle Geschütze einsetzen, die er hat. Seit Jahren sinnt er auf Rache für den Tod seines Vaters. Wenn er erfährt, dass ich mich auf dem Schiff befinde, wird er den heutigen Tag zu seinem Glückstag erklären. Shackle!«, rief er nach oben. »Kannst du sehen, wie sie bewaffnet ist?«

»Vierzehn Schießscharten längsschiffs. Zwei Buggeschütze, Kapitän!«

»Nicht schlecht«, räumte Blackraven ein, obwohl sie selbst besser bewaffnet waren. Trotzdem konnte das Glück aufseiten der *Butanna* sein, falls ein guter Mann an den Geschützen ihnen den Hauptmast wegschoss oder ihnen ein Leck unterhalb der Wasserlinie beibrachte, das sie binnen Minuten sinken ließ.

»Zagros!«, rief Blackraven nach dem Bootsmann. »Klarmachen zum Gefecht!«

Der griechische Bootsmann ging, lauthals Befehle brüllend, davon, obwohl jedes Mitglied der Besatzung genau wusste, was zu tun war und welchen Posten er einzunehmen hatte, wenn ein Kaperziel in Sicht kam. Eine Gruppe legte die Taue und Planken zum Entern bereit, die Geschützmeister öffneten die Geschützluken, schoben die Lafetten heran und banden die Kanonen los, während ihre Gehilfen den Feuerstahl und die Zündstöcke überprüften und vor allem darauf achteten, dass die Lunten nicht feucht waren. Die Pulverkammer wurde geöffnet, um Pulverfässer, Munition und Schrapnellgeschütze herauszuholen, und auch die Brandwachen machten sich bereit, jene Seeleute, deren Aufgabe es war, mit Hilfe von Sandeimern Brände zu löschen. Die leichten Waffen – Musketen und Gewehre – wurden bereitgemacht, und keiner vergaß, seine Säbel und Messer in den Gürtel zu stecken. So mancher fand nichts dabei, sich zu bekreuzigen und sich dem Gott seines Glaubens oder dem von ihm verehrten Heiligen anzuvertrauen.

Blackraven verschwand durch die Luke in seine Kajüte, wo Estevanico in einer Schüssel seine Füße schrubbte. Er wühlte in seiner Truhe, bis er ein schwarzes Tuch fand, das er sich um den Kopf schlang. Dann überprüfte er die Pistolen, legte das Rapier um und schob ein breites Kurzschwert in den Gürtel. Estevanico beobachtete ihn, ohne mit der Wimper zu zucken. Bevor Blackraven hinausging, blickte er über die Schulter zurück und sagte zu dem Jungen: »Wenn du die Kajüte verlässt, werfe ich dich über Bord.«

»Ich kann doch nicht schwimmen, Herr Roger!«

»Dann bleib hier und komm nicht heraus, bis ich es dir sage.«

Wieder an Deck, blickte er prüfend hoch zur Windfahne, bevor er Befehle zum Manövrieren gab. Da Kapitän Black an Bord war, hielt Malagrida sich zurück, auch wenn er stolz feststellte, dass Rogers Entscheidungen die gleichen waren, die er selbst getroffen hätte. Blackraven befahl Schegel, der immer noch am Ruder stand, links an den Wind zu gehen. Das Schiff drehte sich in die gewünschte Position, um dann in Lee auf die *Butanna* zuzusegeln.

»Wir benutzen den Klüverbaum als Rammbock! Runter mit der Fock! Streicht das Besansegel!«

Beide Schiffe drehten bei, und als sie nur noch wenige Längen voneinander entfernt waren, begannen die leichten Waffen und die Geschütze zu donnern. Nach wenigen Minuten machte es der Rauch unmöglich, die *Butanna* zu erkennen, nur die Spitzen ihrer Masten waren zu sehen, und sie waren unversehrt. Es war ein hochgefährliches Manöver, das feindliche Schiff zu rammen, ohne Sicht zu haben, aber Kapitän Blacks Männer waren an dessen Tollkühnheit gewöhnt. Die *Sonzogno* glitt weiter vorwärts, bis man hören und spüren konnte, wie sich der Klüverbaum in den gegnerischen Schiffsrumpf bohrte. Als die Umrisse des an einigen Stellen schwer beschädigten feindlichen Schiffes zu erkennen waren, gab Blackraven Befehl, die Enterleinen zu werfen und die Laufplanken bereitzuhalten. Die Männer, die zum Entern ausgewählt worden waren, sprangen unter lautem Geschrei auf die *Butanna*. »Tod den Feinden! Tod den Feinden!«, skandierten sie.

Galo Bandors Männer wussten, dass sie sich von Kapitän Black fernhalten sollten, falls sie das Glück hatten, dass er bei der heutigen Schlacht dabei war. Ihn zu erledigen war Galo Bandors Vorrecht. Dennoch traf Blackraven mit einigen zusammen und streckte sie auf dem Deck nieder, während er sich zur Brücke vorkämpfte, wo er den Sohn seines ehemaligen Kapitäns ausgemacht hatte. »Für dich, Amy. Für dich«, presste er zwischen den Zähnen hervor, während er mit kraftvollen Schwerthieben Hände abschlug, Bäuche aufschlitzte, Augen ausstach und Nasen abtrennte. Immer wieder musste er sich mit dem Hemdsärmel übers Gesicht fahren, um das Blut seiner Opfer abzuwischen.

Bandor beobachtete ihn von der Brücke aus. Blackraven hatte ein schwarzes Tuch um den Kopf geschlungen, sein Hemd war blutgetränkt und sein Gesicht zu einer grausamen Maske verzerrt. Bandor verbarg seine Angst hinter einem überheblichen Lächeln. Das wilde Aussehen dieses Mannes schüchterte ihn ein.

Es war schon fast dunkel, als Blackraven die Brücke erreichte und dort feststellte, dass der Kampf zu Ende war. Der Sieg gehörte ihm.

»Kapitän Black! Heute ist mein Glückstag!«, rief Bandor.

»Du bist so leicht zu durchschauen!«, spottete Roger.

»Ich werde dich zur Hölle schicken, du missgestalteter englischer Zigeuner!«

»Um deinem Vater Gesellschaft zu leisten? Nein, danke!«

Bandor reagierte mit Zorn und stürzte sich mit einem Schrei auf seinen Gegner. Sie gingen mit ihren Schwertern aufeinander los. Es war nicht das erste Mal, und jeder von beiden wusste, dass er es mit einem ausgezeichneten Fechter zu tun hatte. Ihren Mienen nach zu urteilen, schienen sie den Kampf zu genießen. Sie führten ihre Ausfälle und Stöße mit Leidenschaft, und ein unerbittliches, verbissenes Lächeln verzerrte ihre Gesichter. Sie hatten sich mehrere Schnitte zugefügt, nichts Ernstes, und ihr Blut mischte sich mit dem ihrer Opfer. Malagrida schätzte, dass sie seit mehr als zwanzig Minuten kämpften, und vermutete, dass ihnen durch das Gewicht der Schwerter die rechten Schultern wehtun mussten sowie aufgrund der Ausfallschritte und brüsken Bewegungen auch die Beine. Es handelte sich nicht um einen stilvollen Kampf, sondern um eine Begegnung auf Leben und Tod.

Ein baldiges Ende war nicht in Sicht. Es war schwer zu sagen, wer im Vorteil war, bis Bandor einen Schnitt an der linken Wange davontrug, gleich neben dem Auge. Blackraven nutzte seine kurze Verwirrung, um ihm die Spitze des Degens an die Kehle zu setzen.

»Was ist?«, spottete Bandor. »Willst du mich nicht töten?«

»Nein«, erklärte Blackraven. »Dieses Recht steht einer anderen Person zu. Und sie wird es mit dem größten Vergnügen tun, nachdem sie dich entmannt hat.«

»Amy Bodrugan«, sagte der spanische Pirat, und seine grünen Augen blitzten.

# Kapitel 5

Es war der 24. Juni, und obwohl die Fenster zur Calle San José geschlossen waren, drang der Lärm der Festlichkeiten zu Ehren Johannes des Täufers ins Innere des Hauses. Melody achtete nicht darauf. Über Jimmy gebeugt, dachte sie, dass noch keine drei Tage seit Winterbeginn vergangen waren, und schon lag ihr kleiner Bruder schwerkrank im Bett. Man würde ihm die Letzte Ölung erteilen.

Drei Abende zuvor hatte sich Melody mit starken Kopfschmerzen hingelegt. Die Liebe zu Roger bestimmte ihr ganzes Dasein, dachte sie, während sie für Roger nur eine nette Episode gewesen war. Vielleicht brachten die lange Abwesenheit und das Schweigen ihres Mannes sie auf solche Gedanken. Trinaghanta hingegen war der Ansicht, dass ihre Niedergeschlagenheit von der Schwangerschaft herrührte, denn der Singhalesin zufolge waren Schwangere sehr sentimental. Miora wiederum behauptete, jemand, der so wenig esse, könne nicht guter Dinge sein. Vielleicht aber auch hatte sie die Erwähnung von Ana Perichon bei dem nachmittäglichen Treffen mit Lupe und Pilarita getroffen, weil sie sich danach all die schönen Frauen vorstellte, die ihr Mann im Ausland kennenlernte und mit denen er ins Bett gehen würde. Ihr Blick verschwamm, und sie biss sich auf die Lippen. Sie wünschte, sie würde ihn weniger lieben.

Schließlich war sie eingeschlafen und wie so oft in letzter Zeit mitten in der Nacht wieder aufgewacht, aufgelöst, verschwitzt und mit jagendem Herzen, weil sie in lebhaften Bildern von einer leidenschaftlichen Szene mit Roger geträumt hatte. Sie rollte sich zusammen und presste beide Hände zwischen die Beine. »Mein Gott«, betete sie, »mach, dass ich ihn vergesse!«

Sansón, Blackravens riesiger Neufundländer, hatte die Tür aufgestoßen und war winselnd ins Zimmer gekommen. Beunruhigt war Melody aufgestanden, und während sie den Morgenmantel überstreifte, fragte sie: »Was ist los, Sansón? Was hast du denn, mein Guter?«

Sie entzündete die Kerze. Das Tier sah sie aus seinen Triefaugen an und winselte erneut. Seit Tagen schon erschien er ihr unruhig. Er fraß nicht so gierig wie sonst und spielte nicht mit den Kindern, obwohl er den ganzen Tag bei ihnen war, sogar während des Unterrichts, sehr zum Missfallen von Perla und Jaime. Wenn Sansón sie auf die Alameda oder zum Zapfenstreich am Fort begleitete, tollte er nicht bellend umher, und statt nachts neben Melodys Bett zu schlafen, wie er es seit Blackravens Abreise tat, wachte er nun zu Jimmys Füßen.

Melody zog den Morgenmantel zurecht und folgte dem Tier zum Zimmer ihres Bruders. Schon auf dem Flur hörte sie seinen trockenen Husten. Sie war kaum eingetreten, als sie ein schreckliches Gefühl bevorstehender Gefahr überkam, das sie vor Angst erstarren ließ, wie betäubt von der Gewissheit, dass gerade etwas Furchtbares geschah. Sie wollte nicht weitergehen. Ihr fehlte die Kraft, sich dem zu stellen, was kommen würde, und sie wünschte, Roger wäre an ihrer Seite. Sie legte die Hand auf ihren Leib und blieb mit angehaltenem Atem in der Tür stehen, den Blick in Richtung ihres Bruders gerichtet, bis sie Sansóns feuchte Schnauze an ihrer Hand spürte und ihn winseln hörte. Sie machte ein paar Schritte vorwärts, und als sie den Kerzenleuchter ans Kopfende des Bettes hielt, unterdrückte sie ein Schluchzen. Jimmys Wangen hatten einen rötlichen Ton angenommen, der sich von der Blässe rund um Mund und Augen abhob. Seine Stirn war feucht und seine Lippen trocken. Er atmete schwer und wälzte sich hustend hin und her, warf den Kopf von einer Seite zur anderen und trat mit den Füßen gegen die Matratze.

»Sansón, lauf und wecke Somar und Trinaghanta.«

Als sie den Leuchter auf den Nachttisch stellte, merkte sie, dass ihre Hand zitterte. Sie tauchte ein Handtuch in die Waschschüssel. Das kalte Wasser verursachte ihr Gänsehaut. Sie beugte sich über ihren Bruder und fuhr ihm mit dem Tuch über Gesicht und Brust.

»Was ist los, Herrin?«

Somars Stimme tröstete sie. Dann sah sie Trinaghantas schwarze Hände, die ihr das Tuch abnahmen, um diese Aufgabe zu übernehmen. Sie war nicht allein, machte sie sich Mut.

»Er deliriert im Fieber«, erklärte sie, den Tränen nahe. »Die Temperatur muss unbedingt gesenkt werden, Somar.«

»Ich gehe sofort und hole Doktor Argerich.«

»Wenn du ihn nicht antriffst, dann lauf zu Doktor Fabre.«

Seit dieser Nacht vor drei Tagen war es düster geworden in den Haus in der Calle San José. Ärzte gingen ein und aus, nicht nur Argerich und Fabre, die Jimmy seit Monaten betreuten, sondern auch der erst kürzlich in Buenos Aires eingetroffene Doktor Egidio Constanzó. Pilaritas Mann Don Abelardo Montes, Baron von Pontevedra, hatte ihn empfohlen, da ihn der Arzt nach jahrelangem Leiden von der Gicht geheilt habe.

Constanzó war ein großer Mann von angenehmer Gestalt. Er war noch keine dreißig, wirkte aber durch seine zurückhaltende, ernste Art und seinen sparsamen Umgang mit Worten älter. Melody sah ihn nur einmal eine freundliche Miene aufsetzen, als man Jimmy aus seiner Bewusstlosigkeit holte.

»Na, wie geht's, Junge?«, fragte er ihn.

Trotz seiner kühlen Nüchternheit fand Melody seine Gegenwart tröstlicher als die von Argerich und Fabre; seine Gesellschaft war ihr angenehmer. Seine Augen verrieten seine Intelligenz, und seine förmlichen, uneitlen Manieren zeigten seine vornehme Herkunft. Es war Constanzó gewesen, der sich dagegen aussprach, Jimmy zur Ader zu lassen, um das Fieber zu senken, und damit die Ablehnung seiner Kollegen auf sich gezogen hatte. Stattdessen verordnete er einen Sud aus Chinarinde, der die Körpertemperatur schließlich ein wenig senkte. Dennoch schritt die Krankheit fort, und aufgrund seines schwachen Herzens ging es Jimmy zusehends schlechter.

Lupe und Pilarita, die jeden Tag in das Haus in der Calle San José kamen, waren überrascht, als sie Melody am Abend des Johannistages im Klavierzimmer antrafen, wo sie doch sonst nicht von Jimmys Seite wich. Sie kauerte auf einem Sofa und weinte so bitterlich, dass sie erschraken. Miora und Trinaghanta, die neben ihrer Herrin standen, blickten zu Boden.

»Ist er gestorben?«, flüsterte Pilarita Miora ins Ohr.

»Nein, Señora, aber Doktor Constanzó sagt, dass es keine Hoffnung gibt. Man wird ihm die Letzte Ölung erteilen.«

Constanzó und seine Kollegen Argerich und Fabre stimmten darin überein, dass es sich um eine schwere Brustfellentzündung handele, daher Jimmys ständiges Husten, die bläuliche Gesichtsfarbe und das Stechen im Rücken, über das er klagte. Es war unbedingt erforderlich, dass er das Fieber ausschwitzte. Man legte ihm erhitzte Backsteine an die Füße und wickelte ihn in mehrere Decken; man ließ ihn ätherisches Kampferöl inhalieren und flößte ihm unter großen Schwierigkeiten Salbeitee mit Honig ein.

Durch die Hitze im Zimmer und aufgrund ihres Zustands wurde Melody zweimal ohnmächtig. Sie schlief kaum, was an ihren Nerven zehrte, und aß nichts, schlürfte nur den Tee und die Hühnerbrühe, die Siloé ihr löffelweise einflößte. Sie weigerte sich, abgelöst zu werden, da sie glaubte, niemand sei so liebevoll und aufmerksam zu dem Kranken wie sie selbst. Wenn die Erschöpfung sie übermannte, gestattete sie nur Trinaghanta, ihm Tee zu geben, ihn zum Inhalieren aufzusetzen oder ihm die durchschwitzten Kleider zu wechseln. Es war eine anstrengende Arbeit. Dreimal am Tag mussten die Bettlaken gewechselt und der Junge umgezogen werden, dann schließlich war es Zeit zum Inhalieren, und schon bekam er seine Medizin oder den Tee. Trotz seiner geschwächten Gesundheit beschwerte und sträubte sich Jimmy, weil die Rückenschmerzen stärker wurden, wenn man ihn bewegte.

An diesem Johannistag wurde Constanzó klar, dass alle Bemühungen vergebens waren. Zur Brustfellentzündung war eine Lungenentzündung hinzugekommen. Melody widersetzte sich entschieden dem Vorschlag Doktor Fabres, ihn zu punktieren, um die Flüssigkeit aus der Lunge zu ziehen, und der Arzt zog beleidigt von dannen. Constanzó und Argerich entschieden sich dafür, ihm ein beruhigendes Herztonikum zu verabreichen, wohl wissend, dass es letzten Endes sein krankes Herz war, das Jimmy töten würde.

»Jimmy ist jetzt ruhiger«, sagte Argerich. »Wir würden Euch gerne im Salon sprechen.«

Sie nahmen sie beiseite, um ihr nahezulegen, einen Priester zu rufen, da der Zustand des Jungen keine Besserung erwarten lasse.

»Nein!«, schrie Melody völlig außer sich. »Das ist nicht wahr! Jimmy darf nicht sterben! Er darf mich nicht verlassen! Nicht er, nicht mein geliebter Jimmy! Nein! Sie irren sich! Gott würde mich nicht so strafen! Er würde mir nicht auch noch Jimmy nehmen!«

Sie sank schluchzend aufs Sofa, und so fanden sie ihre Freundinnen Lupe und Pilarita, denen es schließlich gelang, sie zu beruhigen und ihr gut zuzureden, damit sie dafür sorgte, dass der Kleine die Sterbesakramente erhielt. Sie begleiteten sie in Jimmys Schlafzimmer, wo sie die schmerzhaften Geheimnisse des Rosenkranzes beteten.

»Offensichtlich wollen deine Landsleute den Río de la Plata hinauf«, sagte Malagrida zu Blackraven, während beide durch ihre Ferngläser die Flotte unter dem Union Jack betrachteten.

»Kannst du das Kommandozeichen erkennen?«

»Kommodore Popham«, sagte Blackraven, und Malagrida hörte den Unmut aus seiner Stimme heraus.

»Du wirkst nicht überrascht.«

»Ich bin es auch nicht.«

»Möge Johannes der Täufer den Bewohnern von Buenos Aires am heutigen Johannistag beistehen«, sagte der Jesuit.

Nach dem Sieg über die *Butanna* vor fünf Tagen hatte Blackraven geglaubt, ihre Fahrt stehe unter einem guten Stern. Galo Bandors Fregatte hatte den Laderaum voller Schätze – Leder, Gewürze, Salz und Elfenbein. Sie hatte zwar einige Schäden erlitten, die jedoch ihrer Schönheit keinen Abbruch taten. Sie hatten beschlossen, das Schiff zum Río de la Plata zu schleppen, während die Lenzpumpen rund um die Uhr das Wasser abpumpten. Es war eine wunderbare Neuerwerbung für Blackravens Flotte; er würde es *Isaura* nennen und in Genua einen Holzschnitzer damit beauftragen, eine Galionsfigur mit den Gesichtszügen seiner Frau anzufertigen.

Es hatte zwar Verwundete unter den Männern der *Sonzogno* gegeben, aber von Hohenstaufen, der Bordarzt, versicherte Blackraven, während er dessen Stichwunden am Bein und am rechten Unterarm mit Schwefelpulver versorgte, dass es keine Todesopfer geben werde. Von der Besatzung der *Butanna* hatten neben dem Kapitän nur fünf weitere Piraten überlebt, die diesem in Fußfesseln Gesellschaft im Kabelgatt leisteten, einem kleinen Verschlag, der Galo, der den aufbrausenden Charakter seiner Vaters geerbt hatte, zum Toben brachte.

Die Anwesenheit von Pophams Flotte am Río de la Plata setzte Blackravens Glückssträhne ein Ende. Dabei dachte er nicht an die *Southern Secret League* – die Einmischung seiner Landsleute widersprach deren Interessen, die Unabhängigkeit der Kolonien durchzusetzen –, sondern an Isaura, die der Bedrohung durch die Kanonen ausgeliefert war. Er musste zu ihr, bevor die

Invasion begann, obwohl ihn die Vermutung, dass der Vizekönig Sobremonte keinen Widerstand leisten würde, ein wenig beruhigte.

Um Auseinandersetzungen mit den englischen Schiffen aus dem Weg zu gehen, ließ er die portugiesische Flagge setzen und segelte mit der *Sonzogno* in Richtung Süden, an der Ensenada de Barragán vorbei, um in einer kleinen Bucht vor Anker zu gehen, die wegen ihres natürlichen Schutzes und dem tiefen Wasser von Schmugglern und Piraten geschätzt wurde. Wegen der vielen Krebse, die in den dortigen Sümpfen ihre Eier ablegten, trug sie den Namen »El Cangrejal«.

Trotz der ungefährlichen Gewässer in diesem Teil des Río de la Plata ließ er das Senkblei werfen, um die Tiefe des Flusses auszuloten; er konnte es sich nicht erlauben, auf Grund zu laufen. Als das Anlandemanöver beendet und der Anker geworfen war, wies Blackraven Milton an, Black Jack zu satteln. Zu Malagrida sagte er: »Ich muss unbedingt noch heute Abend nach Buenos Aires. Dort werde ich die Lage erkunden und Euch in Kürze Anweisungen zukommen lassen. Shackle soll morgen früh Estevanico in das Haus in der Calle San José bringen. Galo Bandor lasse ich in Eurer Obhut. Fallt nicht auf seine blonden Engelslocken herein, er ist ein hinterlistiger, gerissener Teufel.«

»Es ist ein Wahnsinn, durch dieses Sumpfgebiet zu reiten. Es ist fast dunkel. Und es sieht nach Regen aus.«

»Ich kenne die Gegend gut«, versicherte Blackraven, während er einen Wachstuchmantel überzog.

»Sei vorsichtig, und nimm eine Laterne mit«, riet Malagrida. »Gott sei mit dir.«

Es war Südwind aufgekommen, der den Geruch nach Regen herantrug. Thomas Maguire schlug den Mantelkragen hoch und beschleunigte seine Schritte durch die dunklen Gassen zum Haus seiner Schwester. Eine schwer zu beherrschende Unruhe ließ ihn beinahe rennen. Er wollte Jimmy besuchen, der seit Tagen krank war, und danach würde er tun, was sein Vater so gern getan hätte: gegen die Engländer kämpfen. Er würde sich unter falschem Namen den Truppen im Fort anschließen. Lieber wollte er sterben, als dabei zuzusehen, wie diese verfluchten Kerle sein Land besetzten.

Es herrschte allgemeine Verwirrung, und die wahnwitzigsten Vermutungen schossen ins Kraut: Dreihundert Kanonen stünden bereit, um die Stadt dem Erdboden gleichzumachen; die Angreifer seien bereits in der Ensenada de Barragán gelandet; sie vergewaltigten die Frauen und ermordeten die Kinder; der Vizekönig sei trotzdem ins Theater La Ranchería gegangen, um mit dem Stück *El sí de las niñas* den Geburtstag seines zukünftigen Schwiegersohns und die Verlobung seiner Tochter Marica zu feiern; die Garnisonstruppe verfüge weder über Waffen noch über Munition, Soldaten brächen in Tränen aus, andere desertierten.

In Gedanken, wie er war, erschrak Tommy, als die Glocken des Santo Viático läuteten. Es liegt jemand im Sterben, dachte er, während er auf dem Gehsteig niederkniete, den Hut abnahm und wartete, bis die Kutsche mit dem Priester und seinem Messdiener vorbeifuhr, die gerade von einer Letzten Ölung kamen. Das letzte Stück bis zu dem Haus in der Calle San José rannte er, von einer bösen Vorahnung geplagt. Glücklicherweise traf er auf dem Weg zu Jimmys Zimmer nicht mit Servando zusammen. Melody saß schlafend auf einem Stuhl, den Rosenkranz in der Hand, Sansón zu ihren Füßen. Daneben stand Somar. Trinaghanta legte Jimmy einen feuchten Lappen auf die Stirn, und Miora saß betend neben dem Bett.

»Ich habe den Priester vom Santo Viático vorbeifahren gesehen«, flüsterte er.

»Das war Pater Mauro«, bestätigte Somar. »Er war gerade hier.«

»Oh, nein!«, rief Tommy und schlug die Hände vors Gesicht.

Melody schreckte aus dem Schlaf hoch. Als sie Tommy sah, warf sie sich ihm in die Arme.

»Ach, Tommy!«, schluchzte sie, bevor sie vor lauter Tränen nicht mehr weitersprechen konnte.

Dann fasste sie sich, um ihm Einzelheiten über die Krankheit mitzuteilen, und obwohl ihre Hände zitterten und sie einen Kloß im Hals hatte, tat sie es in einer solchen Ausführlichkeit und mit so fassungsloser Miene, als wollte sie versuchen, sich zu rechtfertigen und von jeder Verantwortung freigesprochen zu werden, bis Tommy und den anderen klarwurde, dass sie sich am Rand des Zusammenbruchs befand. Sie baten sie, nicht weiterzusprechen, und bewegten sie dazu, sich zu setzen. Trinaghanta kehrte mit einem Tee aus Melisse und Kamille zurück und gab ihn ihr löffelweise zu trinken.

Nun wieder mehr Herr ihrer selbst, sagte Melody: »Tommy, ich weiß, dass es riskant ist, aber ich möchte, dass du hier bleibst, an meiner Seite, bis alles vorbei ist.«

Alle wussten, wie weh es ihr tat, mit diesen Worten stillschweigend den bevorstehenden Tod zu akzeptieren. Tommy, der neben ihr kniete, nahm ihre Hände und küsste sie.

»Ich kann nicht, Melody. Ich muss fort.«

»Wir können dich hier verstecken. Nicht wahr, Somar?«

»Natürlich, Herrin.«

»Nur für ein paar Tage«, flehte Melody.

»Es ist nicht so, dass ich nicht bei dir bleiben wollte. Es gibt einen anderen Grund. Die Engländer wollen Buenos Aires einnehmen, ihre Schiffe liegen schon vor der Küste. Ich habe beschlossen, mich der Truppe anzuschließen, um gegen sie zu kämpfen.«

»Nein!« Melody sprang so abrupt auf, dass Maguire aus dem Gleichgewicht geriet. »Du Dummkopf! Weißt du überhaupt, was du da sagst? Ein Dummkopf bist du!«, wiederholte sie noch einmal, außer sich vor Wut. »Wie kommst du darauf, du könntest dich der Truppe anschließen? Du bist auf der Flucht! Ich werde niemals zulassen, dass du dein Leben riskierst! Ich werde das nicht zulassen!«

»Ich werde einen anderen Namen annehmen.«

»Sie haben deinen Steckbrief, Thomas!«

»Melody, bitte.«

Da Jimmy sich im Bett herumwälzte, setzten sie die Diskussion im Arbeitszimmer fort. Melody packte ihren Bruder an den Schultern und schüttelte ihn.

»Hör mir zu, Thomas Maguire. Du wirst dich hier verstecken, bis die Gefahr einer Invasion vorüber ist. Du wirst dich nicht der Gefahr aussetzen, gegen die Engländer zu kämpfen. Sie sind mächtig, Tommy, versteh das doch!«

»Ich bin kein Feigling!«

»Nein, du bist kein Feigling. Du bist ein Dummkopf!«

»Unser Vater wäre meiner Meinung gewesen.«

»Ich werde nicht zulassen, dass du noch mehr Dummheiten anstellst.«

»Ich wüsste nicht, wie du mich aufhalten solltest. Ich werde gehen, ganz gleich, was du sagst.«

Melody gab ihm eine Ohrfeige und brach dann in Tränen aus. »Tommy, ich bin dich und deine Unvernunft leid. Begreifst du denn nicht, dass unser Bruder im Sterben liegt? Rührt dich nicht einmal das? Glaubst du, ich könnte es ertragen, auch noch dich zu verlieren?«

»Wenn wir nicht gegen die Engländer kämpfen, sind wir in ein paar Tagen alle tot.«

»Wenn du dieses Haus verlässt, bist du nicht länger mein Bruder.«

Sie sahen sich an, Melody mit rotgeweinten Augen und bebendem Kinn, Tommy mit einem Ausdruck tiefer Traurigkeit.

»Ich muss es tun«, sagte er und ging.

# Kapitel 6

Sie hatte nicht mehr die Kraft, sich um Tommy zu sorgen. Jimmys Todeskampf war schlimm genug. Sie konnte nicht an so vielen Fronten gleichzeitig kämpfen, dachte sie. Roger könnte es, aber sie nicht. Und mit gebeugtem Rücken ging sie schleppenden Schrittes in das Zimmer zurück, wo es, so schien es ihr, nach Tod roch. Sie würde diesen besonderen Geruch, diese Mischung aus Kampfer, Kerzenwachs, Herztonikum und Salbei, für immer mit dem Tod in Verbindung bringen. Es war kein unangenehmer Geruch, aber sie hatte ihn seit Tagen in der Nase, und manchmal verursachte er ihr Übelkeit.

»Er ist gegangen, Somar«, war alles, was sie sagte, dann setzte sie sich wieder ans Kopfende des Bettes. Nach einem tiefen Seufzen nahm sie wieder ihre gemurmelten Gebete auf, die jedes Mal verstummten, wenn Jimmys ungleichmäßiger, rasselnder Atem schwerer ging. Gleich darauf wurde er durch die Flüssigkeit in der Lunge leiser und langsamer, bis er kaum mehr wahrnehmbar war. Melody warf sich auf ihn, berührte ihn, schüttelte ihn sogar, flehte ihn an, weiterzuatmen, bis das Röcheln schließlich wieder einsetzte und sie ihn wieder auf die Kissen sinken ließ. Sie betrachtete ihn, ihr Gesicht ganz nah an seinem, passte ihren Atem dem seinen an, begleitete ihn bei dieser schweren Anstrengung in dem Wunsch, ihm Leben einzuhauchen. »Leb, leb für mich!«, flüsterte sie ihm zu.

Die Sklavin Gilberta kam herein und flüsterte ihr ins Ohr, vor der Hintertür hätten sich über hundert Sklaven eingefunden, die für Jimmys Genesung beteten. Sie hätten die Heiligenbilder ihrer Bruderschaften mitgebracht, und rings um sie brannten Votivkerzen. Melody nickte nur, dann widmete sie sich wieder dem Rosenkranz.

Roger Blackraven traf die Schwarzen mit ihren Heiligen und ihren Kerzen auf der Rückseite seines Hauses an. Diese ungewöhnliche Versammlung – nach seinen Berechnungen musste es drei Uhr nachts sein – jagte ihm einen Schrecken ein. Er sprang von Black Jack und bahnte sich einen Weg durch die Sklaven, während er wissen wollte, was los war, warum sie beteten, was sie vor seinem Haus zu suchen hatten. Die Gebete verstummten, und die Menge wich zur Seite, bis er allein dastand.

»Was geht hier vor? Justicia!«, rief er dann, halb zornig, halb erleichtert, als er den Heiler entdeckte.

»Herr Roger«, sagte der Alte zur Begrüßung. »Dem Himmel sei Dank, dass Ihr da seid. Der Herr hat Euch in dieser schmerzlichen Nacht hierhergeführt.«

Mit einem Gesichtsausdruck, aus dem die Verzweiflung sprach, presste Blackraven die Hand auf den Mund und unterdrückte ein Schluchzen, während seine Knie weich wurden.

»Isaura«, sagte er tonlos und taumelte leicht. »Nein, mein Gott, nein.«

»Nein, Herr Roger«, stellte Papá Justicia rasch klar. »Miss Melody geht es gut. Es ist ihr Bruder Jimmy. Er ... liegt im Sterben, Herr Roger.«

In der Küche entstand ein Aufruhr, als Gilberta, ihr Mann Ovidio und Siloé ihn hereinkommen sahen. Sie erkannten ihn nicht sofort und schrien erschreckt auf, weil sie ihn für einen Einbrecher hielten. Siloé fasste sich rasch wieder und schilderte ihm unter Tränen die Lage, während Blackraven den Wachstuchmantel ablegte und sich an einem Zuber wusch.

»Wollt Ihr etwas essen, Herr Roger?«, fragte die Köchin.

»Später vielleicht«, sagte er und ging zu dem Trakt mit den Schlafzimmern.

Sansón hatte ihn schon gewittert. Blackraven kannte dieses Bellen und das Tapsen der Pfoten auf dem Parkett, als das Tier zu ihm kam. Er sah ihn im ersten Patio auftauchen, und ein Lächeln ließ seine von Müdigkeit und Sorge starren Gesichtszüge weicher werden. Der Neufundländer bellte und winselte abwechselnd, sprang hoch und legte sich dann hin, während sein Herr ihn streichelte und umarmte.

»Hast du gut auf mein Mädchen aufgepasst?«, fragte er und kraulte ihm den Bauch. »Ja? Hast du, mein Freund?«

»Er ist ihr nicht von der Seite gewichen«, erklärte Somar, der Blackraven entgegenkam. Sie umarmten sich und klopften sich auf den Rücken. »Trinaghanta und ich haben schon vermutet, dass du in der Nähe bist. Sansón ist seit einer Stunde ganz unruhig, wie immer kurz vor deiner Ankunft. Ich habe mich noch nie so gefreut, dich zu sehen«, gestand der Türke. »Du hättest dir keinen schlechteren und keinen besseren Zeitpunkt für deine Rückkehr auswählen können. Keinen schlechteren, weil Jimmy im Sterben liegt. Und keinen besseren, weil meine Herrin kurz vor dem Zusammenbruch steht und dich braucht.«

»Gehen wir. Ich will sie sehen.«

Er musste sie sehen.

»Isaura!« rief er von der Tür aus nach ihr. Seine Stimme klang fremd, tief, rauchig.

Melody erkannte sie trotzdem. Sie sprang auf, zögerte aber, sich umzudrehen. Und wenn sie sich das nur eingebildet hatte? Und wenn sie sich umdrehte und er nicht dort war? Sie stützte sich mit der Hand auf der Rückenlehne des Stuhls ab, einer Ohnmacht nahe.

»Isaura, Liebling …«

Sie wandte nur ein wenig den Kopf. Oh Gott, war er das wirklich? Er sah so verändert aus. Oder war es eine Täuschung? ›O mein Gott, sei nicht grausam‹, dachte sie. Blackraven verstand sie: Sie sah genauso mitgenommen aus wie er.

Melody kam um den Stuhl herum und schaute ihm in die Augen. Sie wollte ihn um Verzeihung bitten, ihm sagen, dass sie wusste, dass er Tommy nicht verraten hatte, dass Jimmy sehr krank war und sie große Angst hatte. Dass sie nicht zugelassen hatte, dass man ihn punktierte und er vielleicht deswegen sterben musste. Aber die Wörter blieben ihr im Halse stecken, und sie sagte nichts, sondern flüsterte nur seinen Namen.

Miora, die alles aus einer Zimmerecke beobachtete, würde später erzählen, der Herr Roger habe sich so ungestüm auf Miss Melody gestürzt und sie so fest umarmt, dass ihr die Luft weggeblieben sei und sie in Ohnmacht fiel. In Wirklichkeit war Melody bereits bewusstlos, als Blackraven sie mit seinen Armen umfing. Er trug sie in ihr Schlafzimmer, gefolgt von Trinaghanta und Somar.

»Seit Tagen isst und schläft sie nicht«, berichtete ihm der Türke. »Sie weicht nicht von Jimmys Seite. Sie ist vor lauter Erschöpfung umgefallen. Und das nicht zum ersten Mal.«

»Herr Roger«, stammelte die Singhalesin. »Die Herrin … die Herrin ist guter Hoffnung.«

»Verdammt!«, fluchte Blackraven.

»Weshalb hast du mir nichts davon gesagt?«, entfuhr es Somar.

»Ich musste der Herrin schwören, dass ich dir nichts verrate. Sie hatte Angst, du könntest es dem Herrn Roger schreiben und er käme nur deswegen zurück.«

»Dieser verfluchte irische Stolz!«, wetterte Blackraven.

»Du hättest es mir sagen müssen, Trinaghanta!«

»Ich habe es geschworen!«

»Ruhe jetzt, ihr beiden.«

Er legte sie aufs Bett und strich ihr die Locken aus der Stirn. Sie war erschreckend blass, und ihre Lippen waren eiskalt. Er zog ihr die Stiefel aus und hakte die obersten Ösen des Korsetts auf, während Trinaghanta eine Wolldecke über sie legte. Somar war hinausgegangen, um den Arzt zu rufen. Die Singhalesin folgte ihm bald, um weitere Anordnungen von Blackraven auszuführen, wie etwa, Riechsalz zu holen und ein Bad einzulassen.

»Ich mache das schon«, sagte Roger und entkorkte das Fläschchen, um es Melody unter die Nase zu halten. »Kümmere dich um das heiße Wasser. Isaura ist eiskalt.«

Als sie in ihrem Bett zu sich kam, dachte Melody zunächst, es sei alles nur ein Traum gewesen. Als sie dann den Kopf wandte und Blackraven neben dem Bett knien sah, streckte sie die Hand aus, um ihn zu berühren, sich zu vergewissern, dass er es wirklich war. Sie strich ihm über die rauen Wangen und die Lippen, und er küsste mit geschlossenen Augen ihre Fingerspitzen.

Melody begann hemmungslos zu weinen wie ein Kind, ließ dem Kummer und der Angst der letzten Tage freien Lauf. Blackraven schloss sie in seine Arme und wiegte sie an seiner Brust, während er sie bat, sich zu beruhigen, er sei ja da, um alles zu lösen, ihr könne nichts geschehen.

»Ach, Roger, verzeih mir!«, bat Melody, seinen Hals umklammernd, und er, der in den letzten Monaten zwischen Unversöhnlichkeit und Liebe hin und her gerissen gewesen war, dachte, dass nichts den Kummer seiner geliebten Isaura rechtfertigte. Soeben hatte er begriffen, dass er ihr alles verzeihen konnte, selbst die niedersten, schändlichsten Dinge.

»Verzeih mir!«, sagte Melody noch einmal. Blackraven konnte vor lauter Rührung nicht sprechen.

»Genug, Isaura. Du brauchst mich nicht um Verzeihung zu bitten.«

»Du musst mir sagen, dass du mir verzeihst. Ich war hart zu dir. Ich habe dich zu Unrecht beschuldigt. Dir misstraut! Ich schäme mich so!« Sie verbarg ihr Gesicht an Blackravens Brust, klammerte sich so verzweifelt an ihn, als schwebte sie über einem Abgrund. »Sag mir, dass du mir verzeihst!«

»Ich verzeihe dir«, gab er schließlich nach, die Lippen auf Melodys Haar gepresst. Seine Stimme klang belegt. »Wer würde dir nicht verzeihen, Liebste?«

Sie schmiegte sich in die Arme ihres Mannes und merkte irgendwann, dass Blackraven ihren Bauch streichelte. Ihr wurde klar, dass Trinaghanta ihm verraten hatte, dass sie ein Kind erwartete, aber sie machte ihr keinen Vorwurf deswegen: Die Treue der Singhalesin galt zuallererst ihrem Herrn Roger. Sie fuhr ihm mit den Fingern durchs Haar, und Blackraven wandte sich um, um sie anzusehen. Sie war gerührt, als sie bemerkte, dass er Tränen in den Augen hatte.

»Warum hast du Somar nichts davon gesagt? Er hätte mir sofort geschrieben.«

»Ich wollte nicht, dass du wegen des Kindes zu mir zurückkehrst. Ich wollte, dass du es meinetwegen tust. Ich wollte, dass dich unsere Liebe zu mir zurückführt.«

»Hier bin ich, deinetwegen. Die Liebe, die ich für dich empfinde, hat mich zurückgeführt.« Er betrachtete sie schweigend, bewunderte die türkisblauen Augen, die ihn in dieser Zeit der Trennung fast um den Verstand gebracht hatten. »Mein Gott, du hast mir so sehr gefehlt! Manchmal dachte ich, ich würde verrückt vor Sehnsucht.«

»Und ich dachte, ich würde verrückt, als ich nach El Retiro kam und Don Bustillo mir sagte, du seist in See gestochen. Ich glaubte, ich würde sterben vor Kummer.« Da ihre Stimme zitterte, bat Blackraven sie, das alles zu vergessen. Er versprach ihr, dass sie sich nie wieder trennen würden, dass er sie niemals verlassen und sie immer mitnehmen würde. Die Zeit fern von ihr sei die Hölle gewesen.

Er senkte den Kopf, um Melody zu küssen. Sie stieß einen Seufzer aus und schlang die Arme um seinen Hals, öffnete sich für ihn, lud ihn ein, diesen Kuss zu vertiefen, den ersten seit langer Zeit – gar nicht so lange, etwas mehr als zwei Monate waren es gewesen, aber ihnen kam es vor wie eine Ewigkeit. Er begehrte sie mit unbändiger Leidenschaft und war gerade dabei, die Kontrolle zu verlieren, als es an der Tür klopfte und Doktor Constanzó angekündigt wurde. Damit war das Intermezzo zu Ende und Melody auf ihre Tragödie zurückgeworfen.

Am Morgen des 25. Juni, einem Mittwoch, als Jimmy sich noch ans Leben klammerte, wurde das Haus in der Calle San José vom Trommelwirbel des Generalmarschs erschüttert, gefolgt von drei Kanonenschlägen, dem vereinbarten Signal, um einen unmittelbar bevorstehenden Angriff anzukündigen. Thomas Maguire mischte sich unter die Männer, die sich unter dem Torbogen des Forts drängten, um sich der Miliz anzuschließen, und in einer ungeordneten Musterung, die völlig disziplinlos und unüberlegt vonstatten ging, wurde er einer Kompanie des Infanteriebataillons zugeteilt, das den Namen Pablo Castaneda y Cazón trug und unter dem Befehl Hauptmann Manuel Belgranos stand. Man gab ihm eine ausgeblichene Uniform und ein verrostetes Gewehr. Später stellte er fest, dass man ihm Munition für einen Karabiner ausgehändigt hatte.

Sowohl vor als auch in der Festung ließ die Menge Spanien und den König hochleben, woraufhin Sobremonte von einem Balkon aus eine Ansprache hielt, die mit Applaus und Jubelrufen bedacht wurde. Im Inneren des Forts spiegelten die Mienen der Offiziere die wahre Situation wider. Die Engländer waren soeben in Reducción de los Quilmes, neun Meilen südlich der Stadt, gelandet, und ganz gleich, wie viele Soldaten sie hatten, sie würden die Stadt erobern, weil sie diszipliniert und gut ausgebildet waren. Obwohl niemand es laut aussprach, dachten alle so, sogar der Vizekönig.

Melody zuckte bei jedem Kanonenschlag zusammen, und ein flüchtiger Gedanke ließ sie ein Stoßgebet für ihren Bruder Thomas gen Himmel schicken, während sie sich um Jimmy kümmerte. Sie hatte einige Stunden in den Armen ihres Mannes geschlafen, nachdem dieser ihr versichert hatte, auch er hätte nicht zugelassen, dass man Jimmy punktierte. Ihn in der Nähe zu haben, hatte ihr wieder Zutrauen gegeben. Er kam und ging, sie hörte, wie er mit den Dienstboten sprach, sich mit Somar im Arbeitszimmer einschloss, Gespräche mit Diogo Coutinho und anderen Angestellten der Gerberei führte, und Melody spürte, wie seine enorme Stärke sie umhüllte und aufrichtete.

Jimmys fiebriges Gesicht erhellte sich zum ersten Mal, als er Blackraven neben seiner Schwester stehen sah.

»Kapitän Black«, flüsterte er.

»Somar hat ihm von den Abenteuern eines gewissen Kapitän Black erzählt«, erklärte Melody.

Blackraven strich mit den Fingerspitzen über die Wange des Jungen, und Melody wandte sich gerührt zum Fenster, um zu weinen.

»Würdest du gerne mal auf einem meiner Schiffe fahren, Jimmy?« Der Kleine nickte schwach. »Also gut, sobald du aus diesem verfluchten Bett herauskommst, werden wir das machen. Das wird lustig werden.«

»Víctor … Angelita …«, stieß der Junge hervor.

»Sie kommen auch mit, wenn du es willst.«

In den frühen Abendstunden dieses 25. Juni, während die Engländer in Reducción de los Qilmes landeten und Oberst Arce mit einigen wenigen Männern nichts weiter tat, als ihnen vom Ufer aus zuzusehen, fiel Jimmy in eine Bewusstlosigkeit, aus der er nach Meinung der Ärzte nicht mehr erwachen würde. Bei diesen Worten begann Melody krampfartig zu zittern. Blackravens Arme umschlossen sie wie starke Schraubzwingen, während er versuchte, ihr die Angst und den Schmerz zu nehmen.

»Alle raus!«, befahl er über die Schulter hinweg, und das Zimmer leerte sich.

Er führte Melody zu einem Stuhl und setzte sie auf seine Knie. Er bekam Angst, als er merkte, wie ihr Bauch hart wurde, aber er sagte nichts, sondern wiegte sie nur wie ein Baby, während er ihr versicherte, dass er sie mehr liebe als sein Leben, dass dieser Alptraum bald zu Ende sei und sie irgendwann wieder lächeln könne.

Als der Morgen des 26. Juni anbrach, war Jimmy nach wie vor ohne Bewusstsein, wie es die Ärzte vorhergesagt hatten. Er war von Skapulieren und Heiligenbildchen bedeckt. Die Frauen, die sich rund um das Bett versammelt hatten, beteten ohne Unterlass, mit Ausnahme von Melody, die neben ihrem Bruder kniete, seine Hand hielt und ihn unentwegt betrachtete. Da sie unmöglich von dort wegzubringen war, schob Blackraven ihr ein Kissen unter die Knie und setzte sich hinter sie.

Gegen Mittag veränderte sich Jimmys Atmung. Eigentlich atmete er nicht, sondern krümmte den Rücken und sog geräuschvoll die Luft ein, als würde er ersticken. Melody trommelte gegen seine Brust und schrie: »Atme, Jimmy! Atme! Tu es für mich! Bitte verlass mich nicht!«, bis der Junge sich entspannte und wieder unregelmäßig ausatmete. So ging das den ganzen Nachmittag. Angesichts von Melodys Verzweiflung, die Jimmy schüttelte und ihn anflehte zu leben, biss sich Blackraven in die geballte Faust und konnte sich nur mühsam beherrschen. Als es bereits dunkel wurde und er erschöpft und mit den Nerven am Ende war, fasste er sie um die Taille und zog sie von dem Jungen weg.

»Somar, halt sie fest!«

Über das Kopfende des Bettes gebeugt, fasste er Jimmy bei den Schultern, bis der stoßweise Atem schwächer wurde. Dann streichelte er ihm mit der Hand über die Stirn und flüsterte ihm leise ins Ohr: »Komm, mein Junge, hör auf zu kämpfen. Verlass diesen kranken Körper und geh in Frieden zu deinen Eltern. Ich werde mich um deine Schwester kümmern. Du weißt, dass ich sie mehr liebe als mein Leben und sie immer beschützen werde. Geh ganz ruhig, deine Melody ist in guten Händen.«

Jimmy fiel in eine ruhige Bewusstlosigkeit und starb zwei

Stunden später. Als Melody hörte, wie Argerich den Tod bestätigte, stieß sie einen schmerzlichen Schrei aus und warf sich auf den Körper des Jungen.

Die Teilnehmer des Trauerzuges, die Jimmys Sarg an diesem regnerischen Morgen des 28. Juni zum Friedhof der Franziskaner geleiteten, sahen in dem Moment nach oben, als der Union Jack über der Festung von Buenos Aires gehisst wurde – ein Triumph, der mit einer Artilleriesalve und einer Breitseite von den englischen Schiffen gefeiert wurde, die vor der Stadt ankerten. Bei jedem Kanonenschlag spürte Blackraven, wie Melody, die nicht ein einziges Mal aufblickte, zusammenzuckte. Sie trug Schwarz. Mit der einen behandschuhten Hand hielt sie das wollene Umschlagtuch unter dem Kinn fest, in der anderen hielt sie ein Taschentuch, mit dem sie sich häufig über die Augen wischte. Ebenfalls unter einer Mantille verborgen stand Enda Feelham etwas abseits des Trauerzugs und empfand zum ersten Mal seit Monaten eine gewisse Freude bei dem Gedanken, dass ihre Arbeiten immer noch Wirkung zeigten, auch wenn sie alt und ein wenig gebeugt war.

Aufgrund des Regens sprach Pater Mauro nur ein kurzes Totengebet, bevor die Sklaven des Ordens den Sarg an Seilen ins Grab hinunterließen. Es versetzte Blackraven einen Stich, zu sehen, wie Melody den Arm nach dem Sarg ausstreckte. »Jimmy, Jimmy«, hörte er sie flüstern. Er hatte den Eindruck, wenn er sie nicht festhielt, würde sie sich ins offene Grab stürzen.

Zurück in der Calle San José, versammelten sich die Trauergäste im Klaviersalon und dem Speisezimmer, wo die Sklavinnen Schokolade, Mate mit Milch und Zimt, Kaffee und Cognac servierten. Blackraven fasste Melody um die Taille und führte sie hinaus; als sie außer Sicht waren, hob er sie hoch und trug sie zum Schlafzimmer, wo Trinaghanta mit aufgeschlagenem Bett und erhitzter Wärmepfanne auf sie wartete. Melody weigerte sich, die Hühnerbrühe zu trinken, und nahm nur ein paar Löffel Baldriantee zu sich.

»Ich möchte Lupe und Pilarita sehen«, bat sie, und Blackraven nutzte die Gelegenheit, um sich um die Gäste zu kümmern.

Die Leute sprachen nur über die Invasion. Insbesondere schimpfte man über die Entscheidung Sobremontes, der die Schatztruhen des Vizekönigtums auf Wagen hatte laden lassen und mit seiner Familie nach Córdoba geflohen war. »Memme« war noch der mildeste Ausdruck. Mariano Moreno berichtete, angesichts der vorrückenden englischen Truppen, die bereits den Riachuelo überschritten hatten, habe der Vizekönig Sobremonte seinen angeheirateten Onkel, den Brigadegeneral Ignacio de Quintana, einbestellt, um ihn von seiner Absicht in Kenntnis zu setzen.

»Ich werde sofort aufbrechen. Die Stadt liegt in Euren Händen«, habe er de la Quintana mitgeteilt. »Lasst die Kapitulationsbedingungen festlegen und entsendet einen Sonderboten nach Córdoba, um meine Ankunft zu melden. Ich werde Córdoba zur vorläufigen Hauptstadt erklären. Dort werde ich mich neu bewaffnen und dann zurückkehren, um die Stadt zurückzuerobern, die ich heute an Euch übergebe, Herr Brigadegeneral.«

Ebenfalls aus dem Munde Morenos erfuhr Blackraven weitere Einzelheiten. So habe sich die Bevölkerung angesichts der englischen Bedrohung in der Festung gedrängt, um sich zu den Waffen zu melden. Er erfuhr auch, dass die Leute Brunnen zugeschüttet, die Bewässerungsgräben mit Fäkalien verunreinigt, Brücken verbrannt und das Vieh weggetrieben hatten, um den Vormarsch der Angreifer aufzuhalten. Alles umsonst, denn abgesehen von einigen unüberlegten Schüssen der Truppen des Vizekönigs und dem Regen, der ihnen das Vorrücken erschwerte, hatten die Engländer Buenos Aires ohne größere Hindernisse eingenommen.

Covarrubias trat zu ihm, um ihm sein Beileid auszusprechen, und Blackraven nutzte die Gelegenheit, um sich mit ihm über einige geschäftliche Dinge zu beraten. Dabei brachte der Anwalt eine Angelegenheit zur Sprache und tat, als müsse Blackraven darüber Bescheid wissen.

»Wovon sprecht Ihr da?«

»Oh, dann hat Señor Somar Euch nichts davon erzählt.«

»Was erzählt?«, fragte Blackraven ungeduldig.

»Nun ja, Exzellenz, also …«

»Jetzt sprecht endlich.«

»Vergangenen Monat wurde die Frau Gräfin verhaftet und unter dem Vorwurf, Sklaven der Real Compañía de Filipinas gestohlen zu haben, ins Rathaus gebracht.«

Während Covarrubias die Einzelheiten erzählte, stellte er fest, wie sich Blackravens Gesichtszüge veränderten, und als er seine Vermutung kundtat, dass Álzaga die Idee dazu gehabt habe, hörte er, wie er auf Englisch vor sich hinmurmelte. Er wurde von Pilarita und Lupe abgelenkt, die zu ihm kamen, um ihm zu sagen, dass Melody schlief.

»Danke, dass Ihr ihr Gesellschaft geleistet habt.«

»Nichts zu danken, Exzellenz«, antwortete Pilar Montes.

»Bedauerlicherweise«, sagte Lupe, »werden wir sie nun mehrere Monate nicht sehen.« Angesichts von Blackravens fragendem Blick erklärte die junge Frau: »Die Trauer verbietet es, Besuch zu empfangen oder auszugehen, außer zur Kirche, natürlich.«

»Wir finden sicherlich einen Weg, damit Ihr Isaura sehen könnt. Sie wird Euch brauchen. Der Tod ihres Bruders hat ihr schwer zugesetzt.«

Lupe und Pilarita lächelten sich verstohlen an und nickten.

»Exzellenz«, sagte Pilar, als ihr Mann dazutrat, »gestattet, dass ich Euch meinen Mann vorstelle: Abelardo Montes, Baron von Pontevedra.«

Sie begrüßten sich mit einer Verbeugung. Montes war Blackraven gleich sympathisch mit seinem markanten toledanischen Äußeren und seiner unaffektierten Art, die auf einen praktischen Mann schließen ließ, eher Abenteurer als Adliger, der den Mut hatte, das auszusprechen, was niemand sonst im Raum gewagt hatte: dass die Einnahme von Buenos Aires durch die Engländer ihm Vorteile bringe. Blackraven lächelte.

»Ich bin kein Freund von militärischen Besatzungen«, sagte er. »Eine Armee kann nicht effizient sein, wenn sie sich in kleinen Einheiten über alle Küsten der Welt verteilt. Es ist eine unökonomische Methode, die mit der Zeit aus der Mode kommen wird.«

»Sollte sie außer Mode kommen«, erklärte Montes, »so hoffe ich, gute Geschäfte mit Euren Landsleuten machen zu können.«

»So soll es sein«, bekräftigte Blackraven.

Er plauderte weiter, wobei er bemerkte, wie Doktor Constanzó ihn unablässig beobachtete. Dieser stand etwas abseits in Gesellschaft einer jungen Frau mit hübschem Gesicht und zierlicher Figur. Als sich der Salon schließlich zu leeren begann, rief Blackraven Somar zu sich in sein Arbeitszimmer.

»Wer war die Frau, mit der Doktor Constanzó da war?«

»Seine Schwester, soweit ich weiß.«

»Was weißt du über ihn?«

»Doña Pilar Montes hat ihn empfohlen, und Miss Melody schien sich in seiner Gegenwart wohlzufühlen, so als vertraute sie ihm.«

»Ja, ja«, sagte Blackraven ungehalten. »Ich weiß, dass Isaura ihn schätzt. Du sollst mir sagen, was du über ihn weißt. Ich habe ihn nie zuvor gesehen oder von ihm gehört.«

»Er ist vor zwei Monaten an den Río de la Plata gekommen, um eine Stelle bei der Ärztekammer anzutreten. Soweit ich weiß, stammt er aus Madrid, ist unverheiratet und lebt mit seiner Schwester auf einem Landgut außerhalb der Stadt, Richtung

Süden, in der Nähe des Convalecencia.« Somar meinte das von den Bethlehemitenbrüdern geführte Männerspital.

»Morgen habe ich eine Unterredung mit O'Maley und Zorilla. Ich werde sie bitten, Nachforschungen anzustellen.«

»Gibt es einen Verdacht?«

»Wir konnten noch nicht miteinander sprechen, seit ich angekommen bin. Es gibt einige Dinge, von denen du wissen solltest. Adriano hat mir während meines Aufenthaltes in Rio de Janeiro davon berichtet.«

»Távora ist in Rio de Janeiro?«

»Ja. Morgen werde ich dir alles erzählen. Wann wolltest du mir eigentlich sagen, dass Isaura im Gefängnis war? Oder hattest du das nicht vor?«

»Miss Melody hat mich gebeten, dir nichts davon zu erzählen. Sie wollte nicht, dass du dir Sorgen machst.«

»Somar! Muss ich dich nach so vielen Jahren daran erinnern, wem deine Treue zu gelten hat? Besonders, wenn es um sie geht?«

»Ich wollte es dir sagen, Roger. Ich wollte es dir sagen«, versicherte Somar betreten, »wenn das mit Jimmy vorbei ist.«

Somar erzählte ihm das Gleiche wie Covarrubias und ergänzte noch, dass Álzagas Männer während der Totenwache um das Haus in der Calle San José geschlichen seien, in der Hoffnung, Thomas Maguire könne auftauchen.

»Ich muss gleich morgen früh zu Moreno gehen, um mich zu bedanken«, erklärte Blackraven. »Was Álzaga betrifft, so wird er es noch bereuen, sich an meiner Frau vergriffen zu haben. Was weißt du über meinen nichtsnutzigen Schwager?«

»So nichtsnutzig wie eh und je«, antwortete Somar und berichtete ihm von Tommys Eskapaden.

»Dieser gottverdammte Bursche!«, wetterte Blackraven. »Wenn ich ihn kriege, verpasse ich ihm eine Tracht Prügel, die er nicht vergessen wird, und wenn sie ihn dann wieder zusammengeflickt haben, lasse ich ihn ordentlich schuften.«

Er trank seinen Brandy, während er sich einen Augenblick Zeit nahm, um die einzelnen Themen zu sortieren und zu gewichten.

»Hat man herausgefunden, wer den Sklavenaufstand verraten hat? In der Nacht, als ich angekommen bin, habe ich Justicia gesehen, aber ich konnte nicht mit ihm sprechen.«

»Justicia vermutet, dass es Sabas war, der Sohn der schwarzen Cunegunda. Er war mit Thomas und Pablo befreundet. So könnte er von ihrem Plan erfahren haben, die Sklavenhändler zu überfallen. Justicia zufolge hat er die Information gegen Geld an Álzaga verkauft.«

»Ich werde ihn zermalmen.«

»Das wird nicht nötig sein«, erklärte Somar. »Er wurde vor Wochen tot aufgefunden. Doktor O'Gorman, der die Leiche untersuchte, sagte, er habe einen furchtbaren Tod gehabt. Man hat seine Genitalien verstümmelt.«

Blackraven vermied es, seinem Freund in die Augen zu sehen. Auch Somar war als kleiner Junge kastriert worden.

»Weiß Isaura davon?«

»Ja. Aber da wusste Miss Melody schon, dass du nicht der Verräter warst.«

»Woher wusste sie es?«

»Sie wusste es eigentlich nicht, sie ahnte es. Weißt du, Roger, sie hat während deiner Abwesenheit sehr gelitten und dich vermisst. Ich glaube, sie hat sich Vorwürfe gemacht, dass sie dir die Schuld gegeben hat.«

Bei diesen Worten kehrte Blackraven ihm den Rücken und schwieg eine ganze Weile.

»Was ist mit Isauras Tante, Enda Feelham? Was weißt du von ihr?«

»Nichts«, gestand der Türke ein. »O'Maley behauptet, sie sei fortgegangen.«

Blackraven schüttelte den Kopf.

»Mag sein, dass sie fortgegangen ist«, räumte er ein. »Aber sie wird wiederkommen, um sich ihren Anteil zu holen.«

Er schloss den Schrank und die Schreibtischschubladen ab und trank den letzten Schluck Brandy aus. Er wollte soeben das Zimmer verlassen, als er die Besorgnis in Somars Blick sah.

»Was ist los? Sag schon.«

»Es ist wegen Doña Bela. Sie ist gemeinsam mit ihrer Sklavin Cunegunda aus dem Kloster geflohen.«

Blackraven schloss die Augen und stieß einen Seufzer aus.

# Kapitel 7

Nach Jimmys Beerdigung sah niemand Melody mehr weinen. Ihr Tagesablauf war schlicht: Sie ging zur Sechs-Uhr-Messe – der Messe für die Sklaven und Trauernden – in der Kirche San Francisco, besuchte das Grab ihres Bruders und kehrte dann in das Haus in der Calle San José zurück, wo sie den Tag in ihrem Salon und im Bett verbrachte. Sie hatte begonnen, ein Tagebuch zu führen, das sie zu Blackravens Leidwesen in ihrem verschlossenen Sekretär aufbewahrte. Nachmittags erhielt sie Besuch von den Kindern. Víctor brachte Goti mit, Jimmys kleine Ziege, weil Melody sie sehr gerne mochte. Auch den neuen Sklaven, Estevanico, hatte sie ins Herz geschlossen und ließ sich von ihm zur Messe begleiten und das Kissen tragen, um sich auf die Steinfliesen am Altar zu knien. Im Gegensatz zu den anderen schwarzen Laufburschen, die hinter ihren Herrinnen stehenblieben, nahm Estevanico auf ein Zeichen von Melody neben ihr Platz.

Melody war so in sich gekehrt, dass sie ihre Umgebung nicht wahrnahm. Der kleine Sklave dagegen bemerkte die feindseligen Blicke, die auf ihnen ruhten. Wenn er sie von der Seite betrachtete, wie sie blass und ätherisch neben ihm saß, mit tränenglänzenden Augen und bebenden Lippen, hatte er das Bedürfnis, sie zu beschützen. Miss Melodys Schönheit versetzte ihn in Staunen. Er konnte gar nicht aufhören, dieses außergewöhnliche Haar zu betrachten und diese Haut, die so weiß war, dass sie an einigen Stellen ganz durchscheinend wirkte. Manchmal ertappte er den Herrn Roger dabei, wie er sie eindringlich betrachtete.

Eigentlich verbrachten Herr Roger und Miss Melody nicht viel

Zeit miteinander. Er selbst hatte sie nur ein paar Mal zusammen in einem Zimmer gesehen. Es war Sansón, dieser riesige Hund, der sie überallhin begleitete, sogar zur Messe, wo er allerdings auf dem Vorplatz warten musste und Tauben jagte. Wie die schwarze Siloé erzählte, hatte sich Miss Melody vor dem Tod des kleinen Jimmy um die Belange der Sklaven gekümmert, die zur Mittagszeit am Hintereingang des Hauses auf den Schwarzen Engel warteten. Auch in diesen Tagen strömten die Sklaven nach wie vor herbei, um nach Hilfe zu ersuchen, doch Melody kam nicht selbst heraus, sondern ließ die Bittgesuche von Miora und Somar entgegennehmen.

Somar bat Blackraven, Spanisch mit ihm zu sprechen.

»Ich beherrsche nämlich nur ein paar Brocken«, erklärte er ihm.

»Weshalb willst du Spanisch sprechen? Das ist doch nicht nötig.«

»Wenn du unbedingt am Río de la Plata bleiben willst, ist es sehr wohl nötig. Ich erledige jetzt viele Dinge für meine Herrin und möchte mich anständig verständigen können.«

»Also gut«, willigte Blackraven ein.

Somar wartete sehnsüchtig auf die Zeit des Tages, da er und Miora sich um Miss Melodys Sklaven kümmerten. Er genoss es auch, wenn sie danach die Bittgesuche durchsprachen und die Geschenke bereitlegten. Manchmal vergaß Miora ihre Schüchternheit und lachte, und er sah sie mit stummer Bewunderung an, glücklich, dass sie ihre Scheu vor seinen Tätowierungen, seinem Turban und dem Säbel an seinem Gürtel verloren hatte. Er spielte mit dem Feuer, denn er war auf dem besten Wege, sich in ein lebenslustiges, hübsches junges Mädchen zu verlieben, dem er, ein Eunuch, nichts zu bieten hatte. Dieser Gedanke verdarb ihm die Laune, und er behandelte sie wieder wie am Anfang mit gebieterischer Herablassung, um sich vor den Reizen zu schützen, die dieses Mädchen ausstrahlte.

Am Tag nach Jimmys Beerdigung sprach Blackraven abends mit seinen Spionen O'Maley und Zorrilla, die eine Karte des Río de la Plata auf dem Schreibtisch ausbreiteten und ihn über die Situation der Engländer in Kenntnis setzten. Es waren zwölf Schiffe: die *Ocean*, die *Triton*, die *Melanthon*, die *Wellington* und die *Walker*, eskortiert von der *Diadem* – dem Flaggschiff –, der *Raisonable*, der *Diomede*, der *Narcissus* und der *Encounter*. Die *Leda* kreuzte schon länger vor der Küste, und die *Justinia* hatte sich der Flotte Anfang Mai auf der Insel Sankt Helena angeschlossen. Die Landstreitkräfte gehörten größtenteils der Infanterie an, und zwar dem ersten Bataillon des 71. schottischen Regiments der Highlander unter dem Befehl von Oberstleutnant Denis Pack. Sie waren nur schlecht bewaffnet.

»Keine Kavallerie?«, wunderte sich Blackraven.

»Nein, Señor«, bestätigte Zorrilla. »Insgesamt kaum mehr als tausendfünfhundert Mann.«

»Dass Popham die Flotte befehligt, weiß ich. Wer hat den Oberbefehl an Land?«

»Brigadegeneral William Carr Beresford«, sagte O'Maley, »nun Gouverneur von Buenos Aires.«

Blackraven hob überrascht die Augenbraue, sagte aber nichts. Seine Männer hüteten sich, Fragen zu stellen. Sie berichteten weitere Details: Der Vizekönig sei mit dem Staatsschatz nach Córdoba geflohen. De la Quintana habe ihm auf Drängen von Beresford nach Luján geschrieben und den Schatz zurückgefordert. Der Händler William White diene als Übersetzer, Doktor Belgrano, der Sekretär des königlichen Konsulats von Buenos Aires, sei ans Ostufer geflohen, um dem englischen König George III. nicht die Treue schwören zu müssen, und Doktor Moreno habe seinen Posten bei Gericht nicht mehr angetreten. Die beiden letzten Meldungen versetzten Blackraven in Sorge, denn wenn Belgrano und Moreno den Engländern den Rücken kehrten, bedeutete dies, dass sie nicht bereit waren, die Unabhängigkeit des Vizekönigtums Río de la Plata zu akzeptieren, was die Pläne der *Southern Secret League* komplizierte.

»Was meinen die Händler?«, wandte er sich an Zorrilla, der gute Beziehungen zur einflussreichen Klasse hatte.

»Bislang äußert niemand offen seine Meinung. Aber es ist bekannt, dass Männer wie Álzaga das Gesetz des freien Handels nicht unterstützen werden, das Beresford einführen will, würde es doch die Zolleinnahmen und Verkaufssteuern beschneiden.«

Blackraven kamen die Worte in den Sinn, die Richard Wellesley, der ältere Bruder von General Arthur Wellesley, vor Jahren im Parlament gesprochen hatte: »Die wahre Größe Großbritanniens ist sein Austausch, und der Thron des Welthandels das natürliche Objekt seiner Bestrebungen.« Diese Bestrebungen würden, so überlegte Blackraven, zu einer Notwendigkeit werden, da ihnen Napoleons Blockade den Zugang zu den wichtigsten europäischen Häfen verwehrte und die Wirtschaft der Insel bedrohte. Wie es ihre Art war, würden sich die Engländer daranmachen, neue Märkte zu erobern.

»Die Kirche unterstützt sie«, erklärte Zorrilla.

»Bischof Lué?«, fragte Blackraven verwundert. »Das bezweifle ich. Es muss sich um eine der Tücken handeln, derer er sich so gerne bedient.«

»Angeblich hat der Prior des Predigerordens, Fray Gregorio Torres, Brigadegeneral Beresford bei einem Treffen, das dieser im Fort einberief, seine Unterstützung und Wertschätzung zugesichert.«

So wie mancher vornehme Kreole die Hoffnung hege, die Engländer würden ihnen dabei helfen, die Unabhängigkeit zu erlangen, so herrsche unter den Sklaven die Überzeugung, dass die Besatzer ihnen die Freiheit geben würden, erklärte O'Maley.

»Ich brauche eine Auflistung der Händler, die Beresford unterstützen, die gegen ihn sind und die eine neutrale Position bewahren«, sagte Blackraven zu Zorrilla. »Bring außerdem in Erfahrung, wer Álzagas Kunden hier in Buenos Aires sowie in der Verwaltung des Vizekönigtums sind. Und ich brauche unbedingt die Namen seiner Lieferanten in Cádiz.« Zorrilla sagte, er werde es versuchen. »Dann brauche ich noch eine Liste mit den Namen seiner Schiffe sowie ihrem aktuellen Aufenthaltsort. Danke, du kannst jetzt gehen.«

Allein mit O'Maley, berichtete er diesem die Neuigkeiten.

»Fouché hat einen Mörder damit beauftragt, den Schwarzen Skorpion zu liquidieren. Sein Name ist die Kobra.« Der Ire erklärte, ihn zu kennen. »Es ist unwahrscheinlich, dass er jemals meinen Namen mit dem des Spions in Verbindung bringt, aber ich möchte, dass du trotzdem die Augen offenhältst. Malagrida liegt in der Cangrejal-Bucht und erwartet meine Befehle. Sende ihm eine Nachricht, er soll mir ein paar Männer schicken, um das Haus in der Calle San José zu bewachen. Die Ladung soll er in der Nacht nach El Retiro bringen, in die Cueva del Peñón. Außerdem soll er ein Schiff losschicken, um zu verhindern, dass Flaherty die *White Hawk* neben der *Sonzogno* ankert. Ich will nicht, dass sie in die Nähe der Leuchtfeuer von Montevideo oder Buenos Aires kommt.«

Da ihm nach mehreren schlaflosen Nächten die Müdigkeit zu schaffen machte, trank er die Tasse Kaffee, die ihm Trinaghanta brachte, um dann das letzte Vorhaben anzugehen: einen Besuch bei Papá Justicia.

»Wie geht es Isaura?«

»Sie schläft«, antwortete die Singhalesin.

»Weiche nicht von ihrer Seite, bis ich zurückkomme.«

Nach dem tagelangen Regen glich das Mondongo-Viertel einer Kloake, insbesondere was den Gestank anging. Nur wenige hielten sich an den Erlass des Vizekönigs, der es untersagte, tote Tiere und Abfall auf die Straßen zu werfen. Ihm fiel die Stille auf, war doch normalerweise um diese Uhrzeit die Musik des Candombe zu hören. Auch dass Papá Justicias Haus verlassen dalag, war beunruhigend, denn sonst wimmelte es dort vor Leuten, auch angesehenen Damen, die wegen eines Liebestranks oder eines Zaubers zu ihm kamen.

»Herr Roger!«, rief der Alte überrascht. »Kommt herein, kommt herein. Weshalb habt Ihr mir keine Nachricht geschickt? Ich wäre in die Calle San José gekommen.«

»Ich musste dich dringend sehen.« Blackraven setzte sich, und Papá Justicia stellte ihm eine irdene Tasse hin. »Der ist gut«, sagte er nach dem ersten Schluck Kaffee, überrascht, dass der Alte sich das Getränk leisten konnte, obwohl er wusste, dass Justicia kein gewöhnlicher Freigelassener war.

»Wie geht es meiner kleinen Melody?«

Bei einem anderen hätte ihn der vertraute Umgangston gestört, nicht jedoch bei dem alten Schwarzen.

»Ich weiß es nicht, Justicia. Du hast sie gestern bei der Beerdigung gesehen. Sie war untröstlich. Aber seit wir zu Hause sind, hat sie keine Träne mehr vergossen.«

»Ihr müsst Geduld mit ihr haben, Herr Roger. Miss Melody hat nie den Gedanken zugelassen, dass Jimmy sterben könnte, obwohl man es ihr gesagt hat, seit er ein kleiner Junge war.«

Blackraven nickte. »Was sagen die Leute über die Engländer, Justicia?«

»Nun ja, Herr Roger, die Meinungen gehen auseinander. Die Schwarzen sind aufgeregt, weil sie denken, dass man sie freilassen wird, die Händler sind aufgebracht und wütend, während die Kreolen hoffen, dass sie nun doch die Unabhängigkeit erlangen werden.«

»Doktor Belgrano hat sich abgesetzt, soweit ich weiß.«

»Als Beamter des königlichen Konsulats hätte er dem neuen König die Treue schwören müssen, und offensichtlich war das nicht nach seinem Geschmack. Er hat sich aus dem Staub gemacht, erst heute. Aber wie gesagt, einige sind begeistert über die Engländer. Da wäre zum Beispiel der junge Juan Martín.«

»Welcher junge Juan Martín?«

»Juan Martín de Pueyrredón«, erklärte der Schwarze, »ein junger Bursche, der erst kürzlich mit wirren Ideen aus Europa gekommen ist. Juan Martín, der Herr Castelli, Don Saturnino« – er meinte Rodríguez Peña – »und auch dessen Bruder Nicolás glauben, dass die Engländer sie dabei unterstützen werden, den Traum von der Freiheit in die Tat umzusetzen. Don Álzaga hingegen tobt, einer seiner Sklaven hat es mir erzählt.« Der Alte dachte noch einmal eingehend nach, bevor er abschließend feststellte: »Es ist noch zu früh, um etwas zu sagen, Herr Roger. Wir müssen abwarten, was die Engländer sagen. Wenn sie nicht bereit sind, den Kreolen die Unabhängigkeit zu gewähren, ist der Ärger da, denn dann haben sie alle gegen sich.«

»Was ist mit meinem Schwager? Was weißt du über ihn?«

Papá Justicia verdrehte die Augen und schnaubte.

»Der junge Thomas braucht eine harte Hand, Herr Roger, oder er wird weiter Dummheiten anstellen. Nach dem Überfall auf die Niederlassungen der Sklavenhändler hält er sich ganz hier in der Nähe versteckt, anstatt zu fliehen, und lässt sich ständig hier blicken. Jetzt hat er sich darauf verlegt, in den Kneipen Karten zu spielen und Gin zu trinken. An dem Tag, als die englische Flotte gesichtet wurde, behelligte er Eure Frau, während Jimmy im Sterben lag, um ihr zu sagen, dass er sich den Truppen auf der Festung anschließen wolle.«

»Ja, das weiß ich bereits.«

»Herr Roger, was diese Nacht angeht, als der Überfall auf die Sklavenhändler stattfand … Ich …«

Blackraven hob die Hand.

»Ich weiß, dass du nicht der Verräter warst, Justicia. Ich habe nie an dir gezweifelt.«

»Als man mich freiließ, habe ich die Stadt verlassen, und in dieser Zeit konnte ich nachdenken über jene Nacht. Ich glaube, Sabas war der Verräter.«

»Ich weiß, Justicia. Sehr wahrscheinlich war er es. Was weißt du über seine Mutter?«

»Sicherlich hat man Euch bereits informiert, dass Cunegunda und Doña Bela aus dem Kloster der Schwestern vom Göttlichen Erlöser geflohen sind.« Blackraven nickte. »Die Sklaven des Klosters behaupten, dass sie bei ihrer Flucht Hilfe von außen erhielten.«

»Don Diogo?«, fragte Blackraven beunruhigt.

»Nein, das bezweifle ich. Er ist auf Euch angewiesen und kein Dummkopf. Er würde sich hüten, eine Dummheit zu begehen, die Euch gegen ihn aufbringen könnte. Die Hilfe muss von einer anderen Person gekommen sein.«

»Somar, ich möchte, dass du morgen die Schlösser am Vordereingang und an der Küchentür austauschen lässt. Ich befürchte, dass Bela die Schlüssel hat nachmachen lassen«, erklärte Blackraven.

»Ganz wie du wünschst.«

»Was wissen wir über das Ehepaar, das Isaura eingestellt hat, damit es sich um die Unterrichtung der Kinder kümmert?«

»Nicht viel«, gab Somar zu.

Er wusste, dass die Frage mit dem zu tun hatte, was ihm Blackraven über diesen Auftragsmörder, die Kobra, erzählt hatte. Er hatte auch Nachforschungen über Doktor Constanzó anstellen lassen, und obwohl O'Maley nichts Verdächtiges herausgefunden hatte, ließ Blackraven nicht zu, dass er Melody behandelte. Es weckte seine Eifersucht, dass sie darauf bestand, diesen und keinen anderen Arzt zu wollen. Um sie wegen ihrer Schwangerschaft nicht aufzuregen und weil sie fast nichts aß, gab Blackraven schließlich nach und ließ den Arzt in das Haus in der Calle San José kommen. Aber er blieb immer dabei, ganz gleich, wie beschäftigt er war. Man konnte Constanzó nichts vorwerfen; er verhielt sich stets untadelig und wie ein Gentleman. Trotzdem sagte ihm sein Gefühl, dass er Melody besonders aufmerksam behandelte. Sie ihrerseits schenkte ihm das einzige Lächeln, das ihr seit Jimmys Tod über die Lippen kam. Manchmal sagte er sich, dass Isauras Teilnahmslosigkeit ihn allmählich zermürbte und besessen machte.

»Sie sind Biskayer«, berichtete Somar über das Lehrerehepaar Perla und Jaime.

»Ja, ja, das weiß ich«, sagte Blackraven ungehalten. »Du sollst mir sagen, wie sie hierhergekommen sind und auf wessen Empfehlung.«

»Doktor Covarrubias.«

»Aha, Covarrubias war also hier im Haus.«

»Roger, ich bitte dich! Ich habe dir doch gesagt, dass Miss Melody fast zusammenbrach, als sie von deiner Abreise erfuhr, so verzweifelt war sie. Sie hat nur geseufzt und geweint deinetwegen; täglich hat sie mich gefragt, ob ein Brief von dir gekommen sei. Nur ich, Trinaghanta und Miora, die in den Monaten deiner Abwesenheit bei ihr waren, wissen, wie sehr sie gelitten hat. Covarrubias oder der Prinz von Wales persönlich hätten ihr den Hof machen können, ohne dass sie sie auch nur eines Blickes gewürdigt hätte.«

Warum mied sie ihn dann seit Jimmys Tod?, wollte er fragen, doch sein Stolz ließ ihn schweigen. Somar sah die Sorge in seinen Augen.

»Lass ihr Zeit, Roger. Der Verlust von Jimmy hat sie gebrochen. Mit Allahs Willen wird sie wieder dieselbe wie früher werden, aber es braucht seine Zeit.«

Entgegen seines Naturells verlor Blackraven dennoch manchmal die Hoffnung, jemals die Isaura von früher wiederzubekommen. Nichts bewegte sie. Weder, dass er ihr eine Spende für die Renovierung und Einrichtung des Hospizes anbot, noch, dass er ihr versprach, in wenigen Tagen zu erreichen, was Covarrubias in zwei Monaten nicht gelungen war: die Bewilligung der Konzession. Gewiss, das tat er nicht nur, um Melody aufzuheitern; der Schachzug wäre der erste Sieg gegen Álzaga, der als Mitglied der Hermandad de la Caridad und als einflussreicher Händler von Buenos Aires alle Geschütze auffuhr, um die Eröffnung zu verhindern.

»Liebling, ich werde dir eine Spende für das Hospiz überlassen, in jeder Höhe, die du mir nennst, damit du die Bauarbeiten zu Ende führen und alles für die Eröffnung vorbereiten kannst.«

Melody sah von ihrem Tagebuch auf und lächelte bemüht. Sie verbarg ihren Unwillen nur schlecht, dass er sie nun drängte, mit dem Hospiz weiterzumachen, nachdem er in der Vergangenheit immer dagegen gewesen war, dass sie sich um die Sklaven kümmerte … Und es ärgerte sie, weil sie es hasste, ihm Kummer zu bereiten. Sie hatte sich ihm immer unterlegen gefühlt.

»Gib das Geld Lupe oder Pilarita« sagte sie mit einer Stimme, die belegt klang, weil sie so selten sprach. »Sie kümmern sich jetzt darum.«

Sie war auch nicht begeistert, als er ihr sagte, dass er die Schulden beglichen hatte, die *Bella Esmeralda*, das Landgut der Maguires, beim Konsulat und bei weiteren Gläubigern hatte, und dass er bald nach Capilla del Señor reisen werde, um es wieder in Betrieb zu nehmen.

»Sobald wir Tommys rechtliche Situation geklärt haben, wird er sich um das Landgut kümmern. Was denkst du?«

»Wenn du meinst«, gab sie zurück und widmete sich wieder der Lektüre.

Blackraven wäre es lieber gewesen, seine Frau hätte gejammert und geklagt, statt diese Willenlosigkeit an den Tag zu legen, mit der er nicht zurechtkam. Manchmal, wenn sie alleine im Schlafzimmer zu Abend aßen und Melody mit geistesabwesendem

Blick dasaß, betrachtete Blackraven sie eingehend und war erstaunt, dass die Schwangerschaft sie trotz ihrer Trauer aufblühen ließ. Das Haar fiel ihr in einem langen Zopf über die linke Brust, und es kam ihm vor, als ob es dicker und kräftiger als früher wäre. Sie ließ zwar zu, dass er sie küsste, und beantwortete auch seine Fragen, aber sie wirkte bei allem abwesend und distanziert, was ihn verletzte und völlig hilflos machte.

Er wusste nicht, was er tun sollte. Er, der niemals jemanden um etwas angebettelt hatte – nicht einmal seinen Vater um ein bisschen Aufmerksamkeit, und Gott wusste, wie sehr er sich danach gesehnt hatte! –, flehte nun diese zarte junge Frau, sich doch zu besinnen und zu merken, dass er existierte.

# Kapitel 8

Wieder in der Stadt zu sein, wenn auch in Lumpen und in aller Heimlichkeit, machte Bela neuen Mut. Sie gestand sich ein, dass sie es nicht mehr lange ertragen würde, Endas Los zu teilen, die sich in diesem dunklen Loch mehrere Meilen vor Buenos Aires wohlzufühlen schien, wo sie sich mit ihren Kräutern, Tränken und Riten beschäftigte, die Bela Angst einjagten, insbesondere jene, die sie bei Nacht ausübte.

Sie vergewisserte sich, dass Enda immer noch in ihr Gespräch mit dem Fischverkäufer vertieft war, bevor sie zum Torbogen des Forts ging. Sie mochte die roten Uniformen der englischen Soldaten und den Klang der Dudelsäcke. Gerade fragte sie sich, welche Folgen das Wechseln der Fahne auf dem Turm für ihr Leben haben würde, als ihr Herz plötzlich einen Satz machte: Roger Blackraven kam aus der Festung, eine imposante, attraktive Erscheinung. Seine Haut war braun gebrannt und seine Augenbrauen tiefschwarz, was seine düstere Ausstrahlung unterstrich. Er bewegte sich mit der für ihn typischen Entschlossenheit, das Haar zum Zopf gebunden, in einem tadellosen dunklen Überrock und schwarzen Stiefeln.

Sie bemerkte, wie sie sich schier nach ihm verzehrte, wie ihr Körper auf ihn reagierte. Sie empfand auch eine Wut, die ebenso mächtig war wie ihr Begehren, denn sie konnte sich nicht damit abfinden, ihn verloren zu haben. Sie sehnte sich nach seinem Körper, nach seiner Stimme, die ihr schamlose Dinge ins Ohr raunte, nach seinem ungezügelten Liebesspiel.

»Bedeck dich!«, zischte Enda ihr zu, und Bela zuckte zusammen. »Willst du, dass er dich sieht? Du wärst tot, bevor die Sonne untergeht. Sei nicht töricht«, setzte sie schadenfroh hinzu. »Du wirst dir einen anderen Zaunpfahl suchen müssen, an dem du dich kratzen kannst, wie man hier sagt. Blackravens Manneskraft ist an eine einzige Frau gefesselt, meine Nichte Melody, und weder du noch ich noch irgendeine andere können ihn in Versuchung führen.«

Enda sprach nicht mit ihr über ihre Pläne, aber Bela wusste, dass nichts sie von ihrem Vorhaben abbringen würde, Roger Blackraven zu töten. Und da sie ihr gesagt hatte, sie wolle Melody bis zur Geburt verschonen, vermutete sie, dass Enda das Kind an sich bringen wollte. Sie war sicher, dass sie Melody sonst schon umgebracht hätte, schwanger oder nicht. Mit derlei Skrupeln hielt Enda sich nicht auf.

Obwohl Bela Roger Blackraven hasste, liebte sie ihn doch noch, und der Gedanke an Endas Gifttränke oder Braulios Messer, die seinen Körper zerstörten, der ihr so viel Lust bereitet hatte, trieb ihr die Tränen in die Augen.

Cunegunda beobachtete vom Garten aus, wie Enda und ihre Herrin Bela sorgfältig verhüllt auf den Wagen stiegen, der mit einem Ruck anfuhr, als Braulio das Maultier antrieb. Es wurde gerade erst hell. In einigen Stunden würden sie in der Stadt sein, überschlug Cunegunda. Wenn sie sich beeilte und die Abkürzung nahm, konnte sie zurück sein, bevor man ihre Abwesenheit bemerkte. Sie lief in die Hütte, nahm ihr Umschlagtuch und ging in die Richtung, die ihr die Sklavin dieser reichen Dame genannt hatte, die häufig das Orakel der Hexe Gálata befragte. »Da entlang kommst du am schnellsten nach Buenos Aires«, hatte sie ihr versichert.

Trotz ihrer Angst– sie kannte sich in dieser Gegend nicht aus – ging sie entschlossen weiter, angetrieben von dem Wunsch, ihren Sohn Sabas wiederzusehen. Sie versuchte, nicht daran zu denken, dass sie den Aasgeiern zum Fraß dienen würde, falls sie sich verlief. Schon seit einiger Zeit sann sie auf einen Plan, um der Bewachung von Señora Enda und Braulio zu entkommen, die ihr niemals erlaubt hätten, Kontakt zu ihrem Sohn aufzunehmen. Die Bemerkung dieser jungen Sklavin, dass es einen Weg gebe, auf dem man in der Hälfte der Zeit nach Buenos Aires gelangte, war ihr wie eine Antwort auf ihre Bittgebete erschienen.

Obwohl sie nur wenige Monate weggewesen war, kam ihr die Stadt verändert vor. Vielleicht durch die Abgeschiedenheit im Kloster und die Wochen in dieser öden Gegend wusste sie nun Dinge zu schätzen, die sie früher gar nicht wahrgenommen hatte. In dem Haus in der Calle Santiago herrschte immer noch Trauer um den Herrn Alcides; der Trauerflor wehte an der Fassade, und die Fensterläden waren geschlossen. Sie versteckte sich hinter einem Baum gegenüber dem Hintereingang und wartete über zwei Stunden, bis Gabina, ihre Freundin und Vertraute, mit einem Henkelkorb herauskam und in Richtung Recova ging. Sie stieß einen Pfiff aus. Gabina blieb stehen und drehte sich um. Cunegunda schob das Umschlagtuch ein wenig aus der Stirn und lächelte, als sie den verdutzten und freudigen Gesichtsausdruck des Mädchens sah.

»Jesus, Maria und Josef! Ich kann's nicht glauben, Cunegunda! Du hier! Wir haben gehört, dass du und die Herrin Bela aus dem Kloster entkommen seid.«

»Wo können wir uns ungestört unterhalten? Ich darf nicht gesehen werden. Im besten Falle bekäme ich eine ordentliche Tracht Prügel von der Herrin Bela; im schlimmsten Falle würde man mich wieder einsperren.«

»Los, komm«, drängte Gabina. »Gehen wir zum Markt. Da gibt es viele Ecken, wo wir uns in Ruhe unterhalten können.«

Die beiden hüllten sich in ihre Tücher und liefen auf den Marktplatz. Nachdem sie eine ruhige Stelle hinter einem der Stände gefunden hatten, fragte Cunegunda: »Wie geht es meinem

Sohn? Wie geht es Sabas? Was ist denn? Warum schaust du mich so an? Was ist passiert?«

»Sabas ist tot, Cunegunda. Es tut mir leid.«

Die Sklavin sank auf den Boden und biss sich in die Faust, um den Schrei zu unterdrücken, der ihr in der Kehle brannte. Gabina kauerte sich neben sie und nahm sie in den Arm.

»Er wurde ermordet, so hat der Kommissar gesagt.«

»Wer war es? Wer hat meinen Sabas umgebracht?«

»Das weiß niemand. Es ist ein Rätsel. Man hat ihn am Ufer gefunden, da war er schon mehrere Tage tot.«

»Wer war es?«, fragte Cunegunda noch einmal, außer sich. »Wer hat meinen Sohn umgebracht?«

»Es wurde viel geredet, aber geführt hat es zu nichts. Du musst dich damit abfinden, dass Sabas bei unseren Leuten nicht sehr beliebt war. Viele hatten etwas gegen ihn.«

»Vor allem dieser verfluchte Servando.«

»Ich glaube nicht, dass er es war«, sagte das junge Mädchen und zuckte gleichgültig mit den Schultern.

Blackraven besuchte nun regelmäßig das Fort. So beflissen, wie die Soldaten ihn grüßten, musste ihnen jemand gesagt haben, dass es sich um den Sohn des Herzogs von Guermeaux handelte. Beresford wiederum genoss die langen Gespräche mit seinem Jugendfreund aus der Zeit, als beide die Militärschule in Straßburg besucht hatten. Vermutlich war Blackraven der Einzige, dem er in dieser Stadt vertrauen konnte, obwohl er ahnte, dass der Graf von Stoneville die Invasion nicht guthieß.

Beresford kam allmählich gleichfalls zu der Überzeugung, dass die Mission ein großer Fehlschlag war, vor allem seit Blackraven ihm mitgeteilt hatte, dass Minister Pitt der Jüngere gestorben war und William Wyndham Grenville von der gegnerischen Partei seinen Posten übernommen hatte. Er hatte nicht vergessen, dass dieses Unternehmen auf ein von Popham und dem Venezolaner Miranda verfasstes und im Oktober 1804 von Pitt unterzeichnetes Memorandum zurückging, in dem die Bedingungen festgelegt wurden, unter denen das British Empire sich die spanischen Kolonien in Westindien aneignen sollte. Ohne Pitt war die Rückendeckung dahin und die Invasion erweckte den Eindruck eines Alleingangs.

Beresford belegte nun seit zehn Tagen dieses Arbeitszimmer im Fort, doch durch die anstrengenden Tage voller Schwierigkeiten, die ihm den Schlaf raubten, kam es ihm vor, als seien Monate vergangen. Seine Gespräche mit Blackraven waren da eine Wohltat.

Häufig bezog sich Blackraven auf Machiavellis *Der Fürst*, das Werk, das zu lieben ihr Lehrer Gabriel Malagrida ihnen beigebracht hatte.

»In Südamerika braucht man die Genialität eines Staatsmanns und nicht die Stärke eines Soldaten«, urteilte er.

Er erinnerte ihn auch daran, dass die Menschen in Ruhe lebten, wenn man ihnen ihre alten Lebensformen ließ, woraufhin Beresford Popham bat, öffentlich bekannt zu machen, dass das königliche Gericht, das Konsulat und der Rat weiterhin funktionieren würden wie bisher und das Privateigentum und die Traditionen der Einwohner, insbesondere die religiösen, nicht angetastet würden.

Als Beresford Tage später Befehl gab, drei Soldaten, die der Desertion beschuldigt wurden, mit fünfhundert Peitschenhieben zu bestrafen, dachte er daran, dass es eine Dummheit gewesen war, so viele katholische Soldaten aus Irland an den Río de la Plata entsandt zu haben. Er erinnerte sich auch an Blackravens Ratschlag, Liniers nicht zu vertrauen, selbst wenn dieser guten Willen zeige. Der baskische Händler Álzaga und die Kirche würden sich als erbitterte Feinde erweisen. Die Bevölkerung von Buenos Aires interessiere sich nicht für den Verbleib des Staatsschatzes, denn sie wisse, dass er durch den Vertrag von San Ildefonso sowieso an Napoleon fallen würde. Und die Festung mit ihren niedrigen Mauern und den Kanonen mit nur geringer Reichweite sei ein unvorteilhafter Stützpunkt. Es war ein Ding der Unmöglichkeit, dass man in unmittelbarer Nähe den Bau mehrstöckiger Häuser erlaubt habe. Insbesondere zeigte sich Blackraven verwundert darüber, dass die englische Armee nicht zuallererst den Hafen von Montevideo gesichert habe.

Beresford wusste um Blackravens Umsicht und Klugheit, deshalb war er beunruhigt, als dieser sagte: »Ich habe gehört, du hast dich mit Doktor Castelli getroffen.« Beresford nickte mit einem Lächeln; er war davon ausgegangen, dass es sich um ein Geheimtreffen gehandelt hatte. »Hör mir gut zu, William: Wenn du den Kreolen nicht die Loslösung von Spanien versprichst und ihnen nicht garantierst, dass man sie im Falle eines Friedensschlusses mit Frankreich nicht als Unterpfand benutzen wird, werden sie sich in deine erbittertsten Feinde verwandeln. Wie auch immer der Plan aussieht, um diesen Völkern die Unabhängigkeit zu bringen, die Engländer sollten lediglich als Beschützer und unterstützende Kraft auftreten. Ich kenne sie, William. Sie werden sich eher mit den Spaniern verbünden, als das Joch eines anderen Herrschers zu akzeptieren. Und du verfügst weder über ausreichend Truppen noch Waffen, um ihnen die Stirn zu bieten. Ohne Kavallerie wird es schwierig werden, sie zu unterwerfen.«

»Ich weiß, Roger, ich weiß«, antwortete Beresford niedergeschlagen. »Aber ich kann ihnen nichts versprechen.«

»Die Menschen am Río de la Plata lechzen nach Freiheit. Sie wirken unterwürfig, doch in Wirklichkeit sind sie dickköpfig und eigensinnig. Du müsstest ihnen ein Zeichen deiner Sympathie für ihre Sache geben, um in Frieden regieren zu können.«

»Ich verstehe«, räumte Beresford ein. »Aber ich muss mich darauf beschränken, Sympathien zu gewinnen, ohne etwas zu versprechen.«

»Diese Kreolen sind gewiefte Kerle. Unterschätze sie nicht. Sie haben eigene Vorstellungen und besitzen einen starken Willen. Ihr Widerstand gegen die spanische Herrschaft hat nicht nur wirtschaftliche Gründe; sie führen auch weltanschauliche Argumente ins Feld. Du wirst sie nicht überzeugen können, indem du die Zölle senkst und den Freihandel einführst.«

»Es ist das Einzige, was ich ihnen fürs Erste gewähren kann. Man hat uns mit ungenauen Instruktionen hierher entsandt.«

»Mit gar keinen Instruktionen, würde ich sagen. Dein General Baird hat sich von diesem Scharlatan Popham, der nur seinen finanziellen Nutzen sucht, überzeugen lassen.«

»Und es wird sich für ihn lohnen. Vorgestern ist Kapitän Arbuthnot mit dem Schatz eingetroffen, den Sobremonte in Luján zurückgelassen hat.«

»Dein Freund William White«, sagte Blackraven, »wird ebenfalls zufrieden sein.« Angesichts von Beresfords Verwirrung tat Roger erstaunt. »Wie? Weißt du nicht, dass Popham seit ihrer gemeinsamen Zeit in Indien hohe Schulden bei White hat? Man schätzt, dass es an die neunzigtausend Pfund sind.« Beresford schwieg betreten. »Was werdet ihr mit dem Schatz machen?«, fragte Blackraven.

»Ihn unverzüglich nach England schicken«, erklärte Beresford, verwundert über die Frage. »Was dachtest du?«

»Klar, Popham kann es nicht erwarten, am Hof von Saint James Eindruck zu machen. Was wäre da besser, als Kisten voller amerikanischem Gold zu schicken, ohne natürlich durchblicken zu lassen, dass er sich seinen Anteil der Beute sichern will. Aber ich frage mich: habt ihr nicht bedacht, was geschieht, wenn ihr alles Geld, das im Umlauf ist, mit nach England nehmt? Da einiges davon Privatpersonen gehört, werdet ihr einen Rückgang der Zahlungskraft verursachen, der eine Abwertung des Peso nach sich ziehen wird. Wie steht das Pfund zurzeit? So bei sieben Schilling, sechs Pence? Ich prognostiziere einen Kursanstieg um bis zu sieben Schilling, wenn ihr der Bevölkerung von Buenos Aires ihr gesamtes Geld nehmt.« Beresford schlug einen Erlass vor, um den Tausch auf eine bestimmte Summe zu beschränken, was Blackraven mit einem Lachen quittierte. »Eine solche Maßnahme widerspräche eurer ersten Aussage über freie Wirtschaft und freien Handel, und ihr würdet den Respekt dieser Leute verlieren. Zum anderen würde dieser Erlass keinen Tag bestehen, ohne dass ein schwer zu kontrollierender Schwarzmarkt entstünde.«

Beresford dachte schweigend über die Situation nach.

»Für Leute wie uns, William«, sagte Blackraven, und er brauchte nicht zu erläutern, dass er damit auf ihren Status als Bastarde anspielte, den sie miteinander gemein hatten, »ist alles viel schwerer. Ich weiß, dass die Einnahme der Stadt ein Meilenstein deiner Militärkarriere war. Aber wenn ich dir einen Rat geben darf: Du solltest nicht auf Popham vertrauen.«

Beresford ging zum Barschrank, wo er sich erneut einen ordentlichen Schluck schottischen Whisky eingoss und auf einen Zug leerte.

»Wie läuft es so mit ihm?«

»Mit Popham? Schlecht. Meine Beförderung zum Generalmajor war ein Schlag in die Magengrube für ihn.«

Blackraven lachte sarkastisch und vermutete: »Ich kann mir vorstellen, dass die Nachricht ihn nicht nur ärgerte, weil er nun im Rang unter dir steht, sondern auch, weil du in deiner neuen Position einen größeren Anteil an der Beute erhältst.«

Beresford nickte und wechselte dann das Thema.

»In zwei Stunden treffe ich mich mit Mitgliedern des Gerichts und des Stadtrats und lasse sie einen Treueschwur auf unseren König unterzeichnen. In den kommenden Tagen werde ich dasselbe von den angesehensten Händlern verlangen.«

»Dass sie einen Eid unterzeichnet haben, wird diese Männer nicht aufhalten, wenn sie nach einiger Zeit zu dem Schluss kommen, dass eure Anwesenheit am Río de la Plata nachteilig für sie ist.«

»Sie unterzeichnen ein Gelöbnis«, betonte Beresford ein wenig aufgebracht. »Sie geben ihr Wort.«

Blackraven zuckte mit den Schultern und kippte den letzten Schluck hinunter. Dann erhob er sich und zog den Mantel an.

»William, ein Händler kennt kein anderes Vaterland, keinen anderen König und keine andere Religion als seinen eigenen Vorteil. Wenn es um wirtschaftliche Interessen geht, würde ich niemandem vertrauen.«

Es tat ihm leid, die trübsinnige Miene seines Freundes zu sehen, auch wenn er es vorzog, ihm die Wahrheit zu sagen. Beresford seinerseits schätzte Blackravens Aufrichtigkeit.

»Ich würde dich gerne zu mir nach Hause einladen, aber du weißt ja, ich kann nicht wegen der Trauer.«

»Ich hoffe, deiner Frau geht es besser. Heute Morgen habe ich die Genehmigung zur Eröffnung des Hospizes Martín de Porres unterschrieben. Ich war überrascht, ihren Namen unter den Verantwortlichen zu lesen. Man sagte mir, die Gräfin von Stoneville sei sehr mildtätig gegenüber den Bedürftigen, insbesondere den Sklaven, von denen sie verehrt werde.«

»Man hat dich nicht belogen.« Beresford betrachtete ihn mit belustigter Miene. »Ich verstehe«, sagte Blackraven, »du fragst dich, wie ein Herumtreiber wie ich eine Frau wie sie heiraten konnte.«

»Vielleicht hat der Herr sie gesandt, um dich aus deiner Leichtlebigkeit zu erretten.«

»Ich glaube, der Herr hat es aufgegeben, mich zu retten.«

Blackraven verließ das Fort gegen Mittag, wenige Minuten bevor die Beamten eintrafen, die einbestellt worden waren, um den Treueschwur auf König George III. zu leisten. Es war kalt. Er hüllte sich in seinen Kaschmirmantel und überquerte mit großen Schritten die Plaza Mayor. Dabei beobachtete er seine Umgebung sehr genau, während er sich fragte, ob einer dieser Menschen die Kobra war.

Er hatte noch zwei Angelegenheiten zu erledigen, einen Geschäftsabschluss mit dem Baron von Pontevedra und einen Besuch bei Mariano Moreno. Er musste dessen Haltung zu der neuen politischen Lage des Vizekönigtums in Erfahrung bringen. Sie hatten sich vor einigen Tagen unterhalten, als er in Morenos Haus in der Calle de la Piedad vorstellig geworden war, um sich für seinen Einsatz bei dem Vorfall mit Melody und den Sklaven der Real Compañía de Filipinas zu bedanken. Der junge Anwalt weigerte sich, ein großzügiges Honorar anzunehmen, und beschränkte sich darauf, über die Einzelheiten des Falles zu sprechen. Über die Engländer verlor er kein Wort.

Er ging zuerst zu Abelardo Montes, dem Baron von Pontevedra. Dieser begrüßte ihn mit wortreichen Sympathiebekundungen, die seine Bereitschaft zeigten, ihm entgegenzukommen. Sehr gut, freute sich Blackraven. Montes würde ihm bei seinem Plan, Álzaga zu vernichten, von großem Nutzen sein.

Servando verließ die Polsterei, in der er arbeitete, als die Abendglocken läuteten. Ihr wehmütiger Klang spiegelte seine Stimmung wider. Er war auf dem Weg zum Krämerladen, um einen Auftrag von Señor Cagigas, dem Polsterer, zu erledigen, der einige Bronzenägel und zwei Ellen Seidenbrokat brauchte. Er würde eine Ausrede für seine Verspätung finden und in der Calle Santiago vorbeigehen. Er hatte solche Sehnsucht nach Elisea.

Wie so oft um diese Uhrzeit fand er sie im Garten. Was er nicht erwartet hatte, war, erneut auf Thomas Maguire zu treffen, der neben Elisea stand. Servando blieb hinter einem Nussbaum stehen und hörte zu, wie Tommy von seinen Heldentaten als Soldat erzählte. Er trug eine zu große, ausgeblichene blaue Uniform, die an mehreren Stellen ausgebessert war, aber er führte sich auf wie ein preußischer General.

»Wenn ihr so tapfer gekämpft habt«, stellte Elisea fest, »ist es verwunderlich, dass ihr nicht gewonnen habt.«

»Oh, aber sie waren viertausend, und wir gerade mal sechshundert!«

»Verstehe.« Ohne ihn anzusehen, fuhr Elisea mit ihrer Arbeit fort und sagte: »Ich finde, es war eine dumme Idee, sich zur Armee zu melden, nicht nur wegen Eurer Schwierigkeiten mit der Justiz, sondern weil Euer kleiner Bruder ... Miss Melody hat sehr gelitten. Und wenn die Engländer Euch verwundet hätten, Mister Maguire?«

»Der Graf von Stoneville hätte mich geschützt. Hat er das nicht auch getan, als dieser schlaue Servando mich verraten hat?«

Servando presste die Hände zusammen, bis die Knöchel weiß hervortraten. Es wäre ein Leichtes, ihn zu vernichten, dachte er. Ein Wort zu Álzaga, und Thomas Maguire wäre Geschichte. Er beobachtete die beiden, verfolgte aufmerksam seine Worte, ihr zurückhaltendes Lächeln, bis er, genauso überrumpelt wie Elisea, zusammenzuckte, als Maguire sie bei den Armen fasste und ihr einen Kuss auf den Mund drückte. Vergeblich wartete er auf die Ohrfeige des Mädchens, das lediglich die Hand auf die geröteten Lippen presste und Tommy verwundert ansah. Wutentbrannt und am Boden zerstört wandte Servando sich ab und verließ das Haus der Valdez e Incláns, ohne zu hören, was Elisea dann sagte.

»Ich schätze Euch, Mister Maguire, aber bitte nehmt Euch diese Freiheit nicht noch einmal heraus.«

»Warum nicht?«, fragte er unverblümt.

»Weil ich Euch nicht liebe.«

»Wen liebt Ihr dann? Diesen armseligen Otárola?«

»Wen ich liebe, geht Euch nichts an, aber seid versichert, dass derjenige, dem mein Herz gehört, nicht armselig ist, sondern der beste Mann, den es gibt. Und nun geht. Ich möchte nicht, dass meine Tante Leo oder mein Onkel Diogo Euch hier antreffen. Ihr würdet mich kompromittieren.«

Blackraven ging mit in sich gekehrter Miene die Straße entlang. Niemand hätte geahnt, dass er um sich herum alles genauestes wahrnahm. Hinter seiner gleichmütigen Maske lauerte ein wachsamer Geist. Er dachte über das Gespräch mit Doktor Mariano Moreno nach, der sich misstrauisch gezeigt hatte, weil er glaubte, der Graf von Stoneville habe bei der Invasion vor zehn Tagen hinter den Kulissen mitgewirkt.

»Ich kenne Popham«, hatte Blackraven erklärt. »Er ist ein Hasardeur, gerissen und überzeugend. Dieses Unternehmen, zu dem er aufgebrochen ist, genießt nicht die Unterstützung der britischen Regierung, und er wird dem neuen Kabinett in Whitehall einiges erklären müssen.«

»Wenn eure Politiker die Beute erhalten, die vorgestern aus Luján eingetroffen ist, werden sie Kommodore Popham jede Großsprecherei verzeihen«, urteilte Moreno.

»Ja, falls er nicht nur den Schatz schickt, sondern auch die Stadt halten kann.«

Moreno hatte ihn mit aufgesetzter Gelassenheit angesehen. Blackraven merkte, dass er mit sich rang, ob er ihm wieder vertrauen oder lieber für sich behalten sollte, was er wusste. Seiner Meinung nach war das Verhalten des jungen Anwalts vielsagend und legte den Schluss nahe, dass bereits über die Rückeroberung gesprochen wurde. Es war eine gute Gelegenheit, überlegte er. Wenn die Kreolen sich organisierten, um die Engländer zu vertreiben, würde sie nichts davon abhalten, auch das Joch der Spanier abzuschütteln.

Er betrat das Haus in der Calle San José durch den Hintereingang. Die gewohnte Traurigkeit wurde von dem Lachen und Schreien Versteck spielender Kinder durchbrochen und von den tadelnden Worten Siloés.

»Ihr ungezogenen Bälger!«, zischte die Schwarze. »Seid still! Wisst ihr nicht, dass in diesem Haus Trauer herrscht? Respektiert den Schmerz der Frau Gräfin!«

»Lass sie, Siloé«, mischte sich Blackraven ein. »Es ist an der Zeit, dass diese Stille ein Ende hat.«

Víctor und Angelita kamen mit einer Horde Sklavenkinder angerannt, um ihn zu begrüßen.

»Aber Herr Roger!«, beschwerte sich Siloé. »Es ist erst ein paar Tage her, dass der kleine Jimmy von uns gegangen ist. Wir sollten alle traurig sein.«

»Vorsicht mit der Trauer, Siloé. Sie kann sich in eine schlechte Angewohnheit verwandeln. Wo ist Estevanico?«, fragte er dann.

»Wir können ihn nicht finden, Señor«, erklärte Víctor.

»Das können wir nie«, sagte Angelita verstimmt. »Er versteckt sich sehr gut.«

Blackraven bemerkte den krausen Schopf, der aus dem riesigen Krug hervorlugte, in dem das Wasser aus dem Fluss aufbewahrt wurde, damit der Schlamm sich setzte. Da sie eine Zisterne besaßen und es in letzter Zeit ergiebig geregnet hatte, brauchten sie kein Wasser zu kaufen, deshalb waren die Krüge leer. Die Schlauheit des schwarzen Jungen entlockte ihm ein Lächeln.

»Vielleicht hat er sich in meiner Kutsche versteckt. Wehe ihm, wenn er sie schmutzig gemacht hat!«

Die Kinder rannten zur Remise, während Blackraven zu dem Krug trat.

»Los, komm raus.«

»Erlaubt mir, mich freizuschlagen, Herr Roger.«

Mit bewundernswerter Behändigkeit kletterte Estevanico aus seinem Versteck und lief zum Apfelbaum.

»Frei! Frei!«, rief er, während er gegen den Baumstamm schlug.

Die Übrigen erschienen mit enttäuschten Gesichtern und scharten sich um Blackraven, der sich nach den Fechtstunden, dem Tanzunterricht, den Reitstunden und den Fortschritten in Englisch und Mathematik erkundigte.

»Miss Melody hat mir heute gesagt, dass ich ab morgen Unterricht bei Doña Perla und Don Jaime bekomme«, verkündete Estevanico.

»Sprich spanisch«, ermahnte ihn Blackraven.

»In Ordnung. Darf ich mit Miora portugiesisch sprechen?«

»Ja.«

Er sah auf und blickte in mehrere dunkle Augenpaare, die ihn etwas abseits von Víctor, Angelita und Estevanico ehrfürchtig schweigend beobachteten. Es handelte sich um die Kinder von Ovidio und Gilberta und die weiterer Sklavinnen. Zufrieden stellte er fest, dass sie gesund aussahen, mit vollen Wangen und glänzender, ebenholzfarbener Haut. Anders als bei anderen Familien in der Stadt bekamen die Sklaven in den Häusern in der Calle San José und der Calle Santiago eine abwechslungsreiche Kost, darunter auch Rindfleisch, Fisch, Obst und Gemüse, Lebensmittel, die sonst nur den Herrschaften aufgetischt wurden. Er griff in die Jackentasche und holte eine Handvoll Münzen hervor. Diese verteilte er an die Kinder, die nun nicht mehr ängstlich und ehrfürchtig, sondern verwirrt dreinschauten.

»Gilberta«, wies er diese an, »geh mit ihnen in den Laden, Süßigkeiten kaufen.«

»Danke, Herr Roger«, stammelte die Sklavin gerührt.

Die Kinder stürmten durch das Tor der Remise, während sie über die Vorteile von Süßholz gegenüber Zuckermandelstangen, Kokostörtchen oder Karamellbonbons diskutierten.

Blackraven ging gutgelaunt ins Haus, besonders weil Estevanicos Bemerkung, er werde auf Miss Melodys Anweisung am Unterricht teilnehmen, dafür sprach, dass sich seine Frau wieder mit den Erfordernissen des Haushalts zu befassen begann. Er fand sie in ihrem Salon bei der Lektüre eines Briefes. Sie lächelte ihm zu, als sie ihn sah, und er beugte sich hinunter, um sie auf die Stirn zu küssen.

»Er ist von Madame Odile«, erklärte Melody. »Sie schreibt mir wegen Jimmy.«

Er nickte nur und zog sich weiter aus. Eine Mauer stand zwischen ihnen, und er wusste nicht, wie er sie überwinden sollte. Melodys Befangenheit hemmte ihn. Selbst bei der Körperpflege hüllte sie sich in ein Badehemd; sie vermied es, sich vor ihm umzuziehen und wich sogar seinem Blick aus. Er sehnte sich nach den Sommernächten zurück, als er ihr dabei zugesehen hatte, wie sie sich mit Lotionen einbalsamierte und mit Duftölen betupfte, ohne sich ihrer Blöße zu schämen. Er ging halb ausgezogen auf sie zu.

Melody errötete, als sie seine Härte bemerkte. Neben ihr stehend, liebkoste Blackraven ihr Kinn und wanderte dann den Hals hinab, um ihren Ausschnitt zu öffnen. Melody sprang vom Stuhl auf und wich zurück, während sie den Kragen des Bademantels zurechtzog.

»Nein, Roger«, flüsterte sie.

»Ganz wie du willst!«, entgegnete er wütend.

Er warf den Morgenmantel über und verließ das Zimmer. Die Tür fiel mit einem lauten Schlag hinter ihm ins Schloss.

Er wusste nicht, was ihn aufgeweckt hatte. Träge schlug er die Augen auf und merkte sofort, dass Melody nicht neben ihm lag. Er fluchte leise, als er nicht gleich den Feuerstahl fand, um die Kerze anzuzünden. Schließlich brannte der Docht, und Blackraven hob den Leuchter hoch, um das Schlafzimmer zu erleuchten. Dort war sie nicht, auch nicht im Salon und im Ankleidezimmer. Er schlüpfte in die Samtpantoffeln, zog den wollenen Hausrock über und trat in den kalten, stillen Korridor.

Ihm fiel auf, dass die Tür zu Jimmys Zimmer nur angelehnt war. Als er hineinging, sah er sie sofort. Sie saß mitten auf dem

Bett, in dem ihr Bruder gestorben war, die Knie unters Kinn gezogen und die Arme um die Beine geschlungen. Sie schaukelte vor und zurück und murmelte vor sich hin, ihre Augen waren weit geöffnet. Dann merkte er, dass sie nicht murmelte, sondern zähneklappernd auf Gälisch vor sich hin summte.

Ein beklemmendes Gefühl aus Angst, Traurigkeit und Sorge überkam ihn. Der Anblick ging ihm tief zu Herzen. Unsicher trat er auf Melody zu. Es war, als berührte er eine Fremde.

»Isaura, du bist eiskalt!«

Er wickelte sie in seinen Morgenrock und setzte sie auf seine Knie. Sie zitterte und atmete schnell und unregelmäßig. Blackraven drückte sie an sich, küsste sie auf Haar und Stirn und sprach tröstend auf sie ein, bis er schließlich zum Himmel blickte und flehte: »Lieber Gott, gib sie mir zurück.«

Seit Jahren hatte er Gott nicht mehr um Hilfe gebeten. Das letzte Mal hatte er es aus tiefstem Glauben getan, als die Kutsche seines Vaters aus Versailles davonfuhr. Doch es hatte nicht geholfen. Schließlich war er zu einem Ungläubigen geworden. In diesem Augenblick jedoch, verängstigt bis zur Verzweiflung, gestand er sich seine Hilflosigkeit ein und wandte sich ganz selbstverständlich an den, den er so oft geschmäht hatte.

»Roger«, flüsterte Melody.

»Hier bin ich, mein Liebling.«

»Jimmy hat nach mir gerufen. Er hat geweint«, schluchzte sie, »und ich konnte ihn nicht finden. Ich konnte nicht. Ich habe ihn dort im Dunkeln alleingelassen, auf dem Friedhof von San Francisco, und er hat Angst. Er ist allein.«

»Pst, mein Liebling. Sag nichts. Jimmy ist nicht im Dunkeln, und er ist auch nicht allein. Er ist dort, wo es immer hell ist, bei deinen Eltern. Er ist an einen Ort gegangen, der so viel besser ist als dieser hier. Lass ihn los, Isaura, lass ihn in Frieden gehen.«

»Ich kann nicht! Ich kann nicht glauben, dass ich ihn nie mehr sehen werde! Ich ertrage seine Abwesenheit nicht! Ich vermisse ihn so! So sehr! Ich möchte noch einmal seine Stimme hören. Ich möchte ihn noch einmal in meinen Armen halten!«

»Ich weiß, mein Liebling, ich weiß.«

Melody überließ sich einem bitterlichen Schluchzen. Blackraven drückte sie gegen seine Brust. Er fühlte sich hilflos und dumm und auch ein bisschen schlecht, weil er inmitten dieses ganzen Gefühlssturms eifersüchtig auf Jimmy war und sich fragte, ob Isaura seinetwegen genauso leiden würde.

»Liebste«, flüsterte er bedrückt, »genügen mein Kind und ich dir nicht? Du bist alles für mich, Isaura.«

Er trug sie zum Schlafzimmer und legte sie ins Bett. Dann schürte er die Glut in dem bronzenen Kohlebecken und ging zu ihr zurück. Sie zitterte immer noch, aber sie weinte nicht mehr. Er schmiegte seine Brust an Melodys Rücken und umschlang sie mit seinen Armen, um sie zu wärmen. Sie schwiegen, während sie spürten, wie die Anspannung und die Kälte verschwanden und die Müdigkeit sie überkam.

»Es ist vorbei, mein Liebling«, sagte er leise, und der vertraute Geruch seines Atems wirkte beruhigend auf Melody. »Siehst du? Es war nur ein schlechter Traum. Schlaf jetzt ein. Ich möchte, dass du deinen Frieden machst, dass du wieder lächelst, dass du wieder meine Isaura von früher bist. Jimmy würde das auch wollen, da bin ich mir sicher. Er hat dich so geliebt. Er wollte dich nur glücklich sehen. Wirst du es versuchen, mein Liebling? Für unser Kind?« Sie nickte. »Versprichst du es mir?«

»Ich werde es auch für dich tun«, murmelte sie, bevor sie einschlief.

Blackraven sah auf seine Taschenuhr. Halb fünf in der Nacht. Er ging in sein Arbeitszimmer, wo er zwei Nachrichten schrieb, die er mit dem doppelköpfigen Adler des Hauses Guermeaux siegelte. Dann weckte er Somar und Trinaghanta und teilte ihnen mit, dass er und Melody nach El Retiro aufbrechen würden.

Somar sollte sich um das Haus in der Calle San José kümmern; die Singhalesin hingegen würde sie begleiten.

»Roger«, sagte der Türke, »du solltest Miora mitnehmen und auch Siloé. Vergiss nicht, dass während des Winters nur das allernötigste Personal dort ist. Die übrigen Sklaven haben in der Mühle und der Kelter zu tun.«

»Keine Sorge, wir kommen schon zurecht. Weck Servando auf, damit er dem Verwalter von El Retiro diese Nachricht überbringen kann. Sag ihm, er soll Fuoco nehmen. Für den Rückweg soll er Bustillo um ein anderes Pferd bitten. Später schickst du diesen Brief an Madame Odile.« Dann wandte er sich an Trinaghanta. »Deine Herrin schläft, du wirst also die Koffer so leise packen, wie du nur kannst. Bereite Kleidung für drei Tage vor.« Er sah erneut auf die Uhr. »Es ist jetzt zehn nach fünf. Um halb sieben breche ich auf. Somar, weck Ovidio und sag ihm, er soll die Kutsche anspannen. Vergewissere dich, dass er zwei Kohlebecken unter die Sitze in der Kabine stellt.«

Kurz vor der Abfahrt rief er seinen türkischen Diener Somar zu sich.

»Wenn ich zurückkomme, will ich keine Anzeichen mehr von Trauer in diesem Haus sehen. Die schwarzen Tücher werden von den Spiegeln, Bildern und Möbeln genommen, die Fensterläden geöffnet und die Vasen mit weißen Blumen gefüllt. Was Jimmys Zimmer betrifft, so möchte ich, dass es vollständig renoviert wird. Sag Ovidio, er soll es in einer anderen Farbe streichen und die Bilder und Möbel austauschen. Es soll ein Spielzimmer für die Kinder werden. Ach ja, Somar, bevor ich es vergesse: Sorge dafür, dass jeden Tag frische Blumen auf Jimmys Grab stehen.«

Es war noch nicht hell, als Blackraven Melody mit einem Kuss auf die Stirn weckte. »Steh auf, Liebes.«

»Was ist los?«

»Nichts. Wir fahren ein paar Tage nach El Retiro.«

Er wickelte sie in zwei Decken und führte sie zur Kutsche, wo

Melody sich auf dem Sitz ausstreckte, den Kopf auf Blackravens Beine gelegt. Nach so vielen durchwachten und durchweinten Nächten konnte sie kaum die Augen offen halten.

»Schlaf weiter«, flüsterte er.

Das tat sie, vertrauensvoll und ohne Fragen zu stellen, und das machte ihn glücklich. Seine Augen ruhten unverwandt auf ihr, konnten nicht von ihren Gesichtszügen ablassen, die im Halbdunkel der Kutsche rosig schimmerten. Gott, sie sah aus wie ein kleines Mädchen, dachte er, voller Staunen darüber, dass dieses Wesen sein Leben vollkommen bestimmte.

Aufgrund des schlechten Zustands der Brücke geriet die Kutsche heftig ins Schwanken, als sie das Flussbett des Matorras überquerten, und Melody wachte auf. Blackraven beugte sich vor und küsste sie. Dann flüsterte er ihr ins Ohr: »Ich habe dich entführt, meine wunderschöne Prinzessin. Du bist mein, bist in meinen Händen. Für einige Zeit werde ich nichts anderes tun, als für dich dazusein und dir Freude zu bereiten.«

Beunruhigung huschte über Melodys Gesicht, und Blackraven merkte, dass ihr Körper sich verkrampfte.

»Was ist los?« Er sah sie fest an; sie hingegen wich seinem Blick aus. »Warum siehst du mich nicht an? Was habe ich getan? Begehrst du mich nicht mehr? Stoße ich dich ab?«

Melody schüttelte heftig den Kopf, und ihr Blick fiel auf seine blauen, beredten, fordernden Augen. Sie hatte keine Angst vor ihm, vielmehr empfand sie unendlichen Kummer und große Schuld, weil sie ihn verletzt hatte. Blackravens Traurigkeit war greifbar, bedrückte und bekümmerte sie, und weil sie wusste, dass diese Verlorenheit in Zorn umschlagen konnte, streckte sie müde eine Hand aus und strich ihm übers Kinn, zeichnete mit den Fingerspitzen die Umrisse seiner vollen, schön geschwungenen Unterlippe nach. Er schloss die Augen.

Melody schlang den Arm um seinen Nacken und zog ihn zu sich heran, um ihm zuzuflüstern: »Ich begehre dich, Roger Blackraven, so sehr, dass es mir manchmal körperlich wehtut. Ich stelle mir die Lust vor, die ich in deinen Armen empfinden würde, und fühle mich der Ohnmacht nahe. Ich erinnere mich daran, wie du mich berührtest, an deine Küsse, an deine Hände auf meiner Haut, an deine Zunge … Doch dann frage ich mich, ob ich das Recht habe, eine solche Lust mit dir zu empfinden, in deinen Armen glücklich zu sein, da Jimmy vor seinem Tod so gelitten hat.«

Ihr Kinn bebte, und sie wandte das Gesicht ab. Blackraven sah, wie eine Träne über ihre Nase rollte. Sie hatte zum Ausdruck gebracht, was sie seit langem in sich getragen und sich nicht getraut hatte zu offenbaren.

»Danke, dass du mir vertraust, Isaura. Irgendwie werden wir diesen Schmerz überwinden. Wenn wir zusammen sind, werden wir es schaffen. Die Zeit und meine Liebe werden deine Wunden heilen.«

Melody zog ihn zu sich und schmiegte sich an ihn, auf der Suche nach der Stärke, die er ihr stets bot, die sie durch Jimmys Todeskampf hindurch begleitet hatte und auch danach.

»Es war schändlich von mir«, warf sie sich vor, »dass ich deinen Schmerz nicht bemerkt habe. Auch du hast Jimmy geliebt und unter seinem Verlust gelitten.«

»Natürlich habe ich Jimmy geliebt. Weil er dein Bruder war. So wie ich auch dieses Kind nicht nur liebe, weil es meines ist, sondern weil du es mir schenken wirst. Weil es Fleisch von deinem Fleisch ist.«

Die Kutsche hielt vor dem Haupteingang von El Retiro.

»Wir sind da«, verkündete Blackraven, und er sah, wie sich Melodys Gesicht aufhellte und ein Lächeln auf ihren Lippen erschien.

»Ich bin ganz verspannt«, sagte sie. »Ich möchte ein schönes heißes Bad nehmen.«

# Kapitel 9

Es war schon einige Zeit her, seit sie sich das letzte Mal schön gemacht hatte. Tags zuvor hätte sie es noch als anstößig in der Trauerzeit empfunden, doch an diesem Morgen wollte sie schön sein für Roger. Sie legte sich ohne Badehemd in die Wanne und ließ sich von Trinaghanta verwöhnen, die verschiedene Öle auftrug und auch die Mischung aus Melasse und Bienenwachs, um die Härchen an den Beinen zu entfernen, eine frivole Gewohnheit, die sie in Madame Odiles Bordell kennengelernt hatte und die Roger sehr schätzte. Entgegen ihrer zurückhaltenden Art war die Singhalesin mit Feuereifer bei der Sache, lief unaufhörlich plaudernd nach Tiegeln, Handtüchern und Kleidung und wagte es sogar, ihr vorzuschlagen, während dieser Tage auf El Retiro keine Trauer zu tragen. Sie nahm ein Kleid aus lindgrünem Serge mit elfenbeinfarbenen Spitzen an Ausschnitt und Ärmelbündchen aus dem Koffer und zeigte es ihr mit einer schelmischen Miene, die Melody nicht an ihr kannte, während sie bemerkte, dass der Herr Roger vor Liebe sterben werde, wenn er sie darin sähe. Melody trat näher, um den Stoff zu prüfen.

»Du liebst Roger sehr, nicht wahr?«

»Oh, ja! Er ist mein Ein und Alles.«

Diese Erklärung störte Melody nicht, im Gegenteil. Es war beruhigend zu wissen, dass sowohl Somar als auch Trinaghanta ihr Leben für ihren Mann gegeben hätten.

»Wo hast du ihn kennengelernt, Trinaghanta?«

»In meiner Heimat Ceylon. Er war dort, um sich nach Land für seine Plantage umzusehen. Einige Meilen von Colombo entfernt wurde er fündig. Er nannte sie *Parvati*, mir zu Ehren«, sagte sie, und ihre braune Haut färbte sich rot.

»Parvati?«

»Nach der Göttin Parvati«, erklärte sie. »Seit dem Tag meiner Geburt bin ich ihr geweiht, aber in ihrer zerstörerischen Persönlichkeit, Kali genannt, was so viel bedeutet wie »die Schwarze«. Als Dienerin der Göttin Kali muss ich bis zu meinem Tod Jungfrau bleiben und darf nie einen Mann nehmen.«

»Auch heute noch, so fern von deinem Land?«

»Oh, ja. Kali ist überall.«

»Weshalb hast du Ceylon verlassen?«

»Der Herr Roger hat mich von dort weggebracht, weil man mich opfern wollte, um den Zorn Kalis und ihres Mannes Shiva zu besänftigen. So hatte es der Priester meines Dorfes nach einem Traum entschieden. Es wurde erwartet, dass ich mich freiwillig opferte, schließlich war ich ihr als Dienerin geweiht, aber ich weinte und schrie in einem fort. Herr Roger und Somar, die in der Gegend unterwegs waren, um sich nach Land umzusehen, hörten mein Geschrei. Sie beendeten die Zeremonie und trieben die Leute mit ihren Musketen und Schwertern auseinander. Herr Roger fasste mich am Arm und zog mich auf die Kruppe seines Pferdes Black Jack. ›In dieser Gegend kann ich jetzt wohl kein Land mehr kaufen‹, stellte er fest. ›Schauen wir uns weiter im Süden um.‹«

»Das ist eine traurige Geschichte.«

»Ich bin sehr glücklich, ihm dienen zu können. Seit jenem Tag bin ich nicht mehr von seiner Seite gewichen, außer wenn er nach Ceylon reist. Ich will nie wieder in mein Land zurück.«

Nach einer Weile der Stille traute sich Melody zu fragen: »Trinaghanta, hast du Rogers erste Frau gekannt, Victoria?«

»Ja, natürlich.«

»Wie ist sie gewesen?«

»Wunderschön«, sagte die Dienerin ohne zu zögern. »Ein wenig sprunghaft, aber gutherzig.«

»Glaubst du, Roger hat sie geliebt?«

»Auf seine Weise vielleicht. Ganz gewiss nicht so wie Euch, Herrin. Ich habe ihn noch nie jemanden so lieben sehen wie Euch. Seit er Euch kennt, ist er ein anderer.«

»Ich ziehe das Kleid an«, entschloss sich Melody. »Und gib mir das Frangipani-Parfüm.«

Ihr gefiel es, wenn Blackraven einen Fuß auf den Rand des Billardtisches legte, ihr gefiel seine lässige Art. Er saß in einem Ledersessel, las die Zeitung und trank eine Tasse Schokolade.

»Du bist wunderschön«, begrüßte er sie, als er sie ohne Trauerkleidung und mit offenem Haar in der Tür stehen sah. Er erhob sich und ging auf sie zu.

Melody schob die Hände unter Blackravens Weste und fasste ihn um die Taille. Er war angenehm warm, und sie schmiegte sich an ihn.

»Du trägst den Frangipani-Duft.«

»Für dich. Küss mich, Roger.«

Melody stellte sich auf die Zehenspitzen, schlang beide Arme um Blackravens Nacken und nahm den Schokoladegeschmack wahr, während sie ihn küsste.

»Weshalb tust du mir das an?«, warf er ihr erregt vor und vergrub sein Gesicht in ihrem Haar.

»Was?«

»Dass ich die Kontrolle verliere.«

»Dann verliere sie.«

»Nein.«

»Warum nicht?«

»Wegen des Kindes.«

»Dein Kind ruht sicher im Schoß seiner Mutter.«

»Wenn ich mich von dem leiten ließe, was du in diesem Moment in mir auslöst, dann wäre ich nicht sanft, Isaura. Ich wäre sehr ungestüm. Es ist so viel Zeit vergangen, und ich begehre dich so sehr … Aber ich habe Angst, dass wir dem Kind schaden könnten.«

Sie traten ins Arbeitszimmer zurück. Blackraven legte die Weste ab und machte es sich in einem Ledersessel vor dem Kamin bequem, in dem mehrere Holzscheite brannten. Melody trat zum Schreibtisch, um Schokolade nachzuschenken.

Blackraven betrachtete seine Frau. Melody saß am Feuer und trank mit der gleichmütigen Anmut einer Dame, während ihre Schönheit in so vielen Farben erstrahlte – dem Hellgrün des Kleides, dem Kupferrot des Haars, dem Türkisblau der Augen, dem Dunkelbraun der Brauen, dem Schwarz der Wimpern, dem Alabasterton der Haut, dem Korallenrot der Lippen. Er sah, wie sie sich mit der Zunge über die Lippen fuhr, und musste sich eingestehen, dass es mit seiner Standhaftigkeit vorbei war. Er stellte die Tasse auf den Boden, tat dasselbe mit der ihren, und seine Finger in Melodys Haar vergrabend, zog er sie an sich und verschlang sie förmlich mit Küssen.

Schließlich befreite sich Melody aus der Umarmung. »Mein Liebster. Wusstest du, dass es genau siebzig Tage waren? Ich habe sie gezählt. Einen nach dem anderen, Tag für Tag.«

Sie sprach und weinte zugleich, und ihre Tränen rollten ihr über Wangen und Lippen.

»Ich hatte es verdient, dass du mich verlässt, ich weiß. Aber als du gingst, das war das Schlimmste, was mir je widerfahren ist. Das Allerschlimmste, verstehst du? Wenn du bei mir bist, überstehe ich jede Prüfung. Mit dir fürchte ich mich vor nichts. Ich hätte nie gedacht, dass es so wehtun würde, fern von dir zu sein. Als du fort warst, habe ich mich jeden Morgen gefragt: ›Wird heute der Tag sein, an dem ich ihn wiedersehe?‹ Wenn Somar nach Hause kam und ich ihn fragend ansah, ob ein Brief, eine Nachricht von dir gekommen sei, und er den Kopf schüttelte, dann hat mir das Herz geblutet vor Kummer! Und als dann Jimmy krank wurde, konnte ich nur denken: ›Lieber Gott, bring mir Roger zurück! Lass mich dieses Märtyrium nicht ohne ihn durchleben!‹ Gott ist barmherzig, Roger. Er hat dich zu mir geführt, um mir Halt zu geben, als ich es nicht mehr ertragen konnte. Lass mich bitte nie wieder allein! Roger, ich flehe dich an, bleib von nun an für immer bei mir!«

Blackraven nahm ihr Gesicht in seine Hände und sagte: »Du und ich, wir sind wie ein Wesen, zwei Hälften einer Einheit. Wir können nicht ohne einander leben, können uns nicht voneinander trennen. Alles, was uns widerfahren mag, wird uns gemeinsam widerfahren. So wie sich unser Fleisch zu einem verbindet, wenn wir uns lieben, so verbinden sich auch unsere Seelen und unsere Herzen. Kannst du das spüren, Isaura? Wenn ich dich sehe, dich berühre, deine Stimme höre, weiß ich, bei dir ist meine Suche zu Ende. Jetzt ist mir klar, was der Sinn meines Lebens ist: Dich zu lieben und von dir geliebt zu werden.«

Melody schmiegte sich an Roger und weinte, bis ihr Kummer zu einem leisen Schluchzen wurde.

»Sieh mich an, Isaura.« Sie gehorchte. »Weißt du, dass du die einzige Liebe meines Lebens bist? Weißt du, dass ich dich nicht verdient habe, mein Engel?« Seine blauen Augen füllten sich mit Tränen. »Weshalb hattest du so ein hartes Leben, Isaura? Weshalb hattest du keine Kindheit mit kostbaren Kleidern und verständnisvollen Lehrern? Du hast nichts von dem verdient, was dir widerfahren ist. Weißt du, wie ohnmächtig ich mich fühle, wenn ich an deinen Cousin denke, diesen Bastard, und das Leid, das er dir zugefügt hat …« Seine Stimme versagte. Er atmete tief durch und wandte sich ab, um sie nicht ansehen zu müssen. »Und als hätte das nicht ausgereicht, verlierst du auch noch Jimmy …«

Melody trocknete seine Wangen, streichelte seinen Hals und seine Brust, küsste ihn aufs Kinn und auf die Lider.

»Pst, sei still«, bat sie ihn sanft. »Nicht sprechen. Wie kannst du mein Leben verwünschen? Ist dir nicht klar, dass mich jeder Moment, jeder Augenblick, ob traurig oder glücklich, zu dir führte, mich deinen Armen ein wenig näherbrachte? Siehst du das nicht? Kannst du es nicht sehen? Weißt du, Roger, ich würde dieses Leben wieder leben, wenn ich wüsste, dass du am Ende des Weges auf mich wartest. Du hast dem Schmerz einen Sinn gegeben, verstehst du? Du hast allem einen Sinn gegeben. Erst du hast meinem Dasein Leben eingehaucht. Nur du konntest mir dieses Kind schenken, Roger.«

»Hast du es nie bereut, mich geheiratet zu haben?«

»Nie.«

»Nicht einmal jetzt, da du weißt, dass ich Sklavenhändler war?«

»Nein, nicht einmal jetzt. An dem Tag, als ich es erfuhr, habe ich Trauer empfunden, keine Reue.«

Ein Klopfen an der Tür ließ sie beide aufblicken.

»Das ist Trinaghanta«, vermutete Blackraven.

Die Singhalesin brachte ein Tablett mit dem Frühstück.

»Ich sterbe vor Hunger«, sagte Blackraven.

»Iss du, ich habe keinen Appetit.«

»Liebling, du musst etwas essen. Du hast mir versprochen, wieder zu Kräften zu kommen, für das Kind.«

»Und für dich.«

»Los, komm schon«, sagte er, während er Melody sanft auf den Lehnstuhl drückte.

»Wenn du ein paar Happen isst, kommt der Appetit von ganz allein.«

»Ich sollte einen Löffel von Doktor Constanzós Tonikum nehmen.«

»Doktor Constanzó!«, fuhr Blackraven auf. »Was hat dieser Einfaltspinsel an sich, dass er dein blindes Vertrauen genießt? Hoffentlich vertraust du mir genauso wie diesem Quacksalber!«

»Was redest du denn da, Roger? Er ist ein guter Arzt, sehr menschlich. Er war einfühlsam und verständnisvoll zu Jimmy. Er war der Einzige, der …«

»Ja, ja, ich weiß. Doktor Constanzó ist der beste Mensch auf der Welt.«

»Nein, du bist der beste Mensch auf der Welt.« Sie küsste ihn auf den Mund. »Wie kannst du eifersüchtig auf ihn sein? Ich kann nicht glauben, dass du eifersüchtig bist.«

»Rasend eifersüchtig«, präzisierte er düster.

»Wie könnte ich einen anderen lieben, wenn ich dich zum Mann habe?«

»Ich will nicht, dass Constanzó wieder ins Haus kommt. Ich will nicht, dass er dein Arzt ist.«

»Du bist ungerecht.«

»Isaura, dieser Kerl ist vernarrt in dich. Ich weiß, wovon ich rede. Ich bin ein Mann und kenne mich in solchen Dingen aus. Immerhin bin ich älter als du. Dieser Idiot begehrt dich, also halte ihn von dir fern oder ich schieße ihn beim Duell über den Haufen.«

»Also gut«, willigte sie ein. »Ich werde ihn nicht mehr rufen lassen.«

»Und hör auf, dieses Tonikum zu nehmen, das er dir gegeben hat. Ich werde selbst dafür sorgen, dass dein Appetit zurückkehrt. Du wirst sehen.«

Blackraven überreichte ihr die Geschenke aus Rio de Janeiro im Schlafzimmer. Er hatte sich nicht vorstellen können, welche Freude ihm Melodys Begeisterung machen würde. Jedes Mal, wenn sie den Inhalt eines Päckchens oder einer Schachtel entdeckte, stieß sie einen kleinen Schrei aus: die Kleider aus Samt, Seide und Brokat, die Pantöffelchen aus feinem Leder, den Fächer aus Perlmuttstäbchen und bemalter Seide, die Ohrgehänge aus Topas, das Collier mit Aquamarinen und grünem Peridot, die Ziernadel aus Citrin, den Amethystring. Der Tag der Hochzeit kam ihm in den Sinn, als er sie, von dieser hellen Aura umgeben, ins Arbeitszimmer kommen sah. Er nahm ihr die belgische

Puppe aus den Händen und umarmte sie stürmisch, während er ihr ins Ohr flüsterte: »Ich möchte, dass du mir später eine Phantasie erfüllst, von der ich in Rio de Janeiro geträumt habe. Jetzt aber würde ich gerne mit dir zum Flussufer gehen.«

»Oh ja, Roger! Es ist ein wundervoller Tag für einen Spaziergang. Ich ziehe rasch ein anderes Kleid an, dieses hier ist zerknittert.«

»Nein, lass es an. Ich habe vor, es noch mehr zu zerknittern. Hier, leg deinen Wollumhang um.« Er reichte ihn ihr und sie legte ihn sich um die Schultern. Blackraven zog sich ebenfalls den warmen Mantel an, und gemeinsam traten sie aus dem Haus.

»Diese Tage auf El Retiro sind unsere Hochzeitsreise, die wir wegen Don Alcides' Tod nicht hatten«, sagte Melody, während sie durch den Park zum Flussufer gingen.

»Mit wie wenig du zufrieden bist, mein Liebling. Ich hatte eine kostspieligere Reise als diese paar Tage auf El Retiro im Sinn. Paris, Rom, Venedig, Florenz. Würde es dir etwas ausmachen, wenn wir ein paar Minuten anhielten? Ich sehe dort drüben das Pferd des Aufsehers, und ich würde gerne ein paar Worte mit ihm wechseln, um ihn zu fragen, wie es mit der Erweiterung der Ölpresse vorangeht.«

Nachdem sie sich die Berichte des Bediensteten angehört hatten, der auch für den Aufbau der Gerberei zuständig war, gingen sie weiter zum Ufer. Melody hatte sich bei ihrem Mann eingehängt und hörte ihm aufmerksam zu, während er ihr von seinen Projekten erzählte. Ganz unvermittelt blieb Blackraven stehen.

»Isaura, würde es dich glücklich machen, wenn ich unsere Sklaven freiließe?«

Vor Überraschung brachte sie kein Wort heraus, sondern sah ihn nur stumm an.

»Ich würde alles für dich tun, Isaura«, rief er ihr in Erinnerung, während er seine Stirn gegen ihre lehnte. »Alles, mein Liebling, nur um dich glücklich zu sehen.«

Statt einer Antwort nahm Melody sein Gesicht in beide Hände. Sie konnte nichts sagen.

»Ich weiß«, stammelte sie schließlich, und sie gingen weiter bis zur Uferböschung, von wo aus sie den Fluss betrachteten.

»Ich habe so oft daran gedacht, dich um die Freilassung unserer Sklaven zu bitten«, erklärte Melody.

»Weshalb hast du es nicht getan? Hast du Angst vor mir?«

»Ich bin mir nicht sicher, was besser für sie ist. Manchmal denke ich, sie sind wie Kinder, Roger. Kinder, die zugrunde gingen, wenn wir sie nicht beschützten. Ich habe viele freigelassene Sklaven halb verhungert und in Lumpen durch die Straßen streifen sehen, wo sie bettelten, um zu überleben. Für sie vor allem ist das Hospiz gedacht.«

»Unsere Sklaven müssten dieses Schicksal nicht erleiden. Sie könnten bei uns bleiben und gegen Lohn arbeiten, mit dem Unterschied, dass es ihnen freistünde, zu gehen, wenn sie das wollten.«

»Oh, Roger! Das würdest du tun?«

»Für dich? Ja, natürlich.«

Sie schlang die Arme um seine Taille und schmiegte sich an ihn, lehnte die Wange gegen seinen weichen Kaschmirmantel. Als sie aufsah, stellte sie fest, dass er gedankenverloren auf den Fluss blickte.

»Was wären die Folgen für dich? Was würden die Leute sagen? Würde man dich verurteilen?«

»Die angesehenen Leute von Buenos Aires wären mit Sicherheit aufgebracht.« Er lächelte ironisch. »Sollten die Engländer vorhaben, hierzubleiben, ist es sowieso wahrscheinlich, dass die Sklaverei abgeschafft wird. Aha, jetzt ist es mir gelungen, dich zu überraschen, stimmt's? Meine Landsleute sind gar nicht solche Unmenschen, wie du dachtest, siehst du? Es ist sehr wahrscheinlich, dass die neue Regierung in der Downing Street in einem ersten Schritt den Sklavenhandel abschaffen wird, um dann zu radikaleren Maßnahmen zu greifen und den Sklaven ihre Freiheit wiederzugeben. Was hältst du denn von der englischen Invasion am Río de la Plata?«

»Auf alle Fälle bin ich froh, dass mein Vater das nicht mehr erleben muss. Weißt du was, Roger?«, sagte sie dann, um das Thema zu beenden. »Von dieser Stelle aus sah ich dich an jenem Januarmorgen im Fluss schwimmen, erinnerst du dich?«

Er zog eine Grimasse, die sie zum Lachen brachte.

»Wie könnte ich das je vergessen?«

»Zuerst wusste ich gar nicht, dass du es warst. Ich blieb stehen, um mich zu vergewissern, dass diesem unvorsichtigen Schwimmer nichts geschieht. Das Wasser ist hier sehr tückisch, weißt du.«

»Wirst du jemals aufhören, dich um andere zu sorgen?«

Sie gingen die Uferböschung hinunter und weiter am Fluss entlang.

»Erinnerst du dich auch, wie ich dich genau hier liebte, in jener Februarnacht, nach der Soirée?«, fragte Blackraven mach einer Weile.

»Ja, ich erinnere mich«, flüsterte Melody.

Als sie nach Hause kamen, kehrten die Sklaven gerade von der Feldarbeit zurück und verschwanden in den Baracken. Die Mutigsten kamen näher, um den Schwarzen Engel zu grüßen; ein Mädchen küsste ihre Hände.

»Nicht doch, Tecla«, sagte Melody. »Wer bin ich, dass du mir die Hände küsst?«

»Ihr seid alles für uns. Dank Euch haben wir Betten, um darin zu schlafen, Decken, um uns zuzudecken, und Kohlebecken, um uns zu wärmen. Und dank dem Herrn Roger«, setzte sie mit einem Knicks hinzu, ohne aufzublicken.« Es geht uns gut, Miss Melody, seid unbesorgt. Außerdem legt Don Bustillo uns keine Fußfesseln mehr an.«

Sie hätte ihnen gerne noch so viel mehr gegeben, dachte sie.

»Und das Essen? Esst ihr gut? Bekommt ihr genug?«

»Niemand isst besser als die Sklaven des Schwarzen Engels«, beteuerte Tecla.

»Gibt es Kranke unter euch?« Das Mädchen schüttelte den Kopf. »Gott sei Dank«, flüsterte Melody, denn im Tambor-Viertel waren die Pocken ausgebrochen. »Wenn jemand krank wird, Tecla, musst du mir Bescheid geben. Du kannst Balkis schicken; er bringt täglich Fleisch in das Haus in der Calle San José. Und wie geht es Juan Pedro und Abel?«, erkundigte sich Melody nach den Kindern der Sklavin.

»Sie vermissen Euch. Sie wollen, dass Ihr in El Retiro bleibt.«

»Ich komme wieder«, versprach Melody, »und dann bringe ich ihnen weiter Lesen und Schreiben bei.«

Blackraven drängte sie, ins Haus zu gehen. Die Sonne war untergegangen, und die Temperatur sank.

»Du kennst sie alle beim Namen, stimmt's?« Melody nickte. »Und ihre Kinder. In einem stimme ich mit Tecla überein«, sagte Blackraven, der bis zu diesem Tag nicht gewusst hatte, wie das Mädchen hieß. »Auch für mich bist du alles.«

Sie beschlossen, im Arbeitszimmer zu Abend zu essen. Blackraven schürte die Holzscheite aus Quebrachoholz, und die Flammen flackerten auf.

»Glaubst du, es geht alles gut?«, fragte er dann, die Hand auf Melodys Bauch gelegt.

»Natürlich, Liebster. Was soll denn schiefgehen?«

»Die Geburt. Manchmal gibt es Komplikationen, und viele Frauen ...« Er wagte nicht, es auszusprechen.

»Ich bin stark, das weißt du.«

»Ja, aber wenn dir etwas zustoßen sollte, Isaura, dann würde ich ...«

»Mir wird nichts geschehen«, beruhigte Melody ihn. »Lass uns auf Gott vertrauen.«

Blackraven sagte nichts, sondern beschränkte sich darauf, sie zu betrachten. Melody begriff, dass sie in sein Leben eingedrungen war und Gefühle in ihm ausgelöst hatte, die ihn verwirrten und wütend machten.

Als er schließlich weitersprach, tat er es mit so ernster, bedeutungsschwerer Stimme, dass Melody weiche Knie bekam.

»Weißt du eigentlich, dass ich einer der reichsten Männer Englands bin? Weißt du, dass ich *unfassbar* reich bin? Dass ich Grundbesitz auf der ganzen Welt habe, eine Schiffsflotte, eine Werft, Anteile an mehreren Firmen, Geld auf der Bank, Juwelen, Kunst? Und weißt du, dass ich mich für jeden verdammten Penny krummgelegt habe, dass ich unzählige Male mein Leben aufs Spiel gesetzt habe? Ich sollte dir das nicht erzählen, du hast schon genug Macht über mich. Aber du sollst wissen, wenn ich dich mit meinem Reichtum an meiner Seite halten könnte, Tod, Gefahr und Schmerz von dir fernhalten könnte, dir das ewige Glück erkaufen könnte – ich würde alles weggeben, ohne auch nur eine Sekunde zu überlegen. Ich würde mich von allem trennen, wenn ich wüsste, dass ich dich auf diese Weise für immer bei mir hätte.«

»Das hast du auch so. Für immer«, flüsterte Melody.

Es wurde eine lange Nacht, in der sie nur stückchenweise schliefen. Nachdem sie sich auf dem Teppich vor dem Kaminfeuer geliebt hatten, begaben sie sich schließlich in das Schlafzimmer im Obergeschoss, wo Trinaghanta schon ein Steppbett bereitgelegt und das bronzene Holzkohlebecken neben der einen Spaltbreit geöffneten Fenstertür aufgestellt hatte. Müde legten sie sich hin und waren wenig später eingeschlafen. Mitten in der Nacht wurde Melody wach und spürte Rogers Hände auf ihren Brüsten. Sie stöhnte, während sie gegen den Schlaf und die Erregung ankämpfte. Blackraven wollte aufhören, sie brauchte ihre Ruhe, er hatte ihr genug abverlangt. Aber er machte weiter. Nicht er, sondern diese irrsinnige Leidenschaft, die ihn lenkte wie eine Marionette, als hätte er, ausgehungert und verdurstet, eine süße, frische, reife Frucht gefunden. Er bekam nicht genug davon.

Melody ließ sich ganz von ihm führen. Er war so erfahren und männlich, er kannte sie in- und auswendig, ihre empfindlichsten Stellen, ihre Lieblingsstellungen. Er ließ sie dahinschmelzen, bis sie in einem heißen Strom verging. Die Umgebung erregte sie, die Dunkelheit des Schlafzimmers, das Knistern der Holzkohle im Kohlebecken, die Wärme der Laken, der Geruch ihrer Körper, sein schwerer Atem, ihr Stöhnen, alles erregte sie. Schließlich sagte er: »Wir machen es so herum. Wir müssen für die Zeit üben, wenn dein Bauch so rund ist, dass ich nicht mehr auf dir liegen kann.«

»Glaubst du, du wirst überhaupt Lust haben, wenn ich rund und dick bin?«

»Dessen kannst du sicher sein.«

Er drehte sie geschickt auf die Seite, so dass sich ihr Rücken an seine Brust schmiegte. Dann schob er sein Knie vor, um ihr Bein anzuheben, und als er mit einem raschen, gezielten Stoß in sie eindrang, war sie überrascht. Sie hätte nicht geglaubt, dass das in dieser Stellung möglich war. Melody griff nach hinten, um Blackravens Nacken zu umklammern.

»Versprich mir«, keuchte sie, »versprich mir, dass es immer so zwischen uns sein wird, dass wir uns immer so sehr lieben werden.«

»Ich verspreche es dir, bei meinem Kind, das du in deinem Leib trägst.«

Das feierliche Versprechen und die heftigen Liebesspiele wühlten sie so auf, dass sie erst gegen Morgen einschlief. Sie erwachte erst am späten Vormittag. Als sie mühsam die Augen aufschlug, entdeckte sie, dass Blackraven nicht mehr neben ihr lag. Trinaghanta, die ihr das Frühstück brachte, teilte ihr mit, dass er einen Kontrollgang über das Anwesen machte.

Gebadet und angekleidet setzte Melody sich später aufs Bett, um ihre Geschenke zu betrachten. Sie wünschte sich Miora herbei, damit diese ihr bei der Entscheidung helfen könnte, wozu sie die Stoffe verwenden sollte. Da sie ein Kleid aus gelbem Batist trug, beschloss sie, die Topasohrringe und die Kette mit den Aquamarinen und dem Peridot anzulegen. Das Haar ließ sie offen und steckte nur die Locken zurück, die ihr Gesicht umrahmten. Sie betrachtete sich im Spiegel und war zufrieden mit dem, was sie sah.

Hufgetrappel und das Rollen von Rädern auf der Zufahrt zum Hauptportal ließen sie aufhorchen. Sie legte ein Tuch um und trat auf den Balkon. ›Roger, Liebster‹, dachte sie, als sie sah, wie er von Black Jack sprang und Madame Odile und ihren Mädchen aus der Kutsche mit dem doppelköpfigen Adler half. Er behandelte diese Huren mit den gleichen tadellosen Manieren wie eine Königin und ihren Hofstaat.

Melody rannte nach unten und warf sich in Madame Odiles Arme. Beide brachen in Tränen aus. Die übrigen weinten ebenfalls und bildeten einen engen Kreis um die beiden.

»Wir alle haben ihn geliebt«, schluchzte Arcelia.

»Er ist jetzt bei Gott«, erklärte Apolonia.

»Er war ein Engel!«, rief Jimena.

»Genug jetzt, genug!«, ertönte die Stimme von Madame. Sie schüttelte die Mädchen ab. »Schluss mit den Tränen«, befahl sie, während sie sich mit dem Taschentuch über die Augen wischte. »Jimmy muss ja über uns lachen, da, wo er jetzt ist. Dieser Junge wusste die schönen Seiten des Lebens zu genießen, und das würde er auch für uns wollen. Los jetzt. Seine Exzellenz hat uns zu einem Tag auf dem Land eingeladen, nicht zu einer Trauerfeier.«

Sie aßen im großen Speisezimmer zu Mittag. Es war ein ohrenbetäubendes Geschnatter. Die Mädchen bewunderten das Tafelgeschirr – eine Rarität in dieser Gegend –, das schwere Silberbesteck, die Vielfalt und Üppigkeit der Speisen, den wundervollen Wein. Sie schwärmten für das Landgut, lobten ihre neue Kundschaft, die englischen Offiziere, und plauderten über die Mode am Hof von Kaiserin Josephine. Mit ihren Einfällen und Bemerkungen brachten sie Melody zum Lachen, und genau das hatte Blackraven beabsichtigt. Er hielt sich zurück, aß, trank, ließ hin und wieder ein Lachen vernehmen und wandte kaum ein Auge von Melody. Madame Odile beobachtete ihn, und gelegentlich, wenn Blackravens Blick auf den seiner Frau traf, erwischte sie ihn dabei, wie er ihr zuzwinkerte. Sie beugte sich vor, um mit ihm zu sprechen.

»Sie sieht zwar gut aus, aber ich muss dennoch fragen. Wie geht es meiner Kleinen, Exzellenz? Ich muss gestehen, dass Eure Nachricht mich beunruhigt hat.«

»Das war ich auch, als wir gestern hier ankamen, Madame. Aber es hat genügt, sie aus diesem Haus wegzubringen, weg von den Erinnerungen, die es birgt, damit ihre Lebensfreude wiederkehrt.«

Die Frau schlug die künstlichen Wimpern auf und sah ihn boshaft an.

»Ja natürlich. Allein das hat genügt, Exzellenz.«

Nach dem Kaffee und dem Likör ging Blackraven, um sich um ein Problem bei der Erweiterung der Ölpresse zu kümmern. Die Mädchen sahen ihm hinterher, als er auf Black Jack davonritt, und seufzten vernehmlich. Melody musste lachen.

»Er gehört dir, meine Liebe«, sagte Madame und gab ihr einen aufmunternden Klaps auf die Hand. »Nur dir.«

Der Nachmittag verging mit dem Legen von Tarotkarten, Spaziergängen durch den Park, Besuchen beim Schöpfbrunnen und der Mühle und Schokolade mit Gebäck im Salon. Die ungezwungene Unterhaltung der Prostituierten erregte Melodys Heiterkeit, und so traf Blackraven sie lachend an, als er das Speisezimmer betrat.

»Exzellenz!«, rief Odile, als sie ihn sah. »Ich hoffe, Ihr konntet das Problem lösen.«

»So ist es, Madame«, sagte er und streifte die Reithandschuhe ab. »Danke der Nachfrage«, setzte er hinzu und neigte leicht den Kopf. »Was ist der Grund für so viel Heiterkeit?«, erkundigte er sich dann, während er eine Tasse Schokolade aus den Händen seiner Frau entgegennahm.

»Es ist wegen damals«, erzählte Apolonia, »als ein gebildeter Assessor …«

»Ein sehr stattlicher Assessor«, erläuterte Arcelia.

»Nun, dieser stattliche Assessor betrat das Haus und erhaschte einen Blick auf Melodys offenes Haar, als sie in die Privatgemächer floh.«

»Melody ließ sich nie in den Salons blicken, sobald die Kunden einzutreffen begannen«, erklärte Madame.

»Der Bursche wurde halsstarrig wie ein altes Maultier. Er wollte unbedingt dieses Mädchen mit den abendsonnenroten Locken, so beschrieb er sie. Poetisch, findet Ihr nicht, Exzellenz? Er gab sich mit keiner anderen zufrieden und ging schließlich wieder.«

Am Abend, als sie nebeneinander im Bett lagen, schmiegte sich Melody eng an Roger.

»Danke, dass du Madame und die Mädchen eingeladen hast. Es war ein wunderschöner Tag.«

Blackraven lächelte. »Übrigens, ich verstehe den stattlichen Rechtsassessor sehr gut. Ich war selbst wie verzaubert, als ich dich auf Fuoco reiten sah und dein wunderbares Haar im Wind flatterte. Nur selten hat mich ein Anblick so beeindruckt. Schon in diesem Moment war ich dir völlig verfallen.«

»Ohne mein Gesicht gesehen zu haben?«, wunderte sich Melody.

»Ich sagte mir, Mutter Natur würde so prachtvolles Haar gewiss nicht an ein unansehnliches Gesicht verschwendet haben. Und so war es auch. Du bist schön, wunderschön. Es verschlägt mir jedes Mal den Atem, wenn ich dich sehe. Wann hast du dich in mich verliebt?«

Melody überlegte ein paar Sekunden.

»An jenem ersten Tag, genau wie du.«

»Du hast es sehr gut versteckt«, beklagte sich Blackraven.

»Du auch.«

»Ich auch? Isaura, bitte, ich habe noch in derselben Nacht versucht, dich zu küssen, als ich dich in der Küche überraschte. Erinnerst du dich?«

»Ja, ich erinnere mich.«

»Ich konnte mich nicht beherrschen. Du weißt ja, wie es mir mit dir geht.«

»Ich hatte solche Angst vor dir, dass ich in Tränen ausgebrochen bin. Ich war so dumm!«

Blackraven drückte sie an sich und küsste sie auf die Stirn.

»Du sagst, du hast dich an diesem ersten Tag in mich verliebt. Wann? In welchem Moment? Als ich dich und die Kinder an der Tür meines Arbeitszimmers abpasste?«

»Ich kann nicht bestreiten, dass du eine Überraschung warst, so groß und dunkel, aber ich dachte zu schlecht von dir, um mich in diesem Moment zu verlieben.«

»Also, wann war es?«

»Ein paar Stunden später«, gab sie lächelnd zu, »als du mich im Stall dabei erwischt hast, wie ich den Kindern das kleine Einmaleins beibrachte. Du kamst mir so wunderschön vor, dass ich meine Augen nicht von dir abwenden konnte, obwohl ich mich selber dafür schalt. Weißt du, was ich dachte? ›Für die Kleider, die er trägt, müsste ich jahrelang arbeiten.‹«

Blackraven brach in schallendes Gelächter aus.

Als sie mit der Kutsche in die Stadt zurückfuhren, war Melody schweigsam und niedergeschlagen. Sie saß Blackraven gegenüber und knetete ihre Hände. Sie trug wieder Trauer. Blackraven ließ sie nicht aus den Augen. Plötzlich sah Melody auf und bemerkte, dass er sie unverwandt anblickte, und ein stilles Einverständnis lag zwischen ihnen.

»Roger, was machst du, wenn du Angst hast? Ach ja, du hast nie Angst.«

»Doch, manchmal habe ich Angst.«

»Und was machst du dann?«

»Ich suche dich. Und wenn ich dich finde, suche ich deinen Blick und bringe dich dazu, mich anzulächeln. Und wenn du mich anlächelst, erscheint mir alles nicht mehr so bedrohlich, so gefährlich, so bedeutend.«

»Ach, Roger!«, schluchzte Melody. »Ich habe solche Angst, nach Hause zu kommen.«

»Ich weiß, mein Liebling.«

»Ich habe Angst davor, aus der Kutsche zu steigen und mir zu wünschen, er stünde dort an der Hand von Víctor und Angelita. Ich habe Angst davor, in sein Zimmer zu gehen, um ihn schlafen zu sehen. Ich habe Angst davor, ihn im Patio zu suchen, zwischen den Blumentöpfen, wo er sich so gerne versteckt hat. Ich habe Angst …« Ihre Worte gingen in Schluchzen unter.

»Ich bin hier, Isaura, hier bei dir. Spürst du mich nicht? Ich bin dein Halt, deine Stärke. Wir werden seinen Verlust verwinden, Liebste. Gemeinsam werden wir es schaffen. Wir werden jeden Augenblick leben. Die erste Zeit wird schwer sein, aber ich werde dasein, um deinen Schmerz auf mich zu nehmen. Vertrau mir, Liebling. Irgendwann tut es nicht mehr so weh. Das verspreche ich dir.«

Melody erschauderte. Es lag so viel Klugheit in diesem Versprechen; daraus sprach die Erfahrung eines Mannes, der gelitten und überlebt hatte. Auch Roger, ihr wunderbarer, allmächtiger Ehemann, hatte den Schmerz kennengelernt. Die Entführung durch seinen Vater, die Trennung von seiner Mutter, das erzwungene Leben als Pirat, der Tod seiner Frau – nichts in seinem Leben war leicht gewesen. Sie fuhr sich mit dem Handrücken über Augen und Nase und richtete sich dann auf, um ihn anzusehen.

»Schenk mir ein Lächeln, Liebster«, bat sie, und er tat ihr den Gefallen. »Du hast recht, jetzt sieht alles schon nicht mehr so bedrohlich aus.«

# Kapitel 10

Am Anfang war es nicht leicht. Melody weigerte sich, die Zeichen der Trauer aus dem Haus zu entfernen, und war gekränkt über die Umgestaltung von Jimmys Zimmer. Blackraven bestand darauf, dass die Veränderungen notwendig seien, um die Wunden zu heilen. Schließlich einigten sie sich darauf, wenigstens die Fenster zur Calle San José verschlossen zu lassen, weil Melody nicht wollte, dass man über sie redete. Natürlich trug sie weiterhin Schwarz. Trotzdem ging das Getuschel weiter, denn Melody blieb zwar Empfängen und Festen fern, nahm aber ihre Tätigkeiten wieder auf und war häufig auf der Straße zu sehen. Blackraven ermutigte sie dazu.

»Du kannst überall hingehen, wo du willst«, erlaubte er ihr gleich nach der Rückkehr aus El Retiro, »außer nach Tambor, Mondongo und in die Krankenhäuser. Du könntest dir eine Krankheit einfangen.«

Er kaufte ihr eine von zwei Percheron-Kaltblütern gezogene Kutsche, obwohl sie zwei Maultiere bevorzugt hätte, die sie für weniger auffällig hielt.

»Die Gräfin von Stoneville«, erklärte Blackraven, »fährt nicht in einer von Maultieren gezogenen Kutsche, basta.«

Er ordnete außerdem an, dass Shackle und Milton abwechselnd die Kutsche lenken sollten. Sie würden bewaffnet sein und Melody nicht aus den Augen lassen. Estevanico und Sansón folgten ihr auf Schritt und Tritt. So wurde das sonderbare Trio, das gemeinsam zur Messe erschien, den Friedhof der Franziskaner und die Bauarbeiten des Hospizes besuchte und sich sogar in den Geschäften blicken ließ, zu einer ungewöhnlichen, wenngleich alltäglichen Erscheinung in den Straßen von Buenos Aires. Es sprach sich herum, dass die Gräfin guter Hoffnung war, und die Frauen begannen nachzurechnen, angestachelt von dem Verdacht, dass sie nicht als Jungfrau in die Ehe gegangen war.

Neben der Gräfin von Stoneville und ihren Extravaganzen brachten auch die Anwesenheit der Engländer und die Mutmaßungen um einen möglichen Aufstand die Gerüchteküche von Buenos Aires zum Brodeln. Blackravens Informationsquellen sagten übereinstimmend aus, dass zwei Offensiven geplant waren: die eine unter dem Kommando von Martín de Álzaga, die andere angeführt von Liniers, der offenbar die Unterstützung des Gouverneurs von Montevideo, Pascual Ruiz Huidobro, und Juan Martín de Pueyrredóns besaß, Sohn eines reichen Großgrundbesitzers, der über Land zog, um Bauern zu rekrutieren. Was die Rolle der Kirche betraf, so ging Blackraven davon aus, dass Bischof Lué die von Álzaga angeführte Gruppe unterstützen würde.

Es entspann sich ein unübersichtliches Komplott, in dem ungeordnete, zuweilen gegensätzliche Kräfte aufeinandertrafen, was für ein angespanntes politisches Klima sorgte. Es lag eine fieberhafte, konspirative Stimmung in der Luft, und wenn Blackraven durch die Straßen ging oder das Café de los Catalanes, das Café el Marco oder das Gasthaus Los Tres Reyes besuchte, hätte er die Spione benennen können, die sich dort aufhielten. Sogar ins Herz der Freimaurerloge *Southern Cross*, die die Engländer kürzlich in Buenos Aires gegründet hatten, hatte Álzaga einen seiner Männer eingeschleust.

Obwohl eher Soldat als Politiker, spürte Beresford, dass er auf einem Pulverfass saß. Äußerlich ruhig, nahm er an Musikabenden, Theateraufführungen und Abendgesellschaften teil und flanierte über die Alameda, während er sich fragte, wann der Aufstand losbrechen würde. Er konnte nichts weiter tun, als die Verwaltung aufzubauen, auf Verstärkung zu warten und Maßnahmen zu ergreifen, um die angespannte Lage zu entschärfen. Er verstärkte die Patrouillen und Wachen und verfügte unter Androhung einer Strafe von zweihundert Pesos, dass Privatleute ihre Waffen bei den Vorstehern der Stadtviertel abzugeben hatten.

Sein Freund Blackraven hielt Abstand und beobachtete. Manchmal ließ er Beresford eine versteckte Information zukommen. Nur einmal sprach er offen zu ihm, als eine Gruppe von Katalanen plante, ihn auf seinem gewohnten Ausritt zum Riachuelo zu ermorden. Es war offensichtlich, dass der Graf von Stoneville die Einmischung der Engländer am Río de la Plata nicht guthieß, was auch immer ihre Absichten waren, und bei einem Mann wie ihm, der in der ganzen Welt zu Hause war, war es zwecklos, an die Liebe zum Vaterland und die Treue zu George III. zu appellieren. Dabei hätte mit Rogers Unterstützung alles ganz anders ausgesehen, dachte Beresford bedauernd.

Nach dem Intermezzo in El Retiro widmete sich Blackraven wieder seinen Verpflichtungen. Er stand früh auf und ritt auf Black Jack über Land, um Viehlieferanten für die Gerberei zu finden. Er wollte außerdem seine eigenen Rinder züchten, um nicht von den Launen der örtlichen Viehzüchter abhängig zu sein. Nachdem die Schulden von *Bella Esmeralda* getilgt waren, hatte er eine beträchtliche Summe aufgewendet, um das Landgut wieder auf Vordermann zu bringen. In dieser Angelegenheit besprach er sich jedes Mal mit Melody, bevor er eine Entscheidung traf, und weihte sie in all seine Ideen und Pläne ein.

»Ich weiß, dass ich dich damals zu Unrecht beschuldigt habe, du wolltest das Landgut meines Vaters an dich reißen«, erklärte Melody. »Und ich weiß, dass du deshalb so umsichtig vorgehst. Aber wie ich schon sagte, es war ein haltloser, ungerechter Vorwurf, den ich fast augenblicklich bereute. Ich vertraue deinem Urteil und darauf, dass du Tommys Erbe bewahren wirst, bis er sich selbst darum kümmern kann. Triff deine Entscheidungen, ohne mich zu Rate zu ziehen; mir ist alles recht.«

Blackraven machte sich Sorgen um Thomas Maguire. Der Junge war ihm nicht besonders sympathisch, aber er wollte ihn um Melodys willen beschützen. Thomas war auf der Flucht und besaß den Verstand eines Kleinkindes, weshalb es nicht unwahrscheinlich war, dass er mit dem Strick um den Hals endete. Bei diesem Gedanken schauderte es Blackraven, und er fragte sich, ob Melody einen weiteren Schicksalsschlag überstehen würde.

Nach einer Unterredung mit O'Maley auf der Alameda war es Nacht geworden, und Blackraven machte sich auf den Nachhauseweg durch das dunkle und gefährliche Bajo-Viertel mit seinen unzähligen Kaschemmen, in denen sich die Gestrandeten einfanden, um trotz der Prohibition zu trinken und Karten zu spielen. Sein Blick fiel auf eine Kneipe, aus der eine tumultartige Auseinandersetzung zu hören war. Er wollte gerade weitergehen, als ein Name seine Aufmerksamkeit erregte: Servando. Jemand hatte »Servando« geschrien. Es gab sicherlich Hunderte Servandos am Río de la Plata, sagte er sich, aber er trat trotzdem ein. Er sah ihn sofort. Ein Messer in der Hand, kniete er mitten im Schankraum über einem anderen Mann.

Blackraven bahnte sich mit Hilfe seines Degens einen Weg durch die Menge, und das Gejohle verstummte. Verblüfft betrachteten die Gäste diesen gut gekleideten, groß gewachsenen kräftigen Herrn, der mit finsterem Gesichtsausdruck die beiden Streithähne betrachtete, die gar nicht merkten, dass niemand mehr sie anfeuerte.

»Er muss stark sein wie ein Ochse«, murmelte einer der Umstehenden. »Sieh dir mal seine Pranke an«, sagte er, als Blackraven sich bückte, um Servando am Kragen zu packen.

Der Wolof schlug heftig um sich und landete schließlich in einer Ecke auf dem Hintern. Blackravens Schatten fiel auf ihn. Servando blickte hoch, und der Zorn verschwand aus seinem Gesicht.

»Herr Roger!«

»Was hast du hier zu suchen?«, herrschte dieser ihn an. »Steh auf und warte draußen auf mich.«

Die Menge beobachtete gebannt diesen Hünen, der Servando hochgehoben hatte, als wöge er nicht mehr als ein Kind. Ein Raunen ging durch die Schänke, dass es sich um Roger Blackraven, Servandos Besitzer, handele.

Als Blackraven sich dem zweiten Streithahn zuwandte, erstarrte er vor Überraschung. Es war Thomas Maguire. Der sah aus wie ein Irrer mit seinem langen, wirren Haar und dem schmierigen Flanellumhang; aus seiner Lippe sickerte Blut. Als Blackraven näher trat, wich Maguire zurück. Sie starrten sich an.

»Los, komm mit, Thomas.«

Tommy spuckte seinem Schwager vor die Füße und rannte auf die Straße. Blackraven folgte ihm, aber der Bursche war schnell, und schon hatte ihn die Dunkelheit verschluckt.

»Wohin ist er gelaufen?«, fragte er Servando, der in Richtung Fluss zeigte. »Gehen wir nach Hause«, beschloss Blackraven nach kurzem Nachdenken.

Gabriel Malagrida, der seit zwei Tagen Blackravens Gast war, lauschte hingerissen, wie Melody, die ihm gegenüber auf dem Diwan im Salon saß, den Kindern eine keltische Sage erzählte. Estevanico saß auf dem Teppich, den Kopf auf die Beine des Mädchens gelegt, und ließ sich mit geschlossenen Augen die Wange streicheln; Víctor, Rogers Zögling, hielt ihre Hand und betrachtete ihre Finger; Angelita stand hinter dem Diwan und flocht ihr Haar zu einem dicken, rotblonden Zopf. Er achtete nicht auf das, was Melody erzählte – etwas über Seepferdchen und Seen, die nie zufroren –, sondern auf ihre Stimme.

Gleich beim Kennenlernen war ihm ihre besondere Tonlage aufgefallen, ein bisschen tief, sanft, elegant. Die Wörter nahmen Gestalt an, wenn sie aus ihrem Munde kamen, ein Wohlklang, der ihn verzauberte, so als versetzte sie ihn in einen Traumzustand. Er nahm an, dass man sie wegen ihrer Begabung zum Singen Melody nannte, und bedauerte, dass in der Trauerzeit jede Form von Musik untersagt war.

Der Zauber verflog, als Gilberta ins Zimmer stürzte: Der Herr Roger peitsche Servando aus. Überrascht über Melodys Reaktion, rannte Malagrida ihr quer durchs Haus bis zum Gesindehof hinterher, wo Blackraven die Peitsche auf den nackten Rücken des Wolof niederfahren ließ. Der hockte auf den Fersen, den Oberkörper über den Fliesenboden gebeugt, und zuckte bei jedem Hieb zusammen, ohne einen Laut von sich zu geben.

»Hast du nicht gemerkt, mit wem du dich da prügelst? Nimmst du keine Rücksicht auf deine Herrin? Kannst du dir vorstellen, was passiert wäre, wenn du ihn umgebracht hättest? Du bist stocktrunken!«

Melodys Schreie ließen Blackraven innehalten.

»Nein, Roger! Ich bitte dich, es reicht!« Sie hielt sein Handgelenk fest. »Genug!«

»Isaura, misch dich da nicht ein!«, tobte er und riss sich los. »Geh sofort wieder ins Haus.«

»Was auch immer er getan hat, vergib ihm, Roger. Bitte, schlag ihn nicht!«

»Ich habe es verdient, Miss Melody«, sagte der Wolof.

Malagrida fasste sie an den Schultern und führte sie wieder nach drinnen. Beim Abendessen schwiegen sie, Blackraven wütend, Melody traurig. Malagridas Versuche, die Stimmung zu heben, waren vergebens. Víctor und Angelita – es war ungewöhnlich, dass die Kinder mit am Tisch saßen, fand der Jesuit – aßen, ohne von ihren Tellern aufzusehen. Als Blackraven sie schlafen schickte, standen sie auf und erbaten Melodys Segen, bevor sie gingen. Das Mädchen machte das Kreuzzeichen, sprach ein kurzes Gebet und gab ihnen einen Kuss auf die Stirn.

Dann wandte sich Blackraven an Melody, als ob Malagrida

gar nicht anwesend wäre: »Isaura, stell nie wieder vor meinen Dienstboten meine Autorität in Frage. Ist das klar?«

Melody sah nicht auf, während sie antwortete.

»Ja, natürlich.« Dann bat sie um Erlaubnis, sich ebenfalls zurückziehen zu dürfen.

Als sie sich erhob, taten es ihr die beiden Herren nach.

»Gute Nacht, Kapitän Malagrida.«

»Angenehme Ruhe, Gräfin.«

Die beiden Männer gingen ins Arbeitszimmer, rauchten Zigarren und tranken Whisky, während sie geschäftliche Dinge besprachen.

»Habt Ihr die ganze Ware in der Höhle auf El Retiro verstaut?«, wollte Blackraven wissen.

»Ja, alles. Auch die von Flaherty, der eine ordentliche Prise von seinem Überfall auf ein holländisches Schiff an Bord hatte.«

»Gut. In einigen Tagen schicke ich die Karren, um die Waren hier in Buenos Aires und im Landesinneren zu verteilen.«

»Ich wundere mich, dass du die ganze Ladung unbedingt in diesem Hafen löschen willst.«

»Ich möchte gerne einen Händler erledigen, Martín de Álzaga. Ich habe herausgefunden, wer seine Kunden sind und wer ihn in Cádiz mit Ware beliefert. Außerdem habe ich ins Auge gefasst, zwei seiner Schiffe zu kapern, die *El Joaquín* und die *San Francisco de Paula,* die auf dem Weg von Europa hierher sind. Sie sind voll geladen bis obenhin.«

»Ich nehme an«, mutmaßte der Jesuit, »du legst es darauf an, zum einen seine Kunden mit Waren zu einem unschlagbar günstigen Preis zu überschwemmen und zum anderen dafür zu sorgen, dass dieser Álzaga ohne Ware dasteht, die er verkaufen kann.«

»Genau. Ich werde meine Importware nicht nur unschlagbar günstig anbieten, sondern sogar auf Kredit. Dieses Angebot wird zu verlockend sein. Zum anderen werde ich dafür sorgen, dass seine hiesigen Abnehmer an die Information gelangen, die sie am meisten begehren: die Namen von Álzagas Lieferanten in Cádiz. So können sie direkt kaufen und sich den Zwischenposten sparen.«

»Dieser Álzaga wird in ernstliche Schwierigkeiten geraten.«

»Das ist meine Absicht. Außerdem werde ich Adriano bitten, die Schulden zu übernehmen, die Álzaga bei den Händlern in Cadíz hat.«

»Er wird völlig ruiniert sein«, weissagte Malagrida.

»Ihm bleibt noch seine Betätigung als Financier. Da es in Buenos Aires keine Banken gibt, betätigen sich die einflussreichsten Händler als solche; sie sind die Einzigen, die über Barvermögen verfügen. Álzaga soll Schuldscheine von mehreren Großhändlern und auch einigen kleineren Händlern besitzen.«

»Darf man erfahren, weshalb du ihn erledigen willst?«

»Sagen wir so«, wich Blackraven aus. »Er hat einen Fehler gemacht, als er sich mit mir anlegte.«

»Wirst du selbst die Waren liefern?«

»Nein. Ich habe mich mit einem Toledaner zusammengetan, Abelardo Montes, Baron von Pontevedra.« Angesichts von Malagridas verwunderter Miene erklärte Blackraven: »Den Titel hat er gekauft. Heute ist er Großgrundbesitzer, aber früher war er im Handel tätig und verfügt über Kontakte, die mir bei meinem Vorhaben sehr nützlich sein werden. Ich habe ihm fünfzig Prozent des Gewinns angeboten, wenn er sie mir zur Verfügung stellt. Er ist darauf eingegangen. Er ist genauso skrupellos wie ich. Wir werden uns gut verstehen.«

»Trotzdem, Roger, dir fehlt die Warenvielfalt, die dieser Álzaga anbieten kann. Wenn du ihn fertigmachen willst, musst du seinen Kunden alle Waren liefern können, die sie auch bei ihm kaufen.«

»Auch aus diesem Grund habe ich mich mit Montes zusammengetan. Er soll nicht nur die Warenauslieferung übernehmen, sondern mir auch Kontakte verschaffen, bei denen ich das kaufen kann, was uns fehlt. Was Álzagas Schiffe angeht, die ich aufbringen will, so werde ich das der *White Hawk* überlassen. Und?«, fragte er, und deutete auf die Zigarre.

»Von bester Qualität«, räumte Malagrida ein.

»Es ist hiesiger Tabak«, erklärte Blackraven. »Aus einem Gebiet im Nordosten, Misiones genannt. Montes sagt, es gibt dort riesige Ländereien, die früher den Jesuiten gehörten, und dass sie bestens für den Tabakanbau geeignet sind. Ich denke, ich werde in Kürze eine Reise dorthin unternehmen, um mehrere Morgen Land zu erwerben. Wollt Ihr mich begleiten?«

»Warum nicht? Hör zu, Roger«, wechselte Malagrida dann das Thema. »Was gedenkst du mit Galo Bandor und seiner Mannschaft zu tun? Es ist nicht leicht, sechs Kerle dieses Schlags in einem Kabelgatt gefangenzuhalten.«

»Ich will sie Amy übergeben. Sie wird wissen, was mit ihnen zu tun ist.«

»Wann triffst du Amy?«

»Ich weiß es nicht.«

Als Blackraven ins Schlafzimmer kam, war Melody noch wach und las. Ein Blick genügte, und sie wusste, dass er immer noch wütend war. Sie ging zu ihm, um ihm schweigend und mit sanften, sorgsamen Händen beim Auskleiden zu helfen. Blackraven setzte sich, um die Stiefel auszuziehen, und zog sie auf seinen Schoß.

»Willst du wissen, warum ich ihn gezüchtigt habe?« Melody nickte. »Weil er versucht hat, deinen Bruder Thomas zu töten. Ich entdeckte sie zufällig in einer heruntergekommenen Kaschemme im Bajo-Viertel, wo sie miteinander kämpften. Ich wollte mit deinem Bruder sprechen, aber er ist geflohen.«

»Was soll ich nur mit Tommy machen, Roger? Ich liebe ihn, aber ich bin seiner Eskapaden so überdrüssig. Manchmal denke ich, ich müsste ihm eigenhändig die Peitsche überziehen.«

»Thomas hat deine Geduld überstrapaziert, mein Liebling, und das ist nicht so leicht.«

Ein paar Tage später saß Blackraven in dem Lehnsessel an seinem Schreibtisch. Er dachte darüber nach, dass es ein langer Tag gewesen war und er nun auch noch Isaura gegenübertreten musste, die sich wütend im Schlafzimmer verschanzt hatte. Eigentlich hatte der Tag ganz normal begonnen: Morgens hatte er in El Retiro die Karren in Augenschein genommen, die die Waren aus Übersee ins Landesinnere und zum Lagerhaus von Montes bringen sollten, der sich um die Geschäfte mit den Einzelhändlern in Buenos Aires kümmern würde. Er verbrachte eine weitere Stunde damit, die Arbeiten in der Mühle und in der Ölpresse zu kontrollieren, bevor er in die Stadt zurückkehrte, wo er ein Gespräch mit einem Gerbstoffhändler führte. Am Nachmittag hatte er das Haus der Valdez e Incláns in der Calle Santiago besucht; er hatte seine Mündel länger nicht mehr gesehen. Bevor er nach Hause ging, trank er auf dem Fort noch ein Glas mit Beresford, der tiefe Augenringe hatte und mitgenommen aussah. Vor drei Tagen hatte man ein Waffenlager in San José de Flores entdeckt, das bei der Kapitulation nicht angegeben worden war. Dort hatte Pueyrredón die Waffen und weitere Ausrüstung für die Rückeroberung gelagert.

»Wenn ich daran denke, dass mir Pueyrredón regelmäßig freundschaftliche Besuche abgestattet hat«, beklagte sich der Engländer.

»Solange er glaubte, du würdest ihm bei seinen Plänen helfen, die spanischen Ketten zu sprengen«, warf Blackraven ein.

Außerdem hatte Beresford soeben von einem seiner Spione erfahren, dass Liniers ans Ostufer geflohen war, obwohl er zuvor seine Absicht kundgetan hatte, das militärische Leben aufzugeben und sich mit seinem Schwiegervater Sarratea dem Handel zu widmen.

»Wahrscheinlich stellt er mit Hilfe von Ruiz Huidobro eine Armee zusammen«, mutmaßte Beresford. »Du hattest mir geraten, ihm nicht zu vertrauen«, erinnerte er sich. »Ich hätte ihn festnehmen lassen sollen.«

»Es wird an Popham sein, ihn aufzuhalten«, erklärte Blackraven. »Liniers wird mit Sicherheit mit seiner Armee über den Fluss übersetzen.«

»Popham!«, sagte Beresford verächtlich.

Blackraven schlug den Mantel fester um sich, als er über die Plaza Mayor zur Calle San José ging. Der kalte Südwind peitschte über die Stadt und schlug ihm ins Gesicht. Er dachte an Melodys warmen Körper unter dem Bettlaken und beschleunigte seine Schritte. Er traf sie mit Malagrida und den Kindern im Salon an.

»Möchtest du einen Sherry, Roger?«, bot Melody an. »Das Essen wird in ein paar Minuten aufgetragen.«

Malagrida und Blackraven traten ein wenig beiseite, um miteinander zu sprechen, während Melody den Kindern eine weitere keltische Sage erzählte. Plötzlich klopfte es an der Tür. Alle sahen sich an, überrascht, dass sich in dieser stürmischen Nacht jemand nach draußen wagte. Gilberta eilte zur Tür. Ein kurzer Wortwechsel war zu hören, ein schriller Pfiff und dann das Geräusch von Schritten auf den Eichendielen. Augenblicke später zeichnete sich im Türrahmen des Speisezimmers eine athletische Gestalt ab, auf deren Schulter ein haariges Etwas saß. Die Gestalt war ganz in Schwarz gekleidet, trug eine eng anliegende Jacke, enge Hosen und kniehohe Schaftstiefel. An ihrem Gürtel baumelte ein langes Schwert. Erst jetzt merkte Melody, dass es sich um eine Frau handelte.

»Amy!«, riefen Blackraven und Malagrida gleichzeitig aus.

Das Gesicht der jungen Frau schien zu strahlen, während sich ihre Lippen zu einem breiten Lächeln verzogen, das den Blick auf makellose Zähne freigab. Sie stieß erneut einen Pfiff aus und stürzte dann auf Blackraven zu, warf sich ihm um den Hals und küsste ihn herzhaft auf den Mund. Melody betrachtete die Szene mit offenem Mund, genau wie Víctor, Angelita und Estevanico. Malagrida schüttelte grinsend den Kopf. Sansón kam ins Zimmer gelaufen und begrüßte den neuen Gast ebenfalls stürmisch. Das haarige Etwas sprang von der Schulter seiner Herrin und ließ sich auf den Rücken des Neufundländers fallen. Melody sah von dem Hund zu Blackraven und von Blackraven zu dem Hund.

»Du lieber Himmel, Amy!«, beschwerte sich Roger und schob sie ein Stück von sich. »Benimm dich!«

»Meine feurigen Begrüßungen haben dir doch immer gefallen!«

»Amy«, mischte sich Malagrida ein, »mäßige dich.«

»Los, Kinder«, sagte Melody, »kommt.«

»Isaura«, setzte Blackraven an, aber ihr eisiger Blick ließ ihn erstarren. Diesen Blick kannte er nicht von ihr.

Melody ging mit einem würdevollen Gesichtsausdruck hinaus, und das Letzte, was sie hörte, war: »Dieses Mädchen ist deine Frau?« Sie aß mit den Kindern und den Lehrern Perla und Jaime im Studierzimmer zu Abend. Sie brachte keinen Bissen herunter und bemühte sich auch nicht, die Kinder zum Essen anzuhalten, statt von der exzentrischen Frau und dem ungewöhnlichen Tier zu sprechen. Sie war zu wütend und zu traurig.

Im Speisezimmer trug Gilberta unterdessen mit verkniffenem Gesicht das Essen auf.

»Ich habe dich vor Wochen auf *La Isabella* erwartet«, erklärte Amy. »Als ich schließlich deine Nachricht erhielt, beschloss ich, zum Río de la Plata zu kommen. Ein unmöglicher Fluss! Wir wären beinahe auf eine Sandbank aufgelaufen.«

»Hast du in der Karibik eine Prise gemacht?«

Die Unterhaltung zog sich über das ganze Essen hin. Später tranken sie im Arbeitszimmer Kaffee. Blackraven informierte

Amy über Simon Miles Tod, und die Frau versuchte, ihre Trauer hinter einer abschätzigen Miene zu verbergen. Als Kind in Cornwall hatte sie eine enge Beziehung zu ihm gehabt.

»Verräter«, nannte sie ihn.

Schließlich verkündete Malagrida, dass er früh aufstehen müsse, und zog sich zurück. Amy setzte sich auf Blackravens Schoß und küsste ihn erneut.

»Würdest du aufhören, mich zu bedrängen?«, sagte er verärgert und sprang aus dem Sessel auf, um sie abzuschütteln.

»Bist du ihr etwa treu?«, fragte Amy verwundert. Als sie keine Antwort bekam, brach sie in Lachen aus. »Ich glaub's nicht, Roger. Komm mir nicht damit, dafür kenne ich dich zu gut.«

»Ich kenne mich selbst nicht mehr, seit ich sie kenne«, gab er zu, und sein Ernst kühlte die Erheiterung der Frau ab.

»Oh. Du bist verliebt«, stieß sie hervor.

»Bis über beide Ohren.«

»Roger, das ist nicht gerecht! Sie ist ein Kind! Wie alt ist sie? Zwanzig?«

»Sie wird demnächst zweiundzwanzig.«

»Was kann sie dir schon geben? Was weiß sie über dich? Gar nichts!« Sie schmiegte sich an ihn wie eine Katze. »Weiß sie etwa, dass es dich verrückt macht, wenn man dich so berührt?«

»Es reicht, Amy! Entweder du behältst deine Hände bei dir oder diese Unterhaltung ist hiermit zu Ende.«

Die Frau warf sich mit einem Schnauben auf das Sofa.

»Ich verstehe deine Enttäuschung«, sagte Blackraven.

»Du verstehst nichts, Blackraven, gar nichts. Ich bin davon ausgegangen, wenn du eines Tages auf die Idee kämst, wieder zu heiraten – falls dieses Wunder jemals eintreten sollte –, würde ich die Auserwählte sein. Niemand kennt dich so gut wie ich. Niemand. Du und ich, wir sind aus demselben Holz geschnitzt, wie sind füreinander geschaffen.«

»Ich weiß, meine Liebste, aber in diesen Dingen spielt der Verstand keine Rolle. Es ist das Herz, das befiehlt, und es ist unbestechlich.«

»Dein unbestechliches Herz hat dir schon einmal ein Schnippchen geschlagen, als du diese frigide Trewartha geheiratet hast.«

»Das ist nicht dasselbe«, sagte Blackraven finster, und Amy merkte, dass sie zu weit gegangen war. »Ich habe Victoria nie geliebt, zumindest nicht so, wie ich Isaura liebe.«

»Ha! Ich würde zu gerne den Tobsuchtsanfall des alten Herzogs von Guermeaux sehen, wenn er erfährt, dass die zukünftige Herzogin eine halb kreolische, halb irische Katholikin ist. Das hast du doch während des Essens erzählt, oder? Dass ihr Vater Ire war und ihre Mutter eine Einheimische. Die zukünftige Herzogin eine Papistin!, wird er ausrufen, bevor er zusammenbricht. Und deine Mutter wird nicht minder protestieren. Sie wird sagen« – Sie sprach nun Französisch, um Isabella nachzumachen – »›Mein lieber Alejandro, du bist eine Mesalliance eingegangen‹.« Blackraven musste unwillkürlich lachen. »Unsere liebe Isabella ist ein Freigeist, aber sie ist sich auch ihrer Herkunft bewusst. Sie legt Wert darauf, dass die Privilegien der Geburt respektiert werden und ihr Sohn, der künftige Herzog, nicht unter seinem Stand heiratet.« Sie sah Blackraven von der Seite an und lächelte versöhnlich. »Sie heißt also Isaura, ja?«

»Ich habe dir etwas Wichtiges zu erzählen.«

»In Ordnung, wechseln wir das Thema. Was ist los? Du bist auf einmal so ernst.«

»Amy, ein paar Tage vor unserer Ankunft am Río de la Plata haben wir eine Fregatte aufgebracht. Der Kapitän und fünf Besatzungsmitglieder befinden sich als Gefangene auf der *Sonzogno*.«

»Bis hierhin nichts Besonderes«, urteilte die Frau. »Weshalb dieses Gesicht?«

»Bei der Fregatte handelte es sich um die *Butanna*.« Amys

Lächeln verschwand augenblicklich. »Galo Bandor ist seit fast einem Monat mein Gefangener.«

»Du hättest ihn beim Entern töten und dabei meinen Namen rufen sollen.«

»Als ich ihn überwältigte, hatte ich deinen Namen auf den Lippen, aber ich dachte, du wolltest diesen Wurm selbst vernichten. Wenn du willst, werde ich ihn töten. Aber vorher wollte ich dir Gelegenheit geben, es selbst zu tun.«

»Verstehe.« Nach kurzem Schweigen sagte sie: »Ich werde es tun. Ich werde diesen verfluchten Kerl töten.«

Blackraven reichte ihr einen Brandy.

»Bevor ich schlafen gehe«, sagte Amy und stand auf, »habe ich dir noch etwas Beunruhigendes mitzuteilen: Vor drei oder vier Monaten hat man in Saint John's Nachforschungen nach dir angestellt.«

»Wer war es?«

»Ich weiß es nicht. Ich habe nur erfahren, dass man sich nach dir erkundigt hat.«

»Es könnte jemand gewesen sein, der Erzeugnisse von *La Isabella* kaufen wollte«, gab Blackraven zu bedenken, aber eine beunruhigende Besorgnis machte sich in ihm breit.

»Wenn man etwas über deine Erzeugnisse oder deinen Leumund als Händler herausfinden wollte, hätte man sich zunächst an deinen Verwalter Jean Jacques und dann an die Behörden wenden können, statt in den Hafenkneipen herumzufragen. Außerdem, weshalb sollte man für diese Information Goldguineen anbieten?«

»Weißt du denn, welche Art von Informationen sie suchten?«

»Über dich, über deine Person. Zu welchen Jahreszeiten du nach Antigua kommst, was du machst, wo du hingehst, mit wem du zu tun hast. Kurzum, Fragen, die mir nicht gefallen.«

»Mir auch nicht«, erklärte Blackraven. Dann erzählte er ihr von der Kobra.

Nachdem Amy schlafen gegangen war, saß er noch in seinem Arbeitszimmer, trank und dachte nach. Wenn die Kobra in Antigua gewesen war, kannte sie nun die wahre Identität des Schwarzen Skorpions. »Isaura …«, flüsterte er und umklammerte das Glas. Dann trank er den letzten Schluck aus und ging zum Schlafzimmer. Er drückte ein paar Mal die Klinke herunter, aber Melody hatte abgeschlossen. Sie war noch wach, das Licht drang unter der Tür durch.

»Isaura, mach auf.« Keine Antwort. »Mach auf!«

»Nein.«

»Mach auf oder ich trete die Tür ein!«

»Das würdest du nicht wagen.«

Die Tür schlug krachend gegen die Wand. Melody sprang erschrocken auf, warf das Buch aufs Kanapee und wich zurück. Da der Riegel nicht mehr hielt, lehnte Blackraven einen Stuhl gegen die Tür, um sie geschlossen zu halten. Dann drehte er sich mit einem ungläubigen, zornigen Gesichtsausdruck zu ihr um.

»Was dachtest du? Dass ich auf dem Flur schlafe?«

»Oh, nein, mein Schatz. Ich dachte, du würdest bei deiner geliebten Amy schlafen.«

»Du bist eifersüchtig.« Er ging auf Melody zu, aber sie wich zurück. »Es gefällt mir, dass du eifersüchtig bist. Ich war es langsam leid, der einzige Eifersüchtige hier zu sein.«

»Ha, der einzige Eifersüchtige!«, empörte sie sich. »Ich bin unentwegt eifersüchtig auf dich! Weißt du nicht, dass die Hälfte der Frauen in der Stadt mich am liebsten tot sehen würde deinetwegen? Glaubst du, dass ich nicht weiß, wer alles früher einmal deine Geliebten gewesen sind?«

»Vor dir hatte ich viele Frauen. Nach dir keine mehr, nur dich.«

»Geh. Ich will heute Nacht nicht mit dir in einem Zimmer schlafen.«

»Ich hingegen bin ganz wild darauf, mit dir zu schlafen. Dein

Nachthemd ist ganz durchsichtig im Gegenlicht. Du machst mich verrückt.«

Melody ging rückwärts und verschanzte sich hinter dem Pfosten des Betthimmels. Blackraven machte eine schnelle Bewegung in ihre Richtung, und sie kletterte auf allen vieren übers Bett, um auf die andere Seite zu entkommen. Sie kreischte auf, als Blackravens Hand ihren Fußknöchel zu packen bekam, und stieß einen erstickten Schrei aus, als er sie mit seinem ganzen Körpergewicht auf die Matratze drückte.

»Lass mich los! Ich habe keine Lust auf dich. Nicht, nachdem dich diese Frau geküsst hat.«

»Du hast keine Lust auf mich?« Er drehte den Kopf, um ihre Lippen zu suchen. Melody wandte sich ab und verweigerte sich. »Ich hätte nie gedacht, dass du dich in eine solche Wildkatze verwandeln kannst. Du machst mich verrückt!«

»In was würdest du dich verwandeln, wenn ein Mann mich in die Arme nähme und vor deinen Augen so küssen würde, wie dich diese Frau geküsst hat?«

»Ich ertrage nicht einmal die Vorstellung. Diesen Halunken würde ich mit dem Schwert durchbohren, noch bevor seine Lippen die deinen berührten.«

»Du verdammter englischer Lügner! Du hast sie nicht davon abgehalten. Du hast zugelassen, dass sie dich küsst! Du hast ihr keinen Einhalt geboten. Ich hasse dich!« Sie brach in Tränen aus.

»Nicht weinen, Liebling. Amy bedeutet mir nichts. Zwischen uns herrscht einfach eine große Vertrautheit. Sie ist meine älteste Freundin, die mich am besten kennt.«

»Natürlich kennt sie dich! Sehr gut kennt sie dich! Nimm die Hand da weg, Roger Blackraven, oder du wirst es bereuen! Wag es nicht, mich anzufassen. Ich würde dich am liebsten umbringen«, sagte sie schluchzend.

»Meine Süße«, sagte Blackraven, nun zärtlich.

»Lass mich!«

»Pst, nicht weinen. Du musst nicht weinen. Du bist die Einzige, Isaura, und das weißt du. Amy hat mich überrumpelt. Ich habe nicht damit gerechnet, dass sie sich so auf mich stürzt.«

»Sei still«, sagte sie kraftlos. »Ich hasse dich.«

»Nein, du hasst mich nicht. Du kannst gar nicht hassen.« Melody schloss die Augen und seufzte. Sie hasste diese Macht, die er über sie ausübte.

»Ich habe den ganzen Tag an dich gedacht, Isaura. Ich wollte nur nach Hause kommen und dich lieben. Dieser Zwischenfall tut mir leid. Wirklich. Ich sehe dich nicht gerne leiden, Isaura, ich kann es nicht ertragen. Mach dir nicht so viel aus dieser albernen Sache. Du weißt doch, dass ich nur dich liebe, oder? Sag mir, dass du es weißt, komm schon, sag es mir.«

»Ja, ich weiß es. Ich weiß, dass du mich liebst.«

Auf Blackravens Anweisung wurde Amy Bodrugan in dem Haus in der Calle Santiago untergebracht, aber sie war häufig in der Calle San José zu Gast. Eigentlich täglich. Mit Rogers Einverständnis hatte sie beschlossen, eine Weile in Buenos Aires zu bleiben, obwohl sie diesem »Dorf«, wie sie es nannte, nichts abgewinnen konnte. Melody und sie begegneten sich mit unterkühlter Höflichkeit. Melody nannte sie »Fräulein Bodrugan«, und Amy nannte sie mit spöttischem Unterton »Frau Gräfin«.

Das kleine Etwas auf ihrer Schulter stellte sich als Goldlangur heraus, ein Äffchen aus Ceylon, das Amy vor Jahren als halbtotes, erst wenige Tage altes Jungtier aufgelesen hatte. Sein Name war Arduino, und nach Meinung der Kinder sah er mit seinem runzligen schwarzen Gesicht und den beiden Haarbüscheln über den Augen, die an buschige Augenbrauen erinnerten, wie ein alter Mann aus.

Melodys Eifersucht wurde nicht besser, als Amy sich die Bewunderung und Zuneigung der Valdez e Inclán'schen Kinder sowie Víctors und Estevanicos erwarb. Melody war sogar auf Somar eifersüchtig, der den Boden küsste, auf dem Amy ging, und auch auf Sansón, der ihr auf Schritt und Tritt folgte und Arduino als sein Maskottchen ansah. Der Affe berührte eigentlich nie den Fußboden, weil er entweder auf dem Kopf oder der Schulter seiner Herrin oder auf Sansóns Rücken saß.

»Habt Ihr keine Angst, dass er ihn mit einem Bissen verschlingen könnte?«, fragte Melody sie einmal, als der Neufundländer mit dem Tierchen spielte.

»Sansón? Nein, niemals!«, entgegnete Amy lachend. »Sansón ist wie ein Vater für ihn. Nur durch seine Körperwärme hat Arduino überlebt. Fragt Roger. Er hat sich tagelang an Sansón gekuschelt, der sich nicht von der Stelle rührte. Wir haben ihm das Futter und Wasser direkt vor die Schnauze gestellt, sonst wäre er nicht einmal zum Fressen und Trinken aufgestanden.«

Es störte sie, dass Amy Bodrugan ihren Mann so gut kannte und so viele Geschichten mit ihm teilte. Sie konnten stundenlang lachen und in Erinnerungen schwelgen. Melody bedauerte auch, dass seit Amy Bodrugans Ankunft das Gerede erst recht nicht verstummen wollte. Die Frau spazierte mit Arduino auf der Schulter und in Männerkleidung über die Plaza Mayor, in dieser engen Hose, das Schwert umgehängt, und manchmal hatte sie noch ein schwarzes Tuch um den Kopf geschlungen.

Obwohl die Fenster zur Vorderseite hin geschlossen blieben, war mit Amy Bodrugan die Trauer im Haus vorüber. Melody beobachtete sie genau. Ihr gefielen ihre natürliche Ungezwungenheit und ihre Abneigung gegen Konventionen. Sie schien nichts und niemandem besondere Aufmerksamkeit zu schenken, und doch verzauberte sie alle mit ihrem breiten Grinsen, ihrem endlosen Schatz an Anekdoten und ihrer ewig guten Laune. Sogar ihr zierlicher, biegsamer Körper passte sich ihrem Temperament an. Sie fuchtelte beim Reden mit den Händen, fasste sich ständig ins Haar und konnte nie stillstehen; Melody hatte gesehen, wie sie mit affenartiger Gewandheit auf Bäume geklettert war.

»Mir fehlt es, in den Mastkorb aufzuentern«, erklärte sie von einem Ast herunter, während Víctor, Angelita und Estevanico bewundernd zu ihr aufsahen.

Melody fand sie sehr hübsch mit ihrem rabenschwarzen Haar, den grauen Augen und der gebräunten Haut. Sie beneidete sie um ihren athletischen, biegsamen und schlanken Körper. So wäre sie gerne gewesen, nicht so rundlich und gedrungen. Sie quälte sich mit der Frage, ob Blackraven sie wohl begehrte, wenn er sie in diesen engen Hosen sah.

»Weshalb willst du, dass Amy hierbleibt?«, fragte Malagrida verwundert.

»Ich brauche jetzt meine Leute um mich herum«, antwortete Blackraven. »Wenn Adriano eintrifft, sind wir alle zusammen. Jedenfalls die, die noch übrig sind«, setzte er hinzu und dachte an Ribaldo Alberighi.

»Wird der Schwarze Skorpion zurückkehren?«

»Ich befürchte, er hat noch eine letzte Schlacht zu schlagen.«

# Kapitel 11

Zum ersten Mal seit langem aßen Roger und Melody alleine zu Abend. Malagrida war zur Cangrejal-Bucht abgereist, um nach den Schiffen zu sehen, Amy war bei den Valdez e Incláns in der Calle Santiago und die Kinder waren bei ihren Lehrern im Studierzimmer. An diesem 22. Juli war Melodys Geburtstag, und obwohl es aufgrund der Trauer keine Feier gab, hatte Roger sie mit Küssen geweckt und das ganze Bett mit Geschenken überhäuft.

»Gib mir mal deine Hand«, sagte Melody und legte sie auf ihren Bauch.

»Oh, mein Gott«, sagte Blackraven überwältigt, als er die heftigen Tritte spürte. »Tut das nicht weh?« Melody schüttelte lächelnd den Kopf. »Glaubst du, es wird ein Junge?«

»Ich habe keinen Zweifel. Es wird ein Junge, er wird dir ähnlich sehen, und er wird ein Skorpion werden, wie du.«

»Wirklich? Er kommt im November zur Welt?«

»Wenn meine Berechnungen stimmen, Ende November.«

Gilberta erschien im Speisezimmer und beugte sich zu Blackraven.

»Herr Roger, Papá Justicia möchte Euch sehen.«

»Ich bin gleich zurück, Liebling.«

Der Heiler wartete in der Küche auf ihn. Siloé hatte ihm einen Teller mit Linseneintopf hingestellt. Als er Blackraven sah, stand er auf und nahm den Hut ab.

»Herr Roger, ich muss dringend mit Euch sprechen. Können wir nach draußen gehen?«

Blackraven nickte, und die beiden verschwanden in der Dunkelheit des Gesindehofes.

»Gehen wir zu den Ställen. Es friert.«

Als Servando sie hereinkommen hörte, versteckte er sich in Fuocos Box. Das Pferd rührte sich nicht, weil es ihn kannte.

»Was gibt es denn? Sag schon, Justicia.«

»Es ist wegen dem jungen Herrn Tommy.« Blackraven stieß einen englischen Fluch aus. »Es ist ein Unglück geschehen. Er hatte eine Auseinandersetzung mit einem englischen Soldaten in einer Schänke im Bajo-Viertel. Sie sind mit dem Messer aufeinander losgegangen und Tommy hat den armen Kerl erstochen.«

»Verdammte Scheiße!«

»Jetzt ist die ganze Miliz hinter ihm her. Wenn sie ihn erwischen, hängen sie ihn auf.«

»Weißt du, wo er sich versteckt?«

»Nein.«

›Ich schon‹, dachte Servando.

»Angeblich ist er zum Fluss hinuntergerannt.«

Blackraven war ein Meister der Verstellung, und so fiel es ihm nicht schwer, lächelnd zu Melody an den Tisch zurückzukehren. Ein Problem mit Black Jack, lautete seine Erklärung. In der Nacht lag er wach und sah zu, wie sie schlief. Sie war ganz entspannt, wie er es sich seit dem Tod ihres kleinen Bruders so oft gewünscht hatte. Manchmal sah er sie schluchzend vor einer Kohlezeichnung sitzen, die Fermín Gayoso, ein Sklave von Pueyrredón, von Jimmy angefertigt hatte. Die Ähnlichkeit war verblüffend. ›Das wird die letzte Dummheit sein, die du begehst, Thomas Maguire‹, versprach sich Blackraven. ›Ich werde nicht zulassen, dass du ihr wehtust.‹ Ehrlich gesagt wusste Blackraven, dass er nicht viel ausrichten konnte, wenn Tommy verschwunden blieb. Er ließ O'Maley kommen und trug ihm auf, mit einigen seiner Männer die Verfolgung aufzunehmen.

Doch die Vorsichtsmaßnahmen waren erfolglos. Drei Tage

später stürzte Miora aufgelöst und völlig außer sich in ihren Salon und brachte heraus, »die Roten« hätten Tommy gefangen genommen und wollten ihn wegen Mordes aufhängen. Melody sprang auf, ließ die Näharbeit fallen und fiel dann in Ohnmacht. Blackraven wurde aus der Gerberei herbeigerufen. Er fand sie völlig aufgelöst in ihrem Bett vor, auf der Stirn in Essig getränkte Tücher. Ihre Hände zitterten, und ihre Lippen waren blau.

Blackraven küsste sie. »Isaura, ich bitte dich nur um eines: Beruhige dich, zu deinem eigenen Besten und zum Wohl des Kindes. Dein Bauch ist ganz hart. Versuche bitte, tief durchzuatmen. Ich kümmere mich um alles, Liebling«, versprach er. »Ich finde eine Lösung. Ich weiß, was zu tun ist. Ich werde ihn für dich retten. Mach dir keine Sorgen.«

Servando erschien an diesem Morgen nicht in der Polsterei, sondern ging zum Haus der Valdez e Incláns. Er schlich durch Patios und Korridore bis in Eliseas Zimmer und wartete dort, bis sie von der Ein-Uhr-Messe zurückkam. Ein Leuchten erschien auf dem Gesicht des Mädchens, als es ihn entdeckte, und Servando fand, dass sie mit der Spitzenmantille und dem Gebetbuch in der Hand wie ein Engel aussah.

»Wo warst du so lange? Seit deinem letzten Besuch sind Tage vergangen. Was ist? Warum siehst du mich so an?«

»Du Hure«, presste der Sklave hervor und packte sie an den Schultern. »Das bist du: eine Hure.«

»Was redest du da? Hast du den Verstand verloren?«

»Reicht dir der nicht?« Er zwang sie, seine Genitalien zu berühren. »Brauchst du auch noch den von Maguire?«

»Von Maguire? Wovon redest du?«

»Pah!« Er warf sie aufs Bett. »Ich habe dich neulich im Garten gesehen. Ihr habt Euch geküsst.«

»Wir haben uns geküsst?« Elisea setzte sich schluchzend auf. »Wovon sprichst du?«

»Wag nicht, es zu bestreiten! Ich habe es mit eigenen Augen gesehen. Dieser Dreckskerl hat dich geküsst und du hast nichts dagegen unternommen, sondern ihn gewähren lassen. Hast ihn mit deinem Blick ermuntert! Was ist danach geschehen? Hat er dich genommen?«

»Was redest du da? Ich sagte ihm, er solle gehen! Ich sagte ihm, er solle mich nie wieder küssen, weil ich einen anderen liebe. Seither habe ich ihn nicht mehr gesehen.«

»Und du wirst ihn auch nie wiedersehen! Dafür habe ich schon gesorgt. Vor ein paar Tagen hat er bei einer Kneipenschlägerei einen Rotrock umgebracht. Man wird ihn wegen Mordes verurteilen und aufhängen. Ich selbst habe ihn heute Morgen ausgeliefert. Sie haben ihn wie ein verschrecktes Weib aus seinem Versteck bei der Schäferei gezerrt, diesen elenden Feigling.«

Elisea riss sich los und schlug entsetzt die Hand vor den Mund. Sie starrte ihn aus großen Augen an. Mit einer Schnelligkeit, die den Sklaven überraschte, trat sie einen Schritt nach vorne und gab ihm eine Ohrfeige.

»Verräter! Wie konntest du so eine Niederträchtigkeit begehen? Du widerst mich an!«

»Du leidest wegen deines Liebhabers, du Miststück.«

»Wegen meines Liebhabers?«, empörte sich Elisea. »Schweig, du dummer, hinterhältiger Neger! Ich denke an Miss Melody, der ich mein Leben verdanke und der auch du so viel schuldest. Ich denke daran, dass sie gerade erst ihren kleinen Bruder verloren hat und nun wegen eines Dummkopfes wie dir auch noch den anderen verlieren wird. Du bist wie Sabas!«

Diese Worte ließen ihn wieder zur Besinnung kommen. Er wich zurück und sank auf ein kleines Sofa.

»Miss Melody …«, stammelte er.

Er taumelte zu dem Haus in der Calle San José. Dort ging er durch die Remise zu dem Schuppen, in dem das Werkzeug und die Peitsche aufbewahrt wurden.

»Wohin willst du, Servando?«, wunderte sich Siloé.

Die Peitsche hinter sich herschleifend, ging der Wolof zu Miss Melodys Zimmer und klopfte an. Eine schwache Stimme bat ihn herein. Als er Miss Melody mit verlorenem Blick dort sitzen sah, eine Hand auf den Bauch gelegt, in der anderen einen Rosenkranz aus Perlmutt, glaubte Servando, er werde nicht den Mut aufbringen. Als er näher trat, bemerkte er die Tränenspuren auf ihren Wangen und die nassen Wimpern. Er kniete nieder und legte die Stirn auf den Boden.

»Babá! Was ist denn? Du machst mir Angst.«

»Schlagt mich, Miss Melody!«, sagte er und hob die Peitsche hoch. »Die Striemen, die Herr Roger mir beigebracht hat, sind noch nicht verheilt, und schon wieder habe ich es verdient, dass Ihr mich züchtigt. Peitscht mich zu Tode! Ich habe Euren Bruder an die Rotröcke ausgeliefert. Ich habe ihnen sein Versteck verraten. Ich tat es aus Eifersucht, weil er mir meine Elisea wegnehmen wollte.« Servando hörte, wie Melody aufstand und ein Schluchzen unterdrückte. »Züchtigt mich, Miss Melody! Schlagt mich tot!«

So lag er da, mit einer Hand die Peitsche hochhaltend, das Gesicht auf dem Boden. Es vergingen mehrere Minuten. Miss Melody sagte nichts. Servando wusste nicht einmal, ob sie noch da war. Er sah auf. Doch, da stand sie neben der Balkontür, den Blick in den Haupthof gerichtet.

»Miss Melody«, flehte er.

»Wenn dein Herr erfährt, dass du meinen Bruder verraten hast, wird er dich mit seinem Schwert durchbohren, bevor du mit der Wimper zucken kannst. Zu deinem eigenen Besten, halt den Mund und sprich mit niemandem darüber. Und jetzt geh, ich will dich nicht mehr sehen. Du hast mir das Herz gebrochen.«

»Je nachdem, in welches Gefängnis man ihn gebracht hat«, führte O'Maley aus, »stehen unsere Chancen, ihn zu retten, besser oder schlechter. Wenn sie ihn in die Festung gebracht haben, wären wir zu beglückwünschen, denn ich weiß vom Hörensagen, dass es unterirdische Gänge gibt, die die Casa de las Temporalidades, die bis 1767 im Besitz der Jesuiten war, mit dem Fort verbinden.«

»Selbst wenn wir den Zugang zu diesen Gängen fänden«, gab Malagrida zu bedenken, »müssten wir unbedingt die Pläne haben. Diese Gänge sind die reinsten Labyrinthe. Wir würden uns verlaufen.«

»Ich glaube, ich könnte sie beschaffen«, wagte sich O'Maley vor. »Wenn Kapitän Malagrida mich begleiten würde, wäre das eine große Hilfe«, setzte er hinzu.

»Besorge sie«, befahl Blackraven. »Unterdessen werde ich Beresford einen Besuch abstatten, um zu sehen, welchen Vorteil ich aus der Information schlagen kann, die du mir gegeben hast«, sagte er, an Zorrilla gewandt.

»Ich gehe mit Edward«, erklärte Malagrida, und sie verabschiedeten sich.

Blackraven und Trinaghanta überquerten die Zugbrücke, die über den Festungsgraben führte, und gingen über den Haupthof zum Arbeitszimmer von Gouverneur Beresford. Die Singhalesin hatte einen Korb mit Kleidung, Essen und Verbandszeug dabei. Es war nicht einfach gewesen, Melody davon zu überzeugen, zu Hause zu bleiben. Es gelang ihnen erst, als Blackraven ihr Angst vor den zahlreichen Krankheiten machte, die in den Kerkern grassierten, und ihr versprach, dass Trinaghanta ihn begleiten werde, um sich um Tommy zu kümmern.

»Roger!«, rief Beresford erfreut und reichte ihm nach englischer Sitte die Hand.

»Mich führt eine missliche Angelegenheit hierher. Heute Morgen habt ihr einen jungen Burschen verhaftet, der beschuldigt wird, bei einem Wirtshausstreit einen deiner Soldaten getötet zu haben.« Beresford nickte. »Dieser Junge, William, ist mein Schwager, der Bruder meiner Frau. Sein Name ist Thomas Maguire.«

Beresfords Miene drückte Besorgnis und Hoffnungslosigkeit aus. Er setzte sich und lud Blackraven mit einer Handbewegung ein, es ihm gleichzutun.

»Es tut mir sehr leid, Roger.«

»Wo ist er?«

Beresford ließ Hauptmann Alexander Gillespie holen, der für das Gefängnis in der Calle de Santo Cristo zuständig war. Der Soldat nahm vor seinem Vorgesetzten Haltung an, den Grafen von Stoneville grüßte er mit einer Verbeugung. Auf Nachfrage teilte er mit, der Gefangene Maguire sei in den Kerker des Rathauses gebracht worden. Beresford ließ ihn abtreten.

»Du kennst mich, William. Ich will keine Umschweife machen: Ich bin bereit, alles dafür zu geben, dass mein Schwager freikommt.«

»Du erwartest doch nicht, dass ich ihn gehen lasse, nachdem er einen meiner Männer getötet hat. Ich muss ein Exempel statuieren. Der Pöbel wird mit jedem Tag dreister.«

»Es war eine Kneipenschlägerei«, wiegelte Blackraven ab. »Man könnte auf Gegenwehr plädieren.«

»Es wird behauptet, dein Schwager habe falsch gespielt.«

»Was willst du für seine Freiheit?«

»Du beleidigst mich! Ich will dein Geld nicht.«

»Ich rede nicht von Geld. Dafür kenne ich dich zu gut. Ich biete dir etwas anderes für deine Kooperation. Deine Situation in Buenos Aires ist prekär, und das weißt du. Ich biete dir Informationen, die dich vor dem Desaster retten könnten, das in den nächsten Tagen über euch hereinbrechen wird. Was ist schon ein unbesonnener Junge gegen die Möglichkeit, die tatsächliche Bedrohung zu kennen, die dir bevorsteht? Glaub mir, das, was ich weiß, sollte man nicht auf die leichte Schulter nehmen.«

»Was erwartest du von mir? Welche Art von Hilfe verlangst du?«

»Ich erwarte nicht, dass du ihn begnadigst und der Junge das Rathaus durch den Haupteingang verlässt. Ich verstehe, dass das aufgrund deiner Position nicht möglich ist. Ich bitte dich lediglich, gewisse Voraussetzungen zu schaffen, damit ich seine Flucht in die Wege leiten kann. Ich verspreche dir, ihn vom Río de la Plata wegzubringen. Du wirst nie wieder von ihm hören.«

»Und was wären das für Voraussetzungen?«

»Das werde ich dich wissen lassen, sobald mein Plan steht.«

Beresford stützte die Ellenbogen auf den Schreibtisch und legte die Hände ans Kinn, während er über seine Antwort nachdachte.

»Ich werde dir helfen. Du hast mein Wort«, sagte er schließlich, während er Blackraven die rechte Hand entgegenstreckte. »Jetzt sag mir, was du weißt.«

»Es existieren Pläne, die Ranchería-Kaserne in die Luft zu jagen, wo das 71. Regiment stationiert ist.«

»Was?« Beresford sprang auf.

»Natürlich soll das geschehen, wenn deine Männer in der Kaserne sind. Es wird ein Massaker werden. Eine Gruppe unter dem Befehl von Ingenieur Felipe Sentenach gräbt einen Tunnel, der vom Haus Don José Martínez de Hoz unter der Calle de San Carlos hindurch in die Kaserne führt. Dort wollen sie eine große Menge Pulverfässer deponieren. Die Vorbereitungen stehen kurz vor dem Abschluss. Wenn nicht heute, dann morgen. Um nicht überrascht zu werden, haben sie Wachen auf dem Dach des Café de Marcó postiert. Andere patrouillieren als Bettler und Marktschreier verkleidet um den Häuserblock.«

»Mein Gott! Ich habe den Charakter dieser Südamerikaner nicht ausreichend in Betracht gezogen«, erkannte Beresford.

Blackraven stand auf, um sich zu verabschieden.

»Wenn wir uns das nächste Mal sehen, bringe ich dir Details über die Flucht und gebe dir weitere Informationen. Fürs Erste stell mir bitte eine Besuchserlaubnis aus, damit ich zu meinem Schwager kann.«

Tommy war bewusstlos und in sehr schlechter Verfassung. Er lag bäuchlings auf einem Haufen verfaulten Strohs. Blackraven drehte ihn um und untersuchte seine Verletzungen. Man hatte ihn gefoltert; er hatte Brandwunden auf der Brust, und man hatte ihm mehrere Fingernägel ausgerissen. Er hatte eine Platzwunde an der Stirn, von einem Hieb mit dem Gewehrkolben wahrscheinlich, eine weitere an der Unterlippe, und seine Nase war gebrochen. Blackraven zog ihm das Hemd aus und betastete ihn sorgfältig, um nach Brüchen zu suchen. Sein Schwager sah aus wie das Leiden Christi, sagte er sich, als er die Prellungen und Schnittwunden sah. Er entdeckte zum Glück keine gebrochenen Knochen, höchstens ein paar Rippenprellungen. Eine Ironie des Schicksals, überlegte Blackraven, dass er wie sein Vater von den Engländern gefoltert worden war.

»Ich richte seine Nase«, sagte er zu Trinaghanta. »Du kümmerst dich um den Rest.«

Die Nasenscheidewand bewegte sich mit einem knackenden Geräusch, das Tommy zur Besinnung brachte. Mit einem Schrei fuhr er hoch, um dann wieder aufs Stroh zu sinken.

»Thomas, Junge«, sprach Blackraven ihn an.

Tommy nahm die Hand vom Gesicht und sah ihn aus fiebrigen, glasigen Augen an. In dem düsteren Verließ konnte er kaum erkennen, dass es sich um seinen Schwager handelte.

»In Gottes Namen!«, rief er und umklammerte Blackravens Revers. »Holt mich hier raus! Ich flehe Euch an, holt mich hier raus! In Gottes Namen, habt Mitleid!«

»Ganz ruhig, Tommy. Ich werde dich hier rausholen, keine Sorge. Aber du musst ein wenig Geduld haben. In ein paar Tagen.«

»Nehmt mich jetzt mit! Sie werden mich wieder foltern! Ich habe einen von ihnen getötet, begreift Ihr nicht? Aus Rache werden sie mich ebenfalls töten.«

»Nein, das werden sie nicht. Sie werden dich nicht wieder anrühren. Ich verspreche es dir. Jetzt lass Trinaghanta deine Wunden behandeln. Ich werde dafür sorgen, dass du bessere Haftbedingungen erhältst.«

Dank der Goldmünzen, die Blackraven unter den Wachen verteilte, wurde das alte Stroh entfernt und ein frischer, duftender Haufen gebracht; sie stellten zwei Eimer mit frischem Wasser hin, und der Behälter, der die Fäkalien früherer Gefangener enthielt, verschwand. Man nahm ihm die Hand- und Fußfesseln ab, und schließlich bekam er einen passablen Eintopf aus Lammfleisch und Gemüse zu essen.

Bevor er nach Hause ging, stattete Blackraven Beresford einen weiteren Besuch ab.

»Hör mir gut zu, William: Wenn meinem Schwager noch ein Haar gekrümmt wird, mache ich eigenhändig diese Festung dem Erdboden gleich. Du weißt, dass ich das kann.«

»Ich weiß, dass du keine leeren Drohungen aussprichst«, erwiderte der englische Gouverneur.

»Wie geht es Tommy?« Melody stürzte Blackraven entgegen. »Sag schon, konntest du ihn sehen?«

»Es geht ihm gut, Liebling. Er beklagt sich über das Essen und flucht auf die Engländer, du kannst es dir ja vorstellen. Er ist im Rathaus. Es geht ihm gut, sehr gut sogar.«

»Gott sei Dank.«

»In ein paar Tagen ist er frei.«

»Wirklich?«

»Habe ich es dir nicht versprochen?«

»Doch.« Sie lächelte und verbarg das Gesicht an der Brust ihres Mannes.

Es war nicht notwendig, um die Verlegung des Gefangenen Maguire in die Festung zu bitten. Anhand der Karten der unterirdischen Gänge stellten sie fest, dass diese auch zum Rathaus führten. An die Karten zu kommen, war ziemlich einfach. Sie befanden sich in der Obhut eines Jesuiten, Vespaciano Clavius, der bei der Vertreibung des Ordens im Jahre 1767 durch dieselben Tunnels entkommen war, für die sich nun Blackraven interessierte. Mittlerweile nannte er sich Francisco Álvarez und war Obstproduzent auf einer Plantage im Süden der Stadt, unweit des Krankenhauses der Bethlehemiten, auch Hospital La Convalecencia genannt.

O'Maley kannte Clavius und sein Geheimnis und begrüßte ihn herzlich. Als Clavius sich Malagrida zuwandte, sah dieser ihn ernst und eindringlich an und sprach auf Lateinisch den Wahlspruch der Jesuiten.

»*Omnia ad Maiorem Dei Gloriam* – Alles zur größeren Ehre Gottes.« Und er ließ ein silbernes Kreuz aufblitzen, das Zeichen des Ordens.

»Bruder!«, entfuhr es Clavius, und sie umarmten sich.

Der Jesuitenarchitekt, der das Gebäude und die unterirdischen Gänge entworfen hatte, hatte den Plänen große Bedeutung beigemessen und sie deshalb auf das kostspielige und seltene Kalbleder gezeichnet, statt das üblichere Pergament aus Lammhaut zu verwenden. Nachdem er die Genauigkeit und Sorgfalt der Zeichnungen bewundert hatte, beugte sich Edward O'Maley über die Karten und studierte sie mit einer Lupe, während sich Malagrida und Clavius von den Wechselfällen ihres Lebens erzählten.

Es wurde mit Beresford vereinbart, dass die Flucht in der Nacht zum ersten August stattfinden sollte. Das Datum war nicht willkürlich gewählt: Am Abend des 31. Juli wollte Beresford aufgrund von Blackravens Informationen die Armee aus Bauern und Indios unter dem Befehl Pueyrredóns aufreiben, die sich auf einem Landgut der Familie Belgrano, der *Quinta de Per-*

*driel*, gesammelt hatte. Er würde nur eine schwache Bewachung in der Stadt zurücklassen und dafür sorgen, dass ein Großteil der Soldaten, die im Rathaus postiert waren, ihn begleiteten. Blackraven verlangte, dass er nur zwei Mann zur Bewachung des Gefängnisses abstellte, und sorgte dafür, dass sie mehrere Flaschen schottischen Whisky erhielten. Mit Hilfe der Mulattin Francisca, die Melody vor ihrer grausamen Herrin Clara Echenique gerettet hatte und die nun als Dienstmädchen im Rathaus arbeitete, verschafften sie sich einen Zweitschlüssel zu Maguires Zelle. Falls es noch weitere Schlösser zu überwinden galt, mussten sie alleine damit zurechtkommen. Sie kannten den Zeitplan der Wachrunde und wussten, wann sie am Rathaus vorbeikam. Dank Beresfords Besuchserlaubnis hatte sich Blackraven ungehindert im Gefängnis bewegen können, um sich mit den Räumlichkeiten vertraut zu machen.

Am 31. Juli um elf Uhr abends trafen sie sich hinter dem Haus in der Calle San José. Vespaciano Clavius begleitete sie, denn seiner Meinung nach würden sie die Kerker im Rathaus ohne seine Führung nicht erreichen, auch wenn sie im Besitz der Karten waren.

»Finden würdet ihr sie schon«, sagte er. »Aber erst in fünf Tagen«, setzte er mit einem Lachen hinzu.

Blackraven machte gerade seine Pistolen bereit, als Servando erschien.

»Was machst du hier, Babá? Geh in die Baracke zurück.«

»Nehmt mich mit, Herr Roger. Ich möchte Euch begleiten. Ich habe Euch schon einmal geholfen, den jungen Herrn Thomas zu retten, und ich könnte es wieder tun. Das bin ich meiner Herrin schuldig.«

»Er ist ein aufgeweckter Bursche«, gab Somar zu bedenken. »Er könnte uns von Nutzen sein.«

»Also gut«, willigte Blackraven ein und wandte sich dann an O'Maley. »Gib ihm ein Messer und eine Pistole.«

»Bekomme ich keine Waffe, Exzellenz?«, fragte Clavius.

»Habt Ihr schon einmal eine benutzt?«, erkundigte sich Blackraven.

»Nein, aber es sieht einfach aus.«

»Glaubt mir, ohne wird es Euch besser gehen. Der Rückstoß würde Euch die Schulter ausrenken. Amy, gib Servando eine dunkle Jacke. In diesem weißen Poncho leuchtest du im Dunkeln wie eine Fackel, Babá.«

Sie steckten Pulver und Feuerstahl ein, um die Schlösser zu sprengen, kurze Fackeln, um die dunklen Gänge zu beleuchten, und eine Säge für den Fall, dass man Tommy festgekettet hatte, obwohl sie darauf hofften, dass Blackravens Goldstücke ausgereicht hatten, um die Wachen nachlässig werden zu lassen.

Bevor sie aufbrachen, ging Blackraven noch einmal ins Schlafzimmer, um nach Melody zu sehen. Sie schlief. Ihr unruhiger Schlaf verriet die Ängste der letzten Tage. Nichts hatte sie davon überzeugen können, dass Tommy außer Gefahr war, obwohl er und Trinaghanta, die ihn täglich besuchten, ihr versicherten, dass er bei seiner Entlassung wohlgenährt und ausgeruht sein würde. Sie brachten ihm Essen, Wein, frische Wäsche und sogar Rasierzeug. Trinaghanta säuberte seine Wunden, versorgte die Prellungen mit Salbe und erneuerte den Verband um die Rippen. Trotzdem wirkte Tommy deprimiert; er sprach kaum und war verängstigt. Die Folter hatte ihn gebrochen.

Blackraven beugte sich über das Kopfende des Bettes. ›Ich werde ihn dir heil zurückbringen, mein Liebling.‹ Dann zog er ihr die Bettdecke bis zum Kinn und ging.

Da sie die Zeiten und Wege der Wachrunde kannten, erreichten sie die Casa de las Temporalidades ohne Zwischenfälle. Nachdem sie über die rückwärtige Mauer geklettert waren, erreichten sie den Innenhof, wo sich unter einer Treppe der Zugang zu den Tunnels verbarg. Clavius steckte einen riesigen Schlüssel in die Falltür und versuchte mehrere Male, ihn zu drehen. Er bewegte sich kaum und machte dabei ein Geräusch, das den Rost und den Staub von Jahren verriet. Der Jesuit nahm ein kleines, in Leder gewickeltes Päckchen aus seinem Mantel.

»Ich bin vorbereitet«, sagte er mit einem Lächeln. »Das ist Schmalz«, erklärte er. »Ich brauche ein bisschen Feuer, um ihn zu erwärmen, bevor ich den Schlüssel damit einreibe.«

Blackraven entzündete sein Feuerzeug und reichte es ihm. Die Oberfläche des Schmalzklumpens wurde schnell weich, und Clavius rieb den Schlüssel damit ein.

»Hoffentlich funktioniert dein Trick, Clavius«, sagte Malagrida. »Hier oben können wir diese verfluchte Tür nicht in die Luft sprengen, ohne die halbe Stadt aufzuwecken.«

Der Jesuit steckte den Schlüssel erneut ins Schloss, und alle hielten die Luft an. Beim dritten Versuch drehte sich der Schlüssel komplett um. Seufzer der Erleichterung waren zu hören. Clavius öffnete und gab ihnen ein Zeichen, ihm zu folgen. Er führte sie ohne zu zögern und musste kaum die Karten zu Rate ziehen. Obwohl sich die Gänge an einigen Stellen zu kleinen Kammern weiteten, die mit Fässern, Holzkisten, mottenzerfressenen Möbeln und sonstigem Gerümpel vollgestellt waren, waren sie größtenteils eng und so niedrig, dass Blackraven gebückt gehen musste.

»Wir sind da«, verkündete Clavius schließlich. »Hinter dieser Tür liegt der Kerker des Rathauses.«

Sie sprengten das Schloss und gingen hinein. Die Luft veränderte sich plötzlich. Hatte sie vorher ein dumpfer Geruch nach Feuchtigkeit und Moder umgeben, so stank es nun nach Urin, Kot und schmutzigen Menschen. Sie warteten ab. Das Rasseln von Ketten war zu hören.

»Das sind die Gefangenen«, vermutete Amy. »Die Explosion hat sie aufgeweckt.«

Mittlerweile mussten die beiden Wachen bereits dem Whisky zugesprochen haben und würden hoffentlich im oberen Teil des

Gebäudes schnarchen. Sie gingen weiter. Die Gefangenen streckten die Arme durch die Gitterstäbe und flehten sie an. Einer, der übel zugerichtet am Boden lag, bat um Wasser. Malagrida bückte sich und reichte ihm seine Taschenflasche mit Wein. Er zuckte zusammen, als Blackraven ein weiteres Schloss sprengte.

Die Wachrunde, die aus vier Rotröcken bestand, traf früher als vorgesehen in der Calle de la Santísima Trinidad ein, an der das Rathaus lag. Sie wussten, dass Carmody, einer der Gefängniswächter, und sein Kumpan Ryan zwei Flaschen exzellenten Scotch von einem Schmuggler erstanden hatten, der sie ihnen am Morgen zu einem Spottpreis angeboten hatte. Sie hofften, ein paar Schlucke abzubekommen, um die nächtliche Kälte zu bekämpfen.

»Was war das?«, fragte einer aus der Runde beunruhigt.

»Hörte sich an wie eine Explosion.«

»Das war ein Gefangener, der einen Furz gelassen hat«, grölte Carmody, und Ryan schüttete sich schier aus vor Lachen.

»Seid still!«

»Lasst uns mal nachsehen.«

Servando, der ein wenig abseits Schmiere stand, sah sie als Erster. Sie hatten sich leise angeschlichen, und so bemerkte er sie erst, als sie ein paar Schritte vor ihm standen.

»Rotröcke!«, brüllte er.

Er gab einen Schuss ab und stürzte auf Blackraven zu, der sich vor Tommy stellte und seine beiden Waffen abfeuerte, genau wie Amy, Somar, Malagrida und O'Maley. Im nächsten Augenblick füllte sich der Korridor des Verlieses mit einer dichten weißen Rauchwolke und dem Gestank von verbranntem Pulver. Von einer Musketenkugel getroffen, brach Servando zu Blackravens Füßen zusammen.

»Zurück!«, befahl Blackraven, während er Servando schulterte und Tommy vorwärtsstieß.

Der Junge bewegte sich aufgrund der Verletzung an der Wade

und den geprellten Rippen nur mühsam vorwärts. Amy und Malagrida sicherten den Rückzug; Somar und O'Maley luden die Pistolen nach. Trotz der Panik staunte Clavius, wie geschickt sein Mitbruder die Feuerwaffe handhabte.

»Vorwärts!«, rief Blackraven. »Somar, hilf Tommy!«

Die Soldaten verfolgten sie quer durch den Kerker bis in die unterirdischen Gänge. Hinter einige Eichenholzfässer gekauert, feuerten Blackraven und seine Freunde eine Salve ab, die ihre Verfolger aufhielt und eine Bresche in ihre Reihen schlug. Wie schon zuvor waren die Gänge ein einziges Labyrinth, und die Soldaten, die keine Fackeln dabeihatten, blieben bald in der Dunkelheit zurück. Als sie den Innenhof der Casa de las Temporalidades erreicht hatten, schloss Clavius die Falltür ab.

»Zieh diese Handschuhe über«, befahl Blackraven. Tommy gehorchte. »Ich will nicht, dass deine Schwester sieht, dass dir ein paar Fingernägel fehlen. Du wirst ihr sagen, dass es dir gutgeht. Und versuch, nicht so zu humpeln. Ich will nicht, dass du sie beunruhigst. Sie hat genug unter dem Tod deines Bruders Jimmy und deinen Dummheiten gelitten.«

»Ja, Sir.«

Blackraven musterte ihn. Ein Bad, frische Kleider, eine Rasur und Trinaghantas Haarschnitt hatten aus dem Streuner wieder das gemacht, was er eigentlich war: ein verängstigter, verwirrter Junge. Von seinem früheren Hochmut und Maulheldentum war nichts mehr zu bemerken; er sah traurig und beschämt aus und hielt den Blick zu Boden gesenkt.

»Sehr gut. Warte hier. Ich gehe sie wecken.«

Melody schlief unruhig. Sie wälzte den Kopf auf dem Kissen hin und her und bewegte die Augen unter den Lidern. Aufgeregt schreckte sie aus dem Schlaf hoch. Blackraven nahm sie in die Arme und flüsterte ihr zu: »Ist ja gut, Liebling. Du hattest einen Alptraum.«

»Ich habe von Tommy geträumt. Ich habe geträumt, dass sie ihn gehängt haben.«

»Es war nur ein Alptraum, Isaura! Warum vertraust du mir nicht? Dein Bruder ist hier, auf der anderen Seite der Tür. Er ist gerade aus dem Gefängnis gekommen und will dich sehen.«

»Roger!«, schluchzte sie und brach in Tränen aus.

Blackraven erklärte ihr, dass Tommy geflohen sei, seine Lage habe ihm keine andere Wahl gelassen. Der Junge müsse den Río de la Plata verlassen und werde dies auf einem seiner Schiffe tun, als Schiffsjunge.

»So wird er einen Beruf erlernen und sich seinen Lebensunterhalt verdienen. Wenn er schlau ist, kann er von dem Prisengeld einiges ansparen.«

»Es ist ein so gefährliches Leben!«

»Isaura, bitte«, sagte Blackraven ungehalten. »Gefährlicher als das Leben als Flüchtling und Herumtreiber, das er bislang führte? Dieses Leben eines Streuners und armen Schluckers?«

»Nein, natürlich nicht.«

Blackraven bedeutete Tommy, einzutreten. Melody hätte ihn am liebsten beschimpft und geschlagen, geküsst und umarmt. Er sah so niedergeschlagen aus, so unterwürfig. Sie schloss ihn in die Arme und wiegte seinen Kopf. Tommy brach in ein ängstliches Schluchzen aus.

»Verzeih mir! Verzeih mir alles, was ich getan habe!«

»Pst, ist ja gut. Ich verzeihe dir. Nicht weinen.«

»Ich habe dich und Jimmy enttäuscht. Ich habe euch im Stich gelassen, habe euch Paddys Willkür überlassen. Mein Gott, ich werde mir das nie verzeihen!«

»Du musstest von *Bella Esmeralda* fliehen. Du musstest es tun«, rief sie ihm in Erinnerung.

»Nein, nein. Ich habe euch im Stich gelassen. Ich bin nie zurückgekehrt, habe nie die Verantwortung übernommen, die unser Vater mir übertragen hat. Und als ich euch hier in Buenos Aires wiederfand, habe ich euch eurem Schicksal überlassen.«

»Nein, so ist es nicht. Gib dir keine Schuld. Du bist zu hart gegen dich selbst. Unser Leben ist schwierig gewesen, aber jetzt wird sich das ändern. Nicht wahr?« Tommy nickte, ohne sie anzusehen. »Tu, was Roger dir sagt. Vertrau ihm. Gib dich in seine Hände. Ich weiß, er ist Engländer, aber er ist auch der gütigste und großzügigste Mensch, den ich kenne. Wirst du das für mich tun? Schwör es mir.«

»Ich schwöre es bei der Erinnerung an Jimmy.«

»Sie haben dich geschlagen«, sagte Melody und fuhr ihm mit den Fingern über die Platzwunde an der Stirn.

»Ach, das ist nichts«, wiegelte Tommy ab. »Es geht mir gut, wirklich, sehr gut.«

»Verabschiedet euch jetzt«, schaltete sich Blackraven ein. »Es ist riskant, noch länger hier im Haus zu bleiben. Es ist der erste Ort, an dem sie ihn suchen werden.«

»Miora hat ein paar Kleider für dich genäht. Hat sie sie dir gegeben?« Tommy bejahte. »Ich liebe dich, Tommy, vergiss das nie. Pass auf dich auf, sei vernünftig und denk immer an mich und daran, dass ich hier auf dich warte. Roger wird erreichen, dass man die Anklage gegen dich fallenlässt, und dann kommst du zurück, um deinen Platz auf *Bella Esmeralda* einzunehmen. Stimmt's, Liebster?«

»Das werde ich tun«, versprach Blackraven. »Los, gehen wir.«

Somar und O'Maley machten die Pferde bereit, um den jungen Thomas Maguire zur Cangrejal-Bucht zu begleiten, wo er sich der Besatzung der *White Hawk* unter dem Kommando von Kapitän Flaherty anschließen sollte.

»Trinaghanta sagt, dass Servando ernstlich verwundet ist«, erklärte der Türke. »Sie traut sich nicht, die Kugel zu entfernen. Man wird einen Arzt holen müssen. Ich habe an Samuel Redhead gedacht.«

»Samuel ist vertrauenswürdig«, stimmte Blackraven zu, »aber ich will ihn nicht in Schwierigkeiten bringen. Bring von Hohenstaufen mit, den Schiffsarzt der *Sonzogno*. Er kann auf dem Rückweg auf Fuoco reiten.« Er half Tommy aufs Pferd. »Übergib Flaherty diesen Brief von mir«, sagte er, und Tommy steckte den Umschlag in die Innentasche seiner Jacke. »Hier hast du ein paar Pfund für deine Ausgaben. Ich hoffe, dass du sie weder vertrinkst noch verspielst. Wenn du schlau bist, wirst du dich auf meinem Schiff gut zu führen wissen und sogar gutes Geld verdienen. Los, auf geht's.«

Tommy packte die Zügel und wendete Fuoco.

»Danke, Mister Blackraven.«

Roger nahm den Dank und die stillschweigende Entschuldigung mit einem Kopfnicken an.

# Kapitel 12

Nach Tommys Flucht kehrte in dem Haus in der Calle San José eine gewisse Normalität ein, trotz der Nachforschungen und Ermittlungen der englischen Behörden, die jedoch behutsam vorgingen und die Familienmitglieder nicht behelligten.

Blackraven war den größten Teil des Tages außer Haus, wo ihn seine verschiedenen Geschäfte in Anspruch nahmen. Am 3. August 1806 wurde der Eingang der ersten Stück Vieh in den Büchern der Gerberei *Kreuz des Südens* vermerkt. Sie würden bis hin zu den Knochen verwertet, erklärte Blackraven Melody. Die Gerberei am Ufer des Riachuelo verfügte nicht nur über Anlagen für den langwierigen Prozess des Gerbens von Rindsleder, sondern auch über große Flächen zum Dörren von Fleisch. Es sollte Dörrfleisch hergestellt werden, das an der Luft getrocknet wurde, und Pökelfleisch, das in Fässern mit Salz heranreifte. Pökelfleisch war zwar schmackhafter und saftiger als Dörrfleisch, das die Konsistenz von Leder hatte und schlecht roch, aber es verdarb häufig und man musste es in Essig einlegen, um den Salpetergeschmack loszuwerden.

Das Fett, das bei der Herstellung von Kerzen, Seifen und Cremes sehr gefragt war, wurde in Steinöfen erhitzt, ausgekocht und in Würfel gegossen, um dann in Blechbüchsen verpackt zu werden.

»Und was machst du mit den Knochen?«, wollte Melody wissen.

»Neben dem Knochenpulver, das ich für meine Porzellanfabrik in Truro brauche, werde ich sie an Fabrikanten von Kämmen, Knöpfen, Bechern, Streusandbüchsen, Tintenfässern oder

Nadelbüchsen verkaufen. Du würdest staunen, was sich alles aus Rinderknochen herstellen lässt.«

Wie er Álzaga schon vor Monaten angekündigt hatte, wollte Blackraven die Qualität der Lederwaren aus England erreichen, die sich durch Geschmeidigkeit und Robustheit auszeichneten, ganz anders als das einheimische Leder, das wegen unzureichender Gerbung in den Lohgruben hart, glanzlos und dünn war. Er würde das Juchtenleder einführen, das den hiesigen Produzenten unbekannt war, und außerdem exotische Häute gerben, die in Europa heiß begehrt waren. In Rio de Janeiro hatte er vier irische Kürschnermeister unter Vertrag genommen, die die Anlage, die Qualität der Rohhäute und die hervorragende Güte des Tannins lobten. Er nahm auch die Dienste des tschechischen Naturforschers Thaddäus Haenke in Anspruch, der mehrere Tage in der Gerberei zubrachte, um den irischen Gerbermeistern zu erklären, wie man die Felle vor der Pelzmotte schützte. Pascual de Parodi aus Montevideo empfahl ihnen zu diesem Zweck, die Fettschicht der Häute mit Kalk zu behandeln.

Blackraven liebte die Region Río de la Plata. Nur selten war er in einer so fruchtbaren, weiten Landschaft gewesen, die ihm unendliche Expansionsmöglichkeiten bot. Abelardo Montes wollte unbedingt nach Misiones reisen, um Land zum Anbau von Tabak und Mate zu erwerben; Francisco Martínez de Hoz, ein anderer reicher Händler, schlug ihm vor, nach Catamarca zu reisen, wo der Indigoanbau gute Gewinne abwerfe; und Doña Rafaela del Pino, die frühere Vizekönigin, schlug ihm eine Beteiligung an ihren Kalksteinbrüchen am Ostufer vor, ein Angebot, das sein Interesse weckte.

»Ich habe gehört, dass Ihr Ende Februar ein junges Mädchen vom Land geheiratet habt«, bemerkte die alte Vizekönigin. »Ich hoffe, sie ist tugendhaft.«

»Das ist sie.«

»Nun ja«, sagte die Dame mit einem Seufzer. »Ich gestehe,

dass ich enttäuscht war, als ich davon erfuhr. Ich hatte gehofft, Ihr würdet bei einer neuerlichen Vermählung ein Auge auf eine meiner Töchter werfen, sind sie doch außerordentlich fleißig und wohlerzogen.«

Blackraven lachte. Er amüsierte sich immer über Doña Rafaelas Unmut, den sie hinter diesem Firnis aus Zurückhaltung und Würde verbarg. Sie waren seit Jahren befreundet, schon zu Zeiten, als Don Joaquín, ihr Gemahl, noch lebte.

»Das sind sie ohne Zweifel«, gab er zu, »und darüber hinaus sehr hübsch.« Er ließ seinen Blick über die errötenden Gesichter der Mädchen schweifen, die sich über ihre Stickarbeiten beugten, als ginge es nicht um sie.

»Es geht das Gerücht, die Gräfin von Stoneville befinde sich in guter Hoffnung«, fuhr die alte Vizekönigin fort.

»So ist es.«

»Ich würde sie gerne kennenlernen. In den nächsten Tagen werde ich sie zu einer Tasse Schokolade einladen.«

»Das wird bedauerlicherweise nicht möglich sein, Doña Rafaela, zumindest nicht im Moment. Meine Gemahlin ist in Trauer«, erklärte Blackraven. »Ihr Bruder ist am 26. Juni verstorben.«

»Oh, vor knapp einem Monat erst. Wie geht es ihr?«

»Besser.«

»Stimmt es, dass sie vorhat, ein Hospiz für alte und freigelassene Sklaven zu gründen?«

»Ja, das stimmt.«

»Eine äußerst löbliche Sache. Ich würde gerne mit einer Spende dazu beitragen.«

»Sie wird hochwillkommen sein.«

»Die Einmischung Eurer Landsleute in Buenos Aires wird Euch sehr entgegenkommen, nehme ich an.«

»Nicht wirklich.«

»Ach, nein? Soweit ich weiß, besucht Ihr häufig das Fort.« Blackraven lächelte verständnisvoll.

»General Beresford und ich sind alte Freunde. Er kennt meine Meinung bezüglich dieser Invasion: Ich bin dagegen.«

»Dürfte ich fragen, warum, Exzellenz?«

»Ich halte nichts von militärischen Besatzungen, Señora. Sie verursachen Zerstörung und Unmut. Hingegen halte ich viel von freundschaftlichen Beziehungen zwischen den Ländern und Handelsabkommen, die ihnen Wohlstand bringen.«

»Hochinteressant. Wo wir von Handelsabkommen sprechen: Habt Ihr darüber nachgedacht, Euch am Abbau des Kalksteins zu beteiligen? Wenn man es richtig angeht, kann es ein äußerst lukratives Unternehmen sein.«

Bei jeder anderen Frau wäre es ihm unangenehm gewesen, über Geschäfte zu sprechen. Doch Doña Rafaelas pragmatische, vorurteilslose Art machte aus diesem Dialog, der für andere inakzeptabel gewesen wäre, eine ganz normale Sache.

Blackraven nickte. »Heute Vormittag hatte ich eine Unterredung mit Eurem Anwalt Doktor Ruda y Vega, der mir die Einzelheiten erklärte. Ich halte das Angebot wirklich für attraktiv.« Doña Rafaela lächelte. »Wenn ich richtig verstanden habe, besteht Eure Bedingung darin, dass ich mich um die Verwaltung kümmere.«

»So ist es. Für mich ist das nichts, und meine Söhne zeigen keinerlei Interesse an den Steinbrüchen, obwohl sie von den Gewinnen profitieren.«

»Euer Vertrauen ehrt mich, Señora«, sagte er und neigte den Kopf. »Aber Ihr müsst wissen, dass ich mich nur persönlich um die Verwaltung kümmern kann, wenn ich am Río de la Plata bin. Die restliche Zeit werde ich die Sache meinen Anwälten und Angestellten übergeben.«

Sie kamen überein, dass Doña Rafaela ihm fünfundvierzig Prozent an den Steinbrüchen verkaufen und einen Vertrag unterzeichnen würde, in dem sie ihm die Verwaltung übertrug. In einigen Fragen, die den Umgang mit den Angestellten, die Verbesserung der Arbeitsbedingungen und Investitionen in Betriebsvermögen betrafen, verlangte Blackraven völlige Entscheidungsfreiheit. Die Vizekönigin war einverstanden.

»Eure Landsleute stecken in Schwierigkeiten. Gerüchten zufolge hält sich Hauptmann Liniers am Ostufer auf, um eine Armee zur Rückeroberung zusammenzustellen. Was wisst Ihr darüber?«

»In Anbetracht meiner Nationalität und meiner weithin bekannten Freundschaft mit General Beresford wird man mir wohl kaum Hauptmann Liniers Pläne anvertrauen. Tatsache ist, dass ich nichts weiß.«

Das war natürlich gelogen. Blackraven war über jeden Schritt von Liniers auf dem Laufenden, von seiner Flucht ans Ostufer am 10. Juli bis zu seiner Unterredung mit Gouverneur Ruiz Huidobro am 18. Juli in Montevideo, der ihm eine Streitkraft von sechshundert Mann, Geschütze, Munition, Proviant und Uniformen sowie die Unterstützung der Flotte zugesagt hatte. Der Angriff stand unmittelbar bevor.

»Sollten wir nicht lieber verschwinden, wenn bald mit einem Angriff zu rechnen ist?«, fragte Somar an diesem Abend nach dem Essen ungeduldig.

»Nein«, sagte Blackraven. »Weder Liniers noch Beresford werden die Stadt vom Fluss aus unter Beschuss nehmen. Es wird zum Kampf kommen, aber ich glaube nicht, dass er uns betrifft. Beresford wird versuchen, ihn auf freiem Feld zu führen, wo sein 71. Regiment Liniers ungeübte Männer aufreiben würde. Dieser wiederum wird versuchen, den Kampf in die Straßen der Stadt zu verlagern, weil er die Unterstützung des Volkes hat.«

»Wenn der Kampf im Herzen der Stadt entbrennt, wären wir mittendrin.«

»Das werden nur Scharmützel sein. Ich werde meine Männer auf dem Dach und an beiden Eingängen postieren. Niemand wird dieses Haus betreten, und auch nicht die in der Calle Santiago oder El Retiro. Ist dir noch nie aufgefallen, dass die Häuser in Buenos Aires kleinen Festungen gleichen? Mit O'Maleys Leuten und den Besatzungen der *Sonzogno* und der *Afrodita«* – Amy Bodrugans Brigantine – »sind wir genügend Männer und zudem besser bewaffnet als jede der beiden Parteien.«

»Vielleicht wendet sich der Pöbel gegen uns, weil du Engländer bist.«

»Und greift das Haus des Schwarzen Engels an? Das bezweifle ich.«

»Wann wird Liniers deiner Meinung nach mit seinem Angriff beginnen?«

»Ich habe soeben erfahren, dass er gestern in Las Conchas gelandet ist, zwanzig Meilen von hier.«

»Dann ist er in zwei Tagen in der Stadt.«

»Wenn dieses Unwetter anhält, wie Justicia behauptet – und du weißt ja, dass er sich bei Wettervorhersagen nie irrt –, werden Liniers Truppen erst in einigen Tagen eintreffen«, urteilte Blackraven. »Heute ist der 5. August. Ich bezweifle, dass sie vor dem 10. hier sind. Malagrida und Amy reisen heute zur Cangrejal-Bucht und bringen auf dem Rückweg ihre Besatzungen mit. Sie werden nur ein paar Mann als Bewachung zurücklassen.«

»Das gefällt mir gar nicht. Galo Bandor ist ein Schlitzohr. Er wird die Situation ausnutzen.«

»Ich werde Anweisung geben, dass man ihn für diese Zeit in Ketten legt, genau wie die anderen fünf, und dass man sie nicht an Deck bringt, auch nicht in Fußeisen.«

»Ich verstehe nicht, worauf Amy noch wartet, um ihm die Gurgel durchzuschneiden«, mokierte sich der Türke.

»Lass sie. Sie denkt über die beste Methode nach, ihn ins Jenseits zu befördern.«

Blackraven griff nach dem Briefmesser und öffnete einen Briefumschlag.

»Er ist von Marie und Louis«, sagte er. »Er ist heute Morgen angekommen.«

Er las schweigend, und während er las, verfinsterte sich seine Miene.

»Schlechte Nachrichten?«

»Ich weiß es nicht. Vielleicht. Ein ungelegener Besuch. Ein portugiesischer Baron und seine Gemahlin, die ich in Rio de Janeiro kennengelernt habe, sind vor einigen Tagen mit dem Schiff nach Buenos Aires aufgebrochen.«

»Sind sie irgendwie verdächtig? Ich meine die Sache mit der Kobra.«

»Es hat damit nichts zu tun«, erklärte Blackraven. »Die Baronin de Ibar könnte sehr lästig werden. Sie kann sehr hartnäckig sein, wenn sie sich etwas in den Kopf gesetzt hat.«

»Verstehe.«

»Und ich will keinen Streit mit Isaura. Sie hat sich gerade wieder beruhigt, und ich will, dass das so bleibt.«

»Wir gehen in das Haus in der Calle San José, Fräulein Elisea?«, wunderte sich Manila. »Sind die nicht in Trauer?«

»Miss Melody hat nach mir rufen lassen«, erklärte Elisea. »Los, Manila, beeil dich.«

»Ganz wie Ihr wünscht, Fräulein. Glaubt Ihr, dieser Türke mit den Tätowierungen im Gesicht wird dort sein?«

»Somar? Das weiß ich nicht, Manila. Was willst du denn von ihm?«

»Tja, es sieht ganz so aus, als hätte er Miora den Kopf verdreht, und ich würde ihn gerne mal sehen. Einmal habe ich ihn getroffen, es ist schon länger her, und ich weiß noch, dass er mir einen ordentlichen Schreck eingejagt hat. Aber Miora scheint sehr verliebt zu sein.«

»Miora ist in Somar verliebt?«, wunderte sich Elisea. »Aber warum eigentlich nicht?«, sagte sie dann mehr zu sich selbst.

»Aber Fräulein Elisea! Böse Zungen behaupten, der Türke sei ... Nun ja, also er soll ... Ach, ich weiß nicht, wie ich es sagen soll ... Na ja, also dass er nichts mehr zwischen den Beinen hat!«

»Manila!«

»Ja, ja, ich weiß«, seufzte die Sklavin ergeben. »Ich soll lieber den Mund halten, sonst lasst Ihr mich auspeitschen.«

»Genau.«

Wie Melody in ihrer Nachricht gebeten hatte, klopfte Elisea am Hintereingang, genau wie ihre Sklavin in ein grobes, dickes Umschlagtuch gehüllt. Miora öffnete und führte sie durch den leeren, stillen Küchentrakt ins Haus.

»Du bleibst hier, Manila«, sagte Miora. »Bitte folgt mir, Fräulein Elisea.«

Melody saß in einem der Gesindezimmer neben einem Strohlager. Trinaghanta war bei ihr und legte Servando einen kalten Umschlag auf die Stirn. Elisea spürte, wie ihre Beine nachgaben, und schlug die Hand vor den Mund, um ein Schluchzen zu unterdrücken.

»Komm herein, Elisea. Servando hat nach dir gefragt. Es ist zwar riskant, aber es ist gut, dass du hergekommen bist. Das wird ihn beruhigen.«

»Was ist passiert?«

»Er wurde verwundet, als er dabei half, meinen Bruder Thomas aus dem Gefängnis zu befreien.«

Elisea setzte sich auf Melodys Platz und legte ihre Hand auf Servandos heiße, schweißnasse Stirn.

»Gütiger Himmel!«, sagte sie erschrocken. »Er glüht ja.«

»Servando!«, flüsterte Melody. »Elisea ist da. Sie ist gekommen, um dich zu sehen.«

In der Küche stellte Miora Manila eine Tasse Milch hin. Manila sah Miora verschmitzt lächelnd an. Sie sahen sich nicht oft, aber sie waren Freundinnen.

»Ist dein Heide nicht da?«

»Er ist nicht mein Heide«, entgegnete Miora beleidigt. »Und nein, er ist nicht da.«

»Helft ihr beiden dem Schwarzen Engel noch immer beim Empfang der Bittsteller?« Miora nickte. »Dann seht ihr euch also täglich.« Miora nickte erneut. »Ich erinnere mich nicht mehr genau an ihn. Sieht er gut aus?« Miora nickte ein drittes Mal und errötete. »Ich weiß noch, dass er Tätowierungen im Gesicht hatte«, sagte die Schwarze abschätzig.

»Na und?«, fuhr Miora auf. »Du hast das Brandzeichen auf der Wange und ich spreche trotzdem mit dir.«

»Das ist nicht das Gleiche. Ich wurde dazu gezwungen. Er nicht.«

»Das ist mir egal. Mir gefallen die Tätowierungen.«

»So, so, sie gefallen dir. Und er, gefällt er dir auch?« Sie knuffte sie sanft in die Seite. »Na komm schon, früher hast du mir vertraut.«

»Ja, er gefällt mir. Sehr sogar.«

»Glaubst du, du gefällst ihm auch?«

»Nein, das ist es ja! Er spricht kaum mit mir. Ich glaube, er mag mich nicht.«

»Umso besser«, erklärte Manila. »So schwärmst du nicht für jemanden, der dich nicht einmal befriedigen könnte.«

»Warum denn nicht?«

»Weißt du nicht, was man sich über ihn erzählt?« Miora schüttelte den Kopf. »Er soll kastriert sein!«

Beresford wartete schon lange auf das Ende, und an diesem Sonntag, den 10. August 1806, kam er im Gespräch mit Liniers Adjutant de la Quintana zu der Erkenntnis, dass es nahezu unmöglich war, die Stadt zu halten.

Der unfähige Popham war daran gescheitert, die spanische Flotte unter dem Befehl von Kapitän Gutiérrez de la Concha aufzuhalten. Die Spione überhäuften ihn mit Informationen über den Vormarsch Liniers, dem sich auch Pueyrredón und Martín Rodríguez angeschlossen hatten. Die feindliche Kavallerie belagerte die Stadt und verhinderte die Lieferung von Lebensmitteln. Das unverändert wütende Unwetter behinderte ihn wie vor fünf Tagen schon, als er versucht hatte, Buenos Aires zu verlassen, um Liniers aufzuhalten, der sich von Las Conchas auf Chacarita de los Colegiales zubewegte. Aufgrund des schlechten Wetters hatte Beresford auch nicht die Frauen, Kinder und Kranken sowie den Tross nach Süden zur Ensenada de Barragán bringen können. Nur selten hatte er solche Ohnmacht und Wut empfunden.

Er hörte auf, vor de la Quintana auf und ab zu gehen, und bat William White, zu übersetzen.

»Dies ist meine Botschaft an Marinekapitän Liniers. Teilen Sie ihm mit, dass ich meine Stellung so lange verteidigen werde, wie es die Vernunft gebietet, um diese Stadt vor möglichem Unheil zu bewahren. Doch dazu wird es nicht kommen, wenn sich alle Einwohner vernünftig verhalten.«

Noch bevor dieser 10. August zu Ende ging, ergriff Beresford Verteidigungsmaßnahmen: Er ließ Artilleriegeschütze rings um die Plaza Mayor aufstellen und postierte Soldaten in den oberen Stockwerken der umliegenden Häuser, in der Recova und auf dem Fort. Am nächsten Tag erfuhr er, dass Liniers Truppen nach einem anstrengenden Marsch – das Unwetter hatte die Wege unpassierbar gemacht –, die Gegend um Retiro erreicht hatten. Die Bevölkerung hatte ihnen dabei geholfen, die Geschütze zu schleppen. Ein kurzes Scharmützel der Vorhut genügte, um die englische Bewachung zu überwältigen und die Kaserne in ihren Besitz zu bringen. Sofort wurden die Haubitzen und Kanonen in der Nähe der Plaza de Toros aufgestellt und auf die Stadt ausgerichtet. Diese Artillerie hielt Beresfords Vorstoß auf, der mit dreihundert Mann und zwei Kanonen den Norden der Stadt zurückerobern wollte. Auch Kommodore Pophams Versuch vom Fluss her blieb erfolglos, nachdem ein Kanonenschuss aus Liniers

Reihen den Besanmast der *Justinia* gekappt hatte. Nach diesen Misserfolgen bestellte Beresford Popham in die Festung.

»Nachdem wir nicht in der Lage gewesen sind, Liniers Landung in Las Conchas zu verhindern«, erklärte Beresford, ohne seine Geringschätzung für den Untergebenen zu verhehlen, »erachte ich die Situation am Río de la Plata für unhaltbar. Ohne Verstärkung sind wir verloren. Selbst wenn es uns gelänge, Liniers zu besiegen, würden wir früher oder später fallen, wenn die Armee, die Vizekönig Sobremonte aus Córdoba heranführt, die Stadt belagert. Ich betone noch einmal, ohne Verstärkung, die wir so dringlich aus London angefordert haben, sind wir gar nichts.«

»Wir sollten die Stadt plündern und uns dann unverzüglich einschiffen«, schlug Popham vor.

»Wenn ich so denken würde wie Ihr, Kommodore, wäre ich kein Soldat, sondern Pirat.«

Denis Pack, George Kennett und weitere Offiziere räusperten sich und rutschten betreten hin und her. Beresford sprach weiter.

»In Anbetracht der Lage, die ich Ihnen geschildert habe, meine Herren, hoffe ich, dass Sie alle mit meinem Vorschlag einverstanden sind. Ich werde an Pueyrredón schreiben, den ich für die Triebfeder dieses Aufstands halte. Außerdem untersteht ihm die Kavallerie, die einzige Einheit, die uns aufhalten kann. Folgenden Vorschlag möchte ich ihm unterbreiten. Wir werden die Stadt zurückgeben und die Armee von Vizekönig Sobremonte von ihrem Eid entbinden, keine kriegerischen Handlungen gegen uns vorzunehmen …«

»Einige haben das bereits getan«, bemerkte Popham. »Sie haben ihr gegebenes Wort gebrochen und sich Liniers Truppen angeschlossen.«

»Nun denn«, fuhr Beresford fort, »ich werde sie also *offiziell* von ihrem Eid entbinden und ihnen die Prisen zurückerstatten, die wir auf offener See gemacht haben, sofern die Truppen nicht weiter vorrücken, bis die englische Armee die Stadt geräumt hat und sich auf dem Weg zur Ensenada de Barragán befindet.«

Liniers hatte kaum Kontrolle über seinen ungeordneten Haufen von Soldaten, Zivilisten und Matrosen. Das zeigte sich in der Nacht des 11. August, als eine Kompanie eigenmächtig in die Häuser eindrang, über die Dächer bis zur Plaza Mayor vorrückte und die Ranchería-Kaserne einnahm, die sich an der Ecke der Straßen San Carlos und San José befand. Die Engländer verschanzten sich im Fort.

Blackravens Befehl war deutlich gewesen: jeden zu erschießen, der versuchte, sein Haus, El Retiro oder das Haus in der Calle Santiago zu betreten, ganz gleich, ob Engländer, Kreole oder Spanier. Er hatte seine Matrosen auf Dächern, in Patios und an Fenstern postiert, während er, Malagrida und Amy sich unter Lebensgefahr zwischen den einzelnen Anwesen hin und her bewegten.

Somar hielt die Idee, nach El Retiro zu reiten, für Selbstmord, und er hatte damit nicht ganz unrecht. An jeder Ecke gab es Scharmützel und heftige Schusswechsel, und mehr als einmal spürten sie die Kugeln an ihren Köpfen vorbeisausen. Sie trafen nachts ein, als ein Trupp mit Liniers selbst an der Spitze gerade das Anwesen stürmen wollte. Die Soldaten blieben stehen, als Schüsse vom Turm her vor den Hufen der Pferde einschlugen. De la Quintana, Liniers Feldadjutant, erklärte lauthals schreiend, dass sie Lebensmittel, Wasser und ein Nachtlager für Liniers und seine Offiziere verlangten.

»Guten Abend, Kapitän Liniers.«

»Oh, Exzellenz. Welch angenehme Überraschung, Euch hier anzutreffen!«

Im schwachen Licht der Fackeln erkannte Blackraven das freundliche, wenn auch angespannte und erschöpfte Gesicht des Franzosen. Die Anstrengungen der letzten Tage waren auch seiner rot-blauen, goldbetressten Uniform eines Fregattenkapitäns anzusehen, die vor Tagen noch ein prächtiger Anblick gewesen sein musste, aber nun schmutzig und abgenutzt war.

Er stellte ihm Malagrida und Amy Bodrugan vor, die mit ihrem schwarzen Kopftuch, der eng anliegenden Hose, dem Schwert am Gürtel und ihrem kleinen Äffchen auf der Schulter misstrauische Blicke bei der Truppe und auch unter den Offizieren hervorrief. Sie wechselten ein paar höfliche Worte, bevor Blackraven sie hereinbat.

»Entschuldigt den unfreundlichen Empfang, den Euch meine Leute bereitet haben, Kapitän Liniers. Sie hatten Anweisung, auf jeden Fremden zu schießen, um Plünderungen und Diebstähle zu verhindern, wie sie unter diesen Umständen häufig vorkommen.«

»Selbstverständlich, Exzellenz. Das verstehe ich.«

Blackraven rief Bustillo herbei und trug ihm auf, sich um die Pferde zu kümmern und die Soldaten der Truppe unterzubringen und zu verpflegen.

»Und Bustillo«, setzte er hinzu, »lass den Soldaten in der Kaserne ein paar Hühner und zwei Schweine schicken.«

»Vielen Dank, Exzellenz«, sagte Liniers. »Ich werde Euch diese großzügige Geste nicht vergessen.«

Nach dem Essen, als alle rauchten und Cognac tranken – »den besten, den ich je gekostet habe«, so de la Concha –, entfernten sich Liniers und Blackraven ein wenig von den anderen, um sich zu unterhalten.

»Ich frage mich immer noch, Exzellenz«, sagte Liniers, »wie Ihr und Eure Freunde es geschafft habt, ohne einen Kratzer nach El Retiro zu gelangen. Soweit ich weiß, herrscht völliges Chaos in der Stadt.«

»Wir sind aufgebrochen, als es dunkel wurde. Wir sind durch das Bajo-Viertel geritten und haben die Hauptstraßen gemieden. Dort wird von den Dächern heruntergeschossen, sogar von den Klöstern; die Mönche sind bemerkenswert geschickt im Umgang mit den Kanonen. Ich wäre froh, die Geschützmeister auf meinen Schiffen wären auch so treffsicher«, erklärte er mit einem vergnügten Unterton, und Liniers lächelte.

»Vorhin ist ein Emissär von Beresford mit einer Botschaft für Pueyrredón in der Kaserne eingetroffen. Morgen früh um neun treffen wir uns im Kloster Santa Catalina mit William White, der uns einen Vorschlag übermitteln will. Ich nehme an, er will über den Abzug verhandeln.«

»Ich denke, es wird für White nicht einfach sein, dorthin zu gelangen, wenn Ihr ihm keine Truppe schickt, die ihn vor dem Pöbel schützt. Die Leute sind wie von Sinnen.«

Liniers trank einen Schluck, während er über die Worte nachdachte, mit denen Blackraven ihm soeben zu verstehen gegeben hatte, dass ihm der Aufstand entglitten war. Dann fragte er sich, ob Anita Perichon, seine Geliebte, sich wohl an die Affäre mit dem exzentrischen Grafen von Stoneville erinnerte. Er wirkte nicht wie ein Mann, den man leicht vergaß.

»Ja, sie sind wie von Sinnen«, gab Liniers zu. »Die Besatzung war allen verhasst. Angeblich sogar Euch, was mich erstaunt, seid Ihr doch englischer Abstammung.«

Blackraven lachte kurz auf.

»Was bin ich?«, fragte er. »Der Vater Engländer, die Mutter halb italienisch, halb spanisch, mit österreichischen Vorfahren und in Frankreich geboren. Kann man da sagen, welche Nationalität ich habe? Ich bin ein Weltbürger, Kapitän. Den größten Teil meines Lebens habe ich als Korsar auf allen Meeren verbracht und die entlegensten Gegenden der Erde kennengelernt.« Er setzte ernst hinzu: »Tatsächlich bin ich nicht damit einverstanden, dass sich England in die Angelegenheiten des Vizekönigtums Río de la Plata einmischt. Ich halte nichts von militärischen Besatzungen, sie sind aus der Mode gekommen. Die Zivilisation hat weniger despotische Mittel gefunden, um Vorteile aus den Beziehungen zwischen zwei Ländern zu ziehen. England hätte nach dem kolossalen Scheitern in den Kolonien Nordamerikas gewarnt sein müssen, ganz zu schweigen von den ernsten Problemen in Indien. Dennoch, Kapitän, ist General Beresford ein Kavalier, ein Jugendfreund, den ich äußerst schätze. Ein Mann, der sein Wort hält«, unterstrich er.

»Gewiss, das ist er.«

»Ihr als Soldat kennt den Krieg, seine Regeln und Gesetze. Der Pöbel nicht. Und das macht mir Sorgen.«

»Ich garantiere Euch, dass die Unversehrtheit von General Beresford und seinen Offizieren von vorrangiger Wichtigkeit für mich ist.«

Blackraven kündigte an, er werde in die Stadt zurückkehren und seine Gäste in Gesellschaft von Malagrida und Amy Bodrugan zurücklassen.

»Fühlt Euch wie zu Hause«, sagte er. »Die Dienstboten werden Euch alles bringen, was Ihr benötigt. Ich verabschiede mich, Kapitän Liniers.« Er reichte ihm nach englischer Sitte die Hand. »Möge das Glück morgen mit Euch sein.«

»Exzellenz, ich werde Eure Gastfreundschaft und Großzügigkeit nie vergessen. Ihr habt meine Freundschaft und meinen tiefsten Respekt.«

Blackraven neigte zum Zeichen des Dankes und des Entgegenkommens den Kopf. Malagrida und Amy begleiteten ihn hinaus.

»Es ist ein Irrsinn, dass du in die Stadt zurückkehrst!«

»Amy hat recht, Roger. Es ist Wahnsinn. Bleib heute Nacht hier. Gleich morgen früh reiten wir zurück.«

»Ich wollte nachsehen, ob El Retiro in Sicherheit ist. Das habe ich getan, und jetzt reite ich zurück.«

»Es ist wegen seiner kleinen, süßen Frau«, behauptete Amy. »Erinnere dich, Somar, Milton, Shackle und Radama sind bei ihr. Nur Gott könnte ihr ein Leid zufügen. Bleib hier, oder du wirst sie mit zweiundzwanzig Jahren zur Witwe machen.« Roger tätschelte Amys Wange, aber sie wich empört zurück. »Behandle mich nicht so herablassend, Blackraven, oder du bekommst mein Knie zwischen die Beine. Und wenn du dich unbedingt in dieses wilde Geballer stürzen willst, dann vergewissere dich wenigstens, ob deine Pistolen geladen sind.«

Bei Einbruch der Nacht legte sich eine angespannte Ruhe über die Stadt. Niemand schlief, in der Ferne waren Schüsse und Schreie zu hören. Hunde bellten, um auf ungewöhnliche Bewegungen aufmerksam zu machen. Flüchtige Schatten huschten durch die Straßen, und immer wieder verrieten eine weiße Atemwolke oder die Glut einer Zigarre in der eisigen Dunkelheit, dass sich die Bewohner der Stadt im Alarmzustand befanden. Blackraven betrat das Haus durch den Hintereingang. Radama lief ihm entgegen.

»Wir dachten, Ihr würdet über Nacht in El Retiro bleiben, Kapitän.«

»Wie ist die Lage hier?«

»Nichts Neues, Kapitän. Vor zwei Stunden ist ein Trupp aufständischer Soldaten auf dem Weg zur Plaza übers Dach geklettert, aber da sie keine Absicht hatten, ins Haus einzudringen, haben wir sie ziehen lassen.«

»Gut. Weiß man etwas aus der Calle Santiago?«

»Nichts, Sir. Die letzte Nachricht habt Ihr erhalten, bevor Ihr aufgebrochen seid.«

Melody ging neben Sansón in die Hocke und kraulte ihn zwischen den Ohren.

»Was ist los, mein Guter? Warum bist du so unruhig?«

Das Tier stand auf und trottete zur Schlafzimmertür. Dort blieb es stehen und sah sie an. Melody zuckte mit den Schultern und ging in ihren Salon zurück, wo sie sich in eine Decke hüllte und die Füße unter die Decke zog. Sie versuchte, die einzelnen Geräusche zuzuordnen, das Knistern der Kohlen im Kohlebecken, das Hecheln des Neufundländers, das leise Schnarchen von Víctor, das stoßweise Atmen von Angelita und gelegentlich ein

Schuss oder ein Schrei. Nach den Erlebnissen dieses Tages hatte sie keine Angst mehr davor.

Sansón begann zu zittern und zu jaulen, noch bevor Melody das Geräusch der Stiefel auf den Holzdielen im Korridor hörte. Die Tür wurde geöffnet. Es war Blackraven.

»Roger!«, rief sie und warf sich in seine Arme. »Gott sei Dank! Ich war ganz krank vor Sorge um dich.«

»Wirklich? Solche Sorgen hast du dir gemacht?« Sie nickte, während sie sich fest an ihn schmiegte. »Heißt das, du liebst mich ein wenig?«

»Ein wenig? Du Dummkopf! Du weißt genau, dass ich vor Angst vergehe, wenn ich weiß, dass du in Gefahr bist.«

Sie küssten sich. Blackraven schmiegte sein kaltes, raues Gesicht an ihren Hals und entlockte ihr ein Seufzen.

»Was machen die Kinder hier?«

»Oh, Roger, du hättest sie sehen sollen. Meine Kleinen haben sich wie Erwachsene verhalten, ganz besonders Víctor. Obwohl er Angst hatte, ist er ganz ruhig geblieben und hat nicht geweint. Aber als es dann ins Bett ging, haben sie mich gebeten, bei mir bleiben zu dürfen. Ich dachte, du würdest über Nacht in El Retiro bleiben, deshalb habe ich ihnen erlaubt, hier zu schlafen.«

»Auf El Retiro übernachten, Isaura? Und dich in diesem ganzen Aufruhr allein lassen? Kennst du mich immer noch so schlecht?« Er warf ihr einen ungläubigen Blick zu, während er die Bettdecken der Kinder zurückschlug. »Ich trage sie in ihre Zimmer. Ich will schlafen, ich bin erschöpft.«

Melody erhitzte Wasser auf dem Kohlebecken und ging dann hinaus, um die Brandykaraffe aus dem Salon zu holen. Dort traf sie auf Somar, der die erste Nachtwache hielt.

Blackraven zog sich aus und ließ sich von seiner Frau mit heißem Wasser und Seife waschen, während er mit langsamen Schlucken trank. Eine wohlige Wärme stieg ihm von den Füßen bis in die Brust. Er schloss die Augen und seufzte, während er nur auf Melodys Hände auf seinem Rücken achtete und auf ihren warmen Atem, der seine Haut streifte.

»Hast du Hunger?«, fragte sie leise.

»Nein.«

»Ist dir kalt?«

»Nein.«

»Aber du hast Gänsehaut.«

Blackraven drehte sich zu ihr um und streifte ihr den Morgenmantel ab.

»Ich dachte, du bist erschöpft?«, neckte ihn Melody.

»Kennst du mich immer noch so schlecht?«

Melody lachte und ließ sich zum Bett ziehen, während sie sagte: »Die Welt geht unter, und wir lieben uns.«

Wie Blackraven vorausgesagt hatte, gelang es William White am Morgen des 12. August nicht, zum Kloster Santa Catalina zu kommen, wo ihn zur ausgemachten Uhrzeit Pueyrredón und der französische Korsar Hippolyte Mordeille erwarteten, um sich Beresfords Angebot anzuhören.

White war wie die übrige englische Armee rund um die Plaza Mayor eingeschlossen, da die Kompanie Miñones im Laufe der Nacht ohne Anweisung von oben das Stadtzentrum eingenommen hatte und ein Durchkommen unmöglich machte. Außerdem wurden von den Dächern der Häuser und Klöster unentwegt Waffen und Geschütze abgefeuert, was die Straßen für die Engländer zu tödlichen Fallen machte.

Während Liniers auf den Ausgang der Unterredung im Kloster Santa Catalina wartete, begann die Kompanie Miñones im Schutz des Nebels ihren Angriff auf die Plaza Mayor, um die letzte englische Bastion zu brechen und das Fort zu umzingeln. Bei ihrem Vormarsch forderten sie die Unterstützung der im Retiro kasernierten Kavallerie, die daraufhin ohne Erlaubnis durch die Calle San José vorrückte. Von den Ereignissen überrannt und nicht in der Lage, seine Armee zu kontrollieren, gab Liniers Befehl, den Angriff fortzusetzen, ohne den Stand der Unterredung zu kennen.

»Sehr wahrscheinlich«, rechtfertigte er sich gegenüber seinem Feldadjutanten de la Concha, »ist es so, wie der Graf von Stoneville gesagt hat, und White ist nie am Treffpunkt angekommen. Es hat keinen Sinn, noch länger abzuwarten. Setzen wir uns in Bewegung.«

Blackraven kauerte geduckt auf der Dachterrasse und verfolgte durch sein Fernglas den Vormarsch vom Retiro aus. Eine Kolonne bewegte sich durch die Calle San Martín de Tours, die andere durch die Calle de la Santísima Trinidad, und die letzte würde durch die Calle San José an seinem Haus vorbeikommen. Es war kein geordneter Vormarsch, und außerdem schlossen sich die Anwohner den Truppen an und verursachten Lärm und Chaos. Man musste laut schreien, um das Donnern der Gewehre und Kanonen zu übertönen, die auf die englischen Truppen rings um die Plaza und das Fort abgefeuert wurden.

»Da ist William Beresford«, stellte Malagrida fest, der das Fernglas auf den ersten Bogen der Recova gerichtet hatte. »Ihm muss klar sein, dass sich der Sieg auf Liniers Seite geneigt hat.«

»Hier geht es nur noch um verzweifelten Widerstand«, erklärte Amy Bodrugan. »Dein Freund Beresford muss sich bald ergeben, wenn er weitere Tote verhindern will.«

»Da drüben kommt die Kavallerie«, verkündete Blackraven. »Es wird bald zu Ende sein.«

Gefolgt von den Fußtruppen, stürmte das Husarenbataillon die Plaza, um das Rathaus und die Kathedrale einzunehmen, und drängte die Highlander vom 71. Regiment bis zur Recova zurück. Blackraven kam es beinahe so vor, als nähme Pueyrredón an der Spitze der berittenen Truppe dämonische Züge an, als er in einem waghalsigen Manöver auf den Dudelsackpfeifer des schottischen Regiments zupreschte und ihm die Standarte entriss, als handelte es sich um eine Wiedergutmachung für die Niederlage, die er elf Tage zuvor in Perdriel erlitten hatte.

»Wir sollten William Beresford eine Nachricht senden«, schlug Malagrida vor. »Wir könnten ihn lebend hier rausbringen. Mir gefällt es nicht, wie sich diese Horden von Wilden benehmen.«

»Er würde sich keinen Fingerbreit von der Stelle bewegen«, versicherte Blackraven. »Er wird lieber von der Hand dieser Provinzler sterben, als seine Leute im Stich zu lassen. Für ihn bedeutet Ehre alles.«

»So etwas habe ich noch nie gesehen«, sagte Amy, während sie mit dem Fernglas die Dächer der umliegenden Häuser beobachtete. »Sogar die Sklaven haben sich auf den Dächern verschanzt und kämpfen mit.«

»Geh sofort in Deckung!«, verlangte Blackraven ungehalten. »Verdammt!«, entfuhr es ihm dann.

»Was ist?«, fragten Malagrida und Amy Bodrugan wie aus einem Munde.

»Kennett ist verwundet worden, Williams Sekretär. Jetzt kann ich ihn nicht mehr sehen. Vielleicht hat er sich hingekniet, um ihm zu helfen.«

Kennett starb in den Armen seines Freundes General Beresford, der zutiefst erschüttert, aber mit fester Stimme den Befehl zum Rückzug ins Fort gab, was das 71. Regiment in geordneter Formation tat. Beresford war der Letzte, der den Festungsgraben passierte; hinter ihm wurde die Zugbrücke hochgezogen.

»Wo ist Liniers?«, fragte Malagrida.

»Ich glaube, ich sehe ihn dort vor der Merced-Kirche«, sagte Blackraven, »umgeben von einigen seiner Offiziere.«

»Sie holen den Union Jack ein!«, rief Amy und deutete in Richtung Fort.

Obwohl unter dem Jubel von Einwohnern und Soldaten die Verhandlungsflagge gehisst wurde, hörte das Feuer erst auf, als

Liniers Adjutant de la Quintana in die Festung ging, um mit Beresford zu verhandeln.

»Gott sei den Engländern gnädig!«, entfuhr es Malagrida voller Mitleid, als er die Szenen sah, die sich auf der Plaza Mayor abspielten.

Der Pöbel hatte seine Verstecke verlassen und zog, Todesdrohungen ausstoßend, zur Festung. Die Menge drängte sich vor den Mauern und versuchte, sie zu erklimmen und das Fallgatter zu sprengen.

»Kann denn da niemand für Ordnung sorgen!«, empörte sich Malagrida.

»Liniers hat keine Gewalt über diese Horden«, sagte Blackraven.

Beresford erschien auf der Mauer der Festung und wedelte mit den Armen.

»Feuer einstellen! Feuer einstellen!«, rief er, während er seine Truppe anwies, nicht in die Menge zu schießen.

Die Situation war nicht mehr zu beherrschen. Der Volkszorn ließ nicht einmal nach, als de la Quintana auf der Mauer erschien, seine Jacke aufriss und sich mit ausgebreiteten Armen als Zielscheibe anbot. Schließlich legte er den Engländern eindringlich nahe, die Verhandlungsflagge einzuholen und die spanische Flagge zu hissen, da dies die einzige Möglichkeit sei, die Gemüter zu beruhigen. Die Menge verstummte, als die Leute sahen, wie die Verhandlungsflagge eingeholt wurde. Als die Flagge Spaniens erschien, brachen sie in Hochrufe und Jubel aus.

Die Waffenruhe nutzend, begab sich Liniers von der Merced-Kirche zum Fort. Begleitet von de la Quintana, dem sich auch Hippolyte Mordeille und Gutiérrez de la Concha anschlossen, kam Beresford heraus, um ihn zu empfangen.

»Wer die englischen Truppen beleidigt, wird mit dem Tod bestraft!«, drohte de la Concha, und die Menge trat schweigend zur Seite, um den besiegten General durchzulassen.

# Kapitel 13

Buenos Aires war im Siegestaumel, was Melody angesichts der vielen Toten und Verwundeten, welche die Stadt zu beklagen hatte, nicht verstand. Horden von Einheimischen und Soldaten zogen mit Krügen und Flaschen durch die Straßen, wo sie zwischen einem Schluck und dem nächsten Spottlieder sangen, lachten und grölten. Bald verschwanden sie mit Gin und Maisbranntwein in den Kneipen, wo der Jubel über den Sieg, gepaart mit Alkohol, zuweilen in einer Messerstecherei endete. Während einige feierten, schlossen sich andere aus Angst vor dieser Menge, die niemand kontrollierte, in ihren Häusern ein. Als Schutzmaßnahme ließ Liniers die englischen Soldaten im Rathaus unterbringen und die Offiziere in Privathäusern, deren Türen verriegelt und verrammelt waren. Doch diese Vorsichtsmaßnahmen hielten die aufgeputschte Menge nicht auf. Ein Trupp hielt vor dem Haus in der Calle San José und schrie: »Da ist das Haus des englischen Grafen! Machen wir es dem Erdboden gleich!« Ihnen gegenüber standen andere, die riefen: »Das ist das Haus des Schwarzen Engels! Wagt es nicht!« Auf diese Weise wurde ein Blutbad verhindert, denn Blackraven und seine Leute hatten die Musketen, Gewehre und Pistolen gespannt.

Da die beiden Hospitäler der Stadt – La Convalecencia und Belén, beide unter der Leitung der Bethlehemisten – nicht mehr ausreichten, um die Verletzten aufzunehmen, wurden in den Kirchen Santo Domingo, San Francisco und Santa Catalina de Siena Feldlazarette eingerichtet. Während die große Mehrheit feierte, sammelten andere, geschützt von Soldatentrupps, die Verwundeten auf und brachten sie in die Hospitäler und Klöster.

Am Mittwoch, dem 13. August, verkündete der traurige Klang der Glocken zur Mittagszeit die Beerdigung der Opfer. Die katholischen Soldaten wurden auf den Friedhöfen der Kirchen beigesetzt, die Anglikaner in einer Grube am Paseo del Bajo, die man mit Kalk füllte, um Epidemien zu verhindern.

»Auf keinen Fall!«, erklärte Blackraven aufgebracht. »Wie kommst du auch nur auf den Gedanken, mich um Erlaubnis zu fragen, um in San Francisco die Verwundeten zu pflegen?«

»Roger, hab Mitleid mit diesen armen Menschen. Viele von ihnen sind Landsleute von dir, die niemand versteht, weil hier nur wenige Englisch sprechen. Trinaghanta, Somar und ich könnten eine große Hilfe sein. Bitte, Liebster, lass mich gehen. Du kannst mich begleiten, wenn du willst.«

»Ach, Isaura!«, seufzte Roger. »Was wäre, wenn ich es dir verbieten würde? Du würdest mit Sicherheit einen Weg finden, auf eigene Faust dorthin zu gelangen, stimmt's? Also gut, beeil dich. Ich werde dich zur Kirche San Francisco bringen.«

Im Kloster San Francisco erwartete sie ein trostloser Anblick. Die Verwundeten lagen in langen Reihen auf dem Boden, weil es an Betten und Matratzen fehlte. Verletzungen blieben unversorgt, der Geruch von Salzsäure und Schwefel hing in der Luft, überall verstümmelte Gliedmaßen, Stöhnen und Wimmern. Mönche eilten hin und her, dazwischen Wundärzte mit blutgetränkten Schürzen und unheilkündenden Instrumenten in den Händen. Melody entdeckte Pater Mauro.

»Gott segne dich, Melody«, sagte der Priester. »Wir haben alle Hände voll zu tun. Deine Hilfe ist sehr willkommen. Was hast du in diesem Korb?« Trinaghanta hob den Deckel. »Das können wir sehr gut brauchen.« Dann wandte er sich an die Singhalesin. »Geh und hilf Pater Benigno. Er spricht ein wenig Englisch. Exzellenz, Ihr und Somar seid stark. Würdet Ihr mir helfen, die

Leichen von den Pritschen dort wegzuschaffen? Wir müssen sie zum Friedhof bringen, damit sie baldmöglichst beerdigt werden. Du, Melody, wechselst die Bettlaken.«

In den frühen Nachmittagsstunden führte Blackraven Melody zu einer Bank im Klostergarten und nötigte sie, Brot, Käse und ein Stück kalten Braten zu essen und dazu Honigwasser zu trinken.

Melody hatte es eilig, zu den Verwundeten im Refektorium zurückzukehren.

»Ein Soldat vom 71. Regiment diktiert mir gerade einen Brief an seine Mutter«, erzählte sie ihm. »Doktor O'Gorman sagte mir, dass er vielleicht die Nacht nicht übersteht.«

»Iss«, drängte Blackraven sie.

»Weißt du was, Roger? Ich muss die ganze Zeit daran denken, dass Tommy sich Liniers Armee angeschlossen hätte und sich heute unter diesen Unglücklichen befinden könnte, wenn du ihn nicht aus Buenos Aires weggebracht hättest.«

»Schreib diesen Brief zu Ende, dann bringe ich dich nach Hause.« Blackraven hob die Hand und warf ihr einen warnenden Blick zu. »Keine Diskussionen, Isaura. Solltest du vergessen haben, dass du ein Kind in dir trägst – ich nicht. Du bist erschöpft. Außerdem muss ich mich um einige Dinge kümmern, und ich will dich nicht alleine hier lassen. Ich muss dringend zu den Valdez e Incláns.«

»Ich bin nicht alleine. Somar und Trinaghanta sind bei mir«, warf Melody ein.

»Sie können hierbleiben. Aber du nicht.«

»Darf ich mit dir zu den Valdez e Incláns? Ich habe die Mädchen lange nicht mehr gesehen.«

Im Haus in der Calle Santiago erklärte ihnen Diogo Coutinho, dass sie Generalleutnant Winston Lane vom St. Helena Corps beherbergten, der bei den Kämpfen des Vortags verwundet worden sei. Auf die inständigen Bitten seiner Cousinen hatte Diogo zwei Sklaven erlaubt, sich auf die Straße zu wagen und ihn hereinzubringen.

»Wir haben ihn in Don Alcides' Zimmer untergebracht«, setzte er hinzu. »Ich hoffe, Ihr habt nichts dagegen.«

»War ein Arzt bei ihm?«, fragte Melody.

»Ja, der Arzt des 71. Regiments, Doktor Forbes. Er hat die Kugel entfernt, wies uns jedoch darauf hin, dass er viel Blut verloren hat und eine Infektion in seinem Zustand tödlich wäre.«

»Exzellenz!«, rief Señorita Leonilda erfreut, als er das Zimmer betrat. »Euch schickt der liebe Gott. Mein Bruder wird Euch von unserem englischen Gast erzählt haben. Der arme Christenmensch spricht kein Wort Spanisch und wir kein Wort seiner Sprache. Da Señora Bodrugan nicht da ist, könntet Ihr ihn vielleicht beruhigen. Seit er zu sich gekommen ist, ist er sehr unruhig.«

María Virtudes und Marcelina traten zur Seite, um Blackraven ans Bett zu lassen. Elisea hielt sich im Hintergrund, ganz nah bei Melody.

»Wie geht es Servando?«, wisperte sie.

»Heute Morgen beim Aufwachen hatte er kein Fieber«, sagte sie und drückte Eliseas Hand, als sie die Erleichterung in ihren Augen sah.

»Danke, Miss Melody«, flüsterte das Mädchen. »Wann kann ich ihn wiedersehen?«

›Was mache ich nur mit diesen beiden?‹, dachte Melody besorgt und gab Elisea mit einer Geste zu verstehen, dass es bald sein würde.

Da Generalleutnant Lane sehr geschwächt war, brachte er nur ein paar Wörter heraus. Blackraven stellte sich vor; es hatte den Anschein, dass der englische Soldat ihn kannte. Er erklärte ihm, dass Doktor Forbes ihm eine Kugel aus der Brust entfernt habe und dass er sich ausruhen und erholen müsse.

»Was ist mit meinen Männern?«, stammelte Lane.

»Gestern um die Mittagszeit hat General Beresford vor den

hiesigen Truppen kapituliert. Zur Zeit befindet er sich im Haus des Finanzministers Don Félix Casamayor. Was Euer Bataillon betrifft, das ist gemeinsam mit dem 71. Regiment im Rathaus untergebracht.«

»Und die Kapitulationsbedingungen?«

»Sind noch nicht ausgehandelt.« Angesichts von Lanes verständnislosem Blick setzte Blackraven hinzu: »Die Kapitulation war nicht sehr orthodox, Leutnant. Man musste die Menge beruhigen, die sich äußerst feindselig zeigte. Ich nehme an, in der Kapitulation werden der Austausch der Gefangenen von Sobremontes Armee gegen Eure Männer sowie Eure baldige Einschiffung nach England festgelegt.«

»Unter welchen Bedingungen hält man meine Truppen fest?«, fragte der Engländer besorgt.

»Das weiß ich nicht«, räumte Blackraven ein. »Aber wenn es Euch beruhigt, werde ich zum Rathaus gehen.«

»Danke, Exzellenz«, seufzte Lane, dann schlief er ein.

Blackraven brachte Melody nach Hause und ging dann zum Haus von Casamayor. Nachdem er ein paar Schlucke mit dem Gastgeber getrunken hatte, blieb er mit seinem Freund Beresford allein.

»Ich hoffe, es geht dir gut.«

»Casamayor ist sehr liebenswürdig und gastfreundlich«, gestand der englische General.

»Ich bedaure Kennetts Tod, William.« Beresford nickte. »Wenn du irgendetwas brauchst, lass es mich wissen.«

»Danke, Roger. Obwohl ich hoffe, nicht mehr lange in dieser Stadt zu bleiben. Gestern bin ich mit Liniers übereingekommen, dass ich bald mit meiner Truppe in See stechen werde.«

»Hast du schon die Kapitulation unterzeichnet?«

»Noch nicht. Das wird in den nächsten Tagen geschehen.«

»Liniers Situation ist schwierig, William. Es ist wichtig, dass du das begreifst. Er ist nicht der Vizekönig, nicht einmal Truppeninspektor und auch kein Beamter des königlichen Gerichts. Vor den Ereignissen des gestrigen Tages war Liniers nichts weiter als ein Fregattenkapitän in der Ensenada de Barragán, den man wegen seiner französischen Herkunft mit Argwohn beäugte. Er hat mächtige Feinde, darunter auch den Händler Álzaga. Ich befürchte, er war zu voreilig, als er dir die baldige Rückkehr nach London versprach. Solange Popham mit seiner Flotte vor Buenos Aires und Montevideo liegt und die Leute hier eine erneute Invasion durch die Verstärkung fürchten, die ihr am Kap und in London angefordert habt, bezweifle ich, dass man dich oder die Truppe freilässt.«

Blackraven kehrte schlechtgelaunt in die Calle San José zurück. Er befürchtete, dass Liniers weder die Ratsmitglieder noch die spanischen Behörden überzeugen würde und sich der Aufenthalt von Beresford, seinen Offizieren und Truppen am Río de la Plata noch lange hinziehen konnte. Die Nachricht, die ihn bei seiner Ankunft erwartete, hob seine Laune nicht. Als er in den Salon kam und die langen Gesichter von Amy Bodrugan und Malagrida sah, erahnte er das Problem.

»Galo Bandor und seine Männer sind entkommen«, verkündete der Jesuit. Blackraven sah Amy an.

»Ja, ja, ich weiß«, sagte die Frau bedrückt. »Ich hätte ihn schon längst töten sollen.«

»Das habe ich nicht gemeint«, sagte Blackraven. »Wie ist es passiert?«

»So wie es aussieht«, erklärte Malagrida, »wusste derjenige, der die Flucht organisiert hat, dass nur die allernötigste Bewachung auf der *Sonzogno* zurückgeblieben war.«

»Es waren immer noch genug Männer da, um eine Flucht zu verhindern«, empörte sich Roger.

»Das ist ja das Ungewöhnliche«, gab der Jesuit zu bedenken. »Sommerson behauptet, der Überfall sei von einem einzelnen Mann verübt worden. Abaacha und Van Goyen sind tot.«

»Abaacha!«, rief Blackraven überrascht aus. »Das mit Van Goyen kann ich verstehen, er war kein besonders geschickter Kämpfer, aber Abaacha … Ich habe nur selten einen Mann gekannt, der die Machete besser beherrschte als er.«

»Man hat sie mit durchschnittener Kehle gefunden. Beide«, erklärte Amy. »Schegel ist verwundet, aber von Hohenstaufen sagt, es sei nicht lebensbedrohlich.«

»Hat Schegel etwas gesehen, das uns helfen könnte, diesen verfluchten Kerl zu kriegen?«

»Er wurde überrumpelt«, erzählte Malagrida. »Er sagt, er habe ihn erst bemerkt, als der andere sich auf ihn stürzte. Er beschreibt ihn als großen, ziemlich schlanken Mann. Sein Gesicht konnte er nicht erkennen. Es war dunkel.«

»Schegel ist nicht so leicht zu beeindrucken, Roger, du kennst ihn ja«, setzte Amy hinzu, »und er behauptet, nur selten eine solche Körperbeherrschung gesehen zu haben. Der Angreifer war stark, vor allem aber bewegte er sich genauso gewandt wie Arduino.«

Nach dem Abendessen zog sich Amy mit Blackraven ins Arbeitszimmer zurück, und Melody brachte beunruhigt und eifersüchtig die Kinder zu Bett. Weil die Frau an Tommys Flucht mitgewirkt hatte, bemühte sie sich, sie in die Familie aufzunehmen, sie als Schwester und nicht als Rivalin anzusehen, aber es gelang ihr nicht. Sie beneidete sie. Sie beneidete sie um die lange Bekanntschaft mit Roger, um die gemeinsamen Jahre, die erlebten Abenteuer, die geteilten Erinnerungen, um das Lächeln und die Blicke, die sie austauschten, sie beneidete sie um ihren schlanken, biegsamen Körper, ihre Kenntnisse der Seefahrerei, ihre ungezwungene Art und ihre Kühnheit. Als sie ins Schlafzimmer ging, stellte sie fest, dass Blackraven immer noch bei ihr war.

»Du hast genug getrunken, Amy, es reicht«, entschied Roger. »Du wirst vom Pferd fallen, bevor du bei den Valdez e Incláns angekommen bist.«

»Lass mich, ich brauche das. Gib mir das Glas zurück!«

»Du bist betrunken. Du bleibst besser heute Nacht hier.«

»Wird deine kleine, süße Frau das hinnehmen? Oder wird sie dir eine Szene machen und du setzt mich dann auf die Straße, um es ihr recht zu machen?«

»Was ist denn mit dir los?«, fragte Blackraven verärgert.

»Ich bin eifersüchtig, das ist los!«

»In Wahrheit bist du wütend, weil du Galo Bandor hast entwischen lassen.«

»Verdammt noch mal, Roger Blackraven, warum hast du ihn nicht für mich erledigt! Dieser verfluchte Galo Bandor! Verflucht soll er sein, dieser gottverdammte Dreckskerl! Dieses elende Mistschwein!«

Sie fluchte immer weiter, während sie mit der Faust auf den Schreibtisch schlug. Irgendwann ließ die anfängliche Heftigkeit nach, und ihre Stimme begann zu zittern. Sie ließ den Kopf sinken und brach in Tränen aus. Blackraven stand auf und ging um den Schreibtisch herum zu ihr.

»Schätzchen«, sagte er in spöttischem Ton, »wenn du betrunken bist, wirst du immer sentimental.«

»Ich hab dir doch gesagt, ich bin nicht betrunken. Es ist wegen dem Jungen, Roger. Er macht mich noch verrückt. Seinetwegen kann ich diesen verfluchten Sohn einer Hure nicht umbringen! Ich habe das Gefühl, dass ich den Jungen sehe, wenn ich Galo Bandor gegenüberstehe. Er sieht ihm so ähnlich! Ich hätte nicht den Mut aufgebracht, diese Ausgeburt Luzifers zu töten.«

»Ich dachte, Víctor würde dir gefallen und es würde dir nichts ausmachen.«

»Ich lasse mir nicht anmerken, dass es mir etwas ausmacht und dass mich sein Gesicht verwirrt, aber das ist gelogen. Gelogen! Ich werde die Fassung verlieren, und du verdammter Mistkerl wirst mich ins Irrenhaus werfen lassen.«

»Komm, wir setzen uns auf den Diwan. Komm her.« Er half ihr auf. »Nicht weinen, Amy. Du hast in all den Jahren so selten geweint, nicht einmal als Kind, dass es ein ungewohnter, verwirrender Anblick ist. Ich weiß nicht, was ich machen soll, wenn du weinst.«

»Wenn deine süße Isaura weinen würde, wüsstest du bestimmt, was zu tun ist.«

»Amy, bitte, fang nicht damit an.«

»Wenn du nicht willst, dass ich damit anfange, dann nimm mich in die Arme.«

Melody fand sie eng umschlungen auf dem Diwan. Ihr ungläubiger Blick fiel auf Blackravens überraschte Miene, bevor sie die Tür zuschlug und davonrannte. Roger schloss die Augen, atmete tief durch und lief ihr dann hinterher. Er holte sie im ersten Patio ein, bevor sie den Trakt mit den Schlafzimmern erreichte. Er fasste sie am Arm, doch Melody versuchte sich loszureißen.

»Lass mich los!«, zischte sie.

»Gehen wir in unser Schlafzimmer. Wir müssen miteinander reden.«

»Diesmal wirst du nicht in *meinem* Schlafzimmer schlafen!«

»Es reicht, Isaura!«

Der ungewöhnlich schneidende Ton ließ sie innehalten.

»Ich verstehe, dass du wütend bist«, sagte er mit fester Stimme. »Aber es gibt eine Erklärung.«

»Welche Erklärung?«, stieß Melody hervor, ohne aufzusehen. »Dass du in diese Frau verliebt bist?«

»Grundgütiger, Isaura!«, sagte Blackraven verärgert und schob sie ins Schlafzimmer. »Setz dich hin und hör mir zu. Ich werde keine Zwischenbemerkungen zulassen.«

Er zog die Jacke aus und warf sie aufs Bett, und Melody las aus dieser Geste und seiner Miene, wie leid er ihre Eifersucht und ihre Verdächtigungen war. Blackraven zog einen Stuhl heran und setzte sich ihr gegenüber.

»Víctor ist Amy Bodrugans Sohn.«

Melody zuckte heftig zusammen. Blackraven sah, wie ihr die

Farbe aus den Wangen wich, aber er sprach trotzdem weiter. Sie versuchte sich zu konzentrieren, doch ihre Gedanken wanderten zurück zu einer Szene, die im Licht von Blackravens Eingeständnis Sinn bekam. Einmal hatte sie beobachtet, wie sich Víctor und Amy an der Zisterne unterhielten. Víctor sah Amy so fasziniert an wie immer. Aus der Ferne konnte Melody nichts verstehen. Als Perla nach ihm rief, rannte der Junge ins Haus und ließ Amy allein zurück, die mit gesenktem Kopf am Zisternenrand lehnte und ihre Fußspitzen betrachtete. Es dauerte einige Sekunden, bis Melody begriff, dass die Frau weinte. Als sie Víctor am Abend den Pyjama anzog, fragte sie ihn: »Was hast du mit Fräulein Bodrugan an der Zisterne besprochen?«

»Sie hat mich nach meiner Mutter gefragt.«

»Und was hast du geantwortet?«

»Dass Sie für mich wie eine Mutter sind.«

»War sie überrascht?«

»Nein. Sie fragte mich noch einmal, was ich über meine *richtige* Mutter wisse.«

»Und was hast du darauf gesagt?«

»Dass ich nichts über sie weiß, aber dass Sie und ich jeden Abend für sie beten, damit Gott sie beschütze, wo auch immer sie sein mag.«

»Isaura, hörst du mir überhaupt zu?«, fragte Blackraven ungehalten.

»Nein«, gab sie zu. Dann erzählte sie ihm, woran sie dachte.

»Du darfst Amy nicht so hart dafür verurteilen, dass sie Víctor im Stich gelassen hat. Ihr wäre es lieber gewesen, das Kind wegmachen zu lassen, aber ich habe ihr das verboten. Nur die wenigsten Frauen überstehen einen solchen Eingriff.«

»Weshalb wollte sie Víctor loswerden?«, wagte Melody zu fragen.

»Weil er bei einer Vergewaltigung entstand. Einer Vergewaltigung, die eine Rache an mir war.«

Durch die Anekdoten, die Somar während Blackravens Abwesenheit erzählt hatte, kannte Melody die Geschichte des spanischen Piraten Ciro Bandor, der Roger und Amy zum Leben auf See gezwungen hatte. Sie wusste auch, dass Ciro Bandor durch Blackravens Hand ums Leben gekommen war. Aber seinen Sohn Galo Bandor hatte Somar nicht erwähnt.

»Galo hat geschworen, den Tod seines Vaters zu rächen. Anfangs bekam er mich einfach nicht zu fassen, denn ich wollte ihn nicht umbringen. Er war ein junger Hitzkopf. Es wäre gewesen, als würde man einen Welpen totschlagen. Es erschien mir nicht richtig, ihn zu töten. Ich hielt mich von ihm fern, was seine Suche noch schwieriger gestaltete und seinen Zorn und seinen Rachedurst nährte. Als er erfuhr, dass Amy und ich eng befreundet waren …«

»Dass ihr ein Paar wart«, mutmaßte Melody.

»Ja«, räumte Blackraven ein, »wir waren ein Paar. Er beschloss, sie zu seinem Opfer zu machen, um mich zu einer Begegnung zu zwingen und auch mich zu treffen. Er wusste, dass er mir einen herben Schlag zufügen würde, indem er Amy Leid antat, denn sie war nicht nur meine Geliebte, sondern neben Somar der wichtigste Mensch in meinem Leben.« Melody wandte getroffen das Gesicht ab. »Liebling, ich bitte dich, das ist so viele Jahre her. Ich kenne Amy, seit ich ein Kind war. Wir sind gemeinsam aufgewachsen. Warum«, fragte er, plötzlich wütend, »sollst du so viele lieben dürfen, deine Brüder, die Sklaven, Angelita, Víctor, ich hingegen darf nur dich lieben? Glaubst du vielleicht, ich wäre nicht zu edlen Gefühlen fähig?«

Nachdem die erste Verblüffung verflogen war, stand Melody auf.

»Verzeih mir, Roger«, bat sie ihn. »Ich bin egoistisch gewesen, wie immer. Verzeih mir. Ich bin rasend eifersüchtig. Sie ist so hübsch und selbstsicher und so mutig. Ich hingegen …«

»Du bist was, Isaura? Lieber Himmel! Willst du etwa behaupten, du seist nicht schön? Ich sag's dir doch, es verschlägt mir jedes Mal den Atem, wenn ich dich sehe. Und du wagst zu behaupten, du seist nicht mutig? Habe ich dich nicht an einem Sommermorgen kennengelernt, als du auf der Flucht warst, weil du die Brandeisen aus der Compañía de Filipinas gestohlen hattest? Und hast nicht du die schwarze Francisca entführt und sie ihrer Besitzerin abgesprochen? Und hast nicht du mir Miora entwendet, damit Alcides sich nicht mehr an ihr vergeht? Wie nennst du das? Feigheit?«

»Du hast mit ihr geschlafen, und ich … Manchmal frage ich mich, ob du uns miteinander vergleichst. Sie muss sehr erfahren sein, und ich weiß gar nichts. Ich stelle mich bestimmt ungeschickt an, und du sagst nichts, um mich nicht bloßzustellen.«

Eine Welle der Zärtlichkeit durchflutete Blackraven. Die Unschuld seiner jungen Frau entlockte ihm ein Lächeln, und er verdrehte die Augen.

»Isaura, Isaura, wann wirst du dich mir endlich ganz hingeben? Wann schenkst du mir endlich dein Vertrauen? Ich liebe dich auf eine Art und Weise, die mich völlig durcheinanderbringt.« Plötzlich müde, lehnte er die Stirn an Melodys Wange und seufzte. »Du bist in mein Leben getreten und hast alles hinweggefegt, Isaura. Du machst mich völlig verrückt.«

»Mache ich dich glücklich, obwohl ich deine Welt auf den Kopf stelle?«

»Ja, und wie.«

»Erzähl mir von Amy. Erzähl mir, was mit Galo Bandor geschehen ist.«

Blackraven zog sie aufs Bett und nahm sie in die Arme, bevor er zu reden begann. Es war offensichtlich, dass es ihm schwerfiel, über das Vorgefallene zu sprechen. In groben Zügen erzählte er ihr, dass Bandor Amy, nachdem er sie entführt hatte, drei Tage lang fast ohne Essen in seiner Kajüte auf der *Butanna* einschloss und sich so oft an ihr verging, wie ihm der Sinn danach stand.

Amy, die nur eine Haarspange zur Verfügung hatte, öffnete damit die Fensterluke und stürzte sich ins Meer.

»Mein Gott! Sie hätte ertrinken können.«

»Sie ist eine hervorragende Schwimmerin, und obwohl sie geschwächt war, erreichte sie den Hafen von Marigot auf Dominica. Die *Butanna* befand sich nur wenige Meilen vor der Küste.«

»Hätte Bandor Amy umgebracht, wenn sie nicht geflohen wäre?«

»Das bezweifle ich. Ich glaube, dieser Idiot hatte sich in sie verliebt. Nach einiger Zeit stellte Amy fest, dass sie schwanger war, und der Alptraum legte sich von neuem über uns. Sie wollte Bandors Kind wegmachen lassen, aber ich war dagegen. Ich versprach ihr, dass sie das Kind niemals sehen müsse. Ich würde mich darum kümmern. ›Ich will, dass du es nach der Geburt abgibst. Schaff es dir vom Hals‹, verlangte sie. Aber ich brachte es nicht fertig, ihn wegzugeben. Schließlich war er auch Amys Sohn. Eine Zeitlang lebte Víctor auf meiner Hazienda auf Antigua, aber das Klima bekam ihm nicht, und da Alcides und seine Familie bereits in Buenos Aires lebten, beschloss ich, ihn hierherzubringen.«

Den Blick an die Decke gerichtet, versank er in nachdenkliches Schweigen, das Melody nicht zu stören wagte. Als er weitersprach, hatte sich seine Stimme verändert.

»Bis du gekommen bist, war Víctor kein glückliches Kind. Es waren nicht nur seine Anfälle, die ihn immer häufiger heimsuchten, sondern auch seine Blicke, sein Schweigen, sein Gesicht, das zu ernst war für ein Kind. An jenem Morgen, als ich euch im Korridor von El Retiro begegnete, hörte ich ihn zum ersten Mal lachen, erinnerst du dich?«

»Ja, ich erinnere mich.«

Auf den Ellenbogen gestützt, wandte er sich Melody zu. Sie drehte den Kopf, um ihm in die Augen zu sehen. Sie war fasziniert von dieser eigentümlichen Tönung, die seine blauen Augen im Kerzenlicht annahmen, als verbänden sich mehrere Farben zu einem schillernden Ton, der sie an einen Opal von Madame Odile erinnerte. Sie vergrub ihre Finger in seinem Haar und zog ihn an sich, um ihn zu küssen.

»Isaura, ich würde mich sehr freuen, wenn du mithelfen würdest, die Wunden zu heilen, die Amy durch meine Schuld zugefügt wurden, so wie du auch Víctors Wunden geheilt hast.«

»Ja, das werde ich.«

Blackraven und Melody kamen überein, dass sie und Trinaghanta vormittags zu den Verwundeten im Kloster San Francisco gehen würden, Somar und Miora nachmittags.

Miora stellte fest, dass der Türke zu allen Bewohnern des Hauses gleichbleibend freundlich war, doch ihr gegenüber litt er unter drastischen Stimmungsschwankungen, die von nahezu romantischen Anwandlungen bis hin zu groben Unverschämtheiten reichten. Manila, die sich in Herzensdingen auskannte, war der Ansicht, dass sich Somar in Miora verliebt habe, er jedoch wegen seiner fehlenden Männlichkeit zwischen himmelhoch jauchzend und zu Tode betrübt hin und her gerissen sei.

»Wenn er dich sieht, verzehrt er sich vor Liebe nach dir. Dann wird ihm wieder bewusst, dass er dir keine Erfüllung schenken kann, und er reißt sich zusammen.«

Miora war es gleichgültig, dass Somar nichts zwischen den Beinen hatte, wie Manila es nannte. Nach der Erfahrung mit Don Alcides wollte sie ähnliche Erlebnisse ohnehin lieber meiden. Ihr genügten die Gesellschaft des Türken und die Gespräche mit ihm, die immer flüssiger wurden, da Somar sehr bemüht war, Spanisch zu lernen.

»Warum willst du dich an einen Mann binden, der dich im Bett nicht befriedigen kann?«, staunte Manila. »Bist du verrückt?«

»Ich will nicht, dass er mich im Bett befriedigt«, beharrte Miora. »Ich will, dass er mich liebt, weiter nichts. Wirst du mir helfen? Ich weiß nicht, wie man es anstellt, damit er mir seine Liebe gesteht.«

»Du musst den ersten Schritt machen, Miora, wenn du willst, dass er sich ein Herz fasst und dir sagt, was du hören willst.«

Dann ergab sich keine Gelegenheit mehr, mit Somar zu plaudern, da Melody sich nun wieder selbst um die Bittgesuche der Sklaven kümmerte. Sie sah ihn nur noch selten. Manchmal aß er nicht einmal in dem Haus in der Calle San José, weil er ständig in Angelegenheit des Herrn Roger unterwegs war. An dem Tag, als Liniers Truppen gegen die Rotröcke zogen, als es in der Stadt drunter und drüber ging und die Schüsse, das Geschrei und der Kanonendonner ihr Tränen der Angst in die Augen trieben, war er sehr aufmerksam und fürsorglich gewesen.

»Ganz ruhig, Mädchen«, hatte der Türke sie beruhigt, »wovor hast du Angst? Glaubst du, ich würde zulassen, dass dir jemand etwas zuleide tut?«

Miora zehrte von diesen Worten und der liebevollen Berührung, die sie begleitet hatte. Es gab keinen Zweifel: Somar empfand etwas Besonderes für sie, er verhielt sich ihr gegenüber nicht so wie gegenüber den anderen. Sie würde ihm dabei helfen, das auszudrücken, was sich in seinem Herzen verbarg. Deshalb musste Miora unwillkürlich lächeln, als Miss Melody ihr auftrug, jeden Nachmittag mit ihm zum Kloster San Francisco zu gehen, um die Verwundeten zu pflegen.

»Das Lachen wird dir beim Anblick von verstümmelten Gliedmaßen, blutdurchtränkten Verbänden und sterbenden Männern noch vergehen«, warnte Melody sie. »Was macht dich so glücklich? Nächstenliebe zu leisten oder dies mit Somar zu tun?«

Mioras dunkle Wangen färbten sich purpurrot, und in ihren großen schwarzen Augen glänzten Tränen. Melody tätschelte ihre Wange und ging dann auf die Straße, wo Trinaghanta und Estevanico in der Kutsche warteten.

»Geh wieder ins Haus, Estevanico«, befahl Melody. »Wo ich

hingehe, wirst du mich nicht begleiten. Das ist kein Anblick für einen kleinen Jungen. Und nimm Sansón und Arduino mit. Um ein Uhr besuche ich die Messe in der Kirche San Francisco. Wenn du willst, kannst du mir das Kissen vorbeibringen.«

»Wir werden dort sein«, versprach der kleine Sklave und tätschelte den Kopf des Neufundländers.

Es kehrte eine gewisse Routine ein: Gleich nach dem Frühstück stiegen Melody und Trinaghanta in die von Shackle oder Milton gelenkte Kutsche und fuhren zum Kloster. Im Refektorium tauschten Melody die Trauerkleidung und Trinaghanta die exotischen, bunten Gewänder gegen weiße Schürzen und beide banden ihr langes Haar unter einem Kopftuch zusammen. Sie arbeiteten ohne Pause, wechselten Verbände, reinigten Wunden, legten kühle Tücher auf fieberheiße Stirnen, setzten Schröpfnäpfe an, reichten Essen und Trinken, rasierten stoppelige Wangen und stutzten Haare, rührten Gips und Aufgüsse an, schnitten Verbandsstoff zurecht und assistierten den Ärzten und Chirurgen. Trinaghanta übernahm Aufgaben, die Melody aufgrund ihres Zustands untersagt waren, wie das Desinfizieren der Fußböden mit Salzsäure, das Auskochen der Bettlaken und Kleidung der Soldaten oder das Heraustragen des Abfalls.

Melody vermisste Lupe und Pilarita, die nach wie vor außerhalb der Stadt weilten. Bevor der Kampf gegen die Engländer begonnen hatte, war die Familie Moreno nach Luján abgereist und die Familie von Abelardo Montes auf das Landgut San Isidro. Sie konnte es kaum erwarten, sie wiederzusehen. Es gab Neuigkeiten bezüglich des Hospizes Martín de Porro mitzuteilen, und außerdem wollte sie ihnen eine neue Freundin vorstellen, Simonetta Cattaneo, die sie unter besonderen Umständen kennengelernt hatte.

Wie gewöhnlich legten Melody und Trinaghanta gegen ein Uhr, wenn sie mit der Arbeit bei den Verwundeten fertig waren, die Schürzen und Kopftücher ab, wuschen und kämmten sich und gingen dann zum Friedhof. Sie stellten Blumen auf Jimmys

Grab, Melody hakte sich bei der Singhalesin ein, und so blieben sie eine Weile schweigend stehen. Dann kehrte Trinaghanta zu Fuß in das Haus in der Calle San José zurück, und Melody besuchte die Messe. Estevanico wartete im Vorhof auf sie, um sie zu ihrem Platz zu begleiten, wo er ihr das Kissen zurechtlegte und hinter ihr stehen blieb. Melody schlang den Rosenkranz um ihre Hände, senkte den Kopf, schloss die Augen und versenkte sich in ihre Gebete. Sie bemerkte nicht die feindseligen Blicke, die ihr die anderen Frauen zuwarfen. Estevanico fragte sich, ob sie dem Umstand galten, dass sich seine Herrin im Zustand fortgeschrittener Schwangerschaft in der Öffentlichkeit zeigte, oder ob die Nationalität ihres Mannes daran schuld war.

Estevanico hätte es nie gewagt, sie in ihrer Andacht zu stören, bis zu dem Tag, als er sie am Ärmel zupfte und unauffällig zum Mittelschiff deutete. Dort rauschte die Sklavin Polina wie eine Königin den Mittelgang entlang, gefolgt von einem Negerjungen in einer feinen grünen Livree und einer Mulattin, die Polinas mehrere Monate alten Sohn trug, der Anfang Februar in El Retiro zur Welt gekommen war. Er war Melodys Patenkind. Mutter und Kind verdankten Roger Blackraven ihr Leben; deshalb hatte man den Kleinen Rogelio genannt.

Melody achtete nicht mehr auf die lateinischen Litaneien des Priesters, noch fand sie ins Gebet zurück. Mit unverhohlener Ungläubigkeit sah sie, wie die Sklavin und ihr Gefolge in der Nähe des Altars Platz nahmen. Es war nicht nur die Dreistigkeit, eine Messe für ehrenwerte Leute zu besuchen, sondern auch die Kleidung, die sie trug. Es wurde erwartet, dass die Frauen in der Kirche ausschließlich Schwarz trugen. Polinas Kleider leuchteten in allen Farben des Regenbogens. Der Rock aus violettem Organdy war am Saum ein wenig gerafft, so dass der Unterrock aus flämischer Spitze – nicht etwa Leinen – hervorblitzte. Die Volantbluse war apfelgrün, das Schnürmieder aus tintenblauem Damast und die Schößchenjacke aus himmelblauem Satin. Trotz der Kälte trug sie nicht das für ihre Klasse typische Umschlagtuch aus Flanell, sondern eine Mantille aus smaragdgrüner Seide, die in einer Quaste auslief, die fast die Steinfliesen berührte. Sie musste vor Kälte sterben in dieser Mantille, dachte Melody. Als sie die Schuhe aus Goldbrokat mit hohen Absätzen aus reinem Silber sah, schüttelte sie den Kopf.

Polina drehte und wand sich wie ein Pfau, um jene zu provozieren, denen sie sich nun gleichgestellt glaubte, nachdem ihr Besitzer Don Gervasio Bustamante den kleinen Rogelio als seinen Sohn anerkannt, sie freigelassen und ihr den Platz der Hausherrin zuerkannt hatte. Polina war absichtlich zu spät zur Messe erschienen, um sicherzugehen, dass alle sie hereinkommen sahen. Melody blickte sich um und stellte fest, dass die Empörung wuchs.

Niemand achtete mehr auf die Worte des Priesters. Die Gläubigen hatten nur Augen für »die kleine Sklavin von Don Gervasio«; ihre zusammengekniffenen Augen und fest aufeinandergepressten Lippen verrieten ihre Missbilligung. Einige lächelten vor Genugtuung, als der Priester an ihr vorbeiging, ohne ihr die Hostie zu reichen. Melody bedauerte diese Beleidigung, auch wenn sie wusste, dass die Sklavin zu weit gegangen war. Vielleicht, wenn sie in Schwarz erschienen wäre, dachte sie.

Zu Polinas Auftritt gehörte auch, dass sie als eine der Letzten hinausging, ihre Sklaven im Schlepptau. Melody ging hinter ihr. Wie üblich, plauderten die Damen noch ein wenig vor der Kirchentür.

»So eine Unverschämtheit!«, empörte sich Saturnina Otárola.

»Wo kommen wir denn hin, wenn die Neger sich solche Frechheiten herausnehmen!«, bemerkte Filomena Azcuénaga. »Das ist inakzeptabel!«

»Ich begreife nicht, was Don Gervasio geritten hat, mit diesem schamlosen Weibsstück zu leben«, fragte sich Flora de Santa Coloma.

»Sie wird ihn mit einem der Tränke herumgekriegt haben, die dieser Teufel zusammenbraut, den sie Papá Justicia nennen«, mutmaßte Magdalena Carrera e Inda, die Gattin von Martín de Álzaga. »Einer von diesen Wilden, die den Sklavenaufstand am Montag nach Palmsonntag organisiert haben. Es heißt, dass sie seine Tränke beim Candombe zu sich nehmen, um sich noch ungehemmter diesen satanischen, lüsternen Tänzen hinzugeben.«

Die Stille, die eintrat, als Polina auf dem Vorhof erschien, war nahezu bühnenreif, und das gelegentliche Bellen von Sansón, der Tauben jagte, und das ferne Läuten des Wasserverkäufers ließen die Stille nur noch stärker hervortreten. Melody kam es so vor, als ob die ganze Stadt verstummt wäre und diese Stille ihr den Atem nahm. Sie holte tief Luft und zupfte ihr Umschlagtuch zurecht, um ihren Bauch zu bedecken.

Zuerst murmelten die Frauen der vorübergehenden Polina Beleidigungen hinterher, dann wurden sie lauter. Eine wagte sich weiter vor, zog an ihrer Mantille und rief: »Negerhure!« Sie bildeten einen Kreis und schlossen die Sklavin in ihrer Mitte ein. Melody befahl der Mulattin, die Rogelio trug, in die Kirche zurückzulaufen und den Pfarrer zu rufen.

»Miss Melody«, sagte Estevanico ängstlich, »bleibt da weg, ich bitte Euch. Sie könnten Euch schlagen.«

»Sag Shackle, er soll kommen.«

Die Frauen stürzten sich auf Polina. Melody wollte ihr zu Hilfe eilen, blieb dann aber vor der Menge stehen und legte schützend ihre Hände auf den Bauch. Sie flehte um Gnade, schrie sich die Kehle heiser, während sie ohnmächtig zusah, wie diese feinen katholischen Damen sich auf die Sklavin stürzten wie die Huren von der Recova, die sich um einen Kunden prügelten. Sie rissen ihr die Kleider vom Leib, traktierten sie mit Fußtritten und Hieben, spuckten sie an und zogen sie an den Haaren.

Plötzlich löste sich die Gruppe auf und die Frauen stoben auseinander. Da sah Melody sie zum ersten Mal: Simonetta Cattaneo und ihre Sklavin Ashantí, die den Kreis durchbrochen hatten und die Angreiferinnen mit beachtlicher Kraft wegstießen. Die Frauen wichen zurück und betrachteten das Duo, das sie von Polina fernhielt. Simonettas überlegenes Auftreten sowie ihre feinen Kleider – es war offensichtlich, dass sie nicht aus diesen Breitengraden stammten – hielten sie davon ab, ihren Zorn gegen sie oder ihre Sklavin zu richten. Diese war ebenso groß wie ihre Herrin, und wäre ihr Auftreten nicht so natürlich gewesen, man hätte es für Überheblichkeit halten können.

»Schämt ihr Euch nicht?«, rief Simonetta mit starkem ausländischem Akzent. »Ein Geschöpf Gottes vor seinem eigenen Haus anzugreifen!«

»Sie hat das Haus des Herrn beschmutzt, indem sie in dieser Aufmachung hier erschien, und außerdem ist sie die Geliebte ihres Besitzers!«, empörte sich Magdalena de Álzaga.

»Hat der Herr nicht gesagt: Wer von euch ohne Schuld ist, der werfe den ersten Stein?«, rief Simonetta ihnen in Erinnerung.

Der Pfarrer erschien und scheuchte die aufgebrachte Menge vom Kirchplatz. Melody kniete neben Polina nieder und hob ihr Kinn an. Man hatte ihr die Kleider fast vollständig vom Leib gerissen. Sie hatte eine Platzwunde an der Augenbraue, eine weitere an der Lippe, und ein Auge war zugeschwollen. Sie zitterte und schluchzte vor sich hin. Melody nahm ihr Umschlagtuch, um sie zu bedecken. Simonetta half ihr auf, während Ashantí die zerfetzten Kleider und die Schuhe aufsammelte.

»Danke«, sagte Melody. »Danke, dass Ihr eingegriffen habt.«

»Nichts zu danken«, antwortete Simonetta und streckte ihr die Hand hin, eine ungewöhnliche Geste am Río de la Plata. »Mein Name ist Simonetta Cattaneo.« Melody gab ihr schüchtern die Hand. »Ich habe nicht weit von hier ein paar Zimmer gemietet. Warum gehen wir nicht dorthin, damit das Mädchen sich wieder herrichten kann?«

»Wir sollten lieber nach Hause fahren, Señora«, schlug Shackle vor, der nun auch auf dem Kirchplatz erschienen war. »Kapitän Black wird mit dem Essen auf Euch warten.«

»Nur einen Augenblick«, entgegnete Melody. »Wir bleiben nicht lange.« Dann sah sie Simonetta an. »Bitte folgt mir. Wir nehmen meine Kutsche.«

Bevor sie einstieg, blieb Simonetta vor dem Wagenschlag stehen und betrachtete eingehend den doppelköpfigen Adler. Mit einem Gesichtsausdruck, von dem Melody nicht wusste, ob er abfällig oder respektvoll war, sah Simonetta sie an und lächelte dann.

»Ihr gehört also dem Adel an.«

»Mein Mann ist ein englischer Graf«, gab Melody unbehaglich zurück.

»Dann sollte ich Euch Frau Gräfin nennen.«

»Oh nein, bitte nicht! Nennt mich Melody, wie alle.«

»Melody?«

»Mein richtiger Name ist Isaura Blackraven, aber alle nennen mich Melody.«

Sie quetschten sich in die Kutsche: Melody mit Sansón zu ihren Füßen, Polina, Rogelitos Amme, Simonetta und Ashantí. Estevanico und der andere Sklavenjunge stiegen zu Shackle auf den Kutschbock. Der grummelte, Kapitän Black werde ihm mit einem Messer die Leber herausschneiden, weil er zugelassen hatte, dass sich seine Frau mit einer Unbekannten abgab.

»Es ist die Nummer 38, gleich hier in der Calle San Carlos«, wies Simonetta an. Sie schwankten, als die Kutsche anfuhr. »Ich habe einige Zimmer bei der Witwe de Arenales gemietet«, erklärte sie dann. »Sie ist eine herzensgute Frau. Sie wird uns alles Nötige geben, um die Wunden zu versorgen.«

Polina weinte nicht, sondern klapperte nur mit den Zähnen und wickelte sich in das Umschlagtuch, als könnte sie ihre Blöße niemals vollständig bedecken.

»Beruhige dich, Polina«, redete Melody auf sie ein. »Es ist alles vorbei. Wir werden deine Wunden versorgen, und dann bringe ich dich nach Hause.«

»Komm schon, Mädchen«, mischte sich Simonetta ein. »Du wusstest, worauf du dich eingelassen hast, jetzt trag die Folgen mit Würde. Du hast in der Kirche ein gefährliches Spiel gespielt. Ich habe dich beobachtet. Du hast sie provoziert und sie haben reagiert. Ich habe deinen Schneid bewundert, jetzt enttäusch mich nicht.«

Polina zog schniefend die Nase hoch, wischte sich mit dem Handrücken die Tränen weg und richtete sich im Sitz auf.

»Ich bin jetzt wie sie«, erklärte sie. »Ich bin die Frau eines reichen Mannes und trage die Kleider einer reichen Frau.«

»Du warst immer wie sie«, machte Melody ihr klar. »Und du wirst es auch weiterhin sein. Nicht wegen dieser protzigen, vulgären Kleider, die du anhast, noch wegen der Tatsache, dass du mit deinem Herrn das Bett teilst, sondern weil du ein Mensch bist, ein Geschöpf Gottes wie alle anderen. Heute allerdings hast du dich erniedrigt.«

Polina begann aufrichtig und bitterlich zu weinen. Melody legte den Arm um sie und zog ihren Kopf an ihre Brust.

»Nicht weinen. Entschuldige, ich wollte nicht so hart mit dir sein.«

»Aber Ihr habt ja recht«, bemerkte Simonetta.

Die Witwe de Arenales gab ihnen alles zur Versorgung der Wunden und schickte einen Sklaven zur Ärztekammer, weil sie der Ansicht war, das Mädchen habe eine gebrochene Rippe, die sich in die Lunge bohren werde. Während Ashantí Kleider für Polina besorgte, nutzte Melody die Gelegenheit, um sich erneut zu bedanken.

»Ich bin Euch und …« Sie verstummte und wies auf die Sklavin.

»Ihr Name ist Ashantí.«

»Ich bin Euch und Ashantí sehr dankbar für Eure Hilfe. Es

wäre mir eine große Freude, Euch morgen Nachmittag zu einer Tasse Schokolade einzuladen.«

»Aber Ihr seid in Trauer«, mischte sich die Witwe de Arenales ein, die wie alle anderen genau über den Schwarzen Engel Bescheid wusste.

»Ich dachte, Ihr wäret in Schwarz, weil Ihr in der Kirche wart«, sagte Simonetta. »Ich habe mitbekommen, dass es hier Tradition ist, dass die Frauen Schwarz tragen, wenn sie zur Messe gehen.«

»Ja, das stimmt. Hier gehen wir in Schwarz zur Messe, aber in meinem Fall hat Señora de Arenales recht«, gab Melody zu. »Ich bin in Trauer. Mein jüngerer Bruder James Maguire ist vor kurzem verstorben.«

»Mein aufrichtiges Beileid.«

»Danke. Dennoch hätte ich gerne, dass Ihr mich besucht. Durch die Aktivitäten meines Mannes gehen seine Freunde bei uns ein und aus, und unser Haus ist schon längst kein Trauerhaus mehr, auch wenn sich die ganze Stadt darüber empört.«

»Es wird mir ein Vergnügen sein.«

Die Witwe de Arenales kündigte den Arzt Constanzó an. Melody wurde nervös, als sie den Namen hörte. Auch der Arzt wirkte verwirrt, aber er grüßte höflich und widmete sich dann der Patientin. Diese sei übel zugerichtet, urteilte er, aber es seien keine Knochen gebrochen; die Verletzung am Auge brauche nicht genäht zu werden.

»Ich habe Euch lange nicht gesehen«, sagte Constanzó, bevor er sich verabschiedete.

»Ich bin sehr beschäftigt«, rechtfertigte sich Melody. »Ich gehe jeden Tag zu den Verwundeten, die im Kloster San Francisco untergebracht sind.«

»Ihr seht bedeutend besser aus. Ihr benötigt meine Ratschläge und Besuche nicht mehr. Das freut mich.«

Simonetta Cattaneo war eine ungewöhnliche Frau. Eine reiche Venezianerin, verwitwet, und von einer Schönheit, die durch ihre stattliche Gestalt tiefen Eindruck hinterließ. Sie reiste in Begleitung der schwarzen Ashantí durch die Welt. Manchmal erinnerte sie in ihrer Sittsamkeit und der Gewissenhaftigkeit, mit der sie die gesellschaftlichen Konventionen befolgte, an Frauen wie Lupe und Pilarita; dann wiederum machten ihre Ungezwungenheit, ihre Unverschämtheit und Kühnheit sie zu einer würdigen Rivalin von Madame Odile und ihren Mädchen. In jedem Fall fühlte sich Melody in Gesellschaft dieser Frau wohl, die am Río de la Plata für Gerede und Mutmaßungen sorgte. Die Freundschaft mit dem Schwarzen Engel war ihrem Ruf nicht eben zuträglich.

Wie Melody später erfuhr, war Ashantí nach dem Tod von Simonettas Ehemann freigelassen worden, und obwohl sie ihrer Herrin gehorsam diente, verhielt sie sich anderen gegenüber hochmütig, insbesondere Menschen ihrer Hautfarbe. Sie übte eine große Anziehungskraft auf Melody aus, die nie müde wurde, sie zu betrachten, so groß und stark, mit kurz geschorenem Haar, das einen perfekt geformten Schädel offenbarte und ihre weichen, regelmäßigen Gesichtszüge betonte. Anders als die meisten Afrikanerinnen hatte sie glatte, ebenmäßige Haut, die gute Ernährung und Pflege verriet. Vielleicht um Simonetta nicht in den Schatten zu stellen, trug sie schlichtere Kleider, denn hätte sie die gleichen Brokat-, Seiden- und Spitzenstoffe getragen, wäre sie ein überwältigender Anblick gewesen. Dennoch besaß sie eine Garderobe, die mit jener der koketten Marica Thompson mithalten konnte. Sie ging nie barfuß, sondern trug Pantoffeln aus Samt oder bestickter Seide. Melody war neugierig, weil sie kaum ein Wort sprach; sie wirkte wie eine Sphinx. Sie richtete das Wort nur an ihre Herrin; sie verbeugte sich und sagte in knappen Worten auf Französisch, was sie zu sagen hatte, mit einer Stimme, die Melody zutiefst verzauberte. Sie wich Simonetta nie von der Seite und blieb stundenlang neben ihr stehen. Bei ihrem ersten Besuch in der Calle San José bot Melody ihr an, in die Küche zu gehen, was Simonetta freundlich ablehnte.

»Ashantí ist nicht meine Sklavin, sie ist meine beste Freundin, meine Begleiterin seit Jahren. Wenn es Euch nicht stört, wäre es mir lieber, wenn sie hier hinter mir stehenbliebe.«

»Selbstverständlich!«, sagte Melody erfreut. »Aber nicht stehend. Bitte, Ashantí, nehmen Sie doch Platz. Ich werde eine weitere Tasse bringen lassen.«

»Danke, Melody, aber Ashantí bleibt stehen, und sie trinkt keine Schokolade.«

Die Vertreibung der Engländer erwies sich für die *Southern Secret League* als vorteilhaft, da es in der Folge zu ersten offenen Unabhängigkeitsbestrebungen kam. Ermutigt von dem Sieg und angestachelt von Pueyrredón, stürmte das Volk zwei Tage nach der Rückeroberung zum Rathaus und verlangte, man solle Vizekönig Sobremonte den Zugang zur Stadt verwehren und Liniers zum Gouverneur ernennen. Sobremonte tobte, doch am 28. August übertrug er in San Nicolás de Arroyo das Kommando über die Armee an Santiago de Liniers, auch wenn er seine politischen Befugnisse behielt und weiterhin aus der Distanz Dokumente unterzeichnete und entsandte.

Die Forderungen des Volkes missfielen den Monarchisten unter der Führung Álzagas, nicht weil sie einen Affront gegen die spanische Autorität darstellten, sondern weil sie jemanden wie Liniers ins Gespräch brachten, einen unbedeutenden Marinesoldaten und, was noch schlimmer war, Franzose. Blackraven argwöhnte, dass Álzagas nächster Schachzug darin bestehen würde, Sobremontes Absetzung zu betreiben und selbst das Amt des Vizekönigs zu übernehmen. Um das zu erreichen, war er auf die Macht des Geldes angewiesen, über das er indes im entscheidenden Moment vielleicht nicht mehr verfügen würde. Blackravens Plan, den Händler finanziell zu ruinieren, ging nur langsam, aber durchaus zufriedenstellend voran.

Álzagas Lagerverwalter, der im Austausch gegen Informationen von O'Maley bestochen wurde, versicherte, sein Chef beginne sich allmählich wegen der ausbleibenden Bestellungen der Händler aus dem Inland zu sorgen. Davon abgesehen hätten ihn die politischen Ereignisse der letzten Tage von seinen Geschäften abgehalten, so dass er noch nicht bemerkt habe, dass auch die Einzelhändler von Buenos Aires nicht wie gewohnt ihre Einkäufe getätigt hätten. Mehrere Händler hatten Schulden bei Álzaga und dieser werde sie bestimmt unter Druck setzen, damit sie die Identität des neuen Lieferanten verrieten, da er sonst die Außenstände eintreiben werde. Wenn Blackravens Name nicht direkt falle, würde der Baske Nachforschungen anstellen, eins und eins zusammenzählen und bald zu dem richtigen Schluss kommen. Umso besser, überlegte Roger. Álzaga sollte wissen, woher der Schlag kam.

An diesem Morgen hatte Blackraven ein Schreiben von Don Francisco de Lezica und Don Anselmo Sáenz Valiente erhalten, Erster und Zweiter Bürgermeister, in dem sie ihn aufforderten, den Río de la Plata binnen einer Frist von zehn Tagen zu verlassen, eine Maßnahme, die nicht nur mit Rogers Nationalität begründet wurde, sondern auch mit seiner offenkundigen Kollaboration mit den englischen Invasoren. Diese Zeilen verrieten Álzagas Handschrift, denn weder der ängstliche de Lezica noch Sáenz Valiente hätten es gewagt, sich mit ihm anzulegen.

Nachdem Blackraven das Schreiben in seinem Arbeitszimmer gelesen hatte, verzog er das Gesicht zu einem breiten Grinsen. Er schrieb rasch eine Nachricht an einen alten Freund und Verbündeten, Don Juan Manuel de Lavardén, oberster Richter am königlichen Gericht, in dem er diesen um eine Unterredung am Nachmittag bat. Dann schickte er Somar, um sie zu überbringen.

»Warte auf Antwort«, befahl er ihm.

Der Türke brachte sie wenig später: Der Richter würde ihn um fünf Uhr empfangen. Er schrieb eine Nachricht an die beiden Ratsmitglieder und eine weitere an Liniers, in denen er sie ohne weitere Erklärungen darum bat, sich zur vereinbarten Uhrzeit im Büro von Don Juan Manuel de Lavardén einzufinden. Er erzählte Melody nichts von diesen Unannehmlichkeiten und ging zur Gerberei *La Cruz del Sur*, wo er gemeinsam mit den irischen Gerbermeistern die ersten Produktionsschritte überwachte. Die Gerber äußerten sich sachkundig und bewiesen große Leidenschaft für ihren Beruf. Sie wiesen darauf hin, dass man erfahrene Leute brauche, vor allem dort, wo das Fleisch gesalzen und gepökelt wurde. Die Sklaven wussten nicht, wie man die Fleischstücke in die Salzfässer einschichtete oder zum Trocknen aufhängte, Versäumnisse, die dazu führten, dass das Produkt verdarb. »Wir brauchen einen Böttchermeister«, hatten sie gesagt. Was die Zerlegung des Fleisches anging, so beklagten sich die Iren über den großen Schwund, verursacht durch die Unfähigkeit der Ausbeiner.

»Ich werde euch Servando schicken«, versprach Blackraven, »einen Sklaven, der sehr geschickt im Zerlegen von Tieren ist. Er erholt sich momentan von einer Verletzung, ihr werdet ihm also die schweren Arbeiten ersparen müssen, aber ihr könntet ihn so lange hierbehalten, bis er die anderen angelernt hat. Dann schickt ihr ihn zurück.«

Die restliche Zeit verbrachte er bei Diogo Coutinho, dem neuen Verwalter der Gerberei. Zu Blackravens Überraschung war der Portugiese nach dem Tod seines Schwagers nicht länger der Tunichtgut, als den man ihn kannte, sondern hatte in dem Haus in der Calle de Santiago und auch in seinem Leben die Zügel in die Hand genommen. Er faulenzte nicht mehr und hatte aufgehört, den Sklavinnen nachzustellen. Er kümmerte sich gewissenhaft um die Verwaltung und brachte die Bücher in einer tadellosen Handschrift auf den neuesten Stand. Coutinho zeigte Blackraven die ersten Bestellungen eines Händlers aus Montevideo über fünf Zentner Dörrfleisch, die eines Schuhfabrikanten aus der Calle de San Martín, der Kalbleder orderte, eine Neuheit am Río de la Plata, und die eines Freundes von Blackraven, Hipólito Vieytes, der Talg für seine kürzlich eröffnete Seifenfabrik haben wollte.

»Gebt Don Vieytes einen Preisnachlass auf den Tiegel Fett«, sagte Blackraven. »Sagen wir, vierzig Prozent. Sagt ihm, es sei ein Geschenk des Hauses. Was den Schuhfabrikanten betrifft, Don Diogo, denkt daran, dass ich einen Teil der Lederproduktion schon einem englischen Fabrikanten versprochen habe.«

»Darüber wollte ich mit Euch sprechen, Exzellenz. Wir verarbeiten zur Zeit fünfzig Stück Vieh am Tag, aber in Anbetracht der Bestellungen, die wir zu erfüllen haben, müssen wir die Menge dringend steigern.«

»Ich bin ganz Eurer Meinung«, entgegnete Blackraven. »Die Stückzahl an Vieh zu erhöhen, ist meine oberste Priorität. Wir müssen außerdem dringend mehr Personal einstellen, das sich mit dem Schlachten auskennt. Gibt es eine Bestellung von Álzaga?«, fragte er dann.

»Keine«, antwortete Don Diogo. »Aber gestern erhielt ich diesen Brief von Don Dalmiro Romero, einem Händler, der gelegentlich mit Don Martín Álzaga zusammenarbeitet. Angeblich dient er ihm bei dem einen oder anderen Geschäft als Strohmann.«

»Ihr nehmt Romeros Bestellung nicht an«, befahl Blackraven. »Wie geht es Leutnant Lane?«, erkundigte er sich dann.

»Gestern war er zum ersten Mal fieberfrei. Ehrlich gesagt, Exzellenz, dachten wir, die Infektion werde ihn umbringen. Aber er ist ein kräftiger Mann. Doktor Forbes versichert, dass er sich wieder erholen wird, aber er ist sehr geschwächt. Meine Nichte und meine Schwester Leonilda kümmern sich hingebungsvoll um ihn. Sie haben ihn mit größter Sorgfalt gepflegt. Und Fräulein Bodrugan war eine große Hilfe, als es darum ging, die Verständigungsschwierigkeiten zu überbrücken.«

Als Blackraven die Gerberei verließ, dachte er an Amy. Seit der Nachricht von Galo Bandors Flucht war ihre sonst stets gute

Laune verflogen. Sie wirkte nicht wütend, eher traurig, und sie sprach kaum, was Blackraven und Somar mehr beunruhigte als alles andere. Sie war dem Haus in der Calle San José ferngeblieben, und wenn sie einen Besuch machte, ging sie Melody und den Kindern aus dem Weg.

Blackraven schaute auf die Uhr. Zwölf. Wenn der Kutscher die Pferde antrieb, erreichte er das Kloster San Francisco vielleicht noch, bevor Melody zur Messe ging. Er klopfte mit dem Knauf seines Degens gegen das Fensterchen zwischen der Kabine und dem Kutschbock.

»Ovidio«, sagte er zu dem Sklaven, »fahr zur Kirche San Francisco. Und treib die Pferde an. Ich muss unbedingt in ein paar Minuten dort sein.«

Bruder Casimiro öffnete ihm. Er nannte ihn Exzellenz und vollführte mehrere Kniefälle; vor einigen Tagen hatte er von der großzügigen Spende erfahren, mit der der Graf von Stoneville den Orden bedacht hatte. Er führte ihn in den Saal, in dem die Verwundeten lagen. Blackraven wünschte, sie würden vollständig genesen oder endlich sterben; er wollte, dass Isaura wieder nach Hause kam. Bruder Casimiro überbrachte ihm eine erfreuliche Nachricht.

»Heute Morgen erhielten wir Weisung vom Rathaus, die Verletzten der englischen Armee zu den Casas de Oruro zu bringen. Wir werden nur noch unsere Leute hier behalten, und das sind nicht mehr viele«, setzte er hinzu.

»Die Casas de Oruro?«

»Sie liegen an der Calle San José, an der Ecke zur Calle de San Carlos. Vizekönig Vértiz ließ diese Häuser im Jahr 1786 auf einem Grundstück errichten, das zuvor der Gesellschaft Jesu gehört hatte. Beim Aufstand der Kreolen und Mischlinge von Oruro wurden die Gefangenen in diesen Häusern untergebracht, die man zu Kerkern umfunktionierte. Dorthin wird man nun die englischen Verwundeten bringen, die wir hier in San Francisco und anderen Klöstern und Hospitälern versorgen. Ah, dort sehe ich die Frau Gräfin, fleißig und zuvorkommend wie immer.«

Als Blackraven sie am anderen Ende des Refektoriums entdeckte, erschien eine steile Falte zwischen seinen Augen, und seine Lippen wurden zu einem dünnen Strich. Doktor Constanzó stand bei Melody. Er unterhielt sich vertraut mir ihr, während sie, ohne aufzusehen, lächelte und Verbände faltete. Vor lauter Eifersucht hatte er sich nicht gleich wieder unter Kontrolle.

»Seit wann hilft Doktor Constanzó mit?«, fragte er den Franziskaner.

»Er kam vor einigen Tagen und äußerte den Wunsch, mitzuhelfen. Auch seine Schwester Doña Ingracia kommt jeden Tag vorbei.« Er deutete auf eine Frau, die Blackraven von Jimmys Totenwache kannte. »Die Hilfe der beiden ist unschätzbar.«

Dass Melody verlegen wirkte, als sie ihn sah, so als hätte er sie bei etwas Verbotenem ertappt, verschlechterte seine Laune noch mehr.

»Guten Tag, Doktor Constanzó«, sagte er, während er seine Frau am Arm packte. »Geh dich umziehen. Wir fahren nach Hause.« Dabei sah er sie an, als wollte er sagen: Wenn du mir vor diesem Tölpel widersprichst, ziehe ich dir bei lebendigem Leib die Haut ab.

»Entschuldigt mich«, stotterte Melody und gab Trinaghanta ein Zeichen, ihr zu folgen.

Blackraven begann eine nichtssagende Unterhaltung, auf die der Arzt nur einsilbig einging. Wenig später kehrte Melody mit der Singhalesin zurück.

»Bis morgen, Frau Gräfin«, sagte Constanzó mit einer knappen Verbeugung.

»Ich fürchte, Ihr werdet meine Frau morgen nicht sehen«, erklärte Blackraven. Melody sah rasch auf. »Heute war ihr letzter Tag.«

»Aber …«, fragte der Arzt verwirrt, »dann kommt sie also nicht mehr?«

»Nein«, antwortete Blackraven, »kommt sie nicht. Guten Tag, Doktor.«

»Guten Tag, Exzellenz.«

Da Trinaghanta mit ihnen in der Kutsche saß, traute Melody sich nicht, ihn auf seine unerwartete Entscheidung anzusprechen. Sie schwieg, genau wie während des Mittagessens, bei dem sich Blackraven mit Malagrida und sogar mit den Kindern unterhielt, während er sie völlig ignorierte. Er war wütend, und Melody fühlte sich überflüssig. ›Als hätte ich etwas Falsches getan‹, dachte sie verstimmt. Nach dem Essen verschwand Blackraven mit Malagrida und Amy, die nach Tisch hinzugekommen war, im Arbeitszimmer, und sie ging nach draußen, um sich um die Angelegenheiten der Sklaven zu kümmern. Danach beschäftigte sie sich mit den Kindern von Gilberta und Ovidio, zu denen sich noch Víctor, Angelita und Estevanico gesellten. Beim Versteckspielen besserte sich ihre Laune. Sansón, Arduino und Goti, Jimmys Ziege, verrieten immer die Verstecke, und alle schütteten sich aus vor Lachen. Sogar Siloé verließ ihr Zimmer und rauchte eine Pfeife, um an der Unterhaltung teilzuhaben. Als Melody wieder hereinkam, teilte Trinaghanta ihr mit, dass der Herr Roger weggegangen sei.

»Hat er eine Nachricht für mich hinterlassen?«

»Nein, Herrin.«

Blackraven hatte sie beobachtet, wie sie mit den Kindern spielte, und ein Teil der Eifersucht und der Wut, die überwogen hatten, als er sie mit Doktor Constanzó antraf, waren verflogen. Er rief nicht nach ihr, weil er wusste, dass seine Gegenwart den Zauber zerstören würde. Er schaute ihnen zu, bis ein Blick auf die Uhr ihm sagte, dass es Zeit war, sich mit dem obersten Richter des königlichen Gerichts zu treffen.

Liniers und der Erste und Zweite Bürgermeister warteten im

Vorzimmer zu Don Juan Manuel de Lavardéns Büro. Blackraven begrüßte sie mit einer Verbeugung und wandte sich Liniers zu, der sich nach dem Grund der Zusammenkunft erkundigte.

»Ich werde es sofort erklären, Euer Ehren. Ich danke Euch für Euer Kommen und bitte um Entschuldigung für den Zeitverlust, den ich Euch verursache. Ich schätze, die Angelegenheit dauert nur ein paar Minuten.«

Wenig später bat der Sekretär des Richters sie herein. Don Juan Manuel, in der gepuderten Perücke und dem kurzen, schwarzen Samtumhang, den Attributen seines Amtes, empfing sie höflich und bat sie, Platz zu nehmen. Die Blicke richteten sich auf Blackraven.

»Bitte, Exzellenz«, sagte der Richter. »Nennt den Grund, der Euch dazu bewogen hat, uns heute hierherzubestellen.«

»Danke, Euer Ehren. Nun, heute Morgen erhielt ich dieses Schreiben, unterzeichnet von den hier anwesenden Bürgermeistern.« Er übergab es dem Richter, der es an seinen Sekretär weiterreichte, damit dieser es laut vorlas.

»... weshalb seine Exzellenz Roger Blackraven, Graf von Stoneville, dazu aufgefordert wird, das Hoheitsgebiet seiner Majestät, König Karls IV., am Río de la Plata binnen einer Frist von zehn Tagen zu verlassen ...«

Den Mienen von Liniers und Don Juan Manuel war anzusehen, welchen Eindruck diese Zeilen auf sie machten; de Lezica und Sáenz Valiente bemühten sich, nicht wie beschämte Kinder zu Boden zu blicken, doch eine verräterische Röte überzog ihre Wangen.

»Ihr habt Eure Amtsbefugnisse überschritten!«, empörte sich Don Juan Manuel. »Die Ausweisung eines königlichen Untertanen oder eines Ausländers fällt ausschließlich in die Zuständigkeit des Vizekönigs als Vorsitzendem dieses ehrenwerten Gerichts.«

»Die Maßnahme«, stotterte de Lezica, »wurde nur zur Sicherheit des Vizekönigtums ergriffen, und da seine Exzellenz Vizekönig Sobremonte nicht zu erreichen ist …«

»Der Vizekönig ist zu erreichen! Er hat mit Datum von gestern, Donnerstag, dem 28. August, eine Anordnung unterzeichnet, in welcher er Don Santiago de Liniers y Bremond zum obersten Kommandanten der Streitkräfte ernennt. Die Zuständigkeit in allen anderen Fragen des Vizekönigtums verbleiben indes bei ihm. Bevor Ihr Seine Exzellenz behelligt« – er deutete auf Blackraven – »hättet Ihr den Vizekönig konsultieren müssen, der sich, wie Ihr wisst, in San Nicolás de los Arroyos aufhält.«

Es entspann sich eine Diskussion über die Rechtmäßigkeit der einen oder der anderen Maßnahme, die deutlich offenbarte, welche Verwirrung nach der Vertreibung der Engländer in Buenos Aires herrschte. Liniers' Charakterschwäche war bereits am Tag der englischen Niederlage offenkundig geworden, als die Kapitulation wegen des marodierenden Pöbels und der Soldaten seltsame Formen annahm, und sie zeigte sich nun erneut in diesem Büro, als er nicht einmal den Mund aufmachte. Blackraven sah ihm in die Augen, und Liniers räusperte sich.

»Meine Herren«, sagte er. »Falls wir hier über die Loyalität Seiner Exzellenz, des Grafen von Stoneville, diskutieren, so kann ich für ihn bürgen. Am 11. August, dem Vorabend des entscheidenden Angriffs auf die englischen Truppen, hat der Herr Graf mich und meine Offiziere auf seinem Landgut El Retiro empfangen und Lebensmittel an die Truppen in der dortigen Kaserne schicken lassen. Wir wurden auf El Retiro wie Könige behandelt.«

»Jeder weiß um seine Freundschaft mit General Beresford«, wandte de Lezica ein. »Der Herr Graf war häufig im Fort zu Gast, während der General Gouverneur der Stadt war.«

»Die Freundschaft des Herrn Grafen mit General Beresford …«, setzte Liniers an, um dann auf ein Zeichen von Blackraven zu verstummen.

»Ich danke Euch für Euer Bemühen, meinen Standpunkt zu verteidigen. Ich dachte, die Frage meines weiteren Aufenthalts in Buenos Aires ließe sich mit gesundem Menschenverstand lösen, doch die Ansichten, die hier aufeinandertreffen, lassen das nicht zu. Und da ich nicht Eure kostbare Zeit verschwenden will, gebe ich Euch ein Dokument, das die Frage in Sekundenschnelle klären wird.«

Er überreichte Lavardén einen Umschlag. Der Richter hob erstaunt die Augenbrauen, als er das Siegel des spanischen Königs erkannte. Er nahm das Schriftstück heraus und überflog es, bevor er es dem Sekretär reichte.

»Lest vor«, forderte er ihn auf.

»… hiermit gewähre ich, Karl IV., König von Spanien, dem Empfänger dieses Schreibens, dem englischen Staatsbürger Don Roger Blackraven, Graf von Stoneville, absolute Bewegungsfreiheit in allen Gebieten, die meiner Herrschaft unterstehen. Desweiteren sei es ihm gestattet, alle Arten von Geschäften zu betreiben, die ihm und der Krone zum Vorteil gereichen …«

Sáenz Valiente führte an, dieses Privileg sei vor dem Angriff Beresfords verliehen worden. Es sei davon auszugehen, dass der König seine Meinung ändern werde, wenn er davon erfahre. Angesichts dieses Arguments verlor Blackraven die Geduld. Er sprang auf, und seine beeindruckende Statur schüchterte die Bürgermeister ein, die nervös auf ihren Stühlen hin und her rutschten. Er nahm dem Sekretär das Schriftstück ab und legte es de Lezica und Sáenz Valiente vor.

»Meine Herren«, sagte er, »wie Ihr seht, waren Spanien und England bereits erklärte Feinde, als Seine Majestät Karl IV. dieses Schriftstück unterschrieb, und das sind sie bis heute. General Beresfords Invasion hat an dieser Situation keinen Deut geändert. Folglich hat dieses Dokument absolute Gültigkeit. Wenn Ihr wollt, dass ich den Río de la Plata verlasse, werdet Ihr König Karl persönlich darum ersuchen müssen, diese Privilegien zurückzunehmen. Bis Ihr diese Aufhebung habt, behelligt mich nicht mehr. Guten Tag, Euer Ehren«, sagte er und verbeugte sich in Richtung des Richters. »Guten Tag, Kapitän Liniers. Und danke allen für ihre Zeit.«

Er warf sich den Mantel über den Arm, ergriff seinen Degen und verließ das Büro. Als er auf die Straße trat, schlug ihm die Kälte entgegen. Er zog den Mantel und die Handschuhe an. Es war schon fast dunkel, und der Südwind und die schwarzen Wolken verhießen Sturm. Er wies Ovidio an, ihn zum Haus des Ministers Félix Casamayor zu bringen. Er hatte seinen Freund Beresford seit Tagen nicht besucht. Er traf ihn niedergeschlagen an. Beresford hatte soeben einen Brief von Liniers erhalten, in dem dieser die am 12. August vereinbarten Kapitulationsbedingungen widerrief, als Beresford eingewilligt hatte, die Verhandlungsfahne einzuholen und die spanische Flagge zu hissen, um ein Blutbad zu verhindern.

»Ich hätte diesem Franzosen nicht trauen dürfen, wie du mir geraten hast. Liniers hat sich schon damals nicht als Ehrenmann erwiesen, als er ans Ostufer floh, um den Gegenangriff zu organisieren. Ich weiß nicht, ob er ein Kleingeist ist, ein Feigling oder ein Verräter.«

»Ein wenig von allem«, befand Blackraven. »Aber er besitzt nicht nur einen schwachen Charakter, sondern auch einen Feind, der sich seinen Anordnungen allein deshalb widersetzt, um seine Macht zu untergraben: Álzaga. Das entschuldigt ihn nicht, denn um beim Stadtrat, dem königlichen Gericht und dem Volk gut dazustehen, wird er keine Skrupel haben, dich und das dir gegebene Wort zu opfern. Liniers hat die Uniform des Soldaten abgelegt, um Politiker zu werden.«

»Das sehe ich. Zusammengefasst stellt er klar, dass er sich nicht an die Kapitulationsvereinbarungen vom 12. August halten wird. Er besitzt sogar die Frechheit, zu behaupten, ich hätte mich bedingungslos ergeben! Bei Gott! Ich hätte lieber erlauben sollen, dass meine Truppen auf diesen wildgewordenen Pöbel feuern, statt die spanische Flagge zu hissen. Er teilt mir außerdem mit, dass man ihn wegen seines freundlichen Umgangs mit mir verdächtigt habe, bestechlich zu sein, und dass unsere Kommunikation deswegen ab dem heutigen Tage auf schriftlichem Wege stattfinde. Die Offiziere könnten nach England zurückkehren, wenn sie zuvor ihr Wort gäben, die Waffen nicht gegen Spanien zu erheben. Ich werde sie natürlich anweisen, nicht ihr Wort zu geben, wenn die Kapitulationsbedingungen nicht erfüllt werden!«

Blackraven seufzte tief auf und sah seinem Freund mit müdem Gesichtsausdruck in die Augen.

»William, ich bezweifle, dass die Offiziere nach England abreisen können, ob sie ihr Wort geben oder nicht. Hier stehen andere Dinge auf dem Spiel, die nichts mit Ehre zu tun haben. Du befindest dich mitten in einer politischen Auseinandersetzung, bei der Liniers, Álzaga, die Befürworter der Unabhängigkeit und alle anderen versuchen, das größte Stück vom Kuchen abzubekommen. Der beste Rat, den ich dir geben kann, ist zu fliehen. Ich könnte dich hier herausholen, dich und deine Offiziere, noch heute Nacht.«

»Ich danke dir, Roger, aber ich muss an meine Truppe denken. Ich kann nicht einfach verschwinden und sie ihrem Schicksal überlassen, nicht bei diesen skrupellosen Leuten, die ihnen nicht einmal ihre Uniformen gelassen haben. Weiß du, dass man sie ihnen abgenommen hat, um ihre eigenen Soldaten einzukleiden? Falls man diese Bauerntrottel Soldaten nennen kann.«

»Was weißt du von Popham?«

»Popham!«, wiederholte Beresford mit offenkundiger Verachtung. »Er unternimmt nicht genug, um uns aus der Klemme zu helfen. Er liegt mit seiner Flotte oder dem, was davon übrig ist, vor Montevideo und wartet auf Verstärkung.«

»Das wird die Spanier und die Kreolen sehr nervös machen.«

Blackraven stand auf, und Beresford tat es ihm nach. »Ich gehe, William. Du weißt, wo du mich findest. Wenn du irgendetwas benötigst, zögere nicht, dich an mich zu wenden. Aus gewissen Gründen ankern zwei meiner Schiffe wenige Meilen südlich von hier. Sie stehen dir zur Verfügung, falls du dich zur Flucht entschließt.«

Von Süden zog der Sturm auf und legte sich dunkel über die Stadt. Es waren weder Mond noch Sterne zu sehen, und die Straße war ausgestorben. Der Wind peitschte gegen das Ufer des Río de la Plata, und es wurde kälter. Der Stundenrufer war nicht zu sehen und nicht zu hören, und die Kerzen in den Straßenlaternen brannten noch nicht. Blackraven schlug den Mantelkragen hoch und ging zur Kutsche.

Durch das Heulen des Windes hörte er die leisen Schritte hinter sich nicht. Eher instinktiv drehte er sich genau in dem Moment um, als ein schwerer Gegenstand auf ihn niedersauste. Er spürte eine Messerklinge zwischen den Rippen. Es tat nicht weh, sondern fühlte sich eher kalt an, und Blackraven wusste, dass der Angreifer nur das Fleisch getroffen hatte. Er verlor das Gleichgewicht und stürzte auf die scharfkantigen Pflastersteine, die sich in seine Hüfte bohrten. Ein heftiger Schmerz durchfuhr sein Bein und machte ihn bewegungsunfähig, doch obwohl ihm schwarz vor Augen wurde, gelang es ihm noch, das andere Bein anzuziehen, um den Angriff dieses Mannes abzuwehren, der größer und kräftiger war als er.

Wo war sein Degen? Ihm blieb noch Zeit, den Dolch zu ziehen und zwischen die Zähne zu klemmen, bevor sich der Angreifer erneut auf ihn stürzte, um ihm dort auf der Straße das Messer ein paar Mal in die Brust zu rammen. Er hielt ihn an den Handgelenken fest, um die Klinge von seinem Gesicht fern zu halten. Der Qualität der Waffe nach zu urteilen, die selbst gemacht zu sein schien, musste es sich um einen Bauern oder Sklaven handeln. Er war jedenfalls der stärkste Mann, gegen den er je gekämpft hatte, gestand er sich ein. Mit den Zähnen hielt Blackraven den elfenbeinernen Griff seiner Waffe umklammert, und seine Hände zitterten vor Anstrengung, während der Angreifer ihn mit seinem ganzen Gewicht gegen die spitzen Pflastersteine drückte.

In der Schwärze der Nacht waren kaum die Gesichtszüge auszumachen, die sich wenige Fingerbreit vor seinem Gesicht abzeichneten. Er sah das Funkeln der Augen und das Weiß der Zähne. Es war ein Afrikaner, schloss er, ein riesiger Afrikaner. Vor seinem linken Auge blitzte die Spitze der Messerklinge auf. Er dachte an seine eigenen Arme, konzentrierte sich auf die Kraft seiner Muskeln, erinnerte sich an die unzähligen Taue, die er in tosenden Stürmen gehalten hatte, wenn der Wind und das Meer über sein Schiff herfielen wie allmächtige Wesen, bereit, sie zu verschlingen. Er hatte sie bezwungen. Er rief sich auch die Kaperfahrten in Erinnerung, die Schlachten an Deck, das Gewicht seines Schwertes, den Ungestüm, mit dem er vorwärtsstürmte, die Kämpfe Mann gegen Mann. Er hatte immer gesiegt. Er vertraute in seine Kraft; seine Stärke hatte ihn nie verlassen.

Er holte tief Luft, schloss die Augen und befreite sich von dieser erdrückenden Last. Ihm blieb keine Zeit, um aufzustehen, denn der Schwarze stürzte sich mit einer Geschwindigkeit, die bei einem Mann seiner Statur überraschte, erneut auf ihn. Doch diesmal hatte Roger den Dolch in der Hand und traf ihn am Hals. Der Mann stieß einen Schmerzenslaut aus und presste die Hand auf die Wunde, während er zurückwich, bis er in der Dunkelheit verschwand.

Blackraven stützte sich auf die Ellenbogen, und nach einigen Sekunden begriff er, dass der Ruf des Nachtwächters, der nun um die Ecke bog, den Angreifer in die Flucht geschlagen hatte. Er sah, wie der Mann die Laterne anzündete. Das Licht fiel auf die Kutsche mit dem dick eingemummten und schlafenden Ovidio auf dem Kutschbock. Blackraven steckte den Dolch wieder ein und stand auf. Er biss die Zähne zusammen, um den stechenden Schmerz an der Seite und im Rücken zu unterdrücken. Er hob den Degen auf und ging zur Kutsche. Das Atmen fiel ihm schwer.

»Guten Abend, Exzellenz«, grüßte der Nachtwächter, der das Wappen auf dem Wagenschlag erkannt hatte. »Ich dachte, ich hätte einen Schrei gehört, aber bei diesem Wind weiß man nie. Habt Ihr etwas gehört?«

»Nein«, antwortete Blackraven knapp. »Nach Hause, Ovidio! Rasch!«

Er nahm den Hintereingang. In der Küche traf er Siloé und die anderen Sklavinnen bei der Zubereitung des Abendessens an.

»Trinaghanta soll sofort in mein Schlafzimmer kommen.«

Melody trat ein, gerade als die Singhalesin Blackraven dabei half, das Hemd auszuziehen, und der blutverschmierte Oberkörper zum Vorschein kam. Sie blieb in der Tür stehen und schrie auf.

»Keine Angst!«, beruhigte Blackraven sie. »Es ist nichts.«

»Was ist geschehen?« Sie eilte zu ihm. »Wie ist das passiert?«

»Ich bin vor Casamayors Haus überfallen worden.«

»Oh, mein Gott! Ich werde Doktor Argerich holen lassen.«

»Das ist nicht nötig. Trinaghanta wird das versorgen.«

Die Singhalesin säuberte die Wunde, und Melody hielt die Hand ihres Mannes, während die Sklavin den Schnitt nähte. Blackraven verzog kaum eine Miene, wenn sich die Nadel in sein Fleisch bohrte. Dicke Schweißtropfen standen auf seiner Stirn. Melody betrachtete seinen kräftigen breiten Oberkörper und studierte die einzelnen Narben, die die gebräunte Haut überzogen. Dort, gleich neben der neuen Verletzung, war die Wunde zu sehen, die Pablo ihm vor Monaten zugefügt hatte, nun nur noch eine schwachrote Linie. Jede Narbe erzählte eine Geschichte, ein Abenteuer, und obwohl Melody darunter litt, dass sie aus diesem Teil seines Lebens ausgeschlossen war, war sie stolz, einem Mann zu gehören, der sich Gefahren ausgesetzt hatte, vor denen die meisten zurückgeschreckt wären. Sie fühlte sich sicher und beschützt.

Trinaghanta verband Blackravens Oberkörper, und Melody half ihm, den Morgenmantel anzuziehen, bevor er Malagrida und Amy im Schlafzimmer empfing.

»Ich hole dir dein Abendessen«, sagte Melody und ließ ihn mit seinen Freunden allein.

»Wer hat dich angegriffen?«, wollte der Jesuit wissen.

»Es war dunkel und ich konnte nicht viel sehen, aber ich bin sicher, dass ich ihn nicht kenne. Der Mann war so groß wie ich, aber massiger. Und stark war der verflixte Kerl. Ich glaube, er war schwarz, vielleicht ein Sklave.«

»Glaubst du, Galo Bandor hat ihn geschickt?«, fragte Amy.

»Möglich wäre es«, räumte Blackraven ein.

»Es könnte auch die Kobra sein«, mutmaßte Malagrida.

»Seit der Niederlage der Engländer legen die unteren Schichten, insbesondere die Sklaven, eine feindselige Haltung gegenüber englischen Offizieren und Soldaten an den Tag. Jeder in Buenos Aires weiß, dass ich Engländer bin. Vielleicht war es ein unbedeutender Überfall.«

Sie spekulierten weiter, bis Melody mit einem Tablett in der Tür erschien. Amy stand von der Bettkante auf, Malagrida erhob sich vom Kanapee.

»Roger, du solltest jetzt etwas essen und dich ausruhen«, schlug Melody vor.

»Wir ziehen uns zurück«, verkündete der Jesuit, und sie verabschiedeten sich.

Nachdem sie das Zimmer verlassen hatten, herrschte ein unbehagliches Schweigen. Als Melody Blackravens Blick begegnete, erschrak sie. Trotz dem, was vorgefallen war, sagte sie sich, hatte er nicht vergessen, dass er sie im Gespräch mit Doktor Constanzó angetroffen hatte. Sie stellte die Teller auf den Tisch und servierte den Spinatauflauf und den Schmorbraten.

»Komm essen«, sagte sie, ohne ihn anzusehen. Sie spürte seinen Blick auf sich ruhen.

Blackraven sagte nichts, und er setzte sich auch nicht zu Tisch. Melody sah auf. Sie blickten sich an.

»Du bittest mich immer, dir mein Vertrauen zu schenken«, rief sie ihm in Erinnerung. »Und du, willst du mir nicht vertrauen?«

»Weshalb warst du mit Doktor Constanzó zusammen, obwohl ich dir verboten hatte, ihn wiederzusehen?«

»Roger, bitte, du bist unvernünftig. Hätte ich ihn auffordern sollen, das Kloster zu verlassen, nur weil ich dort war und es dich stört, wenn er mit mir spricht?«

Blackraven war so schnell, dass ihr keine Zeit blieb, zurückzuweichen. Er packte sie an den Armen und zwang sie, auf Zehenspitzen zu stehen. Als er sprach, war er ganz nah an ihren Lippen.

»Versuch mich nicht für dumm zu verkaufen, Isaura! Ich frage mich, was dieser Trottel meiner Frau ins Ohr flüsterte, womit er sie zum Lächeln brachte, während ringsum so viele Verwundete darauf warteten, versorgt zu werden. Ich hatte dir gesagt, dass ich ihn nicht in deiner Nähe sehen will! Warum hast du dich meiner Anordnung widersetzt? Ich mache keine leeren Worte, Isaura, das solltest du mittlerweile wissen. Ich möchte Constanzó nicht in deiner Nähe sehen! Dieser Mann begehrt dich. Wenn du nicht willst, dass ich die Angelegenheit auf meine Weise löse, dann halte dich von ihm fern. Ich ertrage die Vorstellung nicht, dass ein anderer haben will, was mir gehört. Ich werde ihn eigenhändig in Stücke reißen, verstehst du?«

Er ließ sie los, und Melody sank auf einen Stuhl. Blackraven lief wie ein Raubtier durch das Zimmer, fluchend und sich die Seite haltend, die höllisch schmerzte.

Melody sagte: »Du bist unvernünftig! Constanzó begehrt mich nicht.«

»Oh doch, er begehrt dich! Dieser verfluchte Quacksalber ...«

»Dein Misstrauen beleidigt mich. Warum vertraust du mir nicht?«

Blackraven blieb stehen und sah sie an. Seine Eifersucht und seine Wut verflogen, als er sah, wie aufgelöst sie war. Ihre Lippen und ihr Kinn bebten, während sie vergeblich versuchte, die Tränen zu unterdrücken. Er kniete vor ihr nieder und nahm ihre Hände.

»Ich vertraue dir, Isaura. Ich würde dir ohne zu überlegen mein Leben anvertrauen.«

»Das ist nicht wahr. Hättest du Vertrauen zu mir, würdest du nicht annehmen, ich könnte dich mit Doktor Constanzó oder irgendeinem anderen Mann betrügen.«

»Das würde ich niemals annehmen!«, beteuerte er. »Das Problem bist nicht du, sondern dieser drittklassige Kurpfuscher. Ich möchte schlicht und einfach, dass du dich von ihm fernhältst, weil die Offensichtlichkeit, mit der er dich umwirbt, mich beleidigt und schier rasend macht.«

Melody verstand ihn. Diese Gefühle waren ihr nicht fremd. Sie hatte sie jedes Mal, wenn eine Frau ihn anhimmelte. Sie streichelte seine Wange. »Ich liebe dich so sehr, Roger.«

»Ich weiß, ich sollte nicht wütend auf dich sein, Isaura. Die Szene, die ich dir gemacht habe, war übertrieben, ich weiß, aber ich werde zum wilden Tier, wenn ich merke, dass jemand es auf dich abgesehen hat. Und heute hast du ihn angelächelt. Er hat dir etwas zugeflüstert, und du hast gelächelt. Ich hätte ihn auf der Stelle erwürgen können.« Er legte den Kopf in Melodys Schoß. »Ich bin nicht wütend auf dich«, erklärte er. »Verzeih mir, dass ich dich erschreckt habe.«

»Was mich mehr beschäftigt, ist, ob die Wunde durch die ganze Aufregung wieder aufgegangen ist. Zeig mal her.«

# Kapitel 14

*Ciudad de la Santísima Trinidad y Puerto de Santa María del Buen Ayre, 30. August 1806*

*Liebe Freundin,*

*Wir haben Rio de Janeiro verlassen und sind zum Río de la Plata gereist. Der Baron de Ibar ist sehr interessiert daran, diesen Teil des südamerikanischen Kontinents zu besuchen, und ich habe ihn darin bestärkt, denn ich wollte unbedingt nach Buenos Aires. Bereits in meinem letzten Brief erzählte ich Dir von Roger Blackraven, Graf von Stoneville. Wenn Du ihn kennengelernt hättest, hättest Du genauso gehandelt und die wunderschöne Stadt Rio de Janeiro verlassen, um ihm bis in diese gottverlassene Gegend ohne Theater (zumindest solche, die diesen Namen verdienten) und ohne Geschäfte zu folgen, mit Straßen, die an eine Kloake erinnern, und beengten Gehsteigen. Die auffälligsten Gebäude hier sind Kirchen und Klöster, an denen kein Mangel zu herrschen scheint. Die Hotels sind eine Katastrophe. Wir sind zwar im besten Haus am Platze abgestiegen, aber ich würde es eine Absteige nennen. Du wirst nicht wollen, dass ich ins Detail gehe, also unterlasse ich es, um Dich nicht damit zu behelligen.*

*Du wirst denken: Hoffentlich ist der Herr Graf die Mühe wert, wenn ich Dir erzähle, dass man nicht einmal in den gehobenen Schichten gebildeten, wohlerzogenen Leuten begegnet. Gestern waren wir zum Mittagessen bei einer wohlhabenden Familie, den Ezcurras. Die Dame des Hauses führte sich auf, als speisten wir in Versailles. Du wärst entsetzt gewesen, liebe Gertrudes, wenn Du gesehen hättest, dass es keine Tischdecke gab und der Tisch mit allerlei Schüsselchen vollgestellt war, aus denen man sich mit bloßen Händen bediente. Geschirr war Mangelware, es gab ein Glas für alle, und die Suppe wurde aus einem irdenen Napf geschlürft (Gott sei Dank gab es für jeden Gast einen). Als man uns zum Abschluss einen Milchkaffee servierte, goss man mir die Tasse randvoll (ein Zeichen der Höflichkeit, wie man mir erklärte), und der Zucker lag auf dem Unterteller. Man musste ihn zunächst in die Tasse kippen, bevor die Milch dazugegossen wurde. Es gibt weder Zuckerdosen noch Brotteller oder Salzstreuer, und auch keine Karaffen, sondern lediglich grobe Steingutflaschen. Ich muss gestehen, dass der Wein passabel war und die einzelnen Speisen im Großen und Ganzen gut schmeckten, mit Ausnahme des Rindfleischs, das für meinen Geschmack zu blutig war.*

*Bei unserer Ankunft erfuhren wir, dass die Bewohner von Buenos Aires soeben eine Invasion der englischen Armee zurückgeschlagen hatten, die fünfundvierzig Tage die Geschicke dieser Unglücklichen bestimmte. Mir erscheint die Entscheidung, die Söhne Englands zu vertreiben, unvernünftig. Der Einfluss der Untertanen Georges III. wäre dieser Stadt mit Sicherheit gut bekommen; zumindest hätte man ihnen beigebracht, ordentlich zu essen und Geschirr zu benutzen.*

*Wie ich Dir bereits im letzten Brief schrieb, ist der Graf von Stoneville Engländer. Er hat mehrere Geschäfte in dieser Weltgegend sowie eine Ehefrau. Ein nichtiges Hindernis, ich weiß, aber Tatsache ist, dass diese Frau existiert. Abgesehen davon ist es schwierig, ihr zu begegnen, da sie sich in Trauer befindet (wie man mir sagte, ist ihr Bruder gestorben). Die Meinungen über die Gräfin von Stoneville gehen sehr auseinander. Die feinen Damen nehmen Anstoß an ihrer niederen Herkunft und ihrer Hingabe für die Armen, obwohl es für mich den Anschein hat, als spräche aus ihren Bemerkungen eher Neid als Wahrheit. Wer würde sie nicht um Roger Blackraven beneiden? Ich bin schrecklich neugierig und möchte sie unbedingt kennenlernen. Sie muss sehr schön sein, wenn sie einen Mann wie ihn erobert hat, der so viele Vorzüge hat, denn er sieht nicht nur unverschämt gut aus, sondern ist auch unermesslich reich. Scharfe Zungen behaupten, er sei ein großartiger Liebhaber.*

*Die Cousine des Grafen, die ich in Rio de Janeiro kennenlernte, war sehr zurückhaltend, als ich sie über die Gräfin ausfragte. Sie erzählte lediglich, dass sie sehr jung sei (sie ist gerade zweiundzwanzig geworden) und ein großes Herz habe. Ich habe meiner Sklavin Joana (ein junges Ding, das der Baron de Ibar freundlicherweise gleich nach unserer Ankunft in Brasilien für mich kaufte) aufgetragen, Freundschaft mit jemandem aus der Dienerschaft im Haus des Grafen zu schließen, um mir Informationen zu verschaffen. Dabei ist die Sprachbarriere das größte Hindernis, denn Joana spricht nur Portugiesisch, und die offizielle Sprache hier ist Spanisch.*

*Dennoch ist das Glück mir hold, denn jeden Tag nach dem Mittagessen kümmert sich die Gräfin (die Gräfin von Stoneville persönlich!) um die Belange der Neger. Joana war gestern dort und konnte zumindest einen Blick auf sie erhaschen. Schwarzer Engel wird sie von den Sklaven genannt! Und sie hat rote Haare! Was ist das für eine Rivalin? Ich habe noch immer alle ausgestochen, das weißt du.*

*Ich hoffe, Dir in meinem nächsten Brief saftige Neuigkeiten mitteilen zu können; ich weiß, wie sehnsüchtig Du auf meine Schilderungen wartest. Ich kann es kaum erwarten, den Grafen von Stoneville hier zu treffen. Ich werde mich in Geduld üben – wir werden uns schon begegnen. Unser Kalender ist randvoll, und irgendwann wird er eine der zahllosen Einladungen annehmen, die er erhält. Wenn es so weit ist, wird er alleine erscheinen (wie gesagt, seine Frau ist in Trauer), und ich werde alles tun, um sei-*

*ne Aufmerksamkeit auf mich zu ziehen. Wenigstens hege ich die Hoffnung, dass man uns bei der nächsten Einladung zum Essen zumindest Löffel und Gabeln reicht; ich würde das Essen nicht gerne vor dem Grafen mit den Händen zum Mund führen.*

*Ich hoffe, dass Dich dieser Brief bei guter Gesundheit antrifft. Gib auf Dich acht.*

*Deine Dich liebende Freundin*

*Ágata de Ibar*
*Baronin de Ibar*

Bernabela saß auf der Wiese und sah mit rot unterlaufenen Augen zu, wie Cunegunda im Garten arbeitete, die Reihen mit Gemüse von Unkraut befreite und die Erde lockerte und aufhäufelte.

Die Sklavin breitete Sackleinen über die Pflanzen und befestigte es mit Stöcken, wie Señora Enda es ihr beigebracht hatte, um die Setzlinge vor der Kälte zu schützen, während sie jammerte: »Meine Herrin Bela hat wieder diesen Rauch eingeatmet. Sie sieht völlig übergeschnappt aus.« Bernabela entwendete Señora Enda die Kräuter, die diese verwendete, wenn sie sich nachts aus der Hütte schlich, um ein Feuer zu entzünden und diese furchtbaren Beschwörungen in einer fremden Sprache zu murmeln, die ihr die Haare zu Berge stehen ließen. Und sie mochte eine ungebildete Negerin sein, aber dumm war sie nicht: Señora Enda ließ diese Kräuter herumliegen, damit ihre Herrin sie nahm. Beim Herrgott, so war es, sagte sie bei sich und nickte heftig. Es konnte kein Zufall sein, grummelte sie weiter, dass diese Hexe alle anderen Kräuter und Pülverchen unter Verschluss hielt.

Verstohlen blickte sie zu Bela herüber. Sie war immer noch eine schöne Frau, obwohl sie Lumpen trug und keine Cremes zur Verfügung hatte, um ihre Haut zu pflegen. Sie hätte das Begehren jedes Mannes geweckt. Cunegunda fand, dass es viele Vorteile haben würde, wenn sie dem Einfluss von Señora Enda entfliehen und ein neues Leben beginnen würden. Sie selbst besaß ein paar Ersparnisse, und ihre Herrin Bela hatte vor dem Eintritt ins Kloster den Großteil ihres Schmucks in Sicherheit gebracht. Sie würden schon zurechtkommen.

Doch ihre Herrin wollte von ihrem Vorschlag nichts wissen. »Ich muss mich noch für alles rächen, was diese verfluchte Miss Melody mir angetan hat, und nur Enda kann mir dabei helfen«, lautete ihre Antwort. Cunegunda hatte den Verdacht, dass Bela immer noch in den Herrn Roger vernarrt war und in der Hoffnung, ihn erobern zu können, in der Nähe von Buenos Aires, von Enda und der Vergangenheit bleiben wollte. Mit diesem Hass zu leben, dachte die Sklavin, war ein ärgeres Gift als Señora Endas Pülverchen. Ihre Herrin Bela sollte sich ein Beispiel an ihr nehmen und vergessen, so wie sie zu vergessen versuchte, dass man ihren Sohn ermordet hatte. Ihre Herrin würde den Herrn Roger nie zurückgewinnen. Gabina, die sie weiterhin häufig traf, wenn sie Braulios Wachsamkeit entkommen konnte, erzählte, sie habe noch nie einen Mann gesehen, der seiner Frau treuer ergeben sei. »Er küsst den Boden, auf dem Miss Melody geht.«

Bela bewegte langsam den Kopf, um ihre Hände und die brüchigen Fingernägel zu betrachten, während sie sich fragte, wann und wie diese Etappe ihres Lebens enden würde. Ihre Schläfen pochten, eine unangenehme Nebenwirkung des Kräuterrauchs, der sie zum Schweben brachte. Auch ihr Körper fühlte sich schwer an, ihr Mund war trocken und ihre Augen brannten. Und doch entwendete sie immer wieder die Kräuter und verbrannte sie, weil sie ihr ein paar Stunden schenkten, in denen sie ihr elendes Leben vergaß.

Enda blieb dabei, dass die Zeit der Rache noch nicht gekommen sei. Die Umsicht sei die Schwester des Erfolges – eine falsche Bewegung, und sie würden beide im Gefängnis enden.

Bernabela war alleine, und sie war auf diese verrückte Irin angewiesen, um zu überleben. Sie hatte genauso viel Angst vor ihr wie Cunegunda, nicht wegen der Macht ihrer Hexerei, die sie zu respektieren begann, sondern weil sie wusste, dass Enda zu allem fähig war. Sie fürchtete ihre Hexenaugen und ihren unergründlichen Blick. Noch wehrte sich Bela gegen die Vorstellung, dass die Irin Roger Blackraven töten würde, aber sie hütete sich, das zu sagen. Manchmal hatte sie das Gefühl, dass Enda ihre Gedanken lesen konnte.

»Du solltest diesen Mann vergessen«, hatte diese ihr vor einiger Zeit klargemacht. »Seinetwegen bist du hier, wo du doch das Leben einer Prinzessin führen könntest. Er liebt dich nicht, und er wird dich nie lieben. Meine Nichte hat ihn in ihren Bann gezogen, wie ich es nur selten im Leben gesehen habe.«

»Du könntest mir einen Liebestrank geben, um ihn an mich zu binden«, schlug Bela vor, und sofort wurde ihr klar, dass sie einen Fehler gemacht hatte, weil sie Enda ihre geheimsten Sehnsüchte offenbart hatte.

»Nicht einmal meine Tränke würden das Band zerreißen, das ihn an Melody fesselt. Du gefällst mir, Bela. Wir sind aus demselben Holz geschnitzt. Ich mag deine Gesellschaft, und ich könnte dich irgendwann lieben wie eine Tochter. Wenn du mir treu ergeben wärst, würdest du alles bekommen, was du willst. Doch widersetzt du dich meinen Plänen, würde ich dich zertreten wie ein Insekt.«

»Ich werde mich deinen Plänen nicht widersetzen, Enda«, versprach sie und sah dann weg, während sie dachte, was sie nicht auszusprechen wagte: ›Obwohl nicht Roger schuld daran ist, dass ich mit dir und zwei Sklaven in diesem elenden Loch hause, sondern dieses gottverfluchte Flittchen Melody Maguire.‹

Das Geklapper von Hufen brachte sie in die Gegenwart zurück. Cunegunda legte die Hand vor die Augen und spähte in Richtung des Wegs. Es war Braulio, der auf Endas Stute aus der

Stadt zurückkam. Er hatte Vorräte dabei. Obwohl der Schwarze rasch an ihnen vorbeiritt und ihnen nur einen kurzen, fast mürrischen Blick zuwarf, merkte Bela, dass er ihr in den üppigen Ausschnitt starrte.

»Es gefällt mir nicht, wie dieser unverschämte Kerl Euch ansieht, Herrin Bela«, schimpfte Cunegunda.

»Was ist mit seinem Hals los? Weshalb trägt er diesen Verband?«

»Er ist heute Nacht spät nach Hause gekommen. Torkelnd. Er wird betrunken gewesen sein. Ihr habt ihn nicht gehört, weil … Nun ja, Ihr habt ihn eben nicht gehört, aber dieser schwarze Sohn eines Teufels hat einen Riesenlärm veranstaltet. Ich bin sicher, dass er sich diesen Schnitt bei einer Wirthausschlägerei zugezogen hat.«

»Du weißt doch, dass Braulio nicht trinkt. Hat Enda die Wunde versorgt?«

»Ja, Señora Enda selbst. Sie hat ihn angeherrscht, er solle leise sprechen, so dass ich nichts verstehen konnte.«

»Wirkte sie wütend?«

»Nein, Herrin, aber bei Señora Enda weiß man nie.«

»Pack die Gartengeräte ein und hör mit dem Jäten auf«, wies sie die Sklavin an.

»Ja, Herrin.«

Bela ging zum Haus. Braulio, der Mehlsäcke aufstapelte, hob den Kopf, als er sie hereinkommen hörte. Sie sahen sich an, und Bela lächelte ihm zu. Der Sklave hielt reglos ihrem Blick stand.

»Was ist mit deinem Hals passiert, Braulio?«

»Nichts.«

»Oh, aber da ist Blut am Verband. Etwas muss passiert sein.«

»Nichts, worüber man sich Sorgen machen müsste.«

»Aber ich mache mir Sorgen um dich, Braulio. Du bist der einzige Mann im Haus, der Einzige, der uns verteidigen kann, und ich sähe es nicht gerne, dass dir ein Unglück geschieht.«

Enda kam aus dem Nebenzimmer und sah sie beide an. Bela kehrte ihr den Rücken, um sich die Hände in der Waschschüssel zu waschen. Dann widmete sie sich ihrer Näharbeit, und während sie den Faden einfädelte, sagte sie wie nebenbei: »Deine Geschäfte als Heilerin und Hexe laufen gut, wie ich sehe. Ich meine, wegen dieser Stute, die du vor ein paar Tagen gekauft hast. Es ist keine lahme Mähre, sondern ein herrliches Tier.«

Enda antwortete nicht und blieb am Dreifuß stehen, um die Tränke und Salben anzurühren, die sie zu einem guten Preis verkaufte. Bela sprach weiter, ohne von ihrer Näharbeit aufzusehen.

»Du willst Miss Melodys Kind haben, stimmt's, Enda?«

»Ja.«

»Warum?«

»Um es wie mein eigenes Kind aufzuziehen.«

»Es ist Blackravens Kind. Es wird dich an Paddys Ermordung erinnern.«

»Es ist auch Fidelis' Enkel«, hielt die Irin dagegen.

Wenn Amy Bodrugan nachdenken oder eine Entscheidung treffen wollte, suchte sie die Höhe. Im Mastkorb, dem Himmel ganz nah, das offene Meer unter sich und den Wind im Haar, kam sie zur Ruhe. Eine innere Gelassenheit trat an die Stelle von Chaos und Verwirrung, die ihr noch Minuten zuvor die Laune verdorben hatten.

An diesem Mittag kletterte sie auf die Linde der Valdez e Incláns, bis zum höchsten Ast, der sie tragen konnte, und ließ die Füße baumeln. Arduino saß auf ihrer Schulter. Von hier oben konnte man die Kirchenkuppeln und den Turm des Rathauses sehen. Ein kühler Wind liebkoste ihren Hals und verursachte ihr eine Gänsehaut. Sie sah zum Fluss hinüber, diesem Fluss ohne Horizont, der dem Meer so ähnlich war, sah man einmal von seiner Farbe ab, die an Tee mit Milch erinnerte. Sie wollte weg aus

Buenos Aires. Die Stadt gefiel ihr nicht, und doch war sie noch hier. Gewiss, Blackraven brauchte sie und die Mannschaft der *Afrodita,* bei all den Problemen, die ihn bedrängten, aber sie hätte ihn schon zu überzeugen gewusst.

»Es ist der Junge, der mich hier hält«, sagte sie laut. Der Affe kreischte auf und zog sie am Ohr.

Am Anfang hatte sie die Ähnlichkeit mit Galo Bandor verwirrt. Die gleichen goldenen Locken, die grünen Mandelaugen, die scharf geschnittene Nase, sogar seine Art, ein wenig breitbeinig zu gehen, und die beiden Grübchen im linken Mundwinkel, wenn er lächelte. Als sie später Víctors Wesensart kennenlernte, war die Ähnlichkeit mit seinem Vater nicht mehr so offensichtlich. Er glich auch nicht ihr selbst mit ihrer impulsiven und zuweilen groben Art, sondern Miss Melody. Seine Sanftmut und Güte hatte Víctor von der neuen Gräfin von Stoneville, genau wie sein offenes Lächeln und sein empfindsames Herz.

»Sie wird einen Weichling aus ihm machen«, bedauerte sie, doch dann fiel ihr wieder ein, wie sie ihn vor einigen Tagen bei seinen Fechtübungen mit Jaime im ersten Patio beobachtet hatte. Ein ungewohnter Stolz hatte ihr ein Lächeln auf die Lippen gezaubert und einen warmen Glanz in ihre Augen gebracht, als sie feststellte, wie gewandt und sicher der Junge war. Selbst seine gelangweilte Miene, wenn sich der Lehrer aufgrund seines jugendlichen Alters in Zurückhaltung übte, kam ihr vertraut vor. Víctors Beine tänzelten vor und zurück, während er ohne eine Spur von Ermüdung das Florett in der Hand führte.

»Es ist ein Geschenk meines Vormunds«, erklärte er ihr, nachdem der Unterricht zu Ende war, und reichte ihr feierlich die Waffe. »Er hat es mir von seiner letzten Reise mitgebracht. Für Jimmy hat er eine Reihe wunderschöner Bücher mit den Fabeln von Äsop, Iriarte und La Fontaine gekauft. Aber Jimmy hatte keine Gelegenheit mehr, sie anzuschauen«, setzte er hinzu, und seine Trauer versetzte Amy einen Stich. »Angelita hat er eine Puppe und jede Menge Lakritze mitgebracht, weil er weiß, dass es ihre Lieblingsnascherei ist. Die Bücher, die für Jimmy bestimmt waren, gehören jetzt Angelita und mir. Ist das schlimm?« Amy schüttelte den Kopf. Sie konnte nichts sagen. »Miss Melody sagt, Jimmy freut sich, dass sie jetzt uns gehören.«

»Miss Melody ...« murmelte sie vor sich hin, und Arduino hüpfte auf den Ast.

Dieses Mädchen hatte ihr Roger weggenommen und auch ihren Sohn. Sie fühlte sich unwohl; es war das erste Mal, dass sie Víctor ihren Sohn nannte. »Mein Sohn«, flüsterte sie, während sie an den Tag von Víctors Geburt zurückdachte, als sie ihn aus Stolz und Verbitterung zurückgelassen hatte und nicht, weil er sie abstieß. »Komm, Arduino, klettern wir runter.« Das Tier sprang auf ihre Schulter.

Als Amy unter der Linde ein sich küssendes Paar bemerkte, hielt sie inne und schmiegte sich an einen der untersten Äste. Sie bedeutete Arduino, ganz still zu sein, und schob die Blätter beiseite, die ihr die Sicht versperrten. Es handelte sich um Sklaven – zumindest seinen Krauskopf konnte sie erkennen. Sie würde abwarten, bis sie fertig waren, bevor sie von dem Baum stieg. Sie schob den Ast noch ein wenig mehr zur Seite und verkniff sich eine anzügliche Bemerkung. »Fräulein Elisea!«, staunte sie. Man konnte nicht behaupten, dass der Sklave sie zu etwas zwang. Sie umarmte und küsste ihn mit ebenso großer Hingabe.

Amy beobachtete hingerissen das Paar. Roger und sie hatten sich nie so geküsst. Ihre körperlichen Begegnungen hatten immer eher einer Rangelei, einem Kampf, einem spielerischen Kräftemessen geglichen als wahrer Leidenschaft aus Liebe.

»Wie geht es dir?«, hörte sie Elisea fragen.

»Gut. Der Herr Roger hat mich gebeten, ein paar Tage in der Gerberei zu arbeiten, um den Sklaven beizubringen, wie man Rinder zerlegt.«

»Du bist noch nicht ganz genesen. Eine so schwere Arbeit ist nichts für dich. Die Wunde könnte sich wieder öffnen.«

»Ich fühle mich gut, ehrlich. Ich will nicht, dass du dir Sorgen um mich machst.«

»Um wen soll ich mich sonst sorgen? Du bist der einzige Mensch, der für mich zählt.«

»Dann bist du nicht mehr böse mit mir, weil ich Miss Melodys Bruder verraten habe?«

»Nein. Außerdem hast du selbst Abbitte geleistet, indem du Señor Blackraven geholfen hast, ihn aus dem Gefängnis zu befreien. Hat Miss Melody dir verziehen?«

»Ja, sie hat mir verziehen, aber ich schäme mich noch immer in ihrer Gegenwart. Sie ist eine Heilige, und ich weiß, dass sie mir von Herzen verziehen hat. Dennoch bin ich durch das, was ich getan habe, in ihren und deinen Augen gesunken. Die Scham, mich wie ein Schuft verhalten zu haben, wird mich nie verlassen, solange ich lebe.«

»Sei nicht so hart mit dir, Servando. Eifersucht und Alkohol sind schlechte Ratgeber, und du hast unter ihrem Einfluss gehandelt. Weiß Señor Blackraven, dass du Señor Maguire verraten hast?«

»Ich glaube nicht. Er hätte mir mit der Peitsche die Haut vom Rücken abgezogen.«

»Glaubst du, er wird sein Wort halten und dich in drei Jahren freilassen?« Servando zuckte mit den Schultern. »Ich bin mir sicher«, sagte Elisea hoffnungsvoll. »Dann können wir weglaufen, weit weg gehen und heiraten.«

»Selbst wenn ich ein freier Mann wäre, wird es nicht leicht werden, ein gemeinsames Leben zu beginnen. Ein Schwarzer und eine weiße Frau …«, sagte er bitter. »Das ist für viele eine widernatürliche Vereinigung, ein Werk des Bösen.«

»Sag das nicht! Unsere Liebe ist so rein und edel wie die jedes weißen Paares.«

Nach einem weiteren Kuss und einem Abschied voller Versprechungen verließ der Sklave das Haus der Valdez e Incláns mit einem Sprung über die Einfassungsmauer. Elisea lehnte am Baumstamm der Linde und seufzte vor sich hin, die Hände gegen die Brust gepresst, bis sie ein lautes Rascheln über sich hörte und nach oben blickte. Sie schrie auf, als sie jemanden zwischen den Zweigen entdeckte.

»Nicht erschrecken!«, rief Amy und sprang zu Boden. Sie ging in die Knie, um den Stoß abzufedern, dann richtete sie sich wieder auf.

Elisea wich zurück, die Hände vor der Brust gekreuzt und mit einem Entsetzen im Gesicht, als habe sie soeben einen Geist gesehen.

»Entschuldigt Arduino, Señorita Elisea. Er wollte Euch nicht erschrecken. Er war hinter einem Vogel her und hat versucht, ihn zu erwischen.«

»Ihr habt alles mitangehört«, sagte Elisea wie zu sich selbst.

»Alles«, bestätigte Amy in belustigtem Ton. »Was ist in diesem Haus los, in dem die Liebe förmlich in der Luft liegt? Eure Schwester María Virtudes schwärmt für Leutnant Lane, Señor Diogo findet immer größeren Gefallen an Eurer Schwester Marcelina und Ihr, Fräulein Elisea, seid unsterblich in den Sklaven Servando verliebt.«

»Werdet Ihr uns an seine Exzellenz verraten?«

»Euch verraten? Weshalb sollte ich?«

»Weil es sich nicht gehört.«

»Glaubt Ihr wirklich, es gehöre sich nicht, Servando zu lieben?« Elisea schüttelte den Kopf. »Ihr selbst habt eben gesagt, die Liebe zwischen euch beiden sei ebenso rein wie jene, die zwei Menschen derselben Hautfarbe empfinden können.«

»Niemand wird das so sehen«, sagte Elisea mutlos.

»Niemand? Weiß nur ich von Eurem Verhältnis?«

»Miss Melody, meine Schwester María Virtudes und jetzt Ihr.«

»Aha, Miss Melody weiß also davon.«

»Die Gräfin ist der gutherzigste Mensch, den ich kenne.«

»Wirklich?«

»Oh ja, natürlich«, versicherte Elisea, die Amys Ironie nicht bemerkte. »Seit sie es weiß, hat sie uns so viel geholfen. Sie hat sogar mit Onkel Diogo und Tante Leo gesprochen, um sie von der Notwendigkeit zu überzeugen, meine Verlobung mit Ramiro Otárola zu lösen.«

»Das muss ein Skandal gewesen sein.«

»Das war es, und die ganze Last fiel auf die Gräfin zurück. Die Otárolas beschuldigten sie, gegen Ramiro zu intrigieren, weil er mit dem ältesten Sohn von Martín de Álzaga befreundet ist, den die Gräfin nicht sonderlich schätzt.«

»Ich habe so etwas gehört.«

»Ich weiß, dass es die Frau Gräfin keinen Deut interessiert, mit wem Ramiro Otárola befreundet ist. Sie sorgte sich nur um mich. Sie sagte zu mir: ›Du darfst dich nicht an einen Mann binden, den du nicht liebst. Du wärst dein Leben lang unglücklich, wie es meine Mutter war.‹ Und übrigens auch meine Mutter«, setzte Elisea hinzu.

»Ist es wahr, was du vorhin zu Servando sagtest? Dass du bereit wärst, mit ihm durchzubrennen, um ihn zu heiraten?«

»Natürlich! Ich denke nur an diesen Tag, auch wenn ich mir keine großen Hoffnungen mache.«

»Ich könnte dir helfen.«

»Wirklich?«

»Natürlich. Denkst du, nur die Frau Gräfin wäre dazu imstande?« Elisea sah sie verwirrt an. »Sicherlich kann ich dir helfen. Und ich werde es tun, wenn du es mir erlaubst. Es gibt Orte in der Karibik, wo ihr als Mann und Frau zusammenleben könntet, ohne die Blicke der Öffentlichkeit auf Euch zu ziehen. In Jamaika zum Beispiel, auf Haiti oder auch auf Antigua, wo Señor Blackraven eine Hazienda besitzt. Wenn ich in See steche, könnte ich

Euch auf meinem Schiff mitnehmen. Aber vorher müsste Servando die Freiheit bekommen, denn es würde ihm nichts nützen, wenn er weiterhin der Sklave seiner Exzellenz wäre.«

»Ja, natürlich. Er müsste die Freiheit bekommen«, wiederholte Elisea leise und nicht sehr überzeugt.

»Dir zur Flucht zu verhelfen, wäre kein Problem für mich, weil du frei bist.«

»Bin ich das?«

»Aber ja doch! Wir Frauen haben das Recht, über unser Schicksal zu entscheiden. Wir haben das Joch der Männer schon zu lange ertragen. Es ist Zeit, uns zu befreien!«

»Ich habe noch nie eine Frau so kühne Worte sprechen hören«, gab Elisea zu. »Aber Ihr, Señorita Bodrugan, seid etwas sehr Besonderes.«

»Ja, das bin ich«, sagte Amy mit einer Bitterkeit, die Elisea nicht verstand.

»Onkel Diogo würde toben, wenn ich mit einem Weißen durchbrenne, nicht zu sprechen von einem Schwarzen. Und Seine Exzellenz ebenfalls.«

»Wie ich hörte, will Señor Blackraven Servando in drei Jahren freilassen. Das ist eine zu lange Zeit. Gibt es keine Möglichkeit, die Freilassung zu beschleunigen?«

»Oh, doch! Miss Melody könnte Seine Exzellenz davon überzeugen. Sie bekommt alles von ihm, was sie will.«

»Verstehe.«

»Ich werde mit der Frau Gräfin sprechen und ihr von unserem Plan erzählen.«

»Können wir ihr vertrauen?«

»Absolut!«

Auf dem Weg zu dem Haus in der Calle San José dachte Amy über Elisea und den Schwarzen Servando nach und fragte sich erneut, was diese Stadt an sich hatte, dass überall Liebe in der Luft lag. Die größte Überraschung war Roger gewesen, der verliebt war wie ein Schuljunge. Er war Melody sogar in Gedanken treu!, dachte sie eher erstaunt als wütend. Manchmal ertappte sie ihn dabei, wie er sie gedankenverloren ansah, insbesondere wenn sie Klavier oder Harfe spielte, obwohl sie in Trauer war. Aber er bat sie so inständig darum, und sie tat ihm den Gefallen, weil sie ihn liebte. Ja, sie liebte ihn, da war sie sich sicher.

Hatte jemals ein Mann sie so angesehen, wie Roger Miss Melody ansah?, fragte sie sich, und eine lange Kette von Verwünschungen kam ihr über die Lippen, während sie versuchte, den Namen von Galo Bandor aus ihren Gedanken zu vertreiben.

Sie dachte auch an María Virtudes, die sich mit Leib und Seele der Pflege von Generalleutnant Lane widmete, der jedes Mal puterrot wurde, wenn das Mädchen das Zimmer betrat. Es war lustig, ihm dabei zuzuhören, wie er spanische Wörter vor sich hin stammelte. Und nicht zu vergessen Marcelina, die hemmungslos mit ihrem Onkel flirtete. Die überraschende Liebschaft zwischen Elisea und Servando bestärkte sie nur in der Vermutung, dass am Río de la Plata Energien zusammenflossen, die den Verstand benebelten und die Herzen erweichten. Seltsame, tückische Energien, so seltsam und tückisch wie das Wasser dieses verdammten Flusses.

Doch nichts hatte sie so bewegt wie das Gerücht, der Türke Somar und die Sklavin Miora seien unsterblich ineinander verliebt. Ein verliebter Eunuch! Sie lachte laut auf und zog die tadelnden Blicke einiger Frauen in Schwarz auf sich, die hinter ihr gingen.

Sich seine Liebe zu Miora einzugestehen, war für Somar zu einem Kampf geworden, der ihm den Schlaf raubte und ihm die Laune vergällte. Die gemeinsamen Nachmittage im Kloster San Francisco, wo sie den Mönchen bei der Pflege der Verwundeten halfen, und Mioras Vertraulichkeiten – sie suchte seinen Blick, lächelte ihn an, berührte wie zufällig seine Hand, kümmerte sich um seine Kleider, putzte seine Stiefel und bereitete ihm Süßigkeiten zu – hatten ihn schwach werden lassen. Er, der immer wusste, was er wollte, war orientierungslos, seine Nerven lagen blank und seine Gedanken waren wirr.

Die Ereignisse der letzten Nacht drohten seine letzte Willenskraft zu brechen. Vielleicht hatte Miora ihn nach der Nachricht von dem Angriff auf Blackraven vor dem Haus der Casamayors in einem schwachen Moment erwischt. Er dachte gerade in seinem Zimmer über die Identität des Angreifers nach, als es an der Tür klopfte. ›Das muss Roger sein‹, sagte er sich und öffnete, ohne nachzufragen.

Miora sah sehr hübsch aus. Das krause Haar fiel ihr offen über die Schultern, und sie trug ein rotes Kleid, das Miss Melody ihr geschenkt hatte und das sie nur sonntags zu den Versammlungen der Bruderschaft San Baltasar trug. Zierlich, viel kleiner als er, hob sie das Kinn und sah ihn an. Somar trat zur Seite, ohne dass Worte nötig waren. Miora trat ein und er schloss die Tür.

»Ich habe Ihnen ein bisschen Biskuit mitgebracht, Señor Somar. Ich habe es selbst gemacht. Es ist mit Feigenmarmelade bestrichen. Mögen Sie Feigenmarmelade?« Somar nickte, nahm das Biskuit und führte es an den Mund wie ein artiges Kind, ohne dabei den Blick von Miora abzuwenden. »Schmeckt es? Das freut mich. Als ich es machte, habe ich nur an Sie gedacht. Ich habe mich gefragt, ob Sie es mögen werden, und ob ich es mit Sahne und Zucker oder lieber mit Feigenmarmelade bestreichen soll. Siloé hatte Aprikosenmarmelade gekocht, und da habe ich wieder sehr gezweifelt, weil ich nicht wusste, ob Sie die lieber essen als Feigen. Aber weil ich Aprikosen lieber mag und eine ungebildete Negerin bin, sagte ich mir, sicherlich wird er lieber ...«

»Was willst du von mir, Mädchen?« Somar legte das Biskuit auf den Teller, als hätte er plötzlich die Fassung wiedergefunden. »Mich verrückt machen? Zwischen dir und mir kann es nichts geben. Ich bin kein normaler Mann, zumindest nicht die Sorte

Mann, die eine Frau gerne an ihrer Seite hat. Erspare mir demütigende Erklärungen. Geh, verschwinde.«

Als das Mädchen ihn weiter erwartungsvoll ansah, packte er sie am Handgelenk und zwang sie, die Hand zwischen seine Beine zu legen.

»Da ist nichts! Spürst du es? Spürst du, dass ich kein richtiger Mann bin?«

»Also, ich spüre da etwas, Señor.«

Die wütende Miene des Türken wich einem dumpfen Gelächter, das Miora noch mehr verwirrte als seine Wut.

»Ja, da ist etwas, aber nicht genug. Das, was ich da habe, nützt mir gar nichts ohne das, was man mir als Kind genommen hat. Ich bin kein richtiger Mann, verstehst du? Ich bin kein richtiger Mann!«

»Das ist mir egal«, versicherte die Sklavin gefasst und ernst.

»Es ist dir egal? Armes Kind! Begreifst du denn gar nichts?«

Somar kehrte ihr den Rücken zu und fluchte in seiner Sprache, die sie nicht verstand. Dann drehte er sich wieder um, fest entschlossen, sie aus dem Zimmer zu werfen. Doch dann erstarrte er. Sein Herz füllte sich mit Mitleid, als er feststellte, wie sich das Mädchen zusammenriss, um Haltung zu bewahren und nicht in bittere Tränen auszubrechen. Er bot ihr einen Platz an und kniete sich neben sie. Dann nahm er ihre Hände und küsste sie.

»Miora«, sagte er, und beide waren gerührt, dass er sie bei ihrem Namen nannte und nicht einfach »Mädchen« wie bisher. »Miora, du solltest mich vergessen. Du bist so jung und hübsch. Du kannst jeden Mann haben, der dir gefällt.«

»Ich liebe nur Sie«, beharrte sie mit gebrochener Stimme, aus der Verzweiflung herausklang.

»Was ist das für ein verrückter Gedanke? Begreifst du nicht, dass ich dir keine Freude schenken kann?«

»Sie schenken mir Freude, immer.«

»Das meine ich nicht ...«

»Ich weiß, was Sie meinen. Ich bin nicht dumm.« Sie sagte das entschlossen und ein wenig ungehalten. Der Türke schwieg. »Es interessiert mich nicht, dass Sie mir im Bett keine Liebe schenken können. Ich weiß schon, wovon Sie die ganze Zeit sprechen. Ich will diese Art von Liebe nicht. Der Herr Alcides …« Ihre Stimme versagte, sie blickte zu Boden und begann leise zu schluchzen.

»Ja, ich weiß«, sagte Somar und nahm sie in den Arm. »Ich weiß, was dieses Schwein von Valdez e Inclán dir angetan hat. Und es tut mir leid, du weißt gar nicht, wie sehr. Aber nicht alle Männer sind wie er. Eines Tages wirst du einen jungen Mann finden, der dich liebt und achtet und den du ebenfalls liebst, und er wird dir die wahre Liebe zeigen.« Während er das sagte, merkte Somar, dass es ihm schwerfiel, diese Worte auszusprechen. Dennoch musste er es tun, zum Besten des Mädchens. Er ließ sie los.

»Señor Somar, ich will keinen anderen Mann finden. Meine Wahl ist auf Sie gefallen, und Sie würden mich zur glücklichsten Frau der Welt machen, wenn Sie mir Ihre Zuneigung schenkten.« Sie hob schüchtern ihre Hand und legte sie an die Wange des Türken. »Sie machen mich jedes Mal glücklich, wenn Sie mich ansehen, wenn Sie mit mir sprechen, wenn Sie liebevoll mit den Kindern umgehen oder ich Ihnen beim Arbeiten zuschaue und sehe, wie stark Sie sind. Und Sie haben mich eben sehr glücklich gemacht, als Sie mich bei meinem Namen nannten.«

»Miora«, flüsterte er und ließ zu, dass sie ihn weiter streichelte.

Er schlang die Arme um ihre Taille und zog sie zu sich. Dann drückte er sie an seine Brust und küsste sie auf den Mund. Er stellte fest, dass sie noch nie zuvor geküsst hatte, und diese Entdeckung erfüllte ihn mit Stolz und dem Wunsch, sie zu besitzen.

»Das ist der glücklichste Moment in meinem Leben, Señor Somar.«

»Nenn mich Somar, einfach nur Somar.«

»Nein, Sie sind mein Herr. Ich mag Herrn Rogers Sklavin sein, aber ich gehöre nur Ihnen.«

»Miora, was soll ich nur mit dir machen? Was willst du? Was erwartest du von mir?«

»Dass ich jeden Tag einen Augenblick in Ihrer Nähe sein darf. Kann ich morgen Abend wiederkommen?« Als sie sein Zögern bemerkte, setzte Miora rasch hinzu: »Ich werde Ihnen nicht zur Last fallen, das verspreche ich Ihnen. Ich werde still sein und Sie nur ansehen. Oder das tun, was Sie mir sagen. Ich werde immer sauber und parfümiert sein. Rieche ich nicht gut?«

»Sehr gut sogar.«

»Das ist die Narzissenlotion, die mir Apolonia geschenkt hat, eine von Madame Odiles Mädchen. Darf ich morgen Abend wiederkommen?«

»Ja. Und Allah vergebe mir und stehe dir bei.«

Nach der Vertreibung der Engländer veränderte sich die politische Landschaft in Buenos Aires. Zu den früheren Akteuren kamen neue hinzu, und es wurde nicht länger nur im Verborgenen über die Unabhängigkeit gesprochen. Ihre Befürworter wurden kühner.

Blackraven kam zu dem Schluss, dass die Befreiung des Vizekönigtums sowohl von Liniers ausgehen konnte, sofern er seine Autorität festigte und die Unterstützung der französischen Regierung erhielt, als auch von den Kreolen oder von den spanischen Händlern am Río de la Plata um den Wortführer Martín de Álzaga. Die letzte dieser drei Optionen stand den Plänen der *Southern Secret League* im Weg und musste ausgeschaltet werden. Das wollte Blackraven erreichen, indem er Liniers Interimsregierung unterstützte, seine politische Position stärkte und zu seinem wichtigsten Beistand wurde, um ihn von dem Einfluss Napoleons fernzuhalten. Um seine Ziele zuverlässig durchzusetzen, musste er vor allem den Aufbau der Armee und der Marine fördern.

Liniers befand sich in einer schwierigen Lage. In der Truppe herrschte große Disziplinlosigkeit, und die übrigen Institutionen überschritten häufig ihre Befugnisse und mischten sich in Angelegenheiten des Vizekönigs ein. In einer solchen Situation, überlegte Blackraven, würden andere in Liniers Charakterschwäche eine Gefahr sehen, eine tickende Zeitbombe, die Buenos Aires in einen Zustand der Anarchie stürzen würde. Er hingegen schätzte die Schwäche des französischen Marineoffiziers, weil sie es ihm leichter machte, seine Fäden zu ziehen. Er musste unbedingt die Umwälzungen beschleunigen, bevor Martín de Álzaga seinen Vorteil aus der Situation zog.

Zunächst würde er das Vertrauen der Kreolen zurückgewinnen, deren Wortführer Juan Martín de Pueyrredón war, und sie davon überzeugen, mit der neuen Regierung gemeinsame Sache zu machen. Es war ein riskantes Unternehmen, ein Drahtseilakt, wenn auch nicht schwieriger als andere Unternehmen in der Vergangenheit. Für Blackraven war die Unabhängigkeit des Río de la Plata nichts anderes als eine Schachpartie.

»Du warst gestern Abend bei Liniers zum Abendessen?«, fragte er seinen Spion Zorrilla.

»Ja, Exzellenz.«

»Waren auch Mordeille und Duclos da?« Blackravens Frage galt den beiden französischen Korsaren, deren Einsatz bei der Rückeroberung der Stadt ihnen die Bewunderung der Einwohner eingebracht hatte. Für Blackraven war ihre Anwesenheit ein deutlicher Hinweis auf die Einmischung Napoleons in die Angelegenheiten am Río de Plata.

»Ja, Exzellenz. Auch Fantin und Giraud saßen am Tisch. Es waren viele Offiziere anwesend. Ein großes Durcheinander, muss ich sagen. Als Liniers' Adjutant mit einem Sendschreiben von Popham kam, wurde Liniers von allen Seiten bedrängt, es sofort zu öffnen. Er protestierte und sagte, er werde es später lesen. Schließlich öffnete er es doch an Ort und Stelle, während ihn alle umringten. Einige hielten den Brief fest, andere lasen ihn über seine Schulter hinweg. Das Schreiben enthielt nichts Wichtiges«, setzte Zorrilla hinzu. »Es ging lediglich um den Preis für ein paar Fässer Wein, die Popham von einem Schiff aus Santa Coloma mitgenommen hatte. Danach entstand eine heftige Diskussion am Tisch, und trotz Liniers' Aufforderung, damit aufzuhören, ging die Polemik weiter. Niemand achtete im Geringsten auf seine Bitte.«

»Hast du mit Liniers alleine gesprochen?«

»Ja, Exzellenz. Er erzählte mir, dass er in Kürze die Räumlichkeiten des Vizekönigs im Fort beziehen werde.«

»Habt ihr über die Armee gesprochen, wie ich dir aufgetragen habe?«

»Ja, Exzellenz. Liniers hofft, der englischen Verstärkung, die bald eintreffen wird, mit einer besser organisierten Armee entgegentreten zu können, denn ihr derzeitiger Zustand ist wirklich eine Schande. Es fehlt nicht nur an Waffen, sondern auch an Stiefeln für die Soldaten, Pferden für die Kavallerie, Proviant, Uniformen, nicht zu sprechen von der Ausbildung und der Disziplin. Liniers ist sich all dessen bewusst.«

Gut, dachte Blackraven. Wenn er der wichtigste Lieferant der Armee wurde, würde ihn das in eine hervorragende Position versetzen, um ihren obersten Befehlshaber zu manipulieren. Auch Geld würde er ihm durch seinen Spion offerieren. Mit Anita Perichon als Geliebter und einer ganzen Schar von Kindern konnte der Geldbeutel gar nicht voll genug sein, um sämtliche Ausgaben zu decken. Er würde es ihm nicht direkt anbieten, um keinen Verdacht zu erregen, schließlich wollte er auch seine Armee beliefern.

»Zorrilla«, sagte Blackraven, während er eine Truhe öffnete und drei Ledersäckchen mit Münzen herausnahm, »gleich morgen früh bittest du um eine Audienz bei Kapitän Liniers und bietest ihm ein Darlehen über vierzigtausend Pesos zu einem Jahreszins von, sagen wir, anderthalb Prozent an, rückzahlbar in zwölf Raten.«

»Das ist ein lächerlicher Zinssatz«, wagte der Spion einzuwenden. »Meine Großzügigkeit wird seinen Verdacht erregen, ist es doch allgemein bekannt, dass der übliche Jahreszins bei sechs Prozent liegt.«

»Du wirst angeben, dass du kein Wucherer bist, sondern ein treuer Diener des Königs. Du wirst Liniers davon überzeugen, das Geld als uneigennützige Hilfe zur Bildung einer Armee anzunehmen, die eine erneute Invasion verhindern kann. Sag ihm, dass ein solch unglückseliges Ereignis deine Geschäfte völlig ruinieren würde. Wenn die zwölf Wechsel unterschrieben sind, bringst du sie mir sofort hierher.«

Blackraven hatte keinen Zweifel daran, dass Liniers das Darlehen annehmen würde. Weder er noch sein Bruder, der Graf, zeichneten sich durch besondere Moral aus; in seiner Vergangenheit hatte es einige undurchsichtige Geschäfte gegeben, und die völlig unverhohlene Affäre mit der Perichon bestätigte nur den losen Charakter des Franzosen. Er würde wie Wachs in seinen Händen sein, dachte Blackraven. Glücklicherweise ließ sich seine Beziehung zu Liniers bestens an; er würde keine Zeit verlieren und ihn am nächsten Tag aufsuchen, um ihm seine Hilfe anzubieten. Er besaß, was die Armee brauchte: Dörrfleisch und Zwieback, Leder für Stiefel, Sättel und Bespannungen, Uniformstoff, Waffen, Blei für Kugeln, Zündschnur, Pulver, und was er nicht zur Hand hatte, wie Pferde und Maultiere, Kanonen und Mörser, würde er besorgen.

Was die Kreolen anging, die die Unabhängigkeit anstrebten, so hatte er an diesem Morgen Doktor Belgrano einen Besuch abgestattet. Er war der Erste, den Blackraven nach der Vertreibung seiner Landsleute aufsuchte. Noch wollte er nicht alle an einen Tisch bringen, weil er davon ausging, dass nach der englischen Invasion Misshelligkeiten zwischen ihnen bestanden, mit Saturnino Rodríguez Peña zum Beispiel, der Beresford ganz offen unterstützt hatte. Doktor Moreno befand sich noch in Luján, und über Castelli war nichts bekannt.

Belgrano war wenige Tage nach der Rückeroberung nach Buenos Aires zurückgekehrt. Zunächst war er misstrauisch und gab taktvoll zu verstehen, dass ihn Blackravens Gegenwart am Río de la Plata erstaune.

»Die Behörden der Stadt haben mich aufgefordert, Buenos Aires zu verlassen«, räumte Blackraven mit einem süffisanten Lächeln ein, »doch ein kurzes Treffen mit dem Ersten und Zweiten Bürgermeister, Richter Lavardén und Kapitän Liniers genügte, um ihnen klarzumachen, dass mein Aufenthalt in Buenos Aires nur Vorteile für das Vizekönigtum bringt. Ihr kennt meine Meinung über militärische Eroberungen«, setzte Blackraven in vertraulichem Ton hinzu. »Ich halte nichts davon. Die Aktionen meiner Landsleute haben mich verärgert und mir viele Probleme verursacht. Die Regierung meines Landes sollte einsehen, dass nichts für beide Seiten vorteilhafter wäre als die Unabhängigkeit dieser Kolonien, die von Spanien im Stich gelassen wurden.«

»Exzellenz«, sagte Belgrano, »wir wollen den alten Herrn oder gar keinen.«

»Verstehe.«

»Tatsache ist, dass wir noch längst nicht so weit sind, uns aus eigener Kraft zu befreien. Und selbst wenn es uns unter englischer Protektion gelänge, bin ich überzeugt, dass England uns im Stich ließe, wenn sich in Europa eine vorteilhafte Allianz ergäbe, und dann würden wir erneut unter das spanische Joch fallen.«

»Ich wage Euch in beiden Punkten zu widersprechen«, entgegnete Blackraven. »Die Situation deutet auf das Gegenteil hin. Es war die Bevölkerung von Buenos Aires, die ohne jede Unterstützung Spaniens die Besatzer vertrieben hat, und es ist ihr gelungen, ohne dass Waffen oder Geld entsendet wurden. Das hat die Moral der Bevölkerung gehoben und die Leute auf den Gedanken gebracht, dass der Traum von der Unabhängigkeit zum Greifen nah ist. Was die Protektion Englands angeht, die braucht Ihr nicht; das habe ich Euch bereits in unzähligen Gesprächen dargelegt, die wir in der Vergangenheit hatten. Ihr könnt und müsst Euch organisieren. Der Aufbau einer Armee ist der erste Schritt, und dabei werden die Erfahrung und die Kenntnisse Kapitän Liniers von großem Nutzen sein.«

Zorrilla räusperte sich und riss Blackraven aus seinen Gedanken. Er nahm die Hand vom Kinn und blickte auf. Dann schob er seinem Informanten die Geldbeutel entgegen.

»In diesen Säckchen sind fünfundvierzigtausend Pesos. Du gibst Kapitän Liniers die ausgemachte Summe, den Rest behältst du als Entschädigung für deine Dienste.«

»Danke, Exzellenz.«

»Wie gesagt, morgen gehst du zum Fort und bittest um eine Unterredung mit Liniers. Je früher wir diese Angelegenheit abschließen, desto besser.«

»Sobald ich die zwölf Wechsel habe, lasse ich sie Euch zukommen, Exzellenz.«

Blackraven nickte.

»Jetzt sag mir, welche Neuigkeiten hast du über Álzaga?«

»Aus seinem engsten Kreis wird verlautet, dass er vorhat, sich im kommenden Jahr für das Amt des Ersten Bürgermeisters zu bewerben.«

»Wann sind die Wahlen?«

»Gleich am ersten Januar. Die neuen Amtsträger werden von den scheidenden Mitgliedern des Rates gewählt. Allerdings ist eine Bestätigung des Vizekönigs vonnöten, um die gewählten Ratsmitglieder ins Amt zu setzen.«

Blackraven erinnerte sich, dass die Ersten und Zweiten Bürgermeister für die niedere Rechtsprechung zuständig waren – für jene also, die keine Privilegien besaßen, seien sie Spanier, Schwarze oder Indios. Da sie sich im Allgemeinen in Rechtsdingen nicht auskannten, bezahlten sie aus eigener Tasche einen Berater und beschränkten sich in den meisten Fällen darauf, die Urteile zu unterschreiben, die diese ihnen vorlegten.

»Zorrilla, mach dir Gedanken darüber, welche Winkeladvokaten als Berater für Álzaga in Frage kommen könnten, und teile mir dann sofort ihre Namen mit. Was hast du über Álzagas Geschäfte in Erfahrung gebracht?«, fragte er dann.

»Es heißt, Álzaga sei in großer Sorge. Einer seiner Agenten ist nach Córdoba gereist, um seinen wichtigsten Kunden zu besuchen, da dieser nicht seine übliche Bestellung getätigt hat. Außerdem hat er seinen Geschäftsführer zu Sixto Parera geschickt, einem Einzelhändler hier aus Buenos Aires, der nicht nur Kunde bei Álzaga ist, sondern ihm auch eine beträchtliche Geldsumme schuldet. Es scheint, als habe der arme Mann unter dem Druck zugegeben, Ware bei einem anderen Großhändler gekauft zu haben. Ich habe außerdem in Erfahrung gebracht, dass bald große Außenstände fällig werden, die Álzaga bei der Casa Ustáriz y Compañía, seinem größten Lieferanten in Cádiz, hat. Und er ist nicht liquide. Das beunruhigt ihn noch mehr.«

Blackraven schwieg, den Blick auf einen unbestimmten Punkt gerichtet.

»Es geht auf Mitternacht zu«, sagte er dann und stand auf, »und ich habe dich länger als nötig aufgehalten. Du kannst gehen. Somar!« Der Türke musste vor der Tür gewartet haben, denn er erschien sofort. »Begleite Señor Zorrilla nach Hause. Er hat eine große Geldsumme bei sich.«

»In Ordnung, Herr.«

»Gute Nacht«, verabschiedete sich der Informant und verließ das Arbeitszimmer.

Somar nutzte die Gelegenheit, um Blackraven mitzuteilen, dass O'Maley auf ihn warte.

»Lass ihn herein«, willigte er ein, obwohl er müde war und ungeduldig den Moment herbeisehnte, in dem er mit seiner Frau alleine war.

Es war nicht zu übersehen, dass Edward O'Maley noch nicht zu Hause gewesen war, um sich der Spuren seiner langen Reise zu entledigen. Blackraven schenkte ihm einen Brandy ein.

»Keine Spur von Galo Bandor, Exzellenz«, teilte ihm der Ire mit. »Meine Männer und ich haben alle möglichen Fluchtwege abgesucht. Keiner hat etwas von einem Mann gesehen oder gehört, auf den seine Beschreibung zutrifft.«

»Er könnte unbemerkt geblieben sein.«

»Möglich, obwohl man eine so auffällige Erscheinung wie Bandor – blond, grünäugig, hellhäutig und sehr groß – in diesen Gefilden nicht so schnell vergisst. Außerdem ist er mit seinen fünf Matrosen unterwegs, es sei denn, sie wären in verschiedene Richtungen aufgebrochen.«

»Was sagt dir deine Erfahrung?«, wollte Blackraven von ihm wissen. »Ist Bandor schon auf hoher See oder treibt er sich noch in der Nähe von Buenos Aires herum?«

»Meiner Meinung nach befindet sich Bandor noch in Buenos Aires. Wäre es vermessen von mir, mich nach dem Gemütszustand von Miss Bodrugan zu erkundigen?«

Blackraven wusste, welche Wertschätzung seine Männer, insbesondere die Spione des Schwarzen Skorpions, Amy entgegenbrachten.

»Weißt du was, Edward? Deine geliebte Amy verblüfft mich. Ich dachte, nach der Flucht dieses dreimal verfluchten Bandor würde sie toben und schreien. Stattdessen ist sie in sich gekehrt, um nicht zu sagen niedergeschlagen.«

»Das tut mir leid.«

»Zorrilla hat mir soeben mitgeteilt, dass Álzaga nicht zahlungsfähig ist und die Casa Ustáriz in Kürze die Begleichung einer umfangreichen Rechnung von ihm einfordern wird. Setz dich gleich morgen mit deinem Kontaktmann in Verbindung und bitte ihn, in die Bücher zu sehen. Ich will diese Information bestätigt oder widerlegt wissen. Was Bandor angeht, so sollen deine Männer weiter nach ihm suchen.«

»Soll ich sie zur Cangrejal-Bucht schicken, Exzellenz?«

»Nein. Die *Butanna* ist stark bewacht. Ich bezweifle, dass er es wagen wird, sich ihr zu nähern. Wenn es ihm gelingt, vom Río de la Plata zu fliehen, dann auf einem anderen Schiff.«

»Somar hat mir vorhin erzählt, dass Ihr gestern Nacht überfallen wurdet. War es vielleicht Galo Bandor?«

»Auf jeden Fall nicht er selbst«, sagte Roger. »Es war ein hünenhafter Schwarzer, ein Titan.«

»Größer als Ihr?«, fragte O'Maley erstaunt.

»Er schien mir nicht größer zu sein als ich, aber seine Kraft war überwältigend.«

Der Ire stieß einen leisen Pfiff aus.

»Diese Beschreibung trifft auf keinen von Bandors Männern zu, Exzellenz.«

»Ja, das stimmt.«

»Habt Ihr an diesen Auftragsmörder gedacht, den Fouché auf Euch angesetzt hat?«

»Schwer zu sagen. Es könnte ein gewöhnlicher Straßenräuber gewesen sein, ein Sklave, der Hass gegen die Engländer hegt, ein Gesandter Galo Bandors oder die Kobra selbst. Jetzt geh, O'Maley. Du siehst nicht besser aus als ich. Eine Mütze Schlaf wird uns guttun.«

»So ist es, Exzellenz. Gute Nacht.«

Als er ins Schlafzimmer kam, bemerkte Blackraven, wie Melody Jimmys Porträt unter das Kopfkissen schob und sich rasch mit dem Handrücken die Tränen abwischte. Schweigend zog er das Jackett aus und hängte es über einen Stuhl. Dann trat er ans

Bett und setzte sich auf die Bettkante. Er sah Melody lange an, bevor er sie küsste.

»Verbirg den Schmerz um seinen Tod nicht vor mir. Verbirg nichts vor mir.«

»Ich will nichts vor dir verbergen, sondern keine weitere Belastung für dich sein. Du wirkst immer so beschäftigt, hast immer so viel zu tun. Heute warst du trotz deiner Verletzung die ganze Zeit unterwegs.« Während sie sprach, strich Melody ihm über die Stirn. »Manchmal glaube ich, dass diese ganze Verantwortung dich bedrückt und daran hindert, glücklich zu sein.«

»Isaura, du bist mein Freudenquell, meine Zuflucht, mein einziges Glück. Denk nie wieder, du seist eine Last für mich. Wenn ich einen harten Tag habe und die Sorgen mich drücken, brauche ich nur an unsere glücklichen Momente zu denken, um wieder guter Stimmung zu sein.«

»Wirklich? Denkst du oft an mich?«, fragte sie in fröhlichem, übermütigem Ton, während sie sein Halstuch löste und seinen Rock aufknöpfte.

»Das weiß du doch«, antwortete er flüsternd, um dann ihren Hals zu küssen und mit den Händen über ihren Bauch zu streicheln. »Schläft er?«

»Nachdem er seine Mutter den ganzen Nachmittag getreten hat, schläft er jetzt. Ich glaube, Euer Sohn hat Euer Temperament geerbt, Exzellenz.«

»Oh, dann wird er ein ganzer Kerl werden«, scherzte Blackraven.

»Und eigensinnig wie ein Maultier und ein schwieriger Charakter noch dazu. Ziemlich stolz natürlich. Und rasend eifersüchtig.«

Blackraven lachte herzlich und küsste sie.

»Du erinnerst mich an meine Mutter, wenn sie sich über mich beschwert. Zeig mir doch mal Jimmys Porträtbild, das du unter dem Kopfkissen versteckst.« Melody gab es ihm. »Es ist wirklich eine wunderschöne Arbeit. Wer, sagtest du, hat es angefertigt?«

»Ein Sklave von Don Juan Martín Pueyrredón«, sagte Melody. »Sein Name ist Fermín Gayoso. Er ist so gut, Roger, und er zeichnet besser als jeder Maler, den ich je kennengelernt habe. Weißt du was? Als der Konsul damals die Zeichenschule gründete, wurde ihm die Aufnahme verweigert, weil er schwarz ist. Kannst du dir eine solche Ungerechtigkeit vorstellen?«

»Liebling, manchmal denke ich, du bist nicht von dieser Welt. Du weißt besser als jeder andere, dass Sklaven weniger gelten als Hunde.«

»Ich kann das nicht hinnehmen, Roger. Ich ertrage so viel Ungerechtigkeit nicht. Weißt du, was mir die Farbige Leocadia aus dem Kapuzinerkloster heute erzählt hat?« Blackraven schüttelte amüsiert den Kopf. »Dass die Nonnen in heller Aufregung sind, weil sie mutmaßen, eine Ordensschwester, die kürzlich ihre Gelübde abgelegt hat, habe schwarzes Blut in sich! Sie haben von der Mutter Oberin verlangt, ihnen das Zertifikat zu zeigen, das ihr reines Blut beweist, sonst würden sie weiter meutern und einen furchtbaren Skandal verursachen. Kannst du das glauben, unter Nonnen? Was sind das für Christen?«

»Was ich am meisten an dir liebe, ist, dass du nicht die Fähigkeit verloren hast, über die Bosheit der Welt zu staunen.«

Er umfasste ihre gerundete Taille, zog sie an sich und vergrub sein Gesicht in ihrem Haar. Sie duftete nach Frangipani.

»Gefällt dir das Porträt, das Fermín gemalt hat, wirklich so gut?«, fragte Melody.

»Ja, wirklich. Warum nur habe ich das Gefühl, dass du meine momentane Schwäche für dich nutzt, um mir etwas zu entlocken?«

Melody musste lächeln. »Könnten wir nicht Fermín Gayoso damit beauftragen, Porträts der Kinder und auch eines von uns beiden zu malen?«

»Ja doch, ja, Fermín Gayoso kann meinetwegen auch Porträts von Sansón, Arduino und sämtlichen Sklaven malen, wenn du willst. Was könnte ich dir schon abschlagen? Nichts, das weißt du.«

»Wenn du mir nichts abschlagen kannst, habe ich noch eine Bitte.«

»Um was möchtest du mich bitten? Los, sag schon, was ist es, woran dein Herz hängt?«

Melody räusperte sich und erklärte ihm dann, dass sie einen Anwalt benötige.

»Was hast du denn ausgefressen? Ist es für dein Hospiz?«

»Oh, nein, nicht für mich! Es ist für Antolín, den Mulatten, der Süßbrot auf dem Fort und vor der Kirche San Ignacio verkauft. Der, der immer ruft: ›Süßbrot mit Honig für die Dame, Süßbrot mit Zucker für den Herrn!‹« Blackraven lachte und sagte, dass er ihn nicht kenne. »Jedenfalls hat man den armen Antolín zu einer ungerechten und übertriebenen Strafe verurteilt. Der Bürgermeister des Monserrat-Viertels will ihn für acht Jahre zur Armee an die Grenze schicken. Acht Jahre! Und weißt du, warum? Weil er Melchora Sarratea ein Kompliment gemacht hat! Sie hat ihn angezeigt und behauptet, er sei zudringlich gewesen. Und das bei dieser faden Langweilerin! Lach nicht Roger, es ist ernst. Es ist nahezu unmöglich, dass er unter diesen Bedingungen überlebt, bei denen die Gefangenen in diesen gottverlassenen Gegenden vegetieren. Wir müssen handeln, bevor sie ihn in den Süden bringen. Wer, glaubst du, könnte uns helfen?«

»Isaura, meine Liebe«, seufzte er und lehnte seine Stirn gegen die seiner Ehefrau. »Ich werde dir helfen, um deinetwillen, nur um deinetwillen, um dich glücklich zu sehen. Überlass die Sache mir. Morgen gehe ich zu Doktor Moreno. Vielleicht ist er aus Luján zurück und erklärt sich bereit, diesen armen Antolín aus der Klemme zu helfen.«

»Ich bin sicher, dass er uns helfen will, du wirst sehen«, urteilte Melody. Ihr Enthusiasmus gefiel Roger. »Lupe erzählte mir, dass er in Chuquisaca für die Indios eingetreten ist, die von den Großgrundbesitzern ausgebeutet werden. Er ist ein Mann mit einem großen Gerechtigkeitssinn.«

»Ich werde mich auch um den Auftrag für Gayoso kümmern. Ich muss Pueyrredón sowieso einen Besuch abstatten. Ich werde mit ihm reden und ihn bitten, seinem Sklaven zu erlauben, diesen Auftrag für dich auszuführen.«

»Danke! Danke, mein Liebster! Aber jetzt lass uns ein Bad nehmen. Trinaghanta hat gerade vorhin heißes Wasser bereitet.«

Er bewunderte die Geschicklichkeit, mit der Melody das Haar im Nacken zusammennahm und mit ein paar Klammern feststeckte. Er stieg zuerst in die Wanne und reichte ihr die Hand, damit sie sich hinsetzen konnte, den Rücken gegen seinen Oberkörper gelehnt. Er schlang seine Arme und Beine um sie und legte die Hände auf ihren Bauch. Das Kind bewegte sich nicht. Dann küsste er ihre Schulter und die Narbe des Brandeisens, an die er sich ebenso gewöhnt hatte wie an jede Linie von Melodys Körper. Er lächelte, als er feststellte, dass es ihr nicht unangenehm war. Es schien, als seien seit jener Nacht, in der sie ihm von diesem Brandmal erzählt hatte, Jahre vergangen.

Leise flüsternd begannen sie eine ernsthafte Unterhaltung.

»Glaubst du, meinem Bruder Tommy geht es gut auf hoher See?«

»Darauf könnte ich wetten!«

»Er ist immer so freiheitsliebend gewesen, Roger. Ich frage mich, ob er sich an die Enge und die Disziplin auf einem Schiff gewöhnen wird. Kapitän Malagrida hat mir erzählt, dass auf einem Schiff die Disziplin über alles geht. Ich weiß nicht, ob Tommy damit zurechtkommt.«

»Das überlasse nur Kapitän Flaherty. Er wird deinen Bruder zur Vernunft zu bringen wissen. Außerdem hat der Junge seine

Lektion im Kerker des Rathauses gelernt. Ich glaube nicht, dass er immer noch so unbesonnen ist wie früher.«

»Roger, danke, dass du Tommy trotz der Probleme geholfen hast, die er uns bereitet hat.«

»Ich habe dir einmal gesagt, dass ich alles für dich tun würde. Hast du das vergessen?« Melody schüttelte den Kopf. »Alles«, betonte er noch einmal, während er sie hinters Ohr küsste. »Liebling, nächste Woche muss ich geschäftlich für ein paar Tage ans Ostufer reisen.«

»Was für Geschäfte?«, fragte sie niedergeschlagen.

»Doña Rafaela del Pino …«

»Die frühere Vizekönigin?«

»Genau. Sie hat mir eine Beteiligung an einigen Steinbrüchen angeboten, die sie am Ostufer besitzt, ein paar Meilen nördlich von Montevideo.«

»Du kennst Doña Rafaela?«

»Ich war ein enger Freund ihres Mannes.«

»Der vor Sobremonte den Posten des Vizekönigs innehatte?«

»Genau. Don Joaquín war einer der ersten Freunde, die ich in Buenos Aires hatte. Doña Rafaela schätzt mich sehr und das beruht auf Gegenseitigkeit; sie ist eine sehr liebenswerte Frau. Sie sagte mir, sie würde dich gerne kennenlernen.«

»Wann kommst du zurück?«

»In spätestens vierzehn Tagen.«

»Vierzehn Tage!«

»Die werden wie im Flug vergehen.«

»Dem Vernehmen nach liegt die englische Flotte vor Montevideo. Wie willst du hinkommen? Ich möchte nicht, dass du dich in Gefahr bringst.«

»Ganz ruhig, mir wird schon nichts geschehen. Vertrau mir.« Um sie auf andere Gedanken zu bringen, fragte er: »Bist du im Hospiz gewesen?«

»Ja. Simonetta Cattaneo hat mich begleitet. Sie war sehr beeindruckt und hat versprochen, uns zu unterstützen. Ich habe den Eindruck, sie ist sehr reich.«

Blackraven dachte daran, dass er O'Maley bitten wollte, die Italienerin zu beschatten und Erkundigungen über sie einzuziehen. Melody war sehr angetan von ihrer Gesellschaft, und obwohl sie niemals alleine ausging – sie war stets in Begleitung von Milton, Shackle oder Somar –, würde er keine Ruhe haben, bis alle Zweifel ausgeräumt waren. Er kannte diese Simonetta Cattaneo zwar nicht persönlich, aber wenn man den Gerüchten Glauben schenken durfte, war sie eine höchst eigenwillige, wenn nicht gar exzentrische Frau.

»Wie kommst du darauf, dass sie reich ist?«

»Wegen der Kleider, die sie trägt, wegen ihres Schmucks und wegen dem, was sie über ihr Leben in Italien erzählt. Aber glaub nicht, dass sie angeberisch oder überheblich wäre, ganz im Gegenteil.«

»Um auf das Hospiz zurückzukommen«, sagte Blackraven, »denk daran, dass du Somar den Umgang mit den Maurern, Zimmerleuten, Malern und sonstigen Handwerkern überlassen sollst. Ich will nicht zu hören bekommen, dass du selbst mit ihnen verhandelst, Isaura.«

»Du kannst ganz beruhigt sein. Darum kümmert sich Somar.«

»Morgen bin ich zum Abendessen bei den Montes.«

»Pilarita ist zurück?«, freute sich Melody.

»Ja, sie ist gestern mit den Kindern aus San Isidro gekommen. Der Baron weilt aus geschäftlichen Gründen schon seit Tagen in der Stadt.«

»Ich werde ihr einen Brief schreiben. Kannst du ihn für mich mitnehmen, Liebling?« Blackraven bejahte. »Ich habe solche Lust, sie zu sehen. Glaubst du, sie wäre empört, wenn ich sie trotz der Trauer zu mir einlüde?«

»Sagst du nicht immer, Pilar Montes sei eine einfühlsame, verständige Frau?«

»Ja, aber trotzdem …«

»Ich werde sie bitten, dich besuchen zu kommen. Ich möchte, dass du nach und nach dein altes Leben wieder aufnimmst.«

»Oh, aber ich führe doch beinahe ein normales Leben. Ich habe die Trauer nicht im Geringsten eingehalten. Ich muss das Gesprächsthema in allen Salons sein.«

»Das stimmt nicht. Du trägst nach wie vor Schwarz, die Fensterläden zur Straße sind geschlossen, und du verlässt das Haus nur, um zur Messe zu gehen, den Friedhof zu besuchen oder beim Bau des Hospizes nach dem Rechten zu sehen. In ein paar Monaten wird sich dieses Haus anlässlich der Geburt meines Stammhalters mit Freude füllen, und dann will ich keine Anzeichen von Trauer mehr in seinem Umfeld sehen. Jimmy hätte es so gewollt.«

Melody schwieg, aber Blackraven hatte nicht den Eindruck, dass sie beleidigt war.

»Soll ich dich rasieren?«, fragte sie, und ihr entspannter Ton beruhigte ihn.

»Nein, bleib noch ein wenig bei mir, zumindest bis das Wasser kalt geworden ist. Nur wenn du in meinen Armen liegst, habe ich das Gefühl, dass du in Sicherheit bist. Die restliche Zeit treibt mich große Unruhe um.«

»Ich hingegen fühle mich sicher, seit ich mit dir zusammen bin, und fürchte mich vor nichts mehr. Seit dem Tod meines Vaters habe ich in ständiger Angst gelebt.« Noch bevor sie den Satz zu Ende gesprochen hatte, wünschte Melody, ihre Vergangenheit nicht erwähnt zu haben. Sie wusste, wie traurig es ihn machte. »Weißt du was?«, sagte sie rasch. »Ich glaube, Somar ist in Miora verliebt. Sie jedenfalls ist in ihn verliebt, hat sie mir vor einigen Tagen gestanden.«

»Isaura«, sagte Roger, »du solltest Miora warnen, damit sie sich keine falschen Hoffnungen macht.«

»Du meinst Somars Zustand? Dass er ein Eunuch ist?«

»Du wusstest es?«

»Man erzählt es sich hinter vorgehaltener Hand.«

»Miora weiß also um Somars Zustand?«

»Ja, und es ist ihr egal.«

»Na, das hätte ich wirklich nicht erwartet.«

»Ich wäre froh, wenn Somar und Miora heiraten würden.« Sie drehte sich um, um die Reaktion ihres Mannes zu beobachten. Er lächelte über ihre Fähigkeit, sich für andere zu freuen.

»Hättest du etwas dagegen, Roger?«

»Was hätte ich dazu zu sagen, wenn Somar und Miora heiraten wollen? Außerdem, wie sollte ich dir widersprechen, wenn du auf ihrer Seite bist?«

Melody legte den Kopf zurück, umfasste Blackravens Gesicht mit beiden Händen und küsste ihn. Nach einer Weile stiegen sie aus der Badewanne, weil ihnen kalt war. Melody hatte Gänsehaut und zitterte, und Blackraven musste sie abtrocknen und ihr das Nachthemd überstreifen. Schließlich löschte er die Kerzen und legte sich ins Bett. Er schmiegte sich dicht an Melodys warmen Körper. Trotz der Dunkelheit warf die glimmende Glut ein bernsteinfarbenes Licht auf ihre Gesichtszüge.

»Du machst mich so glücklich«, flüsterte er schließlich.

# Kapitel 15

Eine Hand strich über ihre Stirn und eine vertraute Stimme bat sie aufzuwachen. Melody bekam es mit, doch es gelang ihr nicht, die Augen aufzuschlagen.

»Herrin«, sagte Trinaghanta beharrlich, »soll ich Euch das Frühstück bringen?«

»Wie viel Uhr ist es?«

»Halb elf.«

So spät!, dachte sie, während sie sich streckte.

»Und mein Mann?«

»Herr Roger ist ebenfalls spät aufgestanden. Er hat gefrühstückt und ist dann zu Doktor Moreno gegangen. Er hat mir aufgetragen, Euch schlafen zu lassen.«

Gegen Mittag, Melody war gerade mit den Kindern im Salon, bat Gilberta darum, sie kurz sprechen zu dürfen.

»Es geht um Escolástica«, erklärte sie. Die Rede war von einer Sklavin aus El Retiro, die Melody besonders ins Herz geschlossen hatte. »Sie sitzt weinend in der Küche und bittet darum, Euch sprechen zu dürfen. Es ist zwar noch nicht die Zeit der Mittagsruhe, aber Siloé und ich dachten, Ihr wolltet sie vielleicht sehen, denn bei dem Andrang, der vor dem Hintereingang herrscht, werdet Ihr nicht in Ruhe mit ihr reden können.«

Als Melody in die Küche kam, war diese voller tuschelnder Sklavinnen. Als Escolástica sie sah, sprang sie auf und fiel vor ihr auf die Knie.

»Du weißt doch, dass ich es nicht mag, wenn du vor mir niederkniest«, wies Melody sie zurecht. Dann sagte sie, zu den Übrigen gewandt: »Bitte lasst uns allein. Geht an eure Arbeiten. Komm, Escolástica, setz dich und erzähl mir, was los ist.«

Die Sklavin erzählte ihr, Florestán, ein Freigelassener, der in einer Schlachterei im Retiro arbeite, habe um ihre Hand angehalten. Er musste sehr in Escolástica verliebt sein, überlegte Melody, denn Verbindungen zwischen Sklaven und Freigelassenen kamen nur selten vor, da die Kinder den Sklavenstatus der Mutter erhielten, ganz davon abgesehen, dass sie nur einige wenige Stunden am Samstag- oder Sonntagabend miteinander verbringen durften. Doch das alles erklärte nicht die Sorge des Mädchens.

»Gleich nachdem wir Herrn Rogers Erlaubnis erhalten hatten«, berichtete das Mädchen weiter, »gingen wir zum Pfarrer der Kirche zur Immerwährenden Hilfe, Pater Celestino.« Ihre Augen füllten sich mit Tränen, und mit brüchiger Stimme fuhr sie fort: »Der Padre will uns nicht vor dem Altar trauen, Miss Melody. Er sagt, *Hunde* seien nicht würdig, vor das Allerheiligste zu treten. Er wird uns nur in der Sakristei trauen, so sagte er.«

»Gütiger Himmel!«, entfuhr es Melody aufgebracht.

Sie stand auf und lief händeringend auf und ab.

»Wie bist du in die Stadt gekommen?«

»Florestán hat mich auf seinem Esel mitgenommen, Miss Melody. Er wartet draußen.«

»Kehre nach El Retiro zurück, Escolástica. Ich werde dir eine Nachricht schicken, sobald sich eine Lösung gefunden hat.« Als sie das verheulte Gesicht des Mädchens sah, setzte sie ruhiger hinzu: »Mach dir keine Sorgen. Es wird alles gut. Du und Florestán werdet vor dem Allerheiligsten heiraten.«

»Danke, Miss Melody.« Sie verbeugte sich, ergriff Melodys Hände und küsste sie. »Danke. Ich wollte Euch nicht damit belästigen wegen Eures Zustands und weil der Herr Roger wütend werden könnte, aber wir wussten nicht, an wen wir uns wenden sollten.«

Melody erwog verschiedene Möglichkeiten. Einen Besuch bei Bischof Lué verwarf sie sofort wieder; sie hielt ihn für einen unverschämten Kerl, der immerzu in ihren Ausschnitt starrte. Außerdem hatte sie keinen Zweifel daran, dass er sich hinter Pater Celestino stellen würde.

Pater Celestino um Erklärungen zu bitten, würde auch nichts nützen. Melody kannte seine Abneigung gegen die Schwarzen und seinen armseligen, kleingeistigen Charakter. Ihm mit der Streichung der Zuwendungen zu drohen, die der Graf von Stoneville als wichtigster Anwohner von Retiro der Pfarrei monatlich zukommen ließ, würde vielleicht zum Erfolg führen, aber zu einer so niederen Handlung war sie nicht imstande.

Schließlich setzte sie sich an ihren Sekretär und schrieb einen Brief an ihre Freundin Pilarita, in dem sie diese darum bat, sie noch am Nachmittag zu besuchen, und einen weiteren an Pater Mauro, er möge sie im Sprechzimmer des Klosters empfangen. Die Baronin von Pontevedra erschien gegen vier Uhr.

»Ich habe dich sehr vermisst«, gestand Pilarita.

»Entschuldige bitte, dass ich dich so eilig herbestellen ließ. Ich weiß, dass du heute Abend Gäste hast und viel zu tun haben wirst.«

»Oh, mach dir deswegen keine Gedanken. Meine Mädchen« – so nannte Pilarita ihre Heerschar von Sklavinnen und Dienstmädchen – »kümmern sich um alles. Ich freue mich, dass du mich eingeladen hast. Sag, womit kann ich dir helfen?«

Sie setzten sich, und während Trinaghanta ihnen heiße Schokolade und Anisplätzchen servierte, erzählte Melody von Pater Celestinos unverschämtem Verhalten gegenüber Escolástica und ihrem Verlobten.

»Das ist eine solche Grausamkeit!«, ereiferte sich die feinfühlige Baronin, und ihre Wangen röteten sich. »Was ist dieser Pater Celestino für ein Priester?«

Melody schilderte ihr mit schlechtem Gewissen ihren Plan,

denn es war eine gewagte Sache. Ein Sklavenpaar in der Privatkapelle der Baronin von Pontevedra zu trauen, im vornehmsten Haus der Stadt, war der reinste Wahnsinn. Pilarita indes hielt es für eine gute Idee.

»Allerdings«, setzte sie hinzu, »werden wir die Trauung abhalten müssen, wenn Abelardo nicht zu Hause ist.«

»Ich möchte nicht, dass du Schwierigkeiten mit deinem Mann bekommst. Und ich möchte nicht, dass er wütend auf mich ist und seine Freundschaft zu Roger leidet. Du weißt ja, sie haben geschäftlich miteinander zu tun. Fest steht, dass die Trauung überall durchgeführt werden kann. Ich habe mit Pater Mauro gesprochen. Er sagte mir, er könne die Vermählung zwar nicht im Kloster San Francisco vornehmen, weil der Provinzial es nicht erlauben werde – du weißt ja, sie sind nicht gut aufeinander zu sprechen –, aber er hat eingewilligt, sie dort zu trauen, wo wir wollen. Wie gesagt, die Hochzeit könnte auch hier in unserem Haus in der Calle San José stattfinden oder auf El Retiro. Aber die arme Escolástica will unbedingt in einer Kirche heiraten, vor dem Allerheiligsten, und ich möchte sie nicht enttäuschen. Sie leiden schon so viel …«

Die Zeremonie fand sechs Tage später in der prächtigen, von dem früheren Bischof Azamor y Rodríguez geweihten Kapelle in dem Haus in der Calle Santísima Trinidad statt. Es war eine anrührende Feier, bei der viel geweint und gelacht wurde. Nach der Trauung kam Florestán zu Melody und dankte ihr tief gerührt dafür, dass sie seine geliebte Escolástica so glücklich gemacht habe.

»Mein Mann«, teilte Melody ihm mit, »hat eingewilligt, dass Escolástica bei dir leben kann, solange sie jeden Morgen zu ihrer Arbeit in der Backstube von El Retiro erscheint.«

»Oh ja, Miss Melody! Ich werde da sein«, beteuerte die Sklavin, und Melody traute sich nicht zu erwähnen, dass sie vielleicht in Kürze die Freilassung aller Sklaven durchsetzen würde.

»Gefällt dir deine neue Arbeit in der Gerberei?«, fragte sie Florestán.

»Sehr, Señora. Die Bezahlung ist sehr gut, viel besser als in der Schlachterei von Don Pintos. Gestern habe ich Herrn Green« – Florestán sprach von einem der irischen Gerber – »eine Kostprobe meiner Arbeit abgeliefert, und er hat zu Señor Blackraven gesagt, dass ich ein geschickter Fassmeister bin.«

»Was ist denn ein Fassmeister?«, erkundigte sich Melody.

»Der Fassmeister schichtet die Fleischstücke in die Pökeltonne. Man muss sorgfältig arbeiten, damit kein Stück herausschaut, und versuchen, die Scheiben schön festzudrücken, damit sie nicht an der Luft verderben. Señor Blackraven hat mir versprochen, dass ich die Stelle bekomme, sobald Servando, der sehr geschickt mit dem Messer umgeht, den Jungs beigebracht hat, wie man Rinder zerlegt.«

»Hast du Don Diogo schon kennengelernt?«

»Ja, Señora. Señor Blackraven hat ihn mir gestern vorgestellt.«

»Behandelt er die Sklaven und die anderen Angestellten gut?«

Florestán zögerte, bevor er antwortete.

»Früher war er ein Teufel«, rutschte es Escolástica heraus. »Verzeihung, Miss Melody.«

»Ich bin erst seit zwei Tagen in der Gerberei, Señora, ich kann Eure Frage nicht beantworten. Wie man hört, ist Don Diogo ein Mann mit festem Charakter, aber er misshandelt niemanden. Mit der Peitsche, meine ich. Servando sagt, Señor Blackraven hat es ihm verboten.«

Blackraven hätte lieber zu Hause zu Abend gegessen, vor allem, weil er am nächsten Tag zum Ostufer aufbrechen wollte. Er würde die vertraute Tischrunde vermissen, Melody, die Kinder, Malagrida, Amy Bodrugan und gelegentlich den einen oder anderen

Gast. Er aß nicht gerne alleine, es erinnerte ihn an seine Kindheit auf der Burg seiner Familie in Cornwall. Zwar hatte er sich an Land wie auf See stets mit seinen Männern und Freunden umgeben, aber erst nach der Hochzeit mit Melody hatte er jenes familiäre Zusammengehörigkeitsgefühl kennengelernt, das er bei einer Mahlzeit suchte.

Dennoch herrschte bei Pueyrredón eine angenehme Atmosphäre, in der er sich wohl fühlte. Die Einladung zum Essen hatte ihn nicht überrascht, er hatte sie vielmehr erwartet. Als er Pueyrredón vor Tagen unter dem Vorwand aufgesucht hatte, die Dienste Fermín Gayosos in Anspruch nehmen zu wollen, hatten sie eine lange Unterhaltung geführt, in deren Verlauf Blackraven seine Vorstellungen von einer unabhängigen Republik erörterte. Angesichts der ruhigen Gelassenheit, mit der Pueyrredón seine Ausführungen aufnahm, war offensichtlich, dass dieser seine Haltung kannte. Belgrano, Nicolás Rodríguez Peña oder irgendein anderer musste ihm davon erzählt haben. Pueyrredón kam auch darauf zu sprechen, dass Blackraven Liniers Armee ausrüsten würde, »und das zu Preisen, die Eure republikanische Gesinnung erkennen lassen, Exzellenz«.

Juan Martín de Pueyrredón saß am Kopfende des Tisches, und sein irisches Gesicht, das er von seiner Mutter mitbekommen hatte, rötete sich zusehends, während die Sklaven immer wieder von dem exzellenten Wein ausschenkten. Obwohl von umgänglicher Wesensart, besaß er einen eisernen Willen, und seine Art zu sprechen verriet, mit wie viel Leidenschaft er sich Fragen widmete, die ihm am Herzen lagen, wie etwa die Unabhängigkeit des Río de la Plata. Nur durch seine Beharrlichkeit hatte er mit Hilfe seiner Brüder eine Armee von Bauern und Gauchos zusammengebracht, deren stärkste Waffe ihr Wagemut war, als sie sich in Perdriel gegen die englische Armee erhoben hatte. Damals hatte Pueyrredón wie durch ein Wunder seine Haut gerettet. Blackraven dachte daran, dass er nun an seinem Tisch saß und auf sein Wohl trank, aber damals nicht gezögert hatte, Beresford wissen zu lassen, was Pueyrredón in Perdriel plante, damit dieser ihm half, Thomas Maguire aus dem Gefängnis freizubekommen.

So ist die Politik, dachte er, und obwohl er niemals ein schlechtes Gewissen hatte, fühlte er sich plötzlich alt und müde. Zum Teil war diese melancholische Stimmung dem guten Wein und der etwas stickigen Luft zuzuschreiben, aber er war auch berührt von der Leidenschaft, mit der diese jungen Leute die Idee verfolgten, ihr Land zu befreien. ›Ich sollte nicht sentimental werden‹, sagte er sich. ›Im Grunde geht es um wirtschaftliche Interessen.‹ Trotzdem war Blackraven mittlerweile davon überzeugt, dass diese Männer tatsächlich vorhatten, sich von Spanien loszusagen – aus Stolz, Unbeugsamkeit und Liebe zu ihrem Land. Irgendwie beneidete er sie um diese reinen Gefühle, die ihnen etwas Edles verliehen. Bei ihm hingegen war die Abneigung gegen den Vater der Hauptantrieb gewesen, aus der Militärschule in Straßburg zu fliehen und ein unstetes Leben zunächst als Pirat, dann als Korsar zu führen, mit einem einzigen Ziel: den Vater zu verletzen. Er wollte ihm beweisen, dass er ihn nicht brauchte, dass er alleine zurechtkam, dass er ihm keinen Penny schuldete. Er lächelte traurig, als er an diese Zeit zurückdachte, die so gar nichts mehr mit seinem heutigen Leben zu tun hatte.

Seit Melody hatte sich alles verändert – als hätte sie sein Herz in einen Balsam getaucht, der den Schmerz alter Wunden linderte. Oder als hätte sie mit ihren Küssen die Narben auf seiner Seele geglättet, die durch den Mangel an Zuneigung hart geworden war. Das größte Rätsel war, dass Isaura Maguire den Mut gehabt hatte, ihn in ihre kleine, einfache Welt zu lassen, um ihn glücklich zu machen.

Er betrachtete seinen Gastgeber, der angeregt von den jüngsten Erfolgen bei der Bildung seiner Husarenschwadron berichtete. Er erinnerte sich, dass Doña Rafaela del Pino ihm erzählt hatte, seine Frau, eine gewisse Dolores Pueyrredón, sei während einer Europareise an einer Frühgeburt gestorben. Die Vorstellung, Isaura könne eine schlimme Geburt haben, nahm ihm den Atem; der Gedanke, sie könne sterben, war unerträglich. Er hatte immer mit seinem Fatalismus geprahlt; Menschen wurden geboren und starben, punktum, das Leben ging weiter. Aber wie sollte es ohne Isaura weitergehen? Es gab eine Zeit, da hatte ihn der Verlust seiner Mutter so sehr geschmerzt, dass er sich wünschte, Isabella hätte nie existiert. Er hatte sich bemüht, sie zu vergessen. Er wollte sich weder an ihre Gesichtszüge erinnern noch an ihre Stimme oder die gemeinsamen Momente. Das hatte seinen Charakter geprägt und ihm geholfen, die Enttäuschung zu überwinden, indem er die Verletzungen unter einer Maske aus Härte und Sarkasmus verbarg. Aber er ahnte, dass es bei Isaura anders sein würde. Er würde nicht den Mut aufbringen, sie zu vergessen. Er würde es nicht wollen. Sie würde seine Stärke mit sich nehmen und ihn hilflos zurücklassen. Sie würde seine Maske zerstören, seinen Panzer, seine Seele und sein Herz, bis er nur noch ein Schatten seiner selbst wäre.

Zum Glück stand Pueyrredón nun auf und bat hinüber in den Salon. Die Luft im Speisezimmer war unerträglich geworden.

Sie nahmen in den Sesseln und auf den Diwanen Platz. Sklaven brachten Karaffen mit Cognac Martell – ein exzellenter, vollmundiger Cognac, den der Gastgeber aus Frankreich mitgebracht hatte – und hausgemachtem Orangen- und Mispellikör. Blackraven sprach dem Cognac zu, während er die Gäste beobachtete und ihnen zuhörte.

Nach einer Weile beugte er sich zu Diego José Pueyrredón, dem älteren Bruder des Hausherren, herüber und fragte ihn: »Warum tragt ihr diese weiß-blauen Bänder im Knopfloch?«

»Es ist ein Symbol, Exzellenz. Vor der Rückeroberung trugen sie unsere Gauchos als Erkennungszeichen. Eine Art Amulett eigentlich. Sie nennen es ›das Maß der Jungfrau‹, denn sie schneiden sie auf die Länge des Marienbildes, das man in der Stadt Luján verehrt.«

»Und die Farben?«

»Es sind die Farben des Kleides und des Umhangs der Madonna.«

»Und was bedeuten diese Bänder für Euch?«

»Nun, Exzellenz«, erklärte Diego José, »für uns sind sie ein Erkennungszeichen, das die Kavallerieeinheit tragen wird, die wir ins Leben rufen wollen.«

Als Pueyrredón die Erklärung seines Bruders hörte, sagte er laut, um die nebeneinander verlaufenden Gespräche zum Verstummen zu bringen: »Ein Unternehmen, das in großen Teilen durch die Unterstützung Eurer Exzellenz ermöglicht wird.« Er erhob sein Glas in Richtung Blackraven, der zum Dank den Kopf leicht neigte. »Freunde, es freut mich, Euch mitteilen zu können, dass der Graf von Stoneville eine großzügige Summe für unser Husarenkorps gestiftet hat.«

Die Gläser wurden erhoben, und ein zustimmendes Gemurmel ging durch den Raum.

»Meine Herren«, sagte Blackraven, »obwohl ich nicht in diesem Land geboren bin, kennt Ihr alle meine Liebe zu diesem gesegneten Stückchen Erde. Ich habe eine Kreolin geheiratet, mein Erstgeborener wird hier zur Welt kommen, und deshalb betrachte ich es als mein Heimatland. Ich habe viel Geld in seinen Fortschritt investiert, und ich habe ehrgeizige Pläne. Die landwirtschaftliche und industrielle Entwicklung des Vizekönigtums kann nur Vorteile für alle bringen, ohne Ausnahme. Aber ich bin überzeugt, dass uns dies nicht gelingen wird, solange wir an das Schicksal eines schwachen und korrupten Staates wie Spanien gebunden sind. Wenn wir wollen, dass das Vizekönigtum den Ruhm und Glanz erreicht, derer es fähig ist, müssen wir uns von den Fesseln befreien, die uns zu Boden ziehen und daran hindern, zu wachsen.«

Pueyrredón trank auf das Wohl des Grafen von Stoneville, seiner Gemahlin und seines Stammhalters, und die Übrigen taten es ihm nach.

Melody legte das Buch in den Schoß und spitzte die Ohren. Sie hatte sich nicht getäuscht. Das war Rogers Stimme, der sicherlich Somar oder Milton, die diese Nacht Wache hielten, Anweisungen erteilte. In ihrer Erleichterung wurde sie sich erst der Unruhe bewusst, die sie daran gehindert hatte, das Essen, das Bad und die Lektüre zu genießen. Seit dem Überfall vor dem Haus von Casamayor lebte Melody in ständiger Angst, auch wenn sie sich bemühte, es nicht zu zeigen. Sie ließ sich auch die Eifersucht nicht anmerken, die an ihr nagte, seit Pilarita ihr von dem beschämenden Verhalten einer gewissen Baronin de Ibar während eines Abendessens bei den Montes erzählt hatte.

»Ich mag keinen Klatsch, meine Liebe«, hatte die Baronin von Pontevedra gesagt, »aber das Verhalten dieser angeblichen Dame war so unverschämt, dass ich wohl keine Verleumdung begehe, wenn ich dir davon erzähle. Die Zuneigung, die ich für dich empfinde, und unsere Freundschaft verpflichten mich dazu. Du solltest unbedingt wissen, dass sie den Grafen während des gesamten Essens so unverhohlen angehimmelt hat, dass mir die Schamesröte ins Gesicht stieg. Nach dem Essen setzte sie sich im Salon neben ihn – wo man doch erwartet hätte, dass sie sich zu ihrem Mann, dem Baron de Ibar, setzen würde. Ich hätte sie von den Dienstboten hinauswerfen lassen, hätte mir ihr Mann nicht leid getan. Mein Abelardo ist mit ihm befreundet.«

Melody brachte kein Wort heraus. Schließlich offenbarte Pilarita ihr das Schlimmste.

»Angeblich haben diese Dame und dein Mann sich vor einiger Zeit in Rio de Janeiro kennengelernt. Ist er denn in Rio de Janeiro gewesen?« Melody nickte schwach. »Nun, ich glaube, die Baronin ist zu allem bereit, um die Gunst deines Mannes zu gewinnen. Ihre Aufführung in meinem Haus war Beweis genug. Gott möge ihr vergeben.«

Melody presste das Buch gegen ihren Rock, als sie an Pilar Montes' Ausführungen dachte. Sie zweifelte nicht an den guten Absichten ihrer Freundin, aber es wäre ihr lieber gewesen, wenn sie nicht von dem skandalösen Verhalten dieser Baronin de Ibar erfahren hätte. Die Eifersucht vergällte ihr das Leben. Sie sollte Roger nicht misstrauen, sagte sie sich immer wieder. Sie hatte sich schon einmal geirrt. Damals trug er keinerlei Schuld, und sie hatte ihn mit ihren Bezichtigungen verletzt. Wenn sie ihn wieder beschuldigte, würde sie ihn womöglich verlieren.

Deshalb lächelte Melody, als Blackraven das Schlafzimmer betrat, und ging ihm entgegen, um ihn zu begrüßen. Sie umarmten sich schweigend. In seinem Kaschmirmantel steckten noch die nächtliche Kälte, der Geruch nach Tabak und Brandy und ein Hauch von Moschusparfüm. Diese Umarmung und diese Gerüche waren ihr so vertraut, verursachten ihr ein solches Wohlgefühl, dass die dunkle Wolke der Eifersucht verschwand.

»Ich habe dich so vermisst«, hörte sie ihn sagen. »Ich konnte es kaum erwarten, wieder bei dir zu sein.«

»Gott sei Dank bist du zu Hause, bei mir.«

»Warst du in Sorge?«, fragte Blackraven.

»Ein wenig«, sagte sie.

Dann wechselte sie schnell das Thema. »Heute haben wir in der Privatkapelle der Baronin von Pontevedra die Hochzeit von Escolástica und Florestán gefeiert. Es war sehr bewegend. Escolástica ist dir sehr dankbar, weil du ihr erlaubt hast, bei ihrem Mann zu leben, und er scheint sehr zufrieden mit seiner neuen Arbeit zu sein. Er sagt, die Bezahlung sei besser als das, was er im Schlachthof von Retiro bekommen hat.«

»Hättest du Escolástica zur Hochzeit lieber die Freiheit geschenkt?«

Melodys Wangen färbten sich rot, und der Glanz in ihren Augen, die plötzlich noch tiefer türkisblau leuchteten, ließ Blackraven erahnen, wie begeistert sie von seinem Vorschlag war.

»Ja?« Melody nickte. »Ich habe unser Gespräch in El Retiro nicht vergessen, als ich dich fragte, ob es dir gefiele, wenn ich alle unsere Sklaven freiließe. Ich hatte viel zu tun und viele Dinge im Kopf, aber ich habe mein Versprechen nicht vergessen. Wir werden es tun, Isaura. Du wirst unseren Schwarzen dieses Geschenk machen.«

»Du wirst es ihnen machen.«

»Nein, du, denn ohne deinen Einfluss hätte ich das niemals getan. Wenn ich vom Ostufer zurück bin, werde ich mir Gedanken machen, wie das Ganze am besten zu bewerkstelligen ist. Ich will dir eine Freude machen und ihnen die Freiheit geben, aber ich muss auch auf meine Interessen achten.«

»Natürlich.«

»Zum jetzigen Zeitpunkt sind fast alle meine Unternehmen von der Arbeit der Sklaven abhängig. El Retiro, die Gerberei, der Haushalt, selbst auf *Bella Esmeralda* arbeiten viele von ihnen. Ich kann sie nicht alle in Freiheit schicken und dann keine Menschenseele mehr haben, die für mich arbeitet. Es wäre eine Katastrophe, und viele Familien hängen von diesen Geschäften ab.«

»Ich bin sicher, die Afrikaner werden weiter für dich arbeiten wollen, Liebster. Sie fürchten die Freiheit ebenso, wie sie die Sklaverei hassen. Sie haben zu lange in Ketten gelebt und wissen nicht, wie es ist, frei zu sein. Aber wenn sie gehen wollen, wäre es nur recht, wenn wir es ihnen erlaubten.«

»Selbstverständlich. In diesem Fall bräuchte ich nur Zeit, um Tagelöhner zu finden, die sie ersetzen.«

»Und was wäre, wenn der eine oder andere nach Afrika zurück möchte? Viele von ihnen sind hier geboren und gehören hierher, aber andere, wie Babá, vermissen ihre Heimat.«

»In diesem Fall würden wir sie auf einem meiner Schiffe erneut über den Atlantik schicken. Natürlich nur, wenn sie bereit sind, die Überfahrt ein zweites Mal durchzustehen, diesmal jedoch unter besseren Bedingungen als damals, als man sie an diese Küste verschleppte.«

Die Tür flog auf, und Víctor stürzte weinend herein, gefolgt von Sansón. Blackraven ließ Melody los und fluchte leise, weil er vergessen hatte, den Riegel vorzulegen.

»Miss Melody!«, kreischte der Junge.

Víctor klammerte sich an Melody und verbarg seinen Kopf in ihrem Schoß. Sie führte ihn zu dem Stuhl vor dem Frisiertisch und setzte ihn auf ihre Knie.

»Pst, mein Liebling, nicht weinen. Was ist denn nur los? So schlimm kann es nicht sein. Los, Víctor, hör schon auf zu schluchzen. Du weißt doch, das ist nicht gut für dich.« Das Weinen wurde stärker. »War es wieder dieser schreckliche Alptraum? Komm, beruhige dich und erzähl's mir.«

»Angelita ist gerade zu mir gekommen, um mir zu sagen, dass Fräulein Bodrugan mich mitnehmen will. Für immer.«

»Woher hat Angelita denn diesen Unsinn?«

Víctor warf Blackraven einen scheuen Blick zu, dann flüsterte er Melody ins Ohr: »Sie hat gehört, wie Fräulein Bodrugan es im Arbeitszimmer zu Señor Blackraven gesagt hat. Angelita hat sich reingeschlichen, um das Buch mit den Fabeln zu holen – das, das Señor Blackraven Jimmy von seiner Reise mitgebracht hat, erinnern Sie sich, Mutter?« Melody bejahte. »Als sie die beiden hereinkommen hörte, hat sie sich hinter dem Sofa versteckt, weil sie Angst hatte, ausgescholten zu werden. Sie verhielt sich ganz still, und da hörte sie, wie Fräulein Bodrugan zu Señor Blackraven sagte, sie wolle mich auf ihr Schiff mitnehmen.«

»Niemand wird dich gegen deinen Willen irgendwohin mitnehmen«, versprach Melody.

»Ich will nicht weggehen, Mutter! Ich will mich nicht von Ihnen trennen. Aber Angelita sagt, dass Sie mich vielleicht loswerden wollen!«

»Weshalb sollte ich so etwas wollen, Víctor?«

»Weil Estevanico sagt, dass es nicht stimmt, was Siloé uns über Sie erzählt hat.«

»Was hat Siloé denn über mich erzählt?«

»Sie sagt, Sie haben einen dicken Bauch, weil Sie zu viel Feigengelee und Aprikosenbrot gegessen haben und dass es uns genauso ergeht, wenn wir zu viel Zuckerzeug naschen.« Melody und Blackraven mussten sich beherrschen, um nicht laut loszulachen. »Estevanico behauptet, das sei nicht wahr. Er sagt, Sie haben einen dicken Bauch, weil da ein Baby drin ist, und wenn das Baby kommt, haben Sie uns nicht mehr lieb und schicken uns weg.«

»Víctor, mein kleiner Schatz!«, rief Melody und drückte ihn an sich. »Wie kannst du nur glauben, ich könnte dich wegschicken? Ich hab dich lieb, Víctor, sehr lieb. Ich würde mich nie von dir trennen.«

»Stimmt es, dass Sie einen dicken Bauch haben, weil ein Baby drin ist?«

»Ja, das stimmt. Aber wenn mein Baby kommt, bedeutet das nicht, dass ich dich weniger lieb habe. Es bedeutet, dass du einen Bruder haben wirst, und ich fände es schön, wenn du ihn ganz lieb hättest, so wie ich dich. Glaubst du, du kannst ihn ganz lieb haben?« Víctor nickte und wischte sich mit dem Schlafanzugärmel über die Nase. »Roger, bitte reich mir mal mein Taschentuch. Dort drüben, auf dem Frisiertisch. Danke. Komm, mein Kleiner, schnäuz dir die Nase und mach dir nicht länger dumme Gedanken.«

»Ich bringe ihn in sein Zimmer«, sagte Blackraven und nahm ihn auf den Arm.

Melody wickelte den Jungen in seine Wolldecke und gab ihm einen Kuss auf die Stirn.

»Gute Nacht, Mutter.«

»Gute Nacht, mein Junge. Träum was Schönes. Sansón, du

schläfst bei Víctor«, sagte sie dann, und der Neufundländer trottete hinter seinem Herrn her.

Blackraven legte Víctor ins Bett und deckte ihn zu. Der Junge betrachtete ihn aus seinen grünen Augen, die denen seines Vaters so ähnlich waren. Er zuckte mit keiner Wimper und schien mit angehaltenem Atem darauf zu warten, dass Señor Blackraven ihm eine Standpauke hielt. Roger bewunderte, mit welcher Ruhe und Herausforderung im Blick er den Folgen seines Handelns entgegensah. Er seufzte und streichelte dem Jungen über die Stirn. Melody hatte ihm beigebracht, dieses Kind zu lieben.

»Seid Ihr mir böse, Señor?«

»Du hättest anklopfen sollen, bevor du reinkamst.« Víctor schmiegte das Kinn an die Decke und senkte die Augenlider. »Aber keine Sorge, ich bin dir nicht böse. Ich habe dich heute mit Meister Jaime fechten sehen«, bemerkte er. »Deine Fortschritte sind erstaunlich.«

»Wirklich, Señor?«

»Wirklich. Du hast Talent im Umgang mit dem Schwert. Du bewegst dich sehr geschickt. Kommst du gut mit dem Florett zurecht, das ich dir geschenkt habe?«

»Oh ja! Es ist wunderbar, Señor! Leopoldo, der Sohn von Doña Pilar Montes, sagte, es sei das beste Florett, das er je gesehen hat.«

»Das freut mich. Morgen übst du weiter. Meister Jaime ist ein guter Lehrer und wird einen guten Fechter aus dir machen.«

»So gut wie Ihr?«

»Noch besser.«

»Will Fräulein Bodrugan mich wirklich auf ihrem Schiff mitnehmen?«

Für einen Moment überlegte Blackraven, ihm eine Lüge aufzutischen.

»Sie hat es mir heute vorgeschlagen, Víctor. Du musst nicht einwilligen, wenn du nicht willst«, setzte er angesichts der entsetzten Miene und seiner tränennassen Augen hinzu. »Du hast ja gehört, was Miss Melody gesagt hat. Du wirst nur mitgehen, wenn du das willst. Amy hat dich sehr liebgewonnen und dachte, es wäre eine gute Idee, wenn ihr eine Zeitlang gemeinsam verbringt.«

»Fräulein Bodrugan ist sehr nett und freundlich zu mir und Arduino ist mein Freund, aber ich werde mich nicht von Miss Melody trennen, Señor. Nein, das werde ich nicht.«

»Du liebst sie sehr, stimmt's?«

»Von ganzem Herzen.«

Ich verstehe dich, dachte Blackraven, und dann tat er etwas Ungewöhnliches: Er küsste Víctor auf die Stirn.

»Schlaf jetzt. Gute Nacht.«

»Gute Nacht, Señor«, antwortete der Junge.

Blackraven verschob die Abreise ans Ostufer auf den Nachmittag. Zuerst wollte er die Sache mit Víctor und Amy klären. Melody blieb bei ihrer Meinung: Der Junge würde nur mit Fräulein Bodrugan gehen, wenn er das wollte – und nachdem er erfahren hatte, dass sie seine Mutter war. Amy hingegen wollte, dass Víctor eine Zeit mir ihr verbrachte, damit er sie liebgewann, bevor man ihm die Wahrheit sagte.

»Fräulein Bodrugan«, sagte Melody, »Ihr könnt Euch Víctors Bewunderung und auch seiner Zuneigung gewiss sein. Für ihn seid Ihr so etwas wie eine Heldin. Alles, was Ihr sagt oder tut, ist gut. Er spricht ständig von Euren Heldentaten und denen Eures Äffchens. Er ist wie verzaubert. Deshalb kann man ihm genauso gut jetzt die Wahrheit sagen wie zu einem späteren Zeitpunkt.«

»Weshalb seid Ihr dagegen, dass ich erst später mit ihm spreche?«, fragte Amy noch einmal nach.

»Ich will in der Nähe sein, wenn Víctor erfährt, dass Ihr seine Mutter seid. Es wird ihn sehr aufwühlen und er könnte einen Anfall bekommen, den nur ich in den Griff bekäme.«

»Ihr könntet mir zeigen, was in diesem Fall zu tun ist. Ich komme mit einer Mannschaft von sechzig rauen Seebären zurecht, warum nicht auch mit dem Anfall eines Kindes?«

In diesem Moment klopfte es an die Tür des Arbeitszimmers, und die Lehrerin Perla brachte Víctor herein. Blackraven hatte ihn rufen lassen. Ein Blick genügte, und Melody wusste, dass Víctor gleich einen Anfall bekommen würde. Sie kannte dieses Zittern in seinen Händen, die aschfahle Farbe, die seine Wangen annahmen, die verkrampften Lippen. Vor allem veränderten sich seine Augen, sie verloren ihren Glanz und wurden gläsern und leblos.

»Roger, halt ihn fest!«, sagte sie noch, bevor Víctor zusammenbrach.

Perla und Amy begannen zu schreien und blieben wie angewurzelt stehen. Blackraven machte einen Schritt nach vorne, dann hielt er unschlüssig inne.

»Hilf mir, Roger!«, bat Melody. »Mit meinem dicken Bauch kann ich ihn nicht festhalten. Knie dich hin und leg ihn auf die Seite. Ja, genau so. Er darf nicht mit den Armen zucken. Fräulein Bodrugan … Fräulein Bodrugan!«, rief sie noch einmal, aber Amy rührte sich nicht. »Kniet Euch neben Roger und haltet Víctors Beine fest. Señora Perla«, fuhr sie fort, während sie zum Schreibtisch lief und den Brieföffner mit dem Ledergriff holte, »Sagen Sie Trinaghanta Bescheid, dass Víctor einen Anfall hat. Sie weiß, was sie mitbringen muss. Beeilen Sie sich!«

Melody stützte sich auf Blackravens Schulter, um sich ebenfalls hinzuknien, und bemerkte, wie er von Víctors Zuckungen durchgeschüttelt wurde. Es schien unglaublich, dass ein so kleiner Bursche derart übernatürliche Kräfte entwickelte. Unter Schwierigkeiten – der Bauchumfang machte sie unbeholfen – hockte sich Melody auf die Fersen und legte ihre Hand auf Víctors Stirn. Dann beugte sie sich zu ihm hinunter und flüsterte ihm ins Ohr: »Ich bin da, mein Schatz. Deine Miss Melody ist da. Hör auf meine Stimme, Víctor, halte dich an ihr fest.« Während sie sprach, öffnete sie mit den Fingern seinen Mund und schob ihm den ledernen Griff des Brieföffners zwischen die Zähne. »Ganz ruhig, ich bin bei dir, ich lasse dich nicht im Stich.«

»Wird er sterben?«, schluchzte Amy, aber sie erhielt keine Antwort.

Melody begann eine gälische Melodie zu singen, dieselbe wie beim ersten Mal, als Víctor in Señor Aignasses Geschäft zusammengebrochen war. Es war sein Lieblingslied geworden. Auch Blackraven und Amy waren von dieser Stimme gefesselt, und sowie Víctors Zuckungen nachließen und sein Atem weniger stoßweise ging, wurden auch Roger und Amy nicht mehr so heftig durchgeschüttelt.

Trinaghanta erschien, gefolgt von Somar und Sansón, und reichte Melody ein geöffnetes Fläschchen mit Ammoniak. Als sie es ihm unter die Nase hielt, stöhnte er leise und warf den Kopf hin und her.

»Ruhig, mein Liebling«, redete Melody auf ihn ein. »Es geht dir schon besser. Öffne langsam die Augen. Hör auf meine Stimme und öffne die Augen.«

Diese waren rot unterlaufen und immer noch glasig. Víctor blickte unruhig hin und her, als versuche er, die Situation zu begreifen. Es dauerte nicht lange, und er begann laut und unnatürlich zu schluchzen. Vor allem schämte er sich.

Amy kam aus dem Staunen nicht heraus. Sie war fassungslos über die Veränderungen, die der Anfall in den Gesichtszügen ihres Sohnes bewirkt hatten. Er schien ein anderer zu sein.

»Nicht weinen, mein Schatz«, sagte Melody, während sie den Brieföffner entfernte und dem Jungen den blutigen Schaum wegwischte, der aus seinen Mundwinkeln quoll. »Alles ist gut. Somar wird dich in dein Bett bringen, und ich bleibe den ganzen Tag bei dir und lese dir La Fontaines Fabeln vor. Mochtest du die lieber oder die von Iriarte?«

»Die von Iriarte«, antwortete er schluchzend.

»Gut, dann lesen wir die von Iriarte. Was soll Siloé dir Leckeres kochen?«

Amy und Roger hörten die Antwort nicht. Somar trug das Kind auf seinen Armen durch den ersten Patio zu dem Trakt mit den Schlafzimmern.

»Ach, Roger!«, sagte Amy, die noch immer auf dem Fußboden kniete. »Es war meine Schuld. Er hat gezittert vor Angst bei dem Gedanken, ich könnte ihn von deiner Frau trennen. Deshalb hat er diesen entsetzlichen Anfall bekommen. Mein armer Sohn!« Und sie brach in Tränen aus, bewegt von dem soeben Gesehenen, und weil sie Galo Bandors Sohn ihren Sohn genannt hatte.

Blackraven half ihr auf und führte sie zum Sofa. Dann goss er irischen Whisky in zwei Gläser, reichte eines Amy und setzte sich zu ihr.

»Sie ist seine Mutter, nicht ich«, erklärte Amy. »Er liebt sie, nicht mich.«

»Du könntest genauso die Liebe deines Sohnes gewinnen, wenn du das willst. Melody kennt Víctor nicht seit seiner Geburt, sondern erst seit letztem Jahr. Als sie in das Haus in der Calle Santiago kam, war sie in der gleichen Lage wie du. Und jetzt vergöttert Víctor sie.«

»Es fällt mir schwer, das zuzugeben, aber deine Frau ist wirklich etwas Besonderes. Manchmal glaube ich, sie ist nicht von dieser Welt. Als wäre sie ein himmlisches Geschöpf, dem jeden Moment Flügel wachsen, mit denen es davonfliegt. Du kennst mich besser als jeder andere, Roger. Ich bin nicht so, mir fehlt diese Gabe. Sie wird von allen geliebt. Ich weiß nicht, wie sie das macht, verdammt noch mal, aber alle würden ihr verfluchtes Leben für sie geben, angefangen mit dir. Und du glaubst, Víctor könnte mich so lieben wie sie?«

»Wenn Melody dir hilft, würde Víctor dich vergöttern.«

»Hast du gesehen, wie geistesgegenwärtig sie gewesen ist?«,

rief sie, taub für Blackravens Worte. »Wie verflucht ruhig sie ihn aus seiner Trance geholt hat! Ich habe gezittert wie ein dummes Mädchen und konnte nichts tun, obwohl ich sonst nicht einmal vor einer Horde Algerier zurückschrecke.«

»Melody könnte dir beibringen, was zu tun ist. Du hast es gesehen, es ist nicht so kompliziert.«

»Begreifst du denn nicht, Roger? Nur sie kann das. Es waren ihre Stimme und ihre Anwesenheit, die ihn beruhigt haben, als hätte Víctor sie gehört, obwohl er ohnmächtig war. Er hat ihre Gegenwart gespürt, Roger. Sie strahlt eine Güte und Harmonie aus, der man sich nur schwer entziehen kann.«

Blackraven lachte schwach und legte den Arm um Amys Schulter.

»Es freut mich, dass du sie magst.«

»Mach dir keine Illusionen. Es ist eher so, dass ich sie bewundere. Dieses Mädchen hat die Herzen der beiden Männer erobert, die nach den Gesetzen der Natur mir gehören: du, weil wir uns seit unserer Kindheit kennen, und Víctor, weil ich ihn unter Schmerzen geboren habe.«

»Liebst du Víctor, Amy?«

»Er ist mein Sohn, oder?«

»Er ist auch Galo Bandors Sohn.«

»Pah! Ich hasse diese Missgeburt nicht einmal mehr wie früher. Ich werde wohl alt oder dumm. Oder es ist der Einfluss deiner Miss Melody.«

# *Kapitel 16*

Zu Belas Überraschung war Braulio ein guter Liebhaber, und wenn sie den Rauch des magischen Krauts inhalierte, bevor sie mit ihm ins Bett ging, hatte sie sogar das Gefühl, Blackravens Gewicht auf sich zu spüren. Beim ersten Mal nahm Braulio sie mit Gewalt. Gewiss, sie hatte hemmungslos mit ihm kokettiert, um seine Zunge zu lockern, was Endas Pläne betraf. Seit einiger Zeit schon argwöhnte sie, dass die Irin sie ausgebootet hatte. Sie brauchte einen Verbündeten, und Braulio war die einzige Option.

Am Anfang hatte sie sich gewehrt, doch das vertraute Gefühl, als sie sich an seine breiten Schultern klammerte, und die Kraft seiner Stöße brachten ihren Widerspruch zum Verstummen. Es war, als sähe sie Blackravens Gesicht vor sich. Die Zeit im Kloster und in dieser gottverlassenen Gegend hatten sie abstumpfen lassen, und erst jetzt merkte sie, wie sehr ihr ein Mann gefehlt hatte. Letztlich würde niemand erfahren, dass sie es mit einem Sklaven trieb.

Oft haderte sie mit sich, weil sie so tief gesunken war. Dann war sie niedergeschlagen und ekelte sich vor sich selbst. Sie liebte Roger Blackraven und nicht diesen Neger, so gut er auch für heimlichen Sex sein mochte. Andererseits sprach das Theater, das sie Braulio vorspielte, für ihre exzellenten Schauspielkünste. Der arme Idiot hatte sich sogar in sie verliebt und glaubte, sie würden zusammen durchbrennen.

Als Braulio ihr eines Tages anvertraute, dass Doña Enda ihn losgeschickt hatte, um den Kerl umzubringen, der ihrem Sohn

Paddy die Kehle durchgeschnitten hatte, gelang es Bela, ihre Besorgnis zu verbergen.

»Dieser Lump ist stärker als ein Gespann Ochsen«, erklärte er.

»Ich glaube nicht, dass er stärker ist als du, Liebling«, schmeichelte sie ihm.

»Stärker nicht, aber genauso stark, und ich wusste es nicht. Doña Enda hatte mir nichts gesagt. Daher die Schnittwunde.«

»Ich finde sie sehr aufregend, sehr männlich. Sag, hat Doña Enda dir danach wieder aufgetragen, den Kerl zu töten?«

»Sie sagte, wir würden abwarten. Der Mann sei ein gerissener Schuft und werde nach dem fehlgeschlagenen Angriff aufpassen wie ein Schießhund.«

»Braulio, bitte, ich flehe dich an, leg dich nicht noch einmal mit ihm an. Was soll aus mir werden, wenn dir etwas zustößt? Er ist mit Sicherheit bewaffnet, und wenn er auf dich schießt, kannst du trotz aller Stärke nichts gegen ihn ausrichten. Los, versprich es mir! Lass die Finger von diesem Mann.«

»Und was soll ich Doña Enda sagen?«

»Ich weiß auch nicht. Wir werden uns eine Lüge ausdenken, aber versprich mir, dass du nicht noch einmal dein Leben aufs Spiel setzt. Schwöre es.«

»Ich schwöre es dir, Bela.«

Braulio entpuppte sich nicht nur als hervorragender Liebhaber, sondern auch als perfekter Verbündeter, unterwürfig und gehorsam. Wie leicht er zu manipulieren war!, brüstete sie sich an dem Tag, an dem sie ihm klarmachte, dass Endas Nichte Melody Maguire sterben müsse.

Sie trafen sich immer an derselben Stelle hinter den Büschen. An diesem Tag kam Bela früher zu der Verabredung. Sie war niedergeschlagen, weil die Wirkung des Rauchs verflogen war, und alles kam ihr noch düsterer vor. Es fiel ihr nicht schwer, in Tränen auszubrechen. Als er sie schluchzend im Gras liegen sah, war Braulio so betroffen, dass er Bela ein bisschen leid tat.

»Ich weine, weil mein Leben so hart gewesen ist, Braulio. Ich bin immer nur unglücklich gewesen. Erst seit ich dich kenne, weiß ich, was Glück bedeutet. Aber ich werde nie wirklich froh sein können. Die Verbitterung über das Unrecht, das mir angetan wurde, hindert mich daran. Ich sitze hier und darbe, während die Person, die mir alles genommen hat, wie eine Königin lebt.«

Und sie tischte Braulio eine Lüge auf, die dieser ihr sofort abnahm. Doña Endas Nichte Melody sei es gewesen, die ihren Mann Alcides Valdez e Inclán umgebracht habe, um ihr, Bela, die Schuld in die Schuhe zu schieben und so an ihr Haus, ihr Geld und ihre vier Töchter zu kommen.

»Ich bin auf der Flucht, jetzt weißt du es. Das ist der Grund, warum wir Endas Kundinnen erzählen, mein Name sei Rosalba und ich sei ihre Tochter. Da siehst du, wie sehr ich dir vertraue! Nach dem Tod meines Mannes brachte man mich ins Kloster, um den Ruf meiner Töchter zu retten, aber man hätte mich genauso gut ins Gefängnis werfen können. Enda erbarmte sich meiner und verhalf mir zur Flucht. Nun ja, du bist uns schließlich in Endas Auftrag bei der Flucht behilflich gewesen, Liebster.«

»Ja«, erwiderte der Sklave mit ergebenem Blick. »Als ich dich zum ersten Mal sah, dachte ich, das ist die schönste Frau der Welt.«

Bela lächelte traurig und begann erneut zu weinen.

»Enda will nichts davon hören, dass man Melody Maguire einen Denkzettel verpasst, weil sie ihre Nichte ist. Sie liebt sie, obwohl sie weiß, wie perfide sie ist. Melody war früher mit Endas Sohn Paddy verheiratet, und Enda hält es für ihre Pflicht, auf sie Rücksicht zu nehmen. Aber du kennst Melody aus der Zeit, als sie auf *Bella Esmeralda* lebte, und weißt, dass sie versucht hat, Endas Sohn umzubringen. Sie ist verkommen.«

»Ja, das stimmt. Sie hätte ihn beinahe erstochen. Obwohl man gerechterweise sagen muss, dass der Herr Paddy sie sehr schlecht behandelt hat, wie einen Hund. Er hat sie sogar mit dem Eisen gebrandmarkt. Hier.« Er hob die Hand zur Schulter, auf Höhe der Schulterblätter.

»Wirklich?« Bela war überrascht, fasste sich aber schnell wieder. »Du weißt nicht, wie Melody war. Paddy hat sie schlecht behandelt, weil er ihr grausames Wesen kannte.«

»Stimmt, ich kannte sie nicht besonders gut. Kurz nach meiner Ankunft ist sie von *Bella Esmeralda* geflohen.«

»Diese Frau hat mein Leben zerstört, Braulio, und besitzt nun alles, was mir gehört. Ich werde zwar nie zurückbekommen, was mir zusteht, aber ich glaube nicht, dass es gerecht wäre, wenn sie glücklich ist.«

»Nein, das ist nicht gerecht, Bela.«

»Sie hätte den Tod verdient«, erklärte sie in Tränen aufgelöst.

»Ja, sie hätte den Tod verdient.«

Die Schwarze Cunegunda hieß Doña Belas Beziehung zu Braulio nicht gut und war plötzlich vernünftig geworden. Es war die Stimme ihres Gewissens. Seit der Nachricht von Sabas' Tod war die Schwarze verändert. Sie hatte sogar angefangen, den Rosenkranz zu beten, einen selbstgemachten aus Linsen, nachdem sie Monate zuvor noch schwarze Magie betrieben hatte.

»Dieses Kraut bringt Euch dazu, Dummheiten zu begehen, Herrin.«

»Du warst mir doch auch behilflich, als ich mit Roger ins Bett ging.«

»Das war ein Fehler. Und außerdem war der Herr Roger ein richtiger Herr. Braulio ist ein Sklave. Diesmal werde ich Euch nicht helfen«, teilte Cunegunda ihrer Herrin mit. »Wie lange wird es dauern, bis die Señora Enda herausfindet, dass Ihr es mit ihrem Sklaven treibt? Das wird schlimmer als die Bartholomäusnacht!«

»Sie wird es nicht herausfinden. Wir sind vorsichtig.«

»Sie wird es herausfinden, Herrin! Diese Frau kann die Gedanken der Leute lesen.«

»Begreifst du nicht, dass ich Braulio brauche, um meine Rachepläne in die Tat umzusetzen? Es ist offensichtlich, dass Enda und ich nicht mehr gemeinsame Sache machen.«

»Herrin, vergesst die Rache! Lasst uns von hier weggehen. Mit dem, was wir haben, mit meinen Münzen und Eurem Schmuck, werden wir schon zurechtkommen. Ich kann arbeiten.«

»Herrjeh, geh mir nicht auf die Nerven!«

Joana, die junge Sklavin der Baronin de Ibar, ging durch den baumbestandenen Park zum Flussufer. Das kalte Wasser leckte an ihren Füßen, und der Südwind pfiff durch die Maschen des Umschlagtuchs und fuhr ihr unter den Rock. Sie spürte die Kälte nicht; der Kummer hatte sie gefühllos gemacht. Sie vermisste ihre Heimat und ihre frühere Herrin, Gott hab sie selig, und bedauerte ihr Schicksal. Außerdem schmerzten die Schläge, die ihre Herrin Ágata ihr beigebracht hatte. Hätte der Baron nicht eingegriffen, sie hätte ihr womöglich die Knochen gebrochen. Es war im Grunde nicht um den Cremetiegel gegangen, den sie fallen gelassen hatte. Die Gereiztheit der Baronin rührte vielmehr daher, dass der Graf von Stoneville ihr keine Beachtung schenkte.

Joana fand die Situation sehr ungewöhnlich und das Ehepaar Ibar äußerst eigenartig. Manchmal hatte sie Angst vor ihnen. Die Baronin war unverhohlen hinter dem Grafen von Stoneville her, derweil der Baron sich seinen Studien der hiesigen Pflanzen- und Tierwelt, seinen Zeichnungen und der Lektüre widmete, als wäre seine Frau in Wirklichkeit seine jüngere Schwester, eine aufmüpfige, rebellische Schwester, der er ihren Willen tat, damit sie ihn nicht bei der Arbeit störte.

Ágata bediente sich Joanas, um Erkundigungen einzuziehen, und schickte sie zu dem Haus in der Calle San José. Nach dem Mittagessen, wenn die Familien der Herrschaften ihre Siesta hielten, öffnete die Gräfin von Stoneville den Hintereingang ihres Hauses und hörte sich die Bittgesuche der Sklaven an. Manchmal versammelten sich viele Menschen, manchmal nur eine Handvoll, aber es mangelte nie an Bedürftigen, die sich ihr zu Füßen warfen. Wenn schließlich die Gräfin erschien, konnte Joana den Blick nicht von ihr wenden. Sie hatte noch nie so weiße Haut und so blaue Augen gesehen – sie waren mehr als blau, so voller Licht – und eine so außergewöhnliche Haarfarbe, als hätte man ihr Haar mit flüssigem Kupfer übergossen. Sie lächelte in einem fort, und manchmal, wenn ihr etwas sehr zu Herzen ging, kamen ihr die Tränen. Obwohl sie immer in ihr schwarzes Umschlagtuch gehüllt war, sah man, dass ihr Bauch gerundet war.

Joana lief flussaufwärts durch den Park und kam atemlos und zerzaust vor dem Haus in der Calle San José an. Sie war erleichtert, als sie sah, dass die Gräfin noch da war. Vielleicht habe ich heute Glück, sagte sich Joana, denn tags zuvor hatte sie eine außergewöhnliche Entdeckung gemacht: Eine der Haussklavinnen aus der Calle San José, ein bildhübsches Mädchen etwa in ihrem Alter, sprach portugiesisch mit einem schwarzen Jungen, der stets zu Füßen der Gräfin hockte. Wenn es ihr gelänge, eine brauchbare Information zu bekommen, wäre die Baronin zufrieden und würde sie endlich in Ruhe lassen. Sie war die Schläge nämlich leid.

Joana stellte sich auf die Zehenspitzen und reckte den Hals. Das Mädchen stand wie üblich links neben seiner Herrin; zu ihrer Rechten standen eine ungewöhnlich aussehende Frau in einer leuchtend grünen Tunika und dahinter ein unfreundlich dreinblickender Mann. Joana drängte sich nach vorne und blieb vor der Sklavin stehen.

»Guten Tag. Mein Name ist Joana. Ich bin aus Rio de Janeiro. Und woher bist du?«

Miora begriff nicht gleich, dass dieses Mädchen in ihrer Muttersprache mit ihr redete, und sah sie wortlos an.

»Du verstehst mich doch, oder?«

»Ja, natürlich.«

»Ich würde mich gerne mit dir anfreunden. Ich fühle mich sehr einsam hier. Ich spreche die hiesige Sprache nicht.« Miora zuckte mit den Achseln. »Kann ich morgen wiederkommen und ein bisschen mit dir plaudern?«

»In Ordnung.«

Abends erzählte Miora Somar von dem Gespräch, worauf dieser ihr eine ganze Reihe von Fragen stellte, die sie nicht beantworten konnte. Auf einer beharrte der Türke ganz besonders: Was wollte eine ausländische Sklavin, die kein Wort Spanisch sprach, vor dem Haus des Schwarzen Engels?

»Morgen werde ich Miss Melody bewachen, und du zeigst mir diese Frau.« Miora nickte mit zerknirschter Miene. »Komm her«, sagte der Türke und zog sie an sich. »Hast du mich heute vermisst?«

Miora nickte erneut, und Somar lächelte, als er sah, wie ihre dunklen Wangen allmählich erröteten. Sie war so bezaubernd. Er war glücklich, wenn sie abends zu ihm kam. Sein Herz pochte ihm bis zum Halse, wenn er ihr leises Klopfen hörte. Miora blieb mit gesenktem Blick in der Tür stehen, gebadet und parfümiert und so wunderschön in ihrem roten Kleid, während sie darauf wartete, dass er sie an der Hand nahm und hineinführte.

»Heute Abend habe ich ein Geschenk für dich.«

Somar hob den Deckel von einer Schachtel und holte ein Kleid heraus.

»Oh!« Miora wurde ganz blass und traute sich gar nicht, es zu nehmen.

»Ich möchte, dass du es anprobierst«, sagte Somar. »Ich weiß nicht, ob es dir steht. Los, zieh das rote Kleid aus und probier das hier an.« Miora sah rasch auf. »Ich will dich nackt sehen. Lauf nicht weg!« Er hielt sie am Arm fest. »Hab keine Angst. Glaubst du, ich würde dir wehtun?« Miora schüttelte zögernd den Kopf. »Vertraust du mir?«

»Ja«, hauchte sie.

»Weißt du, Miora«, sagte Somar mit ernster, ruhiger Stimme, während er ihr Mieder aufschnürte, »ich sehne mich schon so lange danach, deinen Körper zu erkunden. Du brauchst keine Angst zu haben. Ich würde dir niemals wehtun. Wenn du von mir verlangen würdest, dass ich dich in Ruhe lasse, würde ich es tun.«

Der Türke hielt inne und sah sie an, während er auf eine Antwort wartete. Er bemerkte die Panik, die diese vertraute Nähe in ihr hervorrief, aber er spürte auch, dass sie versucht war, aus Neugier mit diesem Spiel weiterzumachen.

Miora fasste Somar bei den Handgelenken und legte seine Hände auf ihre Brüste. Der Türke sog scharf die Luft ein, überrascht, dass diese eine Berührung ihm einen solchen Schauder verursachte. Seine Hände wanderten über Mioras Oberkörper, und sie stöhnte, als er mit den Daumen ihre harten Brustwarzen berührte.

»Was soll ich tun?«

»Zieh das Kleid aus.« Sie gehorchte. »Jetzt den Unterrock und das Mieder. Versteck dich nicht. Lass mich dich ansehen.« Er fasste sie um die Taille und drückte sie an sich. »Du bist so wunderschön. Ist dir kalt?« Sie schüttelte den Kopf. »Komm, leg dich aufs Bett.« Miora kauerte sich zusammen und legte das Kinn auf die Brust, um Somar nicht anzusehen. »Was hast du? Was ist denn los?«

»Ich möchte Sie um etwas bitten«, sagte Miora, »aber ich traue mich nicht.«

»Du kannst mich um alles bitten!«, entgegnete er leidenschaftlich, während er sich zu ihr legte.

»Ich möchte Sie ohne Kleider sehen. Ich möchte Sie … nackt sehen.«

»Warum?«

»Ich habe noch nie einen nackten Mann gesehen. Don Alcides habe ich nicht angesehen. Ich wollte ihn nicht sehen.«

»Es würde dich glücklich machen, mich nackt zu sehen?« Sie nickte. »Dann tu ich dir den Gefallen.«

Somar war vollkommen. Selbst dass er so behaart war, faszinierte sie. Er hatte überall Haare, aber sie waren ganz weich, wie Babyflaum. Die hingerissenen Blicke, mit denen Miora ihn ansah, während ihre Hände ihn bewundernd betasteten, riefen ein merkwürdiges Gefühl in ihm hervor, ein Kribbeln im Unterleib und zwischen den Beinen. Er war verwirrt. Sie nahm ihm den Turban ab und fuhr ihm ganz sanft durch die braunen Locken. Trotz ihrer Schüchternheit und Ungeschicktheit brachte dieses Mädchen sein Blut in Wallung, und als sie aufblickte und ihm zuflüsterte: »Ich liebe Sie, Señor Somar«, fuhr ihm ein heißer Strom aus der Magengegend zwischen die Beine, sein ganzer Körper spannte sich an und ihm blieb die Luft weg. Sie begannen sich zu küssen. Somar versuchte sich ein wenig zu zügeln; seine ungestümen Zärtlichkeiten und seine drängenden Lippen machten Miora Angst.

»Hast du Angst?«

»Nein«, log sie.

Er fasste sich ein Herz und bat sie, ihn zu berühren. Da sie ihn am Anfang kaum mit den Fingerspitzen streifte, ermutigte er sie mit Stöhnen und Worten, bis sie entschlossener zupackte. Da geschah das Wunder: Er wurde hart in ihren Händen.

»Bei Allah dem Allmächtigen!«, entfuhr es ihm. »Sieh nur, was dir gelungen ist! Mädchen, sieh nur, was dir gelungen ist!«

Miora lächelte schüchtern.

»Ich weiß nicht, ob sich das noch einmal wiederholen wird«, sagte er, »aber du sollst wissen, dass du mich sehr glücklich gemacht hast. Bleib heute Nacht bei mir. Geh nicht in dein Zimmer zurück. Bleib hier.«

»Ist gut. Ich bleibe.«

»Miora, du weißt gar nicht, welchen Segen du mir gebracht hast. Dank dir fühle ich mich als richtiger Mann.«

»Für mich sind Sie immer ein richtiger Mann gewesen. Der beste, den ich kenne.«

Melody seufzte wohlig, denn sie merkte, dass sie allmählich die innere Ruhe wiederfand, die sie nach Jimmys Tod und durch Tommys Dummheiten verloren hatte. Die seelische Ausgeglichenheit hatte ihr Frieden wiedergebracht und gab ihr neues Selbstvertrauen. Sie konnte sich gar nicht erinnern, seit wann Zweifel und Unsicherheit ihre Gedanken beherrscht hatten. Vielleicht seit dem Tag, als ihre Mutter Lastenia starb, der Beginn einer langen Kette von Tragödien, die sie schließlich in Rogers Arme geführt hatten. Es war nicht so, dass erst Blackraven ihr beigebracht hätte, in sich selbst zu vertrauen; vielmehr hatte er ihr, indem er sie beschützte und liebte, ihre Ruhe und Ausgeglichenheit zurückgegeben.

Aber ihr innerer Frieden kam auch daher, dass die Menschen um sie herum glücklich waren. Die Bewohner der Häuser in der Calle San José und der Calle Santiago durchlebten gute Zeiten. Obwohl die Mädchen der Valdez e Incláns Ende Februar Vater und Mutter verloren hatten, blühten sie unter dem Einfluss ihrer Tante Leonilda auf, die die Zügel im Haus übernommen hatte und eine Bodenständigkeit ausstrahlte, an der es ihrer Schwester Bela gemangelt hatte. Von dieser hatte man nichts mehr gehört, und Melody hatte sie fast vergessen.

Eliseas Veränderung war nicht zu übersehen. Ihre Schwermut war einer ansteckenden Fröhlichkeit gewichen, und Melody erfuhr den Grund für ihr häufiges Lächeln und ihre strahlenden Augen, als das Mädchen ihr von Amy Bodrugans Plan erzählte, der ihre Flucht mit Servando ermöglichen sollte.

»Miss Melody, könntet Ihr es fertigbringen, dass Señor Blackraven Servando bereits vor Ablauf der drei Jahre freilässt?«

»Ja, ich denke schon«, antwortete diese, denn ihr Mann hatte ihr versprochen, sich nach seiner Rückkehr vom Ostufer um die

Freilassung der Sklaven zu kümmern. »Aber ich finde, ihr solltet nicht fliehen«, setzte sie dann hinzu. »Wenn du mir erlaubst, mit Señor Blackraven zu sprechen, würde er euch vielleicht persönlich helfen.«

»Oh nein, Miss Melody!«, wehrte Elisea erschrocken ab. »Er würde niemals zulassen, dass die Tochter seines Freundes einen Sklaven heiratet. Er würde mir verbieten, mich Servando zu nähern. Ihn würde er mit Sicherheit verkaufen oder zu Tode peitschen und mich ins Kloster schicken.«

»Das würde ich nicht zulassen.«

»Miss Melody, in einer so delikaten Angelegenheit würde Señor Blackraven niemals nachgeben, nicht einmal Euretwegen.«

Auch María Virtudes wurde von Herzensdingen umgetrieben. Durch den Klatsch und Tratsch der Dienerschaft wusste Melody von den Gefühlen, die zwischen Generalleutnant Lane und dem Mündel ihres Mannes entstanden waren, obwohl sie so tat, als wisse sie von nichts, als das Mädchen sie um eine Unterredung bat und ihr die Sache gestand. Von den vier Schwestern war María Virtudes ihrer Mutter Bela vielleicht am ähnlichsten, nicht nur äußerlich, sondern auch vom Charakter. Sie besaß die gleichen Gesten und legte großen Wert auf Äußerlichkeiten, bei sich genau wie bei anderen. Melody konnte sich nicht erinnern, sie einmal unfrisiert oder unpassend gekleidet gesehen zu haben. Sie war eigensinnig, wenngleich mitfühlender und nachsichtiger als ihre Mutter, und obwohl sie sich große Mühe gab, besonnen zu wirken, brodelte in ihr ein leidenschaftliches Wesen. Und sie war durch nichts davon abzubringen, Melody »Frau Gräfin« zu nennen.

»Wenn die Frau Gräfin so freundlich wäre, mir zu helfen, wäre ich Euch zutiefst dankbar und würde ewige Messen für Euch bestellen.«

»Wie kann ich dir helfen?«

»Ihr könntet Seine Exzellenz davon überzeugen, der Hochzeit mit Generalleutnant Lane trotz der Trauerzeit für meinen verstorbenen Herrn Vater zuzustimmen, bevor man ihn ins Landesinnere schickt. Er ist noch nicht von seiner Verwundung genesen, und ich würde ihn gerne begleiten, um ihm auf der Reise beizustehen.«

Anfang September begann sich herumzusprechen, dass die englischen Offiziere und Soldaten nicht gegen die Gefangenen der vizeköniglichen Armee ausgetauscht werden sollten, sondern zu mehreren Orten weit weg von der Küste gebracht werden würden. Beresfords Hoffnung, die am 12. August ausgehandelte Kapitulation doch noch zu unterzeichnen, schwand dahin. Die Engländer waren in ein Sperrfeuer zwischen Álzaga und Liniers geraten, bei dem Álzaga alles tat, um seinen Widersacher zu diskreditieren, indem er den Argwohn des königlichen Gerichts und des Stadtrats schürte. Außerdem war die Lage für Liniers nicht dazu angetan, sein Wort zu halten und die Abmachungen zu erfüllen: Popham lag unverändert vor Montevideo, und es ging das Gerücht, dass Anfang Oktober die von Sir David Baird aus Kapstadt entsandte Verstärkung eintreffen würde. Er musste unbedingt die englischen Gefangenen wegschaffen, um zu verhindern, dass sie sich den frischen Truppen anschlossen. Es war sogar die Rede davon, sie eine Verpflichtung unterzeichnen zu lassen, sich nicht an einem Kampf zu beteiligen.

»Man wird Leutnant Lane nicht ins Landesinnere schicken, wenn sein Gesundheitszustand nicht gut ist«, überlegte Melody. »Man wird ihm erlauben, hierzubleiben.«

»Glaubt Ihr wirklich?«

»Man wird einen Arzt damit beauftragen, ein Gutachten über seinen Gesundheitszustand anzufertigen, und ihn dann von der Reise ins Landesinnere zurückstellen.« Angesichts von María Virtudes' beunruhigtem Blick setzte Melody hinzu: »Aber ich werde trotzdem mit Señor Blackraven sprechen und ein gutes Wort für dich einlegen.«

»Oh, danke, Frau Gräfin!«

Manchmal hätte sie gerne Rogers Einfluss besessen, um solche Probleme selbst lösen zu können, nicht aus Geltungsdrang, sondern weil sie ihn nicht mit Lappalien behelligen wollte. An ihrem letzten gemeinsamen Abend vor seiner Reise ans Ostufer hatte sie den Eindruck gehabt, dass er erschöpft und ein wenig mutlos war. Er hatte sie inständig gebeten, gut auf sich achtzugeben und nicht alleine auszugehen, und sie so oft umarmt und geküsst, dass Melody dachte, er werde gar nicht mehr gehen. Vielleicht hatte ihn Víctors Anfall am Morgen mehr mitgenommen als sie glaubte.

Glücklicherweise hatte sich Víctor dank seiner guten körperlichen Verfassung rasch erholt. In der ersten Zeit, als Melody sich um ihn kümmerte, hatten ihn die Anfälle zwei, manchmal drei Tage lang außer Gefecht gesetzt, denn weil er nicht gut aß und schlecht schlief, war er sehr schwach gewesen.

Anders als Melody vermutet hatte, ließ sich Amy nach der Szene mit ihrem Sohn im Arbeitszimmer nicht entmutigen, sondern war wieder die ungezwungene, unkonventionelle, fröhliche Frau, die sie von ihren häufigen Besuchen in der Calle San José in den ersten Wochen kannten. Obwohl sie nicht mehr davon sprach, Víctor mitnehmen zu wollen, betrachtete der Junge sie mit Argwohn und hielt sich von ihr fern, während er Melodys Hand umklammerte, als befürchte er, Fräulein Bodrugan könne ihn in einen Sack stecken und entführen. Doch dank Melodys Überredungskünsten und Amys liebenswürdiger Art fasste Víctor langsam wieder Vertrauen und genoss die Gegenwart seiner Mutter.

»Ich möchte nur, dass er glücklich ist«, offenbarte Amy Melody in einem unerwarteten Beweis von Freundschaft und Vertrauen. »Dies ist sein Zuhause, und ich will ihn mit meiner Anwesenheit nicht bedrängen. Wenn es sein muss, komme ich nicht mehr her.«

»Víctor ist ein Kind, das Zeit braucht, um sich an neue Situationen zu gewöhnen. Habt Geduld mit ihm.«

Beinahe hätte sie noch gefragt, ob sie ihr dabei helfen sollte, ihm mitzuteilen, dass sie seine Mutter war. Aber sie schwieg, aus Sorge, ihr eigenes seelisches Gleichgewicht in Gefahr zu bringen, das zu erlangen sie so viel Kraft gekostet hatte. Sie war noch nicht so weit, sich von Víctor zu trennen, rechtfertigte sie sich. Noch nicht. Sie hatte Jimmy verloren, sie durfte nicht auch noch ihn verlieren. Allerdings bestand sie weiterhin darauf, für Víctors Mutter zu beten. Das Gebet fiel länger aus als sonst, und sie fügte neue Bitten hinzu wie: »Lieber Gott, mach, dass Víctor sie eines Tages kennenlernen darf« oder »Mach, dass Víctor lernt, sie zu lieben, wie es sich für einen guten Sohn gehört«. Gebete, die den Jungen verwirrten, der sie mit großen Augen ansah, um dann nach einer Weile geräuschvoll zu schlucken und zu sagen: »Amen.«

Eines Nachmittags fand Melody Amy weinend auf dem Diwan im Arbeitszimmer. Es war verwirrend, eine Frau wie sie in dieser Verfassung zu sehen. Melody wusste nicht, ob sie hineingehen oder sich leise davonstehlen sollte.

»Kommt nur herein, Melody.« Seit einigen Tagen nannte Amy sie nicht mehr ›Frau Gräfin‹. »Ein wenig Gesellschaft wird mir guttun. Ich habe mich von dunklen Gedanken leiten lassen.«

»Möchtet Ihr darüber sprechen?« Amy schüttelte den Kopf. »Es ist wegen Víctor, nicht wahr? Ihr wollt ihm sagen, dass Ihr seine Mutter seid, und findet nicht den Mut.«

»Das ist nicht das Einzige, was mir zu schaffen macht. In Wahrheit geht es um Víctors Vater. Roger hat Euch gesagt, wer sein Vater ist, oder?« Melody bejahte. »Er ist ein gottverdammter Dreckskerl. Verzeiht, es ist nicht meine Absicht, Euch mit meiner Wortwahl zu erschrecken.«

»Keine Sorge. Ich bin unter Männern aufgewachsen. Keiner hat sonderlich darauf geachtet, dass ich eine Frau bin, und ich habe Flüche gehört, solange ich denken kann. Ich bin nicht so leicht zu schockieren.«

Amy hob überrascht die Augenbrauen, aber ihre Miene drückte eher Bewunderung aus.

»Roger kann sich glücklich schätzen, Euch gefunden zu haben, auch wenn es mir schwerfällt, das zuzugeben. Ihr seid eine wunderbare Frau, die seiner würdig ist.«

»Seid Ihr noch in meinen Mann verliebt, Amy?«

Amy Bodrugan hatte diese Kühnheit und Offenheit von einem Mädchen mit so sanftmütigem Wesen, das zudem mehrere Jahre jünger war als sie, nicht erwartet. Sie lächelte traurig und stand auf.

»Nein, ich bin nicht in ihn verliebt. Das zwischen Roger und mir geht weit über eine Liebelei hinaus. Viele Jahre lang waren wir eine Einheit. Ein Herz und eine Seele. Schon als kleines Mädchen habe ich in Roger einen Helden gesehen, meinen Retter, und im Laufe der Jahre stellte ich fest, dass ich mich nicht geirrt hatte. Er ist mein Held und mein Retter, aber ich bin zu klug, um Wunschdenken mit wahrer Liebe zu verwechseln, wie er sie für Euch und Ihr sie für ihn empfindet.«

»Seid Ihr einmal verliebt gewesen, Amy?«

»Ja«, antwortete sie ohne zu zögern, »auch wenn ich mich dieses Gefühls schäme.«

»Ja? Ich finde, Ihr braucht Euch dessen nicht zu schämen.«

»Oh, glaubt mir, Ihr werdet mir recht geben, wenn ich Euch erzähle, dass es Víctors Vater ist, den ich liebe. Dieser verfluchte Kerl geht mir nicht aus dem Kopf! Seit Jahren versuche ich vergeblich, ihn zu vergessen. Dieses Schwein hat mich mit Gewalt genommen und mich gegen meinen Willen geschwängert. Roger würde mich umbringen, wenn er wüsste, dass ich in seinen ärgsten Feind verliebt bin.« Sie sah Melody an. »Ich sehe, Ihr seid nicht entsetzt. Ihr seid wirklich nicht leicht aus der Ruhe zu bringen. Habt Ihr mir nichts zu sagen?«

»Weshalb liebt Ihr ihn?«

Amy setzte sich wieder auf den Diwan, stützte die Ellenbogen auf die Knie und bedeckte das Gesicht mit beiden Händen. Melody wusste nicht, ob sie weinte oder nachdachte. Schließlich stellte sie fest, dass es beides war, als die Frau das tränenüberströmte Gesicht hob.

»Weil er der Einzige war, der mich mit der gleichen Leidenschaft ansah, mit der Roger Euch ansieht. Ich habe viele Liebhaber gehabt, Melody. Ich will nicht versuchen, als keusche Jungfrau dazustehen, das wäre lächerlich. Ich habe wirklich viele Männer gekannt, aber nur bei diesem verfluchten Kerl habe ich mich … ich weiß nicht … habe ich mich als Frau gefühlt, vielleicht. Er hat mir das Gefühl gegeben, eine richtige Frau zu sein, nicht dieses Mannweib, das manche Männer nur aus Neugier begehren, um herauszufinden, ob sie mich im Bett unterwerfen können, wenn es ihnen im Kampf nicht gelingt. Es ist seltsam«, sagte sie nach kurzem Schweigen. »Da bin ich so unabhängig und verliebe mich ausgerechnet in den Mann, der mich gefangen hielt und gegen meinen Willen nahm. Das ist unannehmbar! Mein Kopf begreift es nicht! Ich werde noch verrückt! Verrückt! Ich befürchte, ich bin es schon«, setzte sie düster hinzu.

Melody setzte sich neben sie und legte ihr einen Arm um die Schultern. Amy zuckte bei der Berührung zusammen und rückte dann etwas weg, um sie anzusehen.

»Kopf und Herz sind nicht immer einer Meinung, Amy. Ich weiß das, denn als ich Roger kennenlernte, riet mir mein Kopf, ihn zu hassen. Ich verstehe, wenn Ihr überrascht seid, aber in meinen Augen verkörperte Roger alles, was ich verabscheute. Als Engländer gehört er dem Volk an, das meinen Vater beinahe zu Tode folterte, der Nation, die meine Vorfahren grausam unterdrückte und meinen Vater zwang, sein geliebtes Irland zu verlassen. Außerdem eilte ihm ein Ruf als ausschweifender Frauenheld und Tyrann voraus, der mich ängstigte. Mein Herz jedoch sehnte sich nach seiner Liebe. Ich wusste, wenn ich mich Rogers Leidenschaft hingäbe, würde ich das Andenken meines Vaters und meiner Brüder verraten. Ich kämpfte darum, ihn nicht zu lieben, vergeblich. Ich liebte ihn, und ich konnte es nicht verbergen. Ich gab mich ihm voller Angst hin und geriet mit meinem Bruder in Streit, entzweite mich mit ihm. Roger hatte nun den wichtigsten Platz in meinem Leben eingenommen. Ich würde nicht mehr umkehren. Und jeden Tag, wenn ich aufwache, danke ich Gott, dass er mir den Mut gab, mich auf Roger einzulassen, denn mit der Zeit entdeckte ich, dass er ganz anders ist, als man von ihm sagt. Ja, er hat Fehler in der Vergangenheit gemacht, aber wer hat das nicht? Steht es mir zu, ihn zu verurteilen? Nein, natürlich nicht. Jetzt denke ich nur an das Glück, das wir heute miteinander teilen, und bitte Gott, dass wir auch gemeinsam durch die Zukunft gehen werden.«

»Ach, Melody!«, schluchzte Amy und umarmte sie.

Das Verhältnis zwischen ihnen veränderte sich, auch wenn sie in Gegenwart anderer weiterhin zurückhaltend miteinander umgingen, als fürchteten sie, Grenzen zu überschreiten und das erreichte Gleichgewicht zu zerstören. Aber beide wussten, dass sich die Abneigung, die sie anfänglich füreinander empfunden hatten, langsam zu einer Freundschaft entwickelte, und dieser Gedanke gefiel ihnen. So wie damals Somar während Rogers Reise nach Rio de Janeiro erzählte nun Amy den Kindern nach dem Abendessen von den Abenteuern Kapitän Blacks und seiner Matrosen. Und später, wenn alle im Haus schliefen, erzählte sie Melody Episoden aus der Kindheit ihres Mannes.

»Ihr solltet lernen, Cornwall zu lieben«, legte Amy ihr nahe. »Roger behauptet zwar, ein Weltbürger zu sein, doch sein Herz hängt an Cornwall, so schwer es ihm auch fällt, das zuzugeben.«

»Warum fällt es ihm schwer?«

»Weil es das Land seines Vaters ist.«

»Ach so.« Melody wirkte nachdenklich. »Wie ist denn das Verhältnis zwischen Roger und seinem Vater?«

»Kompliziert«, erklärte Amy. »Der Herzog ist wahrlich kein Heiliger, aber man muss gerechterweise sagen, dass er, als Roger nach seiner Flucht aus Straßburg wieder auftauchte, den Versuch unternahm, die Dinge zwischen ihnen zu regeln. Roger indes hat keinerlei guten Willen gezeigt. Er gibt sich alle Mühe, ihn zu hassen, obwohl er ihn in Wahrheit immer geliebt hat. Zumindest wollte er immer, dass sein Vater ihn liebt.«

Melody wurde das Herz schwer bei diesen Enthüllungen. Sie hatte Mühe, sich einen ungeliebten Roger Blackraven vorzustellen. Andererseits klangen Amys Worte glaubwürdig.

Manchmal kam es Melody so vor, als würden die Bewohner der Häuser in der Calle Santiago und der Calle San José nur darauf warten, dass Blackraven fortging, um Melody ihre Bitten und Anliegen vorzutragen, über die natürlich in letzter Instanz der entscheiden würde, dem alle aus dem Weg zu gehen schienen. Sogar Don Diogo kam eines Tages nach seiner Arbeit aus der Gerberei vorbei, um ihr mitzuteilen, dass er seine Nichte Marcelina heiraten wolle.

Diese Neuigkeit überraschte und schockierte Melody. Sie erinnerte sich, dass Don Diogo während der Zeit im Haus der Valdez e Incláns eine besondere Vorliebe für die Zweitgeborene von Don Álcides und Doña Bela gehegt hatte, doch sie hatte immer geglaubt, es handele sich nur um väterliche Zuneigung. Señorita Leo beteuerte, ihr Bruder habe seine Nichte stets wie eine Tochter angesehen, bis Marcelina selbst ihm vor kurzem gestanden habe, sie liebe ihn nicht wie einen Onkel oder einen Vater, sondern als Mann. Melody konnte sich nur schwerlich vorstellen, wie die schüchterne Marcelina eine solche Liebeserklärung machte. Elisea wiederum erzählte ihr, Marcelina schwärme für ihren Onkel Diogo, seit dieser vor Jahren aus Portugal gekommen sei, um in dem Haus in der Calle Santiago zu leben. Und ihre Schwester wirke zwar schüchtern, in Wahrheit aber sei sie starrköpfig und willensstark.

Melody fragte sich, wie Blackraven darauf reagieren würde.

»Seine Exzellenz wird mit Freuden seine Zustimmung geben«, meinte Elisea. »Hingegen wird er die Liebe zwischen Servando und mir für skandalös und widernatürlich halten.«

Aufgrund des engen Verwandtschaftsgrads würden die beiden einen Dispens von Bischof Lué erwirken müssen, um zu heiraten. Das zumindest erzählte ihr Doktor Covarrubias, als sie sich bei ihm erkundigte, ob eine solche Ehe geschlossen werden dürfe.

»So etwas kommt ziemlich häufig vor«, sagte der Anwalt und zählte dann weitere Fälle auf.

Melody musste zugeben, dass Marcelina glücklich wirkte. Das Strahlen in ihren Augen und der gesunde Ton ihrer Wangen verrieten es. Dasselbe Strahlen und dieselbe gesunde Gesichtsfarbe bemerkte sie jeden Morgen bei Miora, wenn diese in ihr Zimmer kam, um ihr beim Bad zu helfen. Sie wagte nicht zu fragen, wie sich die Beziehung zwischen ihr und Somar entwickelte. Aufgrund seines Zustands handelte es sich um eine sensible Angelegenheit, der man mit Vorsicht begegnen musste. Aber die gute Laune und das ständige Lächeln der Sklavin und des Türken sprachen dafür, dass sie auf ihre Weise glücklich waren.

Die Freundschaft zu Simonetta Cattaneo festigte sich im Laufe der Zeit. Obwohl ihr die italienische Freundin zunehmend ans Herz wuchs, musste Melody zugeben, dass diese die exzentrischste und schwierigste Person in ihrem Bekanntenkreis war. Simonetta und Ashantí, von der Melody immer noch nicht wusste, wie sie sie ansprechen und behandeln sollte, begleiteten sie häufig zum Hospiz. Obwohl die Maurer, Gipser und Schreiner noch nicht mit den Umbauarbeiten fertig waren, lebten bereits drei alte Sklaven dort, die man nach dem Tod ihrer Besitzer freigelassen hatte, ohne dass diese ihnen auch nur einen Real hinterlassen hatten. Dort im Hospiz stellte sie die Italienerin Lupe und Pilarita vor, die sie zwar freundlich behandelten, jedoch kein weiteres Interesse an ihr zeigten. Melody verstand sie. Simonetta und ihre Freundin Ashantí wirkten manchmal einschüchternd, und erst wenn man die Italienerin besser kannte, stellte man fest, dass sie in Wirklichkeit ein gutherziges, sanftes Wesen besaß. Durch ihren Gang, ihre Blicke, ihre langsame, fast schon schleppende Art zu sprechen, als wollte sie deutlich machen, dass sie ihre Ansichten und Gedanken lieber für sich behielt und nur wenige Menschen ihrer Aufmerksamkeit würdig empfand, wirkte sie auf den ersten Blick kühl, sogar verrucht. Zu diesem Verhalten passten die aufsehenerregende Garderobe und der üppige Schmuck. Sie war stets in eine Wolke aus Parfüm gehüllt, das, wie Melody später erfuhr, ein französischer Parfümeur eigens für Simonetta kreiert hatte, eine Mischung aus Jasmin, Narzissen und einem Hauch Bergamotte. Wenn Simonetta sie mit ihrer Kutsche abholen kam, um zum Hospiz zu fahren, nahm sie den unverwechselbaren Duft schon an der Haustür wahr, noch bevor sie in die Kutsche stieg. Genauso erging es ihr, wenn Simonetta die Kirche betrat. Noch bevor sie sie sah, wusste sie schon, dass sie die Italienerin auf ihrem gewohnten Platz im linken Seitenschiff entdecken würde.

Eines Morgens nach der Messe erzählte Simonetta ihr auf dem Vorplatz der Kirche San Francisco, dass sie ein Haus in der Calle de Santa Lucía gemietet habe, an der Ecke zur Calle San Martín und unweit der Merced-Kirche. Sie habe sich entschieden, ihren Aufenthalt in Buenos Aires zu verlängern, und benötige mehr Platz und Privatheit. Einige Stunden später kehrte Gilberta mit der Neuigkeit vom Markt zurück, dass die Witwe Arenales Simonetta Cattaneo gebeten habe, auszuziehen.

»Weshalb denn das?«, fragte Melody beunruhigt.

»Ich weiß nicht, ob man den Gerüchten glauben darf, Miss Melody.«

»Los, erzähl schon.«

»Also, Elodia, die Köchin der Valdez e Incláns, sagt, Mariaba, die Sklavin der Echeniques – erinnert Ihr Euch an Mariaba, Miss Melody? Also, Mariaba sagt, Bernarda, die bei der Witwe Arenales arbeitet, hätte ihr gesagt … Also, dass …«

»Raus mit der Sprache, Gilberta! Spann mich nicht so auf die Folter.«

»Also, dass sich Señora Cattaneo und ihre Sklavin geküsst hätten. Auf den Mund«, setzte sie hinzu. »Deshalb hat die Witwe Arenales die beiden hinausgeworfen.«

Melody unterdrückte einen Aufschrei und sah dann die Sklavin an, die nur gleichgültig mit den Schultern zuckte. Diese Fähigkeit, alles hinzunehmen, wie empörend es auch sein mochte, war typisch für die Sklaven; nur so hatten sie die Jahre der Gefangenschaft ertragen. Für Melody hingegen war Simonettas Verhalten, falls sich die Sache als wahr herausstellte, inakzeptabel. Sie wusste nicht, wie sie sich verhalten sollte. Obwohl es sich nur um Marktgeschwätz handelte, hielt Melody es durchaus für möglich. Sie stellte sich vor, wie die beiden sich leidenschaftlich küssten. Die Gesellschaft würde sie ächten. Die beiden Frauen liefen sogar Gefahr, dass man sie bei der Inquisition anzeigte. Aus welchem Grund wollten sie sich noch länger in einer Stadt aufhalten, wo man sie ins gesellschaftliche Abseits stellen würde? Melody erinnerte sich, dass Simonetta ihr bei einem der ersten tiefergehenden Gespräche gesagt hatte, dass sie ihren Platz in der Welt suche und ihn in Buenos Aires vielleicht gefunden habe.

»In Buenos Aires?«, hatte Melody erstaunt gefragt. »Soweit ich weiß, kann diese Stadt nicht im Geringsten mit Rom, Paris und London mithalten, Orte, die Ihr sicherlich bestens kennt.«

»Ja, wobei ich sagen muss, dass es laute Städte sind, die ich gerne besuche, um meine Garderobe zu erneuern oder mich in Sachen Politik auf den neuesten Stand zu bringen, aber ich möchte nicht meine gesamte Zeit dort verbringen. Da bevorzuge ich doch einen ruhigeren Ort wie diesen hier. Ashantí und ich haben uns gestern ein Landgut etwas außerhalb angesehen, das wir ganz entzückend fanden. Es gab dort eine Vielzahl von Vögeln, ihr Gesang war weithin zu hören. Habe ich Euch erzählt, dass das Beobachten von Vögeln unser liebster Zeitvertreib ist? Wir sind sehr gut darin, und Ashantí kann ihren Gesang täuschend echt nachmachen. Selbst ein Experte würde sie mit einem Vogel verwechseln.«

»Dennoch würdet Ihr das Leben in Buenos Aires außerordentlich beengt finden.«

»Wenn dem so sein sollte, werden wir eine Weile nach Europa reisen«, erwiderte Simonetta. »Ich bin jedenfalls gerne hier. Und außerdem«, setzte sie hinzu, und an ihrem verlegenen Lächeln merkte Melody, dass sie ihr eine Seite von sich offenbarte, die sie normalerweise für sich behielt, »ist Eure Freundschaft nichts, was ich leichtsinnig aufs Spiel setzte, noch bin ich bereit, sie so ohne weiteres aufzugeben.«

Nach Gilbertas Enthüllungen hätten diese Worte sie abstoßen können, doch Melody empfand eine große Gemeinsamkeit, war doch auch sie in gewisser Weise eine Ausgestoßene, die von den Damen der feinen Gesellschaft geächtet wurde.

Trotzdem machten ihr die Neuigkeiten über Simonetta und Ashantí zu schaffen. Sie setzte sich an ihren Sekretär und schrieb an Madame Odile. Am nächsten Tag brachte Emilio, Madames Angestellter und Geliebter, die Antwort in das Haus in der Calle San José. Melody zog sich in ihren Salon zurück, öffnete den Umschlag und begann zu lesen.

*Ich gehe davon aus, dass Dich die Nachricht nicht überrascht hat, denn aus Deiner Zeit in meinem Haus weißt Du ja, dass es Frauen gibt, die Frauen lieben. Denk an unsere geliebte Apolonia, die so lange versucht hat, Dich zu verführen, und Du hast nichts bemerkt oder Dich dumm gestellt. Aber ich verstehe Deine Beunruhigung; eine solche Frau in einem Bordell ist das eine, eine, mit der Du Schokolade trinkst und zur Messe gehst, etwas ganz anderes.*

*Du solltest nicht so hart über Deine Freundin urteilen, Melody. Nach meiner Erfahrung – und die ist groß, wie Du weißt – haben Menschen, deren Liebe und Leidenschaft dem eigenen Geschlecht gilt, in diesem Leben grausam zu leiden, sie werden enttäuscht, verletzt und oft auch verachtet. Wer weiß, was diese Simonetta alles mitgemacht hat. Du sagtest, man habe sie als blutjunges Mädchen mit einem wesentlich älteren Mann verheiratet. Stell Dir vor, was sie, kaum im heiratsfähigen Alter, mit einem Greis im Bett erlitten haben mag.*

Der letzte Abschnitt von Madames Brief brachte sie zum Lachen:

*Vielleicht, meine Liebe, gäbe es keine Frauen wie Simonetta, wenn alle das Glück hätten, ein Exemplar wie Deinen Roger abzubekommen.*

# Kapitel 17

Der Tag hatte gut begonnen. Beim Aufwachen hatte Melody gedacht: ›Nur noch drei Tage, bis ich Roger wieder in die Arme schließen kann.‹ Sie frühstückte und zog ihr bestes Kleid an, um eine Stunde für das Porträt Modell zu stehen, an dem Fermín Gayoso, Pueyrredóns Sklave, arbeitete. Es war ungewöhnlich, eine Schwangere zu porträtieren, aber Blackraven hatte darauf bestanden. Sansón lag auf dem Bild zu ihren Füßen.

Später war Somar zum Postamt gegangen, und unter den Briefen, die er dort abholte, war auch einer von Tommy gewesen. Melody nahm ihn mit zitternden Händen entgegen. Sie bemühte sich zwar, ihre Sorgen vor Blackraven zu verbergen, aber sie dachte oft an ihren Bruder.

*Rio de Janeiro, 17. August 1806*

*Liebe Melody,*

*ich hoffe, Du kannst meine Handschrift lesen. Du weißt ja, wie viele schlaflose Nächte sie unsere Mutter gekostet hat und wie viele Kopfnüsse ich mir durch mein Gekrakel eingehandelt habe. Und sie ist mit den Jahren nicht besser geworden, eher im Gegenteil.*

*Ich wollte Dir mitteilen, dass ich munter und wohlauf bin. Vor zwei Tagen haben wir in Rio de Janeiro angelegt, einer wunderbaren Stadt voller Leben. Die Überfahrt war sehr gut, und da ich nicht einen Tag seekrank war, behauptet Kapitän Flaherty, dass ich die besten Voraussetzungen zum Seemann mitbringe. Ich bin ein einfacher Schiffsjunge – Du musst nicht glauben, dass ich irgendwelche Vergünstigungen bekomme, nur weil ich der Schwager des Schiffseigners bin. Allerdings hat Kapitän Flaherty mich zweimal zum Essen in seiner Kajüte eingeladen, und das ist schon ein Zeichen des Entgegenkommens, wenn man bedenkt, dass ich auf der* White Hawk *dem untersten Dienstgrad angehöre. Beim ersten Mal, nehme ich an, lud er mich genau deswegen ein: aus Höflichkeit gegenüber Kapitän Black (so nennen die Matrosen Deinen Mann). Ein weiteres Mal dann, weil er bei jenem ersten Anlass erfuhr, dass unser Vater an einem Angriff auf Lord Grossvenor teilgenommen hatte und in der Folge gefangen genommen und gefoltert worden war. Bei diesem zweiten Essen erzählte er mir, dass er Mitglied der* United Irishmen *gewesen sei und in der Schlacht von Vinegar Hill im Juni 1798 gekämpft habe. Nach der Niederlage floh er aus Irland und heuerte als Obermaat auf einem von Blackravens Schiffen an. Aufgrund seiner umfassenden nautischen Kenntnisse vertraute man ihm bald die* White Hawk *an. Flaherty ist ein Mann mit gutem Charakter, auch wenn es ihm keinesfalls an Härte und Mut fehlt. Manchmal erinnert er mich an unseren Vater, besonders wenn er voller Leidenschaft von Irland spricht oder auf die Engländer flucht. Ich fragte ihn, wie er dann für einen Mann von dieser verabscheuten Nationalität arbeiten könne. Er antwortete mir mit einem herzhaften Lachen: »Oh, Kapitän Black mag einen englischen Namen tragen, aber in seinem Herzen ist er ein anständiger Mann!«*

*In einigen Tagen brechen wir in die Karibik auf, wo es meinen Kameraden zufolge leichter ist, gute Beute zu machen. Wenn das Glück mir hold ist, werde ich in Kürze meine ersten Pesos (oder vielmehr Pfund) verdienen. Ich bin fest gewillt, jede Münze zu sparen, die den Weg in meine Geldbörse findet, um Deinem Mann alles zurückzuzahlen, was er für* Bella Esmeralda *vorlegt. Es ist mir egal, wenn ich dafür schuften muss bis zum Umfallen.*

*Ich hoffe, Du bist gesund und guter Dinge. Mach Dir keine Sorgen um mich, das hast Du lange genug getan.*

*Dein Dich liebender Bruder*
*Thomas Maguire*

*P.S.: Weißt Du etwas über die junge Elisea Valdez e Inclán?*

Überglücklich las Melody den Brief noch einmal, überzeugt von der aufrichtigen Begeisterung, die aus den Zeilen ihres Bruders sprach. Er klang ausgeglichen und gereift, ohne diesen Hass, der ihm in der Vergangenheit so zugesetzt hatte. Es störte sie nicht, dass er nach Elisea fragte; schließlich hatte er das Recht, sich zu verlieben.

Es klopfte an der Tür. Melody faltete den Brief zusammen und rief herein. Miora teilte ihr mit einem fröhlichen Lächeln und blitzenden Augen mit, dass Don Gervasio Bustamante, Polinas Besitzer und Rogelios Vater, ihr eine Aufmerksamkeit habe schicken lassen, drei Kisten voller Zitrusfrüchte, Quitten, Äpfel, Nüsse, getrockneter Feigen, Aprikosen, Rettiche, Kohl und Lauch. Zwei Sklaven, die Mützen in den Händen, den Blick gesenkt, warteten auf den Schwarzen Engel. Einer von ihnen, der Ältere, ergriff das Wort, als Melody hereinkam; er sah sehr bewegt aus.

»Der Herr Gervasio lässt fragen, wie es Euch und den Kindern geht.«

»Sehr gut, danke«, antwortete Melody. »Welchem Umstand verdanke ich diese wundervollen Geschenke?«

»Der Herr Gervasio schickt sie Euch mit den besten Grüßen, Frau Gräfin. Sie sind von seinem Landgut in der Nähe des Convalecencia.«

»Nenn mich nicht Frau Gräfin. Lebt nicht Petronio dort?«

Petronio war ein Freigelassener, für den sie ein gutes Wort eingelegt hatte, damit Bustamante ihm das Land verpachtete.

»Petronio ist tot, Frau Gräfin.«

»Oh.«

»Wir wissen nicht, wann es geschehen ist. Don Francisco Álvarez hat ihn gefunden, sein Nachbar, der das anliegende Land bestellt. Petronio war schon stocksteif. Offenbar ist er einfach umgefallen. Der Herr Gervasio hat das Obst und Gemüse ernten lassen, damit es nicht verkommt. Es war so viel, dabei ist Winter! Er hatte sogar noch getrocknete Feigen, Nüsse und Aprikosen, die er im Sommer geerntet hat.«

»Der arme Petronio«, sagte Melody bedauernd. »Er war immer so fleißig und tüchtig. Weißt du, ob er ein christliches Begräbnis erhalten hat?«

»Ja, Frau Gräfin. Don Francisco Álvarez hat sich darum gekümmert. Und da Petronio keine Familie hat, lässt Don Gervasio Euch einen Teil der Ernte schicken.«

Melody übergab dem Sklaven ein in Seidenpapier gewickeltes Jäckchen aus Moiré, das sie für Rogelito gestrickt hatte, sowie ein Dankesschreiben an Bustamante und schickte die beiden weg. Siloé nahm die Kisten in Augenschein und brach angesichts der Menge und der Qualität in Begeisterungsrufe aus. Sie sortierte aus, was überreif war, und machte dann Pläne, um den Rest weiterzuverarbeiten. Von diesem Moment an kam Leben in die Küche. Sogar die Sklaven, die für die Sauberkeit der Wohnräume und Schlafzimmer zuständig waren, banden sich Schürzen um und folgten den Anweisungen von Melody und Siloé, die entschieden, was für jedes Lebensmittel das Beste war.

»Nein, nein«, widersprach Melody. »Die Nüsse zuckern wir, denn das ist Señor Blackravens Lieblingsnachtisch. Von denen, die ich neulich gemacht habe, hat er eine doppelte Portion gegessen. Diesmal geben wir noch eine Gewürznelke dazu.«

»Den Rettich würden wir am besten sauer einlegen, Miss Melody«, schlug Siloé vor.

»Einverstanden. Was machen wir mit den Orangen?«

»Ich wollte die Schale kandieren und aus dem Saft Marmelade kochen. Was werden das für wunderbare Quittentörtchen! Seht nur, Miss Melody, sie sind ein Gedicht.« Und Siloé hielt ihr eine Quitte entgegen, damit sie sie bewundern konnte.

Sie ließ drei zusätzliche Feuer entfachen und den Staub von den Kupferkesseln entfernen, die im Keller aufbewahrt wurden, bis sie im Sommer benötigt wurden, um Obst einzuwecken und einzukochen. Da die zwei Säcke Zucker nicht reichen würden, die sich in der Vorratskammer fanden, ging Ovidio zur Recova, um mehr zu besorgen. Außerdem brachte er Essig mit, Zimtstangen, um das Apfelkompott zu würzen, Nelken für die Nusskonfitüre, Süßwein, Senfsaat sowie Keramik- und Steinguttöpfe und zwei Einmachgläser, ein echter Fund, den er in Gold bezahlte.

»Was für ein herrlicher Tag!«, seufzte Melody, während sie die Quitten mit einem Holzlöffel umrührte, damit sie nicht im Topf anschlugen. Durch das große Küchenfenster, das auf den Gesindehof hinausging, hörte sie das Lachen der Kinder in der Pause, die Stimmen der Lehrer Perla und Jaime, die sie wegen irgendeines Streichs ermahnten, Sansóns Gebell und Arduinos Gekreische. Sie würde Simonetta eine Quittentorte vorbeibringen, überlegte sie. Die hatte sie bestimmt noch nie probiert. Lupe würde sie sauer eingelegten Rettich schenken und Pilarita Orangenmarmelade.

Plötzlich war zu hören, wie mehrmals der Türklopfer am Hauptportal betätigt wurde. Gilberta trocknete sich die Hände ab und ging nachschauen, wer da war. Nach einer Weile kehrte sie mit gerunzelter Stirn zurück.

»Wer ist es?«, fragte Melody.

»Leute«, antwortete Gilberta ausweichend. »Ich verstehe nichts. Bitte, Miss Melody, geht Ihr nachsehen.«

Melody nahm Schürze und Kopftuch ab und legte sie auf einen Stuhl. Sie verhüllte den Bauch mit dem Umschlagtuch und ging rasch hinaus, während sie das Haar an den Schläfen glattstrich und sich mit den Händen übers Gesicht fuhr.

Als sie die Besucher im Salon stehen sah, wusste sie, dass sie schlechte Nachrichten brachten und dass ihr Erscheinen in der Calle San José ihr Leben aus der Bahn werfen würde. Sie waren zu viert, drei Frauen und ein Mann. Zu ihren Füßen standen mehrere Koffer und Ledertaschen. Melodys Blick fiel auf die jüngste Frau. Sie achtete nicht auf die Details ihres Gesichts, aber sie war wie gebannt von ihrer Schönheit.

»Guten Tag«, sagte sie. »Zu wem wollt Ihr?«

»Zu Señor Roger Blackraven. Ich bin seine Mutter, Isabella di Bravante.«

Von einem plötzlichen Schwindel erfasst, taumelte Melody leicht. Sie bemerkte eine starke Hand in ihrem Rücken, und als sie sich umblickte, stand dort Trinaghanta, die jedoch nicht sie ansah, sondern die Neuankömmlinge mit unbewegter Miene musterte.

»Ihr müsst Isaura sein«, fuhr Isabella fort, »die Frau meines Sohnes.«

»Ja, Señora«, flüsterte Melody, wie gelähmt von diesem Gefühl der Vorahnung, das ihr riet, sich in Acht zu nehmen. Vielleicht deshalb stand sie immer noch in der Tür des Salons, mehrere Schritte von den Fremden entfernt, und konnte sich nicht entscheiden, näherzutreten, um sie so zu begrüßen, wie es ein Mindestmaß an Höflichkeit verlangt hätte.

Sie stand reglos da, den Körper angespannt, die Fäuste geballt, die Lippen fest aufeinandergepresst, eine Haltung, die ihren Überlebensinstinkt verriet, als stünde sie einem wilden Tier gegenüber.

»Roger ist verreist«, brachte sie heraus. »Er kommt erst in drei Tagen zurück.«

»Ah, verreist«, wiederholte Isabella enttäuscht. »Ich verstehe

Eure Überraschung. Unsere Ankunft kam ein bisschen plötzlich und ohne Vorankündigung. Wie geht es dir, Trinaghanta?«, fragte sie dann auf Englisch. Bislang hatte sie mit Melody spanisch gesprochen.

Trinaghanta nickte nur mit dem Kopf.

»Es ist nicht leicht«, räumte die Frau ein und ging auf Melody zu. »Kommt, meine Liebe, setzt Euch. Ihr seid ja ganz blass.«

Melody und Isabella setzten sich, die Übrigen blieben stehen.

»Oh, bitte!«, reagierte Melody. »Ihr müsst mich für gedankenlos halten. Bitte nehmt doch gleichfalls Platz«, sagte sie schüchtern, und sie bemerkte, dass sie sich äußerst unwohl dabei fühlte, so als wäre sie nicht länger die Hausherrin. »Möchtet Ihr etwas trinken?«

»Im Augenblick nicht. Später vielleicht«, sagte Rogers Mutter. »Isaura, das ist Señor Adriano Távora, ein guter Freund meines Sohnes.« Damit deutete sie auf den einzigen Mann in der Gruppe. »Er hat uns kürzlich in London aufgesucht und uns die Nachricht mitgebracht, dass Roger sich wieder vermählt habe. Zu diesem Zeitpunkt kam etwas sehr Bedeutendes ans Licht, und aufgrund der Tragweite dieser Entdeckung haben wir beschlossen, hierherzukommen, um meinen Sohn davon in Kenntnis zu setzen. Ich weiß, das alles ist ...«

»Isabella«, unterbrach Távora, »ich denke, das Beste wäre, wenn wir Rogers Rückkehr abwarten. Er sollte über die Situation informiert sein, bevor wir etwas unternehmen.«

Melodys Hände zitterten, ihr Herz schlug bis zum Halse. Sie presste den Kiefer fest zusammen, überzeugt, dass sie sonst mit den Zähnen klappern würde.

»Ich finde«, sagte Távora, »wir sollten Señora Blackraven nicht zur Last fallen und Zimmer in einem Hotel in der Stadt nehmen.«

»Oh nein, auf keinen Fall!«, entgegnete Melody mit zittriger Stimme.

»Ich finde …«, ergriff Rogers Mutter das Wort, aber weiter kam sie nicht.

Amy Bodrugan erschien im Salon und stieß ihren altbekannten Pfiff und dann einen englischen Fluch aus.

»Victoria Trewartha! Der Blitz soll mich treffen, wenn du's nicht bist, du verfluchte Seele. Die Hölle hat dich wieder auf diese Welt ausgespuckt!«

»Amy, bitte!«, fuhr Isabella auf.

»Sei unbesorgt, Isabella«, ließ sich Victoria zum ersten Mal vernehmen. »So war es immer zwischen uns, von Kindesbeinen an. Ich wüsste nicht, warum sie sich nun ändern sollte.«

Melody stand wie im Reflex auf und wich zurück, beide Hände vor den Mund geschlagen, um einen schmerzlichen, panischen Schrei zu unterdrücken. Sie bekam keine Luft, und ihr Herz schlug so schnell, dass sie wie betäubt war. Durch das Hämmern in den Schläfen wurde die Übelkeit noch schlimmer. Sie spürte einen stechenden Schmerz in der Kehle und in der Brust, sogar ihre Fingerspitzen schmerzten.

»Sieh nur, was du angerichtet hast, Amy!«

»Das Mädchen wusste noch gar nichts davon!«

»Du bist rücksichtslos!«

Melody nahm den Wortwechsel kaum wahr, sie wusste nicht, was da gesagt wurde. Sie konnte nicht klar sehen, weil die Tränen ihren Blick trübten. Sie erkannte nur die Umrisse der Gestalten, und die Farbe ihrer Kleider blendete sie ungewöhnlich heftig. Etwas konnte sie allerdings doch erkennen: Alle waren aufgestanden, und während Isabella, Távora, Victoria und Amy immer noch stritten, ging die dritte Frau, eine winzige Greisin mit weißem Haar, auf Melody zu und berührte ihren Bauch. Dann legte sie ihren Handrücken gegen Melodys Stirn und Wange, als wollte sie ihre Temperatur fühlen. Schließlich umschloss sie mit beiden Händen ihre verkrampften Fäuste und begann zu sprechen. Welche Sprache war das?, fragte sich Melody, die nicht merkte, wie die alte Frau Somar Anweisungen gab. Der Türke war, aufgeschreckt von dem Lärm, in den Salon gekommen. Nun hob er seine Herrin hoch und trug sie auf seinen Armen in den hinteren Trakt des Hauses.

Melody lag schluchzend auf dem Bett. Ihre Augen waren nur halb geöffnet, zu mehr hatte sie keine Kraft. Nachdem Doktor Fabre ihren Puls gefühlt hatte, ließ er sie zur Ader, da seiner Diagnose zufolge der Blutdruck in die Höhe geschossen war und dieses Krankheitsbild in einer Schwangerschaft bedrohlich sei. Daher ihre Schwäche.

»Es wäre sehr gefährlich, wenn es zu einer Schwangerschaftsvergiftung käme«, teilte der Arzt Isabella und Malagrida mit, der soeben eingetroffen und von Amy über die Situation in Kenntnis gesetzt worden war. »Kein Salz am Essen, viel Flüssigkeit, Erholung und absolute Ruhe. Ich habe ihr zweihundertfünfzig Kubikzentimeter Blut entnommen. Sie muss sich unbedingt gut ernähren. Milch, Fleisch und etwas Eigelb mit Portwein wären sehr gut.«

Die letzten Worte rauschten an Melody vorbei. Als sie wieder zu sich kam, fühlte sie sich verloren, und es dauerte einen Moment, bis sie ihr Zimmer wiedererkannte. Es war kein schlechter Traum gewesen, dachte sie und drehte mühsam den Kopf. Ihre Gliedmaßen gehorchten ihr nicht. Sie hatte das Gefühl, in der Matratze zu versinken.

Sie blickte zum Fenster, dessen Kretonnevorhänge geöffnet waren, und stellte fest, dass es Abend geworden war – oder war es bereits mitten in der Nacht? Einen Schritt vom Kopfende des Bettes entfernt saßen Miora und Trinaghanta und sahen sie besorgt an. Sie lächelten ihr zu, und in ihren Mienen spiegelte sich eine Mischung aus Erleichterung, Sorge und Mitleid. Melody versuchte zu sprechen, brachte aber keinen Ton heraus. Trinaghanta beugte sich über sie, ganz nah an ihre Lippen.

»Wie spät ist es?«

»Es wird so halb acht sein, Herrin.«

»Lass nach Doktor Covarrubias schicken. Und dass niemand davon erfährt«, verlangte sie.

Die beiden Dienerinnen gingen hinaus. Miora kehrte kurz darauf mit einem Tablett zurück und half ihr, sich aufzusetzen. Melody wollte eigentlich nichts essen, doch dann erinnerte sie sich an die letzten Worte von Doktor Fabre und zwang sich dazu. Sie musste auf die Gesundheit ihres Babys achten. Sie musste wieder zu Kräften kommen. Miora hielt ihr den Löffel an den Mund, und Melody aß, ohne darauf zu achten, was es war. Hühnersuppe, sagte sie sich. Die warme Suppe tat ihrem trockenen Hals gut. Sie war nicht gesalzen, aber sie schmeckte trotzdem gut. Sie aß gehorsam, den Blick schweigend in die Ferne gerichtet.

»Wo sind denn alle?«, fragte sie flüsternd.

»Sie ruhen sich vor dem Abendessen ein wenig aus, Miss Melody«, antwortete Miora leise.

Sonst sprachen sie nichts. Melody aß, aber ihre äußere Teilnahmslosigkeit wollte so gar nicht zu dem Gedankenwirrwarr passen, das in ihrem Kopf herrschte. ›Sie ist so eine schöne Frau! Viel schöner, als ich dachte. Ich habe die Quitten auf dem Herd stehen lassen. Ob sie angebrannt sind? Ich will nicht, dass Roger sie wiedersieht. Er wird sich wieder in sie verlieben. Ob sie den Kandis für die Nüsse gemacht haben? Hat Perla Víctor seine Medizin gegeben? Was wird Roger mit mir anfangen, wenn er zurückkommt?‹ Sie begann zu weinen. Miora stellte das Tablett ab und umarmte sie.

»Regt Euch nicht auf, Miss Melody. Doktor Fabre hat gesagt, Ihr sollt Euch still verhalten. Beruhigt Euch, bitte, denkt an das Kind. Es wird alles wieder gut. Der Herr Roger wird alles richten. Er richtet immer alles.«

Es klopfte an der Tür, und die Sklavin öffnete rasch. Doktor Covarrubias nahm seinen Hut ab und trat ein. Er wirkte betreten, ja bekümmert, aber Melody bemerkte nichts davon. Sie bat ihn, auf dem Stuhl Platz zu nehmen, auf dem zuvor Miora gesessen hatte, und erzählte ihm, was vorgefallen war. Covarrubias hörte ihr mit gerunzelter Stirn zu, ohne sie anzusehen, den Kopf leicht zur Seite geneigt, das Kinn in die Hand gestützt. Hin und wieder nickte er. Als Melody mit ihrem Bericht geendet hatte, seufzte der Anwalt.

»Melody«, sagte er in eindringlichem Ton, »ich will Euch nichts vormachen. Es ist eine komplizierte und schwierige Situation. Tatsache ist, dass Señor Blackraven in Bigamie lebt.«

»Aber er hat doch …« Covarrubias hob eine Hand, und Melody verstummte.

»Es liegt keine Absicht dabei vor. Bekanntlich wurde seine erste Ehefrau für tot erklärt. Doch nun ist sie wieder aufgetaucht. Diejenigen, die sie kennen, bezeugen, dass sie es wirklich ist, und somit hat Señor Blackravens Ehe weiterhin Bestand. Während meines Studiums in Charcas hörte ich von einem ähnlichen Fall in der Stadt Mexiko. Dort war es die Frau, die eine zweite Ehe einging, nachdem sie ihren ersten Mann auf hoher See verschollen glaubte. Sowohl der Bischof als auch das Königliche Gericht des Vizekönigtums Neuspanien annullierten die zweite Ehe, und die Frau und ihr zweiter Mann wurden von der Sünde freigesprochen, im Konkubinat gelebt zu haben.«

»Im Konkubinat!«

»Aus rechtlicher Sicht habt Ihr und Seine Exzellenz in den vergangenen Monaten im Konkubinat gelebt, da Eure Ehe mit Señor Blackraven ungültig war.«

»Oh mein Gott, steh mir bei!« Völlig außer sich schlug Melody die Hände vors Gesicht. »Was wird jetzt aus meinem Kind?«, fragte sie dann.

Covarrubias blickte zu Boden und verschränkte die Hände, bis die Knöchel weißlich hervortraten. Melody wiederholte ihre Frage: »Was wird jetzt aus meinem Kind?«

»Seht … Das Kind wird als unehelich betrachtet. Als illegitim.«

Melody begann rasch und heftig zu atmen, das Kinn leicht hochgereckt, als bekäme sie keine Luft.

Covarrubias sah sie bestürzt an und fuhr erschreckt hoch, als Melody hemmungslos zu schluchzen begann. Er machte Trinaghanta Platz, die sich ans Bett setzte und ihre Herrin in die Arme nahm.

Konkubinat, illegitim, unehelich, Bigamie, Sünde. Die Wörter trafen Melody wie Peitschenhiebe. Sie wollte aufhören zu weinen, aber es gelang ihr nicht. Eine Kraft, über die sie keine Kontrolle hatte, hatte sich ihrer bemächtigt.

Sie weinte, ohne Kummer, Angst oder Schmerz zu empfinden. Sie weinte, wie sie atmete.

Grabesstille war im Haus eingekehrt. Alle schienen zu schlafen. Vor Stunden waren die Kinder zu ihr ins Schlafzimmer gekommen, um den Abendsegen zu erbitten, aber da sie so aufgeregt waren wegen der neuen Besucher, bemerkten sie gar nicht, dass sie leichenblass war. Besser so. Melody setzte sich vor den Spiegel und betrachtete sich eine ganze Weile. Sie sah furchtbar aus. ›Ich bin hässlich‹, dachte sie.

Dieser Tag hatte so gut angefangen, dass es ihr unwirklich vorkam, welchen Verlauf er genommen hatte. Zum Teil war es Victorias Schönheit gewesen, die ihr am Nachmittag im Salon die Sprache verschlagen hatte. Als hätte sie gegen jede Logik irgendwie geahnt, um wen es sich handelte. Normalerweise hatte man nicht gleich einen fertigen Eindruck von einer Person, die man soeben erst kennenlernte, aber Melody konnte sich genau an jedes Detail von Victoria erinnern: ihr dicht gelocktes blondes Haar, das aber nicht so widerspenstig war wie ihres; die scharf geschwungenen Augenbrauen; die blauen, etwas schräg stehenden Augen mit den dichten schwarzen Wimpern, die ihr etwas

Geheimnisvolles verliehen; die vorstehenden, schön geformten Wangenknochen, die ihr herzförmiges Gesicht betonten. Sie war eine Dame mit bewundernswert schlanker Taille, hoch gewachsen und feingliedrig; mit diesem unangestrengten, feinen Benehmen, das sie an ihr bemerkt hatte, würde sie eine perfekte Gräfin abgeben. »Sei unbesorgt, Isabella. So war es immer zwischen uns, von Kindesbeinen an. Ich wüsste nicht, warum sie sich nun ändern sollte.« Wie gewählt sie sich ausgedrückt hatte! Wie anmutig und gewandt! Ihre Stimme hatte nicht einmal versagt.

Sie nahm die belgische Puppe, die Blackraven ihr aus Rio de Janeiro mitgebracht hatte, und betrachtete sie wehmütig, während sie an den Abend zurückdachte, an dem er sie ihr geschenkt hatte. Sie stellte fest, dass sie Ähnlichkeit mit Victoria hatte, und fragte sich, ob es auch Roger aufgefallen war. Wie konnte er sie, Melody, lieben, wenn eine Frau wie Victoria in ihn verliebt war? Denn davon war sie überzeugt: Victoria Trewartha liebte Roger immer noch.

Vor dem Abendessen war Isabella zu ihr gekommen, um sie ein wenig zu beruhigen. Sie war in Begleitung der alten Frau namens Michela, die mit den Gesten einer erfahrenen Hebamme wortlos ihren Bauch abtastete und Puls und Temperatur fühlte.

Isabella war freundlich, aber distanziert gewesen. Sie teilte mit, dass sie bereits die Gästezimmer bezogen hätten und man sie wie Könige behandle. Das war eine Lüge, denn die Sklavinnen weigerten sich, Befehle von Victoria entgegenzunehmen. Als sie von den Vorgängen erfuhren, versammelten sie sich in der Küche, und sie hätten weder das Abendessen zubereitet noch den Tisch gedeckt, hätte Somar nicht jeder von ihnen achtzig Peitschenhiebe angedroht.

»Nicht einmal tausend Hiebe können mich dazu bringen, diesen ungebetenen Gast zu bedienen«, begehrte Gilberta auf, und so musste Trinaghanta bei Tisch servieren.

Isabella blieb nicht lange in Melodys Schlafzimmer. Bevor sie sich wieder zurückzog, sagte sie noch: »Meine Schwiegertochter bedauert zutiefst, was Ihr in diesem Moment durchmachen müsst. Es wäre ihr lieber gewesen, Ihr hättet auf andere Weise davon erfahren. Auch für sie war es hart zu hören, dass Roger wieder geheiratet hat.«

Sie hatte sie »meine Schwiegertochter« genannt, und für Melody bestätigte sich ein lang gehegter Verdacht: Rogers Mutter erkannte sie nicht als Ehefrau des zukünftigen Herzogs von Guermeaux an.

»Bitte entschuldigt mich bei den Übrigen«, sagte Melody, »aber ich kann Euch nicht beim Abendessen Gesellschaft leisten. Ich fühle mich immer noch ein wenig schwach.«

»Selbstverständlich, meine Liebe. Bleibt hier und ruht Euch aus.«

Miora erzählte ihr, dass Amy Bodrugan nicht in der Calle San José zu Abend gegessen und nach einem heftigen Wortwechsel mit Távora und Señora Isabella wütend das Haus verlassen habe. Auch Victoria sei nicht bei Tisch erschienen; Trinaghanta habe ihr Tee mit Milch sowie Anisplätzchen aufs Zimmer gebracht, weil sie sich unpässlich fühlte.

Melody dachte daran, dass diese Frau in einem der Zimmer schlief, die sie im Sommer mit so viel Freude eingerichtet hatte. Dass sie sich mit den linnenen Laken zudeckte, die sie und Miora genäht hatten, und sich in die Decke aus Merinowolle hüllte, die sie gestrickt hatte. Dass sie das Geschirr benutzte, das Roger in Cornwall hatte herstellen lassen, eine Rarität in Buenos Aires, auf die Melody sehr stolz war. Dass sie ihren Tee trank und die Anisplätzchen aß, die sie gebacken hatte. Sie fühlte sich belagert, und obwohl sie Miora dafür gerügt hatte, dass diese Victoria Trewartha einen Eindringling nannte, erschien es ihr die passendste Bezeichnung.

Melody wollte vor allen Dingen wissen, wie Blackraven reagieren würde. Würde er sich freuen, seine erste Frau wiederzusehen? Würde er sie umarmen? Sie auf den Mund küssen? Würde er ihr ihre Untreue mit Simon Miles verzeihen? Er würde sich bestimmt freuen, denn zumindest machte Victoria Trewarthas Auftauchen den Verdächtigungen ein Ende, die ihr Tod auf Blackravens guten Namen geworfen hatten. Würde Roger an den Ruf des Hauses Guermeaux denken? Würde er versuchen, dem Herzogtum einen Skandal zu ersparen, indem er seine verloren geglaubte Ehefrau zurücknahm? Er hatte ihr gegenüber beteuert, der Herzogstitel sei ihm gleichgültig, aber sie wusste, dass das nicht stimmte. Amy Bodrugan, die Roger am besten kannte, hatte ihr erst vor einigen Tagen erzählt, dass Blackraven Cornwall, die Heimat seines Vaters, liebe und dass er auch den jetzigen Herzog immer geliebt habe, so sehr er sich auch bemühte, ihn zu hassen. »Zumindest hat er immer gewollt, dass sein Vater ihn liebt«, hatte Amy festgestellt. Würde er Victoria Trewartha zurückweisen und um die Scheidung bitten, um sie, Melody, zu heiraten? Scheidung – ein noch schlimmeres Wort als Bigamie oder Bastard. Konnte sie, eine Katholikin, einen geschiedenen Mann heiraten?

Melody musste sich eingestehen, dass sie Angst davor hatte, ihrem Mann unter diesen Umständen gegenüberzutreten. Er war nicht länger ihr Mann. Und sie würde es nicht ertragen, dass Blackraven zu ihr sagte: »Liebling, du kannst mit deinen Sklavinnen nach El Retiro ziehen. Ich komme dich jede Woche besuchen.« Aber in Wahrheit hatte sie vor allem Angst davor, ihm in Gegenwart von Victoria Trewartha gegenüberzutreten. In Wahrheit würde sie es nicht ertragen, dass er sie miteinander verglich. Diese Demütigung wollte sie sich ersparen.

Sie erhob sich von dem Schemel vor dem Spiegel des Frisiertischs und schleppte sich müde zum Kleiderschrank. Ihr Arm schmerzte an der Stelle, wo Doktor Fabre den Schnitt gemacht hatte, um sie zur Ader zu lassen, und sie brauchte eine Ewigkeit, um ein paar Kleider in eine Ledertasche zu packen sowie die Sachen, die Miora für das Baby genäht hatte. Die kostbaren Roben, die Handschuhe aus Ziegenleder, die Fächer und Juwelen brauchte sie nicht. Sie würde nur das Nötigste mitnehmen, warme Kleidung, Handschuhe, Wollstrümpfe und ihre Stiefel aus Korduanleder. Nur ein kostbares Stück würde sie mitnehmen, den Pelzkragen aus Marderfell, das beste Mittel, um Halsschmerzen vorzubeugen. Sie zog die Bleistiftzeichnung von Jimmy aus einer Mappe und betrachtete sie kurz, bevor sie sie in die Tasche legte.

Nachdem sie ihre Sachen gepackt hatte, überlegte Melody, wen sie um Hilfe bitten sollte. Lupe und Pilarita schloss sie gleich aus; sie musste weg aus Buenos Aires und Zeit gewinnen, um zur Ruhe zu kommen und nachzudenken. Victorias Auftauchen hatte sie in die schlimmste Verzweiflung ihres Lebens gestürzt, und sie konnte keine klare, überlegte Entscheidung treffen, wenn sie in diesem Durcheinander blieb. Das Gerede, das erbarmungslos die Runde machen würde, würde sie wie immer niederschmettern und verunsichern. Sie dachte an Simonetta und verwarf den Gedanken sofort wieder. Ihre Freundschaft war erst wenige Wochen alt; im Grunde kannte sie Simonetta Cattaneo kaum. Zwar hatte sie entschieden, sie weiter zu besuchen, obwohl sie nun die wahre Natur ihrer Beziehung zu Ashantí kannte, aber sie fühlte sich nicht bereit, der Italienerin zu vertrauen. Ich werde nach *Bella Esmeralda* gehen, sagte sie sich, und ein warmes Gefühl der Sehnsucht erfüllte ihre Brust, um dann sofort wieder zu verschwinden, als sie zu dem Schluss kam, dass Blackraven dort als Erstes nach ihr suchen würde. Papá Justicia!, dachte sie. Doch dann fiel ihr wieder ein, dass der alte Sklave für Blackraven arbeitete. Zumindest hatte er es bei dem Sklavenaufstand getan, an dem Tommy beteiligt gewesen war.

»Ich werde zu Don Gervasio gehen«, sagte sie entschlossen, und der feste Klang ihrer eigenen Stimme überzeugte sie.

Bei Rogelitos Geburt hatte Gervasio Bustamante sie seiner ewigen Dankbarkeit versichert, weil sie Polina und seinen Sohn vor einem sicheren, grausamen Tod am Ufer des Río de la Plata bewahrt hatte. Der Mann hatte ihr die Hände geküsst und beteuert, sie könne sich jederzeit an ihn wenden, wenn sie in Schwierigkeiten sei. Nun war der Tag gekommen, Don Gervasios Wort auf die Probe zu stellen.

Sie setzte sich aufs Sofa, um abzuwarten, bis es hell wurde; bei dieser Dunkelheit würde sie nicht auf die Straße gehen. Ihr gingen so viele Gedanken durch den Kopf, dass sie nicht müde wurde. Aber dann schlief sie doch ein.

»Miss Melody! Miss Melody!«

»Was ist los?« Melody schreckte aus dem Schlaf auf.

»Wo wollt Ihr denn hin?«, fragte Miora. Als Melody sie orientierungslos ansah, deutete die Sklavin auf die Ledertasche zu ihren Füßen.

Melody erhob sich mühsam. Ihre Schläfen pochten, und ihr Mund war trocken.

»Ich komme mit Euch. Ich lasse Euch nicht alleine gehen.«

»Nein, du kommst nicht mit. Damit wärst du eine entlaufene Sklavin.«

»Ihr werdet mich totschlagen müssen, damit ich Euch nicht folge«, beharrte die Sklavin.

»Und was ist mit Somar?«

Miora zuckte mit den Schultern.

»Er wird es verstehen.«

»Wenn man dich erwischt, wird Blackraven dich auspeitschen lassen, bis dein Rücken nur noch rohes Fleisch ist.«

»Da kennt Ihr den Herrn Roger aber schlecht. Er wird mir zutiefst dankbar sein, dass ich auf seine Frau und seinen Sohn aufgepasst habe.«

»Ich bin nicht länger seine Frau!«

»Meinetwegen. Aber die Frau, die er liebt.«

»Geh mir nicht mit deinen Unverschämtheiten auf die Nerven!«

»Dann erlaubt mir, mit Euch zu kommen.«

»Also gut. Geh und pack ein bisschen Wäsche zusammen«, gab Melody nach.

»Ich habe schon ein Bündel mit meinen Sachen vor der Tür stehen. Ich war vorhin schon einmal hier, als Ihr geschlafen habt, und als ich die Tasche sah, wusste ich, was Ihr vorhabt. Also habe ich mich rausgeschlichen, um meine Sachen zu packen. Ich werde Euch nicht aufhalten, weil ich Euch verstehe, aber ich lasse Euch nicht alleine gehen.«

»Du lästiges schwarzes Ding!«, sagte Melody, und Miora machte große Augen, denn es war das erste Mal, dass ihre Herrin so etwas zu ihr sagte.

Blackraven hatte die Nacht auf der *Sonzogno* verbracht, nachdem die kleine Tartane, die er am Ostufer gemietet hatte, in der Cangrejal-Bucht vor Anker gegangen war. Um sieben Uhr morgens bestieg er Black Jack und ritt nach Buenos Aires zurück. Wenn er dieses Tempo beibehielt und nur an zwei Poststationen rastete, schätzte er, dass er gegen zwei Uhr, zur Mittagessenszeit, in der Calle San José eintreffen würde.

Es war eine einträgliche Reise gewesen. Der Steinbruch von Doña Rafaela del Pino würde bei guter Verwaltung ordentliche Gewinne abwerfen. Doch jetzt dachte er nicht mehr an die Kalksteinbrüche oder an die Arbeiter, nicht an die Gerätschaften, die ersetzt werden sollten, und auch nicht an die Sicherheitsmaßnahmen, die dringend getroffen werden mussten. Er dachte an Melody, wie fast immer, fragte sich, ob sie bei guter Gesundheit war, ob sie sich daran hielt, nicht alleine auszugehen, ob Amy ihr lästig fiel, ob es Probleme mit dem Umbau des Hospizes gab, ob sie glücklich war.

Als er den Hintereingang seines Anwesens sah, erfüllte ihn ein warmes Gefühl der Vertrautheit, und ihm kam das Wort »Zuhause« in den Sinn. Er sprang von Black Jack ab und eilte so rasch ins Haus, dass ihm gar nicht auffiel, dass die Sklaven ihm aus dem Weg gingen und Siloés Augen vom Weinen verquollen waren. Er durchquerte die drei Patios und stürzte ins Speisezimmer, wohin ihn das Geräusch von Stimmen geführt hatte. Sie sitzen gerade beim Mittagessen, dachte er.

Zuerst sah er Isabella und dann die alte Michela, die wie ein Anhängsel neben ihr saß. Obwohl er sich ärgerte, dass sie ihn überrumpelt hatten, ging er lächelnd auf sie zu.

»Mutter! Welche Überraschung! Was machst du denn hier ...?« Dann verstummte er, ohne zu bemerken, dass Malagrida und Távora, genau wie Isabella, aufgestanden waren. Sein Blick war auf eine Frau gefallen, die am Kopfende des Tisches saß und sich nun zu ihm umgedreht hatte.

»Victoria?« Seine Stimme war nur noch ein Flüstern. »Victoria?«

»Alejandro, bitte, mein Lieber«, sagte Isabella. »Komm, setz dich erst einmal.«

Blackraven trat zu Victoria, packte sie am Arm und zwang sie, sich von ihrem Platz zu erheben. Lange sahen sie sich schweigend an.

»Bist du es? Bist du es wirklich?«

»Ja, ich bin es, Roger. Ich bin deine Frau Victoria.«

»Mein Gott!«

Er ließ sie los, als hätte er sich an ihr verbrannt, und trat einige Schritte zurück.

»Was hat das zu bedeuten? Was zum Teufel habt ihr hier zu suchen?« Als er sich den Übrigen zuwandte, merkte er, dass Melody fehlte. »Wo ist Isaura?« Er sah, wie Panik auf die Gesichter seiner Mutter, Malagridas und Távoras trat. Auch ihn überkam eine Panik, die sich als Zorn manifestierte. »Wo ist Isaura, verdammt! Wo ist meine Frau?«

»Ich bin deine Frau!«, bemerkte Victoria.

»Du sei still!«

Victoria sank wieder auf ihren Stuhl und begann zu weinen. Malagrida beugte sich zu Távora und flüsterte ihm etwas ins Ohr. Sofort fasste dieser Victoria am Arm und führte sie aus dem Speisezimmer. Isabella trat zu ihrem Sohn, um ihm die Wahrheit zu sagen, doch Malagrida kam ihr zuvor.

»Deine Frau ist verschwunden, Roger. Seit zwei Tagen, seit dem Morgen nach der Ankunft deiner Mutter und Victorias. Wir wissen nicht, wo sie ist.«

»Was?«

Isabella, die den Arm ihres Sohnes umklammert hielt, merkte, wie dieser wankte.

»Alejandro, mein Sohn, bitte bewahre die Ruhe!«

»Was sagt ihr da? Meine Frau ist mit meinem ungeborenen Sohn verschwunden, und ihr sitzt hier an ihrem Tisch und tafelt und speist wie die Könige? Was habt ihr Isaura angetan, dass sie weggelaufen ist? Mutter, was hast du ihr gesagt? Was hat Victoria ihr gesagt? Ich bringe sie um, wenn sie meine Frau in irgendeiner Weise beleidigt hat!«

»Roger, beherrsche dich!«, mahnte Malagrida. »Äußere keine Anschuldigungen, wenn du nicht weißt, was vorgefallen ist. Isabella, ein Glas Brandy, bitte. Das kann Roger jetzt brauchen.«

Isabella gab Michela ein Zeichen, sich um das Getränk zu kümmern, während sie versuchte, ihrem Sohn den Mantel abzunehmen, und Malagrida ihm einen Stuhl hinschob. Blackraven schüttelte seine Mutter ab und versetzte dem Stuhl einen Tritt, dass er mehrere Meter weit flog.

»Lasst mich in Frieden! Und sagt mir, wohin meine Frau gegangen ist. Wo ist Isaura?«

»Wir wissen es nicht«, sagte der Jesuit noch einmal. »Seit zwei Tagen durchkämmen Somar und all deine Männer die Stadt und die Umgebung. Sie kann nicht weit gekommen sein. Vielleicht versteckt sie sich ganz hier in der Nähe.«

»Was habt ihr zu ihr gesagt? Was habt ihr meiner Isaura angetan, dass sie zu so drastischen Maßnahmen greift?«

Michela hielt ihm ein Glas Brandy hin. Roger nahm es und warf es an die Wand.

»Schluss mit dem Unsinn! Sagt mir endlich, was hier vorgefallen ist.«

»Alejandro, mein Sohn, nichts hätte sie auf das vorbereiten können, was sie erwartete. Der Ärmsten ging es so schlecht, dass man den Arzt holen musste. Der entschied, sie zur Ader zu lassen, weil der Blutdruck in die Höhe geschossen war.«

»Oh, Gott. Nein, nein, bitte nicht. Sag nicht so etwas, Mutter. Es bringt mich schier um.«

Bestürzt über die Reaktion ihres Sohnes, sah Isabella auf und suchte Malagridas Blick. Der Mann schaute sie mit einem Ausdruck an, als wollte er sagen: »Ich habe Euch doch gesagt, dass er sie wie von Sinnen liebt. Ich habe Euch doch gesagt, dass Roger nicht mehr derselbe ist.«

»Das Mädchen«, fuhr Isabella fort, »muss gedacht haben, dass in diesem Haus kein Platz mehr für sie ist. Deshalb hat sie diese unbesonnene Entscheidung getroffen. Ich schwöre dir beim Andenken meines Vaters, Alejandro, dass wir nichts gesagt oder getan haben, um ihr wehzutun. Wohin gehst du?«

»Was denkst du wohl, Mutter? Meine Frau suchen.«

»Somar und Eddie O'Maley kümmern sich darum«, sagte Malagrida. »Sie tun seit Tagen nichts anderes. Du solltest lieber ...«

Doch Blackraven hörte schon nicht mehr. Er eilte zum Gesindetrakt und wies Ovidio mit lauter Stimme an, ihm ein anderes Pferd zu satteln. »Hat meine Frau Fuoco mitgenommen?«

»Ja, Herr Roger. Sie hat auch Goti mitgenommen, die Ziege des jungen Herrn Jimmy.«

»Wenn Somar auftaucht, sag ihm, er soll auf mich warten und nicht wieder aus dem Haus gehen.«

»Jawohl, Herr Roger.«

Nach dem Abendessen klopfte Isabella an Victorias Tür, bevor sie schlafen ging. Sie fand sie mit geschwollenen Augen und geröteten Wangen im Bett. Es war keine gesunde Röte, eher im Gegenteil, so als hätte sie Fieber. Sie hustete in ein Taschentuch, um das Geräusch zu dämpfen.

»Ich lasse dir einen von Trinaghantas Aufgüssen bringen. Du siehst nicht gut aus.«

»Er hat mich nicht einmal gefragt, wie es mir ergangen ist«, schluchzte Victoria. »Er hat sich nur dafür interessiert, was aus dieser kleinen Gans geworden ist.« Isabella schwieg. »Wie einen Hund hat er mich behandelt. Als wären wir niemals verheiratet gewesen. Und das sind wir immer noch! Ich bin nicht tot, so leid es Roger auch tut.«

»Es tut ihm nicht leid«, widersprach Isabella. »Er macht sich nur Sorgen. Das Mädchen ist schwanger, und er hat Angst, ihr könne etwas Schlimmes zustoßen. Das ist nur verständlich.«

»Er ist nicht zu mir gekommen.«

Victoria begann erneut zu weinen, und Isabella nahm ihre Hand. Ihre Schwiegertochter tat ihr leid. Sie wusste, wie sehr diese unter der Zurückweisung des geliebten Mannes litt. Sie fühlte sich gegenüber Rogers neuer Frau im Nachteil, die viel jünger war und kurz davor stand, ihm ein Kind zu schenken, etwas, das Victoria nie gelungen war.

»Du solltest jetzt schlafen«, schlug sie ihr vor. »Morgen, wenn du ausgeruht bist und dich beruhigt hast, sieht deine Zukunft nicht mehr so schwarz aus. Ich bin gleich zurück. Ich gehe dir einen Tee holen.«

Isabella ging aus dem Zimmer, und nachdem sie die Tür hinter sich geschlossen hatte, lehnte sie sich dagegen, strich sich mit der Hand über die Stirn und seufzte.

»Müde?«

Malagridas tiefe Stimme erschreckte sie nicht, sondern umhüllte sie wie eine Liebkosung und machte sie schwach. Sie ließ die Hand sinken und lächelte ihm traurig zu.

»Sehr müde, Gabriel. Und sehr besorgt. Wie lässt sich diese Situation lösen?«

»Die Sache ist in der Tat äußerst vertrackt. Aber das Wichtigste ist jetzt, Miss Melody gesund und unversehrt zu finden, nicht nur zu ihrem eigenen Besten, sondern vor allem wegen Roger.«

Isabella sah ihn an, und Malagrida erwiderte ihren Blick. Es faszinierte sie, wie sehr dieser Mann ihren Sohn liebte, achtete und bewunderte. Wie ein junges Mädchen hoffte sie, dass ein Teil dieser Zuneigung, eine Quäntchen dieser Hochachtung, ein wenig von dieser Bewunderung auch ihr galten.

»Ich bin froh, dass Ihr hier seid, Gabriel. Eure Gegenwart beruhigt mich.«

»Ich freue mich ebenfalls, dass Ihr hier seid, Isabella.«

Er ergriff ihre Hand, beugte sich darüber und küsste sie.

»Gute Nacht«, sagte er dann und ging rasch in Richtung Arbeitszimmer.

Isabella sah ihm hinterher, bis ihn die Dunkelheit des Korridors verschluckte. Auch nachdem er die Bibliothek betreten hatte, lauschte sie noch immer auf das Geräusch seiner Stiefel auf den Eichendielen.

Gabriel Malagrida löste ungeahnte Gefühle in ihr aus. Er gefiel ihr als Mann, ja, aber beunruhigend war nicht diese körperliche Anziehungskraft, die er auf sie ausübte, sondern das Bedürfnis, ihm zu gefallen, nicht als Frau, sondern als Mensch. Daran gewöhnt, dass ihre Schönheit und ihr Liebreiz das andere Geschlecht in ihren Bann zogen, kamen ihr diese Dinge in Bezug auf Malagrida unzulänglich vor, so als stünde er über diesen Eitelkeiten, als achte er gar nicht auf ihre weithin bewunderten Vorzüge oder messe ihnen keine Bedeutung bei. Er besaß eine Kultiviertheit, ein Urteilsvermögen und ein Geistesleben, die sie weit unter ihn stellten. Sie bewunderte ihn und sehnte sich danach, sein Wohlwollen zu besitzen.

Es war schon dunkle Nacht, als Blackraven in die Calle San José zurückkehrte. Er hatte die ganze Stadt nach Melody abgesucht, nicht so sehr, weil er Hoffnung hatte, sie zu finden, sondern weil einfach nicht aufgeben konnte. Die Stille im Haus erschien ihm wie eine Beleidigung; alle sollten seine Sorge teilen und nach ihr suchen. Kurz bevor er das Arbeitszimmer erreichte, nahm er einen flüchtigen Schatten wahr und zog seinen Degen.

»Herr Roger!« Trinaghanta fiel zu seinen Füßen nieder und begann zu weinen.

Blackraven fasste sie am Arm und zog sie hoch, als sei sie leicht wie eine Feder.

»Vergebt mir, Herr Roger! Ich hätte sie in dieser Nacht nicht allein lassen dürfen! Meine arme Herrin war völlig aufgelöst. Ich hätte sie nicht allein lassen dürfen. Ihr habt sie mir anvertraut, und ich habe Euch enttäuscht. Ich habe nicht Wort gehalten. Bitte vergebt mir!«

»Beruhige dich, Trinaghanta. Was geschehen ist, ist nicht deine Schuld.«

»Wäre ich bei ihr geblieben, wäre sie nicht verschwunden. Aber meine Herrin hat mich gebeten, zu gehen. Sie sagte zu mir: ›Es ist schon gut, Trinaghanta. Geh schlafen. Ich will alleine sein.‹ Was hätte ich da tun sollen? Ach, ich hätte vor ihrer Tür schlafen sollen! Das hätte ich tun sollen!«

Das Schluchzen wurde heftiger. Blackraven tätschelte ihre Wange.

»Ihr werdet sie finden, nicht wahr, Herr Roger?«

»Darauf kannst du wetten. Jetzt geh schlafen. Du siehst erschöpft aus.«

»Ich habe nicht mehr geschlafen, seit meine Herrin weg ist. Ich finde keine Ruhe.«

»Ruh dich heute Nacht aus, und morgen wirst du mir bei der Suche helfen.«

»Oh, ja! Ich werde alles tun, was Ihr von mir verlangt, Herr Roger.«

Im Arbeitszimmer wurde er von Malagrida, Távora, O'Maley und Somar erwartet.

»Irgendwelche Neuigkeiten?«, fragte Adriano Távora. Blackraven schüttelte mürrisch den Kopf und trat mit großen Schritten zur Anrichte. Er legte Mantel und Handschuhe ab und warf sie auf den Diwan.

»Somar, bring mir ein feuchtes Tuch.« Er schenkte sich einen irischen Whisky ein und trank ihn in einem Zug aus.

Der Türke kam zurück und reichte ihm ein Handtuch. Blackraven fuhr sich damit übers Gesicht.

»Sagt mir, was habt ihr in diesen zwei Tagen unternommen, um sie zu finden?«

O'Maley ergriff das Wort und erklärte, sie hätten Melodys Freundinnen aufgesucht – die Baronin von Pontevedra, Señora Moreno und Simonetta Cattaneo –, die indes glaubhaft versicherten, nichts von Melody zu wissen.

»Wart ihr bei Madame Odile?«

»Natürlich«, ließ sich Somar vernehmen. »Sie hat Miss Melody seit dem Besuch nach Jimmys Tod nicht mehr gesehen. Sie war so beunruhigt, dass sie zwei Angestellte anwies, sich unserer Suche anzuschließen. Auch heute haben sie uns geholfen.«

»Wir waren auch in El Retiro und haben zwei meiner Männer nach *Bella Esmeralda* geschickt«, berichtete O'Maley. »Sie sind noch nicht zurück. Morgen, spätestens übermorgen müssten sie hier sein. Vielleicht bringen sie gute Nachrichten.«

»Und was ist mit Papá Justicia?«, fragte Blackraven Somar.

»Er weiß nichts. Aber er hat ein ganzes Heer von Schwarzen ausgesandt, um sie zu suchen. Ich bin fest überzeugt, dass wir in wenigen Tagen einen Hinweis haben werden. Eine Frau von ihrem Äußeren, mit einer Sklavin und einem Pferd wie Fuoco, wird nicht unbemerkt bleiben.«

»Wie steht es mit dem Hafen? Habt ihr überprüft, ob sie auf einem Schiff gesehen wurde?«

»Wir haben mit den Fuhrleuten gesprochen.« O'Maley hatte mit den Besitzern der Karren gesprochen, die die Passagiere zu den Schiffen brachten, die eine Meile, manchmal mehr, vor der Küste ankerten. »Ich habe Tag und Nacht Männer im Hafen postiert. Meine Leute überwachen auch die Kutschunternehmen, die ins Landesinnere fahren.«

»Um welche Uhrzeit ist sie verschwunden?«

»Wir gehen davon aus, dass es in den frühen Morgenstunden des Tages war, nachdem deine Mutter und Victoria eingetroffen waren«, antwortete Malagrida.

»Trinaghanta bemerkte ihre Abwesenheit als Erste, als sie wie jeden Morgen ihr Zimmer betrat, um ihr zur Hand zu gehen. Das war gegen halb acht.«

Blackraven biss sich in die Faust und starrte auf den Teppich, während er alle Möglichkeiten durchging. Er ging davon aus, dass Melody es zum Wohl des Kindes nicht riskieren würde, über gefährliche Wege zu irren und zu hungern und zu frieren. Wahrscheinlich, so überlegte er, war sie ganz in der Nähe.

»Habt ihr die Hotels, Herbergen und Gasthäuser überprüft?«

»Ja. Das habe ich selbst übernommen«, sagte Somar.

»Und du? Hast du etwas herausgefunden, Roger?«, erkundigte sich Malagrida.

»Ich war in den Kneipen und habe Münzen verteilt, um Auskünfte zu erhalten, ohne jeden Erfolg. Aber ich habe jedem, der einen Hinweis hat, eine großzügige Belohnung versprochen.«

»Dann werden ab morgen Säufer und Spieler das ganze Land nach Miss Melody und Miora absuchen«, erklärte Somar.

»Gut«, sagte Roger. »Ich danke euch, dass ihr so lange auf mich gewartet habt. Ihr könnt jetzt schlafen gehen. Morgen früh um sieben geht die Suche weiter. Adriano, warte noch einen Moment. Ich muss mit dir sprechen.«

Er schenkte Whisky in zwei Gläser ein, um Zeit zu gewinnen, bis die Übrigen das Zimmer verlassen hatten. Eines davon reichte er Távora.

»Warum zum Teufel hast du Victoria zum Río de la Plata gebracht? Du wusstest doch, dass ich geheiratet habe.«

»Sie hat nicht lockergelassen, Roger. Du weißt doch, wie starrköpfig sie sein kann. Sie sagte, wenn ich sie nicht auf der *Wings* mitnähme, würde sie an Bord des erstbesten Schiffes gehen, das nach Südamerika auslaufe. Dein Onkel Bruce und deine Mutter versuchten sie davon abzubringen, aber sie hatte es sich fest in den Kopf gesetzt. Als ich mit der Nachricht von deiner Hochzeit in London eintraf …«

»Was? Mein Onkel Bruce wusste nichts davon?«

»Nein. Ich habe ihn davon in Kenntnis gesetzt.«

»Ich habe vor Monaten einen Brief an ihn aufgegeben, am Samstag, den 22. Februar. Ich weiß es noch genau, weil es mein Hochzeitstag war. Darin habe ich meinem Onkel mitgeteilt, dass ich mich entschlossen habe, eine erneute Ehe einzugehen.«

»Ich glaube nicht, dass Bruce diesen Brief erhalten hat, Roger. Er sah genauso überrascht aus wie deine Mutter und Victoria, als ich ihnen mitteilte, dass du wieder geheiratet hast. Nicht anders Constance.«

»Ich nehme an, du weißt Genaueres über Victorias Wiederauftauchen.« Távora nickte. »Erzähl.«

Wie vermutet hatte sich Victoria Trewartha damals von der

Klippe, wo man ihre Kleider und einen Abschiedsbrief an Blackraven fand, ins Meer gestürzt. Doch sie war nicht gestorben.

»Es fällt mir schwer, das zu glauben«, fuhr Blackraven auf. »Diesen Sturz konnte sie kaum überleben.«

»Victoria erinnert sich noch, dass der Aufprall aufs Wasser so hart war, als schlüge sie auf dem Erdboden auf. Trotzdem verlor sie nicht das Bewusstsein – oder vielleicht verlor sie es für einige Sekunden, sie weiß es nicht genau. Aber dann schwamm sie zum Ufer. Später kam sie auf dem Damm zu sich, der zum St. Michael's Mount führt.«

Blackraven besaß zwei Anwesen in Cornwall: eines in der Nähe von Truro, wo sich die Kupferminen und Kaolinlager befanden, die seine Porzellanmanufaktur belieferten. Das andere im Süden der Grafschaft, zwischen den Städten Marazion und Penzance, unweit des mittelalterlichen Familiensitzes der Guermeaux gelegen. Hier auf Hartland Park, einem Schloss im elisabethanischen Stil, hatte er mit Victoria gelebt, und dort hatte er sie in den Armen seines Freundes Simon Miles überrascht. Vor der Küste von Marazion lag das Inselchen St. Michael's Mount. Im 12. Jahrhundert hatte eine Familie, die genau wie die Guermeaux mit der Armee Wilhelms des Eroberers auf die Britischen Inseln gekommen war, eine Burg auf diesem Gezeitenfelsen errichtet. St. Michael's Mount war per Boot oder über einen im 15. Jahrhundert erbauten Damm zu erreichen, der bei Ebbe fünf Stunden trocken lag. Auf diesem Damm hatte ein Diener von St. Michael's den halbnackten Körper einer Frau gefunden, die man zuerst für tot hielt.

»Willst du damit sagen, Victoria sei mehrere Meilen im eiskalten Wasser getrieben und habe überlebt?«

»Denk daran, dass Victoria eine hervorragende Schwimmerin ist. Simon Miles hat es ihr beigebracht, als sie Kinder waren. Dein Onkel Bruce hat mit Peter Trevanion gesprochen, dem Burgherrn auf St. Michael's, der die Geschichte bestätigte. Sie glaubten zunächst, es handele sich um eine überlebende Passagierin der französischen Korvette *Formidable*, die einen Tag zuvor Schiffbruch erlitten hatte. Es dauerte Tage, bis Victoria wieder zu Kräften kam, und als man sie endlich fragen konnte, wer sie war und woher sie kam, sah sie Trevanion zufolge nur verständnislos um sich. In der festen Überzeugung, dass es sich um eine Passagierin der *Formidable* handle, wandten sie sich auf Französisch an sie, und sie antwortete in dieser Sprache so akzentfrei, dass sie keinerlei Zweifel hatten.«

»Natürlich spricht sie perfekt und akzentfrei französisch!«, erregte sich Blackraven. »Ihre Mutter ist Französin, es war die erste Sprache, die Victoria gesprochen hat.« Er bedeutete Adriano Távora, fortzufahren.

»Victoria erinnerte sich weder an ihren Namen, noch an ihre Herkunft.«

»Ha! Wie praktisch!«

»Wie meinst du das? Dass sie nur vorgab, das Gedächtnis verloren zu haben? Wozu?«

»Um unterzutauchen. Ich hatte sie mit einem anderen im Bett erwischt, ihr guter Ruf war dahin. Ich drohte ihr damit, sie zu verstoßen, sie des Ehebruchs zu beklagen und ins Gefängnis zu bringen, deshalb hat sie Hals über Kopf das Haus verlassen. Sie tat es, um der Schande zu entgehen.«

»Nein, nein, Roger, du übertreibst. Victoria ist nicht besonders weitsichtig und sehr zögerlich. Das, was du da vermutest, wäre eine zu gewagte Farce für ihr schlichtes Gemüt gewesen. Außerdem, weshalb hätte sie nun zurückkehren sollen, wenn es ihr Ziel war, zu verschwinden? Letztlich werden wir die Wahrheit wohl nie erfahren«, schloss er mit einem Seufzer. »Jedenfalls übergaben die Trevanions sie an die Behörden in Penzance, die nie auf die Idee kamen, es könne sich um die Gräfin von Stoneville handeln. Alle sahen in ihr die einzige Überlebende des Untergangs der *Formidable*. Victoria wurde nach Frankreich gebracht, wo sie in einem Kloster der Trinitarierinnen in Boulogne-sur-Mer lebte, bis ihr Gedächtnis zurückkehrte und sie wieder nach Cornwall ging. Erinnerst du dich, wie ich dir in Rio de Janeiro erzählte, dass ich in deinem Londoner Haus gewesen sei, wo Duncan mir mitteilte, dein Onkel Bruce, deine Mutter und Constance seien nach Cornwall abgereist?« Blackraven nickte. »Nun, es war eine dringende Angelegenheit, denn dein Notar in Truro, Doktor Pearson, hatte deinem Onkel geschrieben, um ihm mitzuteilen, dass deine Frau wieder aufgetaucht sei. Vielleicht kann Victoria die Fragen beantworten, die dich umtreiben.«

»Ich habe weder den Wunsch, sie zu sehen, noch mit ihr zu sprechen.«

»Das wirst du früher oder später müssen. Sie ist deine Frau.«

»Ja, das werde ich, früher oder später. Aber für mich ist Isaura meine Ehefrau, und ich will nichts anderes hören.«

»Gut, einverstanden. Zu etwas anderem – ich habe die Aufträge ausgeführt, mit denen du mich in Rio de Janeiro betraut hast. Möchtest du darüber sprechen?«

»Jetzt nicht. Ich habe für nichts anderes Kopf als für Isaura. Aber eines würde mich doch interessieren. Was hast du über die Kobra herausgefunden?«

»Nichts, Roger. Ich bin nach Paris gefahren, habe aber keine brauchbaren Informationen erhalten.«

Am nächsten Morgen um sechs Uhr frühstückte Isabella alleine mit ihrem Sohn im Speisezimmer. Man sah, dass er kein Auge zugetan hatte; die scharfen Linien um seinen Mund hatten sich noch tiefer eingegraben, was ihm gemeinsam mit dem finsteren Gesichtsausdruck das Aussehen eines Scharfrichters verlieh.

»Sobald die *Wings* mit frischen Vorräten versorgt ist, kehrst du mit Victoria nach London zurück«, sagte er, ohne seine Mutter anzusehen.

»Mit Victorias Gesundheit steht es nicht zum Besten, Alejandro. Sie wird eine so baldige erneute Reise nicht überstehen.«

»Das hätte sie sich überlegen sollen, bevor sie hierherkam.«

»Ihre Lungen wurden bei dem Sturz ins Meer in Mitleidenschaft gezogen und haben sich nie mehr erholt. Sie hat es mir nicht gesagt, aber ich glaube, sie leidet an Schwindsucht. Gestern Abend war ich bei ihr im Zimmer, und sie hatte Fieber und hustete stark. Ich lasse heute einen Arzt kommen.« Blackravens Schweigen ermutigte sie, weiterzusprechen. »Was gedenkst du nun zu tun, mein Junge?«

»Zunächst einmal meine Frau finden. Dann die Scheidung von Victoria einreichen und Isaura heiraten.«

»Das kannst du nicht tun! Es wäre ein Skandal. Dein Vater wird es nicht zulassen.«

»Mutter!«, fuhr Blackraven auf und hieb mit der Faust auf den Tisch, dass Besteck und Geschirr klirrten. »Was zum Teufel interessiert es mich, was mein Vater sagt? Ich liebe Victoria nicht, habe sie nie geliebt. Ich werde mich von ihr scheiden lassen und ihr so viel Geld geben, wie sie in ihrem ganzen Leben nicht ausgeben kann. Du kannst ihr sagen, dass sie sich keine Sorgen zu machen braucht. Was ihren guten Ruf angeht, so hat sie ihn bereits beschmutzt, als sie mit einem anderen ins Bett ging, obwohl sie die Gräfin von Stoneville war. Sie kann nach Paris gehen, da hat es ihr immer gefallen, oder nach Wien, oder wohin auch immer sie möchte, aber ich werde sie nicht wieder als meine Gemahlin bei mir aufnehmen. Und jetzt kein Wort mehr darüber.«

»Victoria trifft keine Schuld daran, dass sie den Sturz überlebt hat. Du scheinst es zu bedauern, dass sie am Leben ist.«

»Ich bedaure nicht, dass sie lebt. Im Gegenteil, es ist eine große Erleichterung für mich, weil ich mir immer die Schuld an ihrem sinnlosen Tod gegeben habe.«

Blackraven schlürfte seinen Kaffee, den Blick auf den Boden

geheftet. Isabella spürte seinen Schmerz, seinen Zorn, seine Ohnmacht. Sie nahm seine Hand und küsste sie.

»Hab keine Angst, mein Lieber. Sie kann nicht weit gekommen sein. Wo sollte so ein junges Mädchen ohne Geld schon hin? Sie wird sich fürchten und bald zurückkommen.«

»Du kennst Isaura nicht, Mutter. Sie ist tatsächlich noch sehr jung, ohne Geld und mit meinem Kind im Leib, aber sich fürchten?« Er schüttelte den Kopf. »Sie wird nicht zurückkommen. Ihr verdammter irischer Stolz wird sie davon abhalten.«

# Kapitel 18

Don Gervasio Bustamante brachte Melody und Miora auf seinem Landgut unweit des Krankenhauses La Convalecencia unter, dessen Pächter Petronio vor kurzem gestorben war. Miora sorgte dafür, dass der Grabhügel, unter dem der freigelassene Sklave ruhte, frei von Unkraut war, und Melody steckte täglich einen Wildblumenstrauß an das Holzkreuz, das ihr Nachbar Francisco Álvarez gezimmert und mit Schnitzereien verschönert hatte.

Miora vermutete, dass Francisco Álvarez an die siebzig war, obwohl seine körperliche Verfassung dem widersprach. Er stand in aller Herrgottsfrühe auf und arbeitete den ganzen Tag unermüdlich auf dem Feld und im Obstgarten. Er war ein zuvorkommender Mann, höflich im Umgang und sehr großzügig. Wenn er zu Besuch kam, brachte er häufig eine kleine Aufmerksamkeit mit: Äpfel, Zitronen, Orangen, Gemüse, selbst eingekochtes Obst oder Gelee oder frisch gebackenes Brot. Melody zögerte zunächst, die Freundschaft des alten Mannes anzunehmen, weil sie unerkannt bleiben wollte, doch schon bald war sie seiner freundlichen Art erlegen. Ihr gefiel an Don Francisco, dass er zurückhaltend und diskret war; er hatte sie weder nach ihrem Leben befragt, noch hatte er ihren Zustand erwähnt. Es beruhigte sie, zu wissen, dass ganz in der Nähe ein wohlmeinender Mensch lebte, an den man sich wenden konnte.

Sie konnte sich auch an Doktor Egidio Constanzó und seine Schwester wenden, die ein Anwesen ganz in der Nähe von Don Gervasios Landgut gepachtet hatten. Es waren erst zwei Tage seit ihrer Ankunft in ihrem neuen Zuhause vergangen, als Melody von der Veranda aus beobachtete, wie eine Kutsche auf der Zufahrt hielt. Sie erkannte den Arzt, als er auf sie zukam, den breitkrempigen Hut abnahm und unter den Arm klemmte.

»Guten Tag, Gräfin.«

»Guten Tag, Doktor Constanzó.« Sie brachte es nicht über sich, ihn darum zu bitten, er möge sie Señorita Maguire nennen. »Welch eine Überraschung, Euch in dieser Gegend anzutreffen.«

»Ich wohne ganz in der Nähe. Man kann von hier aus das Dach meines Hauses sehen.« Er deutete nach Süden, und Melody blickte in die Richtung, in die er zeigte. »Es war eine große Freude, als Ingracia mir erzählte, dass sie Euch mit Eurer Sklavin gesehen habe.«

»Es ist schön zu wissen, dass wir Freunde in dieser verlassenen Gegend haben.«

Constanzó sah ihr so tief in die Augen, dass sie sich unbehaglich fühlte und den Blick senkte.

»Ihr könnt selbstverständlich auf uns zählen. Immer, zu jeder Tageszeit und in jeder Angelegenheit.«

»Danke, Doktor.«

Es entstand ein Schweigen, und Melody ahnte, dass er gleich auf den Skandal zu sprechen kommen würde, der mit Sicherheit inzwischen entstanden war.

»Ich will Euch nichts vormachen, Melody.« Die vertrauliche Anrede ließ sie den Kopf heben. »Ich weiß um Eure Situation.«

»Wahrscheinlich bin ich zur Zeit *das* Gesprächsthema.«

»Ja, so ist es.«

»Bitte erzählt mir nichts darüber, Doktor. Ich will nichts wissen. Ich muss ein wenig zur Ruhe kommen.«

»Ich verstehe. Ihr habt mein Wort, dass meine Schwester und ich niemals darauf zu sprechen kommen werden. Ich möchte Euch nicht aufregen. Mir liegt daran, dass es Euch gutgeht.«

»Gebt mir auch Euer Wort, dass Ihr meinem Mann … dass Ihr Señor Blackraven nicht sagen werdet, wo ich mich aufhalte.«

»Ihr habt mein Wort.«

»Danke.«

Wie jeden Morgen nach dem Frühstück beschloss Melody, gut eingehüllt in ihr schafwollenes Umschlagtuch in den Obstplantagen spazieren zu gehen. Petronio hatte hervorragende Arbeit geleistet, und das Landgut war unter seiner Leitung beachtlich gediehen. Orangenbäume, Zitronenbäume, Feigenbäume, Apfelbäume, Pfirsichbäume, Quittenbäume, Birnbäume und Nussbäume standen gut im Saft, und auf den Feldern wuchsen Gemüse, Kohl, Zwiebeln, Salat, Erbsen, Kürbisse und Bohnen. Im Sommer würden sie Honig- und Wassermelonen ernten können. Die Hühnerställe und der Schweinekoben standen leer, da Don Gervasio die Tiere bei der Nachricht vom Tod des Pächters zu sich genommen hatte. Deshalb bat Melody Don Francisco, ihr ein wenig Geflügel zu verkaufen. Der Mann brachte ihr vier Hühner sowie einen Hahn und erklärte, die weißen Hühner seien hervorragende Legehennen, während das braune Huhn sowie der Hahn ein schmackhaftes Fleisch lieferten. Von Bezahlung wollte er nichts wissen.

Es fehlte ihnen an nichts, auch nicht an Milch, da die Ziege Goti gutes Grünfutter fraß und deshalb reichlich Milch gab. Außerdem ließ ihnen Señorita Ingracia, Constanzós Schwester, jeden Morgen durch einen Sklaven einen Eimer frisch gemolkener Kuhmilch schicken; aus dem Überschuss stellte Miora nach einem irischen Rezept Butter her.

Melody erreichte den Bewässerungsgraben, der das Grundstück begrenzte. Sie mochte es, die Augen zu schließen und dem Plätschern des Wassers zu lauschen. Manchmal kamen ihr an diesem Punkt ihres Spaziergangs die Tränen. Vor zehn Tagen noch hatte sie geglaubt, das Glück habe wieder Einzug in ihr Leben gehalten, nun, da Jimmys Verlust dank der Liebe ihres Mannes nicht mehr so schmerzte und die Vorfreude auf die Geburt ihres Kindes so groß war. Und jetzt wusste sie nicht, was aus ihr werden sollte. Sie vermisste Roger so sehr, dass es ihr zuweilen einen Stich in die Brust versetzte. Dann musste sie die Hände in die Hüften stützen und tief durchatmen, um den Schmerz zu lindern.

Obwohl sie nicht an Victoria denken wollte, ging sie ihr den ganzen Tag kaum aus dem Kopf. Sie stellte sich vor, wie sie ihren Platz bei Tisch einnahm, Befehle in der Küche erteilte, die Einrichtung veränderte, Möbel umstellte. Vor allem aber stellte sie sich vor, wie sie mit Roger schlief, und dieser Gedanke quälte sie zu Tränen. Miora war der festen Überzeugung, dass der Herr Roger seine erste Frau nicht wieder erhören werde, doch Melody war sich da nicht so sicher.

Sie fand keine Ruhe. Wenn sie nicht an Roger dachte, dachte sie an Victoria, an die Kinder, an die Bauarbeiten im Hospiz oder an die Sklaven, denen sie ihre Hilfe zugesagt hatte, um dann zu verschwinden. Víctor würde es guttun, eine Zeitlang mit seiner Mutter und ohne sie zu verbringen, rechtfertigte sie sich. Doch sie befürchtete, dass ihre Abwesenheit ihm mehr Alpträume und Krampfanfälle als Freuden bringen würde. Sie hatte keine Zeit mehr gehabt, mit Roger über das Verhältnis zwischen Leutnant Lane und María Virtudes zu sprechen oder über Don Diogos Absicht, Marcelina zu heiraten. Auch Elisea und Servando gingen ihr nicht aus dem Kopf, und sie fragte sich, ob die beiden Amys Plan auch ohne die Freilassungspapiere in die Tat umsetzen würden. Das brachte sie auf ein weiteres Thema: Blackravens Versprechen, bei seiner Rückkehr vom Ostufer die Sklaven freizulassen. Melody wusste, dass das Vorhaben unter diesen Umständen im Sande verlaufen würde.

Eine weitere Frage, die sie sehr beschäftigte, war, wie Roger reagieren würde, wenn er Victoria wiedersah.

»Meine Sorge ist weniger, wie der Herr Roger auf das Wiedersehen mit seiner ersten Frau reagiert hat«, sagte Miora, »sondern wie er es aufgenommen hat, dass Ihr verschwunden seid. Er wird ein furchtbares Donnerwetter veranstaltet haben, und mein armer Somar wird das meiste abbekommen haben. Mit Sicherheit gibt er ihm die Schuld an unserer Flucht, weil er nicht auf der Hut war.«

Insgeheim gefiel Melody diese Antwort, obwohl sie sich hütete, falsche Hoffnungen zu hegen. Victoria war Blackravens Ehefrau und sie selbst ein Niemand. Sie fragte sich, worauf sie noch hoffen konnte – Rogers Geliebte zu sein? Die Vorstellung, eine so entwürdigende Rolle anzunehmen, erfüllte sie mit Schrecken, und sie erinnerte sich an die Werte und Prinzipien, die Lastenia, ihre Mutter, ihr von klein auf mitgegeben hatte. Andererseits fielen ihr jene Worte ein, die Madame Odile so oft gesagt hatte: »Nicht einmal der ehrenhafteste Mensch kann beschwören, dass er nicht irgendwann in seinem Leben aufgrund gewisser Umstände das gutheißen wird, was er zuvor verurteilte und abstoßend fand.«

Sie hatte gut daran getan, fortzugehen, sagte sie sich immer wieder, und manchmal glaubte sie das wirklich, denn dieser Ort fernab der Stadt mit seinem Duft nach wilden Kräutern, der frischen Luft und dem Vogelgezwitscher, das ein Teil der Stille war, die ihr so gut gefiel, schenkte ihr kurze Momente des Friedens.

Am 29. September, dem Michaelistag, brach Malagrida zu einem Ritt auf, um seinen Jesuitenbruder Vespaciano Clavius zu besuchen. Er sehnte sich nach der friedlichen Ruhe, die bei Clavius herrschte, weit weg vom Lärmen der Stadt und ihren Gerüchen, dem Klatsch und Tratsch, den langen Gesichtern und der schlechten Laune. Er musste der Stimmung in dem Haus in der Calle San José entkommen. Blackravens sowieso schon aufbrausender Charakter war schier unerträglich geworden; er tat nichts anderes, als nach Miss Melody zu suchen, und vernachlässigte seine Geschäfte und anderen Verpflichtungen. Isabella, die zwischen ihrem Sohn und Victoria zu vermitteln versuchte, war am Ende ihrer Nerven. Und Victoria selbst heulte, stritt mit Amy oder beklagte sich, bevorzugt über die Dienerschaft, die weiterhin meuterte und sie nicht bediente. Sie hatte sich an ihren Mann gewandt, damit er »diesen Haufen von Negern« in seine Schranken weise, doch Blackraven hatte nur mit den Schultern gezuckt und gesagt: »Wenn du dich in diesem Haus nicht wohlfühlst, dann nimm das erste Schiff nach London und verschwinde.«

»Du weißt doch, dass es mit meiner Gesundheit nicht zum Besten bestellt ist. Ich würde eine weitere Reise nicht überstehen.«

»Du hast die überstanden, die dich hierhergeführt hat. Ich sehe nicht ein, warum du die Rückfahrt nicht überstehen solltest. So schlecht siehst du nicht aus.« Das war eine Lüge; sie sah dünn und krank aus und hatte dunkle Augenringe.

»Keine Sorge, Victoria«, hatte sich Amy eingemischt, »dir wird nichts geschehen, wenn du diese Reise unternimmst. Ich habe hier im Land ein sehr kluges Sprichwort gelernt: ›Unkraut vergeht nicht.‹«

Und schon hatte es wieder Streit gegeben.

Blackraven trug Somar auf, zwei Sklavinnen herbeizuschaffen, die nicht so sehr an Melody hingen, und so trafen am nächsten Tag Berenice aus El Retiro und Gabina aus dem Haus in der Calle Santiago ein, um die neue Herrin zu bedienen. Damit war zwar ein Problem gelöst, denn Gabina und Berenice schienen hocherfreut über ihre neue Aufgabe zu sein, jedoch ein neues geschaffen, denn die Sklavinnen aus der Calle San José gerieten sich häufig mit den »Verräterinnen«, wie sie die Neuen nannten, in die Haare, und Somar oder Blackravens Männer sahen sich gezwungen, die Streitereien zu schlichten. Als sein Pferd die Straßen der Stadt hinter sich gelassen hatte und an Landgütern und Viehzüchtereien vorbeikam, vergaß Malagrida die Probleme, und angenehme Gedanken traten an ihre Stelle.

»Isabella …«, flüsterte er.

Er sprach ihren Namen nicht bewusst aus, er kam ihm einfach über die Lippen, während das Antlitz der Frau vor seinem inneren Auge auftauchte. Die Zeit war spurlos an Isabella vorübergegangen. Sie verzauberte ihn immer noch genauso wie an jenem Tag, als er zugehört hatte, wie sie im Büro des Direktors Barère lautstark auf ihr Recht pochte, Roger zu sehen. Er lächelte, als er an diese Episode zurückdachte, um sich dann sogleich die Befriedigung und den Stolz vorzuwerfen, die er empfand. Er hatte kein Recht auf diese Gefühle, zunächst einmal wegen der angespannten Situation in der Calle San José. Außerdem nährte er damit leere Hoffnungen und lief Gefahr, enttäuscht zu werden. Vor allem aber war er Priester, und selbst in dem unwahrscheinlichen Fall, dass Isabelle ihn erhörte, würde er ihr niemals eine würdige Situation bieten können. Blackraven würde seine Zustimmung nicht geben. Er seufzte resigniert angesichts dieser Gefühle eines unreifen Knaben, die in seiner Brust aufwallten und ihn mit Scham erfüllten. Er konnte nichts gegen sie tun, wenn Isabella di Bravante in seiner Nähe war und ihn mit ihrem Veilchenduft betörte.

Um die Mittagszeit kam das Anwesen seines Freundes Vespaciano hinter den Obstplantagen in Sicht, und obwohl Malagrida ihn noch nicht sehen konnte, wusste er, dass er zu Hause war, denn aus dem Kamin stieg Rauch. Wahrscheinlich stand er in der Küche und bereitete seine Süßwaren und Konserven zu, die er dann an die Einzelhändler von La Recova verkaufte. Vespaciano war ein hervorragender Koch. Plötzlich bekam er Hunger angesichts der verlockenden Vorstellung, mit seinem Freund einen Happen zu essen.

Vespaciano empfing ihn mit umgebundener Schürze. In der

Hand hielt er einen hölzernen Kochlöffel mit klebriger Marmelade.

»Ah, ich komme gerade rechtzeitig!«, sagte Malagrida zur Begrüßung.

»Nur hereinspaziert. Meinst du deswegen?« Er deutete auf den Kupferkessel, in dem Pfirsiche köchelten.

»Es riecht wunderbar.«

»Ich probiere ein neues Rezept aus. Mal sehen, wie es wird.«

»Ich würde einen hervorragenden Marmeladenverkoster abgeben.«

»Sie ist fast fertig. Ich gebe dir ein bisschen davon auf einen Teller, damit sie abkühlen kann. Aber mach dir keine Hoffnung, dass ich dir ein Glas schenke. Willst du eine Tasse Kaffee? Hier, nimm eins von diesen Brötchen. Meine neue Nachbarin hat sie gebacken. Sie schmecken köstlich.«

»Sie sind gut«, stimmte Malagrida mit vollem Mund zu. »Weshalb willst du mir kein Glas von deiner neuen Marmelade schenken? Ich kann sie ja bezahlen«, setzte er scherzhaft hinzu.

»Ich kann dir kein Glas geben, weil ich das, was ich nicht verkaufe, meiner neuen Nachbarin schenken will. Ich habe ihr neulich ein paar Hühner abgegeben, und weil ich kein Geld dafür haben wollte, bringt sie mir ständig etwas zu Essen vorbei. Die Brötchen sind das Geschenk von heute. Hier, bestreich das Brötchen mit dieser Butter, die mir ihre Sklavin gestern gebracht hat. Es ist die beste Butter, die ich je gegessen habe.«

»Butter!« Malagrida leckte sich die Lippen. »Seit meiner Abreise aus London habe ich keine mehr gegessen. Hierzulande kennt man keine Butter. Wie kommt es, dass deine Nachbarin Butter macht?«

»Sie sagt, es sei ein altes Familienrezept ihrer irischen Vorfahren.«

»Köstlich. Deine Nachbarin könnte reich werden, wenn sie sich entschließen würde, sie zu verkaufen.«

»Ich werde es ihr vorschlagen. Ich glaube, sie könnte das Geld gut gebrauchen. Sie ist ganz allein, und sie ist guter Hoffnung.«

»Und ihr Mann?«

»Falls es ihn gibt, habe ich ihn nie gesehen. Sie ist vor etwas mehr als zehn Tagen in Begleitung einer blutjungen Sklavin hier angekommen. Ich wollte nicht fragen, aber ich vermute, dass sie sich in einer misslichen Lage befindet.«

»Wie kommst du darauf?«

»Ich weiß es nicht. Nenn es eine Ahnung. Wenn du noch ein wenig bleibst, kann ich sie dir vielleicht vorstellen. Sie hat versprochen, vorbeizukommen, um die Marmelade abzuholen. Und denk daran, dass ich für sie Francisco Álvarez bin.«

»Und wie heißt das Mädchen?«

»Melody, aber das ist wahrscheinlich ein Kosename.«

Blackraven betrat sein Schlafzimmer und legte missmutig die Handschuhe und den langen Ledermantel ab. Er füllte die Waschschüssel und wusch sich den Schmutz aus Augen und Gesicht, während er darauf wartete, dass Trinaghanta ihm ein Bad einließ. Er kam gerade aus Luján, wo jedoch niemand etwas über ein schwangeres Mädchen mit einer Sklavin wusste. Er goss sich ein großzügiges Glas Roséwein ein und trank die Hälfte auf einen Zug aus. Danach fühlte er sich besser. Das Glas in der Hand, trat er zu dem halb fertigen Gemälde und nahm das Tuch ab, das es vor Staub schützte. Fermín Gayoso war wirklich ein hervorragender Porträtmaler. Er fuhr die Linie von Melodys Kinn entlang, bis seine Finger ihre Lippen berührten. Gott, ihre Lippen! Er beugte sich über die Leinwand und küsste sie. Diese Geste erfüllte ihn mit einer Mischung aus Selbstmitleid und Traurigkeit, die schließlich zu Wut wurden. Er hatte sich noch nie so ohnmächtig gefühlt wie in diesen Tagen. »Liebling, warum tust du mir das an?«, fragte er das Bild und betrachtete es lange, gefangen von dem Frieden, der von ihrem Blick ausging. Der

Künstler hatte es verstanden, Melodys Seele im Ausdruck ihrer Augen widerzuspiegeln. Er deckte die Leinwand wieder zu und ging zu der Rosékaraffe.

Seit über zehn Tagen waren Melody und Miora nun verschwunden, und niemand wusste etwas von ihnen. Es gab genügend Schwindler, die, verlockt von der ausgelobten großzügigen Belohnung, falsche Angaben machten, doch die waren rasch entlarvt und wurden barsch abgewiesen. Blackraven war sich über seine schlechte Laune im Klaren und wusste, dass er seinen Leuten unrecht damit tat; seine barschen Antworten und seine Wutausbrüche waren wieder zur Alltäglichkeit geworden, und obwohl er wusste, dass seine Gereiztheit auch vom Schlafmangel und unzureichendem Essen herrührte, hatte er nicht die Geduld, seine Zeit mit derlei Dingen zu verbringen, während Isaura nach wie vor allein und schutzlos dort draußen war, drei Monate vor der Niederkunft. Er aß, was gerade da war, wenn es gerade passte und legte sich einige Stunden hin, wenn ihn die Müdigkeit überkam. Er hasste es, in das Haus in der Calle San José zurückzukehren, in dem eine unangenehme, angespannte Stimmung herrschte, weniger wegen seiner hundsmiserablen Laune, sondern weil Melody fehlte. Er hatte immer geahnt, dass dieser heimelige Ort ohne Melody nur noch eine leere Hülle sein würde. Die Kinder schlichen mit gesenkten Köpfen durchs Haus und brachen bei jeder Gelegenheit in Tränen aus. Den Lehrern Perla und Jaime gelang es weder mit dem Rohrstock noch mit Lob und Zuwendung, sie für den Unterricht zu begeistern. Und nicht einmal Arduino konnte Sansón ein freudiges Bellen entlocken.

Blackraven sah eine Nachricht auf dem Nachttisch liegen. Er erbrach das Siegel und öffnete das Schreiben. Es war von Beresford, der darum bat, ihn im Haus der Casamayors zu besuchen. Blackraven hatte erfahren, dass der Stadtrat am 11. September in einer Sitzung beschlossen hatte, die englischen Offiziere aus Buenos Aires wegzubringen, da ihre Anwesenheit ein beträchtliches Problem darstellen würde, wenn eine zweite Invasion drohte und mit einer Verstärkung von Pophams Flotte zu rechnen war. Liniers Standpunkt, der für die Einhaltung der Kapitulationsbedingungen plädierte, die er am 12. August mit Beresford ausgehandelt hatte, fand kein Gehör. Es war unschwer zu erkennen, dass Álzaga bei dieser Abstimmung die Finger im Spiel gehabt hatte.

Der Gedanke an das Schicksal seines Freundes erinnerte ihn an eine ganze Reihe ausstehender Verpflichtungen. Er hatte nicht einmal Doña Rafaela del Pino über seine Rückkehr in Kenntnis gesetzt und seinen baldigen Besuch angekündigt, um sie über die Fortschritte in dem Steinbruch von Los Sauces am Ostufer zu informieren. Er hatte sich überhaupt nicht mehr um die Gerberei und El Retiro gekümmert, wo die Ölpresse immer noch nicht fertiggestellt war, obwohl der Verwalter versichert hatte, dass man sie Anfang September in Betrieb nehmen könne. Er wusste weder, wie die Geschäfte liefen, mit denen er Álzaga vom Markt verdrängen wollte, noch was in den letzten Wochen aus den Unabhängigkeitsbestrebungen der Kreolen geworden war. Er fragte sich, wie es wohl um Liniers stand, und war kurz davor, Távora kommen zu lassen, damit dieser ihm berichtete, was aus den Angelegenheiten geworden war, mit denen er diesen vor seiner Reise nach London betraut hatte: den Plan des Grafen von Montferrand zur Eroberung Mexikos zu stoppen sowie Pater Edgeworth de Firmont, der dem kleinen Louis XVII. persönlich das Dokument mit dem Letzten Willen des Bourbonenkönigs überreicht hatte, ausfindig zu machen und in Sicherheit zu bringen. Er hatte ihn auch beauftragt, Madame Simone zu finden und zu schützen, die Frau des Kerkerwärters während Louis Charles' Jahren im Temple-Gefängnis. Und er wollte, dass Távora ihm etwas über die Kobra erzählte.

Es klopfte an der Tür.

»Komm herein, Trinaghanta.«

»Ich bin's«, sagte Victoria und trat ein. Sie schloss die Tür hinter sich und legte den Riegel vor.

Als er sie sah, wusste Blackraven sofort, was sie vorhatte. Sie trug ein kostbares rosafarbenes Kleid, das hervorragend zu ihren blauen Augen und ihrem blonden Haar passte. Sie hatte die Augenringe mit Schminke überdeckt und die Lippen mit Karminrot und Kakaobutter betupft, für den Glanz. Unbestritten, sie war wunderschön.

»Was willst du? Mach schnell. Ich muss gleich wieder los.«

»Um sie zu suchen?« Blackraven gab keine Antwort und würdigte sie keines Blickes. »Ich glaube nicht, dass du mich mit solchem Eifer gesucht hast.«

»Ich konnte dich nicht finden, weil du es nicht wolltest. Du hast diese Farce mit dem Selbstmord erfunden, um unterzutauchen und einen öffentlichen Skandal zu verhindern.«

»Ich habe dir doch gesagt, wie es war«, fuhr Victoria auf. »Ich bin ins Wasser gesprungen, aber nicht beim Sturz gestorben, wie ich es vorgehabt hatte. Der Überlebensinstinkt brachte mich dazu, verzweifelt zu schwimmen, doch eine Strömung zog mich aufs Meer hinaus. Ich schwamm und schwamm, bis ich das Bewusstsein verlor. Als ich wieder zu mir kam, befand ich mich in einem Zimmer auf St. Michael's und wusste nicht, wer ich war und woher ich kam.«

»Geh mir nicht auf die Nerven, Victoria. Du wirst mich nicht wieder in eine deiner Diskussionen verwickeln. Was willst du? Komm zur Sache.«

»Ich wollte wissen, wann wir nach London zurückkehren.«

»Du, sobald Doktor Fabre sagt, dass du in der Lage bist, die Reise zu unternehmen. Ich, wann ich es für richtig halte.«

»Wir sollten gemeinsam zurückkehren, um Gerede zu vermeiden.«

»Jetzt auf einmal kümmert dich das Gerede?« Blackraven lachte hohl. »Das hättest du tun sollen, als du mit meinem besten Freund ins Bett gegangen bist.«

Victoria sah auf einmal aus wie ein verschrecktes Mädchen. Er kannte ihren launischen Charakter, der mit erstaunlicher Geschwindigkeit und Geschmeidigkeit von einem Extrem zum anderen schwankte. Wenn man ein wenig Menschenkenntnis besaß und sich die Zeit nahm, sie etwas näher zu betrachten, merkte man, dass Victorias einzig wahrer Wesenszug ihr Egoismus war und sie die unterschiedlichsten Gesichter annahm, um ihre Ziele zu erreichen. Keines davon zeigte jemals die wahre Victoria Trewartha, und Blackraven vermochte nicht zu sagen, ob es sie überhaupt gab. Manchmal kam es ihm so vor, als sei Victoria eine seltsame Anhäufung verschiedener Persönlichkeiten. Er wusste nie genau, mit welcher Victoria er es gerade zu tun hatte: mit dem Mädchen mit dem unergründlichen Lächeln, mit der sanftmütigen, zärtlichen Frau, mit der Hilfsbereiten, mit der Feindin, die es fertigbrachte, einen kleinen Jungen zu quälen, indem sie ihn *Gipsy, Darkie* oder *Bastard* nannte, oder mit der unersättlichen Geliebten.

Victoria war mit diesem einstudierten, zögerlichen, unentschlossenen Gang auf ihn zugekommen und streckte ihm nun die Hand entgegen. Er sah sie durchdringend an, und ihr Rosenduft, der ihn in früheren Zeiten verführt hatte, stieg ihm in die Nase und verursachte ihm Beklemmung und Widerwillen. Jetzt entdeckte er die dick aufgetragene Schminke, die ersten Fältchen um die Augen und einige graue Haare. Dennoch hatte sein Widerwillen nichts mit der Entdeckung dieser kleinen Makel zu tun, sondern beruhte auf seinem Wissen um ihr kompliziertes, krankhaftes Wesen, auch wenn er zugeben musste, dass die schönste und gütigste Frau neben Melody verblasst wäre.

»Weißt du, dass Simon Miles ermordet wurde?«

Victoria nickte.

»Ich war auf seiner Beerdigung«, sagte sie.

»Was?«, entfuhr es Blackraven. »Du warst in London?«

»Als ich von Frankreich nach Dover kam, beschloss ich, eine Kutsche nach London zu nehmen, weil ich hoffte, dich in unserem Haus in der Birdcage Road anzutreffen. Ich stieg einige Tage in einem Gasthaus in der Strand ab, und dort erfuhr ich aus der Zeitung von Simons Tod. Ich wartete, bis sich der Trauerzug auflöste, der den Sarg zum Friedhof St. George geleitet hatte, um eine Blume ins offene Grab zu werfen und für seine Seele zu beten. Wir hatten beide gesündigt.« Victoria sah auf und strich Blackraven über die unrasierte Wange. »Ich weiß, dass du mir diesen schändlichen Verrat noch immer nicht vergeben hast, Roger, aber du sollst wissen, dass ich nie aufgehört habe, dich zu lieben. Wenn ich mich Simon hingegeben habe, dann aus Verzweiflung, um dir wehzutun.«

»Ich weiß«, antwortete Blackraven und schob sanft ihre Hand weg. »Ich weiß, dass du es deswegen getan hast. Und es gibt nichts zu verzeihen. Ich bin kein guter Ehemann gewesen, und Gott weiß, dass ich kein Recht habe, dir deine Untreue zum Vorwurf zu machen. Wir hätten niemals heiraten dürfen. Und ich bedaure, dass Simon tot ist, denn jetzt, da wir uns scheiden lassen, hättet ihr eine eigene Familie gründen können.«

»Weise mich nicht zurück, Roger, bitte verstoße mich nicht. Ich liebe dich.« Sie warf ihm ein anzügliches Lächeln zu.

Blackraven trat zurück und schüttelte den Kopf.

Es klopfte an der Tür. Blackraven ging, um zu öffnen. Hinter Trinaghanta, die einen Eimer mit heißem Wasser brachte, erschien Malagrida, der rücksichtslos an ihr vorbeistürmte.

»Ich muss unbedingt mit dir sprechen«, sagte er, an Blackraven gewandt. »Jetzt gleich.«

»Ich wollte gerade ein Bad nehmen. Ich komme in einer halben Stunde nach unten.«

»Jetzt gleich«, drängte der Jesuit.

Blackraven schickte die Singhalesin mit einer Handbewegung weg. Dann fasste er Victoria am Arm und führte sie zur Tür.

»Roger ...«

»Später, Victoria. Jetzt nicht.«

Er schloss die Tür und wandte sich seinem Freund zu.

»Ich habe deine Frau gefunden. Ich habe Miss Melody gefunden.«

Blackraven merkte, wie ihm das Blut aus dem Gesicht wich. Ihm war plötzlich kalt.

»Wie geht es ihr?«, fragte er atemlos.

»Gut, sehr gut.«

Mit weichen Knien stützte er sich auf einer Stuhllehne ab.

»Gott sei Dank«, stammelte er und ließ das Kinn auf die Brust sinken.

Miora und Melody gingen gutgelaunt über den Feldweg nach Hause. Sie kamen vom Mittagessen bei Doktor Constanzó. Am Morgen hatte ihnen der Sklave, der täglich den Eimer Milch brachte, die Einladung überreicht. Als sie zugesagt hatte, hatte sie weder an die Trauer gedacht noch an Blackravens Verbot, sich Constanzó zu nähern. Das Leben, das sie außerhalb der Stadt führte, war so ganz anders und hatte nichts mit dem Leben zu tun, das die Melody aus der Calle San José geführt hatte.

Señorita Ingracia war die sympathischste, sanftmütigste und freundlichste Person, die Melody je kennengelernt hatte, und sie fragte sich, warum sie trotzdem noch ledig war. Ihr Bruder war zwar zurückhaltender, aber er legte ebenfalls diese vornehme Art an den Tag, die ein Wesenszug der Familie zu sein schien. Die Unterhaltung war ungezwungen und angenehm gewesen und hatte so interessante Wendungen genommen, dass Melody zwei Stunden lang weder an Roger noch an Victoria dachte.

Auf dem Heimweg waren sie noch bei Don Francisco vorbeigegangen, der ihnen Pfirsichmarmelade versprochen hatte. Miora trug einen Korb voller Lebensmittel, denn auch die Constanzós hatten sie reich beschenkt. Sie lachten gerade über eine witzige Bemerkung von Señorita Ingracia, als Miora plötzlich verstummte. Sie stieß Melody in die Seite und deutete mit dem Kinn zum Hauseingang. Dort lehnte Somar an einer Säule und beobachtete sie, die Arme vor der Brust verschränkt. Melody entdeckte Black Jack, aber Roger sah sie nicht. Sie wollte fragen, wo er war, doch ihre Stimme versagte.

»Somar…«, brachte sie mühsam heraus.

»Herrin«, sagte der Türke und verbeugte sich knapp. »Herr Roger wartet drinnen auf Euch.«

Miora blieb bei Somar stehen und sah ihm in die Augen.

»Ich musste es tun«, erklärte sie. »Ich habe Miss Melody alles zu verdanken.«

»Ich weiß, und ich mache dir keinen Vorwurf deswegen. Auch wenn es mir lieber gewesen wäre, du hättest mich um Hilfe gebeten.«

»Das hätte sie nicht zugelassen. Und ich wollte sie nicht verraten.«

»Ich verstehe.«

Er nahm ihr den Korb ab und drückte sie an seine Brust.

Das Türschloss war nicht aufgebrochen. Melody drückte die Klinke herunter und ging ins Haus. Obwohl sie sich für das Mittagessen bei den Constanzós zurechtgemacht hatte – sie trug sogar Halbtrauer –, hätte sie alles dafür gegeben, zwischen Eingang und Salon einen Spiegel und einen Kamm gehabt zu haben. Sie strich die Locken an den Schläfen glatt und schüttelte den Schlamm vom Rocksaum ab. Das Atmen fiel ihr schwer. Sie dachte kurz, dass sie ihm nicht in diesem Zustand gegenübertreten konnte, aber sie ging weiter. Eine innere Unruhe trieb sie zu dem Salon, in dem sie ihn auf und ab gehen hörte; sie stellte sich vor, wie er die abgewohnten Möbel und den mangelnden Komfort in Augenschein nahm.

Als sie eintrat, fuhr Roger hastig herum. Sie sahen sich schweigend an. Melody rührte sich nicht von der Stelle, wie verzaubert von diesen blauschwarzen Augen unter den dichten, dunklen Brauen. Rogers Haltung schüchterte sie ein, aber sie bemerkte auch seine Müdigkeit, ahnte die Erschöpfung hinter dieser harten Maske, die seine Seelenqualen verriet.

Melody löste sich aus ihrer Erstarrung und trat zu der Anrichte, auf die Miora für gewöhnlich eine Karaffe mit Zuckerwasser stellte. Sie musste einen Schluck trinken, denn ihre Kehle war vollkommen trocken. Ihre Hände zitterten, so dass sie etwas Wasser auf die Tischplatte verschüttete. Sie trank nur wenig. Als sie sicher war, dass ihre Stimme wieder klar war, fragte sie, ohne sich umzudrehen: »Wie bist du hereingekommen?«

»Denkst du, eine Tür könne mich aufhalten? Sieh mich an, dreh mir nicht den Rücken zu. Sieh mir in die Augen.« Melody gehorchte. »Warum hast du mir das angetan, Isaura? Warum warst du so grausam? Hast du es getan, um mich dafür zu bestrafen, dass Victoria hier aufgetaucht ist?«

Sie schüttelte den Kopf, obwohl Blackraven recht hatte. Eifersucht und Wut hatten eine wichtige Rolle bei ihrer Entscheidung gespielt.

»In diesem Haus gibt es keinen Platz mehr für mich.«

»Es ist dein Haus! Du bist die Hausherrin! Victoria sollte gehen, nicht du.«

»Nein, sie ist jetzt die Herrin. Sie ist deine Frau.«

Blackraven trat zu ihr und packte sie an den Armen.

»Du bist meine Frau!«

»Nein! Das bin ich nicht!«

Melody brach zitternd in Tränen aus. Blackraven fasste sie um die Schultern und zog sie an seine Brust.

»Nicht weinen! Du weißt, das mag ich gar nicht. Beruhige dich. Denk an das Kind.« Dabei streichelte er sie, bis sie sich allmählich beruhigte.

Er reichte ihr das Glas mit dem Zuckerwasser und nötigte sie, sich zu setzen. Dann trat er zur Seite. Währenddessen nahm er das Zimmer in Augenschein und sah aus dem Fenster. Es machte nichts, dass die Einrichtung bescheiden war; das Haus hatte solide Wände und ausgezeichnetes Gebälk und war ordentlich gebaut. Trotzdem hatte das Türschloss seinem Dietrich nicht standgehalten.

»Fühlst du dich besser?« Melody nickte. »Dann gehe ich Miora rufen, damit sie anfängt, deine Sachen zu packen. Danach brechen wir auf.«

»Nein!« Melody sprang auf.

»Bestrafe mich nicht für etwas, woran ich keine Schuld trage, Isaura!«, brach es aus Blackraven heraus. »Mein Gott, warum tust du das? Du bist so gütig und wohltätig zu allen. Und was ist mit mir? Habe ich nicht auch dein Mitleid verdient?«

Sie konnte die Tränen nicht zurückhalten, die über ihr Gesicht strömten und schließlich auf den Steinboden tropften. Blackraven trat wieder zu ihr und strich ihr mit den Händen über die Wangen.

»Wo hat Fabre dich zur Ader gelassen?«

Melody zeigte ihm den linken Arm. Blackraven entblößte ihn und drückte einen Kuss auf den Schnitt, von dem nur noch eine hellrosa Narbe zu sehen war.

»Ruhig, ganz ruhig«, hauchte er auf ihre Haut, und sein warmer Atem jagte ihr süße Schauer ein, die sie erregten.

Blackraven fasste sie um die Taille und zog sie an sich. Sie blickten sich in die Augen. Diese Frau war in sein Leben getreten und hatte es völlig auf den Kopf gestellt. Er konnte nicht klar denken und handeln; alles drehte sich nur um sie.

»Ich will, dass du zur Ruhe kommst, dass du diesen Zwischenfall vergisst und die letzten Monate der Schwangerschaft unbeschwert verbringst. Ich werde eine Lösung finden. Mach dir keine Gedanken.«

»Ich will nicht hier weg, Roger. Ich will nicht in die Stadt zurück. Hier ist es so friedlich. Dort wäre es die Hölle für mich.«

Blackraven nickte und schien sich geschlagen zu geben.

»Ich werde noch heute meine Sachen herbringen lassen.«

Melody stieß ihn von sich und sah ihn verdutzt an.

»Ich möchte nicht, dass du hier wohnst.« Blackraven runzelte die Stirn, und sein Blick wurde hart. Obwohl sie Angst vor ihm hatte, wagte Melody zu sagen: »Dich und mich verbindet nichts mehr. Wenn du hier lebst, machst du mich zu deiner Kurtisane.«

»Isaura, bitte tu mir das nicht an. Du bist meine Frau! Und du wirst mir ein Kind schenken.« Melody sah ihn mit einer festen Entschlossenheit an, die seinen Zorn weckte. »Du bist meine Frau, Isaura!« Angesichts ihrer unnachgiebigen Haltung schien er weich zu werden und schloss sie wieder in die Arme. »Du bist meine Frau, die Mutter meines Sohnes. Du bist der einzige Grund für mich, zu leben. Verlass mich nicht. Du bist mein Alles! Weder du noch sonst jemand kann mich von dir trennen. Das wäre, als wollte man mich töten. Hast du eine Vorstellung, wie diese Tage ohne dich gewesen sind? Warum hast du das getan, Isaura? Warum bist du weggelaufen?«

»Weil ich nicht länger in dem Haus bleiben konnte, das einmal meines war und nun ihres ist.«

»Was redest du denn da? Manchmal bist du so unvernünftig. Hast du denn gar nicht an mich gedacht, daran, wie ich leiden würde, weil ich deinen Aufenthaltsort nicht kannte? Ich dachte, ich würde verrückt werden.«

»Vergib mir, Roger. Ich weiß, dass ich überstürzt gehandelt habe, aber dieser Tag war so schrecklich. Alles hatte so gut angefangen, ich war so glücklich, dachte nur: ›Drei Tage noch, dann liegt Roger wieder in meinen Armen.‹«

»Oh, Liebste …«, sagte Blackraven gerührt.

»Und dann brach mein Leben von einem Moment zum anderen zusammen. Da stand sie, deine Frau, schöner und eleganter, als ich sie mir vorgestellt hatte, mit dieser natürlichen Haltung einer Herzogin. Ich fühlte mich so hässlich und so fehl am Platze. Ich hatte das Gefühl, die ganze Zeit eine Position eingenommen zu haben, die eigentlich ihr zustand. Ich wollte nur davonlaufen, weit weg, mich verkriechen. Ich wollte nicht, dass du uns beide zusammen siehst, ich wollte nicht, dass du uns vergleichst.«

»Isaura!« Blackraven war fassungslos. »Ich kann nicht fassen, was ich da höre. Glaubst du mir etwa nicht, wenn ich dir etwas sage?« Melody wehrte ab. »Habe ich dir nicht damals in El Retiro gesagt, dass du die einzige Liebe meines Lebens bist? Sagte ich dir nicht auch, dass ich nur dir gehöre, dass es mich mit Stolz erfüllt, dass du meine Frau bist, und dass ich dir nicht einmal untreu gewesen bin, weder körperlich noch in Gedanken?«

»Ja, das sagtest du«, antwortete Melody leise. »Aber als ich Victoria kennenlernte, dachte ich, dass du dich vielleicht freuen würdest, sie zu sehen, und sie wieder aufnehmen wolltest.«

»Aber ich bin verrückt nach dir! Ich bin mit Händen und Füßen an dich gefesselt! Merkst du das denn nicht? Ich sagte es dir schon einmal, Isaura: Du raubst mir jede Kraft, wenn du mich nicht liebst.«

Melody schlang ihre Arme um Blackravens Hals und erwiderte seine leidenschaftliche Umarmung.

»Ach, Roger! Weshalb musste uns das passieren, wo wir doch so glücklich waren?«

»Ich werde eine Lösung finden, Liebling.«

»Ich habe solche Angst, dich zu verlieren!«

»Niemals!«, erwiderte er heftig. »Ich lasse mich von Victoria scheiden, und wir heiraten ein zweites Mal.«

Melody löste sich von ihm.

»Dich scheiden lassen? Ich bin katholisch, Roger. Bei uns Katholiken ist Scheidung nicht erlaubt.«

Blackraven sah keinen anderen Ausweg, außer dass Victoria starb oder er die Auflösung der Ehe erwirkte. Trotzdem lenkte er ein: »Also gut, keine Scheidung. Aber ich werde mich darum kümmern, und ich werde eine Lösung finden.«

Er sagte das mit einer Überzeugung, die wieder Hoffnung auf Melodys düsteres Gesicht zauberte.

»Ich bin verrückt nach dir«, hauchte er ihr ins Ohr und spürte, wie sich Melodys Arme um ihn schlangen. »Sag mir, dass du mich liebst. Bitte.«

»Du weißt, dass ich dich liebe. Du bist das Kostbarste in meinem Leben.«

Roger beugte sich vor, um sie zu küssen, doch Melody wandte ihr Gesicht ab.

»Nein, Roger, bitte nicht. Du weißt, wo das enden würde.«

»Ich begehre dich so sehr«, flüsterte er mit schwerer Stimme. » Es ist so viel Zeit vergangen seit dem letzten Mal. Wie unendlich lang waren diese Wochen ohne dich! Unser Bett erscheint mir so leer.«

Seine Worte machten sie glücklich. Sie wusste um die Macht seiner Leidenschaft, eine animalische Kraft, die, einmal entfesselt, kein Halten mehr kannte.

Dennoch löste sie sich von ihm. Sie sah ihn nicht an, als sie sagte: »Roger, es wäre besser, wenn du nicht mehr herkommst, bis die Situation geklärt ist.«

»Was verlangst du da von mir?«

»Wenn du mich wirklich liebst, dann möchte ich, dass du Rücksicht auf meinen guten Ruf nimmst, weil es der Ruf der Mutter deines Kindes ist. Ich möchte, dass du ihn achtest und ihm Achtung verschaffst. Ich ertrage das Getuschel über mich nicht mehr. Ich will nicht, dass sich mein Kind seiner Mutter schämt. Man wird mich eine Hure nennen, eine Dirne, man wird mich vernichten.«

»Was interessiert es mich, was diese Schwachköpfe sagen!«

»Aber mich interessiert es!«

»Wir gehen weit fort von hier, wo es kein Gerede gibt, und lassen die Vergangenheit hinter uns.«

»Ich kann weder meinem Gewissen noch Gott entkommen. Ich werde nicht deine Geliebte werden, Roger. Ich würde mich dafür hassen. Versprich mir, dass du nicht mehr herkommst.«

»Ich werde vorsichtig sein und darauf achten, dass mich niemand sieht. Niemand wird erfahren, dass ich dich besuche.«

»Sie werden es erfahren, Roger. Kennst du diese Stadt nicht? Die Leute hier erfahren alles. Der einzige Weg, meine Ehre zu retten, ist, dass du in der Calle San José bleibst und ich hier.«

Obwohl er wusste, dass er sich nicht daran halten würde, stimmte Blackraven zu, damit sie sich nicht weiter aufregte. Er machte sich Sorgen wegen des unablässigen Zitterns in ihren Händen und der leicht bläulichen Lippen. Aber er stellte eine Bedingung.

»Außer Miora wird auch Trinaghanta bei dir bleiben. Und Milton, Shackle und Somar werden abwechselnd Tag und Nacht Wache stehen.«

Sie willigte ein, denn sie wusste, dass sie ihn in diesem Punkt nicht umstimmen konnte. Blackraven nahm einen Beutel mit Münzen aus der Innentasche seines Mantels und legte ihn auf die Anrichte. Melody gab ihn zurück.

»Ich will dein Geld nicht.«

»Mein Geld ist auch dein Geld. Alles, was mir gehört, gehört auch dir.«

»Früher ja, als ich deine Frau war.«

»Verdammt, Isaura!« Blackraven schlug mit der flachen Hand auf das Möbel, dass Melody zusammenzuckte. »Du stellst dich wie eine Närrin an. Alles, was ich besitze, steht mir zu. Ich habe es im Schweiße meines Angesichts verdient, das weißt du. Und ich entscheide, wem mein Reichtum gehört. Und mein Reichtum gehört dir, ob du nun meine Frau bist oder nicht. Wenn du das

Geld nicht für deine Ausgaben annehmen willst, sei's drum, aber dann nimm es für meinen Sohn. Ich habe ein Anrecht darauf, mich um ihn zu kümmern. Oder willst du mir auch das untersagen?«

»Nein, natürlich nicht«, sagte Melody leise und nahm die kleine Lederbörse an sich.

Blackraven trat ans Fenster, das auf den einzigen Patio des Anwesens hinausging. Er hielt die Handschuhe in der einen Hand und schlug sie gegen die Handfläche der anderen Hand. Melody wusste, dass sie ihn aufgebracht hatte. Er drehte sich um und sah sie an. Ja, es stand Zorn in seinen Augen, aber auch Verzweiflung und Schmerz. Melody hätte ihn gerne getröstet, ihn gebeten, doch dazubleiben, ihm gesagt, dass sie fliehen würden, der Realität den Rücken kehren und so tun, als habe sich mit Victorias Rückkehr nichts geändert. Sie war verwirrt und verstört, hin- und hergerissen zwischen Pflicht und Verlangen. Es war zum Besten ihres Kindes, sagte sie sich. Sie wollte, dass es hoch erhobenen Hauptes seiner Wege gehen konnte, ohne dass ihm jemand hinterherrief, seine Mutter sei eine Hure.

»Ich gehe dann«, verkündete Blackraven, und die Traurigkeit, die ihm die Brust einschnürte, rief ihm einen Satz aus Shakespeares *Sturm* in Erinnerung: »Lasst mich nicht hier nun am öden Gestade/Sondern macht meiner Verbannung ein Ende/ Mit Hilfe Eurer guten Hände.«

Melody hielt hartnäckig den Blick gesenkt, damit er nicht sah, dass sie weinte. Blackraven trat zu ihr und hob ihr Kinn an. Er bewunderte das Türkisblau ihrer von schwarzen Wimpern umkränzten Augen, in denen Tränen glitzerten, und die Schönheit ihrer vollen roten Lippen. Er beugte sich über sie, wie er sich so viele Abende über das unvollendete Gemälde gebeugt hatte, und küsste sie so sanft auf den Mund, dass es sich anfühlte, als streife sie ein Schmetterlingsflügel.

»Weil ich dich so sehr liebe, respektiere ich deine Entscheidung«, hörte sie ihn sagen. »Ich will vor allem, dass du zur Ruhe kommst. Aber du sollst wissen, dass ich deine Entscheidung für unsinnig halte. Du solltest mit mir in die Calle San José zurückkehren und weiterleben wie bisher. *Du* bist meine Frau, ganz gleich, wie oft du das Gegenteil behaupten magst. Es interessiert mich nicht, was die Kirche oder die Leute sagen. Mein Herz sagt es mir, und das genügt. Hör mir gut zu, Isaura: Niemals, niemals werde ich auf unsere Liebe verzichten.«

Melody begann bitterlich zu weinen. Sie schlang die Arme um ihn und verbarg ihr Gesicht in seinem Mantel. Nach einigen Sekunden umarmte Blackraven auch sie.

»Lass mich nicht so gehen«, bat er sie mit versagender Stimme, »lass mich nicht mit meinem Kummer allein. Sag mir etwas, das mir Hoffnung gibt. Lass mich nicht so gehen.«

»Vertraue auf Gott, mein Liebster. Er wird uns nicht verlassen.«

# Kapitel 19

Die Ruhe, nach der Melody sich gesehnt hatte, war bald dahin. Nur Stunden nach Blackravens Abreise traf Trinaghanta ein, und wenn Melody und Miora geglaubt hatten, dass sie beleidigt oder wütend sein würde, weil sie ohne sie gegangen waren, hatten sie sich geirrt. Entgegen ihrer sonstigen Art plauderte und lachte die Singhalesin, während sie die Kleider und persönlichen Dinge auspackte, die Melody zurückgelassen hatte, so froh war sie, ihrer Herrin wieder dienen zu können. Melody sah ihr zu und dachte an den Morgen in El Retiro zurück, als Trinaghanta sie nach Jimmys Tod davon überzeugt hatte, keine Trauer zu tragen, um Roger einen Gefallen zu tun.

Mit Trinaghanta kam Somar, um die erste Wache zu übernehmen, was Miora ein ständiges Lächeln aufs Gesicht zauberte. Am nächsten Morgen kam es zum ersten Streit, als Constanzós Sklave mit der Milch auf Don Gervasios Landgut auftauchte und Somar versuchte, ihn wegzuschicken. Ein Wort gab das andere, wobei der Junge nichts von dem seltsamen Kauderwelsch verstand, in dem dieser Verrückte mit dem um den Kopf geschlungenen Tuch redete. Schließlich kam Melody nach draußen, um ein Machtwort zu sprechen.

Nach einigen Tagen glich das Landgut dem Hinterhof des Hauses in der Calle San José, denn als die Sklaven von Buenos Aires erfuhren, wo sich der Schwarze Engel aufhielt, kamen sie in Scharen, nicht um sie um einen Gefallen zu bitten, sondern um ihr in dieser schweren Zeit Geschenke und ein tröstendes Wort zukommen zu lassen.

»Wo meine Herrin ist, wimmelt es nur so von Sklaven«, klagte Somar, nach dessen Meinung es schwierig war, für Melodys Sicherheit zu sorgen, wenn sie von solchen Menschenmengen aufgesucht wurde. Seit einigen Tagen war eine neue Sorge hinzugekommen: Blackraven hatte ihm erzählt, dass im Tambor- und im Mondongoviertel die Pocken ausgebrochen seien, und ihn angewiesen, darauf zu achten, dass die Sklaven nicht mit Melody in Berührung kamen.

Papá Justicia kam oft zu Besuch, stets mit einem kleinen Geschenk und Neuigkeiten aus der Stadt. Melody fiel auf, dass er nie auf den Skandal zu sprechen kam, den Victoria Trewarthas Auftauchen verursacht hatte, und auch nicht auf die Gerüchte, die sich um sie rankten. Er erzählte von harmlosen Neuigkeiten und benahm sich, als ob das Leben seinen normalen Gang ginge. Doch Papá Justicias Bemühungen, sie vor der Boshaftigkeit der Leute zu bewahren, waren vergebens, denn durch die Scharen von Sklaven, die sie besuchten, erfuhr sie doch davon. Sie hätte darum bitten können, dass man ihr nichts erzählte, aber sie wollte es wissen. Sie wollte unbedingt erfahren, was Blackraven und auch Victoria taten. Sie wusste, dass die Gesellschaft Victoria mit offenen Armen empfangen hatte, dass die vornehmen Damen sie häufig einluden und dass Doña Magdalena, Álzagas Frau, ihr in gebrochenem Französisch mitgeteilt hatte, man habe immer schon geahnt, dass dieses einfältige Mädchen nicht die wahre Gräfin von Stoneville sein könne.

Nichts schmerzte Melody mehr, als zu erfahren, dass Victoria und Simonetta Cattaneo enge Freundinnen geworden waren. Die Leute in Buenos Aires gaben nichts auf die Geschichten der Witwe Arenales; sie wussten, dass die arme Frau seit dem Tod ihres Mannes und ihres einzigen Sohnes nicht mehr ganz richtig im Kopf war, was sich daran zeigte, dass sie mit sieben Katzen im Bett schlief, mit dem Geist des verblichenen Oberst Arenales sprach und sich nur von Obst ernährte. Aber eigentlich schenkten die Leute den Geschichten der Alten keinen Glauben mehr, seit Señora Cattaneo bereitwillig auf das Werben des Händlers Eduardo Romero einging, eines wohlhabenden, gut aussehenden Witwers. Simonetta nahm an Gesellschaften und Bällen in den feinsten Salons teil, und die Gastgeber schmückten sich mit ihr wie mit einem Kunstwerk. Männer wie Frauen erwarteten sehnsüchtig ihr Erscheinen, Erstere, um sich an so viel Schönheit zu ergötzen und in der Hoffnung, ihr Gesellschaft zu leisten, die Frauen, um ihre Kleider und Accessoires genau in Augenschein zu nehmen. An dem Abend, als Simonetta gemeinsam mit Victoria Blackraven bei den Escaladas erschien, verfielen die Anwesenden in andächtiges Schweigen. »Es ist, als habe man *Die Geburt der Venus* in doppelter Ausführung vor sich«, bemerkte Manuel Belgrano, dem vor einigen Tagen aufgefallen war, dass die Italienerin den gleichen Namen wie Sandro Botticellis Lieblingsmodell trug.

»Ist Cattaneo der Nachname Eures Mannes?«, erkundigte er sich.

»Oh, nein«, antwortete die Frau lächelnd. »Gleich nach seinem Tod habe ich meinen Mädchennamen wieder angenommen.«

Man verzieh ihr diese ans Skandalöse grenzende Exzentrik, weil sie schön, kultiviert und von einnehmendem Wesen war und weil sie, obwohl ihr die ganze Welt offen stand, vielleicht ein Mitglied dieser Gesellschaft – Eduardo Romero – heiraten und im Land bleiben würde. Es war eine seltene Ehre.

»Wusstet Ihr«, fuhr Belgrano fort, »dass Ihr den Namen der Frau tragt, die Botticelli bei seiner *Geburt der Venus* Modell stand? Natürlich seid Ihr von derselben erlesenen Schönheit.«

»Ja, das wusste ich, Doktor Belgrano. Jene Simonetta Cattaneo, die Botticello Modell stand und zudem die Geliebte des jüngeren Bruders von Lorenzo de Medici war, ist eine Ahnherrin von mir. In meiner Familie ist es Tradition, die älteste Tochter nach dieser berühmten Simonetta zu benennen.«

Melody brachte in Erfahrung, dass in der Gesellschaft darüber diskutiert wurde, wer schöner und anmutiger sei, Victoria oder Simonetta. Die Meinungen gingen auseinander. Als Simonetta eines Nachmittags auf Don Gervasios Landgut erschien, empfing Melody sie herzlich. Der Duft ihres Parfüms aus Jasmin, Narzissen und Bergamotte kam ihr so angenehm vertraut vor, als hätte sich nichts verändert und als hätte sie das Haus in der Calle San José nie verlassen müssen. Doch Melody musste zugeben, dass sie aus Stolz und nicht aus Zuneigung freundlich zu ihrem Gast war. Ihr Lächeln und ihre zwanglose Plauderei sollten darüber hinwegtäuschen, wie sehr es sie verletzte, dass Simonetta sich mit Blackravens Frau angefreundet hatte. Bestärkt von Miora, kam Melody zu dem Schluss, dass Simonetta sie nur besucht hatte, um für Victoria zu spionieren, und wies die Wachen an, Señora Cattaneo beim nächsten Mal zu sagen, dass sie nicht da sei. Es war ein seltsames Gefühl, zu lügen. Sie würde bei Pater Mauro beichten müssen. Sie war nicht mehr sie selbst.

Ein weiteres Gerücht, das sie beunruhigte und ihr den Schlaf raubte, besagte, dass Blackraven ein Verhältnis mit der Portugiesin Ágata de Ibar unterhalte. Sie hatte diesen Namen zum ersten Mal aus dem Mund von Pilar Montes gehört, die ihr haarklein von dem skandalösen Verhalten berichtet hatte, das die Baronin während eines Abendessens Blackraven gegenüber an den Tag gelegt habe. Es hieß, der Graf von Stoneville besuche häufig das Hotel, in dem das Ehepaar de Ibar logiere. Er habe enge Freundschaft mit dem Baron geschlossen und lade ihn häufig auf sein Anwesen El Retiro ein oder führe ihn durch seinen Betrieb *La Cruz del Sur*. Es wurde sogar gemunkelt, dass der Baron nicht nur von dem Liebesverhältnis seiner Frau mit dem Grafen wisse, sondern dieses sogar fördere, da er impotent sei. Auch wenn Melody sich sagte, dass die Leute logen, nagte der Zweifel an ihr. Sie durfte nicht an ihm zweifeln, sagte sie sich. Das hatte sie schon einmal getan und war im Irrtum gewesen. Außerdem, wer war sie, um Treue von ihm zu fordern? Es war Victoria, der dieses Recht nun zustand. Manchmal, wenn der Kummer sie überwältigte, bereute sie, dass sie von ihm verlangt hatte, sich von ihr fernzuhalten.

Die Besuche von Lupe und Pilarita waren eine große Freude für Melody, denn genau wie Papá Justicia verschonten sie sie von Klatsch und Tratsch und erzählten stattdessen von den Bauarbeiten im Hospiz, die kurz vor dem Abschluss standen, von den freigelassenen Sklaven, die bereits zwischen Baugerüsten und Handwerkern dort wohnten, von der Politik am Río de la Plata, in der es in diesen Tagen drunter und drüber ging, und von ihren Kindern. Dieses Thema interessierte Melody ganz besonders; sie befragte die beiden über Babypflege und Geburt, denn plötzlich war sie voller Ängste. Pilarita, die Blackraven wegen dessen Geschäftsverbindungen zu ihrem Mann häufig sah, berichtete ihr, dass er Gewicht verloren habe und sehr wortkarg sei. Es gefiel Melody nicht, ihn traurig zu wissen, andererseits aber stand seine Gemütsverfassung im Widerspruch zu den Gerüchten, die ihn mit der Baronin de Ibar im Bett sahen, und das freute sie.

In diesen traurigen, schwierigen Tagen bereitete ihr nichts größere Freude als die Besuche von Amy und den Kindern. Ihr Herz machte einen Satz, wenn sie die Kinder mit Sansón und Arduino aus der Kutsche springen sah, noch bevor Ovidio das Treppchen ausklappen konnte. Dann folgte Amy in ihrem ungewöhnlichen Aufzug aus schwarzer Hose und schwarzer Jacke, der ihr mittlerweile so vertraut war. Melody breitete die Arme aus, und Estevanico, Víctor und Angelita schmiegten sich an ihren gerundeten Bauch, während Sansón und Arduino um sie herumsprangen. Sie tranken Schokolade und ließen sich die Kekse und Törtchen schmecken, die Miora zubereitete. Mit vollen Backen sprachen alle drei gleichzeitig, um ihr von den neuesten Vorkommnissen zu erzählen. Bei Tisch in der Calle San José hätten sie sich niemals so benommen, doch hier auf dem Landgut waren sie weit weg von der Stadt, von Señor Blackravens strengen Blicken und der Zucht und Ordnung der Lehrer Perla und Jaime, während Miss Melody sie verwöhnte und unaufhörlich anlächelte. Es war ihr liebster Ort geworden, wo es keine Regeln und Pflichten gab, nur Vergnügen und Freiheit. Da das Klima in diesen ersten Frühlingswochen milde war, durften sie nach der Schokolade durch die Obstplantagen laufen; sie bauten Papierschiffchen und ließen sie auf dem Bewässerungsgraben fahren. Wenn sie dann alleine waren, unterhielten sich Amy und Melody, vor allem über Victoria, die Amy überhaupt nicht leiden konnte. Selbst wenn nur die Hälfte von dem stimmte, was sie erzählte – Amy neigte zu Übertreibungen –, genügte das, um Melodys Ängste zu vertreiben.

»Wie geht es Víctor?«, erkundigte sich Melody bei einer Gelegenheit.

»Jetzt, da er weiß, wo du bist, gut«, antwortete Amy. »Als er von deinem Verschwinden erfuhr, war er am Boden zerstört. Ich hatte Angst, er könne erneut einen Anfall bekommen.«

»Mein armer kleiner Engel«, sagte Melody mitleidig. »Ich dachte, die Zeit der Trennung würde dir helfen, dich ihm anzunähern und ihm zu eröffnen, dass du seine Mutter bist.«

Das Klirren von Glas ließ sie zusammenzucken. Sie fuhren auf ihren Stühlen herum und stießen einen erschreckten Schrei aus. Da stand Víctorund sah sie entgeistert an. Vor ihm auf dem Boden lagen die Scherben eines Tellers, auf dem sich Butterkringel befunden hatten. Er hatte sich heimlich hineingeschlichen, um sie mit in den Garten zu nehmen.

»Oh mein Gott!«, rief Melody. »Komm her, mein Liebling, nicht weinen.«

Víctor machte auf dem Absatz kehrt und rannte davon. Amy lief ihm hinterher. Melody, die im siebten Monat war, folgte den beiden schwerfällig. Draußen auf der Veranda legte sie die Hand über die Augen und sah, wie Amy Víctor um die Taille fasste und ihn in die Luft hob. Der Junge zappelte und schrie wie von Sinnen, bis Amy in die Knie ging und ihn endlich gebändigt bekam. So hockten sie eine ganze Weile da, Amy mit dem Oberkörper sanft hin und her schaukelnd, als wollte sie ihn wiegen, Víctor schluchzend. Melody entschied, nicht näher zu gehen, sondern blieb auf der Veranda stehen und betete still das Vaterunser. Immer wieder unterbrach sie sich, um zu flehen: »Bitte lass ihn keinen Anfall bekommen.«

»So sehr missfällt es dir, dass ich deine Mutter bin?«

»Ja! Ich hasse Sie!«

»Warum?«

»Darum.«

»Dann war es also eine Lüge, als du jeden Abend für mich gebetet hast, damit es mir gutgehe?« Víctor ließ den Kopf hängen und antwortete nicht. Amy schüttelte ihn sanft. »War es eine Lüge, Víctor?«

»Nein«, sagte er mit weinerlicher Stimme. »Ich wollte, dass es meiner Mutter gutgeht.«

»Gott hat deine Gebete erhört. Es geht mir gut.«

»Das ist mir ganz egal.«

»Dann passt es dir also nicht, dass du nun weißt, dass ich deine Mutter bin. Schämst du dich für mich?« Víctor schüttelte den Kopf. »Möchtest du mich nicht als Mutter?«

»Miss Melody ist meine Mutter.«

»Nein!«, entgegnete Amy mit einer Heftigkeit, die den Jungen erschreckte. »Auch wenn es dir nicht gefällt, deine Mutter bin ich. Du bist mein Sohn.«

Víctor setzte sich in Amys Schoß auf, um sie anzusehen, und sie ließ ihn gewähren. Nachdem sie eben so gerannt war, hatte sich ihr Puls wieder beruhigt, doch angesichts des herausfordernden, kalten Blicks des Jungen begann ihr Herz wieder zu rasen. Es kam ihr vor, als sähe sie Galo Bandor vor sich. Gott, er war ihm so ähnlich!

»Warum haben Sie so lange gewartet, bis Sie zu mir gekommen sind? Mögen Sie mich nicht, weil ich diese Anfälle habe? Hassen Sie mich?«

»Nein! So etwas darfst du nicht denken! Deine Anfälle haben nichts damit zu tun. Ich hasse dich nicht. Ich liebe dich, ich liebe dich sehr.«

»Mehr als Arduino?«

»Viel mehr. Du bist der Mensch, den ich am meisten liebe auf der Welt.«

Víctors Augen füllten sich mit Tränen. Amy hatte einen Kloß im Hals, und ihre Nase kitzelte.

»Warum haben Sie so lange gebraucht, um zu mir zu kommen?«

»Weil ich Angst hatte. Weil ich nicht wusste, wie man Mutter ist. Und weil ich befürchtete, du könntest mir meine Freiheit nehmen.« Amy merkte, dass sie so schonungslos mit ihm sprach wie mit ihren Matrosen. Sie konnte nicht anders; so war sie, ungehobelt, ruppig und geradeheraus. »Ich erwarte nicht, dass du mich verstehst, Víctor. Ich bitte dich nur, mir zu verzeihen, dass ich einen Fehler gemacht habe, und dass du mir erlaubst, deine Mutter zu sein.«

Víctor fiel Amy um den Hals und umarmte sie mit einem Ungestüm, den man ihm bei seiner schwachen, kränklichen Konstitution nicht zugetraut hätte. Die beiden begannen hemmungslos zu weinen, genau wie Melody, die die Szene von der Veranda aus beobachtete.

»Ja, ich hätte gerne, dass Sie meine Mutter sind«, schluchzte Víctor, den Kopf an Amys Brust geschmiegt.

»Du weißt gar nicht, wie glücklich mich das macht, mein Liebling.«

»Ich habe Sie sehr gern, Mutter.«

Amy konnte nicht antworten. Sie drückte ihn fest an sich, bis sie Víctors zarte Rippen spürte. Eine immense Wärme durchströmte sie. Sie wusste nicht, woher sie kam, sie hatte so etwas noch nie gespürt, ein übermächtiges Gefühl, das sie mit überschwänglichem Glück und paradoxerweise zugleich mit großer Ernsthaftigkeit erfüllte. Von klein auf hatte sie sich danach gesehnt, geliebt zu werden – von ihrer Mutter, die mit einem Stallknecht durchgebrannt war, von ihrem Vater, der sie, wenn er betrunken war, blutig schlug, von Roger, ihrem Helden, von ihren Seeleuten. Von Galo Bandor. Das Bedürfnis nach Liebe hatte sich wie ein roter Faden durch ihr ganzes Leben gezogen. Und nun war dieser Hunger mit einem Mal gestillt; es hatte genügt, dass Víctor sagte: »Ich habe Sie sehr gern, Mutter.« Er machte sie komplett. Er war Fleisch von ihrem Fleisch, das einzig Wertvolle und Kostbare, was sie besaß. Ihr Sohn.

»Víctor. Víctor, mein geliebter Junge«, sagte sie unter Tränen.

Víctor richtete sich auf und wischte sich mit dem Handrücken über die Nase. Amy nahm das schwarze Tuch ab, das sie um den Kopf trug, und putzte ihm in ihrer ersten mütterlichen Handlung die Nase. Sie kannte diesen Blick, sie hatte ihn schon in einem anderen Augenpaar gesehen, und sie wusste, dass nun eine Frage kommen würde, die sie nicht beantworten wollte. »Liebst du mich, Amy Bodrugan?«, hatte Galo Bandor vor Jahren von ihr wissen wollen.

»Wer ist mein Vater?«

»Ein hervorragender Seefahrer, ein großer Kapitän! Sehr mutig, und ein großartiger Degenfechter. Er besitzt ein prächtiges Schiff, mit dem er auf der Suche nach Abenteuern auf den Meeren kreuzt.«

»Ist er so mutig wie Kapitän Black?«

»Ja, ja, genau wie Kapitän Black.«

Víctors Lächeln nahm dem Satz den bitteren Nachgeschmack. Es war nie leicht, über Bandor zu sprechen.

»Wie heißt er?«

Amy zögerte. Schluss mit den Lügen, Bodrugan, sagte sie sich. Dein Sohn hat die Wahrheit verdient.

»Er heißt Galo Bandor.«

»Galo Bandor. Und er hasst mich, deshalb kommt er nicht her.«

»Nein, mein Schatz, er hasst dich nicht. Er weiß gar nicht, dass es dich gibt. Ich habe es ihm nie gesagt.«

»Warum?«

»Nun, weißt du, unter Erwachsenen ist nicht immer alles so einfach. Wir machen die Dinge kompliziert. Als ich erfuhr, dass du auf die Welt kommen würdest, waren dein Vater und ich zerstritten, und ich beschloss, ihm nichts davon zu sagen.«

»Und seid ihr jetzt immer noch zerstritten?« Als Amy nickte, ließ Víctor den Kopf hängen.

»Ich verspreche dir, dass wir ihn suchen werden und ihm sagen, wer du bist. Ich bin sicher, er wird glücklich sein, dich kennenzulernen.«

»Wirklich?«

»Vertrau mir, mein Schatz.«

Sie gingen Hand in Hand zum Haus zurück, bis Víctor Melody auf der Veranda entdeckte und losrannte.

»Miss Melody! Miss Melody! Señorita Bodrugan ist meine Mutter!«

Melody schloss ihn in die Arme.

»Ja, mein Liebling, ich weiß. Was für eine wundervolle Nachricht! Gott hat unsere Gebete erhört.«

»Und mein Vater ist ein großer Kapitän, so wie Kapitän Black. Sein Name ist Galo Bandor.«

»Du bist ein Glückspilz, Víctor!«

»Er weiß noch nicht, dass ich sein Sohn bin«, sagte der Junge, überhaupt nicht niedergeschlagen, »aber meine Mutter hat versprochen, es ihm zu sagen.«

»Das ist eine kluge Entscheidung von deiner Mutter.«

»Ich geh es Estevanico und Angelita sagen.«

Dass Víctor nun endlich wusste, wer seine Mutter war, und

dass er die Nachricht gut aufgenommen hatte, war eine so große Freude für Melody, dass es ihr für einige Tage gelang, ihre Nöte und Sorgen beiseitezuschieben. Bis mit Madame Odile der Alptraum zurückkehrte, als diese ihr bei einem Besuch eine Stunde lang Vorhaltungen machte, weil sie Blackraven aus ihrem Bett verstoßen hatte.

»Willst du, dass eine Klügere ihn dir wegnimmt? Was soll diese Ziererei? Schließlich hast du auch mit ihm geschlafen, als ihr noch nicht verheiratet ward.«

»Aber damals war er Witwer. Jetzt ist er verheiratet.«

»*Mon dieu!*«, ereiferte sich Odile und verfiel in ihre Muttersprache, wie immer, wenn sie die Geduld verlor. »*Tu me dis qu'il est marié maintenant! Bien sûr qu'il est marié. Avec toi, ma petite!*«

»Madame, ich verstehe kein Wort von dem, was Ihr sagt.«

»Ich versuche dir zu sagen, dass Roger natürlich verheiratet ist. Mit dir!«

»Nein, Madame. Unsere Ehe ist null und nichtig, sie hat nie existiert.«

»Was sagt Roger dazu? Dass du nicht mehr seine Frau bist? Los, antworte!«

»Er sagt dasselbe wie Ihr. Dass ich weiterhin seine Frau bin.«

»Siehst du, ich habe recht! Gott sei Dank bewahrt wenigstens einer in diesem Durcheinander einen kühlen Kopf.« Madame Odile nippte an ihrem Likör und schwieg einige Sekunden, um sich zu beruhigen. »Melody, meine Liebe, du weißt, dass ich dich liebe wie eine Tochter, die ich nie hatte. Das weißt du doch, oder?« Melody nickte. »Vertrau einer alten Frau, die nicht nur alt ist, sondern auch erfahren. Schreib Roger und bitte ihn, zurückzukommen.«

Cunegunda hatte sich vorgenommen, Belas Seele vor dem ewigen Feuer zu retten, um so die Vergebung des Herrn für die Sünden der Vergangenheit zu erlangen. Und der Herr kam ihr zu Hilfe;

die Neuigkeit, die sie ihrer Herrin Bela mitzuteilen hatte, würde diese endlich zur Besinnung bringen. Aufgeregt stürzte sie in die Hütte. Ihre Herrin lag in beklagenswerter Verfassung auf dem Bett. Sie hat wieder von dem Kraut inhaliert, dachte Cunegunda, doch dann fiel ihr ein, dass dieses furchtbare Zeug ihrer Herrin keine Übelkeit verursachte.

»Herrin, Ihr seid doch nicht etwa schwanger?«

»Sprich bloß nicht davon! Du bereitest doch selbst die Spülungen aus Senf und Essig zu, wenn ich mit Braulio zusammen war.«

»Ich habe Euch doch gesagt, dass manche Frauen trotz dieser Spülungen schwanger werden.«

»Wo kommst du her? Ich hätte dich vorhin gebraucht.«

»Oh, Herrin!« Cunegunda schien sich wieder an den Grund ihres Hierseins zu erinnern. »Ihr werdet tot umfallen, wenn ich Euch sage, was ich erfahren habe.«

»Wo kommst du her?«

»Aus der Stadt.« Bela sah überrascht auf. »Nicht wütend werden, Herrin. Ich habe Gabina besucht.«

»Wenn du ihr verraten hast, wo wir uns verstecken, Cunegunda, prügle ich dich windelweich. Diese Gabina ist ein Klatschmaul.«

»Nein, nein, Herrin. Ich habe nichts verraten«, log die Sklavin.

»Was bringst du für Neuigkeiten, dass du herumläufst wie ein aufgescheuchtes Huhn?«

»Roger Blackravens erste Frau lebt!« Bela setzte sich auf. »Ja, sie ist nicht tot, wie wir alle glaubten, sondern quicklebendig.«

»Sprichst du von Victoria? Victoria Trewartha?«

»Genau die! Gabina arbeitet in der Calle San José für sie, sie hat's mir erzählt.«

»Soll das heißen, Victoria Trewartha ist in Buenos Aires?« Cunegunda bejahte. »Victoria Trewartha in Buenos Aires! Gütiger Gott! Los, erzähl mir alles.«

Cunegunda berichtete ihr alles, was sie von Gabina gehört hatte, und setzte dann hinzu: »Das Schicksal hat Euch gerächt. Ihr musstet gar nichts dazutun, um Vergeltung an Miss Melody zu üben. Das Schicksal hat es übernommen, sie zu strafen, und Ihr könnt ein reines Gewissen haben. Eure Seele ist gerettet, Herrin!«

Bela hörte ihr gar nicht zu. Sie konnte nur daran denken, dass ihre Pläne durchkreuzt worden waren. Verglichen mit Victoria Trewartha war Melody keine Konkurrenz gewesen. Doch Blackraven zurückzugewinnen, wenn Victoria am Leben war, erschien ihr ein aussichtsloses Unternehmen. Keine Frau konnte neben ihr bestehen. Sie musste ebenfalls sterben, beschloss Bela. Sie stand auf und hieb mit der Faust auf den Tisch.

»Zum Teufel mit diesen beiden Weibsstücken!«

»Herrin! Bitte flucht nicht. Tut das nicht.« Die Sklavin bekreuzigte sich zweimal. »Lasst uns von hier verschwinden! Es gibt hier nichts mehr zu tun für uns. Miss Melodys Glück ist dahin, Gottes Gerechtigkeit hat Euch gerächt. Nutzen wir die Gelegenheit, dass Señora Enda nicht da ist, und machen uns aus dem Staub.«

Tags zuvor hatte spät in der Nacht ein Mann aus Reducción de los Quilmes an die Tür der Hütte geklopft und gefragt, ob eine Señora Gálata dort wohne. Er war bleich, und seine Miene verriet tiefe Besorgnis. Enda kam ruhig und mit teilnahmsloser Miene an die Tür und fragte ihn, was er wolle.

»Es geht um meine Tochter. Sie ist von einem Dämon besessen. Oder gar von mehreren! Wir haben sie gefesselt, aber wir wissen nicht, was wir noch tun sollen. Die Ärzte haben mir gesagt, dass die Krankheit, an der sie leide, ihre Künste übersteige. Eine Nachbarin, Doña Elena, hat uns von Euch und Euren außergewöhnlichen Kräften erzählt.« Er streckte seine zitternde Hand aus und hielt Enda mehrere Goldmünzen hin. Sie nahm sie und zählte sie nach. »Wenn Ihr jetzt gleich mit zu mir nach

Hause kommt und der gequälten Seele meiner Tochter Erleichterung verschafft, gebe ich Euch noch einmal so viel.«

Enda war in der Kutsche des verängstigten Mannes nach Reducción de los Quilmes gefahren, und Braulio hatte sie auf dem Pferd begleitet. Sie waren noch nicht zurück. Cunegunda war überzeugt, dass der Herrgott diesen Mann gesandt hatte, um Enda und Braulio aus der Hütte wegzulocken, damit sie mit ihrer Herrin Bela fliehen konnte. Sie begann in ihren Habseligkeiten zu kramen.

»Was machst du da?«, schimpfte Bela.

»Unsere Sachen packen, damit wir fliehen können, bevor diese Hexe zurück ist.«

»Geh, wohin du willst! Ich bleibe hier.«

»Ich soll alleine gehen, ohne Euch? Niemals, Herrin! Ich würde mich niemals von Euch trennen.«

»Dann geh mir nicht auf die Nerven und sei still. So kann ich nicht nachdenken.« Nach kurzem Schweigen fragte sie: »Miss Melody befindet sich also auf Don Gervasio Bustamantes Landgut, ja?«

Cunegunda schloss die Augen und legte resigniert den Kopf in den Nacken.

Dafür, dass sich die Engländer nur so kurze Zeit in Buenos Aires gehalten hatten – knapp fünfundvierzig Tage waren es gewesen –, war ihr Einfluss auf das kulturelle Leben nach Meinung von Martín de Álzaga übergroß und so nicht hinzunehmen.

»Es sieht ganz so aus, als müssten wir Männer uns nun zur Begrüßung die Hand geben und den Damen unseren Arm bieten«, beklagte er sich bei seiner Frau Magdalena.

»Und nicht nur das«, setzte diese hinzu. »Außerdem setzt es sich durch, bei jeder Speise, die nun zudem nacheinander aufgetragen werden, das Besteck zu wechseln. Wo hat man so etwas gesehen!«

Was die politische Situation nach der Invasion anging, so war Álzaga noch unentschieden, ob sie als vorteilhaft oder nachteilig anzusehen war. Einerseits waren sie Sobremonte losgeworden, der, in völligen Misskredit geraten, am Ostufer des Río de la Plata herumirrte, denn auch in Montevideo war er nicht willkommen. Sobremontes Weggang hatte einen fruchtbaren Boden für jeden hinterlassen, der die Macht an sich reißen wollte. Álzagas größtes Ziel, Vizekönig zu werden, würde bald Wirklichkeit werden, obgleich er noch einige dunkle Wolken an diesem wunderbaren Horizont ausmachte, etwa die Überlegenheit Liniers, der vom Volk als Held angesehen wurde, und den großen Zuspruch für die Anhänger der Unabhängigkeitspartei, die auf dem Landgut von Rodríguez Peña oder in der kürzlich von Vieytes eröffneten Seifenfabrik zusammenkamen, um gegen den König zu intrigieren.

Die Bildung einer Armee bedeutete ebenfalls ein Risiko. Niemand bestritt die Notwendigkeit, über bewaffnete Truppen zu verfügen, da eine weitere englische Invasion bevorstand. Was Álzaga sauer aufstieß, war, dass die meisten Einheiten aus Kreolen bestehen sollten; das war eine ziemlich gefährliche Situation. Der Unlust der Spanier bei der Erfüllung ihrer militärischen Pflicht stand der Enthusiasmus der Einheimischen gegenüber, hinter dem Álzaga Befreiungsgedanken witterte. Die Befürworter der Unabhängigkeit, insbesondere Pueyrredón, ließen keine Gelegenheit aus, um den Glauben zu schüren, die Spanische Krone habe sie im Stich gelassen und man müsse sich bewaffnen und verteidigen. Die Stadt glich einer riesigen Kaserne, und selbst dreizehn-, vierzehnjährige Burschen hofften darauf, in irgendeine Einheit aufgenommen zu werden. Mit Feuereifer nahmen die Männer von fünf bis acht Uhr morgens an den Übungen teil, und erst wenn die Soldaten von ihren Manövern zurückkehrten, öffneten die Geschäfte und Büros.

Doch abgesehen von ihrem Enthusiasmus mangelte es Liniers' Armee an Disziplin, und die Ausbildung der Soldaten war jämmerlich, weil die Hauptleute, die damit betraut waren, mit Ausnahme von Oberst Balbiani keinerlei Ahnung vom Militärwesen hatten. Dieser zusammengewürfelte Haufen von Bauern, Krämern, Viehzüchtern, Tagelöhnern und Indios würde nicht in der Lage sein, sich auf offenem Felde gegen eine richtige Armee zu behaupten. Álzaga sah sie schon in wilder Flucht das Weite suchen. Zu diesen mangelnden Grundlagen bei der Truppe kam, dass es an Waffen und Munition fehlte – selbst das Blei aus den Häusern wurde konfisziert, um Kugeln daraus zu gießen –, an Uniformen, Sold und Proviant. Eine Ausnahme war Pueyrredóns Kavallerie, die so genannten Husaren; sie trugen die schneidigsten Uniformen und zeigten recht viel Disziplin. Man merkte, dass es sich um Angehörige der Oberschicht handelte, denn die Waffen, die Munition, der Unterhalt der Pferde und die Kleidung waren kostspielig. Ihm war zu Ohren gekommen, dass Roger Blackraven Pueyrredón eine großzügige Summe zur Bildung seiner Truppe überlassen habe, was ihn über die Maßen beunruhigte. »Blackraven…«, murmelte er, während er sich auf den Weg zu seinem Laden machte.

Die Geschäfte liefen schlecht. Er hatte sie zugegebenermaßen vernachlässigt, weil er mit politischen Fragen beschäftigt war. Am Anfang war er nicht sonderlich beunruhigt gewesen und hatte nicht viel darauf gegeben, dass die Bestellungen des einen oder anderen Einzelhändlers aus der Stadt ausblieben. »Sie werden schon noch ordern«, hatte er zu seinem Lagerverwalter gesagt. Besorgniserregender erschien ihm, dass keine Bestellungen aus dem Inland eintrafen, seine größte Einnahmequelle, die ihm hervorragende Gewinne von über hundert Prozent brachte. Sein Vertrauensmann in Córdoba und Catamarca hatte eine mühselige Reise unternommen und war mit schlechten Nachrichten zurückgekehrt: Die Kunden wollten nicht länger bei Álzaga kaufen, und wenn man sie aufforderte, in diesem Fall sofort ihre Ausstände zu begleichen, legten sie ohne Widerspruch die Münzen auf den Tisch. Dieses Geld war zwar durchaus willkommen, aber der Verlust der Kunden war ein harter Schlag für die finanzielle Situation des Unternehmens. Bei den Nachforschungen auf dem Markt von Buenos Aires hatte Sixto Parera, der bei Álzaga beträchtliche Außenstände hatte, schließlich ausgepackt: Er kaufe nun bei einem anderen Händler, der zu besseren Preisen verkaufe und unschlagbare Zahlungskonditionen biete.

Álzaga hatte nie etwas gegen Konkurrenz gehabt, nicht einmal gegen die seines früheren Chefs Gaspar de Santa Coloma. Er wusste, dass er der wichtigste Händler im ganzen Vizekönigtum war, nicht nur wegen der Vielfalt und Qualität seiner Ware, sondern weil er viele Kunden durch ihre Schulden in der Hand hatte. Seine Überraschung war groß, als er einige Tage später seine Außenstände von Sixto Parera einforderte, um diesem einen Denkzettel zu verpassen, und der Alte ohne mit der Wimper zu zucken zahlte.

»Woher hat er das Geld?«, tobte Álzaga.

»Er sagt, er habe es bei einem anderen Pfandleiher aufgenommen, der deutlich niedrigere Zinsen verlange«, teilte ihm sein Angestellter mit.

»Bei wem?«

»Er wollte seinen Namen nicht nennen, Herr.«

Bei dem Gedanken an diese Gespräche und Vorkommnisse betrat er schlechtgelaunt seinen Laden. Gleich nachdem er in seinem Büro Platz genommen hatte, rief er seinen Verwalter zu sich.

»Gibt es etwas Neues?«

»Ein Schwarzer wartet draußen auf Euch. Er sagt, er bringe eine Nachricht und habe Anweisung, sie nur Euch persönlich auszuhändigen.«

Álzaga erhob sich mit klopfendem Herzen. Jetzt war es so

weit, sagte er sich und dachte an die Drohung, die der Sklave Sabas gegen ihn ausgesprochen hatte, als er diesem das Geld für seine Auskünfte über die Verschwörung gegeben hatte. »*Sollte mir etwas zustoßen und ich beispielsweise verschwinden, nachdem ich Euch die Information gegeben habe, wird jemand zu Eurer Frau Doña Magdalena gehen und ihr von Euren Besuchen im Haus dieser Frau erzählen. Er wird ihr auch berichten, wie ähnlich Euch der kleine Martín sieht.*« Seit Sabas' Tod – verflucht sollte der Moment sein, in dem er beschlossen hatte, zu sterben! – lebte er in Angst davor, dass seine Drohung eintrat. Es wäre sein moralischer Ruin und das Ende seiner Ehe. Man würde ihn aus dem Laienorden vom Heiligen Franziskus ausschließen und die Gesellschaft würde sich von ihm abwenden. Doch dann überlegte er, dass Sabas' Komplize wohl eher auf Geld aus war, wenn er im Laden vorstellig wurde, statt direkt zu Doña Magdalena zu gehen. Gerade jetzt, wo er nicht flüssig war. Verflucht sollte er sein!

»Lass ihn rein.«

Herein kam ein eher schwächlicher Mulatte, den Blick gesenkt, die Mütze in den Händen.

»Was willst du?«

»Meine Herrin schickt mich. Ihr habt ihr von Ungeziefer befallenes Mehl verkauft. Sie möchte …«

»Was? Was sagst du da? Wer bist du? Wer sind deine Herrschaften?«

»Ich bin Sempronio, der Kutscher von Doña Tomasa de Escalada.«

»Und was willst du hier?«

»Ich komme im Auftrag meiner Herrin. Sie sagt, das Mehl ist voller Ungeziefer.«

Álzaga war so erleichtert, dass er laut loslachte. Sempronio sah ihn verwirrt an. Um das Thema aus der Welt zu schaffen, ließ der Händler zwei Säcke Mehl auf den Karren der Escaladas laden und schickte den Sklaven weg. Dennoch, so sagte er sich, schwebte die Bedrohung weiterhin über ihm. Und wenn es sich bei Sabas' Drohung um eine Finte gehandelt hatte und in Wirklichkeit niemand von seiner Übereinkunft mit Álzaga wusste? Aber er konnte sich nicht sicher sein, und zumindest für eine Weile würde er weiter bangen müssen.

Schlechtgelaunt ließ er sich das Kassenbuch bringen. Seit Tagen hatte er nichts als Probleme. Das jüngste, vielleicht schwerwiegendste war, dass sich seine Schiffe, die *Joaquín* und die *San Francisco de Paula,* verspäteten. Sie hätten schon vor Tagen in die Ensenada de Barragán einlaufen müssen. Um einen ordentlichen Batzen Geld zu sparen, hatte er seinen Schwiegersohn und Agenten in Cádiz, José Requena, angewiesen, keine Versicherung für die Ladung und die Schiffe abzuschließen, und so raubte ihm der bloße Gedanke an ihren Verlust den Schlaf.

Der Lagerverwalter kam herein und legte ihm das Kassenbuch vor.

»Ist es auf dem neuesten Stand?«

»Ja, Señor. Heute muss die Einfuhrsteuer gezahlt werden. Soll ich José mit dem Geld zum Konsulat schicken?«

»Wie viel ist es?«

»Achtzig Pesos.«

»Achtzig Pesos!« Er hatte mit höchstens vierzig gerechnet, weil er den Großteil seiner Ware schmuggelte.

»Schick José nur los. Das Letzte, was ich brauchen kann, ist Ärger mit Belgrano.«

Die Schulden bei seinem größten Lieferanten in Cádiz, der Casa Ustáriz, die demnächst fällig wurden, gaben ihm weiteren Anlass zur Sorge. Er hatte den Wechsel noch nicht eingelöst, mit dem sein Schwager die Schulden über 11 600 Pesos bei Ustáriz begleichen sollte. Die Zeit drängte, und nach den Zahlen, die das Kassenbuch hergab, war das Geld nicht da. Er wollte seine Angestellten nicht losschicken, um die Darlehen seiner Schuldner zu kündigen und die sofortige Begleichung der Beträge samt Zinsen zu fordern, denn damit würde er nicht nur keinen Pfifferling gewinnen, sondern auch als Geldgeber in Misskredit geraten. Er hatte natürlich einiges zur Seite gelegt, aber bei einer Familie mit dreizehn Kindern, darunter einige Töchter, denen er eine Mitgift geben musste, wollte er sich lieber verschulden, als diese Ersparnisse anzugreifen.

Der Einzige in Buenos Aires, der liquide genug war, um ihm über elftausend Pesos zu leihen, war Roger Blackraven, einer seiner ärgsten Feinde. Bei seinen Nachforschungen hatte Álzaga herausgefunden, dass der Engländer hinter dem neuen Lieferantennetz steckte, das ihm einen Großteil seiner Kunden in der Stadt und im Inland abspenstig gemacht hatte. Er argwöhnte sogar, dass Blackraven Sixto Parera und den Händlern aus Córdoba und Catamarca das Geld geliehen hatte, um ihre Außenstände bei Álzagas Unternehmen zu begleichen. Die Frage, die ihn beunruhigte, war das Warum. Dass Blackraven ihn vernichten wollte, lag klar auf der Hand. Aber wollte er ihn aus geschäftlichem Ehrgeiz ausschalten, um den gesamten Markt am Río de la Plata an sich zu reißen, oder aus persönlichen Gründen?

Abgesehen davon, dass Álzaga nach der Verschwörung gegen die Sklavenhändler in dem Haus in der Calle San José vorstellig geworden war und Blackravens Ehefrau beschuldigt hatte, sah der Händler nichts, was der Engländer ihm zum Vorwurf machen konnte. Dass er an jenem Morgen in das Speisezimmer der Blackravens gestürzt war, wo das Ehepaar gerade beim Frühstück saß, war in seinen Augen durch die Tragweite des Vorfalls gerechtfertigt gewesen. Schließlich waren er, Sarratea und Basavilbaso in Lebensgefahr gewesen. Es erschien ihm unwahrscheinlich, dass Blackraven herausgefunden hatte, dass er es war, der Sarratea dazu gedrängt hatte, die Gräfin von Stoneville wegen Sklavendiebstahls anzuzeigen.

»Aber sie hat sie mir doch gar nicht gestohlen«, hatte Sarratea damals erklärt. »Ich habe sie auf die Straße gesetzt, und dieser

Papá Justicia hat sie aufgelesen und in das Haus des Schwarzen Engels gebracht.«

»Na und?«, hatte sich Álzaga ereifert. »Wenn wir sie ins Gefängnis bringen, wird sie Angst bekommen und uns verraten, wo sich ihr Bruder versteckt, der Anführer der Verschwörung.«

»Du hast doch nicht etwa vor, sie foltern zu lassen, damit sie redet?«, argwöhnte Sarratea, der die Folterungen nicht vergessen hatte, die sein Freund im Jahr 1795 anordnen ließ.

»Natürlich nicht. Der Aufenthalt in einer stinkenden Zelle wird sie zum Sprechen bringen.«

Er hielt es auch für unwahrscheinlich, dass Blackraven ihn im Verdacht hatte, für das Schreiben von de Lezica und Saénz verantwortlich zu sein, in dem diese ihn aufgefordert hatten, das Vizekönigtum Río de la Plata wegen seiner Nationalität zu verlassen. Der Ausgang dieser Sache hatte ihn verblüfft und ihm eine Vorstellung von der tatsächlichen Macht und dem Einfluss des englischen Adligen gegeben. Wer war Blackraven wirklich? Mittlerweile hasste er ihn nicht nur, er bewunderte und fürchtete ihn auch. Er musste den freundschaftlichen Umgang wiederherstellen, von dem ihr Verhältnis geprägt gewesen war, bis Thomas Maguires gottverfluchte Verschwörung alles zerstört hatte.

Es würde nicht leicht werden. Blackraven schien fest entschlossen zu sein, ihn zu vernichten. Der Engländer hatte sich nicht nur geweigert, ihm Leder zu verkaufen – Álzaga hatte die Bestellung durch einen anderen Händler tätigen lassen, aber jeder wusste, dass dieser sein Strohmann war –, er ließ sich auch verleugnen, als er ihn zu Hause besuchen wollte. Obwohl die Lage ernst war, verzweifelte Álzaga noch nicht, denn er hatte noch ein As im Ärmel: die mögliche Begnadigung von Blackravens Schwager Thomas Maguire, der vor dem Gesetz nach wie vor auf der Flucht war.

»Er ist nicht mehr sein Schwager«, hatte ihm Sarratea vor einigen Tagen in Erinnerung gerufen. »Vergiss nicht, dass die wahre Gräfin wieder aufgetaucht ist.«

Álzaga hatte nur abschätzig gelächelt. Die wahre Gräfin, von wegen, dachte er. Kein Zweifel, Blackraven war ein vermögender, einflussreicher Mann, aber wie die meisten Sterblichen hatte er eine Schwäche: den Schwarzen Engel. Ob nun rechtmäßige Ehefrau oder Konkubine, dieses Mädchen war der einzige Mensch, der in der Lage war, Einfluss auf seinen überlegenen Gegner auszuüben.

Manchmal empfand Blackraven Unmut über seine Mutter, etwa wenn sie Partei für Victoria ergriff. Andere Male wiederum brachte sie ihn zum Lachen, so wie an diesem Morgen, als sie beim Frühstück mit Malagrida – Victoria frühstückte wesentlich später, und zwar im Bett – von ihren Erlebnissen am Hof ihres Halbbruders Karls IV. erzählte.

»Mein lieber Alejandro, es ist ganz und gar undenkbar, dass deine Tante Maria Luisa einen Liebhaber hat, so hässlich, wie sie ist.« Isabella sprach von Maria Luisa von Parma, der Gemahlin Karls IV. »Und schon gar nicht Godoy, der zehn Jahre jünger ist als sie und sich für ebenso schön hält wie Narziss. Nun, um der Wahrheit die Ehre zu geben, sieht er tatsächlich verteufelt gut aus«, räumte sie ein.

»Mutter, du kannst nicht leugnen, dass er die besondere Gunst der Königin genießt.«

»Natürlich leugne ich das nicht, mein Sohn! Aber lass dir versichern, dass sie kein Liebespaar sind, so sehr meine Schwägerin, diese hässliche Vettel, sich das auch wünschen mag. Maria Luisas Verhalten ist eine Schande. Während meiner Zeit in Madrid habe ich mehr als genug Spottverse gehört und Schmähschriften gesehen, die sich auf ihr Liebesverhältnis bezogen. Wie steht denn mein armer Bruder bei der ganzen Sache da? Einen ›glücklichen Hahnrei‹ nennt man ihn! Er gerät beim Volk in Misskredit. Die Spanier werden sich fragen, wie ein Mann sie regieren will, der nicht einmal seine Frau im Griff hat. Mein Vater würde sich im Grabe umdrehen, wenn er wüsste, welche Schande über unser Haus gekommen ist.«

»Euer Bruder Karl«, bemerkte Malagrida, »ist ein liebenswürdiger Mann, aber ihm fehlt das Talent, für das man Euren Vater in Erinnerung behält. Er hat keine Charakterstärke und keine Vision.«

»Das rechtfertigt nicht, dass seine Frau ihn demütigt und sein Sohn ihn verrät. Du musst nämlich wissen, Alejandro, dass dein Vetter Ferdinand, der Prinz von Asturien, sie alle ausschalten will, Karl, Maria Luisa und Godoy. Das ist keine Familie, sondern ein Schlachtfeld. Und ich gebe Maria Luisa die Schuld daran; sie hat dieses ganze Durcheinander mit ihrer krankhaften Begünstigung Godoys verursacht.«

»Deshalb habt ihr Euch entzweit?«, fragte Blackraven.

»Natürlich. Und wie du dir denken kannst, sind unsere Standpunkte unversöhnlich.«

Abgesehen von einem gelegentlichen Lächeln, das seine Mutter ihm entlockte, war Blackraven zutiefst niedergeschlagen. Er sprach kaum, aß wenig, trank viel und schlief schlecht. Mit jedem Tag sah er schlechter aus. Er stürzte sich in die Arbeit, weil es das einzige Mittel war, um nicht an Melody zu denken. Von Somar und Amy wusste er, dass es seiner Frau gutging, sie aber genauso litt wie er. Manchmal begehrte er gegen ihre Entscheidung auf, die er nicht nur für unsinnig, sondern für grausam hielt. Er wusste nicht, wie lange er sein Versprechen, sich von ihr fernzuhalten, würde halten können. Das Verlangen, sie in seinen Armen zu halten, wurde manchmal unerträglich stark.

Hätte Melody nicht kurz vor der Niederkunft gestanden, er wäre bereit gewesen, nach London zurückzukehren – aus mehreren Gründen, vor allem wegen des unmittelbar bevorstehenden neuerlichen Angriffs der Engländer. Und es gab noch einen weiteren gewichtigen Grund, die Reise nach London zu unternehmen: Um die Ehe mit Victoria annullieren zu lassen. Nach einem Gespräch, das er kürzlich mit Pater Mauro geführt hatte, erschien ihm die Möglichkeit, die Eheschließung für nichtig zu erklären, nicht mehr unerreichbar.

»Die Unauflösbarkeit der Ehe«, hatte der Franziskaner erklärt, »ist ein Gebot, das uns direkt von Gott gegeben wurde.« Er trug ihm die entsprechende Stelle aus dem Matthäusevangelium vor: »›Ich aber sage euch: Jeder, der seine Frau entlässt, außer wegen Unzucht, der macht sie zur Ehebrecherin, und wer eine Entlassene heiratet, begeht Ehebruch.‹ Deswegen hält die Kirche so unverbrüchlich am Sakrament der Ehe fest. Allerdings räumt sie ein, dass es Situationen gibt, in denen das Sakrament nie Gültigkeit besaß, weil es an gewissen Grundvoraussetzungen fehlte, auch wenn der Ritus vollzogen wurde. Hier spricht man von einer *Nichtigkeit* des Sakraments. Sprechen wir hingegen von der *Annullierung* der Ehe, so bedeutet dies, dass das Sakrament zwar in Kraft trat, während des ehelichen Zusammenlebens indes Dinge vorgefallen sind, die einen Widerruf rechtfertigen, etwa wenn die Ehe nie vollzogen wurde.«

»Was sind die Voraussetzungen für eine solche Nichtigerklärung?«

»Das bestimmt das Kirchengericht nach eingehender Prüfung der Gründe, die der Antragsteller, in diesem Falle also du, vorbringt. Zu den Gründen, die zu einer Nichtigerklärung der Ehe führen können, gehört das Vorliegen eines Ehehindernisses, von dem nicht dispensiert werden kann, etwa bei einer Eheschließung unter Geschwistern, wenn einer der Ehepartner bei der Heirat Vorbehalte gegen die Ehe hatte oder wenn bei der Eheschließung Zwang auf einen oder beide Eheleute ausgeübt wurde.«

»Christus sagt ›außer wegen Unzucht‹«, berief sich Blackraven noch einmal auf die Bibel. »Meine Frau – ich spreche von Victoria – war mir untreu.«

»Kannst du das beweisen?«

»Vielleicht.«

»Sie könnte dir die Sache erleichtern, wenn sie ihre Schuld zugäbe. Im Falle von Untreue ginge es allerdings nicht um eine Anfechtung des eigentlichen Eheversprechens, sondern um ein Fehlverhalten während der Ehe. Du solltest dich lieber auf die Nichtigkeitserklärung konzentrieren und darlegen, dass die Ehe nie gültig gewesen sei, da zum Zeitpunkt der Eheschließung Hinderungsgründe vorlagen. Dann wäre es einfacher.«

»Ich habe sie nicht geliebt. Ich habe sie aus Rache geheiratet, weil Victoria der Klasse angehörte, die mich immer ausschloss, weil ich ein Bastard war. Und sie, da bin ich mir sicher, hat mich geheiratet, um einer schwierigen finanziellen Lage zu entkommen, die ihren Vater in den Schuldturm gebracht hätte.«

»Dann hätten wir es mit dem zweiten Sachverhalt zu tun, den ich erwähnte: Es lag zum Zeitpunkt der Eheschließung eine dieser zuwidersprechende Absicht vor. Wenn ein Paar heiratet, setzt die Kirche voraus, dass die Brautleute dies aus freien Stücken tun und es die Liebe ist, die sie vor den Traualtar führt. Wenn es dir gelänge, dass deine Frau diese Aussage bestätigte, wäre es wesentlich einfacher.«

»Wie ich eingangs bereits erwähnte, Pater, wurde meine Ehe mit Victoria nach anglikanischem Ritus geschlossen.«

»Aber du bist katholisch.«

»Ich bin beides«, erklärte Blackraven und musste lächeln, als er das missbilligende Gesicht des Priesters sah. »Bei meiner Geburt ließ mich meine Mutter katholisch taufen. Später nahm mich mein Vater unter seine Obhut, und ich ging nach England, wo ich den anglikanischen Glauben praktizierte. Victoria ist anglikanisch, deswegen haben wir nach diesem Bekenntnis geheiratet.«

»Die unklare Situation hinsichtlich deiner Glaubenszugehörigkeit könnte beim Nichtigkeitsverfahren von Vorteil sein. Das, was ich dir soeben erzählt habe, Roger, ist jedenfalls das, was die katholische Kirche bei einem Antrag auf Nichtigkeit machen würde. Die Vorgehensweise der anglikanischen Kirche kenne ich nicht. Aber eingedenk der Tatsache, dass die Kirche von England als Folge der Scheidung Heinrichs VIII. von Katharina von Aragón entstand, deutet alles darauf hin, dass ihre Anforderungen niedriger sein werden als unsere.«

Nach Pater Mauros Ausführungen war Blackraven frohgemut nach Hause gegangen, doch als er mit Victoria sprach und ihr die Situation darlegte, verdüsterte sich seine Laune.

»Niemals, verstehst du? Niemals werde ich vor einem Kirchengericht zugeben, dass ich dir untreu gewesen bin.«

»Es wird mir nicht schwerfallen, es zu beweisen. Ich habe noch den Brief, den du mir neben deinen Kleidern auf der Klippe hinterlassen hast.«

»Das wirst du auch tun müssen. Du wirst es beweisen müssen. Von mir wird kein Wort in dieser Hinsicht kommen. Und nicht einmal unter der Folter würde ich sagen, dass ich dich geheiratet habe, weil mein Vater Schulden hatte. Ich habe dich geheiratet, weil ich dich liebte. Und ich werde mit dir verheiratet bleiben, weil ich dich noch immer liebe.«

»Wenn du mir bei der Auflösung der Ehe behilflich bist, werde ich dir so viel Geld geben, wie du niemals ausgeben kannst. Arbeitest du hingegen in dem Verfahren gegen mich, werde ich trotzdem früher oder später die Annullierung erreichen, aber dann siehst du von mir keinen Penny.«

»Wenn du dir so sicher bist, dass du die Annullierung auch gegen meinen Willen erreichst und ohne einen Penny für meine Bestechung ausgeben zu müssen, weshalb liegt dir dann so viel daran, dass ich mit dir zusammenarbeite?«

»Weil es eine beträchtliche Zeitersparnis bedeuten könnte.«

»Du hast es eilig, die Ehe annullieren zu lassen, nicht wahr? Ich habe gehört, dass dich diese Landpomeranze aus ihrem Bett geworfen hat, solange ich deine rechtmäßige Ehefrau bin. Eines muss ich ihr lassen: Sie ist sehr gerissen.«

»Schweig! Du bist nicht wert, sie zu erwähnen.«

Kurz darauf hörte Blackraven eine Kutsche vor dem Haus anhalten. Er schob den Vorhang zur Seite und sah, wie Simonetta Cattaneo von innen den Wagenschlag öffnete und Victoria beim Einsteigen half. Sie gingen jeden Abend aus und waren die Attraktion auf allen Gesellschaften und Bällen.

»Ich mache mir Sorgen wegen des ungeordneten Lebens, das Victoria führt«, hatte Isabella vor einigen Tagen zu ihm gesagt. »Doktor Fabre hat für ihre angegriffenen Lungen viel Ruhe und gute Ernährung empfohlen. Aber sie befolgt weder das eine noch das andere.«

Blackraven ließ mit einem Seufzer den Vorhang los und ging wieder zu seinem Sessel zurück, tauchte die Feder ins Tintenfass und machte sich an die Beantwortung eines Schreibens von Beresford, das er am Mittag erhalten hatte. Vor vier Tagen, am 11. Oktober, war Blackraven zum Mittagessen in Casamayors Haus gewesen, um sich von Beresford zu verabschieden. Dieser sollte wenige Stunden später zusammen mit seinen Offizieren und Soldaten ins Inland gebracht werden, wie es einen Monat zuvor bei einer Stadtratssitzung von den Behörden beschlossen worden war.

»Vielen Dank, dass du das medizinische Gutachten beschafft hast, damit Leutnant Lane in Buenos Aires bleiben kann«, hatte Beresford zu ihm gesagt, und Blackraven hatte genickt. »Danke auch für deine Freundschaft und deine selbstlosen Ratschläge. Die ganze Sache ist sehr unglücklich gelaufen.«

»Was glaubst du, wird mit euch geschehen?«

Beresford zuckte mit den Schultern.

»Du hast es schon vor einiger Zeit gesagt: Unser Aufenthalt in diesem gesegneten Land wird sich so lange hinziehen, wie Popham den Fluss belagert und eine neuerliche Invasion droht.«

»Schreib mir, sobald ihr euer Ziel erreicht habt«, hatte Roger gebeten. »Lass mich wissen, wenn du etwas benötigst, was auch immer es sein mag. Wir werden sehen, wie sich die Lage entwickelt.« Sie gaben sich die Hände. »Das Angebot, das ich dir neulich machte, steht weiterhin.« Blackraven sprach von Flucht. »Wenn du dich dazu entschließen solltest, lass mir eine Nachricht zukommen.« Er sah sich um, bis sein Blick auf eine Obstschale fiel. »Bitte mich darin um Orangen.«

Beresford lachte.

»Einverstanden. Danke, Roger.«

Gegen vier Uhr am Nachmittag dieses 11. Oktobers verließen Beresford und seine Männer Buenos Aires. Das Fußvolk marschierte weiter nach Córdoba und Catamarca, während Beresford und seine Offiziere Befehl erhielten, in der Stadt Luján zu bleiben. Dort angekommen, hatte der Engländer keine Zeit verloren und einen Boten mit einem Brief an Blackraven geschickt, um diesem seinen Aufenthaltsort mitzuteilen.

Roger unterzeichnete das Antwortschreiben an Beresford, bestreute die feuchte Tinte mit Löschsand und schüttelte dann den Brief, um den Sand zu entfernen. Dann erhitzte er Siegelwachs und siegelte den Umschlag. Er würde O'Maley mit der Überbringung des Brief beauftragen; Blackraven wusste, dass Álzaga die Korrespondenz mit den englischen Offizieren abfangen ließ, die im Rathaus von Luján arrestiert waren. Immerhin, so schrieb Beresford in seiner Nachricht, verliefen die Tage in Luján angenehm. Sie verfügten über allerlei Annehmlichkeiten und weitreichende Freiheiten, sie dürften sich in der Stadt und Umgebung bewegen sowie Besuche empfangen. Es sei ihnen sogar erlaubt, an Abendgesellschaften teilzunehmen.

Blackraven griff in die Brusttasche seines Jacketts, um auf die Uhr zu sehen, doch er konnte die Kette nicht finden. Fluchend stand er auf, um die Uhr zu suchen. Vielleicht hatte er sie in den Mantel gesteckt. Er wühlte in der Außentasche. Dort war sie.

Zusammen mit der Uhr brachte er ein Stück Papier zum Vorschein.

*Exzellenz, ich erwarte Euch morgen Nachmittag um drei auf dem Vorplatz der Merced-Kirche. Ich weiß, dass Ihr einsam seid und nach der Liebe einer Frau dürstet. Ich verlange nichts, ich fordere nichts, nur ein paar Stunden Eurer unschätzbaren Gesellschaft.*

*Ganz die Eure, A.*

»Dieses Miststück«, knurrte er und hielt die Nachricht an den Kerzendocht. Während er zusah, wie sie verbrannte, bedauerte er, dass ein so angenehmer Mann wie der Baron de Ibar eine so unpassende Verbindung eingegangen war.

Wann hatte sie dieses Billett in seinen Mantel gesteckt? Er ging im Geiste die beiden Stunden durch, die er in Gesellschaft des Barons im Foyer des Hotels *Los Tres Reyes* verbracht hatte. Die Baronin war glücklicherweise ausgegangen. Oder hatte sie sich im Nebenraum befunden? Es musste die Sklavin gewesen sein, schloss er, als diese ihm das Jackett reichte. Wenn er jetzt darüber nachdachte, erschien es ihm nicht sehr wahrscheinlich, dass die Baronin alleine ausgegangen war und ihre Begleiterin im Hotel gelassen hatte. Außerdem war das Mädchen – Joana hatte der Baron sie genannt – sehr nervös gewesen, und ihre Hand hatte gezittert, als sie ihm den Mantel reichte. Sie hatte eine Verletzung an der Lippe gehabt, als hätte man sie geschlagen oder als wäre sie gestürzt. Blackraven vermutete, dass es sich um Ersteres handelte.

Blackraven schätzte die Gesellschaft João Nivaldo de Ibars. Er war ein umfassend gebildeter Mann und zudem ein großartiger Kenner der Agrarwirtschaft, insbesondere der Ölgewinnung. Seine Kenntnisse umfassten eine große Anzahl von Pflanzenarten, ihre Krankheiten, ihre Vor- und Nachteile. Bei mildem Oktoberwetter hatten sie gemeinsam El Retiro besucht, die Olivenhaine, die Flachsfelder, die Weizen- und Maisäcker und die Obstplantagen. Blackraven zeigte dem Baron die Mühle, wo Leinsamen und Oliven zu Öl verarbeitet wurden, die Erweiterungsarbeiten an der Kelteranlage sowie die Getreidemühle und erzählte ihm von seinem Vorhaben, Hanf zu Textilfasern zu verarbeiten. Der normalerweise zurückhaltende und nachdenkliche Baron de Ibar wurde mit jedem Mal lebhafter und strahlte. Sie besuchten auch Blackravens Nachbarn Martín Joseph de Altolaguirre, der auf seinem Landgut revolutionäre landwirtschaftliche Ideen in die Tat umgesetzt hatte. Ibar verstand sich so gut mit ihm, dass er nun häufig in seinem Haus in Retiro zu Gast war.

Der Baron sagte seine Meinung, machte Vorschläge, regte Änderungen an, die Blackraven gerne zur Kenntnis nahm, denn seine Beiträge erschienen ihm sehr vernünftig. Nicht anders war es, als er ihn einlud, gemeinsam mit dem Naturforscher Thaddäus Haenke, einem engen Freund de Ibars, die Gerberei zu besuchen, und der Baron ihm ein neues Gerbverfahren vorschlug, das auf Tannin verzichtete und stattdessen Wirkstoffe auf Quecksilberbasis verwendete.

João Nivaldo de Ibar war nicht nur ein kultivierter Mann; seine ruhige, besonnene Art lud zu langen Gesprächen über alle möglichen Themen ein. Durch seine misstrauische Art und seine langjährige Tätigkeit als Spion machte Blackraven nur selten den Fehler, sich unbedacht zu äußern, doch bei Baron de Ibar war er zugegebenermaßen einige Male in Versuchung gewesen, seine persönlichen Probleme zu offenbaren. Dieser Mann musste ein wunderbarer Freund sein.

Bedauerlich nur, dass sein Geschmack Frauen betreffend sehr zu wünschen übrigließ. So angenehm ihm die Gesellschaft des Barons war, so unerträglich erschien ihm jene der Baronin. Diese hatte mittlerweile jede Zurückhaltung aufgegeben. Sie nahm nicht einmal mehr Rücksicht darauf, ob ihr Mann zuhörte, wenn sie ihn umgarnte, oder ob dieser es sah, wenn sie versuchte, Blackraven zu berühren. Der Baron lächelte nur, schüttelte belustigt den Kopf und sah Blackraven an, als wollte er um Geduld mit den Einfällen eines launischen kleinen Mädchens bitten. Mit Bedauern beschloss Blackraven, sich künftig von dem Baron fernzuhalten, um nicht auf die Machenschaften seiner Ehefrau hereinzufallen. Er wollte Gerede vermeiden, das Isaura zu Ohren kommen könnte. Das Billett der Baronin de Ibar hatte seine Laune noch weiter getrübt.

Er trank den restlichen Whisky in einem Zug aus und ging in sein Schlafzimmer, das zu betreten ihm jeden Abend schwerfiel. Heute war er besonders niedergeschlagen, nicht nur wegen der Diskussion mit Victoria und dem Entschluss, seine Freundschaft mit de Ibar auf Eis zu legen, sondern auch weil O'Maley ihm am Nachmittag eröffnet hatte, dass Constanzó ganz in der Nähe von Don Gervasios Landgut auf einer Quinta lebte. Die Nachricht war ein herber Schlag für Blackraven gewesen.

Blackraven kam sich wie ein Idiot dabei vor, wenn er das halbfertige Porträt betrachtete, aber er tat es trotzdem. Er beschloss, es am nächsten Tag auf Don Gervasios Landgut schicken zu lassen und Gayoso zu bitten, es zu vollenden. Diesmal fuhr er nicht mit den Fingern die Linien von Melodys Kinn entlang; er sah sie nur lange an, während er spürte, wie Zorn in ihm aufstieg. Seine Frau und sein Sohn würden nicht länger ohne ihn leben. Er hatte sich zwei Wochen in Geduld geübt, es war genug. Er ertrug die Trennung nicht länger. Es war nicht seine Art, sich in diese Prüfung zu fügen, es widersprach seinem despotischen Naturell. Es interessierte ihn einen feuchten Kehricht, was die Leute sagten, er dachte nur an Isaura und sich. Er war müde, ausgelaugt, schlechgelaunt, ein bisschen betrunken und deprimiert.

»Scheiß drauf!«

Er eilte mit großen Schritten zu den Pferdeställen und zog im

Gehen den Ledermantel und die Handschuhe an. Wilde Entschlossenheit verfinsterte sein Gesicht. Er sattelte Black Jack und preschte in Richtung Süden davon, nach La Convalecencia. Es war eine wunderbare, wolkenlose Vollmondnacht, die kühle Luft roch nach feuchter Erde. Er gab seinem Pferd die Sporen, ohne Rücksicht darauf, dass diese Leichtfertigkeit das Tier das Leben kosten konnte. Vor der Zufahrt zu dem Anwesen hielt er an und führte Black Jack am Zügel weiter.

»Wer da?«, rief Shackle in schlechtem Spanisch, und Blackraven sah, wie der Seemann im schwachen Licht der Nacht aufsprang und die Muskete hob.

»*Der König zerstörte die Feuerstätte im Tal Ben-Hinnon*«, sagte er.

»Kapitän Black!«, rief Shackle erfreut, als er die Losung und die Stimme erkannte.

»Alles in Ordnung hier?«, erkundigte sich Roger und klopfte dem Matrosen auf die Schulter.

»Ja, Kapitän, alles in Ordnung. Die Lichter im Haus wurden vor einer Weile gelöscht.«

Blackraven öffnete die Vordertür mit dem Nachschlüssel, den ihm Somar gegeben hatte. Er kannte sich nicht in dem Haus aus und stieß dauernd gegen die Möbel.

»Ich bin's!«, zischelte er, als er Sansón winseln hörte und Somars lautlose Gegenwart im Korridor spürte.

»Ist etwas passiert?«

»Nein, nichts«, beruhigte ihn Blackraven, während er den Kopf des Neufundländers tätschelte. »Wie geht es dir, mein Freund? Du hast mich also für eine Frau im Stich gelassen, ja?«

Seit Amys letztem Besuch vor drei Tagen lebte Sansón auf Don Gervasios Landgut. Als es Zeit zum Aufbruch gewesen war, hatte er sich unter Melodys Bett verkrochen und war weder durch Schmeicheln und Drohungen noch durch Arduinos Gekreische dazu zu bewegen gewesen, wieder hervorzukommen.

»Also gut«, hatte Amy wütend gesagt, »dann bleib halt hier, wenn du willst, aber beschwere dich nicht, wenn Blackraven kommt und dich mit einem Tritt in den Hintern da rausholt.«

Somar kam näher, um Rogers Gesicht zu betrachten; selbst im Dunkeln war ihm die Erschöpfung anzumerken.

»Warst du auch brav, Sansón? Hast du gut auf mein Mädchen aufgepasst?« Der Hund leckte seine Hand. »Wo schläft Isaura?«, fragte er dann, an den Türken gewandt.

»Dort drüben.« Somar deutete auf die letzte Tür.

»Leg dich wieder schlafen. Gute Nacht.«

»Gute Nacht«, sagte Somar und zog sich in sein Zimmer zurück. Den Hund nahm er mit.

Melody schlief zusammengekauert und mit angezogenen Beinen, als wollte sie ihren Bauch schützen. Blackraven betrachtete sie, während er die Krawatte löste. Sie schlief friedlich, ihr Gesicht war entspannt, ihr Atem ging leise und regelmäßig. Er wandte den Blick auch nicht von ihr ab, als er sich der restlichen Kleidung entledigte. Dann schlüpfte er unter das Laken, ohne sie zu berühren, und stützte den Kopf in die Hand, um sie weiter anzusehen. Isaura war seine Zuflucht, sein Fels in der Brandung.

»Roger …«, murmelte sie schließlich verschlafen, und Blackraven lächelte glücklich.

»Ja, ich bin's.«

»Roger! Oh, Roger! Bist du es wirklich?«

»Ja, mein Herz, hier bin ich. Bin ich willkommen?«

»Ja, Liebster. Ja.«

Melody wandte sich mit geschlossenen Augen zu ihm um, bis sie Blackravens Lippen auf den ihren spürte.

»Isaura …«, seufzte er.

»Ich habe dich so sehr vermisst!«

»Warum hast du mich dann nicht gerufen? Du wusstest doch, dass ich alles im Stich gelassen hätte, um zu dir zu kommen.«

»Aus Stolz. Aus Stolz habe ich dich nicht gerufen.«

»Dein irischer Stolz ist deine einzige Schwäche.«

»Mit meinem irischen Stolz ist es vorbei«, versicherte Melody. »Es ist mir gleichgültig, ob ich deine Ehefrau bin oder deine Dirne. Ich will nur dir gehören.«

»Isaura!«, seufzte Blackraven mit geschlossenen Augen.

Als er wach wurde, merkte er sofort, dass sich jemand im Raum befand. Melody lag neben ihm und schlief. Ein Schatten schlich katzengleich am Fußende des Bettes entlang und verdeckte für Sekundenbruchteile das schwache Mondlicht, das durch die Ritzen der Fensterläden drang. Blackraven bewegte langsam die Hand zum Nachttisch, wo er seinen Dolch abgelegt hatte. Genau in dem Moment, als seine Faust den Marmorgriff umfasste, stand die Gestalt auf einmal neben ihm und versetzte ihm einen Messerstich in die Brust. Blackraven rollte sich auf die Seite und warf sich schützend auf Melody. Der Angreifer stach erneut zu, traf aber nur das Federkissen. Melody schrie entsetzt auf und fragte, was los sei.

»Versteck dich unter dem Bett!«, befahl Blackraven. »Sofort!«

Der Eindringling schien sich orientiert zu haben und wollte um das Bett herumlaufen, als sei Melody das Ziel seines Angriffs, doch Blackraven sprang rasch auf und stellte sich ihm in den Weg. Die beiden fielen seitlich auf den Fußboden, und der Angreifer warf sich mit Schwung auf Roger, der unter seinem Gewicht keine Luft mehr bekam. »Verdammt!«, fluchte er. Die grobwollenen Kleider seines Gegners kratzten auf Blackravens nackter Haut, und der Geruch der Unterschicht, eine unverwechselbare Mischung aus Tabak und billigem Gin, stieg ihm in die Nase. Er hatte das Gefühl, das alles schon einmal erlebt zu haben, und als er aufgrund der groben Machart der Waffe des Angreifers, seiner Kleidung und seines Geruchs zu dem Schluss kam, dass es sich um einen Sklaven oder Bauern handeln musste, fiel es ihm wieder ein. Es war derselbe Schwarze, der ihn vor Casamayors Haus überfallen hatte.

Unterm Bett rief Melody nach Somar und Shackle und schrie laut um Hilfe. Kurz darauf hörte sie Sansón bellen. Der Hund kratzte an der Tür, während Somar dagegen hämmerte. Warum kam er nicht herein?, dachte Melody aufgebracht. Worauf wartete er? Dann fiel ihr ein, dass Blackraven den Riegel vorgeschoben hatte. Die Tür bebte unter den Schlägen des Türken, aber sie gab nicht nach. ›Er schafft es nicht, sie einzutreten‹, dachte Melody, denn es war eine Tür aus Quebrachoholz mit schmiedeeisernen Beschlägen. Melody beschloss, ihr Versteck zu verlassen, um den Riegel zurückzuschieben.

Blackraven atmete tief durch, als das Gewicht auf seinem Brustkorb endlich nachließ. Der Angreifer stieg über ihn hinweg zur Tür, wo Melody an dem Riegel rüttelte. Er war ihretwegen hier, dachte Roger und packte mit einer raschen Handbewegung nach dem kräftigen Fußgelenk des Schwarzen, so dass dieser der Länge nach hinfiel. Blackraven wälzte sich herum und kroch vorwärts. Der erste Dolchstich traf den Eindringling in die Rückseite des Oberschenkels, gleich unterhalb des Gesäßes. Der Schwarze schrie auf und krümmte sich vor Schmerzen. Blackraven kroch einige Handbreit weiter und versenkte seinen Dolch ein zweites Mal, diesmal auf Höhe der Nieren. Noch einmal stach er nicht zu; er wollte den Kerl lebend, um ihn befragen zu können.

Endlich stürzten Somar und Sansón herein. Der Hund trottete zu Blackraven und beschnupperte winselnd seinen Nacken. Somar stand mitten im Raum und blickte sich fassungslos um, um herauszufinden, was in diesem Zimmer vorgefallen war. Er entdeckte Melody, die schluchzend und zitternd neben der Tür auf dem Boden kauerte, und in einigen Schritten Entfernung zwei Gestalten, die mit den Gesichtern nach unten auf den Fliesen lagen. Miora erschien mit einem Kerzenleuchter, und Somar erkannte Blackraven.

»Bei Allah dem Allmächtigen! Roger!« Er kniete neben ihm nieder und schob Sansón beiseite. »Wie geht es dir?«

»Mir geht es gut«, sagte Blackraven und setzte sich auf. »Alles bestens. Reich mir meine Hose.«

Auf dem Boden sitzend, streifte er sie rasch über und kroch dann auf allen vieren zu Melody. Diese schluchzte heftig, während Roger ihr Haar küsste und sie fest an sich drückte. Je klarer ihm wurde, was soeben geschehen war, desto tiefer drang ihm der Schreck in die Glieder.

»Es ist alles vorbei, Liebling. Du bist in Sicherheit. Ganz ruhig, mein Herz.« Er stand auf, Melody auf dem Arm, während diese ihre Arme um seinen Hals schlang. »Trinaghanta, führ mich in dein Zimmer. Miora, lauf und koch einen Tee für deine Herrin.« Dann bedeutete er Somar mit einer Kopfbewegung, sich um den Schwarzen zu kümmern.

Blackraven legte Melody auf das Bett der Singhalesin und legte sich dann zu ihr. Er war in großer Sorge, weil sie nicht aufhören konnte zu weinen und zu zittern. Er spürte, wie verkrampft und hart ihr Körper und vor allem ihr Bauch waren. Es fiel ihm schwer, aber er sagte: »Miora, Somar soll Doktor Constanzó holen. Er wohnt doch hier in der Nähe, oder?«

»Ja, Herr Roger.«

»Roger«, stammelte Melody, »wer war dieser Mann, der uns umbringen wollte?«

»Er wollte uns nicht umbringen, mein Herz. Es war ein gewöhnlicher Einbrecher. Er war auf Beutezug, und als ich ihn überraschte, blieb ihm nichts anderes übrig, als zu kämpfen.«

»Stand Shackle nicht Wache?«

»Vielleicht ist er eingeschlafen«, sagte Blackraven, obwohl er das für unwahrscheinlich hielt.

Sie sprachen nicht weiter, sondern lagen sich schweigend in

den Armen, bis es an der Tür klopfte und Blackraven öffnete, um Constanzó einzulassen. Er warf sich ein Hemd über, während er den Arzt über das Geschehene in Kenntnis setzte.

»Ein Einbrecher ist ins Schlafzimmer eingedrungen und hat uns einen gewaltigen Schreck eingejagt. Meine Gattin« – er betonte das Wort – »ist stark mitgenommen. Ich mache mir Sorgen, in ihrem Zustand.«

Constanzó trat zu Melody. Er fühlte ihren Puls und tastete ihren Bauch ab.

»Ich werde sie zur Ader lassen«, sagte er dann, »um den Blutdruck zu senken.«

Blackraven legte sich zu Melody und hielt ihre Hand, während Constanzó, assistiert von Trinaghanta, an dem anderen Arm einen Aderlass durchführte.

»Ob es unserem Baby wohl gutgeht, Roger? Ich habe mich so furchtbar erschreckt und hatte solche Angst; vielleicht hat es ihm geschadet.«

»Sprich nicht«, bat Blackraven sie bewegt. »Dem Jungen wird nichts geschehen. Er ist stark wie ein Ochse.«

»Genau wie sein Vater«, sagte Melody und lächelte unter Tränen.

»Ja, Liebste, genau wie ich.«

Trinaghanta ging mit der Schüssel voller Blut hinaus, und Constanzó verband den Schnitt.

»Versucht jetzt zu schlafen«, riet der Arzt Melody, »und haltet zwei Tage Bettruhe. Keine Aufregung, keine Anstrengung. Salzarme Kost und viel Flüssigkeit. Ihr müsst Euch gut ernähren – Milch, Käse, Fleisch –, um wieder zu Kräften zu kommen. Ich lasse Euch ein Fläschchen mit einem Tonikum da, das Euren Appetit anregen wird.«

»Danke, Doktor«, sagte Melody. »Danke, dass Ihr gekommen seid.«

»Gute Nacht, Fräulein Melody«, antwortete Constanzó, und

Blackraven musste sich beherrschen, um ihn nicht hinauszuwerfen. Dieses »Fräulein« war ein persönlicher Affront gegen ihn gewesen.

»Ich lasse Dich einen Moment mit Miora allein, Liebling, während ich den Doktor hinausbegleite. Hier entlang«, sagte er und deutete auf die Tür.

Somar erschien im Korridor.

»Roger, es wäre besser, wenn Doktor Constanzó noch einen Blick auf Shackle wirft. Der Einbrecher hat ihm einen gewaltigen Schlag auf den Kopf verpasst, und es hört nicht auf zu bluten.«

»Darum wird sich Trinaghanta kümmern.«

»Nein, nein«, meldete sich Constanzó zu Wort. »Ich schaue nach ihm.«

Shackle machte sich mehr Sorgen darüber, dass er den Mann ins Haus hatte gelangen lassen, als wegen der klaffenden Wunde, aus der Bäche von Blut den Rücken hinabliefen.

»Verzeiht mir, Kapitän Black«, sagte er, während der Arzt die Wunde nähte. »Ich habe diesen Halunken für Euch gehalten. Im Dunkeln habe ich nicht bemerkt, dass es sich um einen Fremden handelte, denn er war von ebenso kräftiger Statur wie Ihr. Er muss mir die Schlüssel abgenommen haben, nachdem ich bewusstlos war.«

»Ist gut, Shackle«, sagte Blackraven kühl. Constanzó kam es so vor, als hätte der Engländer das Fehlverhalten verziehen, doch Somar und Shackle wussten, dass dem nicht so war – vor allem, da es seine schwangere Frau das Leben hätte kosten können. Shackles Verhalten würde Konsequenzen haben. Vielleicht würde Blackraven ihn in die Cangrejal-Bucht zurückschicken, um die Unterdecks der *Sonzogno* mit Essig zu schrubben oder den Schiffsbohrwurm aus dem Holz zu kratzen, und sich einen anderen Vertrauensmann suchen. Es würde ein harter Schlag für Shackle sein.

»Was ist aus dem Eindringling geworden?«, erkundigte sich der Arzt.

»Er konnte fliehen«, antwortete Blackraven, um dann sofort hinzuzusetzen: »Somar, komm einen Augenblick mit mir nach draußen, während Doktor Constanzó seine Arbeit erledigt.«

Sie gingen in den kleinen Salon und schlossen die Tür hinter sich. Somar hatte bereits einen Kerzenleuchter entzündet. Der Angreifer lag ohne Bewusstsein in einer Blutlache auf dem Boden; seine fahle Haut ließ nicht darauf hoffen, dass man mit der Befragung beginnen konnte. Blackraven kniete sich hin und legte zwei Finger an den Hals des Schwarzen, dort, wo sich die Schlagader befand.

»Er ist tot.«

»Verdammt!«, murmelte der Türke. »Jetzt werden wir niemals erfahren, ob er ein einfacher Dieb war oder von jemandem geschickt wurde.«

»In einem bin ich mir sicher: Er war nicht einfach nur ein Dieb. Dieser Schwarze ist derselbe Mann, der mich neulich vor Casamayors Haus überfallen hat. Was mich sehr beunruhigt, ist, dass er es diesmal nicht auf mich abgesehen hatte, sondern auf Isaura.«

»Bei Allah! Er wollte Miss Melody töten?«

»Er schlich ins Schlafzimmer, weil er dachte, dass sie alleine sei, und war höchst überrascht, mich in ihrem Bett vorzufinden. Er hat zweimal versucht, sie sich zu schnappen.«

»Zuerst hat er versucht, dich vor Casamayors Haus umzubringen«, überlegte Somar. »Und heute Nacht wollte er meine Herrin töten. Weshalb sollte er ein Interesse daran haben, Euch beide auszuschalten? Handelt er auf eigene Faust oder hat ihn jemand geschickt?«

»Mir kommt da nur ein Name in den Sinn: Enda Feelham.«

»Oder Doña Bela. Vergiss nicht, dass sie auf freiem Fuß ist.« Nach kurzem Überlegen mutmaßte der Türke weiter: »Es könnte auch ein verbitterter Sklave sein, dem der Schwarze Engel eine Bitte ausgeschlagen hat. Und vergessen wir nicht Galo Bandor! Seine Rache an dir wäre perfekt, wenn er das vernichten könnte, was dir am meisten bedeutet – deine Frau. Vielleicht wusste er noch nichts von Miss Melodys Existenz, als er diesen Schwarzen zu Casamayor schickte, um dir vor dem Haus aufzulauern. Später erfuhr er von ihr und änderte seinen Plan: Statt dich umzubringen, würde er sie töten.«

Blackraven wiegte skeptisch den Kopf.

»Und was ist mit diesem Auftragsmörder, der Kobra?«, überlegte der Türke weiter.

»Weshalb sollte er Isaura töten wollen? Adriano sagt, sein Auftrag lautet, den Schwarzen Skorpion auszuschalten. Welches Interesse sollte er an ihr haben?«

»Es könnte ein Trick sein, um dich in die Falle zu locken.« Dann winkte Somar ab. »Vergiss es. Es ist reine Spekulation.«

»Nein, nein«, widersprach Blackraven. »Was du da sagst, entbehrt durchaus nicht des Sinns. Ich habe selbst schon daran gedacht, dass Isaura in großer Gefahr wäre, wenn man den Schwarzen Skorpion mit mir in Zusammenhang bringen würde.«

»Glaubst du, dieser Schwarze ist die Kobra?«

»Nein, das glaube ich nicht. Aber wir können uns nie sicher sein. Geh zu Papá Justicia, bevor du die Leiche irgendwo verscharrst. Vielleicht kennt er ihn und kann uns etwas über ihn sagen.«

Constanzó weigerte sich, Geld für seine Bemühungen anzunehmen.

»Weshalb wollt Ihr nicht, dass ich Euch bezahle, Doktor?«, fragte Blackraven missgestimmt. »Was hält Euch davon ab?«

»Nichts«, erklärte der Arzt rasch. »Es ist eine freundliche Geste.«

»Eine freundliche Geste? Weshalb? Meine Frau ist eine Patientin wie jede andere auch, und ich nehme an, Ihr arbeitet nicht um Gotteslohn, stimmt's?«

»Nein, natürlich nicht.«

»Dann verstehe ich nicht, warum Ihr Euch weigert. Ich habe Euch mitten in der Nacht behelligt, und Ihr habt nicht nur meine Frau behandelt, sondern auch noch einen meiner Männer. Ich werde auf keinen Fall akzeptieren, dass Ihr dieses Haus ohne das Euch zustehende Honorar verlasst. Entweder Ihr sagt mir, was ich Euch schulde, oder ich werde Euch so viel in die Hand drücken, wie ich für angemessen halte.«

Mit verdrossenem Gesicht nannte Constanzó ihm die Summe von drei Pesos. Blackraven zahlte und verbeugte sich zum Abschied.

»Somar wird Euch nach Hause begleiten, Doktor. Auf Wiedersehen.«

# Kapitel 20

Obwohl Blackraven Maßnahmen traf, damit der Überfall des Schwarzen nicht publik wurde, sprach sich die Sache schon bald in der Stadt herum. Miora erzählte unter dem Siegel der Verschwiegenheit ihrer neuen brasilianischen Freundin Joana davon, die beim Andenken an ihre frühere Herrin schwor, es niemandem weiterzusagen. Doch Ágata de Ibar brauchte nur zu fragen, ob es Neuigkeiten vom Schwarzen Engel gebe, und Joana rückte mit der ganzen Geschichte heraus. Sie hatte Angst, dass die Baronin aus anderer Quelle davon erfahren könnte und ihr eine Tracht Prügel verpasste, weil sie geschwiegen hatte. Blackravens größtes Bestreben, Melodys Ruf zu wahren, war binnen Tagen zunichte gemacht. In den Salons wurde weniger über den schrecklichen Überfall geklatscht als vielmehr darüber, dass der Graf von Stoneville die Nacht bei der jungen Maguire verbracht hatte.

»Ich jedenfalls danke dem Herrn, dass Ihr in dieser Nacht bei ihr gewesen seid«, bemerkte Doña Rafaela del Pino. »Andernfalls hätten wir nämlich mehr zu beklagen als einen befleckten Ruf.«

»Euer christliches Mitgefühl ehrt Euch, Doña Rafaela«, erklärte Blackraven. »Ihr scheint die Einzige zu sein, die das Geschehene so betrachtet.«

»Dennoch, mein geschätzter Graf von Stoneville«, fuhr die Frau fort und hob den Zeigefinger und die Stimme, »solltet Ihr zum Besten des Mädchens davon absehen, sie weiter aufzusuchen. Ihr zieht ihre Ehre in den Dreck.«

»Sie ist meine Frau«, rief Blackraven ihr in Erinnerung.

»In Eurem Herzen, ja, aber nicht vor Gott.«

»Ich werde schon bald alles in die Wege leiten, um meine erste Ehe annullieren zu lassen. Sobald ich nach London abreisen kann«, ergänzte er. »Doch das wird erst in einigen Wochen der Fall sein, denn so kurz nach der Geburt unseres Kindes wäre es nicht zu verantworten, wenn sich Isaura auf Reisen begibt.«

»Sie wird mit Euch nach London reisen?«

»Auf einem anderen Schiff und in Begleitung meiner Mutter und ihrer Zofe, ein wahrer Zerberus, gegen den nicht einmal Ihr etwas einzuwenden haben dürftet. In London wird sie in einem meiner Häuser wohnen, ich in einem anderen.«

Doña Rafaela nickte bedeutungsvoll. Ihr war bewusst, dass es den Grafen von Stoneville, der sich niemandem zu Erklärungen verpflichtet fühlte, nicht einmal Gott, ewigen Langmut kostete, hinzunehmen, dass sie sich in seine Angelegenheiten einmischte. Blackraven brauchte seine Bitte nicht in Worte zu fassen, und obgleich ihre Beweggründe verschiedene waren – ihm ging es um die Sicherheit der Mutter seines Kindes, Doña Rafaela um das Seelenheil des Mädchens –, waren sie sich ebenso schnell einig wie damals in der Frage der Kalksteinbrüche.

»Bis Señorita Maguire niederkommt und Ihr die Reise nach London vorbereitet habt, hielte ich es für angebracht, wenn sie hierherkäme, um unter meiner Obhut und meinem Schutz zu leben. Diese Gegend dort draußen bei La Convalecencia, nur in Gesellschaft zweier Dienstmädchen, ist dem guten Ruf einer Dame absolut nicht zuträglich.« Blackraven lächelte. »Señorita Maguire könnte meinen Nichten Gesangsunterricht geben, sofern es ihre Gesundheit erlaubt. Ich habe gehört, dass sie hervorragend Klavier spielt und eine schöne Stimme hat.«

Melody wollte nichts davon wissen, im Haus der ehemaligen Vizekönigin zu leben, und da Blackraven jede Aufregung vermied, um ihre Gesundheit zu schonen, insistierte er nicht allzu sehr.

»Es ist eine einsame Gegend hier«, führte er ins Feld. »Bei Doña Rafaela wärst du nur wenige Straßen von der Calle San José entfernt. Es ist ein sehr sicheres Haus, und ich wäre beruhigter.«

»Du wärst beruhigter, aber ich würde mich nicht wohlfühlen. Hier habe ich meine Freiheit, und außerdem ist mir dieser Ort ans Herz gewachsen. Im Haus der Vizekönigin könnte ich keinen Besuch mehr empfangen.«

»Doch, das könntest du. Doña Rafaela wird dir alles recht machen.«

»Nein.«

Damit war die Diskussion beendet. In gewisser Weise war Blackraven froh darüber, denn auch wenn Melodys Sicherheit und die seines Kindes oberste Priorität hatten, bedeutete es eine große Freude für ihn, sie nachts nach Belieben besuchen zu können – etwas, das ihm verwehrt bliebe, wenn seine Frau unter Doña Rafaelas Dach lebte. So verstärkte er die Wachen und schärfte seinen Männern ein, jedem zu misstrauen.

Über den Angreifer war nichts herauszufinden. Papá Justicia kannte weder den Toten noch die Brandzeichen, die er auf Brust und Rücken trug, und so verscharrte Somar ihn auf einem brachliegenden Stück Land im Bajo-Viertel. Einige Tage später erschien Papá Justicia in der Calle San José.

»Herr Roger, dieser Schwarze war nicht von hier, sonst hätte ich etwas über ihn herausgefunden. Dafür spricht auch, dass es in den vergangenen Tagen auf keinem Kommissariat der Stadt eine Anzeige wegen eines geflohenen oder verschwundenen Sklaven gab.«

»Es könnte sich um einen Freigelassenen handeln. Dann würde niemand sein Verschwinden melden.«

»Schon möglich. Trotzdem bleibe ich dabei, dass dieser Schwarze nicht von hier war.« Papá Justicia erhob sich und setzte seinen alten Zylinder auf. »Ich gehe eine Zeitlang weg, Herr Roger. Die Pockenepidemie hat sich bereits vom Tambor- auf das Mondongo-Viertel ausgebreitet, und ich will nicht, dass es mich erwischt. Ich bin nicht mehr der Jüngste.«

»Hast du einen Ort, wo du unterkommen kannst?«

»Nein. Ich werde sehen, wo ich abends mein Haupt bette, wie man so schön sagt.«

»Du kannst nach *Bella Esmeralda* gehen, das Landgut der Maguires, das ich in Thomas Maguires Abwesenheit verwalte. Wahrscheinlich werden Isaura und ich bald nachkommen, entweder, weil die Epidemie sich ausbreitet oder weil die Engländer wieder einmarschieren.«

Die Bemerkung über eine neuerliche Invasion war keine reine Spekulation. In der Nacht zuvor, am 28. Oktober, waren die Bewohner von Buenos Aires aus ihren Betten aufgeschreckt, als sie das Grollen der Kanonen hörten, die Popham auf Montevideo abfeuerte – ermutigt von der Verstärkung, die unter dem Befehl von Generalleutnant Backhouse vom Kap eingetroffen war. Es war eher eine Machtdemonstration als eine überlegte Aktion gewesen, denn aufgrund des Niedrigwassers musste sich die Flotte von der Küste fernhalten, und die Kugeln richteten keinerlei Schaden an. Jeder gute Artillerist hätte das vorausgesehen, dachte Blackraven, aber unvernünftig, wie Popham war, hatte er an seinem Plan festgehalten, ohne auf seine Leute zu hören. Nach drei Stunden vergeblichem Beschuss hatte Popham seinen Versuch, Montevideo einzunehmen, aufgegeben und war nach Maldonado gesegelt. An diesem Abend des 29. Oktober war Blackraven bereits darüber informiert, dass die Engländer Maldonado eingenommen hatten und nun planten, einen kleinen Ort namens Punta del Este sowie die Insel Gorriti anzugreifen.

Er überreichte Papá Justicia einige Reales und verabschiedete sich von ihm. Dann setzte er sich in seinen Lehnsessel, verschränkte die Hände hinter dem Kopf und seufzte. Er war müde.

Sein erster Gedanke galt Isaura. Am Morgen hatte er das Landgut im Streit verlassen, aber er hatte seinen Willen durchgesetzt: Bis die Pockenepidemie abgeklungen war, war Schluss mit den Sklavenbesuchen zur Mittagszeit. Ausgenommen waren nur ihre eigenen Sklaven, die häufig mit der einen oder anderen Besorgung zum Landgut kamen; alle anderen sollten seine Männer wieder heimschicken. Durch diese Maßnahme würde er auch den ständigen Strom von Klatsch und Tratsch unterbinden, der Melody so zusetzte.

Er schloss die Augen und legte den Kopf zurück. Der Überfall auf Don Gervasios Landgut vor einigen Tagen ließ ihm keine Ruhe. Ihn beschäftigten so viele Fragen – Wer war dieser Schwarze? Was hatte er gewollt? Wer hatte ihn geschickt? –, und es beunruhigte ihn, dass es keine Antworten darauf gab. Wie so oft sprangen seine Gedanken von einem Thema zum nächsten. Von dem unbekannten Angreifer schweiften sie zu Diogo Coutinhos Erklärung, dass er beabsichtige, seine Nichte Marcelina Valdez e Inclán zu heiraten. Dann dachte er an Álzaga; heute war dieser wieder in der Calle San José vorstellig geworden, und Blackraven hatte sich erneut verleugnen lassen. Der Baske musste sich in ernstlichen finanziellen Schwierigkeiten befinden, um sich so zu demütigen. Blackraven wusste, dass er bei Abelardo Montes gewesen war und diesem angeboten hatte, Partner zu werden, statt sich bis aufs Messer zu bekämpfen.

»Auf diese Weise würden wir alle wesentlich mehr gewinnen, als dies derzeit der Fall ist.«

»Da müsste ich erst meinen Teilhaber fragen«, hatte der Baron von Pontevedra signalisiert.

»Wer ist denn Euer Teilhaber?«, wollte Álzaga wissen.

»Er möchte lieber anonym bleiben. Aber ich werde ihm Euren Vorschlag unterbreiten, Don Martín, keine Sorge.«

Blackraven lächelte hämisch. Sein Plan trug schneller Früchte als erwartet. Um der Wahrheit die Ehre zu geben, hatte er

Álzagas Situation stabiler eingeschätzt und nicht geglaubt, dass ihn sein Eingreifen in den Markt so schnell ins Wanken bringen würde. Er hatte gedacht, der Händler werde reagieren, seine Preise senken, bessere Zahlungskonditionen bieten, Schulden erlassen, kurzum, ihm erbitterten Widerstand entgegensetzen. Nun war offensichtlich, dass er nicht über das nötige Kapital verfügte, um sich diese Flexibilität leisten zu können. Zorrilla und O'Maley berichteten, er habe sich Geld bei seinen Freunden, den Sklavenhändlern Sarratea und Basavilbaso, sowie seinem früheren Arbeitgeber, dem Kaufmann Gaspar de Santa Coloma, geliehen.

Blackraven überlegte, wie lange er sein Spielchen mit dem Händler weitertreiben sollte. Die Antwort lautete: Bis Álzaga Isaura dafür um Verzeihung bat, mit welcher Herablassung er und seine Frau sie behandelt hatten, und bis er den Haftbefehl gegen Maguire aufhob.

Victoria betrat das Arbeitszimmer, ohne anzuklopfen.

»Oh, entschuldige«, sagte sie überrascht, »ich wusste nicht, dass du zu Hause bist. Ich wollte mir ein Buch holen, weil ich nicht schlafen kann.« Sie ging zum Bücherregal. »Wie ich sehe, beehrst du uns heute Abend mit deiner Anwesenheit. Oder gehst du später noch zu ihr?«

Er sagte ihr nicht, dass er die Nacht in der Calle San José verbringen würde, weil Isaura ihre Ruhe brauchte. Stattdessen gab er zurück: »Ich bin ebenfalls überrascht, dass du dich entschlossen hast, heute Abend zu Hause zu bleiben, und nicht mit deiner Freundin Simonetta Cattaneo an einer deiner unzähligen Abendgesellschaften teilnimmst.«

»Bist du etwa eifersüchtig, wenn ich jeden Abend ausgehe?«

»Nein, aber ich mache mir Sorgen um deine Gesundheit. Fabre sagt, deine Lungen brauchen viel Ruhe.«

»Du bist hier derjenige, der müde aussieht. Wahrscheinlich hast du zu viele Sorgen.«

Sie legte das Buch auf den Schreibtisch, trat hinter Blackravens Lehnstuhl und begann, ihm Hals und Schultern zu massieren. Er schloss die Augen und seufzte.

»Du warst immer schon gut im Massieren«, gab er zu.

»Ich war immer gut, wenn es darum ging, deinen Körper zu berühren.«

Blackraven lachte leise.

»Ja, du warst wirklich gut.«

»Und ich bin es immer noch, mein Lieber. Lass es mich dir beweisen.« Sie setzte sich auf Blackravens Schoß und nahm sein Gesicht in ihre Hände. »Es erregt mich immer noch, dich anzusehen. Ich begehre dich, Roger, ich begehre dich so sehr. Lass es mich dir beweisen.«

Blackraven ließ es geschehen, dass sie ihn küsste, und stellte überrascht fest, dass er nichts dabei empfand. Als Victoria bemerkte, dass er ihren Kuss nicht erwiderte, sah sie ihn fragend an.

»Weißt du noch«, sagte Blackraven, »wie du vor Jahren zu mir sagtest, die Liebe sei nicht schön, sondern eine so gewaltige Macht, dass sie selbst einen eisernen Willen wie den meinen zu brechen vermöge?« Victoria nickte. »Und weißt du noch, wie ich mich damals über dich lustig machte?« Victoria lächelte und nickte erneut. »Nun, ich muss mich bei dir entschuldigen. Du hattest recht. Die Liebe, die wahre Liebe, ist wunderbar, gewiss, aber vor allem ist sie eine mächtige, überwältigende Kraft, die uns nach Belieben beherrscht und uns zu Marionetten macht, zu Idioten. Das ist es, was mir mit Isaura passiert, und das ist der Grund dafür, weshalb ich deine Gefühle nicht erwidern kann. Die Liebe, die ich für sie empfinde, ist eine alles beherrschende Kraft, die mich völlig in ihrem Bann hält. Ich schwöre dir, Victoria«, gestand er mit Leidenschaft, »ich würde mir wünschen, sie nicht so sehr zu lieben, doch das liegt nicht in meiner Macht.«

»Ach, Roger!«, schluchzte Victoria und klammerte sich an ihn.

»Ich kann mich nicht damit abfinden, dich zu verlieren! Es tut so weh!«

»Es tut mir leid, Liebling. Es tut mir leid.« Und er umfasste ihre schmale Taille. »Ich will dir nicht wehtun, Victoria, im Gegenteil. Ich wünschte, du würdest glücklich werden.«

»Lieb mich nur heute Nacht!«

»Ich könnte es nicht so tun, wie du es verdienen würdest.«

Gabina klopfte dreimal an die Stalltür, wie sie es abgemacht hatten, und Berenice öffnete. Diese war nicht aus reiner Gefälligkeit wach geblieben, sondern weil am nächsten Tag Gabina an der Reihe war, auf Berenice zu warten, während die sich mit ihrem neuen Liebhaber vergnügte, einem freigelassenen Mulatten aus dem Tambor-Viertel, der versprochen hatte, sie freizukaufen. Gabinas Liebhaber hingegen, ein Mischling aus dem Mondongo-Viertel, besaß keinen Ochavo; seine Anziehungskraft beruhte auf seiner Potenz und der Größe seines Gliedes, das bei den Sklavinnen in ganz Buenos Aires bekannt war.

»Ich habe vergessen, das Kleid der Frau Gräfin zu holen, um es zu bügeln«, fiel Berenice plötzlich ein.

»Du bist so dusselig! Die Señora braucht es gleich morgen früh. Und jetzt? Wer geht jetzt in ihr Zimmer? Sie schläft bestimmt schon, heute Abend ist sie nämlich nicht mit Señora Cattaneo ausgegangen. Wenn wir sie aufwecken, wird sie uns die Hölle heißmachen, wie Papá Justicia immer sagt.«

»Geh du!«, bettelte Berenice. »Dich mag sie lieber. Zu dir wird sie nichts sagen.«

Berenice hatte recht, Victoria hatte Gabina ins Herz geschlossen. Sie hatte ihr sogar ein paar Batistblusen geschenkt, die das Mädchen sonntags zum Candombe trug, und einen Flakon mit einem Rest Rosenparfüm, das die Sklavin wie einen Schatz hütete und tröpfchenweise auftrug, wenn sie den Abend bei ihrem Liebhaber verbrachte.

Während sie ins Haus gingen, dachte Gabina, dass dieser kalbsgroße Köter zum Glück bei Miss Melody geblieben war. Falls sie dem Mann begegnete, der Nachtwache hatte, würde sie ihm die Wahrheit sagen. Vielleicht würde der Herr Roger sie ausschelten – es war den Sklaven verboten, nachts ins Wohnhaus zu gehen –, aber obwohl ihr diese Aussicht nicht behagte, wollte sie den Auftrag der Frau Gräfin nicht unerledigt lassen. Diese behandelte sie stets freundlich, sie erhob nie die Hand oder die Stimme gegen sie, und dann waren da noch die Geschenke, die sie ihr gemacht hatte.

Zum Glück ist sie noch wach, sagte sie sich, als sie Licht unter der Tür sah. Sie klopfte leise an, doch es antwortete niemand. Sie klopfte erneut: nichts. Gabina drückte die Klinke herunter und stellte fest, dass die Tür nicht abgeschlossen war. Sie fasste sich ein Herz und öffnete die Tür einen Spaltbreit, und da sah sie sie. Die Frau Gräfin vergoss des Öfteren bittere Tränen, weil der Herr Roger sie nicht in sein Bett ließ, doch diesmal schluchzte sie so heftig, dass Gabina erschrak. Es sah so aus, als würde ihre Herrin ersticken.

»Frau Gräfin! Herrin!« Die Sklavin stürzte ohne nachzudenken ins Zimmer und kniete neben Victorias Stuhl nieder. »Bitte beruhigt Euch! Beruhigt Euch doch! Das ist nicht gut für Euch.«

»Oh, Gabina!«, stieß Victoria, von Weinkrämpfen geschüttelt, hervor. »Ich habe ihn verloren. Ich habe ihn verloren. Er liebt dieses Mädchen wie von Sinnen. Gegen diese Liebe komme ich nicht an. Ich habe ihn verloren! Ach, Roger, mein Liebster!«

Manchmal fiel es Gabina und Berenice schwer, das spanische Gestammel der Gräfin zu verstehen. Doch diesmal hatte die Sklavin genau verstanden, obwohl Victoria abgehackt sprach und ihre Aussprache schlecht war. Sie traute sich, ihre Hände zu fassen, und Victoria drückte sie, bis es ihr wehtat. Es war, als wollte sie sich festklammern, um nicht zusammenzubrechen.

»Gabina, was soll ich nur tun?«

»Ihr müsst versuchen, ihn zurückzugewinnen.«

Victoria schüttelte den Kopf.

»Es ist unmöglich. Ich habe alles versucht.«

»Nicht alles, Frau Gräfin. Wir könnten zu einer Hexe gehen. Sie wird Euch einen Liebestrank brauen, damit der Herr Roger wieder in Liebe zu Euch entbrennt.«

Victoria lächelte von oben herab.

»Ich glaube nicht an diese Dinge, Gabina.«

»Es tut nichts zur Sache, ob Ihr daran glaubt oder nicht. Wichtig ist, dass Ihr zu einer sehr, sehr mächtigen Hexe unweit von hier geht und bei ihr einen Trank ersteht, den der Herr Roger dann trinken muss.«

Geplagt von Kummer, Schuldgefühlen und Trauer ließ Victoria den Kopf hängen. Sie hatte so viele Fehler gemacht, sie war es leid, dafür zu bezahlen. Sie wollte endlich ein wenig Frieden. ›Ich sollte Roger darin unterstützen, unsere Ehe zu annullieren, und mich aufs Land zurückziehen. Ich wäre eine reiche Frau, Roger hat es mir versprochen. Was will ich mehr?‹ Doch dann schüttelte sie den Kopf, sehr zur Verwirrung von Gabina, die das Verhalten ihrer Herrin aufmerksam beobachtete. Nein, sie wollte mehr. Sie wollte Roger, sie konnte diesen Wunsch nicht unterdrücken. War es wirklich nur Roger, den sie wollte? Oh nein, natürlich nicht. Sie wollte, dass ihr Name zusammen mit seinem und dem seines Vaters genannt wurde, sie wollte den Luxus, mit dem er sich umgab, die Bewunderung, die er auslöste. Sie wollte, dass ganz London ihr zu Füßen lag. Sie wollte Roger Blackravens Frau sein, Victoria Blackraven, die zukünftige Herzogin von Guermeaux. »Du sagtest, diese Hexe sei mächtig, ja?« Victoria traute ihren eigenen Ohren nicht, als sie das fragte. Sie, die streng anglikanisch erzogen worden war und die letzten vier Jahre bei katholischen Nonnen verbracht hatte, erkundigte sich nach den Fähigkeiten einer Hexe.

»Oh ja! Meine Freundin sagt, sie sei die Allermächtigste. Vor ein paar Tagen erst hat sie einem Mädchen aus Reducción de los Quilmes drei Dämonen ausgetrieben.«

»Ist es weit bis zu ihr?«

»Nicht besonders. Sie lebt in der Nähe von San José de Flores. Mit der Kutsche eine knappe Stunde, wenn es nicht regnet.«

»Wie heißt diese furchtbar mächtige Hexe?«

»Gálata.«

»Gut. Morgen fahren wir zu ihr.«

Braulios Verschwinden stürzte Bela in tiefe Verzweiflung. Zum Teil, weil ihr klar war, dass er es nicht geschafft hatte, Miss Melody zu töten, als er nachts nicht zurückkehrte, zum Teil, weil sie ihre heimlichen Zusammenkünfte im Gras vermisste. Vor allem aber wusste sie nicht, an wen sie sich nun wenden sollte, um ihren Plan in die Tat umzusetzen. Sie fragte sich ständig, was wohl aus dem Schwarzen geworden war, und erging sich mit Cunegunda in stundenlangen Spekulationen. Wahrscheinlich war er verhaftet worden, sagte sie sich, doch irgendwann begann sie sich ernstlich mit dem Gedanken zu beschäftigen, dass der Schwarze tot war, nachdem sie Enda scheinbar unbedarft gefragt hatte, wo Braulio sei.

»Er ist tot«, antwortete die Frau.

»Oh, mein Gott! Woher weißt du das?«

»Ich weiß es nicht, ich fühle es«, erklärte Enda und sah Bela so durchdringend an, dass diese den Blick abwenden musste.

Eines Nachmittags kehrte Cunegunda von einem ihrer Ausflüge nach Buenos Aires zurück und lotste sie von der Hütte weg, um ihr etwas mitzuteilen.

»Herrin! Die ganze Stadt spricht über den Überfall auf Miss Melody in der Nacht, als Braulio losging, um Euren Auftrag auszuführen.«

»Ist sie tot?«, fragte Bela hoffnungsvoll.

»Von wegen! Der Herr Roger war in dieser Nacht bei ihr und hat sie gerettet.«

In stummem Entsetzen riss Bela die Augen auf. Braulio war tot, jetzt wusste sie es. Eine lähmende Angst packte sie.

»Manche behaupten, der Angreifer sei geflohen, aber die meisten sagen, der Herr Roger habe ihn getötet. Was habt Ihr, Herrin?«, fragte sie beunruhigt, als sie sah, wie diese ins Nichts deutete. »Was ist denn?«

»Braulio ...«, stammelte Bela und deutete mit dem Finger ins Gebüsch. »Braulio.«

»Braulio ist bestimmt tot, Herrin.«

»Nein, da drüben steht er. Siehst du ihn nicht?«

Cunegunda fuhr herum. Hinter ihr war niemand, nur unwegsame Wildnis.

»Da ist niemand, Herrin.«

Sie zwang Bela, den Arm zu senken, mit dem sie immer noch ins Leere zeigte.

»Kommt, gehen wir ins Haus.«

An diesem Tag war sogar Cunegunda froh, als Bela den Rauch inhalierte und nicht länger wirres Zeug redete. Am nächsten Tag wirkte Bela auch ohne den Einfluss der Droge gefasster, wenngleich ziemlich still und in sich gekehrt, wie Cunegunda fand. Sie führte sie in den Garten und hieß sie, sich auf die Erde zu setzen, während sie sich um das Gemüse kümmerte.

»Seht mal, Herrin. Da drüben kommt eine prächtige Kutsche angefahren. Wird wohl eine feine Dame aus der Stadt sein, die einen Trank von Señora Enda will.«

Bela beschattete die Augen mit der Hand und sah angestrengt in die Ferne. Plötzlich sprang sie auf.

»Das ist das Wappen der Guermeaux!«

»Was?«

»Diese Kutsche hat das Wappen der Guermeaux auf dem Wagenschlag! Rogers Wappen!«

»Oh!«

Victoria wartete, bis Ovidio das Treppchen aufgeklappt hatte, um gefolgt von Gabina aus der Kutsche zu steigen.

»Victoria ...«, flüsterte Bela.

»Und Gabina«, ergänzte die Sklavin.

Ovidio ging zum Eingang und klatschte.

»Jemand zu Hause?«, rief er.

Victoria hob überrascht die Augenbraue. Die Frau, die auf der Türschwelle erschien, passte so gar nicht zu der ländlichen Umgebung. Sie hatte helle, fast durchscheinende Haut und grüne Augen, die ins Innere ihres Gegenübers zu blicken schienen.

»Señora Gálata?« Victoria sah, wie die Frau ruhig nickte. »Man hat mir von Euch erzählt. Man sagte mir, ihr wäret sehr mächtig und würdet Leuten helfen, die Eure Hilfe benötigen.«

»Seid Ihr Engländerin?«

»Nun ... Ja.«

»Dann lasst uns Englisch sprechen. Ich bin gleichfalls Engländerin.«

»Gut«, antwortete Victoria. Beinahe hätte sie noch gesagt, dass ihr Akzent eher irisch klang.

»Tretet doch ein, bitte.«

Victoria folgte Endas Aufforderung und nahm auf dem Stuhl Platz, den die Frau ihr hinschob, dem bequemsten und neuesten im ganzen Haus. Enda selbst blieb stehen.

»Sprecht. Wozu benötigt Ihr meine Kräfte?«

Ohne Namen zu nennen und ohne ins Detail zu gehen, erläuterte Victoria ihr Problem. Enda unterbrach sie nicht, sondern hörte ihr mit einer Ruhe zu, die wie betäubend auf Victoria wirkte. Als sie zu Ende erzählt hatte, sank sie in sich zusammen, als hätte sie mit den Worten auch die Kraft verlassen. Die Hexe ging zu einem Schrank mit Glastüren, der so gar nicht in diesen Raum passte. Sie öffnete ihn mit einem Schlüssel, der an einem Band um ihren Hals hing.

»Habt Ihr einen Gegenstand von Eurem Mann dabei?«

»Ich habe hier eine Haarsträhne, die ich ihm vor vielen Jahren abgeschnitten habe, als wir geheiratet haben.« Victoria nahm ein Döschen aus ihrer Gürteltasche und öffnete es. »Wird das helfen?«

»Ja, das ist perfekt«, versicherte die Frau und nahm die schwarze Locke heraus.

Dann legte Enda wortlos eine Hand auf Victorias Bauch und schloss die Augen.

»Ihr habt Eure Monatsblutung«, stellte sie ohne Zögern fest.

»Woher wisst Ihr das?« Victoria stand auf und blickte an sich herunter.

»Nein, mit Eurem Kleid ist alles in Ordnung.«

»Woher wisst Ihr das?« Wieder Schweigen. »Tatsächlich wäre ich beinahe nicht gekommen. Ich hätte eigentlich das Bett hüten sollen.«

»Weshalb? Nur weil Ihr Eure Regel habt? Ihr seid nicht krank, sondern folgt nur dem Lauf der Natur. Ihr habt gut daran getan, heute zu kommen, denn es muss heute Nacht geschehen.«

Enda überreichte ihr ein Stoffbündel.

»Was muss heute Nacht geschehen?«

»Die Beschwörung. Ihr habt Eure Regelblutung und der Mond steht genau in der Position, die wir brauchen. Um zehn Uhr heute Abend muss es sein.«

»Was soll ich tun?«

»Ihr müsst einen Aufguss aus dem Inhalt des Bündels und dieser Menge Wasser bereiten«, sie reichte ihr einen kleinen Krug, »etwas von Eurem Menstruationsblut hinzufügen und es ihm zu trinken geben.«

»Was? Etwas von meinem Menstruationsblut?«

»Wenn Ihr wollt, dass Euer Mann Euch wieder begehrt, müsst Ihr tun, was ich Euch sage. Wenn nicht: Da ist die Tür.«

»Schon gut, schon gut.« Verwirrt fuhr sich Victoria mit der

Hand über die Stirn. Sie musste sich konzentrieren. »Wie viel … Menstruationsblut?«

»Ein paar Tropfen werden genügen.«

»Kann ich es in ein anderes Getränk mischen? Mein Mann würde niemals Tee trinken.«

Enda nickte und betonte noch einmal, dass sie ihm den Trank um zehn Uhr abends geben müsse.

»Warum um zehn Uhr?«

»Das ist der Zeitpunkt, zu dem ich die Beschwörung machen werde.«

»Und dann?«

»Dann bleibt nur abwarten. Wenn der Zauber wirkt, wird Euer Mann in einigen Tagen in Euer Bett zurückkehren und die andere Frau verlassen.«

Blackraven hatte die Nacht mit Melody verbracht. Er war erst spät bei ihr eingetroffen und hatte sie geweckt, um sie zu lieben. Am nächsten Morgen schlug Melody mühsam die Augen auf und stellte fest, dass er bereits gegangen war. Sie sagte sich, dass sie keine Veranlassung hatte, ein solches Glück zu empfinden. Sie war nur noch Blackravens Geliebte, eine Vorstellung, die sie vor Wochen noch geschreckt hatte und die sie nun wie selbstverständlich hinnahm. Madame Odiles Worte hatten sie darin bestärkt: »Nicht einmal der ehrenhafteste Mensch kann beschwören, dass er nicht irgendwann in seinem Leben aufgrund gewisser Umstände das gutheißen wird, was er zuvor verurteilte und abstoßend fand.« ›Lieber Gott, ich habe alles getan, was ich konnte‹, rechtfertigte sich Melody, während sie, begleitet von Sansón, zum Bewässerungsgraben ging, ›aber ich liebe ihn über alles. Unsere Liebe ist mir wichtiger als mein Seelenheil und, was noch schlimmer ist, als Rogers Seelenheil. Ach Gott, ich kann einfach nicht ohne ihn leben!‹

Zurück im Haus, sah sie, wie sich Papá Justicia dem Anwesen näherte. Sansón richtete die Nackenhaare auf und begann zu knurren. Melody fasste ihn am Halsband.

»Stell dich nicht so an, Sansón. Kennst du Papá Justicia nicht mehr? Heh, Radama! Lass Papá Justicia herein.«

»Aber Kapitän Black hat Sklaven den Zugang verboten, Miss Melody!«

Melody bewegte sich schwerfällig. Ihre Füße waren geschwollen, ihre Beine schmerzten, und ihr Bauch hatte einen Umfang angenommen, als erwarte sie Zwillinge. Jetzt beeilte sie sich, und als sie am Eingang ankam, war sie außer Atem, als ob sie gerannt wäre.

»Papá Justicia ist kein Sklave«, erklärte sie. »Lass ihn herein.«

»Kapitän Black wird mich aufhängen lassen.«

»Nichts dergleichen wird Kapitän Black tun. Los, nimm die Waffe runter, du machst mich ganz nervös. Papá Justicia ist ein Freund.«

»Aber er lebt bestimmt in einem dieser Viertel, wo die Pockenkranken hausen.«

Zum Glück, dachte Melody, sprach Radama englisch und Papá Justicia verstand kein Wort. Sie warf dem Wächter einen nicht sehr freundlichen Blick zu und fasste den Schwarzen am Arm. Sie hörte, wie der Madegasse wütend schnaubte und leise vor sich hin fluchte.

»Komm, Papá, tritt ein. Trinken wir etwas Erfrischendes im Salon. Was hast du denn da auf dem Arm? Oh!«, rief sie erstaunt, als sie ein wenige Wochen altes, schwarzes Baby entdeckte. »Du lieber Himmel! Was willst du mit diesem Kind? Hattest du Roger nicht erzählt, du würdest nach *Bella Esmeralda* gehen? Was machst du denn immer noch in der Stadt? Es ist gefährlich hier.«

»Ich konnte nicht weg, weil ich mich um die Mutter dieses armen Würmchens gekümmert habe. Heute Nacht ist sie gestorben. Sie hatte die Pocken.«

»Das tut mir leid. Das arme Kind.«

Melody nahm den Kleinen auf den Arm, und sie gingen zusammen zum Haus.

»Das Kind ist gesund«, erklärte Papá Justicia. »Seine Mutter hat es gehütet wie einen Schatz und es gut mit ihrer Milch versorgt. Die arme Rufina! Das Mädchen hat sich solche Gedanken um das Schicksal ihres Kleinen gemacht.«

»Warum kümmerst du dich um ihn, Papá? Hat er keine Familie?«

»Nein. Und die Herrschaften seiner Mutter wollen ihn nicht. Sie haben Angst, dass er sich bei ihr angesteckt haben könnte. Als sie die Pocken bekam, haben sie sie aus dem Haus geworfen. Die Ärmste hat ihre letzten Tage bei mir verbracht.«

»Mein Gott!«

»Ich bringe ihn zu dir, weil unter den Sklavinnen deines Mannes immer eine ist, die gerade Milch hat.«

»Er ist nicht mein Mann, Papá. Aber ja, eine von den Sklavinnen hat immer Milch. Ist gut, du kannst ihn hierlassen. Ich kümmere mich darum. Als Erstes werde ich Roger bitten, mit den Besitzern des Kindes zu sprechen und die Situation zu klären. Ich will nicht noch einmal wegen Sklavendiebstahls angeklagt werden.«

»Nein, nein, natürlich. Aber das würden sie nicht wagen, wenn der Herr Roger in Buenos Aires ist.«

»Wem gehört dieses Kind, Papá?«

»Don Martín de Álzaga.«

Melody blieb stehen und sah den Schwarzen in einer Mischung aus Wut und Niedergeschlagenheit an.

»Wir stehen uns nicht gut mit diesem Herrn.«

»Ich weiß, Melody, aber ich wusste nicht, an wen ich mich sonst wenden sollte. Niemand wird ihn haben wollen, so, wie Rufina gestorben ist.«

Melody nickte. Dann gingen sie ins Haus. Miora und Trinaghanta waren in der Küche.

»Papá Justicia hat uns ein Geschenk mitgebracht«, verkündete sie von der Tür aus. »Seht euch nur diesen süßen Kleinen an. Er ist gerade Waise geworden. Seine Mutter ist an den Pocken gestorben.«

Miora kam herbeigerannt und schob die Decke beiseite, in die das Kind gehüllt war. Tränen der Rührung traten ihr in die Augen, als sie das friedlich schlummernde Kind betrachtete. Melody und Trinaghanta sahen sich verschwörerisch an.

»Hier, Miora, kümmere du dich um ihn.«

»Wirklich, Herrin? Darf ich mich wirklich um ihn kümmern?«

»Ja, ich möchte, dass du für ihn sorgst. Du wirst allerdings in das Haus in der Calle San José zurückkehren müssen, damit Palmira, die Julián stillt, auch dieses Würmchen säugt. Wie heißt er, Papá?«

»Nun«, sagte der Schwarze, »weil er am 29. September geboren ist, dem Erzengelfest, wurde er auf den Namen Rafael getauft. Das heißt soviel wie ›Gott heilt‹.«

»Was für ein schöner Name!«, rief Miora begeistert.

»Jemand, der ›Gott heilt‹ heißt, wird uns wohl keine Krankheiten ins Haus schleppen, oder?«, meinte Melody.

»Natürlich nicht«, beteuerte Miora. »Was für ein herziges Engelchen! Danke, Papá Justicia! Danke, dass du ihn hierhergebracht hast. Ich werde für ihn sorgen, als wäre er mein eigenes Kind.«

Angelockt von den Stimmen, erschien Somar in der Küche. Er sah müde aus. Nachdem er letzte Nacht Wache gehalten hatte, hatte er bis eben geschlafen.

»Somar!«, rief Miora, als sie ihn entdeckte. Melody und Trinaghanta blickten sich vielsagend an. Miora strahlte übers ganze Gesicht. Somar beugte sich über das Kind.

»Sieh nur, wie hübsch Rafael ist! Das arme Würmchen ist ein Waisenkind. Papá Justicia hat ihn zu Miss Melody gebracht, und sie hat mir aufgetragen, mich um ihn zu kümmern.«

Somar beäugte misstrauisch das winzige Bündel, während ihm Mioras Geplappere von ferne in den Ohren tönte. Rafael wachte gerade auf, und der Türke fürchtete, dass der Kleine gleich losplärren würde, ein Geräusch, das er immer gehasst hatte. Im Harem Sultan Mustafas IV. hatte er stets darauf geachtet, sich vom Säuglingszimmer fernzuhalten. Aber Rafael lächelte ihn an.

»Oh!«, rief Miora erstaunt. »Er hat dich angelächelt, Liebster. Dabei ist er noch so klein!«

»Scheint ein schlaues Kerlchen zu sein«, bemerkte Somar und beugte sich noch weiter hinab, um das Gesichtchen von nahem zu betrachten. Es war ein sehr hübsches Kind, das musste er zugeben; vor allem die Nase fiel ihm auf, denn sie war nicht breit, sondern klein und ein wenig nach oben gebogen. Das Kind schien nicht ganz schwarz zu sein, sondern auch weißes Blut in seinen Adern zu haben.

Rafael streckte ein Ärmchen aus und griff nach Somars Schnurrbart. Der Türke lachte und streichelte mit seinem dicken, rauen Finger über die zarte Babywange. Angesichts dieser Szene schlug Melodys Herz schneller vor Glück.

»Er hat nicht viel anzuziehen«, sagte Papá Justicia und überreichte Melody ein kleines Bündel.

»Das macht nichts!«, bemerkte Miora. »Ich nähe so viele Kleidchen für den Sohn von Herrn Roger, dann kann ich bestimmt auch etwas für ihn machen. Nicht wahr, Miss Melody?«

»Sei nicht so dreist«, raunte Somar ihr zu.

»Selbstverständlich kannst du das, Miora. Wir haben so viel Stoff gekauft, dass mein Kind gar nicht alles anziehen kann. Es sind noch einige Ellen für Rafael übrig. Ich gebe dir ein paar Reales, damit du mehr von diesem weichen Baumwollstoff für die Windeln kaufen kannst, denn von denen werden wir eine ganze Menge brauchen.«

»Ich werde Miora das Geld für den Stoff geben, Miss Melody«, stellte Somar klar. »Falls es Euch nichts ausmacht.«

»Nein, natürlich nicht.«

An diesem Abend kam Blackraven zum Essen auf Don Gervasios Landgut. Melody empfing ihn aufgeregt und erzählte ihm von Rafael, während sie ihn zu Mioras Zimmer führte, um ihm das Kind zu zeigen.

»Isaura«, sagte Blackraven verstimmt, »du hättest ihn nicht aufnehmen dürfen. Wenn seine Mutter an den Pocken gestorben ist, könnte das Kind dich anstecken.«

»Oh, bitte, Roger, weise ihn nicht ab. Er hat schon so viel mitgemacht in seinem kurzen Leben. Außerdem, sieh nur, er macht einen so gesunden und kräftigen Eindruck. Er hat den ganzen Tag nicht geweint, obwohl wir ihm nur löffelweise Zuckerwasser und ein bisschen Milch von Goti einflößen konnten. Das meiste ist dem armen Würmchen wieder aus dem Mund gelaufen.«

»Isaura, was soll ich nur mit dir machen?«

Während des Essens sprachen sie über Rafaels rechtliche Situation. Melody hatte schon befürchtet, dass Blackraven ungehalten sein würde, wenn er erfuhr, dass der Junge aus dem Haushalt von Álzaga stammte.

»Ich würde Papá Justicia am liebsten eine Tracht Prügel verpassen, weil er mich in diese Sache hineingezogen hat. Er weiß, wie es zwischen mir und Álzaga steht. Aber natürlich, dieser listige Kerl kennt dein weiches Herz und hat es wieder einmal ausgenutzt.«

»Sag nicht so etwas, Liebling. Rafael ist ein Segen. Du hättest Somars Gesicht sehen sollen, als er ihn in Augenschein nahm. Er betrachtet ihn schon jetzt als sein Kind.« Blackraven runzelte die Stirn, um sein wohlwollendes Erstaunen angesichts dieser Nachricht zu überspielen. »Was auch immer zwischen Miora und ihm ist, eines steht fest: Sie werden niemals Kinder bekommen. Rafael wurde uns geschickt, um diesen Platz einzunehmen. Und Miora und Somar haben ihn mit der größten Selbstverständlichkeit angenommen. Wenn du das Glück in ihren ...«

»Meine Güte, Isaura! Du hättest in die europäische Diplomatie gehen sollen! Du würdest es hinbekommen, dass Bonaparte sich in die Grenzen Frankreichs zurückzieht und für die erlittenen Unannehmlichkeiten um Entschuldigung bittet.«

Bevor sie schlafen gingen, rief Blackraven Somar in den Salon und schloss die Tür hinter ihm. Er bot ihm einen Platz an und reichte ihm ein Glas Portwein. Dann fragte er ohne weitere Umschweife: »Was ist zwischen dir und der Sklavin Miora?«

»Wir lieben uns.«

»Ihr liebt euch?«, fragte Blackraven. »Ihr liebt euch richtig?«

»Falls du auf meine Kastration anspielst, ja, wir lieben uns richtig.«

»Aber Somar … Wie ist das möglich?«

Der Türke zuckte mit den Schultern.

»Alles ist möglich, Roger. Miora ist gelungen, was keine Frau vor ihr geschafft hat. Es kommt nicht oft vor, aber was sich dieses Mädchen vornimmt, schafft es auch.«

»Was sind deine Pläne mit ihr?«

»Für mich ist Miora meine Frau.«

»Würdest du sie gerne heiraten?«

Somar zuckte erneut mit den Schultern.

»Ich bin kein Christ, wie sollte das gehen? Aber ja, ich würde gerne eine Familie mit ihr und diesem Kind gründen, das Papá Justicia heute hergebracht hat. Miora fühlt sich bereits als seine Mutter. Ich habe sie noch nie so glücklich gesehen.« Blackraven seufzte. »Ich weiß, was du denkst«, sagte Somar. »Das Kind gehört Álzaga.« Blackraven nickte ernst. »Papá Justicia wollte es ihm nach dem Tod seiner Mutter zurückgeben, doch er hat es zurückgewiesen, aus Angst, es könne ebenfalls die Pocken haben.«

»Trotzdem gehört der Junge ihm«, erklärte Blackraven. »Wenn er erfährt, dass es ihm gutgeht und er nicht von der Epidemie dahingerafft wurde, wird er ihn wiederhaben wollen. Er kann die Herausgabe des Kindes verlangen. Rechtlich gehört es ihm.«

»Gleich morgen werde ich bei Álzaga vorsprechen und anbieten, ihm den Kleinen abzukaufen.«

»Nachdem du ihm neulich gedroht hast, ihm mit deinem Säbel die Kehle durchzuschneiden?«, spottete Roger. »Ich bezweifle, dass du mit ihm ins Geschäft kommen wirst. Außerdem möchte ich nicht, dass du dich in die Sache zwischen Álzaga und mir einmischst. Du weißt, dass ich noch eine Rechnung mit ihm offenhabe.«

»Der Kauf des Jungen wäre nachteilig für dich.«

»Irgendwie muss ich wieder aus dieser Handelsgeschichte herauskommen, die ich aufgebaut habe, um ihn in Schwierigkeiten zu bringen. Was Miora betrifft, so werde ich mit Covarrubias sprechen, damit er ihr die Freilassungspapiere ausstellt.«

»Ich werde für sie bezahlen.«

»Und ich werde dir den Schädel spalten, wenn du noch einmal davon sprichst.« Trotz allem musste Somar lachen. »Ich wollte sie sowieso freilassen, ich habe es Isaura versprochen. Ich werde Miora und allen Sklaven, die ich besitze, die Freiheit schenken.«

»Allen?«

»Sprich mit niemandem darüber, Somar, nicht einmal mit Miora. Es ist ein Prozess, der einige Zeit in Anspruch nehmen wird, und ich will nicht, dass die Schwarzen ungeduldig werden, geschweige denn, dass sich meine Pläne in der Stadt herumsprechen.«

»Wirst du auch die Sklaven auf *La Isabella* und *Parvati* freilassen?«

»Komm bloß nicht auf die Idee, das gegenüber Isaura zu erwähnen«, sagte Blackraven, und beide lachten.

# Kapitel 21

Bela benutzte dieselbe Abkürzung nach Buenos Aires, auf der Cunegunda mehrmals in der Woche unterwegs war. Es kam ihr vor, als würde sie Tage für die Strecke brauchen, während ihre dicke, alte Sklavin nach einigen Stunden am Ziel war. In letzter Zeit bemerkte sie eine ungewöhnliche Müdigkeit bei sich. Sie schlief überall ein, und das hatte nichts mit dem Rauch zu tun, den sie inhalierte, sondern damit, dass sie schwanger war. Verflucht sollte Braulio sein, der sie mit einem Mulattenbalg geschwängert hatte. Ihr wurde übel bei dem Gedanken. Sie würde das Kind nicht bekommen, das hatte sie bereits beschlossen, sie wusste nur noch nicht, wie. Manchmal nahm sie sich fest vor, es Enda zu beichten und diese um Hilfe zu bitten. Enda wusste, wie man ungewollte Kinder loswurde; viele Kundinnen kamen zu ihr, weil sich der Ruf ihrer Abtreibungsmittel unter den Frauen der Gegend verbreitet hatte. Aber immer wenn sie zu ihr gehen wollte, um mit ihr zu sprechen, verließ sie der Mut. Sie fürchtete Enda schon länger, doch seit Braulios Verschwinden waren ihre Bedenken noch größer geworden. Enda war noch wortkarger als sonst und betrachtete sie mit Argwohn.

»Darum werde ich mich später kümmern«, sagte sich Bela. »Jetzt muss ich mich auf meinen ursprünglichen Plan konzentrieren: meine Rache an Miss Melody.« Cunegunda weigerte sich, ihr zu helfen, und Bela, die in letzter Zeit nicht sehr klar dachte, konnte sich keine Ablenkung erlauben. Verfluchte Cunegunda. Mit ihrer Hilfe wäre alles viel einfacher. Aber mit der Schwarzen war nicht zu reden.

»Nein, Herrin, ich werde Euch nicht helfen, Miss Melody Schaden zuzufügen. Ich würde direkt in die Hölle kommen. Und das werdet Ihr auch, wenn Ihr so weitermacht. Hört auf mich! Ich bitte Euch! Vergesst sie und lasst uns von hier verschwinden.«

»Geh mir nicht mit dieser ewigen Leier auf die Nerven, Cunegunda. Dein einfältiges Geschwätz hängt mir zum Hals heraus. Wenn du mir nicht helfen willst, dann sei so gut und halte den Mund.«

»Und überhaupt wird Euer Plan nicht aufgehen, Herrin. Gabina hat mir erzählt, dass der Herr Roger Miss Melody verboten hat, Sklaven auf Don Gervasios Landgut zu empfangen.«

»Warum das?«, fragte Bela.

»Wegen der Pocken, die im Tambor- und im Mondongo-Viertel wüten. Der Herr Roger will nicht, dass Miss Melody mit den Sklaven in Kontakt kommt. Er hat ihr untersagt, sich ihnen zu nähern. Seit Tagen war niemand mehr auf Don Gervasios Landgut. Ganz gleich, wie gut ich mich verkleiden würde, die Wachen von Herrn Roger würden mich nicht zu ihr vorlassen.«

»Gilt dieses Verbot auch für die Sklaven aus den Häusern in der Calle San José und der Calle Santiago?«

»Nein, natürlich nicht. Die bringen ihr häufig Lebensmittel und andere Dinge. Dafür ist es Herrn Rogers Sklaven verboten, Tambor und Mondongo zu besuchen. Er erlaubt ihnen nicht einmal, sonntags zur Bruderschaft zu gehen.«

Damit war ihr ursprünglicher Plan durchkreuzt, doch zu Belas eigenem Erstaunen fiel ihr fast sofort eine Alternative ein. Allerdings, so sagte sie sich besorgt, hing der Erfolg vom guten Willen der Sklavin Gabina ab. In Buenos Aires angekommen, ging sie zur Recova, wobei sie sich sorgfältig unter ihrem Umschlagtuch verbarg und darauf achtete, wenig belebte Straßen zu benutzen. Als Gemahlin von Don Alcides Valdez e Inclán war sie nie zum Markt gegangen, so dass weder Händler noch Gesindel sie kannten. Sie kaufte ein Töpfchen mit Feigenmarmelade; die aß Melody am liebsten, wie sie noch aus Miss Melodys Zeiten als Erzieherin in dem Haus in der Calle Santiago wusste. Dann ging sie ins Bajo-Viertel und zur Alameda, die um diese Tageszeit menschenleer war. Sie streute das weiße Pulver in den Marmeladentopf und rührte mit einem Stöckchen um. Das Gift – das gleiche, das Enda ihr damals gegeben hatte, um Alcides umzubringen –, roch angenehm nach Mandeln und würde den Geschmack der Konfitüre nicht beeinträchtigen. Nachdem dieser Teil des Plans erledigt war, machte sie sich daran, den entscheidenden Punkt anzugehen: Sie musste Gabina dazu bringen, zu Don Gervasios Landgut zu gehen und Miss Melody im Auftrag ihrer Schwester Leonilda die Marmelade zu überreichen.

Gabina arbeitete seit einiger Zeit in dem Haus in der Calle San José für Victoria. Nach dem, was Bela von Cunegunda in Erfahrung gebracht hatte, stahl die Sklavin sich zur Mittagszeit häufig dort weg, um ihre Freundinnen in der Calle Santiago zu besuchen. Bela wartete voller Ungeduld, denn wenn sie kein Glück hatte und Gabina nicht antraf, würde das ihren Plan erschweren; in diesem Fall müsste sie am nächsten Tag erneut herkommen, doch wenn Enda von ihrer kurzen Reise nach Reducción de los Quilmes zurück war, würde sie nicht mehr dieselbe Freiheit haben. Sie hatte Belas Abwesenheit ausgenutzt, um das Gift zu stehlen – dazu hatte sie das Schloss mit einem Werkzeug von Braulio aufgebrochen – und nach Buenos Aires zu fliehen.

»Das Glück ist auf meiner Seite«, frohlockte Bela, als sie Gabina aus dem Hinterausgang schlüpfen sah. Die Sklavin wollte nicht in die Calle Santiago, sondern zu einem Treffen mit ihrem Liebhaber aus dem Mondongo-Viertel. Sie hatte ein paar Reales für ihn dabei, die Victoria ihr gegeben hatte; der Arme hatte manchmal nicht einmal etwas zu essen. Als Gabina einen Pfiff hörte, drehte sie sich um. Eine Frau, die zu fest in ihr Umschlagtuch gehüllt war, um sie aus der Entfernung zu erkennen, winkte sie zu sich.

»Gabina, ich bin's, deine Herrin Bela.«

Die Sklavin schlug die Hand vor den Mund und trat einen Schritt zurück.

»Herrin! Was macht Ihr hier? Wenn der Herr Roger Euch entdeckt, steckt er Euch wieder ins Kloster.«

»Ich weiß, ich weiß. Hör zu, ich habe nicht viel Zeit und muss mit dir reden. Lass uns ein Stückchen weitergehen. Wenn jemand aus dem Stall kommt, könnte er mich erkennen.«

Niemand würde sie erkennen, dachte die Sklavin. Ihre Herrin Bela hatte sich völlig verändert, und das lag nicht an ihren groben Kleidern und dem abgezehrten Gesicht mit den dunklen Augenringen, auch nicht an ihrer grauen, trockenen Haut und dem strohigen Haar, sondern an ihrem stieren Blick, dem halb offenen Mund und den zittrigen Händen. Etwas an ihr wirkte nicht normal. Gewiss, Doña Bela war nie eine ausgeglichene Person gewesen; ihre Wutausbrüche und ihre ausfällige Art waren berüchtigt gewesen. Trotzdem hatte niemand sie für verrückt gehalten. Doch genau das kam Gabina in diesem Augenblick in den Sinn: Die Herrin hatte den Verstand verloren.

Sie traten in einen schmalen Durchgang zwischen zwei Häusern, und Bela nahm ein kleines Töpfchen aus einer Tasche, die an ihrem Gürtel befestigt war. Sie reichte es der Sklavin, und Gabina, daran gewöhnt, ihre Befehle ohne Widerworte zu befolgen, nahm es entgegen. Dann zog Bela eine Brosche mit Smaragden, Saphiren und Brillanten hervor und hielt sie der Sklavin entgegen.

»Die hat dir doch immer so gut gefallen«, sagte sie mit einem Lächeln, als sie die Reaktion des Mädchens bemerkte, das den Blick nicht von dem Schmuckstück wendete. »Ich erinnere mich, wie begierig du sie angesehen hast, wenn ich sie trug. Sie gefällt dir, stimmt's?« Die Sklavin nickte. »Und weißt du, dass sie viel Geld wert ist, über fünfhundert Pesos? Das überrascht dich, oder? Es ist ein wirklich sehr kostbares Schmuckstück. Du könntest ein Vermögen dafür bekommen, wenn du es verkaufst. Ich wäre bereit, es dir zu geben, wenn du mir einen Gefallen tust.«

»Welchen?«

»Du sollst Miss Melody diese Feigenkonfitüre von meiner Schwester Leonilda überbringen.«

»Das ist alles?«

»Oh, so einfach ist es nicht. Danach müsstest du fliehen, fortlaufen, verschwinden.«

»Warum?«

»Frag nicht so frech. Wenn du mir den Gefallen tun willst, dann stell keine Fragen und verschwinde danach. Abgemacht?«

Gabina betrachtete noch einmal die Brosche. Doña Bela hatte recht: Diese Brosche war ihr Lieblingsschmuckstück. Gabina hatte sich oft in das Schlafzimmer ihrer Herrin geschlichen und sich die Brosche angesteckt, wenn die Herrin zur Messe gegangen war oder einen Besuch machte. Und nein, sie hatte nicht gewusst, dass sie ein Vermögen kostete. Sie dachte an ihren Liebhaber im Mondongo-Viertel, daran, der Armut zu entkommen und gemeinsam zum Ostufer zu fliehen oder noch besser nach Brasilien, um ein neues Leben zu beginnen. Vor Aufregung bekam sie keinen Ton heraus und beschränkte sich darauf, zu nicken.

»Gut«, sagte Bela. »Wann bringst du Miss Melody die Konfitüre?«

»Morgen früh. Jetzt habe ich keine Zeit. Aber morgen, wenn Señora Victoria eine Besorgung für mich hat, gehe ich hin.«

»Dann gebe ich dir morgen die Brosche. Ich werde zur gleichen Zeit an derselben Stelle auf dich warten, und dann gebe ich sie dir.«

»Wenn Ihr morgen nicht mit der Brosche hier seid, werde ich dem Herrn Roger erzählen, dass ich Euch gesehen habe und dass Ihr mich um diesen Gefallen gebeten habt.«

»Du unverschämtes schwarzes Ding! Ich bin eine ehrenwerte Frau. Ich halte immer, was ich verspreche.«

Cunegunda hatte eine Entscheidung getroffen. Sie dachte darüber nach, seit Victoria vor zwei Tagen bei Enda gewesen war. Sie hatte auch mit ihrem neuen Beichtvater darüber gesprochen, einem jungen, gütigen Priester von der Merced-Kirche, der ihr ihre Sünden vergeben und sie darin bestärkt hatte, Victoria den dringenden Rat zu geben, sich nicht mit der Hexe Gálata einzulassen und diese Kräuter zu verbrennen. Hoffentlich hatte Señora Victoria dem Herrn Roger den Aufguss nicht bereits zu trinken gegeben. Enda hatte ihren Teil erfüllt und in der Nacht mehrere Stunden raunend an einem Feuer gesessen. Der Zauber hatte sie mehr Zeit und Kraft gekostet als sonst; als sie wieder ins Haus kam, war sie sehr mitgenommen und hatte glasige Augen. Sie hatte sich auf ihr Bett geworfen und bis spät am Morgen geschlafen. Dann war sie aufgestanden, hatte ihr Pferd gesattelt und war nach Reducción de los Quilmes geritten.

Cunegunda fasste sich ein Herz. Sie fing eine Sklavin aus der Calle San José ab, die sie nicht kannte, und fragte nach Gabina.

»Das wüsste ich auch gern«, antwortete das Mädchen. »Meine Herrin Victoria ist ganz außer sich, weil Gabina heute Morgen eine Erledigung machen sollte und noch nicht zurück ist. Bestimmt liegt sie mit diesem Hungerleider aus dem Mondongo im Bett! Und an mir bleibt die ganze Arbeit hängen. Berenice, bügel mir dies, Berenice, wasch mir das, und beeil dich mit dem Frisieren, ich hab's eilig.«

»Deine Herrin will ausgehen?«

»Sie ist schon weg, zum Glück, und ich habe meine Ruhe.«

»Wo ist sie hin?«

»Zu Doña Anita Perichon, zusammen mit ihrer Freundin, Señora Cattaneo.«

Cunegunda machte sich rasch auf den Weg und traf gerade ein, als Victoria das Haus von Liniers' Geliebter Anita Perichon verließ. Die Sklavin dachte, dass sie Victoria Blackraven auch unter mehreren Frauen sofort erkannt hätte; sie war wie eine blühende Rose in einem steinigen Beet. Auch die Frau, die sie begleitete, war sehr attraktiv, und die schwarze Dienerin, die ihnen folgte, fiel durch ihre hochmütige Haltung und ihren abfälligen Blick auf. Sie hielt das Kinn leicht nach oben gereckt und ging geschmeidig wie eine Katze, während sie sich argwöhnisch umblickte.

»Señora Victoria!«, rief Cunegunda, bevor die drei Frauen in die Kutsche mit dem Wappen der Guermeaux stiegen.

»Wer bist du? Woher weißt du meinen Namen?«

»Ich bin eine Freundin von Gabina.«

»Ah, dieses undankbare Ding! Weißt du, wo sie steckt?« Cunegunda schüttelte den Kopf. »Was willst du?«

»Ich würde Euch gerne einen Augenblick sprechen.«

»Dann sprich.«

»Allein.«

»So eine Frechheit! Das hat mir gerade noch gefehlt! Ich habe keine Zeit mit einer Negerin zu verschwenden. Komm, Simonetta.«

»Ich weiß, dass Ihr vorgestern bei der Hexe Gálata gewesen seid.« Victoria, die gerade in die Kutsche steigen wollte, hielt inne und drehte sich um. »Ihr richtiger Name ist nicht Gálata, sondern Enda Feelham. Sie ist ein schlechter Mensch, Señora Victoria. Ihr solltet nie wieder zu ihr gehen. Und Ihr solltet die Kräuter verbrennen, die sie Euch gegeben hat, und Herrn Roger diesen Aufguss nicht zu trinken geben.«

»Wer bist du? Woher weißt du diese Dinge?«

»Ich bin von Gott gesandt, um Euch zu retten. Enda Feelham hasst Herrn Roger, weil der ihren Sohn Paddy getötet hat. Sie hat geschworen, ihn zu rächen, und das wird sie früher oder später tun. Und sie wird auch Miss Melody töten, ihre Nichte, weil sie ihr die Schuld an Paddys Tod gibt. Der Herr Roger hat ihn nämlich ihretwegen getötet, versteht Ihr?« Victoria nickte mechanisch. »Aber Miss Melody wird sie erst umbringen, wenn ihr

Kind da ist, denn das will sie haben, um es bei sich großzuziehen. Geht nicht mehr zu dieser Frau, zu Eurem eigenen Besten und zu Eurem Seelenheil. Tut es nicht.«

Cunegunda rückte das Umschlagtuch zurecht und rannte dann die Calle de San Nicolás hinunter. Victoria war wie vor den Kopf geschlagen und rührte sich nicht. Simonetta packte sie am Arm und zwang sie, sie anzusehen.

»Victoria«, sagte sie bestimmt, »soll Ashantí diese Sklavin verfolgen und zurückbringen?«

Victoria fuhr sich mit der Hand über die Stirn und schüttelte dann den Kopf.

»Nein, nein«, brachte sie mühsam heraus, »lass sie nur laufen.«

»Komm, steig in die Kutsche. Wir fahren eine Weile zu mir, damit du dich beruhigen kannst.«

Victoria schwieg während der ganzen Fahrt. Die Worte dieser Schwarzen hallten in ihrem Kopf wider und betäubten und verwirrten sie. »Aber Miss Melody wird sie erst umbringen, wenn ihr Kind da ist, denn das will sie haben, um es bei sich großzuziehen.« Gott durfte nicht zulassen, dass sie sich über diese Nachricht freute. Sie wünschte sich so sehr, Roger zurückzugewinnen, dass sie dachte und handelte wie eine andere Person, die keine Prinzipien und Werte besaß. Nur selten zuvor war sie so verwirrt gewesen. Einerseits hatte sie sich geschämt und verachtet, als sie einige Tropfen Menstruationsblut in dem Krug aufgefangen hatte, andererseits bedauerte sie es, dass das Ritual bislang keine Wirkung zeigte, obwohl Blackraven das Gebräu, mit seinem gewohnten Cognac gemischt, getrunken hatte. Sie kam zu dem Schluss, dass sie eine von Grund auf schwache, verderbte Sünderin mit einem unabänderlichen Hang zum Bösen war; sonst wäre sie weder der Leidenschaft Simon Miles' erlegen noch der Versuchung, sich von der Klippe zu stürzen, noch der Verlockung, zu einer Hexe zu gehen.

Bei Simonetta zu Hause servierte Ashantí ihr ein starkes Getränk, dessen Geruch sie an Rogers Cognac erinnerte. Als wohlerzogene Frau trank Victoria nie Alkohol, und da sie nicht daran gewöhnt war, hustete sie und verschluckte sich, doch dann erfüllte eine angenehme Wärme ihre Brust und besänftigte ihr Zittern.

»Fühlst du dich besser?«, erkundigte sich Simonetta, und Victoria nickte. »Mach dir keine Gedanken wegen dem, was diese Frau gesagt hat. Du weißt ja nicht, ob es stimmt.«

»Es stimmt, das fühle ich.«

»Du hast mir selbst erzählt, dass dein Mann ein gefährliches Leben führt. Mach dir keine Sorgen um sein Schicksal. Er wird sich und Melody schon zu schützen wissen.«

»Es tut mir so weh, dass er für sie da ist! Ich hasse sie, ich beneide sie, obwohl dieses Mädchen keinerlei Schuld trägt. Ich kann einfach nicht anders.«

»Deine Gefühle sind verständlich, Victoria, vor allem sind sie menschlich. Mach dir keine Vorwürfe deswegen. Und jetzt erzähl mir«, sagte sie leichthin, um ihr Mut zu machen, »du hast also eine Hexe aufgesucht?«

»Ich schäme mich so, Simonetta! Du musst das Schlimmste von mir denken.«

»Glaubst du, ich war nie bei einer Hexe? Wer hat das nicht schon in seiner Angst und Verzweiflung getan? Komm schon, schäm dich nicht und erzähl mir die Einzelheiten.«

Bela erwachte aus einem schlimmen Albtraum und erinnerte sich, dass sie an diesem Tag wieder nach Buenos Aires musste, um Gabina die Brosche zu übergeben. Andernfalls hatte das Mädchen gedroht, sie zu verraten. Noch einmal dieser lange Weg, dachte sie mutlos. Ihr fehlte die Kraft, um aufzustehen. Sie würde warten, bis Enda von ihrem Besuch bei der besessenen Patientin in Reducción de los Quilmes zurück war, in einem unbeobachteten

Moment ihr Pferd nehmen und in die Stadt reiten. Vielleicht hatte sie Glück und verlor dabei Braulios Kind.

Noch im Bett, rief sie nach Cunegunda, zuerst leise, dann lauthals brüllend. »Dieses verfluchte Miststück ist schon wieder verschwunden«, schimpfte sie. »Ich werde sie auspeitschen lassen.« Dann fiel ihr wieder ein, dass ihr Bruder Diogo nicht da war, um diese Aufgabe zu übernehmen. Manchmal war sie verwirrt und dachte, sie wäre wieder in dem Haus in der Calle Santiago. »Ich werde dieser nichtsnützigen Schwarzen eine Tracht Prügel verpassen, die sie so schnell nicht vergisst«, schimpfte sie weiter, während sie aufstand.

»Guten Tag, Bela«, grüßte Enda und betrat die Hütte.

»Guten Tag«, antwortete Bela erschreckt.

Enda hatte sie wie immer überrascht. Sie hatte weder Hufgetrappel gehört noch ihre Schritte im Eingang. Manchmal hatte sie das Gefühl, dass die Irin schwebte. Sie sah zu, wie diese die Satteltaschen auf den Tisch legte und ausleerte. Enda hatte einige Aufmerksamkeiten mitgebracht, wahrscheinlich von den Angehörigen der Besessenen, die froh waren, dass sie der Kranken drei Dämonen ausgetrieben hatte. Sie packte auch mehrere Kräuterbünde aus, die sie unterwegs gesammelt hatte. Damit ging sie zu dem Schrank, in dem sie die Pülverchen, Tränke und sonstigen Zutaten für ihre Zaubereien aufbewahrte. Auf der Bettkante sitzend, verfolgte Bela aufmerksam ihre Bewegungen und hielt den Atem an, als sie sah, wie Enda den Schlüssel vom Hals nahm und die Schranktür aufschloss. Mit geballten Fäusten wartete sie darauf, dass die Frau merkte, dass der Schrank aufgebrochen worden war.

Enda zögerte einen Moment, als sie das ungewohnte Knirschen des Schlosses hörte. Sie öffnete die Schranktür und studierte die Anordnung der Fläschchen, Tiegel, Dosen, Phiolen, Steingutflaschen, Kräuterwische und verschiedener kleiner, getrockneter Tierchen und was sich sonst noch in dem Schrank befand. Sie merkte sofort, dass jemand die Dinge angefasst hatte, obwohl alles an seinem Platz stand. Ruhig suchte sie weiter, bis ihr Blick auf das Zinkröhrchen fiel, in dem sie das Zyanid aufbewahrte.

Wütend fuhr sie herum, und Bela hatte den Eindruck, dass Endas Augen Funken sprühten. Sie schrie laut auf, als die Irin mit verblüffender, fast übernatürlicher Geschwindigkeit auf sie zukam, sie am Hals packte und leicht zudrückte. Bela umklammerte ihre Handgelenke und versuchte sie abzuwehren, doch ohne Erfolg. Enda war unglaublich stark.

»Bela«, sagte sie ruhig, »was hast du mit dem Pulver gemacht, das du gestohlen hast?«

»Nichts, gar nichts«, gelang es ihr noch zu sagen, dann spürte sie, wie sich Endas Finger um ihren Hals schlossen.

»Ich werde dir die Kehle zudrücken, bis du keine Luft mehr bekommst, wenn du mir nicht die Wahrheit sagst. Los, rede. Ich will dich nicht umbringen, aber wenn du nicht sagst, was du mit dem Gift gemacht hast, werde ich es tun.«

Bela brachte keinen Ton heraus, weil ihr die Luft fehlte. Sie hatte das Gefühl, dass ihr die Augen aus den Augenhöhlen traten.

»Wenn du mir sagst, was du mit dem Zyankali gemacht hast, werde ich dir helfen, das Balg loszuwerden, das Braulio dir angedreht hat.« Enda lockerte den Druck ein wenig. »Zieh nicht so ein Gesicht. Hast du noch nicht begriffen, dass du mir nichts verheimlichen kannst? Dachtest du, du könntest es unter meinen Augen mit meinem Sklaven treiben, ohne dass ich etwas merke? Aber eines muss ich zugeben: Ich hätte nicht gedacht, dass du ihn für deine Zwecke nutzt. Ich dachte, du bräuchtest ihn nur, um deine Bedürfnisse zu befriedigen, deshalb habe ich nichts gesagt. Als Braulio verschwand, ging ich davon aus, dass er es auf deinen Wunsch hin tat. Los, sprich! Ich verliere langsam die Geduld. Sag mir, was du mit dem Gift gemacht hast.«

»Wenn ich es dir sage, tötest du mich sowieso.« Belas Stimme war rau, ihre Kehle brannte, und ihre Augen füllten sich mit Tränen. »Du wirst mir einen deiner Tränke geben und behaupten, er diene dazu, Braulios Kind loszuwerden. Aber in Wahrheit vergiftest du mich.«

»Nein, ich werde dich nicht vergiften, obwohl du es verdient hättest. Sag mir, was du mit dem Gift gemacht hast.«

»Ich habe es in einen Topf mit Feigenmarmelade gerührt und diesen einer Sklavin aus dem Haus in der Calle Santiago gegeben.«

»Wozu?«, fragte Enda beunruhigt.

»Sie soll ihn Miss Melody von meiner Schwester Leonilda überreichen.«

»Verdammt noch mal, Bela!« Enda gab ihr eine schallende Ohrfeige. »Ich habe dir gesagt, du sollst sie in Ruhe lassen, solange sie schwanger ist. Los, sag, wann soll sie diese Marmelade bekommen?«

»Vielleicht in diesem Augenblick«, stotterte Bela und wischte mit dem Handrücken das Blut weg, das ihr aus dem Mundwinkel lief.

»Zu deinem eigenen Besten, Bela, bete, dass ich noch rechtzeitig komme.«

»Melody wohnt nicht mehr in der Calle San José. Sie lebt auf einem Landgut im Süden der Stadt, in der Nähe des Convalecencia. Es ist das Landgut von Don Gervasio Bustamante.«

»Ich weiß«, sagte Enda, während sie das Umschlagtuch umlegte.

Bela hockte auf der Bettkante, die Hände um den Hals gelegt und einen metallischen Geschmack im Mund, und beobachtete durch einen Tränenschleier hindurch, wie Enda den Schrank abschloss und die Hütte verließ. Kurz darauf hörte sie das Geräusch von Pferdehufen auf der Erde, das sich in der Ferne verlor, bis schließlich nur noch das Singen der Vögel zu vernehmen war. Das fröhliche, bunte Gezwitscher und die Sonnenstrahlen, die durch die offene Tür fielen, passten so gar nicht zu der Wirklichkeit der Hütte und ließen diese noch schmutziger wirken. Bela schlug die Hände vors Gesicht und begann zu weinen. »Wie konnte ich nur so tief sinken?«, haderte sie mit sich. »Ich hatte alles, einen Mann, Töchter, gesellschaftlichen Rang, einen wunderbaren Liebhaber. Mein Abstieg begann mit dem Tag, als diese verfluchte Miss Melody in unser Leben trat. Hoffentlich kommt Enda nicht rechtzeitig. Miss Melody soll sich vor Schmerzen winden, bevor sie stirbt. Es macht mir nichts aus, von Endas Hand zu sterben. Der Tod schreckt mich nicht mehr. Er wird eine Befreiung sein.«

Sie stand auf und ging langsam und schwerfällig in die Ecke der Hütte, wo das Feuer brannte. Sie nahm den gusseisernen Kessel vom Haken, trat zum Schrank und schleuderte den Topf gegen die Schranktüren. Das Klirren von Glas und umstürzenden Gegenständen durchbrach die Stille. Bela zuckte nicht mit der Wimper. Sie nahm das Zinkröhrchen, öffnete den Deckel, schüttete das weiße Pulver in ihre Hand und führte es zum Mund. Das Pulver klebte am Gaumen. Sie musste husten. Sie trank Wasser aus der Waschschüssel, bis das Brennen nachließ und sie wieder normal atmen konnte. Dann legte sie sich mit dem Gesicht nach oben aufs Bett und schloss die Augen.

Cunegunda kam mit einem gedankenverlorenen Lächeln die Abkürzung entlang. Sie hatte Gottes Willen befolgt, indem sie Señora Victoria warnte, und so zur Rettung einer Seele beigetragen. Sie machte sich keine Gedanken über die Folgen ihrer Enthüllung, noch war ihr bewusst, dass Blackraven sie aufgreifen und ins Kloster zurückbringen würde, wenn Victoria ihm davon erzählte.

Als sie in die Tür trat, sah sie, dass die Glastür des Schranks zerbrochen war. Sie stürzte in die Hütte und blieb wie versteinert vor dem Durcheinander stehen. Señora Enda würde toben vor Wut, dachte sie. Dieser Schrank war ihr Heiligtum. Wo war Doña Bela? Sie sah sich um. Ihre Herrin lag auf dem Bett und schlief. Cunegunda trat rasch zu ihr, und als sie sich über sie beugte, um sie zu wecken, nahm sie einen süßlichen Geruch wahr, der sie an Mandelmilch erinnerte, ihr Lieblingsgetränk. Bela wirkte wie tot, weniger wegen ihrer blassen Wangen als vielmehr wegen ihrer bläulichen, wie erfrorenen Lippen und der violetten Ringe um die Augen. Sie bemerkte, dass eine weißliche Substanz an Belas Lippen haftete. Erneut stieg ihr der vertraute Geruch nach Mandeln in die Nase, doch diesmal musste sie nicht an Mandelmilch denken, sondern an den Herrn Alcides.

»Herrin! Herrin!« Sie schüttelte Doña Bela an den Schultern. »Wacht auf! Was habt Ihr getan, Herrin? Was habt Ihr bloß getan?«

Sogar Radama und Milton scharten sich um Miora, um zuzusehen, wie sie Rafael aus diesem seltsamen Porzellanfläschchen fütterte, dessen Kautschukkappe an die Zitze einer Kuh erinnerte. Somar hatte es bei Marull gekauft, dem bestsortierten Geschäft der Stadt. Zuerst hatte er eine Schnabeltasse kaufen wollen, doch dann hatte er das Fläschchen für geeigneter gehalten.

»Diese Flaschen sind dafür gedacht, bettlägerige Kranke zu füttern, keine Säuglinge«, hatte Don Marull gemurrt. »Wenn Eure Frau keine Milch hat, dann holt eine Amme.«

Da Miora sich weigerte, das Landgut zu verlassen, überzeugte Melody Blackraven davon, Palmira, ihren Sohn Julián und ihren Mann holen zu lassen. Während Blackraven den Umzug der Sklavin veranlasste, die Rafael stillen sollte, war Somar in das Geschäft gegangen und mit dem Fläschchen zurückgekommen. Obwohl Rafael die Ziegenmilch tags zuvor gut vertragen hatte, gaben sie ihm an diesem Morgen Eselsmilch zu trinken. Der

Kleine nuckelte so begeistert an dem Kautschuksauger, dass es selbst dem sonst so ernsten Radama ein Lächeln entlockte.

»Trinaghanta«, sagte Melody plötzlich, »vor lauter Begeisterung über Rafael habe ich ganz vergessen, dass noch ein Kessel mit Eintopf auf dem Feuer steht. Geh bitte nachsehen, bevor er anbrennt.«

Trinaghanta rannte in die Küche und blieb wie angewurzelt stehen, als sie dort eine fremde Frau entdeckte, die in den Küchenregalen wühlte. Die Frau stand auf einem Stuhl und öffnete Flaschen und Töpfe, blickte hinein, roch daran und stellte sie dann wieder an ihren Platz zurück. Als sie schließlich vom Stuhl stieg, fiel ihr Blick auf die verdutzte Trinaghanta. Die Frau kam so selbstverständlich auf sie zu, als befände sie sich in ihrer eigenen Küche, packte sie bei den Schultern und sah sie aus ihren durchdringenden grünen Augen an.

»Heute Morgen hat eine Sklavin aus der Calle San José im Auftrag von Señorita Leonilda einen Topf mit Feigenkonfitüre vorbeigebracht. Sag mir sofort, wo du ihn hingestellt hast. Oder hat deine Herrin schon davon gegessen?«

Die Unbekannte sprach zu schnell für Trinaghantas schlechtes Spanisch.

»Ich verstehe nicht.«

»Sprichst du englisch?«

Als Trinaghanta nickte, wiederholte die Frau die Frage in dieser Sprache. Von der Fremden gingen eine Bestimmtheit und eine Macht aus, gegen die Trinaghanta nicht ankam. Ihr durchdringender Blick und ihre kräftigen Hände, deren Finger sich schmerzhaft in ihre Schultern gruben, veranlassten sie dazu, auf einen blauen Topf zu deuten, der in dem Durcheinander auf dem Tisch kaum zu sehen war. Die Frau nahm ihn, öffnete ihn und schnupperte daran.

»Bist du sicher, dass das die Feigenmarmelade ist, die Señorita Leonilda heute Morgen hat schicken lassen?« Trinaghanta nickte. »Bist du sicher, dass deine Herrin Melody kein Löffelchen davon gekostet hat?« Trinaghanta nickte erneut. Durch die Ankunft des kleinen Rafael ging alles ein wenig drunter und drüber, und so hatte sie ganz vergessen, Miss Melody mitzuteilen, dass Gabina am Morgen ein Geschenk von Señorita Leonilda vorbeigebracht hatte.

Ohne sie noch eines Blickes zu würdigen, packte die Frau wortlos den Topf in eine Satteltasche und verließ eilig die Küche. Trinaghanta lugte durch die Tür und sah, wie sie auf ein Pferd stieg. Als wäre auf einmal der Bann gebrochen, rannte Trinaghanta durch den Patio ins Haus. Als sie ins Zimmer stürzte, hoben alle, die um Rafael herumstanden, überrascht die Köpfe.

»Ich habe gerade eine Frau beim Stehlen in der Küche erwischt! Sie ist auf einem Pferd in Richtung Bewässerungsgraben geflohen.«

Somar, Radama und Milton stürzten hinaus, aber sie kamen zu spät: Das Pferd war nur noch ein Pünktchen am Horizont. Als sie zurückkamen, baten sie Trinaghanta, noch einmal zu wiederholen, was sie Melody gerade erzählt hatte. Am Abend berichteten Somar und Melody Blackraven von dem Vorfall.

»Trinaghantas Beschreibung zufolge glaube ich, dass es meine Tante Enda war«, erklärte Melody und merkte, wie sich Blackravens Bestürzung in Wut wandelte.

»Es reicht, Isaura. Du ziehst jetzt in Doña Rafaelas Haus.« Er sagte das ganz ruhig, aber mit einer Entschlossenheit, die keinen Widerspruch zuließ. »Keine Tränen«, sagte er ungehalten. »Oder willst du lieber zurück in die Calle San José oder nach El Retiro?«

»Was ist mit dem Haus in der Calle Santiago?«

»Da ist kein Platz. Vergiss nicht, dass auch Leutnant Lane und Amy dort wohnen.«

Melody ging, um ihre Sachen zu packen. Trinaghanta wollte ihr folgen.

»Du bleibst hier«, wies Roger sie an. »Ich habe einige Fragen an dich.«

Gemeinsam mit seinen Männern und seiner Dienerin überdachte Blackraven die Situation.

»Du sagtest, Gabina hat die Marmelade gebracht.« Die Singhalesin nickte. »Ist dir etwas Besonderes daran aufgefallen, ein merkwürdiger Geruch, eine ungewöhnliche Farbe? Hast du sie probiert?«

»Nein, Herr Roger, ich habe sie nicht einmal geöffnet. Ich habe sie so auf den Tisch gestellt, wie Gabina sie gebracht hat.«

»Gabina ist verschwunden«, teilte Blackraven seinen Männern mit. »Heute Morgen hat sie eine Besorgung für Victoria gemacht und ist nicht zurückgekehrt. Wir müssen sie unbedingt finden. Die Sklavin Berenice behauptet, dass sie ein Verhältnis mit einem Freigelassenen im Mondongo-Viertel hat. Sie hat uns gesagt, wo er wohnt, und Távora und Malagrida haben sich auf die Suche nach ihr gemacht. Vielleicht sind sie schon mit Neuigkeiten in der Calle San José zurück. Ich muss herausfinden, wer Isaura diese Marmelade hat schicken lassen.«

# Kapitel 22

Malagrida saß bei Tisch immer am selben Platz, gegenüber von Isabella di Bravante. Er war fasziniert von ihrer Schönheit und musste sich beherrschen, um sie nicht während des ganzen Essens anzustarren. Blackraven fing seine Blicke auf und sah ihn mit unergründlichem Gesichtsausdruck an. Malagrida fühlte sich unwohl, obwohl er wusste, dass Roger in Bezug auf seine Mutter nicht sehr besitzergreifend war. Isabella hätte das auch nicht zugelassen. Blackraven war an die Liebhaber seiner Mutter und an ihr skandalöses Verhalten gewöhnt, doch Malagrida war sicher, dass er eine Beziehung zwischen ihm und Isabella nicht gutheißen würde, vielleicht, weil er anders als Isabella darum wusste, dass er Priester war.

Malagrida hatte sich schon länger seine Liebe zu Isabella eingestanden, hegte indes keine Hoffnung, dass diese Liebe erwidert wurde. Sie brauchte nur mit dem Finger zu schnipsen, und reiche, junge, schöne Männer würden ihr zu Füßen liegen. Obwohl sie in drei Tagen vierundfünfzig wurde, war sie unverändert schön, und das hatte nicht nur mit ihrer wohlgeformten Figur und ihrer schlanken Taille zu tun, sondern auch mit ihrer angeborenen Eleganz, ihrer Anmut und Gewandtheit, die das blaue Blut verrieten, das in ihren Adern floss. Doch das, was den Jesuiten am meisten an Isabella anzog, waren ihre edlen Ansichten und ihr Mut. Er kannte nur wenige Männer, die so viel Schneid hatten wie Isabella di Bravante. Er war nicht erstaunt, als Roger ihm erzählte, dass seine Mutter sich geweigert hatte, das Schloss von Versailles zu verlassen, als der gesamte Hofstaat und sogar die Familienangehörigen den König Ludwig XVI., Marie Antoinette und ihre Kinder Marie Thérèse und Louis Charles im Stich ließen. Isabella, Madame Elisabeth, die Schwester des Königs, und einige Dienstboten blieben in diesen turbulenten Tagen bei der königlichen Familie, bis diese am 5. Oktober 1789, fast drei Monate nach dem Sturm auf die Bastille, gezwungen wurde, Versailles zu verlassen und in die Tuilerien in Paris umzuziehen, eskortiert von einem Pulk aufgebrachter Frauen, die mit Musketen, Spießen und Sicheln bewaffnet waren.

Isabella hatte Malagrida einmal von diesen bangen Stunden erzählt, als sie an jenem 5. Oktober in Versailles darauf warteten, dass diese Frauen, die *Furien* genannt, vor dem Schloss eintrafen, um gegen den Brotmangel und die hohen Preise zu demonstrieren. Später wurde die Vermutung laut, dass ein Vetter des Königs, der Herzog von Orléans, hinter den Kulissen die Fäden zog und den Aufstand schürte, weil er hoffte, selbst den Thron zu besteigen, falls Ludwig XVI. stürzte. »Die Königin, Madame Elisabeth, die Kinder, Michela und ich blieben in den königlichen Gemächern und verfolgten aufmerksam, was in den Gärten des Schlosses geschah«, erzählte Isabella. »Der Pöbel belagerte uns wie eine Meute hungriger, tollwütiger Hunde. Wir waren Gefangene im eigenen Haus. Am Morgen des 6. Oktober drangen sie in den Küchentrakt und die Vorzimmer unserer Privatgemächer vor. Ich war in einem Sessel eingeschlafen, auf meinem Schoß den kleinen Louis Charles. Wir wurden von ihren Schreien geweckt: ›Tötet sie! Tötet die Leibwache!‹. Kurz darauf begann die Menge gegen die Tür zum Vorzimmer der Königin zu schlagen. Oh mein Gott, die Erinnerung macht mir immer noch zu schaffen. Marie Antoinette flüchtete in Ludwigs Schlafzimmer, der sie mühsam davon überzeugte, sich mit uns in das Haus eines Freundes in der Nähe der Orangerie des Schlosses zu begeben. Ich fühlte mich wie ein Fuchs, hinter dem die Jagdmeute her war. Nun, das Ende kennt Ihr, Gabriel. Die Menge forderte, dass das Königspaar nach Paris zurückkehrte, und dieses willigte ein. ›Sie wollen, dass wir hinter den aufgespießten Köpfen unserer Leibwache in Paris einziehen‹, berichtete mir die arme Marie Antoinette unter Tränen. Ich hatte sie noch nie so aufgelöst und derangiert gesehen; ihr Haar war wirr und ihr Kleid völlig zerknittert. Ich reiste gemeinsam mit Madame de Staël und ihrem Vater, Minister Necker, in der Kutsche nach Paris; wir nahmen eine wenig befahrene Strecke und erreichten die Stadt durch den Bois de Boulogne. Wir wollten vor allem unbemerkt bleiben. Ich blieb einige Tage in den Tuilerien, doch Ludwig überzeugte mich davon, dass ich zu meiner eigenen Sicherheit weggehen solle. Es zerriss mir das Herz, mich von Marie Antoinette und den Kindern zu trennen, doch schließlich ging ich und zog mich aufs Land zurück. Ich ahnte, dass ich sie nicht wiedersehen würde.«

Malagrida wusste, dass Isabella in den Tuilerien den Vicomte de Montmorency aus einer der ältesten Adelsfamilien Frankreichs kennenlernte, der sich in sie verliebte und ihr anbot, in der Stadt seines Namens im Norden des Landes zu leben. Sie zogen in die mittelalterliche Burg am See von Enghien. Doch dieser Ort, der Frieden und Sicherheit verhieß, wurde zu einer tödlichen Falle. Obwohl Mathieu de Montmorency-Laval am 4. August 1789 in der Nationalversammlung für die Abschaffung der Adelsprivilegien stimmte, blieb er für die kleinen Leute, die Handwerker und Tagelöhner, und für die *Sansculottes* – so genannt, weil sie keine Kniehosen trugen – ein verhasster Grundbesitzer, der nach wie vor Klassenprivilegien besaß. Für sie war die »völlige Abschaffung des Adels« ein Betrug. Angestachelt von den Reden Robespierres sowie von der Brotknappheit und den überteuerten Preisen, belagerten sie, angeführt vom örtlichen Abgeordneten, die Burg von Montmorency und forderten Mathieu auf, ihnen die Grundbriefe auszuhändigen und das Mehl, das Feuerholz und sonstige Vorräte zu verteilen, die er unrechtmäßig gehortet habe. Mathieu übergab die Grundbriefe, die sogleich vor seinen Augen verbrannt wurden, und tat lauthals kund, dass er nicht mehr Mehl und Feuerholz besitze, als ihm zustehe. Die aufgebrachte Menge begann ihn zu beschimpfen, nannte ihn einen Wucherer, einen Monarchisten, einen Konterrevolutionär und ähnliches mehr und tötete ihn schließlich bei der Stürmung der Burg. Diese wurde danach in Brand gesetzt, als sich herausstellte, dass der Vicomte die Wahrheit gesagt hatte: es gab keine illegalen Warenlager. Isabella und Michela kamen mit dem Leben davon, weil der Schmied des Vicomte de Montmorency sie durch einige Geheimgänge nach draußen auf die andere Seite des Sees brachte und ihnen einen Beutel mit Geld überreichte, den ihm der Vicomte für solche Fälle anvertraut hatte. Sie ließen sich in einem *Faubourg* von Paris nieder, einem der ärmsten Viertel, wo sie von Michelas Arbeit als Schneiderin und der Mildtätigkeit einiger Bekannter lebten. Da Isabella für ihre innige Freundschaft zu Königin Marie Antoinette bekannt war, wurde sie hartnäckig von den Jakobinern gesucht, und so änderte Isabella ihren Namen und ihr Aussehen. Sie und Michela gaben sich als Italienerinnen aus, die sich für die Revolution begeisterten und das Königreich Neapel verlassen hatten, um in Paris als freie Bürgerinnen zu leben.

Als Blackraven, der damals noch nicht über ein zuverlässiges Netz von Spionen und Agenten verfügte, 1794 nach Paris kam, um seine Mutter zu suchen, erhielt er die falsche Auskunft, Isabella di Bravante sei denunziert worden und befinde sich in der *Conciergerie* in Haft. So stieß Blackraven, als er in der Gefangenenliste des »Vorhofs zur Hölle« nach ihrem Namen suchte, auf den Namen seines Lehrers an der Straßburger Militärschule, Gabriel Malagrida, und brachte ihn mit einem schwedischen Pass außer Landes. Als er einige Wochen später nach Paris zurückkehrte, fand er heraus, dass seine Mutter die Tuilerien verlassen hatte und auf das Schloss des Vicomte de Montmorency gezogen war. In der Ortschaft Montmorency lernte er den Schmied kennen, der Roger zunächst für einen Spion der Jakobiner hielt und ihm versicherte, den Aufenthaltsort der Freundin des Vicomte nicht zu kennen. Ein ordentlicher Batzen Pfund Sterling überzeugte ihn davon, dass Blackraven nichts mit dem Club des Cordeliers zu tun hatte, und war ein Anreiz, ihm zu offenbaren, dass die Freundin des Vicomte wie durch ein Wunder mit dem Leben davongekommen sei. »Seit ich sie durch die Geheimgänge aus der Burg gebracht habe, habe ich nichts mehr von ihnen gehört«, beteuerte der Mann. »Ich habe der Freundin des Vicomte geraten, nicht nach Paris zu gehen, da die Guillotine dort schneller falle, als man blinzeln könne. Doch sie sagte, es sei der einzige Ort, an dem sie noch Freunde habe, an die sie sich wenden könne.«

Niedergeschlagen kehrte Blackraven in die Hauptstadt zurück. Er dachte, Isabella und Michela zu finden, komme der Suche nach einer Nadel im Heuhaufen gleich. Natürlich würde seine Mutter versuchen, nicht aufzufallen, überlegte Blackraven. Er beruhigte sich mit dem Gedanken, dass es Isabella di Bravante sehr wohl gelingen könne, den Fängen der Revolution zu entkommen, nachdem sie bereits das Leben in dem von Intrigen und Feindschaften vergifteten Versailles heil überstanden hatte.

Er musste also mit seiner Suche in den volkstümlichen Vierteln beginnen. Unterstützt von seinen Matrosen und angeheuerten Helfern, durchkämmte er die Vorstädte. Paris war ein einziges Chaos aus Schmutz, Gestank, Bettlern, Hunger und Terror. Nachbarn zeigten sich gegenseitig vor dem Revolutionstribunal als Konterrevolutionäre an, um sich für private Streitigkeiten zu rächen. Der Hunger führte zu einer Zunahme der Verbrechen; Morde wegen ein oder zwei Sous waren an der Tagesordnung. Auf dem Schafott rollten die Köpfe dutzendweise; der Hass unterschied nicht mehr zwischen Klassen und Parteien.

Es schmerzte Blackraven, sich seine stets makellose und wohlriechende Mutter in diesem Dreck vorzustellen. Entgegen aller Wahrscheinlichkeit suchte er sie auch im Palais Royal. Dort erhielt er einen ersten zuverlässigen Hinweis, als er eines Abends an einem der Spieltische einen alten Freund seiner Mutter entdeckte, Théophile de Marcourt, ehemals Höfling in Versailles. Er war nun ein einfacher Bürger, den seine Mitspieler bei einem anderen Namen nannten, Alain. Blackraven folgte ihm zum Ausgang des Palais Royal, wo der ehemalige Adlige zwischen den Ligusterhecken im Garten verschwand, um sich zu erleichtern.

»De Marcourt!«, rief Blackraven. Der Mann begann zu zittern, überzeugt, dass er es mit einem Agenten des Revolutionstribunals zu tun hatte, der gekommen war, um ihn zu verhaften, nachdem er seine wahre Identität entdeckt hatte.

»Ganz ruhig, de Marcourt. Ich bin's, Alejandro di Bravante, Isabellas Sohn.«

»Ah, mein lieber Junge!« Der Mann schluchzte vor Erleichterung auf. »Du hast fast mein krankes Herz stillstehen lassen.«

Blackraven lud ihn in sein Hotel ein. Sie nahmen zwei Sänften und waren in wenigen Minuten da. Théophile de Marcourt zitterte immer noch, als Blackraven ihm einen schottischen Whisky anbot, den der Mann auf einen Zug austrank. Dann hielt er Blackraven das Glas hin, und dieser schenkte nach.

»Vor einiger Zeit hat sich deine Mutter an mich gewandt und mich um Geld gebeten. Das, was Montmorency ihr hinterlassen hatte, war aufgebraucht. Bei diesen Preisen kommt niemand mit seinem Geld aus! Stell dir nur vor, ein Laib Brot kostet ...«

»Hat sie Euch gesagt, wo sie wohnt?«

»Sie und ihre Zofe gaben sich als Italienerinnen aus. Aber wo sie wohnten, weiß ich nicht mehr ...«

»Los, denkt nach!«

»Gemach, mein Junge. Die Zeit geht nicht spurlos an einem vorüber. Die letzten Jahre waren die schlimmsten, die ich je erlebt habe, und sie haben tiefe Spuren bei mir hinterlassen. Ich bin nicht mehr der Mann, mit dem du dich in Versailles im Fechten gemessen hast.«

»Es tut mir leid, aber ich muss meine Mutter aus Paris wegbringen, bevor die Jakobiner ihrer habhaft werden. Ich könnte auch Euch helfen, wenn Ihr das wünscht.«

»Wirklich? Du würdest mich aus dieser Hölle herausholen?«

»Ja. Aber nun konzentriert Euch und denkt nach.«

De Marcourt ließ immer wieder sein Gespräch mit Isabella Revue passieren.

»In der Salpêtrière!«, rief er schließlich. »Dort wohne sie, sagte deine Mutter, in der Nähe der Salpêtrière.«

Die Salpêtrière, eine ehemalige Munitionsfabrik am linken Seine-Ufer, war eine der düstersten und ärmsten Gegenden von Paris. Blackraven und seine Männer konzentrierten sich bei ihrer Suche auf einen Umkreis von fünf Häuserblocks rings um die Fabrik. Sie wussten, dass Isabella und Michela sich als Italienerinnen ausgaben, und so fand Milton sie schließlich, als er sie in einem Krämerladen italienisch sprechen hörte.

Isabella war so überrascht, ihren Sohn zu sehen, dass sie in Ohnmacht fiel. Als sie wieder zu sich kam, weinte sie lange, ohne ein Wort zu sagen. Seine Mutter, die in den prächtigen Salons von Versailles geglänzt hatte, in einem elenden, fensterlosen Verschlag zwischen Ratten und Verbrechern hausen zu sehen, ohne ausreichend Wasser und Essen, brachte Blackraven fast um den Verstand.

»Wir haben versucht, zu fliehen«, erklärte sie ihrem Sohn. »Aber obwohl wir nicht im Verdacht standen, Konterrevolutionäre zu sein, war es unmöglich, einen Passierschein zum Verlassen von Paris zu erhalten. Wir wollten nicht länger bei der Verwaltung insistieren, aus Angst, als Verräterinnen angeklagt zu werden. Diese Passierscheine werden auch verkauft, aber der Preis, der dafür verlangt wird, war für uns unerschwinglich.«

»Du musst dir keine Sorgen mehr machen, Mutter. Dieser Albtraum ist vorüber. Ich hole euch hier heraus.«

Aber die Flucht war nicht einfach. Sie mussten aufpassen, dass sie keinen Verdacht bei den Nachbarn erregten. Deshalb verließen sie eines Morgens wie gewöhnlich ihre Wohnung, grüßten die Frauen, die schwatzend den Hof fegten, und gaben vor, zum Markt zu gehen, um ihre Besorgungen zu machen. In ihrem Korb hatten sie einige Habseligkeiten versteckt; den Rest gaben sie verloren. Der Weg nach Calais, den die meisten Emigranten benutzten, um ins englische Dover zu gelangen, war zu gefährlich geworden, und so beschloss Blackraven, nach Marseille zu fliehen, obwohl es viel weiter von Paris entfernt war. Sie gaben sich als Bauersfamilie aus Sizilien aus; Théophile de Marcourt, der kein Wort Italienisch sprach, spielte den taubstummen Schwachsinnigen, und er gab eine hervorragende Vorstellung. Nicht einmal in der Vertrautheit ihrer Gasthauszimmer ließen sie die Masken fallen, denn sie wussten, dass die Wände Ohren hatten.

Zehn Tage später erreichten sie erschöpft von der Reise und mit schmerzenden Knochen Marseille. Blackravens Männer, die sich aufgeteilt hatten und mit schnellen Postkutschen gereist waren, erwarteten sie fertig zum Auslaufen an Bord der Korvette *Fedora Palermitana,* so getauft zu Ehren von Blackravens Großmutter mütterlicherseits. Isabella blieb an Deck und blickte, auf die Reling gelehnt, unverwandt zurück, bis die Umrisse von Marseille am Horizont verschwanden. Dann ging sie zu ihrem Sohn und umarmte ihn.

»Machst du mir keine Vorwürfe, weil ich Frankreich nicht verlassen habe, als es noch möglich war?«

»Nein. Ich hätte genauso gehandelt. Ich hätte meine Paten nicht im Stich gelassen.«

»Oh, Alejandro! Ich muss immerzu an meine Kleinen denken, an Marie Thérèse und Louis Charles, und an das Leid, das sie durchmachen müssen. Sie sind so klein und verlassen, ungeliebt von allen. Michela und ich haben versucht, sie im Temple-Gefängnis zu besuchen, aber es war nicht möglich.«

»Das war unvernünftig, Mutter. Das hättest du nicht tun dürfen.«

»Ich weiß, mein Junge. Aber ich konnte nicht anders.«

»Mach dir keine Sorgen. Ich habe beschlossen, noch einmal zurückzugehen, um sie zu retten.«

»Alejandro, nein! Um Himmels Willen, ich bitte dich! Sie werden dich töten.«

»Nein, Mutter, das werden sie nicht.« Und um ihr eine Freude zu machen, fragte er: »Weißt du, wen ich vor ein paar Monaten aus den Kerkern der Conciergerie gerettet habe?«

»Du in den Kerkern der Conciergerie?«

»Mutter, reg dich nicht auf. Weißt du, wem ich zur Flucht vor der Guillotine verholfen habe?« Isabella schüttelte unwillig den Kopf. »Meinem ehemaligen Lehrer von der Militärschule in Straßburg, Gabriel Malagrida.«

Malagrida hatte nicht zugehört und musste Blackraven bitten, seine Frage zu wiederholen.

»Es war keine Frage«, sagte Blackraven, »sondern eine Feststellung.«

Isabella und Távora lachten leise, und Malagrida errötete.

»Ich sagte«, wiederholte Blackraven, »dass wir nach London zurückkehren werden, sobald mein Sohn geboren ist und Isaura sich in der Lage fühlt, die Reise zu unternehmen. Ich möchte, dass sie auf der *Sonzogno* reist, weil diese über geräumigere und bequemere Kajüten verfügt.«

»Die *Wings* ist zwar nicht so geräumig und bequem wie die *Sonzogno,* aber sie würde sie sicherlich schneller nach London bringen«, gab Távora zu bedenken.

»Isaura wird in den ersten drei Monaten nicht reisen können«, bemerkte Isabella, »weder schnell noch langsam. Es ist nicht ratsam, dass sie so kurz nach der Geburt, und dann noch als Erstgebärende, auf einem solchen Schiff reist. Und dazu noch mit einem so kleinen Kind!«

Diese Ansicht gefiel Blackraven ganz und gar nicht. In den letzten Tagen beunruhigte ihn die Möglichkeit einer erneuten englischen Invasion. Und diesmal würde es nicht so glimpflich ausgehen wie beim ersten Mal, denn Liniers würde Widerstand leisten und die Engländer würden nicht lange fackeln. War es ihm vorher nahezu undenkbar erschienen, dass ihre Kanonen Buenos Aires dem Erdboden gleichmachten, hielt er dies nun durchaus für möglich, wenn nicht gar für wahrscheinlich.

»Dann werden wir uns auf dem Landgut ihres Bruders einrichten, bis Isaura reisefähig ist. Ich werde *Bella Esmeralda* so schnell wie möglich herrichten lassen.«

»Du wirst doch nicht vorhaben, dein Kind mitten im Nirgendwo zur Welt kommen zu lassen, Alejandro? In der Stadt gibt es mit Sicherheit die besten Hebammen, und falls es zu Komplikationen kommt – was Gott verhindern möge! –, kann man einen Arzt holen. Auf dem Land hingegen …«

An diesem Tag herrschte eine gelöstere Stimmung in dem Haus in der Calle San José. Malagrida wusste nicht, ob dies der Tatsache zuzuschreiben war, dass Melody eingewilligt hatte, bei Doña Rafaela del Pino zu wohnen, oder dem Umstand, dass Roger und Victoria zu einem gewissen Einverständnis gefunden hatten, das ihnen ein friedlicheres Zusammenleben ermöglichte. Dennoch blieb Victoria hart: Sie würde weder der Annullierung der Ehe zustimmen noch in die Scheidung einwilligen. Blackraven, der die nächsten Schritte bereits beschlossen hatte, ob nun mit Zustimmung seiner Gattin oder ohne, machte ihr vielleicht nur deshalb keine Vorhaltungen, weil sie so schwach und dünn aussah. An manchen Tagen hustete sie Blut, was Blackraven aufbrachte, weil Victoria seiner Meinung nach unvernünftig lebte und sich weder an die ärztlich verordnete Ernährung noch Ruhezeiten hielt.

Victoria wusste nicht, was sie davon halten sollte, als sie erfuhr, dass Melody wieder in der Stadt war und sich unter der Obhut einer hochgestellten Dame befand. Es erschien ihr beruhigend, dass das Mädchen bei der Familie del Pino lebte, weil Blackraven nun nicht länger als nächtlicher Liebhaber auftreten konnte; andererseits beunruhigte es sie, dass Melody ganz in der Nähe war und von einer der angesehensten Frauen der Stadt umsorgt wurde. Die neue Vizekönigin, Sobremontes Gemahlin, hatte sich vergeblich bemüht, diese vom Thron zu stoßen.

Tatsächlich umsorgte Rafaela del Pino ihren neuen Gast. Entgegen Melodys anfänglicher Vorurteile und Bedenken fühlte sie sich schon bald sehr wohl in diesem prächtigen Anwesen, das neben den Palais von Marica Thompson und Pilarita Montes eines der prunkvollsten Häuser der Stadt war. Das Haus, das an der Ecke der Straßen Santo Domingo und San José lag, beeindruckte mit geschwungenen Brüstungen und Wappenreliefs, einem Barockportal mit bronzenen Türklopfern – eine Rarität in der Stadt – und Regenrinnen mit Wasserspeiern. Das Dach, von dem aus Doña Rafaelas Töchter die Leute beobachteten, war von einer steinernen Balustrade mit Zinnen bekrönt, die dem Haus ein herrschaftlicheres Aussehen verlieh, als dies in dieser spanischen Kolonie normalerweise der Fall war. Im Inneren fielen die mit verschiedenfarbigem Damast oder Seide bespannten Wände auf. Jeder der über zwanzig Räume war nach der Farbe seiner Wandbespannung benannt; so hieß der große Salon auch »der goldene Salon«. Melody fand, dass er Ähnlichkeit mit dem Salon in der Calle San José hatte, den sie so liebevoll ausgestattet hatte, um Roger eine Freude zu machen, und der nun einer anderen Frau gehörte.

Melody merkte vom ersten Tag an, dass Doña Rafaela sich vorgenommen hatte, ihren Ruf zu retten. Trotz ihres strengen Äußeren – auch zwei Jahre nach dem Tod ihres Mannes trug sie noch Trauer –, lag in ihrem Blick eine Wärme, die ihr unnachgiebiges Gebaren Lügen strafte. Ohne Umschweife teilte die frühere Vizekönigin ihr mit, dass sie in ihrer fortgeschrittenen Schwangerschaft das Haus nicht mehr verlassen könne, es sei denn, in ihrer Gesellschaft und in der Kutsche mit zugezogenen Vorhängen. Auch zur Kirche werde sie nicht mehr gehen; Pater Mauro habe sich erboten, jeden Morgen nach dem Rosenkranz in der Privatkapelle des Hauses die Messe für sie zu lesen. Seit dem Ende der Trauerzeit für den verstorbenen Vizekönig del Pino veranstaltete die Vizekönigin jede Woche eine zwanglose Gesellschaft, an der Melody ebenfalls nicht teilnehmen durfte. Allerdings war es ihr erlaubt, mit den Freundinnen, die Doña Rafaela nachmittags besuchten, eine Tasse Schokolade zu trinken.

Was Blackraven betraf, der häufig im Haus zu Gast war, so rief ihr die Vizekönigin in Erinnerung, dass er ein verheirateter Mann sei – als wenn sie das nicht wüsste, dachte Melody –, und auch wenn sie ein Kind von ihm erwarte, gebe ihr das keine Veranlassung, anderen Umgang mit ihm zu pflegen als in förmlicher Weise und in Gegenwart eines Familienmitglieds. Die Vizekönigin stellte klar, dass sie die Annullierung der Ehe nicht guthieß, geschweige denn eine Scheidung, die sie für eine vom Bösen eingegebene Geistesverirrung hielt. Was sie dann sagte, traf Melody ins Mark.

»Am besten wäre es, meine liebe Melody, wenn Ihr Euch einen Ehemann suchtet, um dieser verfahrenen Situation ein Ende zu bereiten.«

»Wer sollte mich schon wollen, entehrt, ohne Mitgift und mit einem Kind von einem anderen?«

»Was die Ehre angeht, so überlasst das nur mir. Bezüglich der fehlenden Mitgift und des Kindes, nun, da findet sich immer einer, der sich aus Liebe in alles schickt.«

Doña Rafaelas Bitte, ihren Enkelinnen das Klavier- und Harfespiel sowie das Singen beizubringen und ihre Enkel im Englischen zu unterrichten, fand Melody sehr reizvoll, denn sie fühlte sich nützlich. Da sie am Tag ihrer Ankunft bei den del Pinos leichte Unterleibsschmerzen hatte, ließ man Doña Josefa holen, die Hebamme, die schon Doña Rafaela bei der Geburt ihrer Kinder beigestanden hatte. Als Melody die Hebamme sah, hatte sie Bedenken, denn diese war bereits eine gebückte, hagere, kleine Frau, die recht wortkarg war und fast nicht aufblickte. Aber ihre Handgriffe verrieten soviel Übung und Sicherheit, dass Melody sich bei ihr gut aufgehoben fühlte.

»Es ist ein sehr großes Kind«, stellte Doña Josefa fest.

»Manchmal denke ich, es sind zwei«, gestand Melody ein.

»Nein, nein, es ist nur eines. Zumindest kann ich bisher nur eines ertasten.«

»Woher kommen diese Unterleibsschmerzen, Josefa?«

»Das Kind senkt sich, Doña Rafaela. Das Kleine will sich auf den Weg machen. Wann, sagtet Ihr, war Eure letzte Regel?«

»Mitte März.«

»Ja, dann sind wir am Termin«, überschlug die Hebamme. »Ende des Monats ist es da. Aber ich habe das Gefühl, dass dieses Kind früher kommen wird. Es scheint es ein bisschen eilig zu haben. Es ist recht ungeduldig.«

»Mir braucht Ihr nichts zu erzählen«, beklagte sich Melody. »Es zappelt und tritt in einem fort. Es scheint nie müde zu werden.«

Nachdem Doña Josefa gegangen war, wandte sich Doña Rafaela an Melody.

»Diese Frau ist außergewöhnlich. Ich hatte nie eine schwere Geburt, und das habe ich ihr zu verdanken. Aber wenn die Wehen einsetzen oder die Fruchtblase platzt, werden wir trotzdem einen Arzt meines Vertrauens kommen lassen, damit er im Falle von Komplikationen zur Hand ist. Was Gott verhüten möge.« Sie bekreuzigte sich.

»Wen wollt Ihr denn kommen lassen, Doña Rafaela?«

»Einen Arzt, der erst vor einigen Monaten aus Madrid eingetroffen ist und schon jetzt mein Vertrauen besitzt. Er ist ein Freund von O'Gorman und hat mir seine Fähigkeiten genügend unter Beweis gestellt. Sein Name ist Egidio Constanzó.« Melodys Gesichtszüge entgleisten. Die alte Vizekönigin fragte beunruhigt: »Was hast du denn? Warum schaust du mich so an?«

»Doña Rafaela, ich halte es für unwahrscheinlich, dass es Señor Blackraven recht wäre, wenn Doktor Constanzó mich betreut oder für den Notfall bereitsteht.«

»So, so, das ist ihm also nicht recht?« Die Frau sah sie mit strengem Gesichtsausdruck an. Melody vermutete, dass sie darüber nachdachte, ob sie weiter nachfragen oder das Thema auf sich beruhen lassen sollte. »Dann lassen wir eben einen anderen kommen.«

Am 5. November, dem Geburtstag seiner Mutter, überreichte Blackraven dieser beim Frühstück sein Geschenk – Kamm, Bürste, Handspiegel und Puderdose samt Quaste, alles aus mit Gold belegtem Schildpatt – und entschuldigte sich, dass er bis in den Abend zu tun haben werde. Malagrida schloss daraus, dass er und Isabella beim Mittagessen allein sein würden, denn Amy und Távora waren bereits zur Cangrejal-Bucht aufgebrochen, um die Schiffe zu inspizieren, und Victoria würde bei ihrer Freundin Simonetta Cattaneo zu Mittag essen.

Blackraven bestieg Black Jack und ritt gemächlich zur Gerberei *La Cruz del Sur*. Es war früh am Morgen, noch keine acht Uhr, und er begegnete unterwegs Gruppen von Soldaten, die meisten von ihnen Kreolen, die von ihren Übungen vor den Toren der Stadt zurückkehrten. Er traf Juan Martín de Pueyrredón, der in der schmucken Uniform der Husaren auf einem wunderbaren Schecken vor seinen Männern herritt.

»Guten Morgen, Exzellenz.«

»Guten Morgen, Don Martín. Euer letzter Manövertag?« Blackraven wusste, dass Pueyrredón am nächsten Tag im Auftrag der Stadtoberen nach Spanien abreisen würde.

»So ist es«, bestätigte Pueyrredón mit einem Lächeln. Blackraven teilte seine Freude und seinen Stolz über diese unerwartete Reise überhaupt nicht.

»Kommt Ihr auch zum Mittagessen bei Rodríguez Peña?«

»Ich werde dort sein.«

»Dann also bis später.«

Blackraven trat Black Jack in die Flanken und setzte seinen Weg fort. Die Entscheidung, Pueyrredón zum spanischen Hof zu entsenden, roch ganz nach Álzaga, und wieder fragte er sich, wie lange er sein Spiel mit dem Händler noch treiben sollte. Nachdem der kleine Rafael in Mioras und Somars Leben getreten war, war es ratsam, die Sache so bald wie möglich zu beenden. Zudem konnte er die Einzelhändler nicht mehr beliefern, ohne dass dies auf Kosten von Liniers' Armee ging, denn er hatte nicht genügend Ware, um ihre Lager zu füllen. Die Prisen seiner Schiffe gingen zur Neige, und die *White Hawk* ließ mit der *Joaquín* und der *San Francisco de Paula* auf sich warten, deren Waren den Engpass eine Zeitlang überbrückt hätten. Er besaß keine Lieferanten in Spanien, und die Geschäftsfreunde des Barons von Pontevedra, die größtenteils in Montevideo saßen, wollten nicht länger das Risiko eingehen, den Belagerungsring von Pophams Schiffen zu durchbrechen. Blackravens Interesse galt nun vor allem der Kreolenarmee, und er wollte die Ware nicht anderweitig verschleudern. Außerdem, so sagte er sich mit einem zufriedenen Lächeln, hatte er Álzaga genug erschreckt.

Bei diesen Überlegungen musste er an Melody denken. Er hatte sie tags zuvor bei einem Abendessen im Haus der alten Vizekönigin gesehen. Sie lebte noch keine Woche in diesem Haus und hatte bereits alle in ihren Bann gezogen. Doña Rafaelas Töchter hatten sie ins Herz geschlossen, und ihre Enkelkinder himmelten sie an. Als Blackraven sich nach dem Essen etwas abseits mit der Vizekönigin unterhielt, erfuhr er, dass sie den Mädchen Musikstunden gab und die Jungen im Englischen unterrichtete.

»Ab morgen kommen sogar die beiden jüngsten Álzaga-Mädchen, María Agustina und María Anastasia, um Unterricht bei ihr zu nehmen.«

»Und Doña Magdalena lässt das zu?«

»Oh ja, und zwar mit Freuden. Sie ist immer sehr liebenswürdig zu Melody, wenn sie zum Tee kommt. Und das ist fast täglich der Fall«, setzte Doña Rafaela noch hinzu.

Das war allerdings eine Überraschung. Álzaga musste verzweifelter sein, als Blackraven gedacht hatte, wenn er seine Frau als Diplomatin vorschickte. Doña Rafaela wechselte das Thema.

»An dem Tag, als Melody hier einzog, hatte sie leichte Wehen, und ich habe meine Hebamme rufen lassen. Erschreckt nicht, mein Lieber. Das ist normal. Aber Doña Josefa sagte, das Kind sei sehr groß, und so dachte ich darüber nach, ob es nicht besser wäre, einen Arzt hier zu haben, wenn es so weit ist. Ich würde mich freuen, wenn Ihr mir einen Arzt Eures Vertrauens nennen würdet.«

»Ja, natürlich«, entgegnete Blackraven besorgt. »Ich werde mich darum kümmern.«

Während er zur Gerberei ritt, überlegte er, welchen Arzt er mit diesem heiklen Auftrag betrauen sollte. Doch als er, dort angekommen, mit einer ganzen Flut von Anfragen und Problemen überhäuft wurde, vergaß er die Angelegenheit wieder. Als er gegen Mittag seine Arbeit erledigt hatte, ging er bei Covarrubias vorbei, um die Freilassungspapiere für Miora zu unterzeichnen.

»Macht auch die Papiere für Servando fertig«, trug er dem Notar auf.

Melody hatte ihn am Abend zuvor darum gebeten, als es ihm gelungen war, sie für einen Augenblick von all diesen Leuten wegzulotsen. Doch statt ihm ein paar Küsse zu gewähren und ihn ihren Bauch streicheln zu lassen, um sein Kind zu spüren, wollte sie unbedingt über Servandos Freilassung sprechen.

»Ich werde alle freilassen, wenn der Zeitpunkt dafür gekommen ist. Weshalb sollten wir mit Servando anders verfahren?«

»Weil ich dich darum bitte, Roger. Ich habe meine Gründe.«

Blackraven konnte sie nicht dazu bewegen, ihm diese Gründe zu nennen. Während des Essens war sie still und zurückhaltend. Roger vermutete, dass es an der Gegenwart von Doña Rafaela lag, die ein wachsames Auge auf das Mädchen hatte.

Nachdem die Angelegenheit bei Covarrubias erledigt war, ritt er zum Landgut von Rodríguez Peña, das ein gutes Stück außerhalb der Stadt lag. Das Mittagessen fand im größeren Rahmen statt: Pueyrredón und seine Brüder Diego José, Juan Andrés und José Cipriano, Manuel Arroyo und Martín Rodríguez, enge Freunde von Pueyrredón, Manuel Belgrano und sein Vetter Juan José Castelli, sowie Hipólito Vieytes, Antonio Beruti, Mariano Moreno, Feliciano Chiclana und Antonio Ezquerrenea, den Blackraven lange nicht mehr gesehen hatte. Alle waren sehr aufgebracht und schimpften auf die Behörden und die Montevideaner, die nun die Lorbeeren der Rückeroberung für sich beanspruchen wollten. Das Wort führte vor allem Belgrano, der für seine Abneigung gegen die Nachbarn vom anderen Ufer des Río Uruguay bekannt war.

»Ihre Ansprüche entbehren jeder Logik«, ereiferte er sich, und seine Stimme überschlug sich ein wenig. »Nur weil sie hundertfünfzig armselige Männer ihrer Miliz geschickt haben, können die Montevideaner nicht behaupten, sie seien die Helden der Eroberung. Haben die den Verstand verloren? Dieser Anspruch ist unhaltbar!«

»Mir graut bei der Vorstellung, was der Vizekönig diesem Tölpel von Ruiz Huidobro erzählt hat.« Ruiz Huidobro war der Gouverneur des Ostufers.

»In der berittenen Einheit von Hauptmann Gutiérrez de la

Concha haben sie sich sehr hervorgetan«, gab Moreno die Rolle des Advocatus Diaboli.

»Diese Reitereinheit gehört größtenteils König Karl und nicht Montevideo!«, warf Beruti aufgebracht ein.

»Und jetzt scheint Ruiz Huidobro von Liniers die Herausgabe der im Kampf eroberten Flaggen zu verlangen«, erzählte Diego José Pueyrredón.

»Das ist eine bodenlose Frechheit!«, tobte Beruti. »Wer sind wir denn, dass sich diese Dummköpfe mit derlei Abgeschmacktheiten über uns lustig machen?«

»Gott sei Dank hat Liniers die Banner bereits in die Kirche Santo Domingo gebracht, um sein Gelübde an die Muttergottes zu erfüllen«, bemerkte Vieytes.

»Im Grund geht es bei diesem lächerlichen Streit um etwas ganz anderes«, ergriff Belgrano erneut das Wort. »Montevideo will sich der Gunst des Königs versichern, um Handelsfreiheit zu erhalten, die sie vom Hafen von Buenos Aires unabhängig machen würde.«

Obwohl es Blackraven völlig gleichgültig war, wer die Früchte dieser in seinen Augen wenig ruhmreichen Rückeroberung einheimste, war er doch in gewisser Weise von der Auseinandersetzung betroffen, denn sie war der Hauptgrund dafür, dass man Pueyrredón an den Hof in Madrid entsandte, um die Interessen von Buenos Aires zu vertreten. Und Pueyrredóns Abwesenheit zu diesem Zeitpunkt drohte seine Unabhängigkeitspläne zu erschweren. Wie alle an diesem Nachmittag erstrebte der Kreole die Freiheit seines Landes, doch sein Auftreten war kämpferischer und entschlossener, und Blackraven hatte vorgehabt, sich seine Ungeduld zunutze zu machen. Unmittelbar nach der Rückeroberung hatte Pueyrredón einen von Liniers Kommandeuren, Prudencio Murguiondo, unmissverständlich dazu aufgefordert, ihn bei der Erlangung der Unabhängigkeit des Vizekönigtums zu unterstützen. Der Mann hatte sich geweigert und Liniers davon unterrichtet, der den Vorschlag einen ausgemachten Unsinn nannte. Wenn Blackraven von der Unterhaltung zwischen Pueyrredón und Murguiondo wusste, dann war sie gewiss auch Martín de Álzaga zu Ohren gekommen. Nicht umsonst war der Vorschlag, Pueyrredón unter einem fadenscheinigen Vorwand aus Buenos Aires wegzuschicken, aus dem Rathaus gekommen, wo der Baske das Sagen hatte.

»Ihr wirkt glücklich, Don Juan Martín«, nutzte Blackraven die Gelegenheit zum Gespräch, als Pueyrredón sich in den Patio zurückzog.

»Diese Weincreme ist köstlich.«

»Ihr habt also eine Schwäche für Süßes«, scherzte Roger.

»Für Süßes und für die Frauen, Exzellenz.«

»Ich habe gehört, dass Ihr um ein sittsames, hübsches Mädchen aus angesehener Familie, die Tochter von Ventura Marcó del Pont, angehalten habt. Oder bin ich falsch informiert?«

»Ihr scheint die bestinformierte Person von Buenos Aires zu sein.«

»Durchkreuzt diese Reise nach Madrid nicht Eure Hochzeitspläne?«

»In gewisser Weise schon, aber ich habe eine Vollmacht für meinen Schwager Ruperto Albarellos beantragt, damit dieser mich bei der Hochzeit vertreten kann.«

»In derart persönlichen Angelegenheiten ist man stets gut beraten, selbst anwesend zu sein.«

»Ich danke Euch für Eure Sorge, Exzellenz, aber Albarellos genießt mein vollstes Vertrauen.«

»Wie hat das Fräulein Marcó del Pont die Nachricht von der Reise aufgenommen?«

»Sie scheint sich damit abzufinden.«

Blackraven nickte.

»Ich bedaure, dass Ihr gerade jetzt fortgeht«, erklärte er dann. »Eure Kavallerieeinheit ist noch nicht sehr gefestigt, und wir wissen, dass die Engländer versuchen werden, die Stadt ein weiteres Mal zu belagern, sobald sie sich neu formiert haben.«

»Meine Husaren werden in den Händen eines Mannes sein, der vielleicht noch besser geeignet ist als ich selbst: mein Freund Martín Rodríguez. Er wird auch die Mittel verwalten, die uns zur Verfügung zu stellen Ihr die Freundlichkeit hattet, und er wird es umsichtiger und klüger anstellen als ich.«

»Rodríguez scheint ein aufrechter Mann zu sein, doch erlaubt mir die Bemerkung, Don Juan Martín, dass keiner der hier Anwesenden Eure Genialität und Entschlossenheit besitzt. Und wenn man bedenkt, in welche Anarchie das Vizekönigtum nach der Vertreibung der Engländer gestürzt ist, während die Behörden nur zögerlich reagieren und alle nach Gutdünken ihre Ansichten kundtun, halte ich es sogar für gefährlich, auf Männer wie Euch zu verzichten. So wäre es zum Beispiel nicht zu diesem lächerlichen Streit mit Montevideo gekommen, wenn Kapitän Liniers von den Truppen die gebührende Disziplin eingefordert hätte, statt zuzulassen, dass sich die Einheiten aus Montevideo und Buenos Aires um die besagten Ehrenzeichen streiten wie Kinder um eine Süßigkeit.«

»Es ist eine beschämende Situation, Exzellenz, ich weiß.«

»Ich bitte Euch, überdenkt Eure Entscheidung zur Abreise noch einmal, Don Juan Martín. Im Fall eines erneuten englischen Angriffs wird Eure Mitwirkung bei der Verteidigung entscheidend sein. Ich kann Euch versichern, dass die Regierung meines Landes versuchen wird, sich diesen Ort zu sichern, weil sie sich der unzähligen politischen und wirtschaftlichen Vorteile bewusst ist. Die schwierige Situation, in die Napoleon England gebracht hat, zwingt die Regierung, sich nach neuen Märkten und Häfen für ihre Waren umzusehen. Ich halte es sogar für möglich, dass man Buenos Aires im Falle eines Friedensschlusses mit Frankreich als Tauschobjekt einsetzen könnte. Und dies, Don Juan Martín, muss unbedingt verhindert werden. Die Unabhängigkeit des Vizekönigtums Río de la Plata von Spanien würde uns davor bewahren, Napoleon in die Hände zu fallen.«

»Glaubt Ihr, Kapitän Liniers setzt auf die Protektion Napoleons, um so die Unabhängigkeit des Vizekönigtums zu erreichen?«

»Möglich. Wie ich erfuhr, hat er nicht nur König Karl einen Bericht über die Rückeroberung gesandt, sondern gleichzeitig auch Napoleon.« Pueyrredón hob erstaunt die Augenbrauen. »Das sollte Euch nicht wundern, Don Juan Martín. Vergesst nicht, dass so mancher Korsar, der an der Rückeroberung beteiligt war, Franzose ist: Fantin, Mordeille, Duclos, Du Crepe. Ihr seht, Don Juan Martín, es ist nicht der rechte Zeitpunkt, um hier wegzugehen. Verschiedene gegensätzliche Kräfte ringen darum, die Macht im Vizekönigtum an sich zu reißen. Ich bitte Euch noch einmal inständig, Eure Entscheidung zu überdenken.«

Genau wie Malagrida vermutet hatte, waren Isabella und er beim Mittagessen allein – abgesehen von Michela natürlich, die sich indes darauf beschränkte, zu essen und zuzuhören. Siloé hatte etwas Besonderes zubereitet: Rindfleisch, Wachteln und ein mit Kräutern gegrillter Fisch, Tortilla mit Knoblauchwurst sowie eine Auswahl gedämpfter und roher Gemüse. Zum Dessert gab es eine aufwändige, mit Portwein getränkte Torte, die die begeisterte Zustimmung des Geburtstagskindes fand. Als der letzte Gang abgetragen war, verkündete Michela, sie werde sich einen Moment hinlegen, und zog sich zurück. Isabella und Malagrida begaben sich in den Musiksalon, um Likör und Kaffee zu trinken. Isabella klimperte auf den Tasten des Klaviers herum; sie war immer ein wenig befangen, wenn sie mit diesem Mann allein war. Sie wog ihre Worte genau ab und suchte nach Themen, die ihm zusagen oder ihn interessieren könnten.

»Schmerzt es Euch, dass Roger und Victoria nicht beim Essen waren?«

»Nein, überhaupt nicht. Bei Alejandro habe ich gelernt, nichts zu erwarten. Außerdem hat er mir versprochen, zum Abendessen da zu sein. Und was Victoria angeht, so ist sie ein wenig verstimmt, weil sie findet, dass ich nicht genügend auf meinen Sohn einwirke, um die Situation zwischen den beiden zu bereinigen.«

»Auf Roger einwirken? Kennt Victoria ihn nicht? Wer könnte den eisernen Willen dieses Mannes brechen?«

»Niemand«, pflichtete Isabella bei, »außer dieses Mädchen, das er geheiratet hat. Ich würde sie gerne näher kennenlernen. Sie macht mich neugierig, ich gebe es zu.«

»Seit einigen Tagen lebt sie im Haus von Doña Rafaela del Pino, nur ein paar Straßen von hier entfernt. Wenn Ihr wollt, kann ich Euch hinbegleiten. Ich würde ihr ebenfalls gerne einen Besuch abstatten.«

»Ich weiß nicht, Gabriel. Victoria könnte beleidigt sein.«

Malagrida nickte. Schweigend tranken sie ihren Tee.

»Isabella«, sagte der Jesuit plötzlich, »fändet Ihr es vermessen von mir, wenn ich Euch an Eurem Geburtstag ein Geschenk machte?«

Schon lange nicht mehr hatte der Blick eines Mannes ihr Herz so zum Rasen gebracht. Sie stellte die Tasse auf dem Tischchen ab, räusperte sich und sagte: »Ganz und gar nicht. Weshalb sollte ich das vermessen finden?«

Malagrida griff in seine Tasche und zog ein kleines Etui aus grünem Samt hervor. Als Isabella es entgegennahm, errötete sie wie ein junges Mädchen. Sie klappte den Deckel auf und stieß einen leisen Schrei aus, als sie den Ring sah, ein exquisites Stück aus Gold, besetzt mit kleinen Smaragden, Rubinen, Saphiren, Topas, Amethysten sowie rosafarbenem und grünem Turmalin. Nicht nur die Schönheit des Schmuckstücks machte sie sprachlos, sondern auch die Tatsache, dass es sich um ein sehr persönliches Geschenk handelte. Da Isabella weder aufblickte noch ein Wort sagte, brach Malagrida ein wenig nervös das Schweigen.

»Ich habe es auf meiner letzten Reise nach Venedig gekauft. Als ich es sah, musste ich sofort an Euch denken: außergewöhnlich, voller Leben und Energie. Farbenfroh. Es hat mich an Euer Lächeln erinnert.«

»Gabriel«, sagte Isabella mit gerührter Stimme. »Das ist das schönste Geschenk, das ich in meinem ganzen Leben bekommen habe.«

Malagrida war glücklich. Isabellas Rührung lag in der Luft, genau wie der Veilchenduft, den er immer mit ihr verband.

»Wenn Ihr erlaubt«, sagte er und zeigte ihr, dass in der Innenseite des Rings ihr Name eingraviert war. Malagrida nahm ihre linke Hand und steckte ihr den Ring an.

»Er passt wie angegossen«, stellte er mit einem vergnügten Lächeln fest. »Wollt Ihr nicht sehen, wie sich die Sonne in den Steinen bricht? Es ist ein wundervoller Anblick. Ein paar Straßen von hier gibt es eine Promenade, die Alameda. Es ist sehr schön dort. Wollt Ihr mich begleiten? Um diese Uhrzeit halten die Leute in Buenos Aires Mittagsruhe und es ist niemand unterwegs.«

»Es ist ein wunderbarer Frühlingstag für einen Spaziergang. Ich hole Schal und Handschuhe.«

Sie spazierten durch die Calle de las Torres, an der Plaza Mayor entlang, hinunter zum Bajo-Viertel. Dann gingen sie unter dem Hauptbogen der Recova hindurch und am Festungsgraben entlang. Die Alameda war menschenleer, und so hakte sich Isabella bei Malagrida ein. Sie sprachen über Blackraven und über seine verzwickte Situation mit zwei Frauen, von denen eine ein Kind erwartete. Isabella merkte, dass sie ihre Scheu verlor und Vertrauen zu diesem Mann fasste.

»In einem bin ich mir sicher: Mein Sohn wird erreichen, dass seine Ehe annulliert oder geschieden wird, und dieses Mädchen noch einmal heiraten. Der Skandal und der Verlust seines Ansehens sind ihm völlig gleichgültig.«

»Glaubt Ihr, der Herzog von Guermeaux wird das zulassen?«

»Alexander hat noch weniger Einfluss auf seinen Sohn als ich.«

»Guermeaux ist ein mächtiger Mann in England. Er könnte seinen Einfluss geltend machen und sowohl das eine wie das andere verhindern. Die Annullierung und die Scheidung, meine ich.«

»Das wird er nicht wagen. Zum einen, weil er Alejandros Zorn fürchtet. Er weiß, dass er zu allem fähig ist, er kennt seine unberechenbare, verwegene Art. Zum anderen ist der Herzog von Guermeaux nicht mehr der Mann, der mir damals meinen Sohn weggenommen hat. Er hat sich verändert. Vor unserer Reise hierher kam er mir alt und verwundbar vor.«

»Ah, Ihr wart bei ihm.«

»Sein Bruder Bruce hielt es für angebracht, ihn über das Wiederauftauchen seiner Schwiegertochter in Kenntnis zu setzen.«

»Der Herzog … Bringt er Euch Achtung entgegen?«

»Oh ja, große Achtung. Seit er verwitwet ist, ist er milde und liebenswürdig geworden.«

»Er ist verwitwet?«

»Ja, seit Anfang des Jahres. Es war ein harter Schlag für ihn. Er hat sie sehr geliebt.«

»Wird er versuchen, Euch wieder für sich zu gewinnen?«

Malagrida wunderte sich selbst über seine Dreistigkeit. Isabella blieb stehen und sah ihn an.

»Würde Euch das stören, Gabriel?«

»Ja.«

»Warum?«

»Weil ich Euch für mich haben will.«

Er legte seine Hände um ihre Taille und zog sie an sich. Sie blickten sich tief in die Augen, bis Isabella schließlich die Lider senkte. Sie war überwältigt von der hemmungslosen Leidenschaft, mit der er sie küsste, und von den Gefühlen, die er in ihr weckte und die sie mit den Jahren der Jugend verloren zu haben glaubte. Schließlich löste Malagrida seine Lippen von denen Isabellas und zeichnete zärtlich die Linie ihres Kinns und ihres Halses nach.

»Ich habe dich vom ersten Tag an geliebt, als ich dich wutentbrannt aus Barères Büro stürzen sah.«

»Gefalle ich dir wirklich?«

»Ob du mir gefällst? Ich bin verrückt nach dir!«

»Weshalb hast du dann so lange gewartet, um dich mir zu offenbaren? Ich dachte, du würdest mich für ein dummes kleines Ding halten.«

»Isabella, was redest du da? Du bist die faszinierendste Frau, die ich je kennengelernt habe.«

»Warum hast du dann so lange gewartet, um dich mir zu erklären?«

»Weil dein Sohn unsere Beziehung niemals gutheißen würde.«

»Mein Sohn mischt sich nicht in meine Angelegenheiten und ich mich nicht in seine.«

»In diesem Fall wird er es tun, glaube mir. Er kennt ein Geheimnis aus meiner Vergangenheit.«

»Nichts, was du mir sagen könntest, wird mich überraschen oder aus der Fassung bringen. Ich bin Gott weiß keine Nonne gewesen.«

»Genau darum geht es«, sagte Malagrida. »Ich bin Priester.«

»Priester?«, wiederholte Isabella, die nicht begriffen hatte.

»Ja, Priester.«

»Oh.«

»Ich gehöre der Gesellschaft Jesu an. Ich bin Jesuit.«

»Oh.«

»Wenn man im Vizekönigtum Río de la Plata von meiner

wahren Identität erfährt, wird man mich festnehmen. Denk daran, dass uns dein Vater Karl III. 1767 per Dekret aus Spanien und all seinen Überseekolonien vertrieben hat.«

»Welche Ironie, ausgerechnet mein Vater!«

»Er war trotzdem ein guter Herrscher.«

»Findest du wirklich?« Malagrida nickte. »Es tut mir so leid!«, sagte sie und umarmte ihn. »Du musst so gelitten haben in all diesen Jahren, in denen du gezwungen warst, dich zu verstecken und ein Leben zu führen, das nicht deines war.«

»Ich hätte dem säkularen Klerus beitreten können, wie so viele meiner Glaubensbrüder, oder nach Russland fliehen, wo die Zarin Katharina uns mit offenen Armen empfangen hat. Doch mein Charakter führte mich auf weltlichere Wege. Ich bin sehr glücklich gewesen, Isabella. Und ich habe dich kennengelernt.« Sie sahen sich ernst an. »Macht es dir nichts aus, einen Mann der Kirche zu lieben?«

»Ich habe mich im Laufe meines Lebens so vielen Lüstlingen hingegeben, dass es eine heilsame Abwechslung sein dürfte, einen heiligen Mann zu lieben. Findest du nicht?«

»Wirst du mich lieben können?«

»Ich liebe dich bereits.«

»Und es macht dir nichts aus, dass wir nicht heiraten können, wie es dir zustünde?«

»Ich bin vierundfünfzig geworden, ohne zu heiraten, weshalb sollte ich jetzt mein Leben auf den Kopf stellen?«

»Roger wird sich widersetzen.«

»Er soll es nur versuchen, dann wird er sehen, wozu seine Mutter fähig ist.«

Sie gingen weiter in Richtung Norden und ließen die Stadt hinter sich. Nach einiger Zeit sahen sie eine Gruppe von Wäscherinnen, die schwatzend mit ihren Waschzubern am Ufer hockten. Sie blieben stehen, um ihnen zuzusehen.

»Gabriel …«

»Wie lange habe ich darauf gewartet, dass du mich beim Namen nennst! Er klingt so wundervoll von deinen Lippen!«

Sie küssten sich, und die Wäscherinnen sahen vom Ufer zu ihnen herüber. Isabella löste sich von Malagrida und winkte ihnen zu.

»Gehen wir zurück. Du wolltest etwas sagen.«

»Ich wollte dich fragen, was wir jetzt tun werden.«

»Ich weiß es nicht. Aber sobald wir diese Stadt verlassen können, bringe ich dich auf der *Sonzogno* nach Sizilien, wo ich in Gedanken an dich ein Landhaus am Mittelmeer gekauft habe. Ich möchte, dass wir eine Zeitlang dort leben.«

»Das klingt wundervoll! Du wusstest, dass meine Mutter Sizilianerin war, oder?«

»Ja, das wusste ich.«

»Was glaubst du, wie lange Alejandro dich noch am Río de la Plata brauchen wird?«

»Ich weiß es nicht. Er muss seine Leute um sich haben, um einige Dinge zu klären.«

Als sie zurückgingen, fiel ihnen gar nicht auf, dass sich die Stadt nach der Siesta wieder zu beleben begann. Sie sprachen über das Landhaus *Santa Ágeda*, das Malagrida im sizilianischen Marsala erworben hatte. Er erzählte ihr von den Weinbergen und den weitläufigen Obstgärten, insbesondere den Orangen- und Zitronenbäumen, und von dem hübschen, wenngleich renovierungsbedürftigen Haus aus dem 17. Jahrhundert. Schon in der Empfangshalle des Hauses in der Calle San José hörten sie Blackraven herumbrüllen. Er schien zu toben. Seine Flüche führten sie zum Arbeitszimmer. Sie traten ein, ohne anzuklopfen.

Man sah, dass Blackraven soeben erst eingetroffen war; er hatte nicht einmal die Handschuhe abgelegt. Auf einem Stuhl neben Edward O'Maley hockte die Sklavin Gabina und weinte.

»Hör gut zu, du unnützes Ding«, sagte Roger, »meine Geduld hängt an einem seidenen Faden. Entweder du sagst mir, wo sich

Doña Bela versteckt hält, oder ich lasse dich mit fünfhundert Hieben zu Tode peitschen.«

Malagrida, der spürte, dass Isabella ein gutes Wort für die Sklavin einlegen wollte, fasste sie beim Arm und schüttelte ernsthaft den Kopf. Dann führte er sie in den Korridor hinaus und sagte: »Misch dich da nicht ein, Isabella. Dieses Mädchen wird verdächtigt, Melody nach dem Leben getrachtet zu haben.«

Seit Gabina am ersten Samstag im November verschwunden war, hatten Edward O'Maley und zwei seiner Männer die elende Unterkunft ihres Liebhabers aus dem Mondongo-Viertel beschattet, von dem Berenice ihnen erzählt hatte. Sie vermuteten, dass der Mann noch einmal zurückkommen würde, um einige Habseligkeiten aus dem Haus zu holen. Die Vermutung bewahrheitete sich: Gegen Mittag war der Freigelassene mit Gabina erschienen. O'Maley musste zuerst den Schwarzen unschädlich machen, der versuchte, ihn zu erstechen, um dann zwei Häuserblocks hinter Gabina herzurennen.

»Los, sprich!« Blackraven packte sie am Arm und schüttelte sie.

»Du solltest lieber sagen, was du weißt«, redete O'Maley ihr gut zu. »Das wird dir die Peitsche ersparen.«

»Ich habe Euch alles gesagt, was ich weiß, Herr Roger. Ich habe die Herrin Bela auf der Straße getroffen, und sie hat mich gebeten, Miss Melody einen Topf Marmelade von ihrer Schwester, Señorita Leo, zu überbringen. Dafür sollte ich eine Brosche bekommen, die viel wert ist und die mir immer so gut gefallen hat, als ich noch in der Calle Santiago gearbeitet habe.«

»Wo ist diese Brosche?«

»Die Herrin Bela hatte versprochen, sie mir zu geben, sobald ich Miss Melody die Marmelade gebracht habe, aber am verabredeten Tag ist sie nicht gekommen.«

»Hast du sie gefragt, warum sie wollte, dass du Miss Melody diese Marmelade bringst?«

»Ja, aber sie wollte es mir nicht sagen. Und sie sagte, dass ich danach verschwinden müsse. Ich hatte Angst, Herr Roger, darum bin ich weggelaufen.«

»Wo hält sich Doña Bela versteckt?«, fragte Blackraven noch einmal.

»Ich weiß es nicht, Herr Roger, ich schwör's Euch bei meinem Seelenheil.« Sie bekreuzigte sich dreimal die Lippen.

»Wo hält sich Cunegunda versteckt?«

»Das weiß ich auch nicht.«

Sie wusste es, Cunegunda hatte es ihr erzählt. Nur so hatte sie Ovidio neulich zum Haus der Hexe Gálata führen können, als Victoria diese um Hilfe bitten wollte. Aber lieber würde sie sterben, als die arme Cunegunda ans Messer zu liefern. Die Herrin Bela war ihr völlig gleichgültig, aber Cunegunda war eine andere Sache.

»Kennst du eine Frau namens Enda Feelham?«

»Enda wie?«

»Enda Feelham!«, brüllte Blackraven.

»Nein, Herr Roger! Ich weiß nicht, von wem Ihr sprecht!«

Blackraven ging zur Tür und rief nach Somar.

»Spann sie in den Block. Ich werde später sehen, was ich mit ihr mache.«

Gabina fiel auf die Knie und flehte um Gnade.

»Schaff sie mir aus den Augen, bevor ich sie mit meinen eigenen Händen umbringe!«

Somar musste sie hinausschleifen. Blackraven schlug die Tür zu. Er zog Handschuhe und Jackett aus und warf beides auf den Diwan. Dann schenkte er sich einen doppelten Whisky ein und leerte ihn in einem Zug.

»Das ergibt alles keinen Sinn!«, sagte er schließlich.

»Mir erschließt sich nicht, welche Verbindung zwischen Enda Feelham und Bela Valdez e Inclán besteht«, bemerkte O'Maley.

»Sie lernten sich Anfang des Jahres kennen, als Bela Isaura

nachspionierte«, erklärte Blackraven. »Vergiss nicht, dass es Enda war, die Bela das Gift für Alcides gab, damit diese ihr dafür Isauras Aufenthaltsort verriet. So konnte dieser gottverfluchte Paddy Maguire Isaura aus El Retiro entführen. Ich dachte, Enda Feelham und Bela wären sich seitdem nicht mehr begegnet, aber da habe ich mich wohl getäuscht. Wie sonst sollte Enda Feelham von dieser Marmelade erfahren haben?«

»Woran ich keinen Zweifel habe, ist, dass die Marmelade vergiftet war.«

Blackraven schnaubte zustimmend.

»Wenn es stimmt, dass die Marmelade vergiftet war«, sagte er, »dann ist das Erstaunlichste daran, dass Enda Feelham Isaura das Leben gerettet hat. Dabei weiß ich, dass sie sie hasst. Was zum Teufel hat dieses Unglücksweib vor?«

Durch die offenen Fensterläden ihres Zimmers drang das Gemurmel des Festes, das an diesem 10. November – Blackravens Geburtstag – im Haus der alten Vizekönigin stattfand. Melody war es natürlich nicht gestattet, daran teilzunehmen. Sie saß mit geschlossenen Augen auf einem Stuhl, die Hände auf ihren Bauch gelegt, und ließ sich von der wundervollen Musik, die das Orchester spielte, davontragen. Sie spielten ein Stück von Boccherini, das Menuett aus einem seiner berühmten Quintette.

Es klopfte an der Tür. Mühsam stand Melody auf. Das musste Roger sein, der sich von dem Fest davongestohlen hatte, um ihr guten Abend zu sagen. Sie hatte den ganzen Tag an ihn gedacht und sich ausgemalt, wie sie ihm ihr Geschenk überreichen würde. Es war nichts Großes, nur ein paar Taschentücher, aber sie hatte sie mit den verschlungenen Initialen I und R bestickt und war stolz auf ihre Arbeit.

Sie strich den Rock glatt und fuhr sich über die Haare. Dann öffnete sie. Vor ihr stand die Baronin Ágata de Ibar in einem wunderschönen Kleid aus Silberbrokat. Melody hatte vor einigen Tagen, kurz nach ihrer Ankunft in Doña Rafaelas Haus, ihre Bekanntschaft gemacht und geglaubt, diese unangenehme Erfahrung nicht noch einmal machen zu müssen.

»Wollt Ihr mich nicht hereinbitten, Señorita Maguire?«

»Verzeiht, Baronin, aber ich wollte gerade schlafen gehen.«

»Nur einen kurzen Augenblick«, entgegnete Ágata und trat ein.

Sie setzte sich und schlug mit einer raschen Handbewegung ihren Fächer auf.

»Ich wollte Euch besuchen, weil ich mir dachte, Ihr seid allein und langweilt Euch.«

»Ich habe die Musik genossen, aber wie gesagt, ich wollte gerade schlafen gehen. Wenn ich Euch also bitten dürfte …«

»Soll ich Euch nicht von dem Fest erzählen?«

»Ich danke Euch, dass Ihr gekommen seid, um mich zu besuchen, Baronin, aber ich …«

Die Tür ging auf. Als Blackraven die Baronin entdeckte, blieb er in der Tür stehen. Ágata hob den geschlossenen Fächer an die Lippen.

»Oh, oh, Exzellenz. Ich will mir gar nicht vorstellen, was unsere Gastgeberin sagen würde, wenn sie Euch hier anträfe.«

Melody glaubte ein stilles Einverständnis in diesem Blickwechsel zu sehen, eine gewisse Vertrautheit und Intimität.

»Raus«, sagte Blackraven und trat zur Seite, um den Weg freizumachen. »Raus, habe ich gesagt.«

Melody konnte nicht reagieren vor Überraschung. Sie sah, wie die Baronin mit gekränktem Gesichtsausdruck die Röcke raffte und hinausrauschte. Als sie an Blackraven vorbeikam, warf sie ihm einen rätselhaften Blick zu.

»Was wollte diese Frau hier? Was hat sie dir erzählt?«

»Sie sagte, sie wolle mich besuchen.« Melody fühlte sich unwohl. Ihre Vorfreude, ihm ihr Geschenk zu überreichen, war dahin.

»Ich will nicht, dass du mit ihr Umgang pflegst. Sie ist kein guter Mensch.«

»Was ist zwischen euch?«, fragte Melody rundheraus.

»Nichts, Isaura! Was soll zwischen uns sein? Mein Gott! Du wirst doch nicht glauben, dass zwischen dieser falschen Schlange und mir etwas ist?«

»Das behaupten zumindest alle.«

»Und du glaubst ›allen‹ mehr als deinem Mann. Und wag es nicht, mir zu sagen, dass ich nicht dein Mann sei!«

»Ihr habt Euch so angesehen«, schluchzte Melody. »Als wäre etwas Vertrautes zwischen euch.«

»Diese Frau ist ein schamloses Weibsstück, das sich mir ganz unverhohlen anbietet. Wegen ihrer Avancen musste ich meine Freundschaft zu ihrem Mann auf Eis legen, den ich für eine außergewöhnliche Persönlichkeit halte. Ich habe keine Achtung vor ihr, Isaura.«

Melody knetete ihre Hände und blickte Blackraven in die Augen, um herauszufinden, ob er log.

»Liebling«, lenkte er ein, »du kannst ganz beruhigt sein. Stell dir keine Dinge vor, die es nicht gibt. Ich liebe dich so sehr, glaubst du, da hätte ich Lust, mit einer anderen ins Bett zu gehen?«

»Du hast sie in Rio de Janeiro kennengelernt«, beharrte Melody.

»Na und?«

»Du hast sie kennengelernt, als du wütend auf mich warst.«

»Rasend wütend«, scherzte er und umarmte sie. »Sag, hast du den ganzen Tag an mich gedacht?«

Melody schüttelte den Kopf. Sie würde nicht einlenken, noch nicht. Der Zweifel nagte an ihr.

»Also hast du nicht an mich gedacht? Weißt du nicht, was für ein Tag heute ist?«

»Doch, dein Geburtstag.«

»Aha, du hast daran gedacht!«

»Wie sollte ich nicht daran denken. Ich denke immerzu nur an dich und dein Kind.«

»Ich wusste doch, dass du den ganzen Tag an mich gedacht hast.«

»Deine Eitelkeit ärgert mich.«

»Und du erregst mich, wenn du wütend bist.«

»Ich werde nicht zulassen, dass du mich anfasst, Roger. Doña Rafaela wird deine Abwesenheit im Salon bemerken und wissen, wo sie dich findet. Geh. Ich will keinen Ärger mit ihr.«

»Du wirst doch nicht so prüde werden wie die alte Vizekönigin?«

»Du wolltest, dass ich hier lebe. Jetzt trag auch die Konsequenzen. Geh.«

»Gut, ich gehe. Aber wenn das Fest vorbei ist, komme ich und hole mir mein Geschenk.«

Er küsste sie leidenschaftlich, bevor er rasch das Zimmer verließ. Am Fuß der Treppe traf er mit Ágata de Ibar zusammen.

»Ich sehe, man hat Euch mit Eurer Lust alleingelassen«, sagte sie. Als sie ihm zwischen die Beine greifen wollte, packte Blackraven ihren Arm und drehte ihn ihr auf den Rücken. Wenn er noch ein wenig fester zupackte, würde er ihr die Knochen brechen. Der Schmerz musste kaum auszuhalten sein, doch die Baronin beklagte sich nicht; sie fand sogar die Kraft, zu sagen: »Ich könnte Euch auf der Stelle Befriedigung verschaffen, wenn Ihr es zulassen würdet.«

»Ihr könntet mir keinesfalls Befriedigung verschaffen, Señora, denn Ihr ekelt mich an. Haltet Euch von mir und meiner Frau fern, sonst …«

»Sonst was?«

»Sonst sehe ich mich leider gezwungen, mit Eurem Mann zu sprechen.«

»Ha! Mein Mann weiß genau, dass ich gerne mit Euch schlafen würde, und er findet, dass ich einen guten Geschmack habe.«

Blackraven stieß sie so heftig von sich, dass Ágata zu Boden sank.

»Haltet Euch von meiner Frau fern, Ágata, ich rate es Euch. Ich habe hinlänglich Möglichkeiten, Euch loszuwerden, und wenn ich bislang noch keinen Gebrauch davon gemacht habe, dann nur aus Freundschaft zu Eurem Mann. Aber sollte sich herausstellen, dass er ebenso schamlos ist wie Ihr, wird es mir nichts ausmachen, zu handeln und kurzen Prozess zu machen.«

»Was soll das heißen, ›kurzen Prozess zu machen‹?«

»Glaubt mir, Frau Gräfin, das wollt Ihr nicht wissen.«

Aufgebracht kehrte er auf das Fest zurück und versuchte, seine Wut mit einigen Schlucken hinunterzuspülen. Immer noch aufgewühlt, sah er, wie Liniers auf ihn zukam, um ihn zu begrüßen.

»Exzellenz, welch eine Freude, Euch heute Abend hier anzutreffen!«

»Danke, Kapitän. Die Freude ist ganz meinerseits. Habt Ihr das Zaumzeug und die Sättel für Eure Truppen erhalten?«

»Ja doch! Ausgezeichnete Ware, Exzellenz. Euer Leder ist hervorragend und Eure Sattler aus El Retiro sind Meister ihres Fachs.«

Sie besprachen die Zahlungsmodalitäten, und Liniers betonte, dass kein anderer Händler bessere Bedingungen gewähren würde. Blackraven setzte eine ernste Miene auf, räusperte sich und kehrte dem Fest den Rücken, um dann zu sagen: »Es gibt da eine heikle Frage, über die ich gerne mit Euch sprechen würde, Kapitän.«

»Nur zu, Exzellenz.«

»Es geht um ein Darlehen, das Zorrilla Euch vor einiger Zeit gewährt hat.« Liniers' Lächeln erstarb unversehens. »Seht, Kapitän, Zorrilla ist zurzeit nicht sonderlich liquide, und so kam er vor einigen Tagen zu mir und hat mir angeboten, den Kredit zu übernehmen, den Ihr bei ihm aufgenommen habt. Aufgrund meiner langjährigen Freundschaft zu Zorrilla konnte ich mich nicht weigern und habe die Wechsel übernommen.«

»Seltsam! Zorrilla selbst hat mir den Kredit angeboten. Für die Sache der Armee, sagte er.«

»Ihm hat sich eine Möglichkeit eröffnet, ein Geschäftsgrundstück in Córdoba zu erwerben, ein sehr einträglicher Handel, den er nicht ausschlagen konnte. Ihr steht also nun in meiner Schuld, Kapitän Liniers.« Dabei verlieh er seiner Stimme einen vergnüglichen Ton.

»Ich stehe also in Eurer Schuld«, wiederholte der Franzose, und Blackraven hatte den Eindruck, dass er Zeit gewinnen wollte, um die Nachricht zu verdauen. »In Kürze ist die erste Zahlung fällig, nicht wahr?«

»Ich weiß es nicht genau«, log Blackraven, »aber macht Euch keine Sorgen, wenn Ihr nicht über die Summe verfügen solltet, um die Rate zu tilgen. Ich bin ein nachsichtiger Gläubiger.«

Liniers lächelte, ein aufgesetztes Lächeln, um das Gefühl der Schwäche zu überspielen, das dieser Hüne in ihm auslöste. Blackravens breites Grinsen, das seine makellos weißen Zähne enthüllte, erinnerte an einen hungrigen Wolf.

›Er muss spüren, dass sich die Schlinge immer enger zuzieht‹, überlegte Blackraven, während er zu seiner Mutter ging, der Malagrida nicht von der Seite wich. Auf der Tanzfläche entdeckte er Victoria, die mit Álzaga eine Polka tanzte. ›Wenn du denkst, dass du durch sie an mich herankommst, täuschst du dich‹, dachte er. Demnächst würde er ihn in das Haus in der Calle San José einbestellen, um eine Gefälligkeit mit einer anderen zu vergelten.

# Kapitel 23

Victoria machte sich sorgfältig zurecht. Sie bat Berenice, ihr Haar offen zu lassen und nur zwei Strähnen rund um das Gesicht mit Perlmuttspangen zurückzustecken, die Blackraven ihr vor Jahren von einer Reise mitgebracht hatte. Dann trug sie Isabellas teure Schminke auf, um Augenringe und Hautunebenheiten zu überdecken. Sie verwendete rotes Schminkpapier, um ihre Wangen zu betonen, und betupfte sich damit auch die Lippen. Schließlich schwärzte sie noch die Wimpern mit Kohle, um dann zufrieden ihr Spiegelbild zu betrachten. Sie war immer noch schön, das Idealbild einer Frau, mit weißer Haut, langem, blondem Haar, glatten, rosigen Wangen ohne jede Sommersprosse, roten Lippen und weißen, ebenmäßigen Zähnen. Berenice half ihr in das kobaltblaue Miederkleid mit den hellblauen Paspeln am Dekolleté, das ihre himmelblauen Augen und ihr goldblondes Haar betonte. Dann betupfte die Sklavin sie mit ihrem Rosenparfüm.

»Steht die Kutsche bereit?«

»Ja, Frau Gräfin. Ovidio wartet vor dem Hauptportal auf Euch.«

Sie ging durch den Korridor und den zentralen Patio zum Eingang. Während sie die Handschuhe anzog und in aller Ruhe ihren Kopf bedeckte, sah sie den Kutscher neben dem geöffneten Schlag mit dem ausgeklappten Treppchen stehen. Sie ging hinaus.

»Ovidio, bring mich bitte zu den del Pinos.«

Simonetta Cattaneo hatte ihr gesagt, dass Doña Rafaela jeden Nachmittag ab vier Uhr empfing. Wenn sie bereits um diese Uhrzeit erschien – es war drei –, würde niemand sie stören. Zum Teil trieb sie die Neugier; sie wollte Melody Maguire kennenlernen, um herauszufinden, was Roger so an ihr fesselte. Victoria merkte, dass die Kluft zwischen ihr und ihrem Mann immer tiefer wurde; sie wusste nicht, zu welchen Waffen sie noch greifen sollte, um ihn zu locken. Sie hatte alles versucht, sogar einen Liebestrank hatte sie ihm eingeflößt. Wenn sie Roger nicht erweichen konnte, dann vielleicht dieses Mädchen. Sie hatte sich in den Kopf gesetzt, dass Melody Maguire ihr Blackravens Kind überlassen und verschwinden würde, wenn sie nur die richtigen Worte fand. Simonetta hatte versucht, sie davon abzubringen.

»Hast du den Verstand verloren, Victoria? Du wirst sie niemals dazu bringen, dir ihr Kind zu geben. Geh nicht zu ihr. Du demütigst dich vergeblich. Nimm das Geld, das dein Mann dir anbietet, und hilf ihm, die Freiheit zu erringen, nach der es ihn so sehr verlangt. Und dann lebst du dein eigenes Leben, so wie ich, ohne an Männer gebunden zu sein, denen man gefallen will.«

Es war ein weiser Ratschlag, aber Victoria wusste nicht, wie sie diesen Drang unterdrücken sollte, der sie in das Haus der früheren Vizekönigin trieb, wo sie ihrer ärgsten Feindin begegnen würde. Als sie vor dem Haus stand, fragte sie sich, was sie da tat. Es war eine dumme Idee. Sie zögerte und war kurz davor, umzukehren und wieder in die Kutsche zu steigen. Doch dann atmete sie tief durch und betätigte zweimal den Türklopfer. Eine Sklavin öffnete einen der Türflügel einen Spaltbreit.

»Ich möchte zu Señorita Maguire.«

»Wen darf ich melden?«

»Die Gräfin von Stoneville.«

Die Sklavin führte sie durch den Eingangspatio ins Vestibül, aus dem Klavierspiel drang. Jemand übte nicht sehr gewandt die Tonleitern. Auf ein Zeichen hin betrat sie einen kleinen Salon und wartete, ohne Platz zu nehmen. Als sie Melody Maguire mit ihrem dicken Bauch schwerfällig durch das Vestibül kommen sah, war sie unangenehm berührt. Melody trug ihr langes, lockiges Haar offen, ihr Rock und ihr Mieder waren aus Baumwolle. Plötzlich wünschte Victoria, sie hätte sich nicht so herausgeputzt. Gegenüber Melodys schlichtem Auftreten kam sie sich lächerlich vor.

»Guten Tag.«

»Guten Tag. Ich hoffe, ich habe Euch nicht bei etwas Wichtigem gestört.«

»Ich gebe gerade meinen Musikunterricht.«

»Ach so.«

»Fabiana sagte mir, Ihr wolltet mich sprechen. Setzt Euch doch bitte. Wollt Ihr etwas trinken?«

»Nein, danke.«

Melody wirkte gefasst und selbstsicher, doch Victoria bemerkte an ihren zitternden Händen und ihren trockenen Lippen, dass Melody ihre große Aufregung verbarg.

»Miss Maguire, Ihr werdet Euch fragen, weshalb ich heute hierhergekommen bin.« Melody schwieg. »Ihr werdet es Euch sicherlich denken können. Unser gemeinsames Problem ist Roger. Ich will offen sein und gleich zur Sache kommen. Diese unangenehme Situation muss ein Ende haben. Sie wird weder Euch noch mir gerecht. Ich kann nichts dafür, dass ich nicht gestorben bin, und Ihr könnt nichts dafür, dass Ihr meinen Mann geheiratet habt. Er ist ein Ehrenmann mit großem Pflichtgefühl und wird Euch nicht im Stich lassen wollen, nun, da Ihr ein Kind von ihm erwartet. Aber Ihr müsst verstehen, dass diese Situation seinem Ansehen als zukünftiger Herzog von Guermeaux schadet. Mein Schwiegervater wird niemals in die Annullierung unserer Ehe einwilligen, geschweige denn in eine Scheidung. Folglich werde ich bis zu meinem Tod seine Ehefrau sein und Ihr seine … Nun, was? Seine Geliebte? Die Mutter seines Kindes? Das habt Ihr nicht verdient, Melody. Ihr verdient es, eine Familie zu gründen und wieder glücklich zu werden.«

»Weshalb seid Ihr gekommen?« Melody erhob sich, und Victoria folgte ihrem Beispiel.

»Ich bitte Euch, ich flehe Euch an, verschwindet aus Rogers Leben.«

»Ihr wisst, dass ich es versucht habe. Sofort als ich von Eurer Existenz erfuhr, verließ ich den Ort, der mein Zuhause war, um Euch den Platz zu überlassen, der Euch zusteht. Es war Roger, der wieder zu mir gekommen ist.«

»Wusstet Ihr, dass er und ich seit einigen Tagen wieder als Mann und Frau miteinander leben?«

Nun war es an Melody, etwas zu erwidern, doch ihre Stimme versagte. Sie wollte atmen, doch es gelang ihr nicht, ganz so, als wäre ihre Nase verstopft. Schließlich füllten sich ihre Lungen mit stickiger Luft, in der schwer Victorias Parfüm lag, das ihr den Magen umdrehte.

»Wenn das wahr ist«, sagte sie mit sich überschlagender Stimme, für die sie sich schämte, »verstehe ich nicht, weshalb Ihr hergekommen seid.«

»Weil ich meinen Mann mit niemandem teilen will. Das Kind, das Ihr und Roger demnächst erwartet, wird Euch für immer aneinander binden. Es wird wie ein Phantom über uns schweben und uns keine Ruhe lassen.«

»Mein Sohn hat ein Recht auf die Liebe seines Vaters.«

»Natürlich! Deshalb wollte ich Euch bitten, ihn mir zu überlassen, damit ich ihn zum künftigen Herzog von Guermeaux erziehen kann. Denkt an das Wohl des Kindes – was hätte es, wenn es bei Euch bliebe? Die Schmach, ein Bastard zu sein, der Sohn der Geliebten seines Vaters. Bei mir hingegen würde man ihn als den rechtmäßigen Erben des Guermeaux-Clans ansehen, bewundert in den vornehmsten Kreisen Englands …«

Melody ließ Victoria weiterreden. Sie war wie vom Donner gerührt. »Das Kind gehört mir«, sagte sie, aber sie merkte, dass Victoria ihr nicht zuhörte, sondern weiter den Mund bewegte, um ihre Argumente vorzubringen. Sie hörte nicht, was Victoria sagte, sondern nur die Stimmen in ihrem eigenen Inneren, die lauter und lauter wurden, wie eine Menschenmenge, die aus weit entfernten Straßen immer näher kam. »Es ist mein Kind, nur meins. Es gehört mir. Eher sterbe ich, als mich von ihm zu trennen. Das Kind gehört mir.«

»Das Kind gehört mir!« Die Erklärung brach wie ein Schrei aus ihr hervor. »Das Kind gehört mir! Ich werde es niemals weggeben! Niemals! Vorher müsst Ihr mich töten! Das Kind gehört mir! Das Kind gehört mir!« Während sie immer wieder diesen Satz wiederholte, ging sie auf Victoria zu, und diese wich ängstlich zurück. »Behaltet Roger, wenn Ihr wollt! Aber das Kind gehört mir! Ich trage es in meinem Leib! Und jetzt verschwindet! Raus! Raus hier!«

Victoria ging hinaus. Zitternd hörte Melody, wie sich das Klappern ihrer Schuhe auf dem Boden des Empfangspatios entfernte. Erst als sie die Eingangstür ins Schloss fallen hörte, atmete sie auf und ließ sich auf einen Stuhl sinken. Ihr Kopf hämmerte, ihre Wangen glühten und ihr Mund war trocken. Ihr Geschrei hatte die Mädchen und einige Sklavinnen angelockt, die nun eilig herbeigerannt kamen. Benommen stützte sie sich auf Doña Rafaelas älteste Enkelin und bat diese, sie in ihr Zimmer im Obergeschoss zu bringen. Doch noch bevor sie die Treppe erreichte, ließ sie ein stechender Schmerz im Leib zusammenfahren.

Früh am Morgen hatte Blackraven Álzaga eine Nachricht geschickt und ihn in das Haus in der Calle San José einbestellt. *»Ich habe erfahren, dass Ihr mich einige Male sprechen wolltet. Sollte Euch meine Gegenwart nach wie vor von Nutzen sein, so stehe ich Euch heute, am 14. November, um sechzehn Uhr in meinem Haus in der Calle San José zur Verfügung.«* Er hatte dieses Treffen lange hinausgeschoben, doch vor einigen Tagen, am Abend seines Geburtstags, hatte er sich schließlich dazu durchgerungen.

Blackraven lag auf dem Diwan in seinem Arbeitszimmer und wartete auf Álzaga. Als er hörte, dass jemand an der Haustür klopfte, blickte er auf die Uhr. Punkt vier. Er erhob sich vom Diwan, zog das Jackett über und rückte die Krawatte zurecht.

»Herein!«, rief er, und Gilberta bedeutete Álzaga, einzutreten.

»Guten Tag, Don Martín.«

»Guten Tag, Exzellenz. Danke, dass Ihr mich empfangt.«

»Bitte nehmt doch Platz. Möchtet Ihr etwas Stärkeres« – er deutete auf die Karaffen mit den verschiedenen Spirituosen – »oder lieber einen Kaffee?«

»Ein Kaffee wäre freundlich.«

»Zwei Kaffee, Gilberta. Und niemand soll uns stören.«

»Ja, Herr Roger.«

Blackraven nahm Álzaga gegenüber in seinem Lehnstuhl Platz, stützte die Ellbogen auf den Schreibtisch und legte die Hände wie zum Gebet aneinander. Álzaga hatte den Eindruck, dass sich Blackravens Miene verfinsterte. Er räusperte sich, bevor er das Wort ergriff.

»Wie gesagt, Exzellenz, ich danke Euch, dass Ihr mich empfangen habt ...«

»Don Martín«, unterbrach Blackraven ihn, »bevor Ihr mir darlegt, womit ich Euch dienen kann, möchte ich Euch um einen Gefallen bitten.«

»Oh, natürlich, Exzellenz, natürlich.«

»Nun, es geht um einen Eurer Sklaven. Vor einigen Tagen kam ein kleiner Junge zu uns, der Sohn einer Eurer Sklavinnen, die kürzlich an den Pocken gestorben ist.«

»Ah, ja. Rufinas Sohn. Ich dachte, er wäre ebenfalls gestorben.«

»Soweit ich weiß, brachte Papá Justicia den Kleinen nach der Beerdigung seiner Mutter zu Euch, doch Ihr wolltet ihn nicht aufnehmen, weil Ihr Angst hattet, er könnte sich mit der Krankheit angesteckt haben, die seine Mutter dahingerafft hat.«

Blackravens Aussage brachte den Basken in Verlegenheit. Als Mitglied des Dritten Ordens vom Heiligen Franziskus hatte er Verpflichtungen seinen Mitmenschen gegenüber, die nicht damit vereinbar waren, kranke Sklaven zu verstoßen oder Waisenkinder ihrem Schicksal zu überlassen.

»Rafael ist nicht tot, Don Martín. Er befindet sich bei bester Gesundheit in der Obhut meiner Sklavinnen. Der Gefallen, um den ich bitte, besteht darin, ihn mir zu verkaufen.«

»Oh ja, ja, sehr gerne. Ich verkaufe ihn Euch, ja, ja.«

»Haltet Ihr fünfundzwanzig Pesos für angemessen?« Es war ein sehr niedriger Preis, aber Blackraven wollte herausfinden, wie weit Álzagas Verzweiflung ging.

»Gut, fünfundzwanzig Pesos. Obwohl ich finde … Gut, ist gut. Einverstanden.«

»Danke«, sagte Blackraven ruhig. »Morgen komme ich in Eurem Geschäft vorbei, um Euch das Geld zu geben. Könnt Ihr bis dahin die Papiere ausfertigen, Don Martín?«

»Ja, natürlich. Eigentlich«, fing er nach einer Pause an, »bin ich froh, Euch den Jungen verkaufen zu können, denn sonst hätte ich noch ein weiteres Maul zu stopfen, das erst in vielen Jahren Gewinn einbringen würde. Und in dem Zustand, in dem sich meine Finanzen befinden …«

»Was ist denn mit Euren Finanzen?«

»Genau darüber wollte ich mit Euch sprechen, Exzellenz.«

Gilberta kam mit dem Kaffee. Sie schenkte ein und ging wieder.

»Fahrt fort«, ermunterte ihn Blackraven. »Ihr spracht von Euren Finanzen.«

»Ich habe erfahren, dass Ihr Euch gemeinsam mit dem Baron von Pontevedra seit einigen Monaten als Händler in Buenos Aires und im Hinterland betätigt.«

Blackraven lächelte zufrieden.

»Ihr seid gut informiert.«

»Wisst Ihr, Exzellenz, diese Stadt ist sehr klein. Jeder kennt hier jeden, und es ist schwer, ein Geheimnis für sich zu bewahren. Ich kann ein Lied davon singen! Und eben weil es eine so kleine Stadt ist, habe ich darüber nachgedacht, Euch einen Vorschlag zu unterbreiten, der mir kürzlich in den Sinn kam. Vielleicht hättet Ihr die Freundlichkeit, darüber nachzudenken. Was denkt Ihr darüber, ein gemeinsames Geschäft anzugehen? Natürlich nur, wenn Ihr es für lohnend haltet.«

»Don Martín, was wollt Ihr mir vorschlagen? Dass wir Geschäftspartner werden?«

»Ja, genau, davon spreche ich.«

Blackraven schwieg eine lange Minute, in der Álzaga seinen Kaffee trank und so tat, als betrachte er konzentriert ein Seestück, das zu seiner Linken hing.

»Don Martín, der An- und Verkauf von Waren aus Übersee und auch aus dem Inland ist, wie Ihr wisst, ein äußerst einträgliches Geschäft, an dem ich sehr interessiert bin. So wie ich es betreibe, ist der Gewinn sehr hoch.« Das war eine Lüge. Von der Erfolgsbeteiligung, die Abelardo Montes ihm zugesichert hatte, und den großzügigen Preisen, die die Händler boten, hatte Blackraven noch nicht viel gesehen. »Aber ja, da Montes die Absicht geäußert hat, sich aus dem Geschäft zurückzuziehen – er hat zu viel mit der Verwaltung seiner Landgüter zu tun –, und ich ständig unterwegs bin, bin ich auf der Suche nach einem neuen Partner.«

Auf Álzagas sonst so griesgrämigem Gesicht erschien ein Lächeln, das er sofort wieder unterdrückte.

»Allerdings«, fuhr Blackraven fort, »würde ich gerne einige Voraussetzungen ändern.«

»Ja, Exzellenz, nur zu. Sprecht.«

»Ich rede von einer klareren Arbeitsteilung der Teilhaber. Das heißt, ich wäre ausschließlich dafür zuständig, das Unternehmen mit in- und ausländischer Ware zu beliefern, und mein Teilhaber würde sich um den Absatz und den Verkauf kümmern. Es ist nämlich so, dass ich über kein eigenes Vertriebsnetz verfüge. Das war auch der Grund dafür, dass ich Montes die Teilhaberschaft angeboten habe. Was die Vorteile für Euch betrifft, so wäre Euch, glaube ich, sehr damit gedient, wenn Ihr die Verhandlungen mit den ausländischen Lieferanten und den Transport der Waren aus Europa los wäret.«

»Ja, ja, das stimmt. Der Transport bereitet mir immer wieder Kopfschmerzen, nicht nur wegen der Frachtpreise, sondern auch wegen der Versicherungsprämien für Ladung und Schiff.«

Im Grunde, überlegte Álzaga, bot dieses verdammte Schlitzohr ihm keine Teilhaberschaft an, sondern trieb ihn in die Enge, um sein alleiniger Lieferant und Gläubiger zu werden. Er wollte ihn vereinnahmen. Álzaga fragte sich, welche Möglichkeiten ihm blieben. Nicht viele, gestand er sich ein: Die Verkäufe liefen schleppend, viele Händler aus dem Hinterland hatte er endgültig verloren, die Schulden bei dem Handelshaus in Cádiz waren demnächst fällig, und zwei seiner Schiffe ließen auf sich warten.

Blackraven wiederum sagte sich, dass nun er derjenige war, der für ein paar Reales bekam, was der andere teuer bezahlt hatte, so wie es Álzaga jahrelang mit den Händlern im Hinterland gemacht hatte.

»Ich würde also die Waren an die Groß- und Einzelhändler im Inland weiterverkaufen?«

»Ja. Das wäre Eure Aufgabe. Und anders als bei Euren derzeitigen Lieferanten wären meine Kreditkonditionen unschlagbar«, argumentierte Blackraven weiter. »Außerdem besitze ich bekanntlich eine große Flotte, die ständig auf hoher See unterwegs ist, um Waren zu kaufen, wie man sie hierzulande noch nicht gesehen hat. Kein anderer Händler wird bei der Qualität und Vielfalt Eurer Produkte mithalten können.«

»Euer Vorschlag ist überaus großzügig, Exzellenz. Das Problem ist, dass es illegal wäre. Ich darf nur mit Untertanen der Spanischen Krone Handel treiben.«

Blackraven lachte und lehnte sich entspannt in seinem Lehnsessel zurück.

»Kommt schon, Don Martín, wir sind unter uns. Ihr wisst genauso gut wie ich, dass ihr alle in dieser Kolonie praktisch nackt herumlaufen würdet, wenn ihr auf die Waren angewiesen wärt, die euch eure Lieferanten aus Spanien schicken. Und wir beide wissen auch, dass Ihr schon längst bankrott wärt, wenn Ihr für alle Waren, die Ihr verkauft, die anfallenden Einfuhrzölle und Steuern in die Kassen des Vizekönigtums bezahlen müsstet. Verzeiht meine Offenheit, aber das ist meine Art, wenn ich über Geschäftliches spreche.«

»Ja, ja, natürlich. Offenheit ist in Geschäftsdingen unerlässlich. Dennoch ist ein Minimum an Legalität notwendig, und sei es nur, um keinen Verdacht zu erregen. Dass wir beide ein gemeinsames Handelsunternehmen betreiben, ist das eine, dass ich meine gesamte Ware bei einem Händler englischer Nationalität kaufe, das andere.«

»Ich verstehe. Euer Einwand ist berechtigt. Aber zu Eurer Beruhigung kann ich Euch sagen, dass ich einen von König Karl IV. persönlich ausgestellten Freibrief besitze, der es mir gestattet, Handel mit Spanien und all seinen Kolonien zu treiben. Ich werde ihn Euch zu gegebener Zeit zeigen, sollten wir zu einem Vertragsabschluss kommen.«

»Ich bin überrascht«, gab Álzaga zu und erinnerte sich an den verflixten Brief, den er aufsetzen ließ, um Blackraven aus dem Vizekönigtum auszuweisen. »Verzeiht meine Neugier, aber wie seid Ihr an diesen Freibrief gekommen, um den Euch Tausende von Händlern auf der ganzen Welt beneiden würden?«

»Ich bin ein Vetter König Karls IV.«

»Oh!«

»Aus der falschen Seite des Bettes«, setzte er mit einem Lächeln hinzu. »Meine Mutter ist eine illegitime Tochter König Karls III. Und Karl IV., ihr Halbbruder, hat eine Schwäche für sie. Und für mich«, setzte er hinzu, während er überlegte, dass er seinen Onkel Karl wieder einmal mit klingender Münze bei Laune halten musste, wenn er seine Privilegien behalten wollte.

»Mein Gott«, stammelte Álzaga und nahm leichtfertig den Namen Gottes in den Mund, was er sonst nie tat. »Ihr seht mich sprachlos. Wieso haben wir nie davon erfahren?«

Blackraven verkniff sich ein Lachen. Álzaga sah ihn aus großen Augen an, als sei Jesus Christus vor ihm erstanden.

»Weil ich mich nicht gerne meiner Verwandtschaft und Freundschaft mit dem König rühme. Ich möchte als der anerkannt werden, der ich bin.«

»Oh, ja, ja, natürlich, Exzellenz, aber einen solchen Sachverhalt zu verschweigen … Wir haben Euch nicht einmal so gebührend empfangen, wie es Euch als Vetter unseres geliebten Herrschers zustünde!«

»Ein illegitimer Vetter«, erklärte Blackraven. »Um auf unsere Angelegenheit zurückzukommen: Da nun auch die rechtliche Lage geklärt wäre, glaube ich, dass der Vorschlag für beide Seiten mehr als vielversprechend ist.«

»Ja, ja. Für beide Seiten.«

Álzaga konnte nicht klar denken und zwang sich zur Konzentration. Die Aussicht, an Blackraven gebunden zu sein, kam ihm nun nicht mehr wie eine Falle vor, sondern wie ein Sprungbrett an den Hof in Madrid; mit einem Mal schien sein Traum, Vizekönig von Río de la Plata zu werden, nicht länger unerreichbar zu sein. Dennoch störte es ihn, unter Blackravens Fuchtel zu stehen. Er fragte sich erneut, welche Möglichkeiten ihm blieben. Wenn er nicht auf Blackravens Vorschlag einging, würde dieser sich einen anderen Vertriebspartner suchen und den Markt weiter an sich reißen, bis ihm die Luft ausging.

»Ich bin einverstanden, Exzellenz. Es ist ein wunderbares Angebot, für das ich Euch sehr dankbar bin.«

Blackraven nickte und deutete ein Lächeln an. Er hatte Álzaga in der Hand, und es verschaffte ihm Genugtuung, dass der Baske das wusste.

»Eine Frage wäre noch zu klären, Don Martín. Ich habe kein Interesse am Menschenhandel, aber da von nun an meine Flotte Eure Waren transportieren wird, könntet Ihr Eure Schiffe für den Sklavenhandel verwenden.«

»Ja, ja.« Ein Schatten legte sich auf das Gesicht des Basken.

»Bedrückt Euch etwas, Don Martín?«

»Vielleicht ist meine Sorge unbegründet, aber zwei meiner Schiffe, die *Joaquín* und die *San Francisco de Paula,* hätten schon vor Wochen in der Ensenada de Barragán einlaufen müssen.«

»Verstehe. Vielleicht haben sie Probleme mit der Einfahrt wegen Pophams Blockade vor der Ostküste. Ich bin sicher, dass sie in den nächsten Tagen am Río de la Plata eintreffen.«

Eskortiert von der *White Hawk,* dachte er bei sich.

Sie besprachen die Einzelheiten des Vertrags – Gewinnbeteiligungen, Liefer- und Zahlungsfristen, Zahlungsweise, Warenlagerung, Vertrieb ins Landesinnere, Transportwege – und kamen überein, sich am nächsten Tag in der Kanzlei des Notars Echevarría zu treffen, damit dieser den Vertrag aufsetzte.

»In dem Dokument muss ausdrücklich festgehalten werden, dass Ihr nur bei mir kauft«, betonte Blackraven.

»Und Ihr nur an mich verkauft.«

»Selbstverständlich.«

Ich lege mich mit einer Schlange ins Bett, dachte Álzaga. Paradoxerweise war er trotzdem zufrieden. Sein Spürsinn sagte ihm, dass Blackraven ein Mann war, der seine Geschäftspartner reich machte.

»Don Martín, da wir nun zu diesem einträglichen Abschluss gelangt sind, würde ich gerne mit den Dingen der Vergangenheit abschließen. Schwamm drüber, wie man so schön sagt. Es ist mir unangenehm, dieses Thema anzuschneiden, aber es muss sein. Ich spreche von der rechtlichen Situation meines Schwagers Thomas Maguire, den man zu Unrecht beschuldigt, an dem Sklavenaufstand beteiligt gewesen zu sein.«

»Mein Kutscher Milcíades, der tatsächlich beteiligt war, hat ihn bezichtigt.«

»Dann steht das Wort eines Sklaven gegen das meine, Don Martín, denn ich garantiere für die Unschuld von Señor Maguire.« Sie sahen sich in die Augen, und für einen kurzen Moment spiegelten sich in ihren Blicken ihre wahren Empfindungen füreinander wider. »Don Martín, mein Schwager ist gerade einmal zwanzig, ein wenig unbesonnen, aber ein feiner Kerl.«

»Soweit ich weiß, saß er in Haft, weil er einen englischen Soldaten getötet hat.«

»Es war die unglückliche Folge einer Kneipenschlägerei. Don Martín, ich gebe zu, dass Maguire unbesonnen und leichtfertig ist, aber er hätte sich niemals an einem so blutigen Ereignis wie diesem Aufstand beteiligt, der glücklicherweise rechtzeitig entdeckt wurde. Es wäre sehr erfreulich für mich, wenn die Anklage und der Haftbefehl gegen ihn gegenstandslos wären.«

»Wenn Ihr für Maguires Unschuld garantiert, wüsste ich nicht, warum ich daran zweifeln sollte. Nun, es wäre ein Leichtes für mich, die Anklage fallenzulassen und den Haftbefehl aufzuheben, wenn ich das Amt des Ersten Bürgermeisters innehätte.«

Die derzeitigen Bürgermeister, de Lezica und Sáenz, waren Marionetten in Álzagas Händen. Ein Wort des Basken, und die Akte wäre verschwunden oder unter einem Vorwand geschlossen worden. Aber Álzaga wollte Erster Bürgermeister werden und verlangte Blackravens Unterstützung. Des einen Wunsch konnte des anderen Vorteil sein, dachte Blackraven. Schon länger überlegte er, dass die Unabhängigkeit mit Liniers als Vizekönig und Álzaga im Rathaus nur noch eine Frage der Zeit wäre, da er beide in der Hand hatte.

»Wollt Ihr mir damit sagen, dass Ihr im kommenden Jahr gerne das Amt des Ersten Bürgermeisters übernehmen wollt?«

»Ja, Exzellenz.«

»Interessant. Ich wünsche Euch viel Glück bei der Wahl, Don Martín. Ich werde mit einigen Ratsmitgliedern sprechen, mit denen ich befreundet bin, und meine wohlwollende Meinung über Eure Person zum Ausdruck bringen.«

»Danke, Exzellenz. Sobald ich im Amt bin, werde ich mich um den Fall Maguire kümmern.«

»Habt Ihr schon darüber nachgedacht, wer Eurer Rechtsberater sein soll?«

»Nein, noch nicht«, sagte Álzaga überrascht.

»Erlaubt mir, Euch Doktor Covarrubias zu empfehlen«, sagte Blackraven. »Er kümmert sich um meine Rechtsangelegenheiten, und das sehr tüchtig und zuverlässig, muss ich sagen. Wenn Ihr Euch entschließen könntet, ihn mit diesem Amt zu betrauen, ginge sein Honorar auf meine Kosten. Es wäre mein Beitrag zur gedeihlichen Entwicklung der Stadt.«

»Das ist ein sehr großzügiger Vorschlag, Exzellenz. Ich werde in den nächsten Tagen mit Doktor Covarrubias sprechen und ihm den Vorschlag unterbreiten.«

»Gut.«

Nachdem Álzaga gegangen war, rief Blackraven Adriano Távora in sein Arbeitszimmer.

»Du musst dich auf eine längere Reise begeben. Dein Schiff ist das schnellste, und ich brauche dich dringend, um so schnell wie möglich einige Dinge für mich zu erledigen.« Távora nickte. »Zuerst reist du nach Madrid und überbringst meinem Onkel einen weiteren Wechsel von mir sowie einen Brief, den ich dir gleich mitgeben werde. Dann reist du weiter nach Cádiz.«

»Wo ich die Schulden aufkaufen soll, die dieser Álzaga bei einem dortigen Handelshaus hat, stimmt's? Ustáriz oder so ähnlich.«

»Ustáriz, ja. Stimmt, ich habe dich vor einiger Zeit darum gebeten, aber ich habe es mir anders überlegt. Ich will ihn nicht zu sehr in die Enge treiben. Zahm und gefügig ist er mir lieber. Ich habe ihn schon in der Hand, ich brauche diese Schuldverpflichtung nicht. Du sollst nach Cádiz reisen, weil ich möchte, dass du bei Ustáriz und einem weiteren Handelshaus mit gutem Ruf ein Konto eröffnest. Du wirst meinen Onkel König Karl bitten, Godoy oder einen anderen Minister anzuweisen, dir ein Empfehlungsschreiben auszustellen, damit man dir gute Konditionen einräumt. Das Gleiche machst du auch bei Handelshäusern in Venedig, Colombo und Makassar. Dort ist mein Name bestens bekannt, es dürfte also ausreichen, wenn ich dir ein Empfehlungsschreiben ausstelle.«

»Willst du jetzt in den Handel einsteigen?«

»Du weißt ja, ich bin ein rastloser Mensch«, entgegnete Blackraven scherzend. »Tatsache ist, dass ich seit neuestem der alleinige Lieferant von Álzaga bin, dem größten Händler im Vizekönigtum. Ich habe ihn mit einem guten Sortiment und hochwertiger Ware überzeugt. Mir ist daran gelegen, ihn unter Kontrolle zu haben, weil er zu den einflussreichen Männern gehört, die meine Unabhängigkeitspläne durchkreuzen könnten.«

Die Tür ging auf, und Blackraven schluckte eine Verwünschung herunter, die ihm auf der Zunge lag, als er sah, dass es sich um seine Mutter handelte und dass sie sehr aufgeregt war.

»Soeben war ein Sklave von Doña Rafaela hier und hat eine Nachricht überbracht. Bei Isaura haben die Wehen eingesetzt, und es scheint Komplikationen zu geben.«

Blackravens Gesichtszüge entgleisten. Totenblass blieb er stumm in seinem Lehnstuhl sitzen und sah seine Mutter an wie ein verlorenes Kind.

»Komm, Alejandro, ich begleite dich zu den del Pinos.«

»Nein, nein.« Erst jetzt schien er zu reagieren. »Ich nehme mein Pferd. Lass die Kutsche anspannen und fahr zu Doktor O'Gorman. Ovidio weiß, wo er wohnt. Wenn er nicht zu Hause ist, fahrt zur Ärztekammer.«

Im Haus der Vizekönigin wurden Blackravens Ängste noch größer. Es herrschte eine angespannte Atmosphäre; die Familienmitglieder hatten sich im Musiksalon versammelt und unterhielten sich mit gedämpften Stimmen, als säßen sie bei einer Totenwache, während die Dienstboten schweigend und mit ernsten Gesichtern vorbeieilten. Doña Rafaela kam heraus, um ihn zu begrüßen.

»Gut, dass Ihr da seid, Exzellenz!«

»Wo ist Isaura? Bringt mich zu ihr!«

»Nein, nein, nicht jetzt. Lasst sie in Ruhe. Im Augenblick braucht Melody nur ihre Hebamme und Trinaghanta, sonst niemanden. Sie würde nicht wollen, dass Ihr sie so seht.«

»Doña Rafaela, es ist mir völlig egal, was Isaura möchte. Ich gehe jetzt zu ihr.«

»Seid nicht töricht und hört auf mich. Habt Ihr einen Arzt gerufen?«

»Ja, er ist unterwegs. Wie geht es ihr? Sagt mir die Wahrheit! Der Bote sagte, es gebe Komplikationen.«

»Die Ärmste ist zusammengebrochen, nachdem Eure Frau bei ihr war.«

»Meine Frau?«

»Ja, Eure Frau, die Gräfin.«

»Victoria war bei Isaura?«

»Ich hätte nicht zugelassen, dass es zu dieser Begegnung kommt, aber ich hatte mich gerade hingelegt, als die Frau Gräfin eintraf und nach Melody fragte.«

»Victoria war bei ihr?«, fragte er noch einmal ungläubig.

»Sie haben heftig gestritten, erzählten mir die Sklavinnen, und Melody regte sich maßlos auf. Dann setzten die Wehen ein. Ihr hoher Blutdruck macht mir Sorge. Ah, da kommt Eure Frau Mutter!«

Isabella erschien, gefolgt von O'Gorman und Michela. Blackraven fasste den Arzt grußlos beim Arm und führte ihn beiseite.

»Wenn Ihr zwischen Mutter und Kind entscheiden müsst, dann rettet die Mutter. Habe ich mich deutlich ausgedrückt?«

»Ja, Exzellenz.«

Doña Rafaela brachte O'Gorman in den oberen Stock, Isabella, Michela und Blackraven folgten.

»Michela und ich bleiben bei ihr«, kündigte Isabella an.

»Ich auch.«

»Nein, Alejandro, du nicht.«

Bevor sich die Tür wieder schloss, erhaschte Blackraven einen kurzen Blick auf eine Szene, die ihn entsetzt und starr vor Schreck zurückließ. Isaura lag inmitten von blutgetränkten Laken und krümmte und wandte sich. Der Anblick des Blutes, sonst ein wohlvertrautes Bild, das wie die Waffen und der Feind zum Enterkampf gehörte, war in diesem Moment unerträglich für ihn. Er hörte sie schreien, als würde sie bei lebendigem Leibe gehäutet, und jammern, dass sie keine Kraft mehr habe. Er hatte Kraft im Überfluss, doch in diesem Augenblick nützte sie ihm nichts. Er stützte sich auf die Brüstung der Galerie und lehnte den Kopf an eine Säule.

»Kommt, Exzellenz, wir gehen nach unten«, sagte Doña Rafaela. »Ein Schluck wird Euch gut tun.«

Im Salon traf er Malagrida, Távora, Somar und Amy an.

»Was machst du denn für ein Gesicht? Du bist ja ganz blass. Was ist los?«

»Ich weiß es nicht, Amy, ich weiß es nicht. Man sagt mir nichts. Und sie schreit wie von Sinnen. Sie sagt, sie habe keine Kraft mehr.«

»Das sagen alle«, versicherte Doña Rafaela und bedeutete ihm, in einem Sessel Platz zu nehmen.

Eine Sklavin erschien mit zwei Karaffen Wein und stellte sie auf einen Tisch. Távora schenkte ein Glas ein und reichte es Blackraven.

»Sie hat geschrien, als ob sie gefoltert würde.«

»Schon in der Bibel heißt es: Unter Schmerzen sollst du Kinder gebären«, bemerkte Malagrida.

Blackraven konnte sich nicht erinnern, jemals solche Angst ausgestanden zu haben. Er hatte keine Ruhe, setzte sich hin, stand wieder auf, wanderte durchs Zimmer, trank einen Schluck. Dann ging er in den Patio bis zum Fuß der Treppe und sah zur Galerie hinauf, um dann ins Haus zurückzuflüchten, wenn er Melodys Schreie hörte. Er, der den Kampf Mann gegen Mann liebte, der unzählige Schiffe geentert und sich mächtigen Gegnern gestellt hatte, floh wie ein Feigling vor den Schmerzensschreien seiner Frau. Er trat erneut in den einsamen Patio hinaus. Dort lehnte er sich an den Brunnen und atmete mit geschlossenen Augen die kühle, feuchte Luft ein. Wassertröpfchen benetzten sein Gesicht. Als die Stimmen in dem Zimmer lauter wurden, gefolgt von einem unmenschlichen Schrei, sank er zu Boden, zog die Knie an und barg den Kopf zwischen den Armen, um nichts mehr zu hören. Ihm war übel. Seit Jahren war ihm nicht mehr übel gewesen, das letzte Mal auf Ciro Bandors Schiff, als er in einem schwankenden Hellgatt wieder zu sich kam, nachdem er im Hafen von Bridgetown, wo er mit Amy unterwegs gewesen war, einen Schlag auf den Kopf erhalten hatte. Er hob den Kopf und blickte auf. Ein Geräusch kam aus dem ersten Stock, es war das Weinen eines Babys. Er stand auf und ging nach oben. Auf der Galerie blieb er zögernd vor der Tür stehen. Als diese sich plötzlich öffnete, wich er erschrocken zurück.

»Alejandro!«, rief Isabella und legte ihre Arme um seinen Hals. »Es ist ein Junge! Ein strammer, kerngesunder Junge! Oh, mein Liebling, du hast so ein schönes Kind!« Als sie Blackravens Gesicht sah und merkte, dass er nicht sprechen konnte, erklärte Isabella: »Es geht ihr gut, sehr gut. Erschöpft, aber gut. Schau nicht so erschreckt.«

»Und das Blut?«, flüsterte er.

»Ein kleiner Riss, den O'Gorman Gott sei Dank gleich unter Kontrolle hatte.«

»Ich will sie sehen.«

»Noch nicht. Lass sie uns erst waschen und zurechtmachen. Geh nach unten und sag den anderen Bescheid.«

Als Melody ihre Augen öffnete, sah sie ihn auf der Bettkante sitzen. Etwas weiter weg saß Isabella mit dem Kind auf dem Arm und daneben Michela. Sie sah erneut zu Blackraven und war überrascht, als sie die Tränen in seinen Augen bemerkte. Sie lächelte, als sie feststellte, dass seine Lippen bebten. Sie hob die Hand und legte sie sanft auf seinen Mund. Blackraven beugte sich zu Melody hinunter und barg sein Gesicht an ihrem Hals. Dann spürte sie seine heißen Tränen auf der Haut.

»Ich hatte solche Angst«, hörte sie ihn flüstern.

»Pst, sei still. Es war doch gar nicht so schlimm. Ich kann mich schon nicht mehr daran erinnern.«

»Ich möchte nicht, dass wir noch mehr Kinder bekommen. Das, was ich gerade mitgemacht habe, möchte ich nicht noch einmal erleben. Ich habe immer noch deine Schreie im Ohr.«

»Das Schreien hat mir geholfen zu pressen. Und ich musste ordentlich pressen, weißt du. Dein Sohn ist riesig. Hast du ihn schon gesehen?« Blackraven richtete sich auf und schüttelte den Kopf. »Isabella, bitte gib uns das Kind.«

»Nein, nein!«, wehrte Blackraven ab, als seine Mutter es ihm reichen wollte. »Ich weiß nicht, wie man es hält.«

»Komm schon, Roger«, ermunterte ihn Melody, »er ist dein Sohn, ich möchte, dass du ihn nimmst.«

Isabella gab ihm einige Anweisungen, und Blackraven nahm das Kind. Er hatte noch nie ein so kleines Wesen in den Armen gehalten, nicht einmal Víctor. Er fühlte sich unbeholfen und unbehaglich. Anders als er erwartet hatte, war sein Sohn wach und versuchte seine großen Augen zu öffnen, obwohl diese noch ganz geschwollen waren. Er betrachtete den Kleinen hingerissen, studierte seine winzigen Gesichtszüge, und während er ruhiger wurde und Zutrauen fasste, wurde er von einem tiefen, bewegenden Gefühl erfüllt, ähnlich dem, das er für Isaura empfand, und doch anders. Es überwältigte und verwirrte ihn, wie ihn seine Liebe zu Isaura zuweilen verwirrte, weil sie ihn einerseits stark machte und andererseits so schwach. Dann dachte er, dass dieses Kind zu ihm gehörte, Fleisch von seinem und Isauras Fleisch. Es war das Wertvollste und Heiligste, was er besaß.

Melody, die Blackraven aufmerksam beobachtete, strich ihm sanft über die Stirn, um ihn aus seinen Gedanken zu reißen. Sie wusste, was die Liebe mit ihm anstellte, dass sie ihn manchmal verwirrte und ängstigte. Blackraven blickte auf und sah Melodys Lächeln; dann bewunderte er erneut das Gesichtchen seines Sohnes und sagte sich, dass er der glücklichste Mensch auf der Welt war. Er reichte Melody das Kind, die es in ihre Armbeuge auf das Bett legte.

»Weißt du was, Alejandro?«, sagte Isabella. »Deinen Sohn auf dem Arm zu halten, ist, als hätte ich dich wieder als Baby auf dem Arm, so ähnlich sieht er dir. Er ist dir wie aus dem Gesicht geschnitten.«

»*Ma i sui occhi avranno un colore diverso*«, bemerkte Michela.

»Was hat sie gesagt?«, fragte Melody.

»Dass seine Augen eine andere Farbe haben«, übersetzte Blackraven.

Melody beobachtete gerührt, mit welcher Zärtlichkeit Blackraven die alte Frau ansah und dann lächelte.

Melodys und Blackravens Blicke trafen sich.

»Wisst ihr, was heute für ein Tag ist?«, sagte Isabella plötzlich. »Heute ist der 14. November! Mein Enkel ist ein Skorpion, wie seine Großmutter und sein Vater. Du wirst ein ungestümer Mann werden, mein Kleiner! Habt ihr schon entschieden, wie er heißen soll?«

»Vor einiger Zeit«, sagte Melody, »erzählte mir Somar, dass es bei den Guermeaux Tradition ist, dem Erstgeborenen den Namen des Großvaters zu geben. Da ich das für eine schöne Tradition halte, werden wir ihr folgen. Wir nennen unseren Sohn nach seinem Großvater väterlicherseits und seinem Großvater mütterlicherseits: Alexander Fidelis Blackraven.«

Blackraven kehrte erst spät in das Haus in der Calle San José zurück. Es war ihm schwergefallen, sich von Melody und seinem Sohn zu trennen. Er war diese ganze Situation langsam leid. Als die beiden schließlich einschliefen, verließ er das Haus der del Pinos. Er hatte noch etwas zu klären.

Victoria schlief noch nicht, durch den Spalt unter ihrer Schlafzimmertür drang Licht. Er ging hinein, ohne anzuklopfen, und fand sie lesend in einem Sessel vor. Sein unverhofftes Eindringen erschreckte sie, und sie sah ihn ängstlich an. Als die Vizekönigin ihm von Victorias Besuch erzählte, hatte Blackraven Lust gehabt, seine Hände um ihren Hals zu legen und sie zu erwürgen. Doch die Erschöpfung, die Erleichterung und das Glück über die Geburt von Alexander Fidelis hatten seinen Zorn ein wenig besänftigt.

»Was zum Teufel hast du dir dabei gedacht, Isaura zu behelligen?«

»Es war unvernünftig, ich weiß«, gab sie zu, aber ohne jedes Bedauern.

»Du hast die Geburt ausgelöst, du verdammte Närrin. Es gab Komplikationen. Sie hätte sterben können, Victoria!«

Victoria wusste von Isabella, dass Melody eine Blutung gehabt hatte, die O'Gorman nur mit Mühe stillen konnte, und dass das Kind falsch lag und nur das Geschick der Hebamme verhindert hatte, dass es sich mit der Nabelschnur strangulierte.

»Ich dachte, wir hätten vor Tagen alles zwischen uns geklärt. Was hast du zu ihr gesagt? Welche Lügen hast du ihr aufgetischt?«, fuhr Blackraven sie weiter an.

»Hat sie dir nichts erzählt?«

»Sie hat nicht einmal erwähnt, dass du sie aufgesucht hast! Ich weiß es von Doña Rafaela. Was zum Teufel hast du ihr gesagt?«

»Dass du und ich wieder wie Mann und Frau zusammenlebten.«

»Verflucht noch mal, Victoria!« Er stürzte sich auf sie und packte sie grob an den Schultern.

»Alejandro!« Die Stimme seiner Mutter ließ ihn innehalten. »Lass sie. Auch sie leidet. Deine Zurückweisung tut ihr weh.«

»Ihretwegen hätte Isaura sterben können! Ich weiß es, auch wenn ihr es mir nicht sagen wollt. Ich weiß, dass ihr Leben in Gefahr war, und das alles wegen dieser …«

»Alejandro!«

Mit einem Ausdruck der Verachtung stieß Blackraven Victoria in den Sessel zurück und schlug die Hände vors Gesicht.

»Sobald Adriano mit dem Beladen der *Wings* fertig ist, wirst du mit ihm nach London zurückkehren.«

»Nein, bitte nicht!« Victoria sprang auf. »Bitte trenne mich nicht von dir.«

»Geh weg! Fass mich nicht an! Ich sagte, du kehrst nach London zurück und reist dann weiter nach Cornwall. Dort wartest du, bis ich zurück bin und mich um die Beendigung unserer Ehe kümmern kann.«

»Alejandro«, gab Isabella zu bedenken, »Victoria kann nicht reisen. Doktor Fabre hat gesagt, ihre Gesundheit sei noch nicht vollständig wieder hergestellt …«

»Es interessiert mich einen Dreck, was Fabre sagt!«

Nachdem er wieder zu Atem gekommen war und sich ein wenig gefasst hatte, sagte er mit tonloser Stimme: »Du wirst mit der *Wings* abreisen, Victoria. Das ist alles.«

# Kapitel 24

Melody hatte sich nicht vorstellen können, dass sich durch die Geburt ihres Sohnes ihr ganzes Leben und sogar sie selbst verändern würden. Die Nachwehen hatten einige Tage angehalten, der Wochenfluss hörte nicht auf, und sie schlief nachts nicht gut. Sie hatte das Gefühl, dass Alexander schon wieder schrie, kaum dass sie ihn das letzte Mal gestillt hatte. Aber sie konnte sich nicht erinnern, jemals ein solches Glück empfunden zu haben. Sie bewahrte die Erinnerung an viele glückliche Momente in ihrem Leben, insbesondere aus ihrer Zeit mit Roger; der Unterschied war dieses Gefühl der Erfüllung, das Alexanders Geburt in ihr auslöste. Ihre Zweifel und Bedenken waren verflogen. Sie wusste mit absoluter Gewissheit, dass sie lebte, um dieses Kind zu lieben und zu beschützen. Sie war übervorsichtig geworden; eifersüchtig wachte sie über das Kind und wollte nicht, dass ein anderer es anfasste. Sie vertraute lediglich Trinaghanta, die noch fürsorglicher und vorsichtiger war als sie selbst, und nur Blackraven durfte den Jungen jederzeit auf den Arm nehmen, küssen und herzen. Sie genoss es zu sehen, wie verzaubert er von Alexander war. Sie konnte es kaum erwarten, diesen Glanz in seinen Augen zu sehen, wenn sie ihm das Kind hinhielt, und wenn sie hörte, wie er mit dem Kleinen sprach, war sie so ruhig und entspannt wie selten in diesen Tagen.

Blackraven bemerkte die Veränderungen an Melody. Einige davon gefielen ihm, insbesondere, dass sie so liebevoll über das Wohlergehen seines Sohnes wachte. Er wusste, dass weder Doña Rafaela noch sonst jemand den Kleinen baden oder aus der Wiege nehmen durfte. Sie ließ nicht einmal zu, dass die Sklavinnen seine Kleider und seine Windeln wuschen, da sie befürchtete, das Baby könne Ausschlag bekommen, wenn die Wäsche nicht richtig ausgespült wurde. Melody ließ sogar bei Marull eine französische Seife kaufen, um die Wäsche zu waschen und das Baby zu baden. Angeblich verwendete auch Kaiserin Josephine diese Seife, um ihre Haut straff und frisch zu halten, und sie kostete ein Vermögen. Es war das erste Mal, dass Isaura nicht auf die Ausgaben achtete und verschwenderisch war, dachte Blackraven lächelnd.

Ihn hatte es nicht überrascht, dass Melody Alexander selbst stillte. Anders die Vizekönigin, die nicht verstand, warum sie keine Amme nehmen wollte.

»Sie schläft die ganze Nacht nicht, um das Kind zu stillen«, klagte Doña Rafaela. »Und Alexander ist immer hungrig, Exzellenz. Irgendwann ist sie nur noch Haut und Knochen.«

Blackraven sah zu Melody hinüber, die Víctor, Angelita und Estevanico gerade das Kind zeigte, und dachte, dass es stimmte. Isaura bekam allmählich ihre Figur von Anfang des Jahres zurück. Ehrlich gesagt sah sie noch appetitlicher aus, denn während die Taille wieder schlanker wurde, blieben die Rundungen an Hüften und Hintern, die er während ihrer Schwangerschaft so reizvoll gefunden hatte, und ihre Brüste wirkten größer. Er hatte schon so lange nicht einmal einen Blick darauf erhascht, denn während ihm die vierzigtägige Enthaltsamkeit während des Wochenbetts schwerfiel, fühlte sich Melody sehr wohl und schien seinen Annäherungsversuchen sogar auszuweichen.

Eines Nachmittags, als sie alleine im Zimmer waren – Doña Rafaela war ausgegangen –, merkte Blackraven, wie sein Verlangen immer stärker wurde, je länger seine Augen über Melodys Körper wanderten. Sie lag mit ihrem Sohn im Bett und war so in seine Betrachtung vertieft, dass sie die begehrlichen Blicke gar nicht bemerkte, die ihr galten. Sie sah erst auf, als die Matratze unter Blackravens Gewicht nachgab.

Es traf Blackraven, dass Melody erschrak und ihn von sich wegschob. Mit einem leisen Fluch auf den Lippen stand er wieder auf, und die Schuldgefühle und die Fassungslosigkeit wandelten sich in Zorn.

»Verdammt, Isaura! Ich werde verrückt vor Verlangen! In drei Tagen, am 24. Dezember, um genau zu sein, sind die vierzig Tage seit der Geburt meines Sohnes um, und ich gedenke, meine Rechte wahrzunehmen. Und wag es nicht zu sagen, dass ich keine Rechte habe, weil ich nicht dein Mann bin!«

»Du bist ein Tyrann. Es interessiert dich überhaupt nicht, was ich dazu zu sagen habe.«

»Begehrst du mich denn nicht nach dieser langen Zeit?«

»Im Augenblick, nein. Mein Körper und meine Gedanken sind ganz bei meinem Sohn.«

»Und ich bin dir völlig gleichgültig, ja?«

»Wie schnell du vergisst, was du am Tag von Alexanders Geburt zu mir sagtest! Du sagtest, dass du keine weiteren Kinder mehr wolltest.«

Melody bereute ihre Worte sofort. Sie stand auf und ging zu ihm, um ihn um Verzeihung zu bitten, doch er schob ihre Hand weg und verließ das Haus der Vizekönigin.

Zu dem Frust über Melodys Zurückweisung kam die Sorge wegen einiger sich komplizierender Angelegenheiten. Victorias Abreise nach London verzögerte sich, nachdem Távora ihm mitgeteilt hatte, dass die *Wings* vor dem Auslaufen instand gesetzt werden müsse. Nachdem sie jahrelang auf dem Meer unterwegs gewesen war, ohne überholt zu werden, sah sie nicht nur heruntergekommen aus – die Farbe war abgeblättert und der Schiffsrumpf war mit Algen und Muscheln überzogen –, es begann auch Wasser einzudringen.

»Wenn du mich und deine unerwünschte Ehefrau loswerden willst«, scherzte Távora, »dann zwing mich, unter diesen Umständen auszulaufen.«

Blackraven gab also seine Einwilligung, die *Wings* zu einem Küstenstreifen weiter südlich zu bringen, noch jenseits der Bahía de Samborombón, wo es endlose Strände gab, an denen man die Korvette auf den Sand ziehen konnte, um sie zu überholen, zu reinigen, die Lecks auszubessern, durch die das Wasser eindrang, und ihr einen neuen Anstrich zu verpassen. Damit die Arbeiten so wenig Zeit wie möglich in Anspruch nahmen, ordnete Blackraven an, dass die Besatzungen der *Sonzogno* und der *Afrodita,* der von Amy Bodrugan befehligten Brigantine, bei den Reparaturarbeiten helfen sollten. Dennoch standen nur wenige Seeleute zur Verfügung, denn viele von ihnen befanden sich in der Stadt, um das Haus in der Calle San José und das Anwesen der alten Vizekönigin zu bewachen.

Auch die Sache mit den Engländern war nicht einfach. Am 4. Dezember tauchte die *Sampson* unter dem Kommando von Admiral Stirling vor der Küste des Ostufers auf. Sie brachte an die viertausend Mann Verstärkung aus London mit sowie Instruktionen des neuen Premierministers William Wyndham Grenville, Popham abzulösen und nach England zurückzuschicken. Nach einem Wortwechsel zwischen den beiden Seeleuten ließ Stirling Pophams Flagge einholen, die am Mast der *Diadem* flatterte, und seine eigene setzen. Dann schrieb der Admiral unverzüglich an Sobremonte und bat diesen, anders als Popham in höflichem Ton, den Gefangenenaustausch in die Wege zu leiten. Der Vizekönig antwortete darauf ebenso zuvorkommend, dass er sich dazu nicht der Lage sehe; zudem seien die englischen Gefangenen ins Landesinnere gebracht worden. Blackraven ging davon aus, dass Stirling, nachdem sein Auftrag erledigt war, nach Kapstadt weitersegeln würde, um General Baird abzulösen. Diese Vermutung zerschlug sich, als seine Informanten ihm mitteilten, dass Stirling gemeinsam mit Backhouses Truppen in Maldonado auf weitere Verstärkung warten würde, um die Gegend zu erobern.

Aber diesmal, so vermutete Blackraven, würden sie zuerst

Montevideo einnehmen. Sie würden nicht zweimal denselben Fehler machen.

Seit drei Tagen hatte sich Blackraven nicht mehr im Haus der Vizekönigin blicken lassen. Melodys Unruhe wurde immer größer, während die Stunden verstrichen, ohne dass der Türklopfer einen neuen Besucher ankündigte. Sie wollte gerade einen Brief an Blackraven schreiben, um ihn um Verzeihung zu bitten, als die Sklavin Fabiana ihr mitteilte, dass Besuch aus dem Haus in der Calle San José da sei.

»Señor Blackraven?«

»Nein, Señorita, der ist nicht mitgekommen.«

Niedergeschlagen ging sie nach unten. Es waren Amy, Miora und die Kinder.

»Und Roger?«, fragte sie Amy.

»Er ist nach Luján gereist, um seinen Freund William Beresford zu besuchen.«

»Ach so. Weißt du, wann er zurückkommt?« Es war demütigend für sie, zu fragen, doch ihr Wunsch, etwas zu erfahren, war größer als ihr Stolz.

»Er sagte, er werde Weihnachten mit ihm verbringen. Ist etwas zwischen euch vorgefallen? Er ist mit einer üblen Laune nach Luján abgereist.«

»Wir haben gestritten.«

»Aha. Da bin ich ja froh, dass ich ihm nichts von Servando und Elisea erzählt habe. So, wie er gelaunt war, hätte er uns alle einen Kopf kürzer gemacht.«

»Was sollen wir nur mit den beiden machen, Amy?«

»Ihnen helfen natürlich.«

Nach einer Weile fiel Melody auf, dass Miora bedrückt wirkte. Sie hatte kein Wort gesagt und schaute ungewöhnlich finster drein. Selbst Rafaels Gebrabbel, das alle entzückte, konnte ihre Miene nicht aufhellen. Melody bat sie, mit auf ihr Zimmer zu kommen, um ihr den Stoff für Alexanders Taufkleidchen zu zeigen. Als sie allein waren, fragte Melody: »Was ist los mit dir? Warum machst du so ein Gesicht?«

»Ach, Miss Melody, ich weiß nicht, was ich tun soll!«

»Wieso?«

»Ob ich es Euch erzählen oder lieber schweigen soll. Somar hat mir gesagt, ich soll es Euch verschweigen.«

»Was verschweigen? Nichts wirst du verschweigen. Du sagst mir jetzt, was los ist. Roger und Victoria leben wieder zusammen, ja?« Miora schüttelte den Kopf. »Worum geht es dann?«

»Um Joana, meine Freundin aus Brasilien.«

»Wer ist Joana?«

»Vor einiger Zeit hat Joana gehört, wie ich mich mit Estevanico in unserer Sprache unterhielt, und sprach mich an, ob wir Freundinnen werden könnten. Sie erzählte mir, dass sie sich in Buenos Aires sehr einsam fühle, weil sie kein Wort Spanisch spreche, und ich sagte, ja, wir könnten Freundinnen werden. Sie ist ein wirklich nettes Mädchen, Miss Melody, und sie tut mir so leid, weil ihre Herrin sie schlecht behandelt. Sie schlägt sie blutig.«

»Wer ist denn Joanas Herrin?«

»Baronin de Ibar.«

»Dieses Weibsstück. Trotzdem begreife ich nicht, was Joana mit dem zu tun hat, was du mir nicht erzählen willst.«

»Joana hat mir vor ein paar Tagen etwas gesagt, das mich sehr getroffen hat. Ich weiß nicht, ob ich es Euch erzählen soll.«

»Jetzt hör schon damit auf, Miora. Du erzählst es mir jetzt, auch wenn Somar es dir verboten hat. Los, sprich.«

»Joana sagt, dass die Baronin damals in Rio de Janeiro oft in Herrn Rogers Zimmer verschwunden ist. In der Nacht«, fügte sie hinzu.

Melody setzte sich aufs Bett und schlug die Hände vors Gesicht. Sie hatte es vermutet, zum Teil wegen der Gerüchte, aber auch wegen dieses Blicks, den Roger und Ágata am Abend des

Festes hier in diesem Zimmer gewechselt hatten. Sie durfte nicht argwöhnisch sein! Roger hatte ihr geschworen, dass zwischen ihm und dieser liederlichen Person nichts gewesen war. Sie durfte nicht zweifeln!

»Hol Estevanico her. Sofort.«

Nach einigen Minuten kehrte Miora mit dem Jungen zurück.

»Komm her, mein Kleiner«, sagte Melody und streckte ihm die Hand entgegen. »Sag mal, erinnerst du dich noch, wie du mir einmal erzähltest, du hättest in diesem herrlichen Hotelzimmer in Rio de Janeiro geschlafen?«

»Ja, Miss Melody. Der Herr Roger und ich haben auch dort gefrühstückt. Ich habe noch nie ein so leckeres Frühstück gegessen.«

»Wie schön, mein Kleiner! Ich freue mich so für dich. Sag mal, weiß du noch, ob jemand den Herrn Roger in seinem Zimmer besucht hat?«

Der Junge blickte zur Decke und legte nachdenklich den Zeigefinger auf die Lippen.

»Ja, es waren einige Personen in unserem Zimmer.«

»Wer?«

»Kapitän Malagrida und Kapitän Távora.«

»Aha. Auch eine Frau?«

»Ja, seine Cousine, Señorita Marie. Sie war sehr gut zu mir.«

»Ja, Señorita Marie ist ein guter Mensch. Aber ich habe nach einer anderen Frau gefragt. Die Baronin de Ibar vielleicht?«

»Ach, ja! Die ist ein paar Mal da gewesen.«

Ihr Magen drehte sich um, und ihre Lippen fühlten sich eisig an.

»Weißt du, worüber sie gesprochen haben?«

»Nein, Miss Melody. Ich habe immer geschlafen. Sie ist nämlich nachts gekommen.«

Miora brachte den Jungen hinaus, und Melody begann zu weinen. Schreckliche Bilder gingen ihr durch den Kopf: Roger und Ágata nackt in einem Sog aus Wollust und Leidenschaft, wildem

Sex, anzüglichen Worten, unvergesslichen Orgasmen. Sie weinte vor Wut, vor Eifersucht, vor Kummer. Sie ballte die Fäuste, als wollte sie den Hals der Baronin umklammern. Sie hasste sie. Sie war sicher, dass sie ihr die Augen auskratzen würde, wenn sie ihr erneut begegnete.

»Verflucht sollst du sein, Roger Blackraven!«

Dieser Schmerz, der in ihrer Seele brannte, würde nur nachlassen, wenn sie sich rächte. Sie hatte Menschen nie verstehen können, die nach Rache dürsteten, bis zu diesem Moment. Nun wurde ihr klar, dass sie sie nicht so hart hätte verurteilen sollen. Wenn Doktor Constanzó sie das nächste Mal besuchte, würde sie ihn empfangen. Doña Rafaela hatte sie gebeten, die Zuneigung, die der Arzt ihr entgegenbringe, nicht leichtfertig abzutun; es komme nicht häufig vor, dass sich ein Mann für eine Frau interessiere, deren Ruf zerstört sei und die ein Kind von einem anderen habe.

Am 18. Dezember hatte Blackraven einen Brief von Beresford erhalten, in dem dieser ihm nicht nur den Tod eines seiner Offiziere, des Artilleriekommandanten James Ogilvie, mitteilte, sondern ihn auch darum bat, nach Luján zu kommen und ihm »Orangen mitzubringen« – das Losungswort, dass der Engländer aus der Gefangenschaft fliehen wollte. Nach dem Streit mit Melody ging Blackraven in das Haus in der Calle San José, packte ein paar Kleidungsstücke in die Satteltaschen und machte sich auf den Weg.

Er blieb einige Tage bei Beresford und den übrigen englischen Offizieren, die wegen des Todes ihres Kameraden Ogilvie in düsterer Stimmung waren.

Ogilvies Tod hatte den Ausschlag gegeben, dass Beresford sich zur Flucht entschloss. In diesen Tagen erhielten sie auch Besuch von Rodríguez Peña, Beresfords Bruder in der Freimaurerloge *Southern Cross*, der den englischen Soldaten für die Sache der Unabhängigkeit gewinnen wollte und keine Gelegenheit versäumte, auf das Thema zu sprechen zu kommen und große Reden zu schwingen. In Anbetracht der Streitmacht, die sich am Río de la Plata formierte – man rechnete mit über zehntausend englischen Soldaten – und nach dem Ausfall Pueyrredóns, der Anfang November nach Spanien abgereist war, kam auch Blackraven zu dem Schluss, dass eine Allianz mit den Engländern den Prozess beschleunigen würde.

»Was meinst du, Roger?«, fragte Beresford. »Würdest du uns deine Unterstützung gewähren, wenn wir uns entschlössen, für die Unabhängigkeit von Río de la Plata zu kämpfen?«

»Du kennst meine Haltung, William. Ja, das würde ich.«

»Stimmt. Du hast mich oft gedrängt, mich für die Unabhängigkeit von Buenos Aires einzusetzen.« Beresford schwieg und dachte ernstlich über die Sache nach, bevor er schließlich sagte: »Einverstanden. Ich werde eure Sache unterstützen.«

»So ist es recht, General!«, rief Rodríguez Peña begeistert.

»Aber ich muss von hier fliehen, um Stirling und Backhouse die neue Lage zu übermitteln. Ich weiß nicht, welche Instruktionen sie haben und ob sie meine Überzeugung teilen, aber ich versichere Euch, dass ich alles tun werde, was in meiner Macht steht. Sagt, auf wen können wir in Buenos Aires zählen?«

»Liniers«, antwortete Blackraven. Angesichts der Überzeugung, mit der er das sagte, sahen seine Gesprächspartner ihn erstaunt an.

»Und vielleicht Álzaga«, ergänzte Rodríguez Peña.

»Nein, nicht Álzaga.«

»Seine Unterstützung wäre durchaus von Interesse. Er ist ein einflussreicher Mann.«

»Zählt nicht auf Álzaga«, wiederholte Blackraven.

Als Roger Beresford am 27. Dezember zum Abschied die Hand schüttelte, versicherte er ihm, Instruktionen zu schicken, sobald er gemeinsam mit Rodríguez Peña die Flucht geplant habe.

»Danke, mein Freund«, sagte Beresford, während sie sich auf

den Rücken klopften. »Und vergiss bei deinen Planungen nicht, dass mein Freund Dennis Pack mit mir kommen wird.«

Blackraven traf am nächsten Tag müde in der Calle San José ein. Er nahm ein Bad und machte sich frisch, und während er darauf wartete, dass Ovidio ihm ein neues Pferd sattelte – Black Jack war erschöpft –, trank er, an den Küchentisch gelehnt, eine Tasse starken Kaffees und verschlang ein paar Kekse. Unterdessen berichtete ihm Siloé, was es Neues von den Bewohnern des Hauses gab: Die Frau Gräfin sei sehr unpässlich gewesen, so dass seine Frau Mutter mehrmals Doktor Fabre habe rufen lassen. Señora Simonetta komme täglich vorbei, um sie zu besuchen, und Señorita Amy habe gegen den Willen von Señora Isabella den kleinen Víctor zu ihrem Schiff mitgenommen.

»Und was ist mit deiner Herrin?«

Wie alle Sklaven wusste auch Siloé, dass Roger Blackraven nur eine meinte, wenn er von »der Herrin« sprach.

»Nichts Neues, Herr Roger. Señorita Amy und Miora besuchen sie oft. Sie sagen, es gehe ihr gut, aber sie sehe übernächtigt aus und sei dünn geworden. Ihr Frau Mutter war einmal bei ihr, an Weihnachten, und hat eine Menge Geschenke für den kleinen Alexander migenommen. Wann kann ich den kleinen Herrn einmal sehen, Herr Roger?«

»Warst du noch nicht dort?«

»Nein, Herr, wie denn? Ich habe den ganzen Tag alle Hände voll zu tun.«

»Morgen nimmst du dir frei und gehst zu Doña Rafaela.«

»Danke, Herr Roger! Alle sagen, er sei Ihr lebendes Ebenbild. Ich kann es kaum erwarten, ihn endlich zu sehen.«

»Ich habe Euch den Schecken gesattelt, Herr Roger«, rief Ovidio aus dem Patio.

Blackraven stürzte den letzten Schluck Kaffee hinunter und verabschiedete sich von der Sklavin. Dann stieg er vor den Stallungen aufs Pferd und ritt eilig zum Haus der alten Vizekönigin.

Seine Wut war längst verraucht, und in diesem Moment sehnte er sich nur danach, mit Melody zusammenzusein. Wenn er sie heute Nacht nicht endlich lieben durfte, würde er morgen mit Fieber darniederliegen, da war er sich sicher.

Das bestürzte, überraschte Gesicht der Sklavin, die ihm die Tür öffnete, gefiel ihm gar nicht. Sie gingen durch den Eingangspatio, doch als er hinter ihr das Haus betreten wollte, bat ihn das Mädchen, im Vestibül zu warten. Sie wolle nachsehen, ob Miss Melody ihn empfangen könne. Er überhörte ihre Bitte und ging weiter. Er sah, wie die Sklavin durch den Patio davonhuschte, und betrat den Musiksalon. Da es ein heißer Tag war, waren die Fensterläden geschlossen, und das Zimmer lag in einem angenehmen Dämmerlicht. Als sich seine Augen an das Halbdunkel gewöhnt hatten, sah er sie. Melody und Constanzó saßen eng nebeneinander auf dem Sofa am anderen Ende des Raumes und unterhielten sich angeregt. Ungläubig blickte er sich um und stellte fest, dass niemand sonst bei ihnen war.

Constanzó und Melody sprangen auf, als sie Blackraven mit großen Schritten auf sich zukommen sahen. Melody hob abwehrend die Hand.

»Roger, warte!« Sie wusste, dass er nicht auf sie hören würde. Blackraven stürzte auf sie zu wie eine Naturgewalt.

»Roger, bitte urteile nicht vorschnell!«

Ohne ein Wort rammte Blackraven Constanzó die Faust in den Magen, und dieser ging stöhnend zu Boden. Melody klammerte sich an Roger, doch er schüttelte sie ab. In der Zwischenzeit hatte sich der Arzt aufgerappelt und stellte sich dem Gegner. Das Musikzimmer wurde zum Kampfring der beiden Männer. Sklaven und Herrschaften kamen herbeigelaufen und flehten Blackraven an, mit den Schlägen aufzuhören, die auf den neuerlich am Boden liegenden Constanzó niederprasselten.

»Du wirst noch lernen, dich von meiner Frau fernzuhalten, du armseliger Quacksalber! Kaum habe ich mich umgedreht, da schleichst du um sie herum wie ein hungriger Wolf. Hurensohn!«

»Exzellenz!«, war Doña Rafaelas Stimme zu vernehmen. »Lasst sofort von ihm ab, ich befehle es Euch!«

»Hört auf, Herr Roger, sonst versiegt Miss Melody die Milch!«

Trinaghantas Bitte wirkte auf Blackraven wie ein kalter Guss, und er ließ von Constanzó ab. Er stand auf und trat wütend zurück, den Blick auf seinen Widersacher gerichtet, der sich stöhnend am Boden wand. Auf ein Zeichen von Doña Rafaela halfen ihm einige Sklaven auf.

Blackraven sah Melody bleich und stumm in einer Ecke stehen und war mit zwei Schritten bei ihr. Er packte sie am Handgelenk und zerrte sie hinter sich her.

»Los, komm! Ich bin diese Farce leid. Du kommst mit mir!«

»Nein, Exzellenz!«, ließ sich Doña Rafaela vernehmen. »Sie steht unter meinem Schutz …«

»Oh ja, unter Eurem Schutz!«, tobte Blackraven. »Und unter Eurem Schutz macht ihr dieser dahergelaufene Trottel seine Aufwartung und wirbt um ihre Gunst. Sie gehört mir, sie ist die Mutter meines Sohnes. Ich habe Euch in gutem Glauben meine Frau anvertraut, Doña Rafaela, und Ihr stoßt mir ein Messer in den Rücken. Ich hätte niemals mit einem solchen Verrat gerechnet.«

»Ich habe es für Melodys Seelenheil getan! Ihr führt sie in ein Leben in Sünde.«

»Um das Seelenheil meiner Frau kümmere ich mich, Señora. Und es interessiert mich einen Dreck, was Ihr, die Priester und der Papst höchstpersönlich dazu sagen.«

Doña Rafaela stieß einen leisen Schrei aus und bekreuzigte sich. Blackraven merkte, dass Melody versuchte, sich seinem Griff zu entwinden.

»Du besitzt die Unverschämtheit, Doña Rafaela des Verrats zu bezichtigen«, brach es aus ihr heraus. »Dabei bist du der einzige Verräter hier!«

»Wovon redest du, Isaura?«

Melody sah in die erwartungsvollen Gesichter der Sklaven und Doña Rafaelas Töchter. Dann blickte sie zu Doktor Constanzó, der sich das Blut von der Nase wischte, und zog es vor, zu schweigen. Sie schämte sich dafür, den Salon einer vornehmen Dame in ein Tollhaus verwandelt zu haben.

»Lass mich los! Ich komme nicht mit!«

»Natürlich kommst du mit. Das steht gar nicht zur Debatte.«

»Ich fordere Euch auf, lasst sie los, Blackraven!«, ließ sich Constanzó vernehmen.

»Nein!«, flehte Melody und klammerte sich an Roger, der Anstalten machte, sich erneut auf den Arzt zu stürzen.

»Ich fordere Satisfaktion für diesen Affront!«, schrie Constanzó und warf seinen Handschuh auf den Boden.

»Wann immer Ihr wollt«, erklärte Blackraven.

Dann bückte er sich und warf Melody über seine Schulter.

»Lass mich runter! Du bist ein Tyrann! Ein Tier!«

»Trinaghanta!«, rief Blackraven. »Lass Ovidio kommen und bring die Sachen deiner Herrin und des Kindes nach El Retiro.«

Die Sklaven und Familienmitglieder liefen hinter ihnen her zur Tür, wo sie zusahen, wie Blackraven Melody aufs Pferd hob und sich dann mit erstaunlicher Behändigkeit in den Sattel schwang. Er brüllte einen Befehl, und der Schecke preschte die Straße hinunter.

»Wenn du versuchst, zu fliehen«, drohte er Melody, »verpasse ich dir eine Tracht Prügel, die du nie vergessen wirst.«

Sie ritten durch das Bajo-Viertel. In der Nähe der Socorro-Kirche zog Blackraven die Zügel an, und das Pferd verfiel in eine ruhigere Gangart. Melody verharrte in ihrem Schweigen, und obwohl sie unbequem saß, wagte sie es nicht, sich zu bewegen oder zu protestieren. Blackraven merkte, wie verkrampft sie war, und zog sie ganz nah an sich. Das sanfte Schaukeln des Pferdes und die Stille in dieser Gegend machten sie müde, und noch bevor sie den Wassergraben von Matorras überquert hatten, war sie an Blackravens Brust eingeschlafen. Erst das Läuten der Turmglocke von El Retiro, das den Sklaven sagte, dass es Zeit zum Mittagessen war, weckte sie. Blackraven lächelte, als Melody rasch von ihm abrückte, und sprang aus dem Sattel.

»Warte im Musikzimmer auf mich«, befahl er ihr und half ihr beim Absteigen. »Ich bringe nur rasch das Pferd in den Stall und bin in einigen Minuten bei dir.«

Sie klopfte an das Eingangsportal. Doña Robustiana entfuhr ein Schrei, als sie Miss Melody vor der Tür stehen sah. Sie trug eine blütenweiße Schürze und hatte das Haar im Nacken zu einem strengen Knoten zusammengefasst. Robustiana führte sie in den Salon.

»Werdet Ihr über Nacht bleiben? Soll ich das Schlafzimmer richten lassen?«

»Ja, Robustiana«, war Blackravens Stimme von der Tür zu vernehmen. »Lass unser Schlafzimmer herrichten. Gehen wir in mein Arbeitszimmer«, sagte er dann zu Melody, und diese folgte ihm. »Tritt ein.«

Melody trat an die Fenster, die auf die Galerie hinausgingen, und öffnete die Läden, weniger, um Licht hereinzulassen, sondern, um Blackraven den Rücken zu kehren.

»Isaura, lass das. Komm her.« Melody gehorchte. »Ich finde, du bist mir eine Erklärung schuldig. Was zum Teufel hatte dieser Quacksalber in Doña Rafaelas Haus zu suchen? Hat er um dich geworben? Weshalb wart ihr allein? Und im Dunkeln! Antworte, verdammt noch mal!« Er packte sie bei den Schultern und schüttelte sie.

»Lass mich los! Du denkst, dass du mit roher Gewalt deine Fehler überspielen kannst. Du bist ein Grobian!«

»Also gut!« Er ließ von ihr ab. »Aber gib mir bitte eine plausible Erklärung für das, was ich in Doña Rafaelas Haus gesehen habe. Meine Geduld ist bald zu Ende.«

»Deine Geduld ist bald zu Ende? Und meine? Meine ist zu Ende. Ja, Doktor Constanzó wirbt um mich, er will mich heiraten. Er ist ein herzensguter …«

Blackraven packte sie erneut bei den Schultern und drückte mit aller Kraft zu. Seine verzerrte Miene spiegelte seine Wut und seine Empörung wider. Melody wimmerte.

»Was sagst du da? Dieser Kerl wirbt um dich? Und das sagst du mir einfach so ins Gesicht? Was hat er mit dir gemacht? Hat er dich geküsst? Ich könnte dich erwürgen!« Er nahm grob ihr Gesicht zwischen seine Hände und presste ihre Wangen zusammen, bis es aussah, als wollte sie ihn küssen. »Begreifst du nicht, dass ich der Einzige bin, der ein Anrecht auf dich hat? Ich habe dir einmal geschworen, dass ich jeden umbringe, der es auch nur wagt, dich zu begehren. Nimm mein Wort nicht auf die leichte Schulter, Isaura!«

»Du tust mir weh!«

»Ich bringe diesen Mistkerl um!« Er ließ sie los und stützte sich auf den Schreibtisch, überwältigt von seinen Gefühlen. »Wie konntest du mich nur so hintergehen?«

»Ich habe mir nichts vorzuwerfen! Du hingegen … Du …«

»Was ist mit mir? Ich habe dich nie betrogen. Nicht einmal in Gedanken!«

»Du lügst! Was hast du mir über dein Verhältnis mit der Baronin de Ibar zu sagen, in Rio de Janeiro und vielleicht auch hier?«

»Wovon redest du?«

»Joana, die Sklavin der Baronin, hat es Miora erzählt, und Estevanico hat es mir bestätigt. Er sagt, die Baronin sei auf deinem Hotelzimmer gewesen. In der Nacht! Und ich habe bemerkt, wie ihr euch angesehen habt, als ihr euch in meinem Zimmer bei Doña Rafaela begegnet seid.«

Sie brach in Tränen aus, obwohl sie sich fest vorgenommen hatte, nicht zu weinen, um sich nicht zu demütigen.

»Ja, es stimmt, dass sie in meinem Hotelzimmer war. Mehrmals! Sie ist einfach zu mir gekommen, ich wusste nicht, wie ich sie mir vom Hals schaffen sollte.«

»Erwartest du, dass ich dir das glaube?«

»Natürlich erwarte ich das! Ich bin dein Mann, und ich liebe dich. Ich würde dich niemals betrügen!«

»Ich kann dir nicht glauben, Roger. Ich kann dir nicht mehr vertrauen.«

»Das hast du schon einmal gesagt, als Thomas mich beschuldigte, ein Verräter zu sein, und du hast dich geirrt.«

Melodys Weinen wurde heftiger. Ihre Verwirrung machte ihr Angst.

»Ich würde dir so gerne glauben.«

Blackraven hatte sich wieder zu ihr umgedreht, jedoch ohne sie zu berühren.

»Warum fällt es dir leichter, den anderen zu glauben, als deinem eigenen Mann?«

»Joana, die Sklavin der Baronin, sah sie in dein Zimmer gehen, und auch Estevanico hat sie gesehen.«

»Ich sagte dir doch, sie ist ein schamloses Weibsstück, wie du selbst gemerkt haben wirst. Sie hat sich auf mein Zimmer geschlichen und sich mir angeboten wie eine Hafenhure. Niemals, Isaura, nicht ein einziges Mal ist etwas zwischen uns gewesen. Ich habe sie genauso angewidert hinausgeworfen wie am Abend des Fests in Doña Rafaelas Haus. Begreifst du denn nicht, dass sie ihre Sklavin absichtlich zu Miora geschickt hat, damit diese ihr von den Besuchen der Baronin in meinem Zimmer erzählte, weil sie wusste, dass du früher oder später davon erfahren würdest? Sie hat es getan, um sich an mir zu rächen, weil ich nicht auf ihre Avancen eingegangen bin. Sie hat es aus Eifersucht und Neid getan, um mir zu schaden. Du bist zu edel und zu gut, um zu glauben, dass es so schlechte Menschen auf dieser Welt gibt.«

»Du warst wütend auf mich in Rio de Janeiro. Du hättest aus Wut mit ihr ins Bett gehen können.«

»Aber ich habe es nicht getan. Und ja, ich war wütend auf dich, aber ich liebte dich so wahnsinnig, und die Erinnerung an dich ließ mich nicht los. Ich hatte kein Verlangen nach nichts und niemandem. Ich habe nur daran gedacht, in deine Arme zurückzukehren.« Er nahm Melodys Miniaturporträt aus seiner Tasche, von dem er sich nie trennte. »Weißt du, was ich gerade tat, als die Baronin zum ersten Mal an meine Tür klopfte? Ich betrachtete wie jeden Abend dein Bild und fragte mich, was du wohl gerade tun würdest, und ich hoffte, du würdest sicher und behütet in unserem Bett liegen, um von mir zu träumen.«

Melody schlug die Hände vors Gesicht und begann erneut zu weinen. Blackraven schlang seine Arme um sie und flüsterte ihr ins Ohr: »Hör mir gut zu, Isaura. Niemand sollte mir vertrauen, außer dir. Bei dir zeige ich mich, wie ich bin, entblößt und unverstellt. Deshalb hast du solche Macht über mich. Du hast es in der Hand, mich zu vernichten, weil ich wehrlos zu dir komme. Vertrau mir, Liebste«, flehte er sie an. »Hab Vertrauen, Isaura. Du raubst mir die Kraft, wenn du mir nicht vertraust, wenn du mich nicht so liebst, wie ich dich liebe.«

»Ich glaubte wirklich, du hättest mich mit dieser Frau betrogen. Es kam alles zusammen, damit ich es glauben musste.«

»Ich gebe dir jetzt einen Schwur, doch ich werde ihn nie mehr wiederholen. Wenn du mir noch einmal misstraust, ist alles aus zwischen uns, ganz gleich, wie widrig die Umstände sein mögen und wie wahrscheinlich dir meine Schuld erscheinen mag.« Sie sahen sich tief in die Augen. Melody hielt ängstlich, bewegt und erwartungsvoll den Atem an. »Isaura, ich schwöre dir beim Leben …«

Melody legte ihre Hand auf Blackravens Mund, um ihn zum Schweigen zu bringen.

»Sprich diesen Schwur nicht aus. Ich brauche ihn nicht. Ich glaube dir, Liebster, ich glaube dir wirklich. Ich weiß, dass du nicht lügst, und ich verspreche dir, nie wieder an dir zu zweifeln.«

»Oh, Isaura!« Er drückte sie heftig an sich, überwältigt von einer Erleichterung, die sich mit Glück und Leidenschaft mischte. »Aber ich bin immer noch wütend auf dich, weißt du das?« Melody bemerkte an seiner rauen Stimme, wie aufgewühlt er war. »Wie konntest du zulassen, dass dieser Dummkopf von Constanzó glaubte, er könne dich bekommen? Dich, meine Frau!«

»Ich wollte mich an dir rächen. Ich war so furchtbar wütend. Jetzt tut es mir leid, dass ich Doktor Constanzó benutzt habe, um dich eifersüchtig zu machen.«

»Hast du zugelassen, dass er dich berührt? Oder gar küsst?«

»Nein! Wie kannst du so etwas denken!«

»Ich werde ihn umbringen, allein weil er die Dreistigkeit besessen hat, sein Augenmerk auf dich zu richten.«

»Nein! Versprich mir, dass du dieses unsinnige Duell sein lässt.«

»Er hat es vorgeschlagen, und ich werde keinen Rückzieher machen. Für wen hältst du mich? Er begehrt dich und will dich mir wegnehmen, und ich soll ihm das Leben schenken?«

»Mein Gott! Du wirst ihn töten, wenn es zum Duell kommt.«

»Würde es dir etwas ausmachen?«, fragte er hitzig und nahm ihr Gesicht in seine Hände.

»Natürlich! Ich möchte nicht, dass meinetwegen Blut fließt.«

»Was zum Teufel hast du dir dabei gedacht, als du ihm Hoffnung machtest, du könntest ihn erhören? Dachtest du, er könne dir die Lust verschaffen, die ich dir verschaffe?«

»Nein, nein! Daran habe ich niemals gedacht!«

Blackraven stürzte sich mit der gleichen Verwirrung auf ihre Lippen, die ihn erfasst hatte, als er sie mit Constanzó im Salon entdeckt hatte. Ohne sich von ihr zu lösen, zog er sie auf das Ledersofa und begann sie zu entkleiden.

Sie hatte Blackraven so oft geliebt, doch diesmal war alles anders, und sie hatte das Gefühl, von ihrer Lust davongetragen zu werden. Als sie wieder zu sich kam, begegnete sie seinem erwartungsvollen Blick.

»Lass uns in unser Schlafzimmer gehen«, schlug er vor. »Wir haben viel nachzuholen.«

Sie zogen sich ins Schlafzimmer zurück, um sich bis zur Erschöpfung zu lieben. Melody konnte sich nicht erinnern, jemals so tief und fest geschlafen zu haben. Sie erwachte mit frischen Kräften, und als sie den Kopf wandte, bemerkte sie lächelnd, dass Blackraven sie betrachtete, den Kopf in die Hand gestützt.

»Sag mir, dass du mich mehr liebst als alles andere auf der Welt«, verlangte er.

»Ich liebe dich mehr als alles andere auf der Welt.«

»Sag mir, dass du noch nie jemanden so geliebt hast wie mich.«

»Ich habe noch nie jemanden so geliebt wie dich.«

»Sag mir, dass dich kein Mann so glücklich macht wie ich.«

»Keiner. Nie.«

»Sag mir, dass du ohne mich nicht sein kannst.«

»Ich kann ohne dich nicht sein.«

»Verlange von mir, was immer du willst.«

»Ich will nur dich. Für immer.«

»Du besitzt mich bereits. Ich liege dir zu Füßen. Für immer.«

Ein Klopfen an der Tür unterbrach ihren Kuss. Dann hörten sie ein Baby wimmern.

»Ah, mein kleiner Liebling ist da! Gott sei Dank. Ich muss ihn stillen, meine Brüste schmerzen schon. Liebling, bitte sag Trinaghanta, sie soll einen Krug mit kaltem Wasser bringen. Wenn ich stille, bekomme ich immer solchen Durst.«

In ein Bettlaken gehüllt, öffnete Blackraven die Tür, nahm das Kind entgegen und gab der Singhalesin einige Anweisungen, bevor er sie wieder wegschickte. Melody setzte sich im Bett auf, um Roger und Alexander zu betrachten. Er hielt den Kleinen ungeschickt und unsicher und sah ihn mit gerunzelter Stirn zweifelnd an, während das Kind, außer sich vor Hunger, die Fäustchen ballte und mit Armen und Beinen strampelte.

»Ja, ja, mein kleiner Schatz«, sagte Melody, als sie ihn entgegennahm, »ich weiß, du hast Hunger.«

Blackraven setzte sich zu ihr und sah zum ersten Mal zu, wie sie ihr Kind stillte. Er lächelte gerührt über Alexanders erfolglose Bemühungen, die Brustwarze zu fassen zu bekommen. Melody schob sie in das Mündchen ihres Sohnes, der leise seufzte und dann gierig und geräuschvoll zu saugen begann.

Melody und Alexander kehrten nicht in das Haus der alten Vizekönigin zurück, sondern richteten sich in El Retiro ein. Einige Tage später kamen auch Miora und der kleine Rafaelito samt der Sklavin, die ihn stillte, Amy, Víctor, Angelita, Estevanico und die Lehrer Perla und Jaime, um dort zu bleiben. Es herrschte wieder die gelöste, fröhliche Stimmung von Anfang des Jahres, und obgleich einige aus jener freundschaftlichen Runde fehlten, so kamen andere hinzu, die der Harmonie keinen Abbruch taten.

Melodys einzige Sorge, Blackravens Duell mit Doktor Constanzó, würde erst aufhören, wenn die Sache ausgestanden war. Sie war äußerst beunruhigt, genau wie Señorita Ingracia, die ihr einen Brief schrieb, in dem sie sie anflehte, das Herz ihres Gatten zu erweichen. Melody konnte nichts in diesem Sinne unternehmen; Blackraven hatte ihr befohlen, die Sache zu vergessen und sich nicht einzumischen. Sie erfuhr durch Miora von den Einzelheiten, die sie wiederum von Somar erfahren hatte. Blackravens Sekundanten, Malagrida und Távora, hatten sich mit den Sekundanten von Doktor Constanzó getroffen, um die Bedingungen festzulegen. Das Duell sollte im Morgengrauen des 5. Januar auf einem freien Feld unweit der Stierkampfarena von Retiro stattfinden; es würde mit dem Degen gekämpft werden, bis das erste Blut floss. Obwohl der letzte Punkt sie beruhigte, hatte Melody doch Angst, dass dieses erste Blut auch eine tödliche Verletzung bedeuten könne. In der Nacht vor dem Treffen fand sie keinen Schlaf und vertrieb sich die Zeit damit, den Rosenkranz zu beten. Blackraven schlief wie ein Stein und wachte nicht einmal auf, als Alexander nach der Brust verlangte. Um halb sechs stellte Melody sich schlafend, während sie zuhörte, wie er sich anzog. Er beugte sich über sie, küsste sie auf die Stirn und ging. Um acht kam er gut gelaunt und hungrig mit Malagrida, Távora und Somar zurück. Miora, die wusste, welche Ängste ihre Herrin ausstand, kam nach oben, um ihr Bericht zu erstatten.

»Somar sagt, er hat die Sekunden gezählt, bis der Herr Roger den armen Doktor Constanzó entwaffnet hatte. Sechzehn! Sechzehn Sekunden, Miss Melody! Er hat ihm mit der Spitze seines Degens einen oberflächlichen Kratzer am Unterarm zugefügt, und das war's.«

»Gott sei Dank«, flüsterte Melody.

Erleichtert sank sie ins Kissen und schlief erschöpft ein. Blackravens Küsse weckten sie. Er hatte bereits ein Bad genommen, war frisch rasiert und duftete nach Moschus.

»Liebling, ich weiß bereits, das alles gutgegangen ist. Miora hat es mir erzählt.«

»›Alles gutgegangen‹ bedeutet für dich, dass sich dieser schwachbrüstige Quacksalber weiterhin guter Gesundheit erfreut?«

»Ich habe ihn benutzt, um dich eifersüchtig zu machen, Roger. Ich wollte nicht, dass Doktor Constanzó durch meine Dummheit tödlich verwundet wird. Die Schuld hätte mir keine Ruhe gelassen.«

»Ich weiß. Deshalb habe ich dafür gesorgt, dass alles schnell vorbei ist und keine Toten zu beklagen sind. Denn nur du bedeutest mir etwas. Ich will nur, dass du ruhig sein kannst.«

An jenem 5. Januar 1807, dem Tag des Duells, trafen weitere Truppen aus dem englischen Falmouth in Maldonado ein, wo sie zu den Truppen von Backhouse und Stirling stießen. Sie wurden von General Sir Samuel Auchmuty befehligt, der Weisung hatte, mit Beresford zusammenzuarbeiten, um die Stadt zu halten oder sie erneut zu erobern, sollte sie verloren sein.

Auchmuty übernahm sofort das Kommando. Aufgrund des schlechten Zustands von Backhouses Truppe entschied er, diese mit Ausnahme einer kleinen Garnison, die auf der Insel Gorriti zurückblieb, nach Hause zu schicken. Zusammen mit Stirlings Kräften erreichte Auchmutys Armee eine Stärke von fünftausendfünfhundert Mann, die bereitstanden, um Montevideo zu erobern.

Mit dieser Verstärkung trafen nicht nur Soldaten zur Vorbereitung der Militärinvasion ein, sondern auch an die siebzig Handelsschiffe, die, angelockt von der Nachricht der Eroberung Buenos Aires' durch Beresford, mit vollen Laderäumen vor der Küste lagen und nun keine Möglichkeit hatten, sie zu verkaufen. Blackraven war in Sorge wegen der englischen Truppenstärke, doch die Ankunft dieses Schiffskonvois bedeutete einen Glücksfall für ihn, denn so kam er zu Schleuderpreisen an eine Vielzahl ausländischer Ware von hervorragender Qualität, mit der er Álzaga beliefern konnte, bis Távora die *Wings* seeklar gemacht hatte und nach Cádiz und in andere Häfen segeln konnte, um neue Lieferanten zu finden. Es war kein leichtes Unternehmen; O'Maley fuhr auf einem Kutter an die Schiffe heran und fragte um Erlaubnis, an Bord kommen und seine Geschäfte machen zu dürfen. Dann wurde bei Nacht entladen, da die Ware als Schmuggelgut nach Buenos Aires kam. In der Höhle auf El Retiro stapelten sich Säcke und Kisten. Blackraven sah sich gezwungen, Zollpapiere und andere Unterlagen zu fälschen, um dem Verkauf an Álzaga einen Anstrich von Legalität zu geben, denn die Gerichtsbarkeit von Buenos Aires hatte jedem, der bei den soeben eingetroffenen englischen Händlern Importware kaufte, harte Strafen und sogar den Galgen angedroht. Blackraven dachte ironisch, dass die Stoffe und Stiefel, mit denen er Liniers Armee belieferte, aus feindlichen Laderäumen stammten.

Für ihn waren diese ersten Tage des Jahres 1807 eine sehr bewegte Zeit. Zum einen war er damit beschäftigt, Beresfords Flucht in die Wege zu leiten und diesem Gelegenheit zu verschaffen, Kontakt mit General Auchmuty aufzunehmen, um ihn davon zu überzeugen, die Unabhängigkeit dieser spanischen Kolonien zu sichern. Zum anderen zog er hinter den Kulissen die Fäden bei den Wahlen zum Stadtrat, die am 24. Januar 1807 vom Königlichen Gericht anerkannt wurden. Die neuen Stadtoberen waren Don Martín de Álzaga als Erster Bürgermeister, Don Esteban Villanueva als Zweiter Bürgermeister und der wiedergewählte Prokurator Don Benito de Iglesias. Einige Tage später berief Álzaga Doktor Covarrubias zu seinem Rechtsberater, übergab ihm die Akte über den Sklavenaufstand und wies ihn an, den Haftbefehl gegen Thomas Maguire aus Mangel an Beweisen aufzuheben. Den Rest des Tages hatte der Baske schlechte Laune und verfluchte Blackraven, obwohl er wusste, dass er ohne den Einfluss des Engländers niemals Erster Bürgermeister geworden wäre. Alles in allem, so sagte er sich, war die Sache gut verlaufen, und der Preis, den er dafür bezahlen musste – die Aufhebung des Haftbefehls gegen diesen Nichtsnutz Thomas Maguire –, war nicht besonders hoch, wenn man bedachte, dass sich nicht nur seine geschäftliche Situation stabilisiert hatte und allmählich wieder in normalen Bahnen verlief, sondern dass er außerdem das Vertrauen des – wenn auch illegitimen – Vetters König Karls IV. gewonnen hatte, ein entscheidender Schritt zu seiner angestrebten Ernennung zum Vizekönig von Río de la Plata. ›Blackraven ist ein Schwachkopf, wenn er glaubt, mich unter seiner Fuchtel zu haben‹, dachte er einige Tage später, als er die Aufhebung von Maguires Haftbefehl unterzeichnete.

Roger kümmerte sich weiterhin um seine Anwesen und Unternehmen, nicht zu vergessen *Bella Esmeralda,* dessen Verwalter ständig mit irgendwelchen Problemen oder Geldforderungen an ihn herantrat. Er überlegte oft, dass er diesem Schwachkopf bald einmal einen Besuch abstatten sollte, denn er vermutete, dass dieser einen Großteil der Geldsendungen in die eigene Tasche steckte.

Zudem musste er sich mit der Eheschließung seines Mündels Marcelina mit Don Diogo – er hatte kürzlich für die beiden einen Antrag auf kirchlichen Dispens wegen ihrer Blutsverwandtschaft gestellt – und den Heiratsabsichten von Leutnant Lane und María Virtudes beschäftigen. Allmählich gab es keine Veranlassung mehr für den Engländer, noch länger in Buenos Aires zu bleiben, anstatt das Schicksal der übrigen englischen Offiziere zu teilen und die Gefangenschaft im Hinterland des Vizekönigtums anzutreten. Man musste schnell handeln und ihm helfen, gemeinsam mit Beresford zu fliehen, doch der Mann weigerte sich, ohne María Virtudes zu gehen. Blackraven wiederum würde niemals einer Ehe seines Mündels mit einem Mann zustimmen, den er nicht kannte und über dessen Leumund auch Beresford keine Angaben machen konnte, da er ihn im Mai des vorangegangenen Jahres zum ersten Mal auf der Insel St. Helena gesehen hatte. »*Ich kann mich nicht über ihn beklagen*«, hatte Beresford ihm geschrieben. »*Er hat stets ehrenhaft seine Pflicht erfüllt, doch über seine Vergangenheit und seine gesellschaftliche Stellung vermag ich nichts zu sagen.*« Es konnte sich um einen Wolf im Schafspelz handeln, einen Glücksritter, denn María Virtudes' Mitgift war durchaus verlockend. Weder Melodys Fürsprache noch die Tränen des Mädchens konnten Blackravens Entschluss ändern: Leutnant Lane würde zusammen mit seinem Oberen, Brigadegeneral Beresford, fliehen und nach England reisen, wo er auf Nachrichten von Blackraven warten sollte. Um eine Flucht der Verliebten zu verhindern, entschied Blackraven, dass Señorita Leo mit ihren drei Nichten nach El Retiro ziehen sollte.

»Weine nicht«, munterte Melody María Virtudes bei ihrer

Ankunft auf. »Señor Blackraven ist damit einverstanden, dass ihr euch vor der Abreise deines Leutnants verlobt, damit ihr euch wenigstens schreiben könnt.«

»Wenn Lane wieder in England ist«, schniefte María Virtudes, »wird er sich in eine Engländerin verlieben und mich vergessen.«

»So schlecht denkst du über ihn?« Das Mädchen schüttelte nachdrücklich den Kopf. »Dann vertrau auf seine Liebe und füge dich. Señor Blackraven hat mir gesagt, dass wir bald nach England reisen werden, und du wirst mit uns kommen.«

»Wirklich, Miss Melody?« Melody nickte. »Oh, diese Nachricht macht mich so glücklich!«

Servando ließ den Kopf hängen und begann lautlos zu weinen, als Melody ihm seine Freilassungspapiere überreichte. Er musste an Pangú denken, den afrikanischen Menschenhändler, der ihn zu diesem Leben in Sklaverei verdammt hatte. Doch dann verblasste das Bild immer mehr, bis es nicht länger zu erkennen war und stattdessen Eliseas durchscheinende, ebenmäßige Gesichtszüge an seine Stelle traten.

»Das habe ich nicht verdient, Miss Melody«, sagte er und gab ihr die Papiere zurück. »Ich verdiene es nicht. Ich bin ein Verräter, genau wie Sabas. Ich habe Euren Bruder Thomas verraten und ihn beinahe das Leben gekostet.«

»Ich habe dir vergeben, weshalb kannst du dir nicht auch vergeben?«

»Ich bin Eurer und Eliseas unwürdig.«

»Du bist nicht unwürdig, sondern zu stolz, Babá. Ja, du hast einen Fehler begangen. Es gibt keine Rechtfertigung für das, was du getan hast, aber es ist nun einmal geschehen. Du bist ein Mensch, und wie jeder Mensch bist du unvollkommen und machst Fehler. Akzeptiere das und lebe weiter.«

»Es hätte Euren Bruder Thomas das Leben kosten können.«

»Auch Thomas hat Fehler gemacht, er ist kein Heiliger. Aber

er hat einen Weg gefunden, sich loszusagen und etwas aus seinem Leben zu machen. Genau das solltest du auch tun.«

»Ich weiß nicht, was ich tun soll«, gab er zu.

»Señorita Amy behauptet, sie kenne eine wunderschöne Insel namens Haiti, wo es keine Sklaverei gibt und man in gegenseitiger Achtung und Freiheit lebt. Sie hält die Insel für einen guten Ort für einen Neuanfang. Amy selbst würde euch auf ihrem Schiff hinbringen.«

»Und der Herr Roger?«

»Es wäre von Vorteil, wenn ihr seine Unterstützung hättet. Mit seinem Beistand wäre alles leichter.«

»Er wird niemals zulassen, dass sein Mündel einen Neger heiratet, der einmal sein Sklave war.«

»Wir werden sehen«, sagte Melody lächelnd.

»Ich bin ein Mensch, Miss Melody«, sagte Servando und sah ihr in die Augen, »weil ich Fehler begehe und böse Gedanken habe, wie fast alle Menschen. Aber Ihr? Was seid Ihr? Ihr seid nicht von dieser Welt, oder? In Wirklichkeit seid Ihr ein Engel in Menschengestalt.«

»Ach, mein lieber Babá, wenn du wüsstest, wie zutiefst menschlich ich bin.«

Sie sagte das mit aufrichtigem Schmerz, denn einen Tag zuvor, am 4. Februar, war nicht nur bekannt geworden, dass Auchmuty Montevideo erobert hatte, es war auch die Nachricht eingetroffen, dass Victoria erkrankt war. Melody war in die Pilar-Kirche geeilt, um zu beichten, wie sehr sie sich darüber gefreut hatte.

Dass Montevideo dem englischen General Auchmuty in die Hände gefallen war, hatte auch Auswirkungen auf die politische Lage in Buenos Aires. In einem beispiellosen Beschluss setzte der Stadtrat Vizekönig Sobremonte wegen »Unerfahrenheit in Kriegsdingen und Unfähigkeit als Gouverneur« ab und befahl seine Verhaftung; man gab ihm die Schuld am Verlust Montevideos. Zu diesem Zeitpunkt befand sich der abgesetzte Vizekönig in Posta de Durán in der Nähe von Rosario, wo ihn am 17. Februar ein Beamter des Königlichen Gerichts sowie zwei Ratsherren in Begleitung eines Reitertrupps festnahmen und zum Hospital La Convalecencia in Buenos Aires brachte, das ihm als Gefängnis dienen sollte. Liniers wurde als Oberkommandant der Armee des Vizekönigtums bestätigt, während dem Königlichen Gericht die politische Führung vorbehalten war. Sofort begannen sowohl die Unabhängigkeitsvertreter als auch die Parteigänger Spaniens auf den Posten des Vizekönigs zu spekulieren. Die Kreolen wollten das Amt für Liniers, den sie wegen seiner nachgiebigen Haltung und seines schwachen Charakters ohne größere Probleme im Griff zu haben glaubten, die Anhänger des spanischen Mutterlandes wiederum setzten sich für einen Sieg Álzagas ein.

In der Folge der Einnahme von Montevideo beschlossen der Stadtrat und das Königliche Gericht, Beresford und seine Offiziere nach Catamarca zu bringen. Man vermutete, dass die Gefangenen Kontakt zu den englischen Militärposten am Ostufer unterhielten, und hielt es für unerlässlich, sie weiter wegzubringen, um zu verhindern, dass sie ihre Landsleute bei der Eroberung von Buenos Aires unterstützten. Blackraven, obwohl in Sorge wegen Victorias Erkrankung, sah sich gezwungen, seine Fluchtpläne so schnell wie möglich in die Tat umzusetzen und dabei das Fehlverhalten seines Mitverschwörers Rodríguez Peña auszuwetzen, der gegen seinen Rat Álzaga um Hilfe gebeten hatte und beinahe in die Falle gegangen wäre.

»Señor Álzaga«, erklärte Rodríguez Peña am Abend des 7. Februar in dessen Salon, »Kapitän Liniers ist mit mir einer Meinung, dass wir in Anbetracht des prekären Zustands, in dem sich unsere Armee befindet, den Angriff General Auchmutys unmöglich werden abwehren können.«

»Ja, ganz meiner Meinung«, gab ihm der Händler recht. »Fahrt fort. Ich höre.«

»General Beresford hat sein Interesse bekundet, auf Auchmuty einzuwirken, um unnötiges Blutvergießen zu verhindern.«

»Wollt Ihr damit sagen, wir sollen die Stadt kampflos übergeben, um das Leben einer Handvoll Soldaten zu schonen?«

»Ein Kampf wird nicht nötig sein. Tatsache ist, Don Martín, dass England lediglich unsere Unabhängigkeit möchte.«

»Kann Beresford dafür garantieren?«

»Ja«, antwortete Rodríguez Peña.

»Schriftlich?«

»Da müsste ich ihn fragen.«

»Nun, sobald ich ein Dokument zu sehen bekomme, in dem Beresford schriftlich versichert, dass sein Land die Absicht habe, die Unabhängigkeit dieser Kolonie zu sichern, habt Ihr meine Unterstützung. Wenn dieses Schriftstück vorliegt, treffen wir uns wieder.«

»Einverstanden«, sagte Rodríguez Peña und ging, begleitet von einem Diener, hinaus.

Álzaga schob die Vorhänge des großen Fensters beiseite, hinter denen sich sein Spion Hauptmann Juan de Dios Dozo, der Stadtrat Fernández de Agüero und der Schreiber Cortés verbargen. Er hatte sie als Zeugen einbestellt, um die Anklage wegen Hochverrats zu stützen, die er gegen Rodríguez Peña anstrengen würde, um der Unabhängigkeitspartei einen tödlichen Schlag zu versetzen.

Noch in dieser Nacht stattete der Schreiber Cortés seinem Freund, dem Händler Zorrilla, einen Besuch ab, und erzählte ihm bei einigen Gläschen im Vertrauen von dem Vorgefallenen. Nachdem er Cortés verabschiedet hatte, ging Zorrilla unverzüglich zu dem Haus in der Calle San José und setzte Blackraven über die Ereignisse in Kenntnis. Dieser ließ Somar und Távora kommen, damit sie Rodríguez Peña aufsuchten und in dem Haus in der Calle Santiago versteckten.

»Wenn Ihr Euch auf der Straße zeigt«, warnte Roger ihn am

nächsten Morgen, »oder versucht, in Euer Haus zurückzukehren, wird Álzaga Euch verhaften lassen und womöglich erreichen, dass man Euch als Hochverräter hängt. Euch bleibt keine andere Wahl, Don Saturnino, Ihr müsst zusammen mit Beresford fliehen. Habt Geduld und begeht keine weiteren Dummheiten, in wenigen Tagen werdet Ihr auf dem Weg nach England sein.«

Dann machte er sich auf den Weg zum Fort, wo Liniers die Gemächer des Vizekönigs bewohnte. Der Franzose bat ihn herzlich herein und berichtete, dass er soeben vom Ostufer zurückgekehrt sei.

»Was möchtet Ihr trinken, Exzellenz? Ich habe einen vorzüglichen Cognac.«

»Danke, Kapitän, aber für einen Cognac ist es noch zu früh. Ein Kaffee wäre nett.«

»Ich habe gehört, dass sich die Frau Gräfin nicht bei guter Gesundheit befindet. Ich hoffe, dass sie sich bald wieder erholt.«

»Ja, das hoffe ich auch.«

Sie sprachen über die Belagerung von Montevideo und die Einnahme der Stadt durch die Engländer. Bei dem Angriff hatte es großen Sachschaden und Hunderte von Toten auf beiden Seiten gegeben; wie man hörte, war es zu Ausschreitungen gekommen – Vergewaltigungen, Überfällen und Plünderungen –, bis Auchmuty zwei Leute aus seiner Truppe erschießen ließ und die Ordnung wiederherstellte.

»Es wäre bedauerlich, wenn das auch hier geschähe.«

»Oh ja, das wäre in der Tat bedauerlich«, bestätigte Liniers.

»Aber so wie ich es sehe, sind meine Landsleute fest entschlossen, die Stadt einzunehmen. Ich bezweifle, dass es noch lange dauern wird, bis diese eintreffen.« Blackraven richtete sich in seinem Sessel auf und sagte in vertraulichem Ton: »Kapitän, ich bin zu Euch gekommen, um mit Euch über ein anderes Thema zu sprechen, das in gewisser Weise mit der Gefahr einer englischen

Invasion zu tun hat, die unserer Stadt droht. Wir wissen beide, dass hier großes Unrecht begangen wurde. Ich spreche von den Kapitulationsbedingungen für General Beresford.«

»Eine äußerst unglückliche Angelegenheit«, gab Liniers zu.

»Die derzeitige Situation des Generals ist Unrecht«, betonte Blackraven. »Und mir ist zu Ohren gekommen, dass eine Gruppe nach Luján geschickt wurde, um seine Korrespondenz zu konfiszieren. Es muss entwürdigend für Beresford sein, der ein Ehrenmann ist.«

»Man vermutet, dass er in ständigem Kontakt mit den englischen Truppen in Montevideo steht. Seine Ortskenntnis von Buenos Aires könnte Auchmuty beim Angriff von großem Nutzen sein.«

Blackraven sprach weiter, als hätte Liniers nichts gesagt. »Ich habe zudem erfahren, dass man beschlossen hat, ihn und seine Offiziere nach Catamarca zu bringen.«

»Ja. Wie gesagt, man will ihn so weit wie möglich von Auchmuty fernhalten.«

Blackraven fiel immer wieder auf, dass Liniers nie in der ersten Person sprach, obwohl er zu den Männern gehörte, die die Entscheidungen im Vizekönigtum trafen. Seiner Meinung nach war diese Neigung nicht mit Vorsicht zu begründen, sondern mit Charakterschwäche und mangelndem eigenem Urteilsvermögen. Seine Kooperation zu erkaufen, würde ein Leichtes sein.

»Ich versichere Euch«, sagte Roger, »dass Beresford der Sache des Río de la Plata dienlicher wäre, wenn er sich in Freiheit befände, statt in einem entlegenen Winkel des Vizekönigtums gefangen gehalten zu werden. Ich weiß aus sicherer Quelle, dass er im Falle seiner Freilassung zugesichert hat, mit Auchmuty zu sprechen, um diesen davon zu überzeugen, dass es besser wäre, eine bewaffnete Begegnung zu vermeiden – die, wie wir wissen, blutig wäre – und auf die Unabhängigkeit des Vizekönigtums zu setzen. Letzten Endes wollen die Engländer lediglich neue Märkte erschließen, um ungehindert Handel treiben zu können, und dazu brauchen sie keine militärische Besatzung.«

»Die Unabhängigkeit?«, fragte Liniers verdutzt.

»Ja, die Unabhängigkeit. Ein Prozess, der Euch nur Vorteile bringen würde, denn sollten die Bande zu Spanien gekappt werden, müsste man eine neue Regierung wählen, und der naheliegendste Kandidat, nach dem das Volk verlangen würde, wärt selbstverständlich Ihr. Im Falle, dass die Kolonie weiterhin an Spanien gebunden bliebe, werden Eure Verdienste nicht zählen, Kapitän Liniers. Man wird Euch niemals zum Vizekönig ernennen, aus dem einfachen Grund, weil Ihr kein Spanier seid. Die derzeitigen Umstände sind günstig«, setzte Blackraven nach einer vielsagenden Pause hinzu. »Nach der Absetzung Sobremontes und mit dem Angebot der Engländer, die Sache der Unabhängigkeit zu unterstützen, wärt Ihr der nächste ... sagen wir nicht mehr Vizekönig ... König? Premierminister? Was auch immer, auf meine Unterstützung könnt Ihr zählen.«

»Seid Ihr sicher, dass sich General Beresford bei Auchmuty für uns einsetzen wird?«

»Ich weiß es aus erster Quelle.«

Liniers stützte das Kinn in die Hand und betrachtete den Schreibtisch. Blackraven bat ihn darum, Beresford zur Flucht zu verhelfen. Dieses ganze Unabhängigkeitsgeschwätz war nur ein Ausdruck guten Willens gewesen, denn sie wussten beide, dass Blackraven ihn in der Hand hatte. Liniers hatte nicht vergessen, dass er die jüngste Kreditrate schuldig geblieben war und Blackraven die beiden letzten Rechnungen für die Ausrüstung der Armee gestundet hatte. Wenn er sich weigerte, bei seinem Plan mitzumachen, würde Blackraven Diplomatie und gute Worte beiseitelassen und schmutzige Wäsche waschen. Andererseits wusste Liniers, dass Blackraven nicht auf seine Hilfe angewiesen war, um Beresford zu befreien; natürlich würde das Einverständnis des Oberkommandanten der Armee die Flucht erleichtern, aber was der englische Graf in Wirklichkeit wollte, war seine bedingungslose Teilnahme an dem Vorhaben, seine Komplizenschaft. ›Er will mich drankriegen. Und er hat mich drangekriegt‹, dachte er bei sich.

»General Beresford, den ich als Freund ansehe, obwohl uns das Leben auf unterschiedliche Seiten gestellt hat, besitzt mein vollstes Vertrauen. Wenn er, wie Ihr versichert, seine Vermittlung angeboten hat, wird seine Mitwirkung nur von Vorteil für das Vizekönigtum sein, insbesondere in Anbetracht der Tatsache, dass unsere Armee nicht in bestem Zustand ist. Es hat keinen Sinn, unsere Männer zu opfern, wenn es sich vermeiden lässt«, erklärte er aufrichtig.

»Nun, es eilt mit seiner Befreiung. Er muss unbedingt nach Montevideo, um mit Auchmuty in Verhandlungen zu treten, bevor weitere Verstärkung eintrifft.«

»Wir könnten den Transport nach Catamarca nutzen, um zu handeln«, schlug Liniers vor.

»Ganz Eurer Meinung. Ich dachte, das Beste wäre, wenn Ihr ein Schreiben aufsetzt und darin Anweisung gebt, dem Überbringer die Gefangenen Beresford und Dennis Pack auszuhändigen, da man sie in Buenos Aires in einer Angelegenheit brauche, die von großem Interesse für das Vizekönigtum sei. Unterzeichnet das Schriftstück so, dass man später behaupten kann, die Unterschrift sei gefälscht. Das Wichtigste ist, dass Ihr Papier mit Eurem Briefkopf und Eurem Siegel verwendet. Ihr müsst das Schriftstück eigenhändig aufsetzen, da wir seinen Inhalt keinem Eurer Schreiber anvertrauen können.«

»Wer wird Beresford und Pack abholen?«

»Saturnino Rodríguez Peña und Aniceto Padilla.« Padilla war ein zwielichtiger Kerl, den Beresford aus dem Gefängnis geholt hatte, um ihn in seiner fünfundvierzigtägigen Amtszeit als Gouverneur von Buenos Aires als Spion einzusetzen. »Und die Truppe, die Beresford nach Catamarca eskortiert, muss unbedingt von Hauptmann Manuel Martínez Fontes befehligt werden.«

Liniers brauchte nicht nach dem Grund für diese Anweisung zu fragen; Martínez Fontes war der Schwager von Rodríguez Peña. Mit Sicherheit war er in den Plan eingeweiht und würde den Weg ebnen.

Seit Victoria vor einer Woche krank geworden war, war Blackraven nicht mehr in Retiro gewesen. Doktor Fabres Diagnose hatte ihn erschüttert: die Gräfin von Stoneville litt an den Pocken. Gleichwohl war es nicht abwegig, wenn man bedachte, dass Berenice und Gabina, die beiden Sklavinnen, die in dieser Zeit für ihre Bedienung zuständig gewesen waren und ständig Umgang mit ihr gehabt hatten, ebenfalls erkrankt waren und zwischen Leben und Tod schwebten. Es überraschte auch nicht weiter, dass sich die Mädchen angesteckt hatten, denn Gabina hatte einen Liebhaber im Mondongo-Viertel gehabt. Wie sich herausstellte, unterhielt Berenice ein ebensolches Verhältnis mit einem Freigelassenen aus dem Tambor-Viertel. Blackraven ließ sie in der Sklavenbaracke des Hauses in der Calle San José isolieren und brachte die übrigen Sklaven im Haus unter. Ihre persönlichen Gegenstände wurden verbrannt und die Küche, die Toiletten und Victorias Zimmer, die drei Bereiche des Hauses, in denen Berenice und Gabina sich am häufigsten aufgehalten hatten, mit Essig und Salzsäure gereinigt. Nur Gilberta durfte die beiden versorgen, weil sie die Krankheit bereits als Kind durchgemacht hatte.

Bei Victoria begann es mit Appetitlosigkeit, die sie auf die schlaflosen Nächte zurückführte, in denen sie der Gedanke quälte, dass sie allein und verschmäht nach England zurückkehren würde. Auf die Appetitlosigkeit folgten Fieber, gelegentliches Erbrechen und rasende Kopfschmerzen, die sie daran hinderten, ein Auge zuzutun. Als Fabre einige rote Flecken in der Mundhöhle entdeckte, diagnostizierte er die Pocken.

»Ich mache mir Sorgen, Exzellenz«, gestand der Arzt ein. »Mit der Gesundheit der Frau Gräfin steht es nicht zum Besten. Ich habe Zweifel, ob sie diese Krankheit überstehen wird.«

»Was können wir für sie tun?«, fragte Roger verzweifelt.

»Wenn eine Person erst einmal erkrankt ist, kann man nicht viel machen. Am besten ist es, eine Ansteckung zu vermeiden. Und dafür muss man sich impfen lassen.«

»Ich habe schon von dieser Impfung gehört. Bitte erzählt mir mehr, Doktor.«

»Ich spreche von der Impfung, die Euer Landsmann Edward Jenner erfunden hat. Ein großartiger Beobachter, dieser Jenner! Er hat einen Impfstoff aus den Erregern der Kuhpocken entwickelt, die für den Menschen milde verlaufen.«

»Kann man diesen Impfstoff hier am Río de la Plata erhalten?«

»Gott sei Dank ja. O'Gorman hat ihn vor Jahren eingeführt. Der Priester Saturnino Segurola besitzt den Wirkstoff und impft bei sich zu Hause.«

»Könnt Ihr versichern, dass ein geimpfter Mensch die Krankheit nicht bekommt?«

»Natürlich kann ich das versichern, Exzellenz. Wenn wir uns alle impfen ließen, wären die Pocken bald ausgerottet. Aber viele misstrauen der Impfung.«

»Kann man sie auch bei Kindern anwenden?«

»Ja.«

Blackraven schrieb an Melody, um sie über die Situation zu informieren und ihr mitzuteilen, dass er nicht mehr nach El Retiro kommen werde, solange Victoria krank war und die Inkubationszeit noch nicht vorüber war, die Fabre zufolge bei vierzehn Tagen lag. Er wies sie an, mit Alexander und den übrigen Kindern den Priester Segurola aufzusuchen und sich gegen die Pocken impfen zu lassen. *Ich werde Maßnahmen ergreifen, um all unsere Sklaven impfen zu lassen,* schrieb er und schloss dann: *In nächster Zeit wer-*

*de ich Dir keine weiteren Briefe schreiben, da sie laut Doktor Fabre die Krankheit übertragen können.*

Die Krankheit breitete sich mit erschreckender Geschwindigkeit in Victorias Körper aus und zerfraß ihre Schönheit. Es war unmöglich, unter den Pusteln ihre ehemals vollkommenen, ebenmäßigen Gesichtszüge zu erkennen. Niemand außer Isabella, Malagrida und Blackraven durfte ihr Zimmer betreten. Auf Bitten von Doktor Fabre wuschen sie sich die Hände mit Schwefelseife und mit Chinintabletten versetztem Wasser und schrubbten Boden und Wände mit Mineralsäuren, wie man sie in Krankenhäusern und Lazaretten verwendete. Wegen ihres ätzenden Geruchs und ihrer Giftigkeit mussten die Fenster Tag und Nacht geöffnet bleiben.

Isabella und Malagrida wechselten sich an Victorias Krankenbett ab. Sie konnten wenig für sie tun, außer ihr kühle Tücher auf die Stellen legen, die am stärksten von den Pusteln befallen waren, um den Juckreiz und die Schmerzen zu lindern, und ihr löffelweise kalten Tee einzuflößen, da sie jegliche Nahrung verweigerte. Blackraven übernahm die Nachtwachen; nach einem langen Tag voller Probleme und Verpflichtungen breitete er eine Matratze neben dem Bett seiner Ehefrau aus und schlief ein wenig, bis sie wieder zu stöhnen begann und er sich um sie kümmern musste.

»Roger …«, rief sie eines Nachts nach ihm.

Zehn Tage waren seit dem Ausbruch der Krankheit vergangen, und Doktor Fabre hatte ihnen vor einigen Stunden mitgeteilt, dass Berenices und Gabinas Genesung zufriedenstellend verlaufe – die Pusteln verkrusteten und begannen abzufallen –, Victoria indes zeige keinerlei Besserung. Seiner Meinung nach konnte es jederzeit zu Ende gehen.

»Was hast du? Brauchst du etwas?«, fragte er und entzündete die Kerze.

»Komm zu mir. Nein, fass mich nicht an. Ich möchte nicht, dass du dich ansteckst.«

»Du weißt ja, wie die Leute hier sagen: Unkraut vergeht nicht.«

Victoria versuchte zu lächeln, doch dadurch sahen ihre verunstalteten Gesichtszüge noch entstellter aus. Blackraven biss auf die Zähne.

»Brauchst du etwas?«, gelang es ihm mühsam zu sagen.

»Nein, mein Lieber. Ich will mit dir sprechen.«

»Besser, du schläfst wieder. Wir unterhalten uns morgen. Fabre sagt, du brauchst Ruhe, um wieder gesund zu werden.«

»Lüg mich nicht an, Roger. Ich weiß, dass ich sterben werde. Und ich beklage mich nicht, im Gegenteil. Es ist eine Erleichterung zu wissen, dass ich nicht mehr aufstehen muss, um mein Gesicht im Spiegel zu betrachten. Die Krankheit hat mir das Einzige genommen, was ich noch besaß: meine Schönheit.«

»Victoria ...«

»Sei still und hör mir zu. Ich habe nicht viel Atem, und ich muss dir von einem Gespräch erzählen, das ich vor einiger Zeit mit einer Schwarzen hatte, einer Sklavin, nehme ich an.«

»Möchtest du einen Schluck Tee?« Victoria nickte, und Blackraven rückte die Kissen zurecht, damit sie sich aufsetzen und trinken konnte.

»Also, was wolltest du mir erzählen?«

»Diese Sklavin sprach mich vor einigen Monaten, Anfang November, auf der Straße an. Zunächst maß ich der Sache keine Bedeutung bei. Ich wollte gerade weitergehen, als sie eine Sache erwähnte, von der ich niemandem erzählt hatte. Sie sagte, sie wisse, dass ich bei der Hexe Gálata gewesen sei.«

»Bei der Hexe Gálata? Warum zum Himmel solltest du eine Hexe aufsuchen?«

»Deinetwegen. Weil ich dich zurückhaben wollte. Urteile nicht so hart über mich!«

»Nein, nein«, beeilte sich Blackraven zu sagen. »Sprich weiter.«

»Diese Sklavin riet mir, nicht mehr zu Gálata zu gehen, sie sei eine böse Frau. Sie sagte mir, ihr richtiger Name sei Enda Feelham …«

»Was sagst du da? Enda Feelham? Bist du sicher, Victoria?«

»Oh doch, ich bin ganz sicher, dass sie diesen Namen nannte. Sie sagte ihn zweimal, klar und deutlich. Ich habe alles verstanden. Sie erzählte von Gálatas Sohn Paddy; er sei Melodys Cousin gewesen und du hättest ihn ihretwegen getötet. Sie behauptete, Enda Feelham wolle euch beide töten, Melody und dich, um den Tod ihres Sohnes zu rächen. Melody allerdings wolle sie erst umbringen, wenn ihr Kind auf der Welt sei, weil sie es für sich behalten wolle.«

»Victoria!« Blackraven sprang auf. »Und das erzählst du mir erst jetzt?«

»Vergib mir, Roger! Vergib mir! Ich wollte nur … Oh, mein Gott! Ich habe die Hölle verdient. Vergib mir! Ich versichere dir, da ich vor den Pforten des Todes stehe, dass ich niemandem etwas Böses wünsche. Ich will nur in Frieden sterben.«

»Beruhige dich, bitte beruhige dich. Ich hole meine Mutter, damit sie bei dir bleibt. Ich muss Enda Feelham finden, bevor ein Unglück geschieht. Sag mir, wo sie lebt.«

»Gabina und Ovidio wissen es.«

Im Morgengrauen kamen Blackraven und Ovidio zu der Hütte. Diese sah ganz unauffällig und normal aus, soweit Blackraven dies bei der noch herrschenden Dunkelheit aus der Entfernung erkennen konnte. Er wies den Sklaven an, auf die Pferde aufzupassen, und schlug dann einen großen Bogen, um sich der Hütte von der Seite zu nähern. Die Tür war aus den Angeln gehoben, als hätte sie jemand eingetreten. Er spannte die Pistole und zog seinen Degen. Dann lugte er vorsichtig hinein. Ein unangenehmer, beißender Gestank schlug ihm entgegen, der ihn an den Geruch in Victorias Zimmer erinnerte, ein Geruch nach

Krankheit, Medikamenten und Säure. Er lauschte. Nichts. Da er in der dunklen Hütte nichts erkennen konnte, steckte er den Degen ein und ging mit erhobenem Feuerzeug hinein, den Rücken an die Wand gepresst, die Pistole im Anschlag. Er sah sich in dem Raum um, der nicht unordentlich war, aber chaotisch und vollgestopft wirkte. Auf einem Bett zu seiner Linken schlief jemand. Immer mit dem Rücken zur Wand, ging er näher. Er wandte das Gesicht ab und stieß einen Fluch aus, als er feststellte, dass es sich um eine Leiche handelte. Sie lag schon länger dort und befand sich in fortgeschrittenem Verwesungszustand. Sie sah grauenvoll aus. Die Augen waren von je einer Silbermünze bedeckt, und die Haut war nicht nur verwest, sondern wirkte wie verbrannt oder verdorrt. Es war unmöglich, die Gesichtszüge zu erkennen, doch aufgrund des langen, dichten, von Mistelzweigen umkränzten Haars musste es sich um eine Frau handeln. Ihm fiel auf, dass der Gestank viel ekelerregender und unerträglicher hätte sein müssen, aber es war auszuhalten. Er setzte seinen Erkundungsgang fort und wäre beim Betreten des Nebenraums beinahe über etwas gestolpert. Er bückte sich: Eine weitere Leiche, doch diese war noch nicht kalt. Es war Enda Feelham. Ihre grünen, vorstehenden Augen schienen aus den Höhlen zu treten, der Mund war zu einem stummen Schrei geformt. Man hatte ihr mit einem tiefen, sauberen Schnitt die Kehle durchtrennt, so dass sie innerhalb von Minuten verblutet war. Wer das getan hatte, hatte Erfahrung. Blackraven richtete sich wieder auf und ging in den nächsten Raum. Auf der Türschwelle blieb er stehen und leuchtete mit dem Feuerzeug. Er erkannte ein Bett, eine Truhe und ein kleines, eher niedriges Möbelstück, eine Art Kommode mit Baumwollvorhängen anstelle von Schubladen oder Türen. Die Vorhänge bewegten sich. Blackraven leuchtete die Wände ab. Es gab keine Fenster oder sonstigen Öffnungen, keinen Windhauch und keinen Luftzug, und trotzdem bewegten sich die Vorhänge. Es konnte ein Hund oder eine Katze sein, sagte er sich. Vorsichtig trat er näher. Neben dem Möbel blieb er stehen und schob mit dem Pistolenlauf den Vorhang beiseite. Aus seiner Position konnte er zwei nackte schwarze Füße erkennen.

»Los, raus da. Und keine Mätzchen. Die Pistole ist gespannt, und ich werde nicht zögern, dir das Hirn wegzupusten.«

In der Stille, die nun folgte, konnte er Zähneklappern hören. Da hat jemand Todesangst, dachte er. Er steckte die Pistole in den Gürtel, zog den Degen und piekte damit, ohne sich von der Stelle zu bewegen, ein paar Mal in die nackten Füße. Die Person kroch auf allen vieren hervor und floh schreiend in den Hauptraum, wo sie auf Enda Feelhams Leiche zu stoßen schien, denn sie brüllte nun noch lauter. Dann folgte eine Stille, in der Blackraven sein eigenes Herz schlagen hören konnte. Er trat durch die Tür und erkannte die Person sofort.

»Cunegunda!«

Die Sklavin fasste sich erst nach einigen Minuten wieder. Selbst nachdem sie ihren Herrn Roger erkannt hatte, glaubte dieser, sie habe völlig den Verstand verloren. Sie erzählte etwas von dem Bösen, von Belas Seele, von Señora Enda und dem Ritual der fünfzig Jahre. Was sie sagte, war völlig wirr und ohne Sinn, und manchmal mischten sich ein paar afrikanische Wörter darunter. Schließlich zwang Blackraven sie, ein paar Schlucke aus seiner Taschenflasche zu nehmen. Erst als er ihr gezielte Fragen stellte, erhielt er einen mehr oder weniger zusammenhängenden Bericht.

»Wo ist deine Herrin?«

Ohne aufzusehen, deutete Cunegunda auf den verwesten Kadaver, der auf dem Bett lag.

»Woran ist sie gestorben?«

»Sie hat dieses giftige Pulver von Señora Enda geschluckt, das wir auch Don Alcides gegeben haben und das nach Bittermandel riecht.«

»Soll das heißen, Bela hat sich umgebracht?« Cunegunda nickte. »Warum?«

»Sie war verrückt geworden, Herr Roger. Verrückt vor Leidenschaft nach Euch, verrückt vor Hass auf Miss Melody. Und dieser Rauch, den sie eingeatmet hat, hat sie auch verwirrt.«

»Wann ist sie gestorben?«

»Oh, schon vor einiger Zeit. Vor über drei Monaten.«

»Weshalb habt ihr sie nicht begraben?«, fragte er empört.

Cunegunda erzählte ihm eine Geschichte, die nicht der Einbildungskraft einer so schlichten Frau entsprungen sein konnte und die Enda Feelhams Schlechtigkeit in ihrem ganzen Ausmaß unter Beweis stellte.

Es war keineswegs Liebe wie zu einer eigenen Tochter gewesen, wie Enda Feelham behauptete, die diese dazu bewogen hatte, Bela zur Flucht zu verhelfen und ihr Unterschlupf zu gewähren. Vielmehr war es Teil eines Plans, den sie seit längerem schmiedete, entscheidender Bestandteil des »Rituals der fünfzig Jahre«, wie es in Irland lange vor der Ankunft des heiligen St. Patrick und seiner neuen Religion von der Druidenpriesterin Ceridwen praktiziert worden war. In gewissen Abständen – mit dem Beginn der christlichen Zeitrechnung stellten die Druiden fest, dass dieses astrologische Phänomen alle fünfzig Jahre eintrat – ordneten die Götter die Sterne in einer bestimmten Konstellation an, so dass ihre Energie verschmolz und den Lieblingen der Götter, sofern sie die geheime Beschwörungsformel kannten, die Macht verlieh, sich die Schönheit, Jugend und Kraft eines anderen Menschen anzueignen. Bela sollte das Opfer sein, das Enda dazu benötigte. Sie hatte sie schon bei ihrer ersten Begegnung auserkoren, als sie sich in Buenos Aires trafen, um Auskünfte über Melodys Aufenthaltsort gegen das Gift einzutauschen, das Don Alcides ins Jenseits befördern sollte. Es war kein ganzes Jahr mehr bis zum Tag der Zeremonie, und Enda begann sich Sorgen zu machen, weil ihr noch ein passendes Opfer fehlte. Enda war nicht leicht zu beeindrucken, doch Bela war es gelungen, mit ihrer Schönheit, ihrem leidenschaftlichen

Hass auf Valdez e Inclán und Melody und ihrer ebenso leidenschaftlichen Liebe zu Blackraven.

»Deshalb hat sich Señora Enda alles von meiner Herrin gefallen lassen, weil sie sie immer in ihrer Nähe haben wollte. Deshalb hat sie sie diesen Rauch einatmen lassen, der ihren Verstand verwirrte und dazu führte, dass sie sich mit diesem ungehobelten Braulio einließ.«

»Wer ist Braulio?«

»Braulio war Endas Sklave, ein Schwarzer, so groß wie Ihr, aber massiger und schwerer.«

Blackraven kam ein Verdacht.

»Wo ist er jetzt?«

»Wir wissen es nicht. Eines Tages befahl die Herrin Bela ihm, Miss Melody zu töten, aber Ihr wart bei ihr und habt sie gerettet. Man sagte uns, Braulio sei geflohen, aber hier ist er nie angekommen.«

»Erzähl weiter von Enda Feelham und dieser Zeremonie.«

Sobald Enda Feelham Bela ihre Jugend, ihre Schönheit und ihre Energie genommen hatte, wollte sie Blackraven und Melody töten und ihren Sohn rauben, um ihn wie ihren eigenen aufzuziehen. Doch alles schien zunichte zu sein, als Enda eines Tages in die Hütte kam und Cunegunda schluchzend auf Belas Brust liegen sah. Belas Herz schlug noch. Drei Tage hindurch wendete Enda ihre ganze Kunst an, um sie zu retten. Am Morgen des vierten Tages – Bela lebte noch, aber es gab keine Hoffnung mehr – bedeckte Enda ihre Augen mit zwei Silbermünzen, damit ihre Seele nicht entweichen konnte, umkränzte sie mit Mistelzweigen und wartete, bis sie starb. Dann konservierte sie den Leichnam mit Substanzen, die Cunegunda die Tränen in die Augen trieben und ihr Kopf- und Magenschmerzen verursachten.

»Señora Enda sagte, wenn es ihr gelänge, zu verhindern, dass die Seele meiner Herrin ihren Körper verlasse und ihr Fleisch verwese, könne die Zeremonie trotzdem durchgeführt werden.«

In der Nacht zuvor hatte die Zeremonie stattgefunden.

»Und dann erschien das Böse, um Señora Enda für alles Leid zu strafen, das sie verursacht hat.«

Im ersten Moment dachte Blackraven, Cunegunda habe Enda die Kehle durchgeschnitten, um dem Leid und der Angst ein Ende zu machen, doch dann verwarf er den Gedanken wieder. Die Morgensonne fiel durch die Tür auf die tote Enda Feelham und bestätigte ihm, was er bereits eine Stunde zuvor im Schein des Feuerzeugs festgestellt hatte: Der Schnitt war fachmännisch geführt worden. Von einem Profi, dachte er. Die dralle, rundliche Cunegunda wäre niemals mit der schlanken, drahtigen Enda fertiggeworden.

»Wer ist das Böse, Cunegunda? Von wem sprichst du?«

»Das Böse, Herr Roger! Der Unnennbare!«

»Du meinst, der Teufel hat Enda Feelham umgebracht?«

»Nennt ihn nicht beim Namen! Sonst kommt er mich auch noch holen!«

Blackraven befürchtete, Cunegunda werde sich erneut in ihrer Welt aus Aberglauben und Angst verlieren und die Geschichte nicht zu Ende erzählen. Er packte sie bei den Schultern und schüttelte sie heftig. Die Sklavin hörte auf zu schreien und zu schluchzen, und ihr Kopf sank wie leblos nach vorne. Sie wäre vom Stuhl gerutscht, hätte Blackraven sie nicht festgehalten.

»Cunegunda!«, rief er. Da sie nicht antwortete, griff er nach einem Krug, hob ihren Kopf an und schüttete ihr das Wasser ins Gesicht.

Seine Geduld war am Ende, aber er wusste, dass es zu nichts führen würde, Cunegunda unter Druck zu setzen. Es war offensichtlich, dass die Frau völlig durcheinander war.

»Ich werde das Böse nicht mehr beim Namen nennen«, versprach er ihr. »Jetzt versuch dich zu erinnern, was heute Nacht vorgefallen ist und wie Enda zu Tode kam.«

Als die Zeremonie begann, hatte sich Cunegunda in den Nebenraum geflüchtet. Sie wollte nichts sehen und nichts hören und betete nur, dass das Ritual endlich vorbei war und Señora Enda ihr den Leichnam ihrer Herrin gab, damit sie ihn begraben und dann fortgehen konnte. Das zumindest hatte sie ihr versprochen. Sie betete mit Inbrunst den Rosenkranz, bis sie plötzlich, zwischen Vaterunser und Avemaria, einen Knall hörte und Enda mit ihrer Litanei in dieser fremdartigen Sprache aufhörte und ins Spanische verfiel. Cunegunda kroch auf allen vieren zu dem Durchgang zwischen den beiden Zimmern, und da sah sie es. Das Böse. Es hatte die Tür eingetreten und kam durch die Luft auf Señora Enda zugestürzt. Enda wich zurück und forderte die Erscheinung auf, ihr Haus zu verlassen. Das Böse, ganz in Schwarz gekleidet, hatte kein Gesicht.

»Was meinst du damit, es hatte kein Gesicht?«

»Da war nichts«, sagte Cunegunda mit leerem Blick und fuhr sich mit der Hand übers Gesicht. »Nichts. Alles schwarz, keine Augen, kein Mund, keine Nase, kein Haar.«

»Es trug also eine Kapuze oder eine schwarze Maske?« Cunegunda sah ihn befremdet an. »Gut, erzähl weiter.«

»Es war groß und schlank. Es bewegte sich wie eine Katze – unmöglich, seine Schritte zu hören. Es schien zu schweben, aber ich sah, wie seine Füße den Boden berührten. Es sprach nichts, kein einziges Wort. Es atmete nicht einmal. Es streckte den Arm aus, packte Señora Enda am Hals und zog sie an sich, als hätte es trotz seiner schlanken Gestalt die Kräfte eines Mannes von Eurer oder Braulios Statur. Es drehte Señora Enda herum, als ob sie keinen eigenen Willen hätte. Es beherrschte sie. Señora Enda lehnte nun mit dem Rücken an der Gestalt. Und dann war da ein Messer. Ich weiß nicht, wo es herkam. Plötzlich hatte die Gestalt ein Messer in der Hand …«

»In welcher Hand, Cunegunda? In der rechten oder in der linken? Das hier ist die rechte und das die linke.« Die Sklavin sah von einer Hand zur anderen. »In der linken? Bist du sicher?«

»Ja, denn von dort« – sie deutete auf den Durchgang – »konnte ich die Hand genau sehen.«

»Die Gestalt schnitt Enda also mit einem Messer, das sie in der linken Hand hielt, die Kehle durch.«

»Ja, Herr Roger.«

»Was geschah dann?«

»Das Böse trat zu meiner Herrin, betrachtete sie einige Sekunden, sah sich dann um und verschwand genauso leise, wie es gekommen war.«

»Hast du Pferdegetrappel gehört oder eine Stimme?«

Cunegunda schüttelte den Kopf.

»Nachdem das Böse verschwunden war, habe ich mich dort versteckt, wo Ihr mich gefunden habt.«

Mit Hilfe von Ovidio und einem Spaten, den er im hinteren Teil der Hütte fand, hob Blackraven zwei Gruben in der Nähe von Cunegundas Garten aus. Er wickelte Bela in das Bettlaken, auf dem sie lag, schleifte sie nach draußen und warf sie in die Grube, während Ovidio genauso mit Enda verfuhr. Dann schaufelte er die Gräber zu. Cunegunda weinte und betete, den Rosenkranz aus Linsen in der Hand.

»Ovidio, hilf Cunegunda auf dein Pferd. Wir reiten nach Buenos Aires zurück.« Zu der Sklavin sagte er: »Du kehrst zu den Töchtern vom göttlichen Erlöser zurück. Du gehörst dem Orden, ich habe dich als Teil von Belas Mitgift übergeben.«

»Ja, Herr Roger. Ich wollte sowieso dorthin zurück, sobald Señora Enda mir erlaubt hätte, meine Herrin zu begraben, sie ruhe in Frieden.«

# Kapitel 25

In El Retiro waren die Bewohner durch Balkis, den Sklaven, der täglich Fleisch in die Calle San José brachte, über den Verlauf von Victorias Krankheit auf dem Laufenden. Balkis berichtete, Gabina und Berenice gehe es besser, die Gräfin von Stoneville hingegen mache keinerlei Fortschritte. Statt auszutrocknen und zu verschorfen, würden die Pusteln immer zahlreicher und bedeckten nun jeden Zoll ihrer Haut. Ihr Gesicht sei völlig unter den Pocken verschwunden, unmöglich, ihre früheren Gesichtszüge zu erkennen. Ihre Schönheit sei für immer dahin.

Blackraven hatte angeordnet, die Spiegel aus dem Krankenzimmer zu entfernen, da er befürchtete, die Erschütterung werde Victoria umbringen, wenn sie ihr Spiegelbild sah. Isabella war verzweifelt. Sie wusste nicht, was sie tun konnte, um ihrer Schwiegertochter Linderung und Frieden zu verschaffen. In wachen Momenten vergeudete Victoria ihre Kraft damit, zu wimmern, dass sie sterben wolle. Sie fragte, wie hässlich sie aussehe, und bat darum, ihr entstelltes Gesicht zu beschreiben. Sie versuchte sich zu berühren, um die Pusteln zu ertasten, und Isabella zog immer wieder geduldig ihre Hand zurück und bedeckte ihre Haut mit kühlen Tüchern.

Niemand wusste, dass in der Nachttischschublade ein Handspiegel lag. Unter großer Anstrengung streckte Victoria den Arm aus, öffnete die Schublade und wühlte darin, bis ihre Finger den silbernen Griff ertasteten. Sie nahm ihn und hielt ihn sich vors Gesicht. Sie erkannte sich nicht wieder. Wo war sie? Wer war dieses abstoßende Monstrum? Als sie begriff, dass dieses Ungeheuer sie selbst war, hatte sie das Gefühl, dass eine Hand ihre Kehle zudrückte. Sie rang nach Luft, während sie weiterhin das unmenschliche Antlitz anstarrte, das ihr aus dem Spiegel entgegenblickte. Schließlich verschwamm alles in Tränen.

Das Erstickungsgefühl ließ nach, und sie schnappte laut nach Luft. Auf ihr Geschrei hin eilten Blackraven, Malagrida und Isabella herbei, die ihr den Spiegel aus der Hand nahm. Sie mussten Doktor Fabre holen, damit er ihr ein Schlafmittel verabreichte, weil sie sich nicht beruhigen ließ. Blackraven hielt sie an den Schultern fest, damit sie nicht aus dem Bett aufstand. Sie hatte plötzlich unglaubliche Kräfte und weinte, schrie und wand sich, als ob sie gesund wäre. Nach einer großzügigen Gabe Laudanum schlug Victoria um sich bis zur Bewusstlosigkeit.

Es war Balkis, der am Nachmittag des 16. Februar mit der Nachricht nach El Retiro kam, dass die Pocken die Gräfin von Stoneville dahingerafft hatten. Melody war wie vor den Kopf gestoßen, nicht wegen der Botschaft, denn sie hatte jederzeit damit gerechnet, sondern wegen ihrer eigenen Empfindungen. Sie wusste nicht, was sie fühlen sollte. Tatsächlich empfand sie Erleichterung, die sie sich selbst nicht eingestehen wollte, und dieser innere Widerstreit machte ihr sehr zu schaffen.

»Es ist nur verständlich, dass du nicht traurig über die Nachricht bist«, sagte Amy nüchtern. »Du wärst eine Heuchlerin, wenn du mir weismachen wolltest, du seist nicht beruhigter, nun, da Victoria nicht mehr ist.«

»Ich denke an Roger. Er wird leiden.«

»Das Einzige, was mich interessiert, ist, dass er sich nicht angesteckt hat. Was den Tod seiner Frau angeht, so hat er diesmal zumindest einen Leichnam, den er begraben kann.«

Da Victoria dem anglikanischen Glauben angehört hatte, würden sie sie nicht in einer Kirche von Buenos Aires begraben können. Isabella hatte die Idee, dass sie ihren Frieden unter den Zitrusbäumen am Ende des Anwesens finden könnte.

»Victoria hat mir einmal erzählt, wie sehr sie den Duft der Orangenblüten mochte.«

Isabella zog ihr ein weißes Organzakleid an und gab ihr einen Strauß aus Orangenblüten in die auf der Brust gefalteten Hände. Blackraven und Malagrida hoben sie aus dem Bett und legten sie in einen mit Bronzebeschlägen verzierten Eichensarg. Dann versammelten sich die drei am Sarg, um sich von ihr zu verabschieden. Malagrida sprach ein Gebet, und Isabella schluchzte leise. Blackraven biss die Zähne zusammen und betrachtete durch einen Tränenschleier hindurch das entstellte Gesicht der Frau, die zu Lebzeiten die schönste Frau gewesen war, die er kannte.

»Lasst mich mit ihr allein«, bat er, und Isabella und Malagrida verließen das Zimmer.

Blackraven zog sich einen Stuhl an den Sarg und betrachtete Victoria, während er an ihre letzten Worte dachte, bevor sie gestorben war. Das Sprechen war ihr schwergefallen, weil sie immer noch unter dem Einfluss des Opiums stand, das Fabre ihr eingeflößt hatte.

»Ich liebe dich, Roger. Daran darfst du nie zweifeln. Und ich habe dich auch nicht wegen deines Geldes geheiratet. Ich habe dich damals genauso geliebt wie heute. Ich liebte dich seit dem Tag, als ich dich zum ersten Mal sah. Es war in der Sonntagsschule, erinnerst du dich? Und wenn ich dich *gipsy* oder *darkie* nannte und dich neckte, dann nur, um meine wahren Gefühle für dich zu verbergen, weil alle dachten, du könntest mich nicht reizen. Nicht du, der Bastard, der uneheliche Sohn. Ich bin in einer scheinheiligen Welt aufgewachsen und musste teuer dafür bezahlen, dass ich diese Ketten nicht sprengte.«

»Ich weiß, mein Liebling. Ich weiß, dass du in einer harten, gefühllosen Welt aufgewachsen bist.«

»Vergib mir, Roger.«

»Was sollte ich dir vergeben?«

»Das weißt du! Dass ich dich mit Simon betrogen habe. Vergib mir!«, flehte sie verzweifelt. »Lass mich nicht ohne den Trost gehen, dass du mir vergeben hast.«

»Ich vergebe dir, mein Liebling.«

»Roger, Liebster.«

Das waren ihre letzten Worte gewesen. Roger strich Victoria über das blonde Haar, in das Isabella kleine weiße Blüten eingeflochten hatte.

»Und du«, sagte er, »vergib mir, dass sich mein Hass und mein Groll gegen dich gerichtet haben. Ruhe in Frieden, mein Liebling. Ruhe in Frieden, Victoria.«

Er breitete die Spitzendecke über sie, mit der der Sarg ausgeschlagen war, und rief die Sklaven, um ihn zu schließen. Ovidio kam mit einem Hammer und Nägeln herein, und kurz darauf war Victoria den Blicken für immer entschwunden. Einige Tage später wurde ein weißer Marmorstein auf ihr Grab gesetzt, auf dem stand: *Victoria Blackraven. 14.6.1773 – 16.2.1807. Geliebte Ehefrau und Gefährtin.*

Am Tag nach Victorias Tod besprach Blackraven in seinem Arbeitszimmer in der Calle San José mit Távora die letzten Einzelheiten der Reise nach Cádiz. Die *Wings* war seit Wochen bereit zum Auslaufen.

»Das Eintreffen dieser vollbeladenen englischen Handelsschiffe ist ein Glücksfall gewesen«, erklärte Blackraven. »Trotzdem muss ich unbedingt mit neuen Lieferanten ins Geschäft kommen. Hier sind die Listen mit den Waren, die mich am meisten interessieren. Ich habe keine Zeit, mich darum zu kümmern, welche Schiffe aus meiner Flotte dir beim Transport der Waren hierher Geleit geben können. Du musst selbst so viele Schiffe anmieten, wie du für nötig hältst, und sie in diesem Sinne einsetzen.«

»Wenn meine Berechnungen stimmen, müsste ich bei meiner Ankunft in Makassar auf die *Le Bonheur* treffen.« Távora sprach von einem von Blackravens Schiffen mit großer Tonnage.

»Noch besser.« Er öffnete die Schreibtischschublade und nahm einen Brief mit dem Siegel des Hauses Guermeaux heraus. »Hier, überreiche den meinem Onkel Karl zusammen mit der Geldanweisung. Das Schreiben enthält einen ziemlich vollständigen Bericht der Situation am Río de la Plata sowie meinen Rat, Liniers militärisch zu befördern. Er muss unbedingt mehr Macht erhalten. Bevor du Madrid verlässt, finde heraus, welchen Einfluss der Brief auf meinen Onkel hatte und welche Anweisungen er Godoy diesbezüglich gegeben hat.«

Es klopfte an der Tür. Gilberta teilte ihm mit verwirrter Miene mit, ein Bauer bringe »Orangen« von einem Freund des Grafen von Stoneville.

»Lass ihn herein.«

Aniceto Padilla erschien in der Tür. Er war kaum zu erkennen in seiner Gaucho-Kleidung. Er war soeben erst in der Stadt eingetroffen und brachte Neuigkeiten von Beresford und Dennis Pack. Bislang war die Flucht ganz nach Plan verlaufen. Am Tag zuvor hatten Saturnino Rodríguez Peña und Aniceto Padilla in Begleitung zweier Soldaten die Truppe eingeholt, die die englischen Offiziere nach Catamarca brachte. Sie befanden sich auf Höhe der Ortschaft Arrecifes auf einem Landgut der Betlehemiten, wo sich Beresford seit drei Tagen von einer angeblichen Erkrankung erholte. Rodríguez Peñas Schwager Martínez Fontes, der die Mission leitete, gab sich überrascht über die neuen Befehle, zögerte aufgrund der Überzeugungskraft des von Liniers gezeichneten Dokuments jedoch nicht, die Gefangenen auszuhändigen. Sein Stellvertreter Hauptmann Olavarría war weniger entgegenkommend und zweifelte sogar die Echtheit des Schreibens an, was Martínez Fontes als Beleidigung auffasste, da es die Ehrenhaftigkeit seines Schwagers Rodríguez Peña in Zweifel ziehe. Schließlich gab Olavarría nach, und die Gefangenen wurden von der restlichen Gruppe getrennt und der Obhut ihrer neuen Bewacher übergeben. Daraufhin war Padilla noch am selben Tag unverzüglich nach Buenos Aires zurückgekehrt; Rodríguez Peña, Beresford, Pack und die beiden Soldaten würden am nächsten Tag folgen.

»Morgen werden sie im Schutz der Nacht in Buenos Aires eintreffen«, kündigte Padilla an.

»Hier ist alles für ihren Empfang bereit.«

Francisco González, ein guter Freund von Mariano Moreno, der in der Calle de San Pedro, Ecke Calle de San Bartolomé, ziemlich abseits des Zentrums wohnte, hatte sich bereiterklärt, die beiden Engländer, Rodríguez Peña und Padilla aufzunehmen, bis sie über den Fluss nach Montevideo abreisten. Die Mitglieder der Freimaurerloge *Southern Cross* würden während Beresfords und Packs kurzem Aufenthalt in Buenos Aires für das Wohlergehen ihrer Logenbrüder sorgen. Blackraven musste nur noch das Schiff bereitstellen, das sie in die Freiheit bringen sollte, um das Versprechen einzulösen, das er Beresford gegeben hatte.

»Bereits seit gestern befindet sich Generalleutnant Lane vom St. Helena Corps in Francisco González' Haus. Er wird gemeinsam mit Euch fliehen.«

»Sehr gut, Exzellenz«, antwortete Padilla.

»Sie sollen am Abend des 21. gegen elf Uhr durch die Calle de San Bartolomé zum Fluss hinuntergehen. Dort wird ein Boot auf sie warten, das sie zu einem meiner Schiffe bringt, der Korvette *Wings* unter dem Kommando von Kapitän Távora.« Er deutete auf Adriano Távora. »Er wird sie nach San Felipe bringen.«

Blackraven verabschiedete sich von Padilla und vertiefte sich wieder in seine Arbeit, um zu vergessen, dass er am Tag zuvor Victoria begraben hatte und es eine kaum mehr zu ertragende Belastung war, Melody und Alexander fern von sich zu wissen. Obwohl Fabre erklärt hatte, dass die Ansteckungsgefahr vorüber sei, wollte Blackraven lieber noch ein paar Tage warten, bis er nach El Retiro zurückkehrte.

Am Nachmittag des 23. Februar kam Távora mit guten Nachrichten in das Haus in der Calle San José: Beresford und seine Gefährten hatten ohne Zwischenfälle das Ostufer erreicht und befanden sich unter dem Schutz von General Auchmuty in Montevideo. In Buenos Aires war die Nachricht von Beresfords und Packs Flucht seit Tagen bekannt, und da gemunkelt wurde, die beiden hielten sich in der Stadt versteckt, schickte die Stadtverwaltung rund um die Uhr Patrouillen durch die Straßen, um nach den Flüchtigen zu suchen. Liniers hatte eine Untersuchung angestrengt, um zu klären, wer seine Handschrift und seine Unterschrift gefälscht habe, um das Übergabeschreiben an Hauptmann Martínez Fontes zu verfassen.

Blackraven erbrach das Siegel von Beresfords Brief, den ihm Adriano Távora soeben überreicht hatte. *Mein lieber Freund, sei versichert, dass ich, sobald ich die Befehle kenne, mit denen Sir Auchmuty in diese Gefilde aufgebrochen ist, den General davon zu überzeugen versuche, dass es der Englischen Krone nur zum Vorteil gereichte, die Befreiung des Vizekönigtums zu unterstützen, anstatt unnötiges Blut zu vergießen.* Blackraven entzündete eine Kerze und verbrannte das Schriftstück; genauso verfuhr er mit einem Schreiben von Saturnino Rodríguez Peña, in dem dieser ihm den Schutz seiner Familie anempfahl, die noch in Buenos Aires lebte.

»Ich gehe nach El Retiro«, verkündete er dann.

Aber vorher würde er noch mit Pater Mauro sprechen.

An diesem Morgen erwachte Melody bester Laune. Seit Victorias Tod war sie zwischen freudiger Erwartung und Schuldgefühlen hin und hergerissen gewesen. Sie brauchte Roger und verstand nicht, was ihn so lange in Buenos Aires zurückhielt und warum er nicht nach El Retiro kam, obwohl die Inkubationszeit der Pocken vorbei war und Balkis versicherte, dass der Herr Roger sich bester Gesundheit erfreue.

»Wenn dein Vater heute nicht kommt«, sagte sie zu Alexander, während sie seine Windeln wechselte, »gehen wir zu ihm.«

Sie setzte sich auf die Bettkante, nahm das Kind auf den Schoß und betrachtete es aufmerksam. Sie wollte jede Kleinigkeit an ihrem Sohn kennenlernen. Allmählich verloren seine Augen diese undefinierbare Farbe zwischen Blau und Schwarz und nahmen den himmelblauen Ton ihrer Augen an. In allem anderen sah er Roger verblüffend ähnlich. Der Kleine war nun drei Monate alt und machte erstaunliche Fortschritte: Wenn man ihn auf den Bauch legte, stützte er sich ab und drehte sich sofort auf den Rücken. Er konnte aufrecht sitzen, doch wenn man ihn losließ, fiel er um wie ein Sack Mehl. Er öffnete die Händchen, spielte mit ihnen und steckte sie in den Mund. Er umklammerte die Rassel, die seine Großmutter ihm geschenkt hatte, und schwenkte sie begeistert hin und her. Er suchte nach Melody, wenn er ihre Stimme hörte, und wenn sie ihm etwas vorsang, beruhigte er sich augenblicklich. Er lächelte und stieß langgezogene Laute aus, und an dem Tag, als Víctor dem Kleinen mit seinen Faxen ein glucksendes Lachen entlockte, vergoss sie ein paar Tränen.

Es klopfte an der Tür. Es war Miora.

»Was gibt es?«, fragte Melody erschrocken, als sie Mioras sorgenvoll gerunzelte Stirn sah.

»Jemand möchte Euch sehen, Miss Melody. Es ist Joana, die Sklavin der Baronin von Ibar.«

»Was will sie von mir?«, fragte Melody ungehalten.

»Ich denke, Ihr solltet sie anhören, Miss Melody.«

Melody übergab Alexander an Trinaghanta und ging nach unten. Sie sagte Miora, dass sie die Sklavin in ihrem privaten Salon empfangen würde. Dort setzte sie sich an ihren Sekretär und schrieb eine Nachricht an Odile, als sie die Tür knarren hörte. Sie blickte auf und erschrak, als sie Joana sah.

»Wer hat dich so zugerichtet?«, fragte sie, und Miora übersetzte.

»Meine Herrin, die Baronin de Ibar.«

»Weshalb wolltest du mich sprechen?«

»Um Euch die Wahrheit zu erzählen, Miss Melody.«

Melody deutete auf das Kanapée. Joana zögerte, doch Melody forderte sie erneut auf, sich zu setzen.

»Welche Wahrheit?«

»Der Graf von Stoneville hat Euch nie mit meiner Herrin betrogen.«

Melody ließ sich nichts anmerken, sondern sah die Sklavin zwar freundlich, aber mit unergründlichem Gesichtsausdruck an.

»Seit dem Abend, an dem sie ihn auf einem Fest in Rio de Janeiro kennenlernte, war die Frau Baronin wie besessen von dem Grafen. Zunächst besorgte sie Zimmer in dem Hotel, in dem der Graf logierte. Dann besuchte sie ihn auf seinem Zimmer. Der Herr Graf ließ sie ein, warf sie jedoch gleich wieder hinaus. Die Frau Baronin kehrte wutschnaubend auf ihr Zimmer zurück und ließ ihren Zorn an mir aus, wie immer. Sie versuchte einige Male, ihn zu verführen, ohne indes etwas zu erreichen. Aber so leicht gab sie sich nicht geschlagen. Sie überredete ihren Mann, früher nach Buenos Aires abzureisen als vorgesehen, und dort angekommen, verfolgte sie den Herrn Grafen aufs Neue. Doch diesmal fackelte er nicht lange und behandelte sie, wie sie es verdient hat: wie eine Hure.«

»Hat sie dir Schläge angedroht, damit du Miora erzählst, sie habe den Herrn Grafen in Rio de Janeiro auf seinem Zimmer besucht?«

Das Mädchen nickte und senkte den Kopf.

»Wahrscheinlich wollte sie sich dafür rächen, dass der Herr Graf sie nicht erhört hat. Es tut mir leid, Miss Melody. Ich habe Angst vor der Baronin. Ihr rutscht schnell einmal die Hand aus, wenn sie wütend ist. Und sie war sehr wütend, als sie erfahren hat, dass ihr Plan nicht aufgegangen ist und Ihr und der Herr Graf Euch nicht entzweit habt.«

»Weshalb erzählst du mir das alles?«

»Weil mich mein Gewissen plagt, Miss Melody. Ich habe viele schlechte Dinge für die Frau Baronin getan, damit sie mich nicht totschlägt. Aber obwohl ich alles mache, was sie will, schlägt sie mich trotzdem, wenn sie zornig ist.«

»Was für ein Mensch ist dein Herr, der Baron de Ibar?«

Joana zuckte mit den Schultern.

»Manchmal verteidigt er mich. Er ist ein seltsamer Mann. Er weiß von den Eskapaden seiner Frau und sagt nichts.«

»Soll das heißen, Baron de Ibar weiß von der Leidenschaft seiner Frau für Señor Blackraven und unternimmt nichts dagegen?«

Joana nickte.

»Woher weißt du das?«

»Manchmal höre ich, wie sie über ihn sprechen.«

»Über Señor Blackraven?«

»Ja. Aber nur manchmal, denn untereinander sprechen sie fast immer französisch, und dann verstehe ich kein Wort.«

»Was sagen sie denn über Señor Blackraven?«

»Eigentlich redet nur die Baronin. Er hört zu und lacht, während sie ihm erzählt, was sie alles unternimmt, um ihn zu erobern.«

Melody war angewidert. Sie stand auf, und Joana folgte ihrem Beispiel.

»Miora, sag Trinaghanta, sie soll mir meinen Sohn bringen und dann Joanas Wunden versorgen.« Zu der Sklavin sagte sie: »Du wirst nicht zu deinen Herrschaften zurückkehren, sonst schlägt man dich noch tot. Du bleibst hier in El Retiro.«

»Aber …«

»Keine Sorge, ich kümmere mich um die rechtlichen Dinge.«

Gegen Abend, als die Sommersonne am Horizont versank, ließ Melody eine Decke unter der Linde im Garten ausbreiten, und sie setzten sich, um Mandelmilch und Quittensaft zu trinken und Biskuits und Kekse zu essen. Elisea las ein paar Kapitel aus einem Buch vor, Amy erzählte von ihren Abenteuern auf See und Melody sang gälische Lieder. Víctor gab mit seinem Lehrer Jaime eine Kostprobe seiner Fechtkünste, die Frauen schäkerten mit Alexander und Rafaelito und lachten über die Grimassen und Geräusche, die sie machten.

An diesem Abend war Melody besorgt. Roger würde wütend sein, wenn er erfuhr, dass sie eine Nachricht an Doktor Covarrubias gesandt hatte, damit dieser eine Klage gegen die Baronin de Ibar wegen Misshandlung ihrer Sklavin anstrengte. Seine Freundschaft mit dem Baron de Ibar würde darunter leiden, und das würde ihn noch mehr aufbringen. »Weshalb kommst du nicht zurück, Roger?«, fragte sie, während sie zu dem immer dunkler werdenden Fluss blickte. Wieder war ein Tag vorüber, und er war nicht gekommen. Sie sagte sich noch einmal, dass sie am nächsten Tag zu ihm gehen würde. Sie hatte Angst, ihn von Gram gebeugt anzutreffen, und zu den Schuldgefühlen wegen ihrer Erleichterung über Victorias Tod gesellte sich Eifersucht. Sie wollte nicht, dass Roger um Victoria trauerte. »Was willst du, Melody Maguire?«, warf sie sich vor. »Dass er froh darüber ist? Er wäre kein guter Mensch, wenn er so empfände.«

Angelita sah ihn als Erste. Sie legte ihre Stickarbeit beiseite und zeigte auf das Eingangstor des Anwesens.

»Kapitän Black!«, rief sie. »Kapitän Black ist zurück!«

Melody wandte den Kopf und sah ihn auf Black Jack durch den Torbogen reiten. Ihr Herz machte einen Sprung und begann dann, wie wild zu klopfen. Sie reichte Trinaghanta das Kind, raffte die Röcke und rannte los. Sansón, Víctor und Angelita liefen hinterher, doch Amy rief sie zurück.

»Lasst sie einen Moment alleine«, sagte sie. »Sie werden schon kommen. Los, Sansón, setz dich hier neben mich.«

Blackraven ritt schneller, und als Melody ihn beinahe erreicht hatte, sprang er vom Pferd. Er betrachtete sie hingerissen. Ihr

Haar war offen, und sie trug ein Reitkleid in einem Smaragdgrün, von dem er niemals gedacht hätte, dass es ihr so gut stünde. Das doppelreihige Jackett lag um die Taille eng an und betonte ihre Oberweite.

Melody warf sich in Blackravens Arme, und der wirbelte sie durch die Luft, um sie dann an seine Brust zu drücken und mit Küssen zu überhäufen.

»Roger, Liebster! Ach, Liebster!«, sagte Melody unter Tränen.

Er hielt sie in den Armen, bis sich ihr Atem wieder beruhigte und ihre sehnsuchtsvollen Küsse zart und sanft wurden.

»Du bringst mir das Leben zurück, Isaura.«

»Ach, Liebster, ich habe dich so vermisst. Wenn du nicht zurückgekommen wärst, wären Alexander und ich morgen zu dir gekommen.«

»Ich nehme an, du weißt, dass Victoria vor einer Woche gestorben ist.«

Melody nickte.

»Ich hoffe, sie musste nicht leiden.«

»Die Pocken sind eine grausame Krankheit, Isaura.«

»Ja, ich weiß. Ich habe so sehr dafür gebetet, dass du nicht erkrankst. Ich war verrückt vor Angst. Weshalb bist du so lange weggeblieben? Ich glaubte schon, du hättest uns vergessen.«

»Dich vergessen! Keine Sekunde bist du mir aus dem Kopf gegangen, weder du noch unser Sohn. Es war nur zu eurem Besten, weil ich sichergehen wollte, dass ich mich nicht angesteckt habe. Warst du bei Pater Segurola, um dich impfen zu lassen?«

»Ja. Die Kinder habe ich mitgenommen. Wir wurden alle geimpft.«

»Zeig. Wo ist die Stelle?«

»Hier«, sagte sie und deutete auf den linken Oberarm. »Ich zeige sie dir später, wenn ich die Jacke ausziehe. Es war nur ein kleiner Schnitt.«

»Hat es wehgetan?«

»Fast gar nicht. Alexander hat ein bisschen geweint, aber er hat sich gleich wieder beruhigt, als ich ihm sein Lieblingslied vorgesungen habe. Komm, gehen wir zu den anderen. Alle haben sehnsüchtig deine Rückkehr erwartet. Du wirst deinen Sohn nicht wiedererkennen, so ist er gewachsen, Roger!«

Blackraven umfasste ihre Taille und zog sie erneut an sich.

»Du bist so wunderschön mit deinem offenen Haar und diesem Kleid, Liebling. Ich weiß gar nicht, wie ich es bis heute Nacht aushalten soll.«

Sie gingen Hand in Hand, Black Jack am Zügel hinter sich herführend. Melody berichtete, welche Fortschritte Alexander gemacht hatte, und Roger bemerkte den Stolz in ihrer Stimme und war gerührt. Nach so langer Zeit fern von seinen Lieben, umgeben von Tod und einer traurigen Vergangenheit, waren Isauras Gegenwart und diese fruchtbare Umgebung wie Balsam auf seiner Seele. Er wurde überschwänglich empfangen; während Sansón mit Arduino auf dem Kopf bellend um ihn herumsprang, redeten die Übrigen alle gleichzeitig auf ihn ein. Víctor wollte ihm seine neuen Fechtkünste vorführen, Angelita überreichte ihm ein Taschentuch, auf das sie in Kreuzstich Kapitän Blacks Initialen gestickt hatte, Amy erkundigte sich nach Távora und seiner Fahrt nach Cádiz, und María Virtudes fragte nach dem Befinden von Leutnant Lane.

»Hier«, sagte Blackraven und überreichte ihr einen Brief. »Den schickt dir Lane. Du kannst ganz beruhigt sein, er befindet sich in Montevideo unter dem Schutz der englischen Armee.«

»Oh!« María Virtudes betrachtete den versiegelten Umschlag. »Miss Melody, darf ich auf mein Zimmer gehen, um ihn zu lesen?«

»Ja, natürlich.«

»Was Don Diogo betrifft«, Blackraven wandte sich an Marcelina, »so hat er meine Einladung angenommen, den nächsten

Sonntag bei uns zu verbringen und danach zum Stierkampf zu gehen, falls ihr Lust habt.«

»Danke, Exzellenz«, flüsterte das Mädchen und errötete vor Freude.

»Oh ja, zum Stierkampf!«, rief Víctor begeistert, und Alexander begann vor Freude zu glucksen.

Blackraven wandte sich seinem Sohn zu, der auf Melodys Arm saß, und fragte sich, wo das kleine Baby geblieben war, das die meiste Zeit schlief und so zerbrechlich schien, wenn er es auf den Arm nahm. Nun saß der Kleine aufrecht und schien sich nichts aus dem Stimmengewirr und dem Bellen des Hundes zu machen. Seine Augen, die noch heller geworden waren, als er sie in Erinnerung hatte, verfolgten aufmerksam jede seiner Bewegungen. Er fasste ihn unter den Armen und hob ihn hoch über seinen Kopf, und Alexander lachte hell und klar, wie er es nicht von ihm kannte.

In El Retiro verlief das Leben nun wieder wie vor Victorias Tod. Blackraven war tagsüber zumeist in der Stadt und kam erst abends zurück; manchmal allerdings hielten ihn die Ölpresse, die Ölmühle und die Getreidemühlen den ganzen Tag auf dem Landgut. Melody fand allmählich wieder Ruhe, und die Erinnerung an Victoria und die Gefühle, die ihr Tod in ihr ausgelöst hatten, verblassten. Blackraven sprach nicht mehr darüber. Melody begriff, dass er es nicht tat, weil die Erinnerung ihn schmerzte, sondern weil er damit abgeschlossen und seinen Frieden gemacht hatte. Jedenfalls wirkte er ausgeglichen und gelöst. Sie war überglücklich, als er ihr am Tag nach seiner Rückkehr mitteilte, er sei bei Pater Mauro gewesen und dieser habe zugesagt, sie noch vor Ende des Monats zu trauen. Die Vermählung fand noch am Freitag derselben Woche, dem 27. Februar, im Musiksalon statt. Malagrida und Amy Bodrugan waren Trauzeugen und unterzeichneten mit dem Brautpaar im Pfarrbuch. Es war ein seltsamer Tag für Melody gewesen; wenn sie daran zurückdachte, kam es ihr manchmal vor wie ein Traum. Sie war wie trunken gewesen vor Glück und wie benommen vor Staunen, weil sie kaum glauben konnte, dass Roger und sie nach all diesen Ereignissen wieder vereint sein sollten.

»Niemand wird mich jemals wieder von dir trennen, Isaura«, hatte Roger in der Hochzeitsnacht geschworen, nachdem er sie geliebt hatte. »Versprich mir, dass du mich nie mehr verlassen wirst.«

»Nie mehr, ich schwöre es.«

Blackraven wollte nach London zurück, obwohl seine politischen Angelegenheiten am Río de la Plata mitnichten abgeschlossen waren. Es war sogar ein höchst unpassender Zeitpunkt, da alles in der Schwebe war und sich die Lage in jede Richtung entwickeln konnte. Aber wenn die Engländer ein Auge auf Südamerika geworfen hatten, gab es seiner Meinung nach nur eine Möglichkeit, ihre Eroberungspläne in Richtung Unabhängigkeit zu lenken: Indem man die Strippen in Whitehall und Downing Street zog. Ehrlich gesagt verließ er sich nicht auf Beresfords Überzeugungskraft, falls Auchmuty, wie er vermutete, klare Befehle hatte, die Region am Río de la Plata zu erobern. Er hatte einige Pläne geschmiedet, und die Mitglieder der *Southern Secret League* sollten ihn bei seinen Vorhaben in London unterstützen. Insbesondere verließ er sich auf den hervorragenden Soldaten Arthur Wellesley, auch er Mitglied der Liga, mit dem sich Távora vor seiner Abreise nach Südamerika getroffen hatte. Wellesley hatte Blackraven einen Brief gesandt, in dem er ihm nicht nur mitteilte, dass er erneut nach Indien gehen werde; er habe außerdem auf Bitten von Premierminister Grenville einige Berichte verfasst, in denen er sich dafür ausspreche, die Unabhängigkeit der spanischen Kolonien zu betreiben.

Doch Melody hatte ihm gegenüber geäußert, dass sie noch nicht zur Abfahrt bereit sei. Sie brachte allerlei Ausreden vor: das

Kind, die weite Reise, die unbequeme Kajüte, ihre Milch könne versiegen, sie könne seekrank werden, dies und das. Blackraven merkte, dass sie in Wirklichkeit Angst davor hatte, der englischen Gesellschaft als Ehefrau des künftigen Herzogs von Guermeaux vorgestellt zu werden. Er würde die Reise um einige Monate verschieben, aber er hatte entschieden, dass sie nach *Bella Esmeralda* umziehen würden, sobald das Anwesen hergerichtet war, denn aufgrund der Lage von El Retiro würden sie sich im Falle eines Bombardements vom Fluss her in einer sehr ungünstigen Position befinden.

Blackraven dachte seit Tagen darüber nach, ob er die Geschwister und Töchter von Bela Valdez e Inclán über ihren Tod unterrichten sollte. Er kam zu dem Schluss, dass sie ein Recht darauf hatten, die Wahrheit zu erfahren. Allerdings wollte er bestimmte Details für sich behalten, etwa, dass sie sich umgebracht hatte und erst Monate später beerdigt worden war. An dem Sonntag, als Don Diogo zum Mittagessen kam, versammelte er alle außer Angelita in seinem Arbeitszimmer und teilte ihnen eine ziemlich abgewandelte Version der Ereignisse mit.

»Doña Bela«, sagte er, »ist wahrscheinlich aus dem Kloster geflohen, weil sie das Versprechen bereute, das Alcides ihr auf seinem Totenbett abnahm. Wir sollten nicht zu hart über sie urteilen. So jung, wie sie war, muss sie sich im Kloster wie lebendig begraben vorgekommen sein. Sie lebte mit Cunegunda und einer Freundin in einem bescheidenen Haus in der Gegend von San José de Flores. An dem Morgen, als wir sie schließlich fanden, waren sowohl Doña Bela als auch ihre Freundin tot. Vielleicht hatten sie etwas Schlechtes gegessen.«

»Wer war diese Freundin, Exzellenz?«, fragte Leonilda, die ernst und gefasst blieb.

»Ich weiß es nicht«, log Blackraven.

»Und was ist aus Cunegunda geworden, Exzellenz?«, fragte Belas Schwester weiter.

»Sie ist ins Kloster zurückgekehrt, denn sie ist Eigentum der Töchter vom Göttlichen Erlöser. Sie war Teil der Mitgift, die ich Bela mitgab, als sie dem Orden beitrat.«

»Wo ist unsere Schwester begraben, Exzellenz?«

»In der Nähe der Hütte, in der sie lebte, neben dem Garten.«

»Wir werden sie in die Stadt überführen lassen und in San Francisco bestatten«, sagte Diogo.

»Nein«, entgegnete Leonilda mit einer Bestimmtheit, die jeden Widerspruch ausschloss. »Sie bleibt dort, wo sie leben wollte. Kein Wort mehr darüber.«

Oft dachte Blackraven über die seltsamen Umstände von Enda Feelhams Tod nach und fragte sich, ob Cunegundas Bericht nicht auf einer Halluzination beruhte. Daran, dass Enda Feelham die Kehle durchgeschnitten wurde, bestand kein Zweifel, doch die Geschichte von diesem sonderbaren, ganz in Schwarz gekleideten, gesichtslosen Wesen, das schwerelos durch die Luft schwebte und übernatürliche Kräfte besaß, war nur schwer zu glauben. Seiner Meinung nach hatte man sie aus Rache getötet; dass sie einem Dieb zum Opfer gefallen war, war unwahrscheinlich, denn in der Hütte war alles an seinem Platz gewesen. Ovidio hatte sogar in dem Nebenraum ein Ledersäckchen mit drei Golddublonen gefunden, das am Kopfende des Bettes hing. Es war auch nicht davon auszugehen, dass sie einer Vergewaltigung zum Opfer gefallen war, denn ihre Kleider waren unberührt gewesen und ihr Körper hatte keine Spuren eines Kampfes aufgewiesen. Blackraven kam zu dem Schluss, dass sich dieses Geheimnis wohl niemals lösen ließ.

Was Beresfords Bemühungen bei seinen Landsleuten in Montevideo betraf, so hatte er keinen Erfolg. Das zumindest legte ein Schreiben nahe, das Auchmuty am 26. Februar 1807, fünf Tage nach dem Eintreffen der geflohenen englischen Offiziere in San Felipe, an die zuständigen Stellen in Buenos Aires schickte, also an das Rathaus, das Königliche Gericht und Liniers. Darin warf er ihnen vor, sich nicht an die Kapitulationsbedingungen vom 12. August gehalten zu haben, und verlangte die Freilassung des 71. Bataillons und weiterer englischer Einheiten. Andernfalls drohte er, die Gefangenen aus Montevideo nach England zu schicken. Des Weiteren forderte er sie auf, die Stadt zu übergeben, um unnötiges Blutvergießen zu vermeiden.

Blackraven erhielt einen Brief von Beresford, in dem dieser ihn über seine Vermittlungsversuche in Kenntnis setzte, die, wie von Blackraven vermutet, bislang keine Früchte getragen hätten. *Unter der amtierenden Regierung Lord Grenvilles werden die Unabhängigkeitsbestrebungen meiner Freunde in Buenos Aires enttäuscht werden, sollten all ihre Hoffnungen auf einer Unterstützung durch unsere Armee ruhen. Sir Auchmuty hat klaren Befehl des Kriegsministers Windham, die Region zu erobern und mit den Einheimischen nicht über die Unabhängigkeit zu verhandeln.* Die Reise nach London würde sich ungeachtet von Melodys Bedenken nicht mehr lange hinausschieben lassen.

Blackraven bewunderte, wie geschickt Melody mit Alexander umging. Sie hatte ihn gerade in einer Waschschüssel gebadet, und es war wirklich bewundernswert, wie sie es schaffte, ihn einzuseifen, obwohl er in einem fort mit Armen und Beinen strampelte. Obwohl Melody ihn dazu aufforderte, weigerte er sich, den Kleinen zu baden; er hatte Angst, Alexander könne ihm aus den Händen gleiten.

Blackraven bekam nie genug von diesem allabendlichen Ritual. Hatte er Melody vor einigen Monaten noch dabei beobachtet, wie sie ihr Haar bürstete und zu Zöpfen flocht oder ihre Beine eincremte, so ließ er sich nun keinen Handgriff ihrer Sorge um das Kind entgehen. An diesem warmen Abend sah seine Frau nicht nur müde aus, sondern erschöpft. Ihre dunklen Augenringe verrieten, dass sie wenig schlief. Nachdem sie den Kleinen gestillt hatte, legte sie ihn endlich in seine Wiege. Blackraven sah aus der Wanne zu, wie sie sich auszog und das Haar zu einem Knoten schlang. Sie wollte ein Bad mit ihm nehmen. Er streckte ihr die Hand entgegen und half ihr ins Wasser. Melody lehnte ihren Rücken gegen seine Brust und seufzte wohlig.

»Schließ die Augen und leg den Kopf an meine Schulter. Entspann dich, während ich dich wasche.«

Er seifte sie mit dem Schwamm ein, und die sanften Berührungen machten sie schläfrig.

»Ich möchte, dass Alexander lernt, nachts auf dich zu verzichten. Ich mache mir Sorgen um dich, Liebling. Du siehst sehr müde und dünn aus.«

»Trinaghanta sagt das auch«, murmelte Melody.

»Wenn Alexander in der Nacht nicht ohne Trinken auskommt, besorgen wir uns eine Amme.«

Melody setzte sich besorgt auf.

»Er ist mein Sohn, Roger, so wie du mein Mann bist. Es kommt gar nicht in Frage, dass ihn eine andere Frau stillt. Er wird nur aus meiner Brust trinken. Meine Milch ist das Beste für ihn.«

»Ja, natürlich«, entgegnete er. Es gefiel ihm, mit welcher Entschlossenheit seine Frau für ihren gemeinsamen Sohn eintrat. »Dann wird Alexander lernen, dass du nachts nicht zur Verfügung stehst. Wenn er das nächste Mal wach wird, werde ich mich um ihn kümmern. Ich entstaube meine alte Flöte und spiele ihm etwas vor, um ihn zu beruhigen.«

»Eine gute Idee«, stimmte Melody zu. »Alexander liebt Musik. Einen Versuch ist es wert.«

Rings um sie war es still; eine sanfte Brise drang durch die Fenster und trug den Geruch des Nachttaus heran, das Surren der Insekten und das Quaken der Frösche. Blackraven fuhr mit dem Schwamm Melodys Arme entlang bis hinunter zu ihren Händen, die Melody auf die Knie gelegt hatte.

»Ich bin glücklich, Isaura«, hauchte er ihr ins Ohr. »Bevor ich dich kennenlernte, war ich nicht glücklich. Zumindest nicht auf diese Weise.«

Melody setzte sich auf und wandte den Kopf, um ihn anzusehen.

»Manchmal, wenn ich morgens aufwache, denke ich, ich hätte das alles nur geträumt, in Wirklichkeit wären wir nicht verheiratet und sie … nun, sie würde noch leben. Oh, Roger! Ich glaube, ich würde es nicht ertragen, dich noch einmal zu verlieren.«

»Du wirst mich nie verlieren. Das begreifst du nicht, und du hast es auch damals nicht begriffen. Deshalb bist du fortgegangen.«

»Ich war so schockiert und am Boden zerstört. Ich habe so gelitten.«

»Ich weiß, mein Liebling. Lass uns die Vergangenheit vergessen und nur an die schönen Momente denken. Jetzt erwartet uns eine glückliche Zukunft mit Alexander.«

»Erzähl mir etwas Schönes. Erzähl mir, was du heute in der Stadt gemacht hast.«

»Heute, mein holdes Weib, habe ich unter anderem das Durcheinander wieder in Ordnung gebracht, das du angerichtet hast, als du dieses Mädchen aus Brasilien, Joana, unter deine Fittiche genommen hast.«

»Ist der Baron de Ibar sehr wütend auf mich?«

»Nein, im Gegenteil. Trotz der Distanz, die durch seine Frau zwischen uns entstanden ist, hat er mich mit aufrichtiger Freundlichkeit empfangen. Er bat mich um Entschuldigung für den Verdruss, den seine Frau uns bereitet habe, und erbot sich, mir Joana als Beweis seiner Freundschaft zu schenken, was ich ohne zu zögern annahm. Irgendwie musste ich mich für die Probleme schadlos halten, die mir durch die Torheit seiner Frau entstanden sind.«

»Hast du die Baronin gesehen?«

»Nein. Der Baron teilte mir mit, dass sie in Kürze nach Chile abreisen werden. Ah, ich vergaß. Gestern kam Simonetta Cattaneo mit ihrer abweisenden, hochmütigen Sklavin in das Haus in der Calle San José.«

»Ashantí ist nicht ihre Sklavin. Sie hat sie als ihre beste Freundin vorgestellt.«

»Nun, jedenfalls kam sie in die Calle San José, um mir ihr Beileid zu Victorias Tod auszusprechen. Sie bedauerte, in den vergangenen Wochen nicht in der Stadt gewesen zu sein, ausgerechnet, als Victoria krank wurde. Am Ende teilte sie mir mit, dass sie in einigen Wochen ihre große Reise fortsetzen werde. Doña Rafaela sagt, sie lasse den armen Eduardo Romero seufzend vor Liebe und mit gebrochenem Herzen zurück. Sie bat mich, dir ihre Grüße auszurichten.« Da Melody stumm blieb, schloss Blackraven: »Du kannst ihr die Freundschaft zu Victoria nicht verzeihen, stimmt's?« Melody zuckte mit den Achseln, und Roger wechselte das Thema. »Weiß du was? Malagrida und meine Mutter sind ein Paar.«

»Nein!«

»Ich bin nicht überrascht. Es gab immer ein starkes Band zwischen ihnen.«

»Hat Malagrida um die Hand deiner Mutter angehalten?«

Blackraven lachte kurz auf.

»Meine Mutter und heiraten? Das bezweifle ich. Sie behauptet, sie sei jetzt seit vierundfünfzig Jahren unverheiratet und es sei dumm, daran etwas zu ändern. Außerdem könnte Malagrida sie gar nicht heiraten. Ein früheres Versprechen hindert ihn daran.«

»Also ist er bereits verheiratet«, folgerte Melody.

»Ja, so ungefähr. Bist du schockiert?«

»Ich müsste eine Heuchlerin sein, wo ich doch alle Ratschläge meiner Mutter in den Wind geschlagen habe: Ich bin nicht jungfräulich in die Ehe gegangen, ich bin die Geliebte eines verheirateten Mannes geworden, und meine Wollust kennt keine Grenzen.«

»Tatsächlich? Deine Wollust kennt keine Grenzen? Das musst du mir beweisen.«

Als Melody am nächsten Morgen Blackravens gute Laune bemerkte, beschloss sie, mit einer äußerst heiklen Angelegenheit an ihn heranzutreten. Es ging um Servando und Elisea. An diesem Tag lernte sie, dass Blackravens gute Laune keine Garantie dafür war, dass sich nicht eine Sekunde später sein jähzorniger Charakter in seiner ganzen Wucht entlud. Er nannte die Beziehung zwischen seinem Mündel und seinem Sklaven eine »Verirrung« und »widernatürlich«, zieh Melody eine Verräterin, und als Amy vermitteln wollte, warf er sie aus dem Arbeitszimmer.

»Ich will alleine mit ihr sprechen«, erklärte er, als er sah, dass Amy und Melody Elisea zur Seite stehen wollten. »Geht und lasst uns allein.«

Obwohl sie schwieg und den Blick gesenkt hatte, strahlte Elisea eine bewundernswerte Ruhe und Gelassenheit aus. Blackraven bat sie, sich zu setzen.

»Was sind das für Dummheiten, Mädchen? Isaura hat mir gesagt, dass du und Servando ein Liebesverhältnis habt.«

»So ist es, Exzellenz.«

»Hast du den Verstand verloren, Elisea? Bevor du dich mit einem Neger einlässt, werde ich dich zwingen, Otárola zu heiraten, oder dich ins Kloster stecken.«

»Wie Ihr es schon mit meiner Mutter gemacht habt«, entgegnete das Mädchen und sah ihm in die Augen.

»Deine Mutter ist in den Orden der Töchter vom Göttlichen Erlöser eingetreten, weil sie es deinem Vater an seinem Totenbett versprochen hat.«

»Das ist nicht wahr, Exzellenz. Ihr habt sie dazu gezwungen. Es war eine schwere Zeit für mich; aber ich habe trotzdem gemerkt, dass etwas daran nicht stimmte. Meine Mutter war eine lebenslustige Frau, die Feste und das Geld liebte. Sie hätte niemals eingewilligt, ins Kloster zu gehen, es sei denn, Ihr hättet etwas herausgefunden, mit dem Ihr sie unter Druck setzen konntet.«

»Werde nicht frech, Elisea!«, erregte sich Blackraven. Er hasste es, durchschaut zu werden.

»Das bin ich nicht, Exzellenz. Ich sage nur die Wahrheit. Irgendwann kam ich darauf, dass dieses Geheimnis, von dem Ihr wusstet, mit dem Tod meines Vaters zusammenhing und dass meine Mutter irgendetwas damit zu tun hatte.«

»Vorsicht, Elisea! Noch ein Wort, und ich werde dich auf der Stelle …«

»Exzellenz!« Elisea stand auf. »Ich verwahre mich dagegen, dass Ihr mir droht. Ich hege große Zuneigung zu Euch, und mir ist bewusst, dass meine Schwestern und ich dank Eurer Großzügigkeit nicht der Armut anheimgefallen sind. Ich weiß auch, dass Ihr meine Mutter gezwungen habt, ins Kloster einzutreten, um ihren Ruf zu retten, statt sie ins Gefängnis zu bringen, wie sie es verdient gehabt hätte, weil sie meinen Vater vergiftet hat.«

»Genug!« Blackravens Faust krachte auf den Schreibtisch. Elisea zuckte zusammen. »Du redest wirres Zeug! Du weißt nicht, was du sagst.«

»Ihr habt recht. Ich bin zu weit gegangen. Ich bitte Euch, mir zu verzeihen.«

»Setz dich wieder hin.«

»Erlaubt Ihr mir, einen letzten Gedanken zu äußern? Das würde ich gerne im Stehen tun.«

»Sofern dein Gedanke vernünftig ist, erlaube ich es dir.«

»Exzellenz, ich habe keinerlei Beweise für das, was ich soeben behauptet habe und was Euch so aufgebracht hat, was ich zutiefst bedaure. Doch einer Sache bin ich mir sicher, und zwar, dass meine Mutter meinen Vater nicht geliebt hat und sie unglücklich mit ihm war. Meine Großeltern haben meine Mutter verheiratet, als sie noch ein Kind war; sie hat meinen Vater kaum gekannt, einen Mann, der viel älter war als sie. Das wünsche ich mir weder für mich noch für meine Schwestern, Exzellenz. Ich möchte aus Liebe heiraten.«

»Du hast Schneid, Mädchen!«, sagte Blackraven bewundernd. »Du sprichst mit dem Mut einer ganzen Kosakenarmee. Und vermutlich liebst du Servando, einen ungebildeten Schwarzen, der dir nicht das Wasser reichen kann?«

»Servando kann lesen und schreiben, Exzellenz. Er ist ein anständiger, fleißiger Mann.«

»Servando ist ein guter Kerl, Elisea, das zieht niemand in Zweifel. Aber er ist schwarz und du bist weiß, und das ist eine unüberwindliche Barriere für eine Verbindung. Hast du einmal daran gedacht, dass deinesgleichen dich mit Verachtung strafen wird?«

»Sie verachten mich bereits, Exzellenz, weil meine Mutter aus dem Kloster geflohen ist und ich meine Verlobung mit Señor Otárola gelöst habe.«

»Diese Dinge lassen sich klären. Aber dass du dich an einen Schwarzen bindest, ist unverzeihlich, es ist wider die Natur, und ich werde dir keine Mitgift geben, damit du einen solchen Fehler begehst.«

»Ich erwarte keine Mitgift, Exzellenz.«

»Elisea!«, ereiferte sich Blackraven. »Hast du nicht darüber nachgedacht, dass du für immer Abschied von deinen Schwestern nehmen musst? Ihre Männer werden niemals zulassen, dass sie mit dir Umgang pflegen, mit der Frau eines Schwarzen, eines ehemaligen Sklaven. Hast du nicht bedacht, dass eure Kinder Mulatten sein werden und man sie verachten wird? Hast du nicht daran gedacht, dass sie niemals eine Schule besuchen können, weil sie keine Bescheinigung vorlegen können, die die Reinheit ihres Blutes beweist?«

»Doch, das habe ich bedacht, und noch vieles andere mehr, Exzellenz. Ich habe bedacht, dass ich arm sein werde, wenn ich mich an Servando binde, dass ich keine schönen Kleider tragen werde, wie Ihr sie mir kauft, und dass ich keine köstlichen Speisen essen werde, wie sie tagtäglich auf Eurem Tisch stehen. Ich werde keine Parfüms haben, keinen Schmuck, kein bequemes Bett, kein schönes Ankleidezimmer, keine edlen Möbel, kein Silber, nichts von dem, was ich heute dank Eurer Großzügigkeit im Überfluss besitze. Aber ich kann ohne all diese Dinge leben. Doch ohne Servando kann ich nicht leben.«

Mein Gott, dieses Mädchen wusste ja nicht, wie gut er sie verstand. Und dennoch ...

»Elisea, Isaura und ich wollen, dass du glücklich bist. Du und deine Schwestern. Sie behauptet, dass du und Servando miteinander glücklich werdet. Obwohl ich das Urteil meiner Frau hoch schätze, bin ich in dieser Angelegenheit anderer Ansicht. Aber ich will nicht an deinem Unglück schuld sein, indem ich dich von dem Mann fernhalte, den du zu lieben behauptest. Ich werde die nötigen Maßnahmen treffen, damit du eine Zeit im Kloster Santa Catalina de Siena verbringst. Dort wirst du die Härte eines Lebens in Armut und Verzicht kennenlernen, wie du es führen würdest, wenn du mit Servando zusammenlebst. Dort kannst du über deine Gefühle und über die drastischen Veränderungen in deinem Leben nachdenken, solltest du dich für einen Mann entscheiden, den unsere Gesellschaft als minderwertiges Wesen erachtet. Ich möchte, dass du dir in diesen Tagen der Sammlung und des Schweigens darüber im Klaren wirst, dass dich deinesgleichen als Schwarze betrachten werden, solltest du dich dafür entscheiden, dein Schicksal an einen Schwarzen zu binden, und für die Schwarzen wirst du eine Weiße sein, die ihre Rasse verraten hat. Für die Weißen wirst du nicht weiß sein und für die Schwarzen nicht schwarz.«

»Aber ich werde Servandos Frau sein, Exzellenz. Mich schreckt die Prüfung nicht, der mich zu unterziehen Ihr beschlossen habt. Ich bin bereit, mit Gottes Hilfe. Und ich habe keine Angst vor dem Leben, das mich an Servandos Seite erwartet. Ich bin bereit, auch das mit Gottes Hilfe.«

Blackraven nickte und kniff finster die Augenbrauen zusammen. Eliseas Standhaftigkeit rührte ihn. Er war nur selten jemandem mit dem Mut dieses wohlbehüteten jungen Mädchens begegnet. Er bedeutete ihr mit einer Handbewegung, dass sie gehen könne. Bevor Elisea das Zimmer verließ, sagte Blackraven: »Elisea, schlag dir aus dem Kopf, dass dein Vater eines unnatürlichen Todes gestorben ist. Deine Mutter ist ins Kloster gegangen, weil sie es Alcides versprochen hat. Später bereute sie es, weil sie noch jung war und Feste und das Geld liebte, wie du sagtest, und entschloss sich, zu fliehen. Das ist alles.«

»Danke, Exzellenz«, sagte das Mädchen. »Ihr seid ein sehr großherziger Mann.«

Noch am selben Abend besuchte Blackraven Doña Rafaela und bat sie ohne weitere Erklärungen, mit der Mutter Oberin des Klosters Santa Catalina de Siena zu vereinbaren, dass die junge Elisea Valdez e Inclán eine Zeitlang im Kloster leben könne. Die Spende, erklärte er, werde großzügig sein.

»Für die Dauer ihres Aufenthalts im Kloster wird Elisea keinerlei Besuch empfangen«, erläuterte Blackraven, »und ihre Lebensbedingungen im Kloster sollten von spartanischer Einfachheit sein.«

»Das werden sie, Exzellenz«, versicherte die alte Vizekönigin. »Es ist nicht mehr lange bis zur Fastenzeit, einer Zeit des Verzichts, der Enthaltsamkeit und Besinnung.«

In dieser Nacht schlief er nicht in El Retiro. Er war immer noch wütend auf Melody, weil sie ihm die Sache zwischen seinem Mündel und seinem Sklaven verheimlicht hatte. Sein Mündel und sein Sklave! Es fiel ihm immer noch schwer zu glauben, dass sich ein so hübsches, gut erzogenes junges Mädchen wie Elisea in einen

Schwarzen verliebt hatte. Es klopfte an der Tür des Arbeitszimmers. Das musste Servando sein; er hatte ihn rufen lassen.

»Herein.«

Obwohl der Wolof nun ein freier Mann war, benahm er sich in Blackravens Gegenwart noch immer wie ein Sklave. Er nahm die Mütze ab und hielt den Kopf gesenkt. Und er nannte ihn nach wie vor Herr.

»Ihr habt mich rufen lassen, Herr Roger?«

»Ich habe erfahren, dass du dich hinter meinem Rücken in mein Mündel, Señorita Elisea, verliebt hast.«

Nun blickte Servando auf und sah ihm in die Augen wie ein freier Mann. Blackraven erkannte sich in diesem Blick wieder, sah in ihm die gleiche wilde Entschlossenheit, die er in seiner Beziehung zu Isaura empfand. Genau wie bei Elisea lagen in der Haltung des Schwarzen weder Angst noch Scham, nur Misstrauen.

»Welche Strafe hast du für diese Ungeheuerlichkeit verdient?«

»Die grausamste, die Ihr findet, doch nicht einmal fünfhundert Peitschenhiebe werden aus mir herausprügeln können, was ich für Señorita Elisea empfinde, Herr Roger.«

»Du hast Mut, verdammt! Das muss ich dir zugestehen. Jetzt pack deine Sachen und verlasse dieses Haus.«

»Ja, Herr Roger.«

Melody brauchte Tage, um zu verstehen, dass Blackravens Maßnahmen darauf abzielten, Elisea und Servando auf das Leben vorzubereiten, das sie gewählt hatten. Im Kloster sollte Elisea lernen, was die Wörter Entbehrung, Verzicht und Isolation bedeuteten, und Servando das sichere Obdach in dem Haus in der Calle San José zu nehmen würde ihm die Notwendigkeit zeigen, sich selbst ein Dach über dem Kopf, Essen und Kleidung zu beschaffen. Obwohl Blackraven den Wolof nicht aus der Gerberei *La Cruz del Sur* hinausgeworfen hatte, erschien dieser nicht mehr zur Arbeit, sehr zum Bedauern der Gerbermeister, da er sich bei sämtlichen Arbeiten, die man ihm auftrug, äußerst geschickt gezeigt hatte. Zuerst hatte er den übrigen Arbeitern beigebracht, wie man Tiere zerlegte, ohne Abfall zu produzieren, und als später Florestán, der Mann der schwarzen Escolástica, die Ausbeinerei übernahm, wurde er ein hervorragender Pökler; niemand schichtete die Fleischscheiben so fest in die Tonnen wie er, damit sie nicht verdarben.

Melody fuhr in die Stadt, um ihn zu treffen. Er hatte seine frühere Arbeit als Polsterer wieder aufgenommen und wohnte im Schuppen der Werkstatt. Señor Cagigas, Servandos Chef, zeigte sich sehr geehrt über den Besuch der Gräfin von Stoneville und gestattete Servando, einen Moment hinauszugehen, um mit ihr zu sprechen. Sie unterhielten sich in der Kutsche, obwohl sie wusste, dass Milton, der sie an diesem Morgen begleitete, Blackraven davon erzählen würde. Es war ihr egal.

»Ihr habt einen wunderhübschen Jungen, Miss Melody«, sagte der Wolof und betrachtete Alexander, der in Trinaghantas Armen lag.

»Danke, Babá.« Melody ergriff seine Hände. »Babá, es tut mir so leid! Es ist alles meine Schuld, weil ich so töricht war, zu glauben, Roger werde nicht wütend sein und euch helfen.«

»Ihr tragt keinerlei Schuld, Miss Melody! Es ist allein meine Schuld, dass ich um eine Frau geworben habe, die für mich unerreichbar ist. Ich hätte mich niemals in sie verlieben dürfen. Ich habe ihr Leben zerstört. Was den Herrn Roger betrifft, so hat er sich mir gegenüber sehr anständig verhalten. Er hätte mich einsperren und aufhängen lassen können.«

»Roger hat versprochen, dass Elisea nach ihrer Zeit im Kloster frei entscheiden kann. Wenn es ihr Wunsch ist, dich zu heiraten, wird er sie nicht daran hindern. Aber ihre Mitgift wird er dir nicht geben, sagt er.«

Servando lachte auf.

»Miss Melody, an Eliseas Mitgift habe ich nie gedacht.«

»Ich weiß, ich weiß«, sagte sie und tätschelte seine Hand.

»Ich habe viel nachgedacht, Miss Melody, und bin zu dem Schluss gekommen, dass es erbärmlich von mir war, Elisea in ein Sklavenleben führen zu wollen.«

»Du bist jetzt ein freier Mann, Babá!«

»Ich bin schwarz, Miss Melody! Für die Weißen werde ich mein Leben lang ein Sklave sein, und kein Papier, wie viele Siegel und Unterschriften es auch tragen mag, wird etwas an meiner Hautfarbe ändern können.«

»Babá! Sag nicht, dass du beschlossen hast, Elisea zu verlassen.« Servando nickte und senkte den Kopf. »Nein, Babá! Es würde sie umbringen. Sie erträgt die Prüfung des Klosters, um danach mit dir zusammenleben zu können. Es würde sie umbringen. Du weißt, dass es ihren Tod bedeuten wird, ohne dich zu sein.«

»Es wird ihren Tod bedeuten, wenn ich sie zwinge, an meiner Seite ein Leben in Armut und Entbehrung zu führen!«

»Nein, du irrst dich! Sie ist sich darüber im Klaren, dass man sie mit Verachtung strafen wird, dass sie arm sein wird, dass sie keine hübschen Kleider haben wird, kein schönes Haus, keine Möbel, nichts. Weißt du, was sie zu Roger gesagt hat? ›Ich kann ohne all diese Dinge leben. Aber ich kann nicht ohne Servando leben.‹« Der Schwarze begann zu schluchzen. »Babá, sieh mich an. Babá, mein lieber Babá, gräme dich nicht. Diese Prüfung wird vorübergehen, und Elisea und du werdet glücklich werden. Ich werde immer an Eurer Seite sein und Euch helfen. Es wird Euch nie an etwas mangeln.«

»Miss Melody …«

»Ihr könntet nach Haiti gehen. Amy hat versprochen, euch hinzubringen. Dort werdet ihr ein neues Leben beginnen, weit weg von hier, wo man euch kennt und nicht versteht.« Sie sahen sich an, und Melody bemerkte die Zweifel in Servandos Miene.

»Babá, schwöre mir bei deinem Leben, dass du Elisea nicht im Stich lässt. Schwöre es!«

»Ich schwöre.«

Die Nachricht von der Liebe zwischen Servando und Elisea erschütterte die Familie Valdez e Inclán bis in die Grundfesten. Señorita Leonilda sprach tagelang kein Wort, Eliseas Schwestern – mit Ausnahme von Angelita, der niemand etwas gesagt hatte – weinten sich heimlich die Augen aus, und Don Diogo schwor, diesen verkommenen Neger zu entmannen.

»Wenn Ihr irgendetwas gegen Servando unternehmt, bekommt Ihr es mit mir zu tun«, erklärte Blackraven.

»Exzellenz!«, begehrte Don Diogo auf. »Wollt Ihr von mir verlangen, dass ich einfach über die Sache hinweggehe und diesen Dreckskerl nicht für sein schmähliches Verhalten bezahlen lasse?«

»Ich verlange von Euch, dass Ihr Euch nicht in eine Angelegenheit einmischt, die allein in meiner Verantwortung liegt. Bei seinem Tod hat Don Alcides mir seine vier Töchter anvertraut. Ich bin für sie verantwortlich. Es liegt in meinem Ermessen, über ihr Schicksal zu bestimmen, ob im Guten oder im Schlechten.«

Don Diogo war gekränkt, seine Wut und seine Ohnmacht waren echt. Aber er wusste, dass es ihm nur Ungemach bringen würde, den Zorn des Grafen von Stoneville auf sich zu ziehen.

»Ich finde, Elisea sollte das Kloster Santa Catalina de Siena nicht mehr verlassen, zum Wohl ihrer Schwestern«, schlug er, nun mit weniger Nachdruck, vor.

»Sie wird dort bleiben oder zurückkommen, ganz wie ich es für richtig halte.«

»Exzellenz, die Sorge um das Glück meiner Nichte Elisea ehrt Euch, aber bitte denkt auch an den Ruf von Marcelina, María Virtudes und Angelita. Dieser hat bereits sehr gelitten, als meine

Schwester Bela den Entschluss fasste, aus dem Kloster zu fliehen. Und er wäre völlig dahin, wenn bekannt wird, dass Elisea sich mit einem Schwarzen eingelassen hat, einem ehemaligen Sklaven aus der Calle San José.«

»Beabsichtigt Ihr, wegen der Verfehlung ihrer älteren Schwester auf eine Hochzeit mit Marcelina zu verzichten?«

»Nein, selbstverständlich nicht!«

»Nun, ich gehe auch nicht davon aus, dass Leutnant Lane sein Eheversprechen an María Virtudes zurücknimmt; schließlich wusste er von Doña Belas Flucht aus dem Kloster und hat dennoch entschieden, sie zur Frau zu nehmen.«

»Aber das hier ist wesentlich schlimmer! Lane könnte einen Rückzieher machen.«

»Das bezweifle ich. Und was Angelita angeht, so wird sie die meiste Zeit bei uns in England leben, wo niemand von diesem unglücklichen Zwischenfall weiß.«

# Kapitel 26

Im Laufe der Tage glätteten sich die Wogen. Señorita Leonilda nahm wieder an den Mahlzeiten der Familie teil und die Mädchen hörten auf zu weinen, und so wich die angespannte Stimmung allmählich. Elisea wurde vermisst, doch gleichzeitig fügte man sich den Tatsachen. Niemand erwähnte sie, mit Ausnahme von Melody, die für ihr Wohlergehen betete, wenn sie sich nach dem Frühstück zum Rosenkranz in ihrem Privatsalon versammelten. Es war Fastenzeit, und mit dem April war der erste Frost gekommen. Melody machte sich Vorwürfe, wenn sie an die Entbehrungen dachte, die das Kloster einem widerspenstigen, sündigen jungen Mädchen auferlegen würde. Man würde sie bei Wasser und Brot darben lassen und ihr zur Nacht nicht einmal eine Decke geben. Elisea, die eine schwache Konstitution hatte, würde am Ende noch an einer Lungenentzündung sterben.

Obwohl Blackraven mit einer Vielzahl von Dingen beschäftigt war, hörte er sich geduldig Melodys Einwände und Bedenken an, aber er gab nicht nach: Elisea würde das Kloster erst verlassen, wenn er es für richtig hielt. Es wurde nicht darüber geredet, aber Melody wusste, dass er nicht nach England abreisen und sein Mündel hier zurücklassen würde, wo sie der Gefahr eines englischen Angriffs ausgesetzt war.

Beresford war am 26. März auf dem Schiff *Diomede* von San Felipe nach England abgereist, ohne Auchmuty davon überzeugen zu können, die Unabhängigkeit des Vizekönigtums zu unterstützen. Doch Auchmuty hatte die Vorteile durchaus eingesehen und riet dem Kriegsminister William Windham in einem

Brief zu einer Änderung der Strategie. »*Auf der anderen Seite stehen die Einheimischen, vermehrt um einige Spanier, welche bereits lange in diesem Land leben. Diese sind des spanischen Jochs müde und brennen darauf, es endlich abzuschütteln; und obgleich sie aufgrund ihrer Ungebildetheit, ihrer mangelnden Kultur und ihres rauen Temperaments gänzlich unbefähigt sind, eine eigene Regierung zu bilden, beabsichtigen sie, es den Nordamerikanern nachzutun und einen eigenen Staat zu gründen. Wenn wir ihnen die Unabhängigkeit versprächen, würden sie sich augenblicklich gegen ihre Regierung erheben und sich uns in Massen anschließen.*« Beresford wiederum hatte vor seiner Abreise an Blackraven geschrieben und diesem versprochen, den Behörden bei seiner Ankunft in London nahezulegen, die Befreiung der spanischen Kolonien zu fördern.

Um die Mittagszeit dieses 10. April ritt Blackraven zu der Seifenfabrik von Vieytes und Rodríguez Peña, wo sich die Verfechter der Unabhängigkeit versammeln wollten. Unterwegs machte er sich Gedanken darüber, in welchem Zustand er Buenos Aires zurückließ, wenn er nach London abreiste. In Bezug auf die Außenpolitik des Vizekönigtums konnte man die Lage als angespannt beschreiben, denn sowohl Liniers als auch Álzaga und die Beamten des Königlichen Gerichts warteten ab, bis die Engländer etwas unternahmen, um darauf zu reagieren. In Blackravens Augen war Buenos Aires immer noch dieselbe Stadt wie Anfang 1806, ein Sammelbecken von englischen, französischen und portugiesischen Spionen und korrupten Beamten und Händlern, die nach Macht und Geld gierten.

Er musste zugeben, dass Álzaga im Rathaus gute Arbeit leistete und es ihm allmählich gelang, Ordnung in die chaotischen Verwaltungs- und Finanzverhältnisse der Stadt zu bringen. Blackraven hatte ihn unter Kontrolle; durch die Berichte, die er regelmäßig von Covarrubias und seinen Spionen O'Maley und Zorrilla erhielt, wusste er über jede seiner Bewegungen Bescheid. Liniers hingegen, der mit seiner Geliebten Anita Perichon und der Organisation seiner Armee beschäftigt war, war schwieriger zu manipulieren. Blackraven besuchte ihn häufig im Fort, um Fragen bezüglich der Versorgung der Truppe zu klären. Bei diesen Gelegenheiten führten sie lange Gespräche, in denen der Franzose ihm seine Bedenken mitteilte, es könne zu einem Kampf auf offenem Feld kommen, oder die Engländer könnten sie vom Fluss her unter Beschuss nehmen oder die Stadt so lange belagern, bis der Hunger sie zur Aufgabe zwang.

In der Fabrik von Vieytes und Rodríguez Peña vermisste Blackraven Juan Martín de Pueyrredón. Durch seine Spanienreise würde sich die Umsetzung der Ziele der Unabhängigkeitspartei hinauszögern, denn man verfügte zwar über tatkräftige, bestens beleumundete Männer, doch keiner von ihnen besaß die Entschlossenheit, die Kühnheit und das heißblütige Temperament, die bei einer Revolution so dringend benötigt wurden. Mariano Moreno hatte das Wort.

»Nachdem Spanien uns militärisch im Stich gelassen hat, indem man uns weder Waffen noch Truppen schickte, und Sobremonte wie eine Ratte das sinkende Schiff verlassen hat, können wir ebenso gut ganz auf Spanien verzichten und uns nach unseren eigenen Vorstellungen regieren.«

»Soweit ich weiß«, schaltete sich Roger ein, »hat Sobremonte bei dem *Friedensfürsten*« – Gemeint war Manuel Godoy, der Staatsminister König Karls IV. – »Truppen angefordert, die indes nie entsandt wurden.«

»Exzellenz, Sobremonte war Generalinspektor der Truppen des Vizekönigtums, als er Seiner Majestät mitteilte, die kostspielige Entsendung von Regimentern aus Spanien sei unnötig, wenn er doch mit einem einzigen Kanonenschuss dreißigtausend disziplinierte, gut ausgebildete Bürgermilizionäre zu den Waffen rufen könne. Er glaubte, durch die Aufstellung und Ausbildung einer so großen Truppe die Wertschätzung des Königs zu gewinnen, und erreichte doch nur, dass man von einer Entsendung der so dringend benötigten Truppen absah und uns nur die dazugehörigen Waffen schickte. Das ist das eigentliche Vergehen des Señor Sobremonte, der wahre Grund für sein und vielleicht auch unser Scheitern.«

›Sie reden viel, planen wenig und handeln noch weniger‹, dachte Blackraven verdrossen. Er war es leid, das immer gleiche Geschwätz anzuhören. Als er sich Stunden später auf den Rückweg nach El Retiro machte, kam Blackraven zu dem Schluss, dass die erste Invasion der Engländer im Juni 1806 den Menschen am Río de la Plata gezeigt hatte, dass sie auf die Protektion der Spanischen Krone verzichten konnten, die ihre Kolonie tatsächlich seit geraumer Zeit ihrem Schicksal überließ. Diese zweite Invasion indes, mit der jeden Augenblick zu rechnen war, zögerte den Befreiungsprozess hinaus, da sie die Aufmerksamkeit auf andere Dinge lenkte und Spanientreue wie Unabhängigkeitsbefürworter zwang, sich zusammenzuraufen, um eine geschlossene Front gegen den gemeinsamen Feind zu bilden. Die Zeit für die Unabhängigkeit war noch nicht reif, stellte er enttäuscht fest. Zu einem Aufstand, der die Spanier endgültig vertrieb, würde es erst an dem Tag kommen, da die Kreolen ihr ganzes Augenmerk nach innen richteten und ihre Geduld zu Ende war.

Er musste dringend nach London zurück. Doch bevor er abreiste, waren noch zwei Dinge zu erledigen: die Freilassung der Sklaven und der Umzug der Familie Valdez e Inclán und ihrer Dienstboten auf das Landgut *Bella Esmeralda,* wo sie in Sicherheit waren, falls Buenos Aires von Kanonen zerstört wurde oder englische Truppen die Stadt überrannten, wie dies in Montevideo der Fall gewesen war. Doch anders als dort würden die Engländer der Stadt Buenos Aires heimzahlen wollen, dass man sich nicht an die Kapitulationsbedingungen gehalten und die Gefangenen an weit entlegene Orte im Landesinneren gebracht hatte.

Was die Freilassung der Sklaven betraf, ließ er bereits seit längerem von den Gerbermeistern und dem Gutsverwalter Bustillo die Absichten der Sklaven sondieren, sollten diese die Freiheit wiedererlangen. Die meisten hatten den Wunsch geäußert, weiterhin für den Herrn Roger zu arbeiten und unter seinem Dach zu wohnen; nur wenige wollten neue Wege einschlagen, und keiner hatte vor, nach Afrika zurückzukehren. Mit dieser Gewissheit beschloss er, mit der Ausfertigung der Papiere zu beginnen. Da Covarrubias mit seinen Posten beim Königlichen Gericht und als Álzagas Berater voll und ganz ausgelastet war, legte Blackraven die Angelegenheit in die Hände von Doktor Mariano Moreno. Melody erfüllte diese Nachricht mit großer Freude, und genauso war es auch, als Blackraven ihr eines Abends Ende April – am nächsten Morgen wollte er nach *Bella Esmeralda* reiten, um sich zu vergewissern, dass alles bereit war, um die Valdez e Incláns aufzunehmen – mitteilte, er habe veranlasst, dass Elisea das Kloster verlassen könne.

»Sie ist jetzt seit über einem Monat bei den Schwestern von Santa Catalina de Siena. Ich finde, das war Zeit genug, um nachzudenken.«

»Oh ja, Roger! Ja, Liebling, mehr als genug.«

»Die Mutter Oberin hat Doña Rafaela mitgeteilt, dass du sie morgen nach der None abholen kannst. Du bringst sie nach El Retiro, aber hör mir gut zu, Isaura: Es ist ihr verboten, Servando zu sehen. Sobald ich von *Bella Esmeralda* zurück bin«, fuhr er fort, »reisen wir nach London ab. Die Verproviantierung der Schiffe ist nahezu abgeschlossen, nur noch die Wasserfässer müssen geladen werden. Ich will, dass du und der Junge abreisebereit seid.«

»Ja, Roger.«

Am nächsten Morgen stand er bei Tagesanbruch auf, um in Begleitung von Somar nach Capilla del Señor zu reiten, etwa 15 Leguas nordwestlich von Buenos Aires. Er dachte zunächst daran, mehr Männer mitzunehmen, da sich auf dieser Strecke allerlei Gesindel herumtrieb, doch dann sah er davon ab, weil das Areal von El Retiro zu groß war, um es von nur einigen wenigen Männern bewachen zu lassen. Neben seinem Degen und seinem Dolch bewaffnete er sich noch mit zwei Pistolen und einem über der Brust gekreuzten Patronengurt und wies Somar an, das Gleiche zu tun. Melody war bereits angezogen, um ihn nach draußen zu begleiten. Es war empfindlich kalt, und sie reichte Blackraven einen Poncho, den er über seinen Wollmantel ziehen sollte.

»Pass gut auf dich auf«, bat sie ihn inständig. »Und komm bald zurück. Hast du den Proviant dabei, den ich dir gerichtet habe?«

»Ja, Liebling, ich habe ihn in die Satteltaschen gepackt. Keine Sorge, in ein paar Tagen bin ich zurück. Und pass du auf dich auf. Geh nicht ohne den Schutz von Milton, Radama oder Shackle aus. Versprich es mir.«

»Ich verspreche es dir.«

Sie küssten sich, und als sie sich wieder voneinander lösten, nahm Blackraven Melodys Gesicht zwischen seine Hände und lehnte seine Stirn gegen ihre.

»Ich liebe dich, Isaura«, sagte er, dann schwang er sich auf Black Jack und galoppierte ohne zurückzublicken auf den Weg zu, der am Fluss entlangführte. Somar folgte ihm in ruhigerer Gangart.

Auf Höhe der Ortschaft San Isidro verlangsamten sie das Tempo, um die Pferde verschnaufen zu lassen. Mittlerweile war die Sonne über dem Fluss aufgegangen und verwandelte ihn in ein Meer aus Gold. Es war ein wundervoller Morgen mit strahlend blauem, wolkenlosem Himmel und einem sanften Wind, der den Geruch des Landes herantrug. Ein guter Tag zum Segeln, dachte Blackraven und sagte sich, dass er schon bald mit Frau und Kind an Bord der *Sonzogno* auf dem Weg nach London sein würde. Auf einmal hatte er große Lust, zurückzukehren und Melody sein geliebtes Cornwall zu zeigen.

Es geschah ganz schnell, und er war wie gelähmt vor Überraschung. Er hörte ein Geräusch, einen kurzen Schlag wie von Metall gegen Metall, und dann spürte er einen brennenden Schmerz auf der Kopfhaut und an der Stirn. Er fuhr sich mit dem Handrücken über das rechte Auge, weil seine Sicht verschwamm, und stellte fest, dass er blutete. Ungläubig betrachtete er die blutbeschmierte Hand, bis er merkte, dass er im Sattel hin und herschwankte. Er hörte noch, wie Somar nach ihm rief, bevor er bewusstlos zusammensackte.

Obwohl sie auf dem Weg in die Stadt war, um Jimmys Grab zu besuchen – an diesem 26. April war er seit zehn Monaten tot –, war Melody guter Laune. Tags zuvor hatte sie Elisea zur vereinbarten Zeit im Kloster abgeholt. Das Mädchen war blass, hatte dunkle Augenringe und war dünn geworden, aber sie wirkte heiter und hatte ein leichtes Lächeln auf den Lippen. Sie fielen sich im Sprechzimmer in die Arme und traten dann untergehakt auf den Vorplatz der Kirche Santa Catalina, begleitet von Milton, der den kleinen Korb mit den Habseligkeiten des Mädchens trug. Sie gingen zur Kutsche.

»Señor Blackraven hat angeordnet, dass du in El Retiro wohnen sollst, aber vorher möchte ich, dass du mich in die Stadt begleitest. Ich habe noch etwas zu erledigen.«

Milton hielt die Kutsche vor Señor Cagigas' Werkstatt an. Auch diesmal war der Polsterer sehr geschmeichelt, als er Melody in seinen Laden treten sah, und gestattete ihr, seinen Lehrling Servando für einige Minuten zu entführen.

»Steig in die Kutsche«, wies Melody ihn an und schloss den Wagenschlag hinter ihm. Dann trat sie neben den Kutschbock, damit die beiden unter sich waren. Milton sah von oben zu ihr herunter, und Melody lächelte ihm verschwörerisch zu.

»Du wirst Señor Blackraven nichts von diesem Treffen erzählen.«

»Wenn Kapitän Black das erfährt – und Ihr könnt sicher sein, Frau Gräfin, das wird er! –, schneidet er mir die Leber aus dem Leib.«

»Das sagst du immer, dass er dir die Leber aus dem Leib schneidet, aber er macht es nie.«

»Wahrscheinlich, weil Ihr ein gutes Wort für mich einlegt. Aber damit Ihr's wisst, Frau Gräfin, Kapitän Black ist tatsächlich zu so etwas fähig.«

Elisea und Servando saßen in der Kutsche, küssten sich unter Tränen und schworen sich ewige Liebe. Als er sie wieder in seine Arme schloss, hatte er vergessen, dass er eigentlich aus dem Leben seiner Geliebten verschwinden wollte, und versicherte ihr mit neu gewonnener Hoffnung, dass sie bald für immer zusammensein würden.

»Miss Melody sagt, Señorita Amys Angebot, uns nach Haiti zu bringen, gelte weiterhin.«

»Ich komme gerade aus dem Kloster, Servando. Ich muss zuerst zurück nach El Retiro und meiner Familie und Señor Blackraven gegenübertreten. Danach schmieden wir Pläne. Nicht erschrecken. Ich habe keine Angst. Unsere Liebe gibt mir Kraft, und Miss Melody steht mir zur Seite. Es wird alles gutgehen.«

»Ich habe Angst, dass sie dir drohen oder dich irgendwie überreden, mich zu verlassen.«

»Señor Blackraven hätte mich für immer ins Kloster einsperren können, aber er hat es nicht getan. Es ist offensichtlich, dass er es gut meint.«

»Und deine Tante Leonilda? Und dein Onkel Don Diogo? Sie werden anderer Ansicht sein.«

»Ich weiß, aber mein Vormund ist Señor Blackraven. Nur ihm schulde ich Gehorsam.«

Miss Melody klopfte gegen den Wagenschlag und drängte sie, sich zu verabschieden.

Als Melody an diesem Morgen erneut nach Buenos Aires fuhr, dachte sie noch einmal an die gestrige Begegnung von Elisea und Servando und lächelte in sich hinein, als sie ihre Gesichter wieder vor sich sah, die trotz aller Anzeichen von Müdigkeit und Sorge gestrahlt hatten.

›Heute wird ein aufregender Tag‹, sagte sie sich, denn sie wollte einige Besuche machen, nachdem sie auf dem Friedhof gewesen war. Sie würde Doña Rafaela besuchen, Isabella und Kapitän Malagrida, Lupe Moreno – bei dieser Gelegenheit wollte sie auch mit deren Mann sprechen und sich nach dem Stand der Freilassungsverfahren erkundigen – sowie Pilarita Montes, die zur Zeit alleine war, weil der Baron von Pontevedra zu der angekündigten Reise nach Misiones aufgebrochen war. Blackraven hatte ihm eine Vollmacht ausgestellt, damit er in seinem Namen einige Acres Land erwerben konnte. Und natürlich würde sie das Hospiz Martín de Porres besuchen; sie war seit Monaten nicht mehr dort gewesen, das letzte Mal noch vor Alexanders Geburt. Lupe und Pilarita kümmerten sich um alles, und sie beschränkte sich darauf, Geld zu schicken.

Melodys Blick sah zu ihren Begleitern. Trinaghanta wiegte Alexander, der hin und hergerissen war zwischen Müdigkeit und der Aufregung, in der Kutsche zu fahren. Víctor, Estevanico und Angelita versuchten auf dem Sitz Murmel zu spielen, doch bei jedem Schwanken der Kutsche rollten die Glaskugeln wild umher und die Kinder brachen in schallendes Gelächter aus, so dass Alexander erschreckt zusammenzuckte.

Melodys Lachen erstarb, als auf einmal ein Schuss zu hören war. Sie lehnte sich aus dem Wagenfenster und sah, dass sie soeben den Wassergraben von Matorras überquert hatten. Es war noch weit bis zur Stadt und Radama hatte einen einsamen Weg durchs Bajo-Viertel, entlang an Brachen und Ödland, eingeschlagen. Es folgten weitere Schüsse, begleitet von Hufgetrappel und einem Kriegsgeschrei, das ihr die Haare zu Berge stehen ließ. Es hörte sich so an, als seien sie von Wilden umzingelt. Radama öffnete das Fensterchen zwischen Kutschbock und Kabine.

»Señora, wir werden von Strauchdieben verfolgt! Werft Euch auf den Boden und schützt Euren Kopf! Ich versuche, sie abzuhängen.« Dann schloss er das Fensterchen wieder, und Melody war wie gelähmt und starr vor Schreck.

»Auf den Boden, Kinder!«, befahl Trinaghanta und breitete eine Decke aus, um Alexander daraufzulegen.

Melody nahm ihren Sohn und legte sich schützend über ihn. Angelita weinte, und Víctor und Estevanico versuchten sie mit weinerlicher Stimme zu trösten. Trinaghanta betete in einer unverständlichen Sprache zur Göttin Kali. Melody konnte keinen klaren Gedanken fassen. Sie hob den Kopf, um erkennen zu können, was draußen geschah, dann senkte sie ihn wieder, um ihren Sohn zu betrachten. Alexander weinte nicht, sondern erwiderte aus großen, türkisblauen Augen den verängstigten Blick seiner Mutter. Melody betete leise, dass Víctor keinen Anfall bekam. Sie drückte die Hand des Jungen.

»Es wird alles gutgehen, mein Schatz. Mach dir keine Sorgen. Es wird uns nichts geschehen.«

»Ich bekomme keinen Anfall, Miss Melody, versprochen.«

»Nein, natürlich nicht. Du bist sehr tapfer.«

Das Donnern der Hufe wurde lauter. Die Reiter näherten sich der Kutsche von beiden Seiten. Radama schwang die Zügel, trieb die Pferde in seiner Muttersprache an und ließ die Peitsche auf ihre Flanken niedersausen, doch die Tiere wurden trotzdem immer langsamer. Die Kutsche schwankte gefährlich, während gleichzeitig ein dumpfer Schlag auf dem Dach über ihren Köpfen zu hören war. Einer der Verfolger war auf die Kutsche gesprungen, schloss Melody. Ihr wurde klar, dass sie verloren waren. Radama konnte nicht gleichzeitig die Pferde lenken und den Angreifer abwehren, der sich von hinten näherte. Schon seit einer Weile waren keine Schüsse mehr zu hören, doch plötzlich ließ sie ein erneuter Knall zusammenzucken, gefolgt von einem Schmerzensschrei.

Die Kutsche hielt ruckartig an. Melody presste Alexander gegen ihre Brust und blieb zusammengekauert auf dem Boden liegen, während sie weinend immer wieder das Vaterunser betete. Die Angreifer feierten ihren Sieg mit einem Gejohle, das sie durch immer lauteres Beten zu übertönen versuchte. Sie hörte nicht, wie der Wagenschlag aufgerissen wurde.

»Alle raus!«

Trinaghanta stieg als Erste aus, gefolgt von Estevanico, Víctor und Angelita, die weinten und sich an den Händen hielten. Dann folgte Melody, die verzweifelt Alexander an sich drückte. Sie streckte die Hand aus und zog die Kinder zu sich heran, die sich an ihr festklammerten und ihre Gesichter in ihren Röcken vergruben.

»Keine Angst, sie werden uns nichts tun«, beruhigte Melody sie, doch die Unsicherheit in ihrer Stimme strafte ihre Worte Lügen.

Vor ihnen standen in einer Reihe Männer von der schlimmsten Sorte, abgerissen und finster dreinblickend. Sie waren seltsam gekleidet und mit Pistolen, Krummsäbeln und Langmessern bewaffnet.

»Die Gräfin von Stoneville?«, fragte einer der Ganoven. Er war klein und untersetzt, und ihm fehlten mehrere Zähne.

»Ich habe Geld«, gelang es Melody zu stammeln. »Und ein wenig Schmuck. Ihr könnt alles haben, aber tut uns bitte nichts.«

»Der Kapitän interessiert sich nicht für Euren Schmuck und Euer Geld. Der Kapitän will Euch. Steigt wieder in die Kutsche.«

»Was habt ihr mit meinem Kutscher gemacht?«, fragte Melody, als sie Radama reglos auf dem Kutschbock liegen sah.

»Ihr solltet Euch keine Sorgen um diesen Kerl machen, sondern um Euer Schicksal, das nun in unseren Händen liegt.«

»Wer seid ihr? Wer ist euer Kapitän? Weshalb wollt ihr mich mitnehmen? Lasst wenigstens meine Dienerin und die Kinder gehen! Nehmt sie nicht mit!«

Niemand gab ihr eine Antwort. Mit Püffen und Flüchen zwang man sie, in die Kutsche zu steigen, dann wurde die Wagentür zugeschlagen. Die Kutsche schwankte, als einer der Angreifer auf den Kutschbock stieg. Als sie hörte, wie Radamas Körper auf den Weg geworfen wurde, biss sich Melody in die Faust und unterdrückte einen entsetzten Schrei. Die Kutsche setzte sich in Bewegung und fuhr weiter, in Richtung Süden.

Ein unglaublich starker Mann hielt ihn fest und verpasste ihm schmerzhafte Schläge auf den Kopf. Als gelte es, diese Prüfung zu bestehen, hielt Blackraven still und wartete ergeben den nächsten Schlag ab. Plötzlich wachte er auf, weil ihm speiübel war, und ihm wurde klar, dass es nur ein Traum gewesen war und die Schläge rasende Kopfschmerzen waren. Sein Herz hämmerte wie wild, seine Kehle zog sich zusammen, und er hatte einen metallischen Geschmack im Mund. »Wo bin ich? Was ist geschehen?« Sein Kopf war auf die Brust gesunken, doch als er versuchte, ihn zu heben, fuhr ihm der Schmerz vom Nacken in den Magen, und er musste wieder würgen. Er versuchte es erneut, langsam und vorsichtig diesmal, genau wie mit den Augenlidern, die aus Blei zu sein schienen. Er erkannte nur verschwommene Farbflecken; erst nach einigen Sekunden konnte er scharf sehen.

Die Flecken waren Somars Kleidung, der genau wie er gefesselt und bewusstlos dasaß. Der Türke hatte seine Sachen noch an; Blackraven hingegen war nackt. Während er sich seiner Lage bewusst wurde, begann er seinen geschundenen Körper zu spüren. Seine Schultern und Arme, die man an die Rückenlehne des Stuhls gefesselt hatte, schmerzten. Die Lederriemen um seine Handgelenke waren nass und schnitten zunehmend tiefer ins Fleisch, während sie langsam trockneten. Die gleichen nassen Riemen hatte man verwendet, um seine nackten Füße zu fesseln, und um seinen Oberkörper war mehrmals ein Hanfstrick geschlungen. Er versuchte, sich zu bewegen, doch vergebens. Er saß auf diesem Stuhl fest wie eine Kanone auf ihrer Lafette.

Dem dämmrigen Licht zufolge, musste es Abend sein. Er befand sich in einer elenden Hütte, von den Einheimischen *rancho* genannt, mit Wänden aus Kuhdung und einem Dach aus Schilfrohr, einem Boden aus gestampftem Lehm und einer einzigen Öffnung, die mit einem Fetzen Stoff davor als Tür diente. Es gab nur wenige, grob zusammengezimmerte Möbel: Ein Bett mit Strohsack, einen Tisch und vier Stühle. Auf zweien davon saßen Somar und er. Es waren einige Gerätschaften zu sehen: ein Dreifuß, Tontöpfe, Kasserolen, ein gusseiserner Kessel, Tonbecher, eine Steingutflasche, auf dem Tisch zwei Kerzenleuchter mit brennenden Kerzen, Zunder, Brotkrümel und weitere Essensreste, die Blackraven nicht genau erkennen konnte. Beim Anblick der Steingutflasche wurde ihm bewusst, dass seine Kehle brannte wie Feuer, aber da er keine Möglichkeit hatte, an etwas Trinkbares zu gelangen, nahm er weiter die Umgebung in Augenschein. Er fragte sich, wo seine Kleidung, sein Degen und seine Stiefel waren. Der Gedanke an Black Jack beunruhigte ihn.

»Somar!«, rief er, aber seine Stimme klang rau, und das Brennen im Hals wurde stärker. »Somar, wach auf, verdammt noch mal! Somar!«

Der Tuchfetzen vor dem Eingang wurde zur Seite geschlagen, und Blackraven starrte überrascht eine große, athletische, ganz in Schwarz gekleidete Gestalt an, die in der Tür erschien. Unter ihrem breitkrempigen Hut schmiegte sich eine Maske an ihr Gesicht, die ihre Gesichtszüge vollständig verbarg. ›Diese Maske ist eine Maßanfertigung‹, dachte Roger. Die Gestalt war nicht einfach nur schwarz gekleidet; an ihrem seltsamen, einteiligen Anzug war überhaupt nichts Andersfarbiges zu entdecken, keine Paspel, keine Nähte, keine Litze, kein Stückchen Haut. Jeder Zentimeter ihres Körpers war bedeckt, und der Kontrast zu Blackravens Nacktheit ließ die Szene noch unwirklicher und grotesker erscheinen. Bei genauerem Hinsehen waren in der Ledermaske schmale Schlitze für Augen, Nase und Mund zu erkennen.

»Ich nehme an, Ihr werdet durstig sein, Exzellenz.« Die Stimme seines Häschers überraschte ihn ebenso wie seine Kleidung, nicht nur wegen ihres sonoren, jedoch nicht sonderlich männlichen Klangs und des mit Akzent gesprochenen Englischs, sondern weil sie ihm bekannt vorkam. Die Maske passte sich den Bewegungen beim Sprechen an. Sie schien nicht aus gewöhnlichem Leder gefertigt zu sein, sondern aus feinstem Glacé, dachte Blackraven. Deswegen lag sie wie ein Handschuh an.

»Ja«, sagte er, »ich habe Durst.«

Er trank gierig, als der Unbekannte ihm die Flasche an die Lippen hielt.

»Wer seid Ihr? Warum haltet Ihr mich hier fest?«

Die Gestalt lachte lauthals und trat hinter Blackraven.

»Seid nicht beleidigt, Exzellenz, ich lache immer, wenn ich euphorisch bin, so wie jetzt, da Ihr mir willenlos ausgeliefert seid. Ihr seht, Ihr könnt Euch geschmeichelt fühlen.«

Blackraven stieß eine Verwünschung aus, als sein Häscher die Fesseln fester zog.

»Verzeiht, Exzellenz, ich muss sichergehen, dass Ihr richtig gefesselt seid. Bei einem so gewieften Mann wie Euch kann man gar nicht genug aufpassen.«

Blackraven spürte, wie der andere versuchte, ihm den Ring mit dem vierblättrigen Kleeblatt abzunehmen, aber da seine Finger angeschwollen waren, gelang es ihm nicht. Er hörte den anderen nach etwas suchen und spürte dann, wie er den Ringfinger seiner rechten Hand mit einer öligen Substanz einrieb; danach ließ sich der Ring ohne Schwierigkeiten abziehen. Er hörte das vertraute Geräusch, mit dem der Deckel aufsprang; das Geheimnis des Skorpionsiegels war entdeckt. Blackraven wunderte sich, dass sein Häscher den Mechanismus so rasch gefunden hatte.

»Was ist mit meinem Begleiter? Warum ist er bewusstlos?«

Der andere stellte sich wieder vor ihn, und Blackraven sah ihn genauer an. Er drehte den Skorpionring zwischen seinen Fingern wie ein Taschenspieler.

»Ihr seid einen Tag bewusstlos gewesen, nachdem ich euch mit einem Steinwurf außer Gefecht gesetzt habe, wie David im Kampf gegen Goliath. Den Umgang mit der Steinschleuder habe ich von den Kariben gelernt, aber soweit ich weiß, wird sie auch von den hiesigen Eingeborenen genutzt.«

Woher kannte er diese Stimme?

»Wer seid Ihr? Weshalb haltet Ihr mich hier fest?«

»Meine Gründe sind einfach. Ich ergötze mich daran, den Schwarzen Skorpion auf Gedeih und Verderb in der Hand zu haben. Ganz einfach.«

Blackraven starrte ihn ungläubig an. Er hatte sehr wohl gehört, dass sein Häscher ihn bei seinem Decknamen genannt hatte, aber es dauerte einige Sekunden, bis er die Tragweite dieser Entdeckung begriff.

»Die Kobra«, flüsterte er, und das Blut stockte ihm in den Adern.

»Ihr wisst also von meiner Existenz, wie ich sehe. Das erstaunt mich nicht. In so manchem Viertel von Paris«, sagte die Kobra mit tadelloser französischer Aussprache, »ist bekannt, dass Fouché mich auf den berüchtigten Schwarzen Skorpion angesetzt hat. Wir sind wohl einer Meinung, dass Rigleau nicht eben der diskreteste Agent des Kaisers ist. Doch mit Verlaub, Exzellenz, ich bin nicht Euer einziger Feind. Vor einigen Wochen musste ich Enda Feelham beseitigen, weil sie vorhatte, Euch und Eure Frau zu töten und Euren Sohn zu sich zu nehmen. Das hätte meine Pläne durchkreuzt.«

Bei der Erwähnung von Melody und Alexander lief es Blackraven kalt den Rücken hinunter.

»Wie viel hat Fouché Euch geboten, damit Ihr mich tötet? Ich biete Euch das Dreifache! Das Vierfache!«

»Damit wäre ich sehr reich, doch das bin ich schon.« Die schwarz gekleidete Gestalt betrachtete den Ring und ließ erneut den Deckel aufschnappen. »Von außen sieht dieses Schmuckstück nach nichts aus, bis man das Siegel mit dem Skorpion entdeckt, das dem schöpferischen Genie Cellinis zugeschrieben wird. Es ist wunderschön! Ihr habt keine Vorstellung, wie sehr ich mir gewünscht habe, es einmal in den Händen zu halten.«

Die Kobra ging zum Tisch, nahm eine Stange dunkles Siegelwachs, hielt es über die Kerze, tropfte dann ein wenig davon auf ein Stück Papier und drückte das Siegel hinein. Als sie das eingeprägte Bild sah, entfuhr ihr ein zufriedener Ausruf.

»Das ist es«, sagte sie, und die Genugtuung, die herauszuhören war, klang echt.

Dann zog die Kobra einen kleinen Lederbeutel hervor, wie man ihn benutzte, um Tabak darin aufzubewahren, und schnürte ihn auf. Ein vergilbtes Stück Papier kam zum Vorschein; es war angesengt und trug das Siegel mit dem Skorpion. Es war eine von Hunderten Botschaften, die Blackraven als Schwarzer Skorpion an seine Männer gesandt hatte und die diese nach dem Lesen unverzüglich vernichten sollten. Ribaldo Alberighi, sagte er sich. Allmählich kam Licht in seine wirren Gedanken. Offensichtlich hatte Alberighi vor seinem Tod keine Zeit mehr gehabt, die Nachricht vollständig zu verbrennen. Unterdessen hatte die Kobra beide Papiere nebeneinander gelegt.

»Ja, das ist es«, sagte sie noch einmal, nachdem sie die Siegel miteinander verglichen hatte. »Ich glaube, ich werde es um den Hals tragen«, bemerkte sie, während sie den Ring von nahem betrachtete. »Er ist zu groß für meine schlanken Finger. Ich weiß, dass er bereits von einer anderen Frau getragen wurde, Eurer Mutter Isabella di Bravante.«

Einer anderen Frau?

»Wo mag sie ihn getragen haben?«, überlegte die Kobra. »Am Mittelfinger, am Daumen vielleicht? Er muss ihr zu weit gewesen sein, deshalb ist er ihr vom Finger gerutscht, als diese Männer Euch in den Gärten von Versailles aus ihren Armen rissen.«

»Ich biete Euch das Vierfache von dem, was Fouché zahlt.«

»Das Einzige, was mich interessiert, werdet Ihr mir nicht geben wollen.«

»Sprecht! Ich gebe Euch alles, was Ihr von mir verlangt.«

»Ach, wirklich?« Die Kobra lachte und lief geschmeidig wie ein Panther vor ihm auf und ab. »Ihr würdet Eure Seele an den Teufel verkaufen, um freizukommen. Wenn ich Euch bäte, mit mir gemeinsame Sache zu machen, würdet Ihr ohne zu murren einwilligen. Gemeinsam wären wir unschlagbar.« Der veränderte Klang ihrer Stimme verriet, dass ihre Worte aufrichtig gemeint waren, doch gleich darauf wurde sie wieder sarkastisch. »Aber ich könnte Euch niemals trauen.«

»Warum nicht? Ihr seid der Einzige, dem es gelungen ist, meine wahre Identität zu enthüllen, mich zu überwältigen und an einen Stuhl zu fesseln, so dass ich völlig wehrlos bin. Dafür gebührt Euch meine Hochachtung und Bewunderung. Ihr wärt der Einzige, mit dem ich mich zusammentun und den ich von gleich zu gleich behandeln würde.«

»Eure Worte wären sehr schmeichelhaft, wenn sie aufrichtig wären.«

»Das sind sie«, beteuerte Blackraven.

»Nein, Exzellenz, das sind sie nicht. Ihr habt die Natur eines Skorpions, ein todbringendes Tier, ein Einzelgänger, der nur daran denkt, sein Opfer zu vernichten.« Nach einer Pause nahm die Kobra den spöttischen Ton von vorher wieder auf. »Kennt Ihr die Fabel von der Kröte und dem Skorpion? Eines Tages saßen eine Kröte und ein Skorpion an einem Fluss. Der Skorpion musste ans andere Ufer, doch da er nicht schwimmen konnte, ging er zu der Kröte und fragte: ›Würdest du so freundlich sein, mich ans andere Ufer zu bringen?‹ Die Kröte antwortete: ›Wenn ich dir erlauben würde, auf meinen Rücken zu steigen, um dich über den Fluss zu tragen, würdest du mich stechen, und ich würde sterben.‹ Der Skorpion lachte. ›Du bist töricht, Gevatterin Kröte! Wenn ich dich stäche, würden wir beide sterben, denn da ich, wie du weißt, nicht schwimmen kann, würde ich ertrinken.‹ Die Kröte dachte eine Weile nach, und da sie eine vornehme, großherzige Seele war, erlaubte sie dem Skorpion schließlich, auf ihren Rücken zu steigen. Die Kröte begann ans andere Ufer zu schwimmen, doch als sie die Mitte des Flusses erreicht hatte, spürte sie, wie sich der tödliche Stachel des Skorpions in ihr Fleisch bohrte. ›Was hast du getan!‹, rief sie verzweifelt. ›Nun werden wir beide sterben!‹ Da sagte der Skorpion mit aufrichtigem Bedauern: ›Verzeih mir, ich konnte nicht anders. Es ist meine Natur.‹«

In der nun folgenden Stille versuchte Blackraven seine Gedanken zu ordnen. Er musste unbedingt herausfinden, was die Kobra vorhatte.

»Weshalb haltet Ihr mich hier fest? Weshalb bringt Ihr mich nicht um und bereitet dieser Farce ein Ende?«

»Das sagte ich Euch bereits, Exzellenz. Meine Gründe sind einfache. Ich gönne mir gerne etwas. Wisst Ihr, dass ich Euch seit zwei Jahren suche? Ihr seid mir zur Obsession geworden, und nun, da ich Euch in meiner Gewalt habe, genieße ich Eure Nähe.«

»Was habt Ihr vor?«

»Oh, das werdet Ihr noch erfahren. Alles zu seiner Zeit. Aber nun möchte ich einige schöne Momente mit Euch verbringen.«

Die Kobra fuhr ihm mit der Hand über die Wange. Blackraven wandte verächtlich und angewidert das Gesicht ab.

»Wie habt Ihr mich gefunden? Woher wusstet Ihr, wer ich bin?«

»Dass ich Eure Identität aufdeckte, habe ich zum Teil meinem Spürsinn zu verdanken, aber ich muss zugeben, dass auch das Glück und Eure Feinde dazu beigetragen haben, mich auf Eure Spur zu führen. Ich sage es noch einmal, Exzellenz, ich bin nicht Euer einziger Widersacher. Oder sollte ich sagen, ich war nicht Euer einziger Widersacher, denn Simon Miles ist tot.«

Blackraven wand sich wütend auf seinem Stuhl.

»Du verdammter Schurke! Du hast ihn umgebracht!«

»Ihr solltet nicht so aufgebracht über den Tod Eures so genannten Freundes sein, Exzellenz. Seht, ich musste es tun, ich musste ihn beseitigen, um zu verhindern, dass er meine Pläne durchkreuzte, genau wie die Tante Eurer Frau, Enda Feelham, oder Gálata, wie sie sich nannte.«

»Wovon redet Ihr? Weshalb musstet Ihr Simon Miles beseitigen, einen harmlosen Mann, der keiner Fliege etwas zuleide getan hätte?«

»Exzellenz, Exzellenz, Ihr enttäuscht mich. Ich habe Euch für einen Kenner der menschlichen Natur gehalten. Jedes Lebewesen kann sich unter bestimmten Umständen, geleitet von gewissen Gefühlen, in eine tödliche Waffe verwandeln. Simon Miles war da keine Ausnahme. Sein Hass auf Euch, seine Eifersucht und seine Rachegelüste wegen Victoria Trewarthas Tod veränderten sein Wesen. Er war fest entschlossen, Euch Schaden zuzufügen, sobald sich die Gelegenheit dazu bot. Dass er es nicht tat, habt Ihr nur meinem Eingreifen zu verdanken.«

»Schuft«, murmelte Blackraven.

»Ihr glaubt mir nicht. Nun, ein anderer Eurer Feinde spielte Simon Miles jene Information zu, für deren Beschaffung Fouché mir ein Vermögen gezahlt hatte. Jemand, der Euch ebenso sehr hasste wie Miles, gab diesem die Waffe in die Hand, um Euch zu töten, ohne dass Simon Miles den Abzug einer Pistole hätte betätigen müssen, denn dazu hätte er, das wisst Ihr ebenso gut wie ich, keinen Mut gehabt.«

»Wovon zum Teufel sprecht Ihr?«

»Davon«, sagte die Kobra und zog ein Papier aus dem Tabaksbeutel. Sie entfaltete es vor Blackravens Augen, und dieser erkannte trotz des dämmrigen Lichts die Handschrift von Alcides Valdez e Inclán.

»*Simon*«, las die Kobra vor, »*Dein Hass und meiner haben dasselbe Ziel, aus denselben Gründen. In meiner Position kann ich nichts unternehmen, um mich zu rächen. Du hingegen könntest es, wenn Du folgende Information an die Franzosen weitergibst. Sie werden den Rest erledigen. Geh zu Thiers, dem Wirt des ›The King and the Lady‹, und sag ihm, dass Du Rigleau sprechen musst. Für ein paar Pfund wird er Dir eine Unterredung mit Fouchés Meisterspion beschaffen. Das Treffen muss an einem öffentlichen Ort stattfinden, und Du solltest eine Waffe bei Dir tragen. Achte darauf, dass er Dir nicht folgt, und verwende einen falschen Namen. Dann teilst Du Rigleau Folgendes mit.*« Die Kobra räusperte sich und fuhr dann in feierlichem Ton fort: »*Der Schwarze Rabe ist der Schwarze Skorpion.*« Und dann noch einmal, klar und deutlich: »*The Black Raven is, in fact, the Black Scorpion.*«

Diese Enthüllung traf Blackraven wie ein Blitz. Vor seinem inneren Auge erstand Alcides' ausgezehrtes, totenblasses Gesicht, als er versuchte, sein Gewissen zu erleichtern, bevor ihn das Gift dahinraffte. Als die erste Bestürzung vorüber war, empfand Blackraven tiefe Verachtung für sich selbst. Er würde sich niemals verzeihen, dass er einen so dummen Fehler gemacht und sich mit der Frau eines Mannes eingelassen hatte, der fast alle seine Geheimnisse kannte.

»Ihr werdet Euch fragen, wie ich auf Simon Miles gekommen bin«, sagte die Kobra.

Tatsächlich war Blackraven so durcheinander, dass er gar nicht daran gedacht hatte.

»Euer Jugendfreund stand wegen seiner häufigen Besuche in Paris, wo er in den literarischen Salons und dem Haus von Madame Récamier verkehrte, auf einer Liste von Verdächtigen, was beweist, wie unfähig die französischen Agenten und Spione sind, denn ich habe noch nie einen harmloseren Menschen kennengelernt als Simon Miles. Was diesen Brief betrifft, so gehe ich davon aus, dass der Auslöser eine Weibergeschichte war. Es lässt sich nicht bestreiten, dass Euch viele Frauen unwiderstehlich finden.« Die Kobra blieb vor Blackraven stehen; ihre Beine berührten beinahe seine Knie. Sie fuhr mit einem Finger die Linie seines Kinns entlang. »Und ich mache ihnen keinen Vorwurf daraus, denn mir ergeht es nicht anders.«

Blackraven wandte das Gesicht ab. Plötzlich war ihm seine Nacktheit unangenehm.

»Hören wir mit diesem Unsinn auf und kommen zur Sache. Ich bin diese Farce leid.«

»Ich hingegen genieße jede Minute in Eurer Gesellschaft, nachdem ihr über zwei Jahre in meiner Vorstellung und in meinen Gedanken wart. Ihr solltet Euch geschmeichelt fühlen, Exzellenz. Ich mache nicht oft Komplimente.«

»Was zum Teufel wollt Ihr noch von mir! Tötet mich endlich und macht dem Ganzen ein Ende!«

»Oh, ich vergaß, Euch zu sagen, dass der Kaiser von Frankreich Euch lebendig will. Tot wäre der Schwarze Skorpion nicht viel wert.«

»Dann bringt mich zu Napoleon!«

»Über meine Pläne reden wir später, Exzellenz. Jetzt möchte ich einen angenehmen Moment mit Euch verbringen. Oder hat Melody etwas dagegen?«

Es war nicht die Tatsache, dass die Kobra ihren Namen erwähnte, sondern die Art und Weise, wie sie es tat. Aus der Stimme seines Gegenübers klang Vertrautheit, ganz so, als würde er sie kennen.

»Warum, verdammt, habt Ihr mich hierhergebracht? Was habt Ihr vor?«

»Ihr glaubt mir nicht, oder, Exzellenz? Ihr glaubt mir nicht, dass Ihr nur zu meinem Vergnügen hier seid. Ihr müsst wissen, Exzellenz, ich bewundere niemanden, mit Ausnahme von Euch. Sie weiß das, und deshalb ist sie eifersüchtig und hasst mich. Sie weiß alles, es ist unmöglich, die Wahrheit vor ihr zu verbergen. Sie weiß, dass ich Euch liebe.«

Mit einer Heftigkeit, die die Kobra überraschte, warf sich Blackraven nach vorne und kippte mit dem Stuhl um. Der Sturz machte ihn benommen, doch als ihm bewusst wurde, in welch unangenehmer Situation er sich befand – auf der linken Seite liegend und immer noch an den Stuhl gefesselt –, spürte er mit einem Mal ganz deutlich die Schmerzen überall in seinem Körper. Die Fesseln an Händen und Füßen schnitten ihm ins Fleisch. Er stöhnte auf.

Auf Französisch vor sich hin fluchend, versuchte die Kobra den Stuhl wieder aufzurichten, doch ihre Bemühungen waren vergebens. Sie schlug so heftig mit der Faust auf den Tisch, dass die Flasche zu Boden fiel. Somar begann sich zu rühren und leise zu wimmern. Die Kobra trat rasch und lautlos zu ihm und beförderte ihn mit einem Schlag ins Genick erneut in die Bewusstlosigkeit.

»Verfluchter Dreckskerl!«, tobte Roger, der aus seiner Position den Türken im Blick hatte. »Hinterhältiger Feigling! Bindet mich los, und wir klären die Sache unter Männern!«

Mit einer schnellen, schlangengleichen Bewegung war die Kobra wieder bei Blackraven und raunte ihm ins Ohr: »Aber Exzellenz, ich dachte, Ihr hättet begriffen, dass ich in Wahrheit kein Mann bin.«

Blackraven stieß einen wütenden Schrei aus. Er wand sich und versuchte, die Fesseln zu lockern, außer sich über seine eigene Verletzlichkeit und den Umstand, dass er sich in der Gewalt eines Geisteskranken befand. Dieser Irre war ein gerissener Kerl, er hatte ihn mit seinem Geschwätz eingelullt und verwirrt.

»Schluss jetzt damit, Ihr verkommener Perversling. Sagt mir endlich, was Ihr von mir wollt.«

Die Kobra richtete sich auf und seufzte bedauernd, dann ging sie zum Tisch und setzte sich auf einen Stuhl. Blackraven konnte sie nicht sehen, aber er hörte, wie sie mit einem metallischen Gegenstand gleichmäßig auf die Tischplatte klopfte.

»Ihr enttäuscht mich, Exzellenz. Ich dachte, unser kleines Tête-à-Tête wäre vergnüglicher. Ihr seid langweilig, jähzornig und schlecht erzogen.«

»Bindet mich los, und ich werde Euch zeigen, wie vergnüglich ich sein kann!«

»Euer Vorschlag ist verlockend, Exzellenz, das gebe ich zu. Aber zuerst die Pflicht, und zu der komme ich nun. Wie ich Euch vorhin sagte, möchte Kaiser Napoleon Euch lebendig. Ihr sollt sein Spionagenetz leiten, aber offen gestanden ist Fouché nicht sehr angetan von der Idee. Ihr werdet Euch vorsehen müssen.«

»Wem habt Ihr meine wahre Identität verraten?«

»Das sage ich Euch nicht, Exzellenz.«

»Bonaparte oder Fouché? Rigleau?«

»Vielleicht ja, vielleicht nein.«

»Ihr seid ein verdammter Päderast. Ein widerlicher Sodomit.«

»Exzellenz, ich habe allmählich genug von dieser Litanei an Beleidigungen, die Ihr von Euren Matrosen gelernt habt. Seid still und hört Euch meinen Plan an. Wie gesagt, der Kaiser möchte, dass Ihr sein Spionagenetz leitet. Ihr wisst ja, welche Bedeutung der Kaiser der Spionage beimisst, und dass er den Schwarzen Skorpion für diese Aufgabe gewinnen will, beweist einmal mehr seine Weitsicht. Aus meiner Sicht solltet Ihr Euch geehrt fühlen. Und schließlich, wenn ich Euch lebend zu Napoleon bringe und es mir gelingen sollte, Euch zur Zusammenarbeit mit dem Kaiserreich zu bewegen, wird mir die Gunst des mächtigsten Mannes Europas gewiss sein.«

»Mir ist rätselhaft, wie Ihr mich dazu zwingen wollt, bei der ganzen Sache mitzuspielen.«

»Ganz einfach. Eure Frau und Euer Sohn Alexander werden Fouchés Gäste sein.«

Endlich kam die gefürchtete Erklärung. Blackraven stürzte in eine Verzweiflung, die sich in körperliche Schwäche verwandelte. Er war müde und zerschlagen, und seine angespannten Muskeln erschlafften. Die Schmerzen an Hand- und Fußgelenken wurden stärker, und sein Kopf begann erneut zu hämmern. Seine Kehle war trocken, und er hatte einen widerlichen Geschmack im Mund. Die Augen fielen ihm zu, und in der nun folgenden Dunkelheit, die ihn umfing, sah er Melody und Alexander vor sich. Er hatte immer gewusst, dass sie einmal seine Achillesferse sein würde. Sie war sein Schwachpunkt, und er war für Isaura eine unmittelbar drohende Gefahr. Ihm kam der Satz in den Sinn, den Malagrida vor Monaten in Rio de Janeiro zitiert hatte. »So wie eine Lilie inmitten der Dornen, so ist meine Freundin inmitten der Töchter.«

»Ihr schweigt, Exzellenz. Wollt Ihr nicht auch noch den Rest meines Plans hören?«

»Fahrt fort.«

»Eure Frau und Euer Sohn werden mit mir nach Calais reisen, wo Ihr und ich uns in dem Gasthaus ›Heu und Stroh‹ treffen werden. Der Name sagt Euch etwas, nicht wahr?«

»Ja«, bestätigte Blackraven.

»Gut. Ihr werdet dort warten, bis ich wieder Kontakt zu Euch aufnehme, um Euch weitere Instruktionen zu geben.«

»Es ist nicht nötig, dass meine Frau und mein Sohn mit Euch reisen. Ich werde mit Euch kommen und mich freiwillig in die Dienste Napoleons stellen.«

Die Kobra lachte.

»Sechzig Tage gemeinsam mit Euch auf einem Schiff? Für wie dumm haltet Ihr mich?«

»Ihr könntet mich in Ketten legen und in den Kielraum sperren, so könnte ich nicht entkommen. Ich gebe Euch mein Ehrenwort, dass ich es nicht versuchen werde.«

»Muss ich Euch an die Fabel von der Kröte und dem Skorpion erinnern?«

»Ich gebe Euch mein Ehrenwort! Nehmt mich mit, aber lasst meine Frau und mein Kind in Frieden. Ich werde tun, was Ihr von mir verlangt. Ich werde mit Euch zusammenarbeiten, wenn Ihr es wünscht. Ich gebe Euch mein gesamtes Vermögen, und das ist unermesslich groß. Doch hört mir gut zu, Ihr verkommener Lüstling: Solltet Ihr ihnen ein Haar krümmen, werde ich Euch hetzen wie ein Tier, und wenn ich Euch erwische, werde ich Euch so grausamen Foltern unterziehen, dass Ihr mich anflehen werdet, Eurem Leben ein Ende zu setzen.«

Obwohl er in einer äußerst angreifbaren Lage war, obgleich er geschwächt und verletzt war und sich in ihrer Gewalt befand, gelang es Blackraven, der Kobra mit diesem leidenschaftlichen Ausbruch Angst einzuflößen. Sie verbarg ihre widerstreitenden Gefühle, seufzte leise und sagte dann:

»Ich warte in Calais auf Euch, Exzellenz. Mit Eurer Frau und Eurem Sohn.«

»Kommt zurück! Wo wollt Ihr hin? Mistkerl! Wir sind noch nicht fertig!«

Er verstummte, so dass nur noch sein hastiger Atem zu hören war, bis ihm irgendwann klar wurde, dass die Kobra nicht zurückkehren würde. Sie hatte ihn gefesselt in dieser Hütte zurückgelassen, in einer Lage, aus der er sich unmöglich befreien konnte. Er blickte sich um. Durch den Spalt zwischen Tuchfetzen und Türöffnung sah er, dass es Nacht war, und er stellte außerdem fest, dass die Kerzen in etwa einer halben Stunde verlöschen würden.

Er musste handeln, und das schnell. Die Kobra hatte ein Interesse daran, dass er ihr folgte, also musste sie irgendein Werkzeug zurückgelassen haben, mit dem er die Fesseln durchtrennen konnte. Auf der linken Seite liegend, robbte er bis zum Tisch. Er brauchte Minuten, um ein paar Zollbreit voranzukommen, denn es war nicht nur mühsam, sondern auch schmerzhaft. Da er sich genau neben einem der Tischbeine befand, beschloss er, den Tisch umzustoßen. Es war nicht die klügste Idee, weil die Kerzenleuchter daraufstanden; wenn sie herunterfielen und verloschen, würde er im Dunkeln sitzen. Aber er kam zu dem Schluss, dass es die einzige Möglichkeit war, die er hatte. Wie er es allerdings anstellen sollte, den Tisch umzuwerfen, stand auf einem ganz anderen Blatt. Zum Glück war es ein wackliger Tisch aus billigem, dünnem Holz. Da sein Kopf das einzig freie Körperteil war, schob er ihn unter den Tisch und rammte mit einem lauten Brüllen die Stirn gegen den unteren Teil des Tischbeins, bis der Tisch ins Wanken geriet und umkippte.

Verschiedene Gegenstände fielen zu Boden, darunter auch die Kerzenleuchter. Die Kerzen rollten über den Boden. Blackraven starrte sie beschwörend an, bis sie schließlich liegen blieben, ohne zu verlöschen. Aber sie konnten jeden Moment ausgehen, da das flüssige Wachs am Docht entlang zu Boden tropfte und die Flamme immer schwächer wurde.

Er hörte Somar stöhnen, der aus seiner Ohnmacht erwachte, aber er achtete nicht weiter darauf. Ihm blieben nur wenige Minuten. Er betrachtete die übrigen Gegenstände, die zu Boden gefallen waren. In der Nähe der Bettstelle entdeckte er einen Dochtschneider, eine Art Schere, mit der man das verbrannte Ende des Dochts abknipste, und etwas weiter weg ein Klappmesser mit elfenbeinernem Griff. Er entschied sich für das Letztere und legte den Weg zu der Waffe auf dieselbe Art zurück wie zuvor zum Tisch. Seine linke Körperhälfte war völlig aufgeschürft und brannte. Trotzdem robbte er beharrlich weiter, während er sich einredete, dass ihm noch genug Zeit blieb, um Melody und Alexander in Sicherheit zu bringen.

Als er schließlich neben dem Messer lag, überlegte er, wie er es am besten zu packen bekam. Er nahm es zwischen die Zähne, hob den Kopf und bog den Oberkörper, bis seine Knochen knackten und das Hanfseil schmerzlich in die Haut schnitt. So verharrte er, weil er sich nicht entschließen konnte, das Messer auf Höhe der Hände hinter den Stuhl fallen zu lassen. Von der Genauigkeit dieser Bewegung hing alles ab; landete das Messer zu weit weg, musste er ganz von vorne anfangen. Er bog sich noch ein bisschen weiter zur Seite, öffnete die Lippen, und das Messer landete in seinen gefühllosen Händen.

»Gut gemacht, Roger!«, ermunterte ihn Somar, der ihn beobachtet hatte.

»Ich spüre meine Finger kaum. Ich habe Angst, dass ich es fallen lasse.«

»Du schaffst es.«

»Jetzt«, sagte er, »kommt der schlimmste Teil.«

Ein paar Mal hätte er das Messer beinahe verloren, als er versuchte, es aufzuklappen. Schließlich bekam er den Griff zu fassen und begann die Lederfesseln zu durchtrennen. Diese hätten der scharfen Klinge des Messers rasch nachgegeben, doch da sie tief ins Fleisch einschnitten, war es ein schwieriges Unterfangen. Blut sickerte aus seinen Handgelenken, da er sich immer wieder Schnitte zufügte. Blackraven ging ganz langsam vor, denn ein zu tiefer Schnitt hätte eine Ader verletzen und in Minuten den Tod herbeiführen können. Schließlich bekam er einen Krampf im Arm. Stöhnend vor Schmerz ließ er das Messer fallen. Ohnmächtig und verzweifelt zerrte er an den Fesseln. Es kam ihm so vor, als gäben sie nach. Er zog noch einmal. Ja, sie gaben nach. Die Zuversicht und die Erleichterung verliehen ihm neue Kräfte. Noch ein Ruck, und seine Hände waren frei. Der Rest war ein Kinderspiel. Als er aufstand, wäre er beinahe wieder umgefallen. Er blieb mit geschlossenen Augen und ausgebreiteten Armen stehen, bis sein Gleichgewichtssinn zurückkehrte. Dann befreite er Somar.

»Warum bist du ganz nackt?«

»Nicht aus freien Stücken, das kannst du mir glauben«, entgegnete er. Er lugte durch die Türöffnung und stellte fest, dass die Pferde und ihr Gepäck noch draußen waren. »Los, komm, ich erzähle es dir unterwegs. Wir müssen sofort nach El Retiro zurück. Verdammt, wo sind meine Kleider?«

»Da drüben auf dem Bett«, sagte Somar. »Aber komm erst mal her.«

Er nahm seinen Turban ab, riss zwei Stoffbahnen ab und verband damit Blackravens Handgelenke.

»Hör zu, Roger, wir sollten besser hier übernachten. Wir wissen weder, wo wir sind, noch, in welche Richtung wir müssen.«

»Mein Kompass wird uns den Weg weisen. Zum Glück ist es eine wolkenlose Vollmondnacht.«

»Wozu diese Eile? Wir kennen den Weg nicht. Die Pferde könnten in ein Schlagloch treten und lahmen.«

»Wir müssen sofort zurück, Somar! Die Kobra will Melody und Alexander entführen.«

Sie erreichten El Retiro am Abend des folgenden Tages. Im Haus herrschte helle Aufregung, die förmlich zu erstarren schien, als die Anwesenden Blackraven auftauchen sahen. Malagrida und Isabella, die bei der Nachricht von der Entführung sofort aus der Calle San José nach Retiro geeilt waren, klärten ihn umgehend über die Lage auf.

»Wo ist Radama?«, fragte Roger.

»In einem Zimmer im Dienstbotentrakt«, antwortete Amy und versuchte mit Blackraven Schritt zu halten, der sich schon auf den Weg gemacht hatte. »Er hat einen Schuss abbekommen, aber er wird sich wieder erholen.«

Als Radama die Augen aufschlug und Kapitän Black sah, entgleisten seine Gesichtszüge. Mühsam setzte er sich auf. Die Kugel hatte ihn am Kopf getroffen, aber es war nur ein Streifschuss. Er berichtete, was geschehen war.

»Hast du einen von den Kerlen erkannt?«

»Nein, Kapitän. Aber ich will nicht länger Radama Ramanantsoa heißen, wenn diese fünf Männer keine Seeleute waren. Ich meine, wegen ihrer Kleidung und der Art, wie sie die Waffen handhabten.«

»Welche Sprache sprachen sie?«

»Spanisch, Kapitän, mit dem Akzent der Leute aus dem Mutterland, Kapitän. So schien es mir wenigstens.«

»Um wie viel Uhr geschah das?«

»Morgens gegen neun, Kapitän.«

»Man sagte mir, deine Verletzung sei nicht besonders schwer.«

»Nein, Kapitän.«

»Gut. Du musst nämlich in Kürze an Bord.«

»Ja, Kapitän.«

Im Arbeitszimmer berichtete Blackraven Malagrida und Amy von dem Überfall in der Nähe von San Isidro und setzte sie über die Absichten der Kobra in Kenntnis.

»Dieser verfluchte Schurke!«, brach es aus Amy hervor.

»Der Name passt sehr gut«, bemerkte Malagrida. »Schnell und überraschend, wie eine Schlange. Das hätten wir niemals voraussehen können.«

»Zum Glück«, stellte Blackraven fest, »sind unsere Schiffe seeklar. Gleich morgen laufen wir aus. Es darf keine Verzögerungen geben. Ich hege Hoffnung, diesen Schuft auf offener See stellen zu können. Er darf Calais nicht erreichen, sonst falle ich Bonaparte in die Hände und werde zu seiner Marionette.«

»Roger«, erklärte Malagrida, »gestern Nachmittag traf eine Nachricht von Flaherty ein. Er ist in der Cangrejal-Bucht gelandet.«

»Sende ihm unverzüglich ein Antwortschreiben und teile ihm mit, dass wir auf dem Weg sind, um morgen die Anker zu lichten. Ja, ich weiß, er hat keine Vorräte, kein Wasser und vor allem keine Zeit, sich damit zu versorgen«, räumte er angesichts von Amys und Malagridas verdutzten Gesichtern ein. »Wir geben ihm, was er braucht. Ist die *Butanna* bereit?« Amy nickte. »Barrett wird das Kommando übernehmen.« Barrett war zweiter Offizier auf der von Amy befehligten *Afrodita*. »Was meinst du, wie viel Besatzung wird mindestens vonnöten sein, um sie zu segeln?«

»Zwanzig, die Männer an den Geschützen nicht mitgerechnet. Ich spreche nur von den Leuten, die man zur Bedienung der Segel braucht.« Nach kurzem Bedenken schlug Amy vor: »Wir könnten einige von deinen Sklaven an Bord nehmen.«

»Amy, wovon sprichst du?«, sagte Blackraven verdrossen. »Sie können nicht einmal Steuerbord von Backbord unterscheiden.«

»Sie können es lernen«, sprang Malagrida Amy zur Seite. »Außerdem könnten sie leichtere Arbeiten verrichten, um unsere Männer zu entlasten.«

»Einverstanden«, willigte Blackraven ein. »Aber achtet darauf, dass es Sklaven sind, die bereits hier geboren wurden. Ich will keine Schwarzen an Bord haben, die auf dem Schiff von Afrika hierhergebracht wurden. Schon bei der Erinnerung an die Überfahrt werden sie krank werden und zu nichts nütze sein. Sie würden uns nur behindern.«

Das Korsarenleben hatte Blackraven gelehrt, in Minutenschnelle Pläne zu schmieden, unterschiedliche Alternativen abzuwägen und mögliche Folgen vorauszusehen. Unter Druck zu handeln, war nicht neu für ihn; doch nun, da sich seine Frau und sein Sohn in den Händen eines Wahnsinnigen befanden, konnte er vor Angst und Sorge keinen klaren Gedanken fassen. Er befürchtete, einen strategischen Fehler zu machen. Im

Grunde hatte er nicht viele Optionen, wenn er die Kobra daran hindern wollte, Calais zu erreichen. Er musste sie auf dem Weg nach Europa einholen und das Schiff kapern, was nicht einfach sein würde, da sich Melody und Alexander in der Gewalt dieses Schurken befanden. Er versuchte sich einzureden, dass die Kobra ihnen nichts antun würde, weil sie keinerlei Vorteil davon hätte.

Er saß in seinem Arbeitszimmer und verfasste einige Schreiben mit Instruktionen für Covarrubias, Don Diogo und Mariano Moreno, als Amy hereinkam und ihm verkündete, dass Servando ihn sprechen wolle.

»Ich habe jetzt keine Zeit«, sagte er und winkte sie hinaus.

»Er will mitkommen und helfen, Melody zu befreien«, erklärte Amy. »Er könnte uns von Nutzen sein. Du weißt ja, er ist ein tüchtiger Bursche und außerdem sehr geschickt im Umgang mit der Machete.«

»Mach, was du willst, Amy«, sagte Blackraven ungeduldig.

»Ich habe versprochen, ihn danach nach Haiti zu bringen.« In der Pause, die nun entstand, war nur das Kratzen von Blackravens Feder zu hören. »Elisea wird auch mitkommen.«

»Amy, lass mich in Ruhe!« Blackraven ließ die Feder fallen und stand auf. »Meine Frau und mein Sohn befinden sich in der Gewalt eines Verrückten, und du kommst mir mit dieser Geschichte an. Raus hier.«

»Tut mir leid, Servando«, sagte Amy, als sie die Tür des Arbeitszimmers hinter sich geschlossen hatte. »Die Sache mit Melody hat ihn sehr aufgeregt, es ist nicht mit ihm zu reden. Aber so, wie die Dinge stehen, möchte ich Elisea nicht ohne Rogers Einverständnis mit an Bord nehmen. Wir wissen nicht, was uns erwartet. Womöglich kommt es zum Kampf mit Melodys Entführern, und Elisea wäre in Gefahr. Die Verantwortung für mich ist zu groß.«

»Ich verstehe Euch, Señorita Bodrugan, und ich verstehe auch, dass Elisea hierbleiben soll, aber ich komme mit. Das bin ich Miss Melody schuldig. Das und noch viel mehr.«

»Wie du willst. Möchtest du Elisea sehen?«

»Wenn es möglich ist.«

»Ich werde ihr sagen …«

»Sagt ihr, dass ich sie am gewohnten Ort erwarte. Sie weiß dann Bescheid.«

Elisea raffte die Röcke und stürzte die Treppe zum Glockenturm hinauf. Sie fühlte sich in jene Sommernächte des Jahres 1806 zurückversetzt, in denen sie sehnsüchtig darauf wartete, dass Servando von einem anstrengenden Arbeitstag zurückkehrte. Und tatsächlich hatte sich nichts verändert. Da war Servando, der sie mit ausgebreiteten Armen empfing und sie so leidenschaftlich küsste wie am ersten Tag. Sie liebten sich auf demselben Strohsack wie früher, ohne ein Wort zu sagen. Sie waren glücklich.

»Ich fahre morgen mit Señorita Bodrugan, um bei der Suche nach Melody zu helfen.«

»Was ist passiert? Niemand hat uns erklärt, was mit ihnen geschehen ist.«

»Mehrere Männer haben ihre Kutsche überfallen, Radama verletzt und die übrigen mitgenommen.«

»Wozu?«, fragte Elisea ratlos.

»Das weiß ich nicht. Wahrscheinlich wollen sie Lösegeld von Herrn Roger erpressen.«

»Servando, ich würde vor Kummer sterben, wenn meiner kleinen Schwester etwas zustieße!«

»Ihr wird nichts zustoßen.«

»Und du willst mitfahren, sagst du?«

»Ja, und dann komme ich dich holen. Der Herr Roger will jetzt nichts davon hören, weil er in großer Sorge ist, aber wenn Miss Melody zurück ist, wird das anders sein. Sie wird sich für uns einsetzen, wie immer.«

»Ich bin guter Hoffnung, mein Herz«, gestand ihm Elisea.

Seit nunmehr vierzehn Tagen waren sie die meiste Zeit in dieser Kajüte eingeschlossen. Melody hatte die Sonnenaufgänge und Sonnenuntergänge gezählt, die sie durch ein Klappfenster sah, das Trinaghanta Luk nannte. Noch nie zuvor hatte sie eine solche Palette von Farben am Morgen- und Abendhimmel beobachtet. Der Raum war zwar eng und stickig, aber annehmbar, und sie kamen zurecht. Das Essen war reichlich und abwechslungsreich; es fehlte ihnen an nichts, nicht einmal an Kleidung. Und sie wurden gut behandelt, man erlaubte ihnen sogar, einmal am Tag an Deck zu gehen. Melody war manchmal zum Weinen und zum Lachen zumute, so unwirklich war die Situation. Trinaghanta hingegen bewahrte wie immer die Ruhe und beteuerte, dass der Herr Roger sie retten werde.

Nach dem Überfall auf die Kutsche hatte man sie in eine sumpfige Gegend am Ufer des Río de la Plata gebracht. Insekten, Reptilien und anderes Getier machten einen ohrenbetäubenden Lärm, bis es gegen Abend schlagartig still wurde.

Sie empfand es als einen Akt des guten Willens, dass die Entführer Angelita, Estevanico und Víctor zum Boot trugen, um sie nicht aufzuwecken. Nach vielen Tränen, Fragen und Ängsten waren sie schließlich in der Kutsche eingeschlafen. Sie legten sie auf Decken zwischen die Ruderbänke und stießen dann vom Ufer ab. Nachdem Melody auf mehrere Fragen keine Antworten bekommen hatte, beschloss sie, zu schweigen. Sie bat Trinaghanta, ihr Umschlagtuch über sie zu breiten, und stillte Alexander. Es war dunkel geworden, und man sah fast nichts mehr. Melody erschrak, als das Boot mit dem Bug gegen die Bordwand eines Schiffes stieß. Sie blickte nach oben und sah über ihren Köpfen an der Reling mehrere Männer mit Laternen, die ihnen schweigend an Bord halfen.

»Los, Jungs«, sagte einer der Entführer, als Víctor und Estevanico schließlich aufwachten. »Haltet euch gut an unseren Rücken fest.«

Ein anderer verfuhr genauso mit Angelita und brüllte dann: »He, García! Lass die Strickleiter runter!«

Sie kletterten über einige durch Stricke verbundene Holzplanken an Bord. Der Mann, der die Befehle gab, bat Melody um Verzeihung und verknotete dann das Umschlagtuch so auf ihrem Rücken, dass es vor der Brust einen Beutel bildete.

»Es tut mir leid, dass wir nicht über das Fallreep an Bord gehen können. Legt das Kind da hinein«, empfahl er ihr, »dann könnt Ihr leichter nach oben klettern. Wie bei den Kängurus.« Als Melody ihn ratlos ansah, erklärte er: »Das sind äußerst sonderbare Tiere, die ich in Australien gesehen habe. Sie haben Beutel im Bauch, in die sie ihre Jungen setzen.«

»Wird der Knoten nicht aufgehen?«, wisperte Melody, als der Mann das Tuch mit Alexander darin noch ein wenig fester zog.

»Ein Knoten, den der berühmte Bootsmann Peñalver geknüpft hat? Niemals!«

Es war das erste Mal, dass Melody ein Schiff betrat. Sie hatte immer gedacht, es werde die *Sonzogno* sein, Blackravens Schiff, das sie nach London bringen sollte. Man führte sie durch die Kombüse zu einer Luke, die in einen engen Gang führte. Eine der Türen auf der rechten Seite gehörte zu der Kajüte, die man ihnen zuwies. Die Kinder verteilten sich auf die beiden Pritschen und schliefen weiter. Mit Trinaghantas Hilfe wechselte Melody Alexander die Windeln.

»Zum Glück ist es Süßwasser«, sagte die Singhalesin und deutete auf den Waschkrug. »Auf hoher See ist Süßwasser knapp und wird streng rationiert. Man verwendet Salzwasser für die Körperpflege.«

»Hoffen wir, dass diese Halunken nicht die Absicht haben, mit uns aufs Meer hinauszufahren. Und falls doch«, erklärte sie mit einem ergebenen Seufzen, »werde ich meinen Sohn nicht mit Meerwasser waschen. Das Salz würde seine zarte Haut austrocknen. Sie werden mir Süßwasser geben müssen.«

Als die Tür aufging, zuckten Melody und Trinaghanta erschreckt zusammen. Vor ihnen stand ein gutaussehender, großer Mann. Er musste den Kopf einziehen, um einzutreten. Er trug ein blaues Samtjackett mit langen Rockschößen, Ärmelmanschetten und Kragenaufschlägen aus gleichfarbiger Seide, silbernen Tressen und goldenen Achselstücken. Zu der eng anliegenden weißen Kniehose trug er braune Seidenstrümpfe und Schuhe aus Korduanleder mit großen Goldschnallen. Wie auch die übrige Besatzung war er bis an die Zähne bewaffnet; neben einem Säbel trug er zwei Pistolen in einem Schultergehenk, einen Patronengürtel und am Gürtel eine Machete.

Er musterte Melody von oben bis unten, dann Trinaghanta, und nach einem kurzen Blick auf die vier Kinder, die auf den Pritschen schliefen, richtete er seine großen grünen Augen wieder auf Melody.

»Ich bin Kapitän Galo Bandor. Willkommen an Bord der Korvette *Folâtre,* Gräfin von Stoneville.« Er grinste, bevor er fortfuhr: »Eurem Gesichtsausdruck nach zu urteilen, ist Euch mein Name ein Begriff.«

»Ja«, bestätigte Melody. »Mein Mann und Señorita Bodrugan erwähnten ihn.«

»Ah, Amy Bodrugan ist am Río de la Plata.«

»Ja.«

Bandors halb spöttischer, halb desinteressierter Gesichtsausdruck konnte Melody nicht täuschen. Sein bebendes Kinn und die veränderte Körperhaltung verrieten ihr, dass Amys Nähe ihm nicht gleichgültig war.

»Weshalb habt Ihr uns herbringen lassen? Was habt Ihr mit uns vor?«

»Es hat mich überrascht, dass Kapitän Black sein Leben als Salonlöwe und Don Juan aufgegeben hat, um zu heiraten. Doch nun, da ich Euch sehe, verstehe ich ihn, Gräfin. Ihr seid nicht nur schön, sondern auch mutig.«

»Danke für Eure Schmeichelei, Kapitän Bandor, aber ich möchte Euch bitten, mir zu sagen, was Ihr mit uns vorhabt.«

»Es gibt einige ungeklärte Dinge zwischen Eurem Herrn Gemahl und mir. Die möchte ich zum Abschluss bringen.«

»Dass Ihr Euch an einer Gruppe von Frauen und Kindern vergreift, um etwas mit meinem Mann zu klären, spricht nicht für Euren Mut, Kapitän.«

Die Frage von Mut und Ehre gehörte zu den obersten Prinzipien der Seefahrt, auch unter Piraten, und ein solcher war Bandor. Melodys Bemerkung hatte ihn verärgert, und so verließ er mit einer kurzen, knappen Verbeugung die Kajüte. Kurz darauf brachte man ihnen das Abendessen: Schinken, Käse, Artischocken, essigsaure Zwiebeln, Brot und Wein. Melody und Trinaghanta machten sich gierig darüber her, denn sie hatten seit dem Morgen nichts mehr gegessen. Sie überlegten, die Kinder zu wecken, doch dann sahen sie davon ab; sie brauchten ihren Schlaf. Trinaghanta, die an das Leben auf einem Schiff gewöhnt war, wusste, dass unter den Pritschen Hängematten und Decken lagen. Sie befestigten sie und legten sich hin, überzeugt, dass sie keinen Schlaf finden würden.

Melodys Befürchtungen wurden bestätigt: Bandor lichtete die Anker, einem unbekannten Ziel entgegen. Sie war die Einzige, die in den ersten Tagen seekrank war. Trinaghantas Erfahrung trug wesentlich zur Verbesserung ihres Befindens bei. Sie nötigte sie, ganz langsam gezuckerten Tee zu trinken und Schiffszwieback zu essen, und erbat die Erlaubnis von Peñalver, dem zweiten Mann auf der Korvette, dass Melody länger an Deck bleiben durfte, wo sie im Bug unvermittelt zum Horizont schauen sollte. Peñalver erklärte ihr, dass selbst die erfahrensten Seeleute von Zeit zu Zeit ihr Frühstück von sich gaben, und überließ ihr einige Ingwerpastillen, die den Magen beruhigten.

»Selbst bei der Geburt meines Sohnes habe ich mich nicht so elend gefühlt«, jammerte Melody.

»Ihr werdet Euch schon daran gewöhnen, Herrin.«

Am Morgen des vierten Tages begann sie sich besser zu fühlen. Sie trank schlückchenweise ihren Tee und aß kleine Stückchen Zwieback, und als sie aufstand, blieb alles im Magen und sie hatte nicht mehr das Gefühl, dass der Boden unter ihr nachgab. Bei Víctor, Estevanico, Angelita und Alexander hätte man meinen können, dass sie auf einem Schiff geboren waren. Sie litten nicht unter Übelkeit und waren begeistert von dem Leben auf See. Alexander patschte vor Freude in die Hände, wenn er an Deck kam und die gebrüllten Befehle und die Lieder der Seeleute hörte, die diese bei der Arbeit sangen. Víctor und Estevanico löcherten die Männer mit Fragen und Angelita stand mit hochkonzentrierter Miene daneben, denn wenn sie später in die Kajüte zurück mussten, diskutierten sie darüber, wie man ein Rah brasste, ein Stag fierte oder den Davit bediente.

Bei ihren Spaziergängen an Deck beobachtete Melody Galo Bandor, der betont gleichgültig am Achterdeck lehnte. Seit dem ersten Abend an Bord hatten sie kein Wort mehr gewechselt, doch Melody ertappte ihn des Öfteren dabei, wie er sie beobachtete, insbesondere Víctor, und sie fragte sich, wie lange er brauchen würde, um herauszufinden, dass dieser sein Sohn war. Eine Woche nach der Entführung war es so weit. Peñalver kam zu Melody, um ihr zu sagen, dass Kapitän Bandor an diesem Abend zum Essen in seine Kabine einlade.

»Kapitän Bandor?«, war Víctors Stimmchen zu vernehmen.

»Ja, Kapitän Bandor«, wiederholte Peñalver gutgelaunt.

»Kapitän Bandor?«

Melody bemerkte, wie die Farbe aus Víctors Wangen wich und seine Atmung flach und unregelmäßig wurde, typische Symptome für seine Anfälle.

»Ja, Galo Bandor«, antwortete der Bootsmann lachend und deutete zum Achterdeck.

Víctor rannte los. Trinaghanta übernahm Alexander, und Melody lief hinter dem Jungen her. Als sie das Achterdeck erreichte, stand Víctor vor Bandor. Er war furchtbar aufgeregt, machte aber ein ernstes, entschiedenes Gesicht, wie einer, der alles unter Kontrolle hat. Der Kapitän sah ihn lächelnd an.

»Was ist mit dir los, Junge? Warum siehst du mich so an? Habe ich schwarze Flecken im Gesicht, Kleiner?«

»Ihr seid Galo Bandor?«

»Víctor …«, begann Melody, doch Bandor war schneller.

»Ja, ich bin Galo Bandor, Kapitän dieses Schiffes. Ganz zu Euren Diensten.«

»Ich bin Víctor, Amy Bodrugans Sohn.« Es entstand eine Pause, und Melody hielt den Atem an. »Und auch Euer Sohn«, sagte Víctor dann, bevor er sich umdrehte und zur Decksluke rannte, um darin zu verschwinden.

»Entschuldigt, Kapitän«, sagte Melody, doch Galo Bandor hörte gar nicht hin, sondern sah unverwandt zu der Stelle, wo eben noch Víctor gestanden hatte.

Víctor lief in der Kajüte auf und ab, die Hände vor der Brust verschränkt und stoßweise atmend, um die Tränen zu unterdrücken. Doch als er Melody sah, klammerte er sich an sie, verbarg das Gesicht an ihrem Bauch und begann so bitterlich zu weinen, dass auch ihr die Tränen kamen.

»Warum weinst du denn, mein Kleiner?«, fragte sie ihn, während sie ihm mit dem Handrücken über die Augen fuhr und sich leise räusperte.

»Weil mein Vater böse ist. Er hat Radama schlagen lassen, und er hat uns entführt und auf sein Schiff gebracht, obwohl wir das gar nicht wollten.«

»Nein, Víctor, dein Vater ist nicht böse. Siehst du nicht, wie gut er uns behandelt? Und du und Estevanico dürft die Seeleute alles fragen, was euch in den Sinn kommt, obwohl ihr sie von der Arbeit abhaltet.«

»Schon. Aber er hat uns entführt.«

»Ja, das stimmt. Aber könntest du ihm nicht verzeihen? Er ist dein Vater. Außerdem, denk mal nach, Víctor. Glaubst du, die Wahl deiner Mutter wäre auf einen Schuft gefallen? Du weißt doch, Amy Bodrugan ist eine kluge Frau. Sie hätte sich nicht in einen schlechten Menschen verliebt.«

»Warum hat er uns dann entführt?«

»Vielleicht wollte er die Aufmerksamkeit deiner Mutter erregen, um sich mit ihr zu versöhnen.«

»Wirklich, Miss Melody?«

»Könnte doch sein.«

»Die Erwachsenen machen immer alles so kompliziert.«

»Ja, mein Schatz«, sagte Melody lachend. »Das stimmt.«

Am Abend saß Melody allein mit Kapitän Bandor beim Essen. Als er mit dem Rücken zu ihr stand, um den Schweinebraten zu tranchieren, kam er auf Víctor zu sprechen.

»Er ist also mein Sohn, ja?«

»Ja.«

»Wie alt ist er?«

»Zehn.«

Bandor nickte, ohne sie anzusehen.

»Ich beobachte ihn schon seit Tagen«, gab er zu. »Welche Ironie! Sein Gesicht kam mir so bekannt vor. Aber erst als er heute vor mir stand, fiel mir auf, dass es war, als blickte ich in einen Spiegel. Bedauerlicherweise hat er nichts von seiner Mutter. Sie ist eine schöne Frau.«

»Wunderschön.«

»Amy ... Señorita Bodrugan ... Ist sie ... Wie soll ich es sagen? Hat sie ... Sie und Víctor ... Kümmert sie sich um Víctor?«

»Ihr wollt wissen, ob Amy ihren Sohn liebt?« Bandor nickte erneut, immer noch mit dem Rücken zu ihr. »Oh ja, sie vergöttert ihn. Er ist ihr Ein und Alles. Und mein Mann«, fügte sie absichtsvoll hinzu, »ist Víctors Pate und Vormund. Er hat für ihn gesorgt, seit er ein Baby war.«

Bei dieser Erklärung drehte Bandor sich um und sah Melody in die Augen. Es gab nichts mehr zu sagen. Seit dieser Enthüllung verbrachte Víctor mehr Zeit an Deck bei seinem Vater als in der Kajüte, was Melody beunruhigte – zum Teil, weil sie nicht wusste, was für ein Mensch Galo Bandor war, aber auch, weil sie Angst hatte, der Junge könne bei dem strahlenden Sommerwetter auf hoher See einen Sonnenstich bekommen oder sich zu weit über die Reling lehnen und ins Meer fallen. Bandor versprach, ihn nicht aus den Augen zu lassen.

Die Männer der *Folâtre* waren keine eingespielte Mannschaft, wie man sie sonst auf Schiffen fand. Es lag nicht daran, dass die Männer unterschiedlichen Nationalitäten oder Hautfarben angehörten, sondern an dem fehlenden Zusammenhalt und der Kameradschaft untereinander, die unerlässlich waren, wenn man wochenlang auf so engem Raum zusammengepfercht war. Die Männer der *Folâtre* benahmen sich, als würden sie sich noch nicht lange kennen, und die Tobsuchtsanfälle des Bootsmanns und des Kapitäns machten deutlich, dass sie nicht besonders viel Ahnung vom Segeln hatten. Nur fünf von ihnen – die Männer, die sie überfallen hatten, also Peñalver und vier weitere, allesamt Spanier – verstanden die Befehle und die vertrackte Seemannssprache und beherrschten sicher die nötigen Handgriffe. Manchmal, wenn Melody bei Sonnenuntergang an Deck ging, sah sie, wie die fünf Experten, wie sie sie nannte, die anderen unterwiesen.

»Herrin«, sagte Trinaghanta eines Morgens, als sie mit Alexander in der Kabine allein waren, »habt Ihr bemerkt, dass jemand in der Kajüte nebenan wohnt?«

Melody hatte es bemerkt, obwohl es ihr bald so vorkam, als bildete sie sich die leisen, gedämpften Geräusche und die verhaltenen Stimmen nur ein, genau wie dieses exquisite und zugleich so vertraute Parfüm, das sie manchmal umwehte, bevor es wieder unter der Vielzahl von schlechten Gerüchen auf dem Schiff verschwand. ›Mein Verstand spielt mir einen Streich‹, sagte sie sich dann. ›Wer auf diesem Schiff sollte ein so wohlriechendes Parfüm benutzen? Ja, ich bilde mir das nur ein, um zu vergessen, dass der Gestank mit jedem Tag schlimmer wird.‹

Am vierten Tag auf See hatte Blackravens Flotille, bestehend aus der *Sonzogno*, der *Afrodita*, der *Wings* und der *Butanna*, den Wendekreis des Steinbocks erreicht, 220 Meilen von Rio de Janeiro entfernt. Sie hatten also insgesamt 735 Meilen zurückgelegt, ein wahres Wunder in dieser kurzen Zeit und mit schwerfälligen Schiffen, die zudem unterschiedlich schnell waren. Und das, obwohl sie die meiste Zeit mit Seitenwind gesegelt waren; nur an zwei Tagen hatten sie günstigen Wind von achtern gehabt. Mit diesen Berechnungen waren Malagrida und Blackraven in der Kapitänskajüte der *Sonzogno* an einem Tisch voller ausgebreiteter Karten, Sextanten, Kompasse, den Breitenkreisen und dem Schiffshandbuch beschäftigt, als sie einen Aufruhr an Deck hörten. Gleich darauf klopfte es an der Tür.

»Kapitän Black, Ihr werdet auf dem Achterdeck gebraucht. Brommers hat ein Schiff gesichtet, Käptn.«

Das Schiff, wahrscheinlich eine Korvette oder eine leichte Fregatte – Blackraven konnte nicht erkennen, ob es einen dritten Mast besaß oder nicht – befand sich drei, vielleicht vier Meilen nördlich, auf der Leeseite, einige Grad steuerbords.

»Scheint eine Korvette zu sein, Kapitän«, sagte Zagros, der Bootsmann.

»Glaubst du, es ist das Schiff, auf dem sich deine Frau befindet?«, fragte Malagrida.

Blackraven antwortete nicht. Er richtete das Fernrohr auf die *Afrodita* und stellte fest, dass Amy und ihre Mannschaft das Schiff bereits entdeckt hatten. Sie blieben weiter auf Kurs und behielten das Schiff vor sich im Auge, um herauszufinden, ob es sich um ein freundliches oder feindliches Schiff handelte. Sie waren zwar Korsaren, doch diesmal hatten sie weder Zeit noch

Lust, in eine Seeschlacht verwickelt zu werden. Seine Männer hatten Verständnis und würden keine Probleme machen, obwohl sie die entgangene Prise bedauerten.

Aus der Geschwindigkeit, mit der die Entfernung zwischen ihnen dahinschwand, schloss Blackraven, dass die Matrosen der Korvette – nun konnte er den Schiffstyp klar erkennen – keine erfahrenen Seeleute waren, denn es dauerte lange, bis sie die Segel neu ausgerichtet hatten, als der Wind drehte. Da es ein klarer Tag war und sie nur mehr eine knappe Meile trennte, konnten sie den Namen des Schiffes – *Folâtre* – und die französische Flagge erkennen, die oben am Mast wehte.

»Wir ändern den Kurs«, begann Blackraven, doch dann verstummte er, um einige Sekunden später loszupoltern: »Verdammt sollst du sein, du verflixte Ausgeburt der Hölle!«

»Was ist los?«, fragte Malagrida beunruhigt und schaute erneut durchs Fernrohr.

»Es ist Galo Bandor. Der Kapitän dieses Schiffes ist Galo Bandor, dieser dreimal verfluchte Wegelagerer. Zagros, hisst das Signal, damit die *Afrodita* sofort beilegt.«

»Jawohl, Kapitän!«

»Dieser Halunke weiß, wer wir sind. Er justiert das Heckgeschütz. Er will es selbst abfeuern, dieser Hurensohn ist nämlich ein verteufelt guter Schütze.«

»Sollen wir die Geschütze losmachen, Kapitän?«, fragte Milton.

»Nein. Ich habe keinesfalls die Absicht, das Spielchen dieses Schwachkopfs mitzumachen. Ich habe keine Zeit zu verlieren. Lassen wir ihn ins Leere feuern.«

Sie hörten den wohlbekannten Knall, mit dem die Kugel aus dem Lauf trat, und Blackraven wartete angespannt, wo sie getroffen werden würden. Doch der Schuss ging fehl, und eine Wasserfontäne stieg auf und ergoss sich über das Deck der *Sonzogno*, als die Kugel einige Yards vom Bug entfernt ins Meer einschlug.

»Was zum Teufel …«, setzte Malagrida an.

»Es war nur ein Warnschuss«, erklärte Blackraven, immer das Fernrohr am Auge. »Er will uns auf Abstand halten.«

Víctor saß mit verschränkten Armen und verschlossenem Gesicht auf dem Rand der Pritsche und weigerte sich, zu sprechen.

»Was ist los, mein Schatz?«, fragte Melody zum wiederholten Mal. »Willst du mir nicht erzählen, was los ist?«

»Der Kapitän« – der Junge nannte seinen Vater immer den *Kapitän* – »hat mir nicht erlaubt, an Deck zu bleiben, um die Schiffe aus der Nähe zu sehen, die hinter uns aufgetaucht sind.«

Trinaghanta und Melody wechselten einen hoffnungsvollen und zugleich besorgten Blick.

»Vielleicht wollte er nur, dass du …«

Weiter kam sie nicht. Ein ohrenbetäubender Knall erschütterte die Kajüte. Melody und Trinaghanta warfen sich über die Kinder.

»Er hat die Kanone abgefeuert und mich nicht zuschauen lassen!«, kreischte Víctor.

»Still!«, rief Melody, während sie betete, dass sich das schreckliche Geräusch nicht wiederholen möge. Alexander und Angelita weinten.

Wenig später hörten sie energische Schritte die Treppe hinunterkommen. Galo Bandor erschien in der Kajütentür und befahl: »Gräfin, nehmt Euren Sohn und kommt mit mir.«

»Wohin?«, stammelte Melody.

»An Deck.«

»Ich lasse das Kind hier.«

»Nein! Ihr sollt den Jungen mitnehmen, habe ich gesagt.«

Bandors Freundlichkeit war verschwunden, sein Gesicht war wutverzerrt, und weder seine grünen Augen noch seine blonden Locken konnten diesen neuen Ausdruck von Boshaftigkeit mildern. Melody bedeckte Alexanders Köpfchen mit einem Tuch, presste ihn an ihre Brust und folgte dem Pirat zum Heck des Schiffes. Bandor fasste sie bei den Schultern und schob sie an die Reling.

»Jetzt, Gräfin, seht zu diesem Schiff hinüber, dem größten ganz rechts im Verband.«

Blackraven stockte der Atem. Er beugte sich vor, als könne er so besser sehen. Dann ließ er das Fernrohr sinken und sah bestürzt zu Malagrida, bevor er ratlos flüsterte: »Mein Gott! Dieser Schurke hat Isaura und meinen Sohn.«

»Was? Was sagst du da?« Malagrida hob erneut das Fernrohr. »Gott steh uns bei! Dann ist die Kobra nicht mehr rechtzeitig gekommen, um Miss Melody zu entführen. Bandor war schneller. Das ist eine gute Neuigkeit, Roger, eine sehr gute Neuigkeit. Ich nehme es lieber mit diesem Piraten auf als mit einem wahnsinnigen Mörder.«

Blackraven schwieg. Sein Instinkt sagte ihm, dass diese Situation noch andere, finstere Facetten in sich barg, und je mehr er darüber nachdachte, desto seltsamer und komplexer erschienen sie ihm. Etwas lief hier schief, sagte er sich. Er glaubte nicht an Zufälle. Bandor und die Kobra machten gemeinsame Sache. Der Teufel sollte die beiden holen!

Wie ein weiterer Kanonenschlag donnerte Blackravens Stimme durch die Stille, die auf dem ganzen Schiff herrschte.

»Sommerson! Schegel! Angetreten!«

Die Seeleute waren sofort zur Stelle.

»Zu Befehl, Kapitän.«

»Erzählt mir noch einmal von Bandors Flucht aus dem Kabelgatt.«

Während Blackraven aufmerksam zuhörte, studierte er eingehend das Gesicht seiner Frau, um herauszufinden, wie es ihr ging. Durch das Fernrohr, hergestellt mit hochwertigen holländischen Linsen, sah er ganz deutlich Melodys Gesicht und das Köpfchen seines Sohnes, das mit einem Tuch bedeckt war, sicherlich, um ihn vor der unbarmherzig brennenden Sonne zu schützen.

»Du sagst also, die Person, die Bandor zur Flucht verholfen hat, sei ganz in Schwarz gekleidet gewesen«, stellte Blackraven fest.

»Ja, Kapitän.«

»Wie groß war sie?«

»Na ja«, überlegte Schegel. »Nicht so groß wie Ihr und nicht so groß wie Kapitän Malagrida. Vielleicht so wie Sommerson«, sagte er und deutete auf seinen Kameraden.

»Ja, ja«, bestätigte der, »sie war groß und schlank und geschmeidig wie eine Katze, Kapitän. Sie hat mich an diese Höllenkreatur erinnert, die Kapitänin Black Cat immer auf der Schulter trägt. Ich habe gesehen, wie sie sich auf Van Goyen gestürzt hat. Wie ein Affe ist sie durch die Wanten geturnt. Der arme Van Goyen hat überhaupt nicht mitbekommen, wer ihn getötet hat.«

»Und Abaacha, Kapitän«, ergänzte Schegel, »der so geschickt mit der Machete war, hat dieser Kerl in Sekundenschnelle erledigt.«

Blackraven versagten die Kräfte, als er sah, wie Melody und sein Sohn das Achterkastell verließen und aus seiner Sicht entschwanden. ›Es geht ihnen gut‹, beruhigte er sich. ›Es geht ihnen gut. Isaura wirkt ruhig.‹ Es war allerdings durchaus möglich, dass sie die Ruhe und Selbstsicherheit nur vorgetäuscht hatte, weil sie wusste, dass er sie beobachtete.

Mit einem Manöver, das ihre Geschicklichkeit unter Beweis stellte, hatte Amy Bodrugan die *Afrodita* nach Backbord beigedreht und lag nun fünf Yards steuerbords der *Sonzogno*.

»He, Blackraven!«, schrie sie von der Reling. »Was hat das alles zu bedeuten?«

Sie deutete auf die *Folâtre*.

»Genau das, was du siehst, Amy«, brüllte er zurück, ohne weiter ins Detail zu gehen, denn er wollte seine Befürchtungen nicht vor der Mannschaft äußern. »Wir folgen ihnen weiter in diesem Abstand.«

Die Situation blieb zwei lange Tage unverändert. In dieser Zeit sah Blackraven Melody nicht mehr, obwohl er und seine Männer ständig mit dem Fernrohr wachten, selbst bei Nacht. In der Dunkelheit verwendeten sie spezielle Linsen. Tagsüber waren die Kinder zu sehen. Sie schienen sich zu amüsieren, als ob sie sich auf einer Spazierfahrt befänden. Víctor machte Fechtübungen mit Bandor. Blackraven vermutete, dass der Pirat erfahren hatte, dass Víctor sein Sohn war. Stundenlang saß er mit Malagrida und Somar zusammen, überlegte und stellte Fragen, auf die es keine Antworten gab. Befand sich auch die Kobra auf der *Folâtre*? Machte sie wirklich mit Bandor gemeinsame Sache? Würden die beiden ihre Pläne nun ändern, da Blackraven sie eingeholt hatte?

»In einem bin ich mir sicher«, sagte Malagrida. »Die Kobra oder Bandor oder beide haben nicht damit gerechnet, dass du so bald in See stichst. Ich verwette meine Eier darauf, dass sie nicht wussten, dass unsere Schiffe bereit zum Auslaufen waren. Sie dachten, wir müssten noch die Ausrüstung ergänzen und Lebensmittel und Wasser aufnehmen und werden uns damit zwei oder drei Tage aufhalten.«

Während dieser tagelangen Verfolgung bestätigte sich Blackravens Verdacht: die Männer auf der *Folâtre* waren keine geübten Seeleute. Nur durch das Können Galo Bandors und seiner fünf Mitstreiter gelang es ihnen, die Korvette auf Kurs zu halten, aber sie bewegte sich träge und langsam. Manchmal erreichte sie nicht einmal sechs Knoten und neigte sich wegen der Unerfahrenheit des Rudergängers immer wieder stark zur Seite. Bandor würde toben, vermutete Blackraven. Das waren keine Matrosen, das waren Schlafmützen. Es war offensichtlich, dass Bandor sie auf die Schnelle angeworben hatte, weil er keine andere Wahl hatte.

Deshalb war Blackraven sehr beunruhigt, als eines Nachmittags das Barometer unter normal fiel und der Windmesser anzeigte, dass der stete Wind von acht Knoten, der sie in all diesen Tagen begleitet hatte, an Stärke zunahm. Bei hohem Seegang begannen die Schiffe heftig zu schwanken. Er blickte zu den dunklen Wolken, die von Osten heranzogen, und überschlug, dass das Unwetter in etwas mehr als zwei Stunden da sein würde.

»Kapitän«, sagte Shackle.

»Was gibt's, Shackle?, fragte er, ohne das Fernrohr abzusetzen.

»Wir haben uns schon gedacht, dass diese drückende Hitze nichts Gutes bedeutet. Das wird ein Unwetter, an das man sich lange erinnern wird.«

»Das befürchte ich auch, Shackle.«

»Ob sie dicht genug ist, damit kein Wasser durch die Planken dringt, Kapitän?«, fragte Shackle und deutete mit dem Kopf zur *Folâtre* herüber.

»Sie sieht solide aus.«

»Ja, Kapitän«, sagte Shackle, aber es klang nicht sehr überzeugt.

Bei Sonnenuntergang waren die Wellen so hoch wie der Großmast. Der Bug der *Sonzogno* stieg auf die Wellenkämme, um dann wieder in die Tiefe zu stürzen. Blackraven spürte, wie sein Magen hüpfte, doch nach so vielen Jahren auf See machte ihm das nichts mehr aus. So viele Aufgaben warteten auf ihn, doch wenn er daran dachte, wie es Isaura jetzt wohl ging und welche Ängste sie ausstehen musste, konnte er keinen klaren Gedanken mehr fassen. Zum Glück war Trinaghanta bei ihr und konnte ihr mit dem Kind helfen; die Singhalesin hatte viele solcher Stürme überstanden, ohne die Nerven zu verlieren. Vom Achterkastell aus, das mit Teertuch überspannt war, konnte Blackraven das ganze Schiff überblicken. Er war allein; als der Sturm aufzog, hatten sie der *Butanna* Signal gegeben, beizudrehen, damit Malagrida in einem Beiboot übersetzen und das Kommando übernehmen konnte. Blackraven traute Kapitän Barrett nicht zu, unbeschadet durch den Sturm zu kommen, und er wollte die Fregatte nicht aufs Spiel setzen, weniger wegen des Leders, das sie geladen hatte, sondern weil sie ein wunderschönes Schiff war. Somar befand sich unter Deck, wo er Isabella, Michela, Miora und Rafaelito in einer Kajüte versammelt hatte, um ihnen während des Sturms beizustehen.

Blackraven ließ das Deck sturmfest machen, und seine Männer eilten hin und her, um die Kanonen doppelt zu verankern, die Luken zu vernageln, die Finknetze mit Wachstuch abzudecken, damit die Hängematten nicht nass wurden, die Taue zu prüfen, mit denen die Wasserfässer verzurrt waren, und so viel Segel wie möglich einzuholen. Sie waren völlig durchnässt, ob nun von der Gischt oder vom Regen, und die Luft war so nass, dass ihnen das Atmen schwerfiel. Die Temperatur war um mehrere Grad gefallen. Immer wieder sahen sie zur Kommandobrücke herüber, wo Kapitän Black seine Befehle brüllte – »Toppsegel einholen! Takelwerk festzurren! Marssegel reffen!« – und gleichzeitig durchs Fernrohr sah, um die *Folâtre* nicht aus den Augen zu verlieren.

»Hat der ein drittes Auge auf der Stirn oder im Nacken?«, fragte sich Milton.

Obwohl es fast unmöglich war, Bandors Korvette im Auge zu behalten, konnte Blackraven erkennen, dass der spanische Pirat versuchen wollte, nur mit der Sturmfock abzuwettern. Er konnte sich diesen Luxus nicht erlauben, da es ihm nicht so sehr darum ging, dem Sturm zu entkommen, als vielmehr der *Folâtre* zu folgen. Deshalb würde er unter Segeln fahren müssen, die man unter normalen Umständen großteils einholen würde. Es war ein Unterfangen, das eine perfekte Beherrschung des Schiffes und der Seefahrerei erforderte. Jeder Seemann hätte ein solches Vorgehen für selbstmörderisch gehalten. Blackravens Männer indes, die seine Absicht errieten, vertrauten auf sein Urteil und bereiteten sich auf eine anstrengende Nacht vor. Dennoch bekreuzigten sie sich und küssten ihr Medaillon mit der Muttergottes.

Melody hatte den Eindruck, in einem Würfelbecher zu sitzen, der von einem Riesen kräftig durchgeschüttelt wurde. Manchmal neigte sich die Korvette so stark zur Seite, dass die Masten flach über dem Meer lagen. Für einige Sekunden, die endlos schienen, hing das Schiff über dem Abgrund, bis eine neue Welle heranrollte und es wieder aufrichtete, um es dann in die andere Richtung zu schleudern. Melody hätte sich nie vorstellen können, dass solche Bewegungen überhaupt möglich waren. Als Trinahanta einige Stunden zuvor nach einem kurzen Blick durch die Luke einen Sturm vorausgesagt und ihr Umschlagtuch in Streifen gerissen hatte, um Alexander und die Kinder an den Betten festzubinden, hatte Melody noch gelacht. Jetzt war ihr nicht mehr zum Lachen zumute; nicht einmal weinen konnte sie. Sie würgte und wimmerte und kümmerte sich, so gut es ging, um ihren Sohn und die übrigen Kinder, die allesamt weinten und sich immer wieder übergaben. Zum Glück hatte sie Trinaghanta, dachte Melody, als die Singhalesin ihr einen feuchten Lappen reichte, um sich den Mund abzuwischen.

Als der erste Schreck vorüber war und sich Melody, mittlerweile schmutzig und stinkend, halbwegs daran gewöhnt hatte, dass sich die Kajüte förmlich von oben nach unten kehrte, begann sie, an Roger zu denken. Bei der Vorstellung, dass sie sterben und ihn nie mehr wiedersehen würde, begann sie zu weinen, diesmal nicht vor Angst, sondern aus Traurigkeit. Tiefe Hoffnungslosigkeit erfasste sie, ein Gefühl, das so gar nicht ihrem Wesen entsprach und das sie nicht einmal nach Jimmys Tod empfunden hatte. Damals war es ein Gefühl von tiefem Kummer und Schmerz gewesen, doch nun empfand sie Verzweiflung,

Ausweglosigkeit und tiefer Bitterkeit. Sie wollte nicht sterben, nicht so jung.

Obwohl Kapitän Bandor nichts gesagt hatte, wusste Melody, dass sich Blackraven auf einem der Schiffe befand, die sie vor einigen Tagen gesichtet hatten, und gleichfalls in Lebensgefahr war.

»Roger wird ebenfalls sterben!«, schrie sie, um das Ächzen der Spanten, das Heulen des Windes und das Brüllen der See zu übertönen.

»Oh nein, Herrin, sagt das nicht!« Trinaghanta kniete sich neben sie und streichelte ihr über die Stirn. »Niemand weiß ein Schiff besser zu führen als der Herr Roger. Ich habe ihn Schiffe in viel schlechterem Zustand aus karibischen Hurrikanen herausbringen gesehen. Dieser Sturm ist nichts im Vergleich zu einem Hurrikan, Herrin. Glaubt mir.«

»Ich will nicht sterben, ohne ihn noch einmal zu sehen, Trinaghanta!«

»Wir werden nicht sterben, Herrin. Kapitän Bandor ist ein erfahrener Seemann. Es wird alles gutgehen, Ihr werdet sehen.«

Gegen Morgen legte sich der Wind, so als hätte die Sonne Gewalt über die Elemente. Von dem Sturm war nichts mehr zu sehen als eine Linie bleigrauer Wolken im Westen. Für Bandor war es eine Höllennacht gewesen, in der er glaubte, die *Folâtre* werde untergehen. Hätte er die Mannschaft der *Butanna* an Bord gehabt, niemals wären die Fehler begangen worden, die sie in solche Gefahr gebracht hatten. Aber dieser gottverfluchte Blackraven und seine Männer hatten fast alle getötet; nur fünf von ihnen hatten die Enterung der *Butanna* überlebt.

Schlecht gelaunt und gereizt, durchnässt und mit schmerzendem Hals, weil er Salzwasser geschluckt hatte, nahm er die Schäden des Schiffs in Augenschein. Ein Marssegel war zerfetzt, weil es nicht rechtzeitig eingeholt worden war, und im Unterdeck gab es einige Zerstörungen, weil sich mehrere Fässer mit Rum und Pökelfleisch aus den schlecht verzurrten Sicherungen gelöst hatten und gegen die Stringer und Spanten gerollt waren. Es herrschte ein heilloses Durcheinander, doch alles in allem, auch in Anbetracht der Wucht des Sturms, hielten sich die Schäden in Grenzen. Er gab Anweisung, klar Schiff zu machen und das Marssegel zu flicken, und ging dann in seine Kajüte, um sich umzuziehen. Auf dem Rückweg an Deck sah er nach seinen Gefangenen. Als er die Tür öffnete, schlug ihm der Gestank von Erbrochenem entgegen. Mit Ausnahme der Singhalesin befanden sich alle in elender Verfassung. Ihre eingefallenen Gesichter und aufgesprungenen Lippen wiesen auf eine beginnende Dehydrierung hin. Er nahm seinen Sohn auf den Arm und sagte dann zu Melody: »Kommt mit. Ich stelle Euch meine Kajüte zur Verfügung, bis diese hier gereinigt ist. Ich lasse euch Tee und eine Kleinigkeit zu essen bringen. Ihr müsst unbedingt etwas essen und trinken, und dann geht schlafen. Ihr müsst wieder zu Kräften kommen.«

»Und ein wenig Wasser, um uns zu waschen«, erbat Melody, und Bandor willigte ein.

»Kapitän?«, machte sich Víctor bemerkbar.

»Ja, mein Junge?«

»Ich habe nicht geweint, obwohl das Schiff ein paar Mal beinahe gekentert wäre.«

»Gut gemacht. Ich habe dir ja gesagt, du hast das Zeug zum Seemann.« Bandor lächelte ein wenig verlegen, und Melody bemerkte, dass er errötete.

Zurück an Deck, war Bandor überrascht, die *Sonzogno* zu entdecken. Die anderen Schiffe des Verbandes hingegen waren nicht am Horizont zu sehen. Er fluchte leise vor sich hin. Er hatte gehofft, dieser vermaledeite Sturm werde wenigstens ein Gutes haben und Blackraven werde ihn aus den Augen verlieren. »Dieser Teufelskerl!«, entfuhr es ihm eher neidvoll als zornig, denn es war eine bewundernswerte Leistung, den Sturm zu überstehen und gleichzeitig die *Folâtre* zu verfolgen. Wieder einmal hatte der Engländer seine seemännische Überlegenheit unter Beweis gestellt, und hätte Bandor ein Bild finden müssen, um Blackravens Leistung zu beschreiben, hätte er gesagt, dass David mit bloßen Fäusten auf Goliath losgegangen war und gesiegt hatte. Die Besatzungen der *Sonzogno* und der übrigen Schiffe würden in den Hafenschänken von diesem neuen Husarenstück erzählen, und die Legende von Kapitän Black würde ins Unermessliche wachsen.

Den ganzen Tag blickte er immer wieder durch sein Fernrohr. Er war besorgt, dass die *Afrodita* nicht in Sicht kam. Er musste Amy Bodrugan in Sicherheit wissen, oder er würde vor lauter Sorge eine Dummheit begehen.

Gegen Abend tauchten die Segel der *Afrodita* am Horizont auf, nachdem sich bereits seine geliebte *Butanna* und die *Wings* wieder bei der *Sonzogno* eingefunden hatten.

»Amy Bodrugan«, flüsterte er, das Fernrohr am Auge.

Dieses Teufelsweib hatte ihm einen Sohn geschenkt. Einen Sohn, der auf dem besten Wege war, sein ganzer Stolz zu werden. Einen Sohn, der Kapitänin Black Cat und Kapitän Galo Bandors würdig war. Er liebte seinen Sohn, und er liebte Amy Bodrugan.

»Sie gehören mir«, flüsterte er.

Amy musste ahnen, dass er mittlerweile herausgefunden hatte, dass Víctor in jenen drei Tagen voller Gewalt und Leidenschaft in der Kajüte der *Butanna* entstanden war. »Liebst du mich, Amy Bodrugan?«, hatte er auf dem Höhepunkt einer ihrer letzten Vereinigungen gefragt. »Ja«, hatte sie gestanden, bevor die Leidenschaft sie hinwegtrug. Sie musste eine Vermutung haben, denn während der Verfolgung hatte sie vom Achterdeck der *Afrodita* aus beobachtet, wie er und Víctor fochten oder sich einfach nur unterhielten. Galo Bandor war überzeugt, dass Víctors Existenz den Lauf der Dinge verändern würde. Er war nicht mehr derselbe wie früher, und außerdem hatte er genug von dieser Mission.

Und als hätte das Schicksal seine Fäden perfekt gesponnen, kam die Flaute. Zwei Tage nach dem Sturm, der sie wie durch ein Wunder nach Norden getrieben hatte, so dass sie nur noch wenige Meilen vom Äquator entfernt waren, wurde der Wind schwächer und verwandelte sich in eine laue Brise, um schließlich ganz einzuschlafen.

Bandor vermutete, dass Blackraven die neue Situation entgegenkam, denn er wollte mit allen Mitteln verhindern, dass die *Folâtre* ihr Ziel erreichte. Er kannte ihn gut genug, um zu wissen, dass er nicht die Hände in den Schoß legen würde. Vielleicht, so überlegte er, würde er versuchen, die Korvette bei Nacht zu entern. Und er vermutete, dass die Kobra, dieser hinterhältige Mörder, der ihn bei den Eiern hatte, ebenfalls davon ausging. Seine Vermutung bestätigte sich, als er am Abend des ersten windstillen Tages seine Kajüte betrat und die Kobra dort antraf. Dieser Kerl verließ nur selten seine Kajüte, außer um Nachts an Deck spazierenzugehen und mit der Gewandtheit eines erfahrenen Seemanns bis zum Mastkorb hinaufzuklettern. Seine Männer, die wie alle echten Seebären abergläubisch waren, fürchteten sich vor ihm. Peñalver behauptete sogar, es handele sich um den Leibhaftigen, und so bekreuzigten sie sich, wenn sie Nachtwache hatten und den Schatten des seltsamen Gastes aus der Decksluke huschen sahen. Bandor musste zugeben, dass es ihm unheimlich war, mit einer schwarzen Maske zu sprechen, die sich auf unnatürliche Weise bewegte, insbesondere aber wegen der Stimme, die sich anhörte, als sei sie nicht menschlich. Beschämt dachte er daran, wie er sich erschreckt hatte, als er sie zum ersten Mal hörte, nachdem der Unbekannte sie aus dem Kabelgatt der *Sonzogno* befreit hatte.

»Folgt mir«, hatte die Kobra mit ihrer eigentümlichen Stimme gesagt. »Ich bringe Euch hier raus.«

Die sechs Männer gehorchten nicht gleich. Sie waren wie vom Donner gerührt.

»Wer seid Ihr?«, hatte Bandor schließlich gefragt.

»Mein Name ist die Kobra, und ich bin gekommen, um Euch zu befreien.«

»Warum?«

»Weil ich Euch brauche.«

Einige Stunden später war ihnen klar, dass sie vom Regen in die Traufe geraten waren. Es war stockfinstere Nacht, und sie wussten nicht, wo sie waren. Der Unbekannte fuhr sie stundenlang in einem geschlossenen Wagen durch die Gegend und hielt gegen Morgen vor einer heruntergekommenen Lehmhütte mit Strohdach, die mitten im Nichts stand. Er betrat mit seinen Männern die Hütte, wo ein gedeckter Tisch mit ausgezeichneten Speisen und Getränken wartete. Als sich alle den Bauch vollgeschlagen hatten, nahm die Kobra Bandor beiseite und nannte ihm den Preis für die Befreiung. Als Bandor sich weigerte, bei der Entführung einer Frau und ihres Kindes mitzumachen, packte ihn die Kobra mit verblüffender Behändigkeit an der Gurgel und hielt ihm die Mündung einer Pistole an die Schläfe. Dann befahl sie seinen Männern, sich gegenseitig zu fesseln. Bandor musste Peñalver die Fesseln anlegen.

»Wenn ihr das, was von Eurer Besatzung übrig ist, lebend wiedersehen wollt«, drohte der Mörder, »dann tut, was ich Euch sage. Ich will, dass Ihr ein Schiff besorgt und mit Vorräten ausstattet.«

Die Angelegenheit wurde noch konfuser, als eine bildschöne Frau hereinkam, ihm die Hände auf den Rücken fesselte und seine Augen verband, um ihn hinauszuführen. Bandor wusste, dass er keine Wahl hatte: Entweder er befolgte die Befehle der Kobra, oder er würde seine Männer nicht wiedersehen. Und um nichts in der Welt würde er sie im Stich lassen; sie waren seine einzige Familie, insbesondere Peñalver, den er wie einen Vater liebte. Es war nicht leicht gewesen, in diesem dreimal verfluchten Hafen von Buenos Aires ein Schiff und Proviant aufzutreiben. Unterdessen hatte die Kobra diesen Haufen Männer zusammengesucht, die man wohl kaum eine Mannschaft nennen konnte und denen sie für ihre Dienste verlockende Summen geboten haben musste. Sie hatte sie in allerlei düsteren Kaschemmen aufgelesen; nur ein paar von ihnen hatten Ahnung von der Seefahrt, doch alle waren geschickt im Umgang mit dem Messer. Und nun dümpelten sie hier einige Meilen vom Äquator entfernt mitten auf dem spiegelglatten Ozean, nachdem sie einem höllischen Sturm entronnen waren.

»Was wollt Ihr?«, fragte Bandor die Kobra und schloss die Kajütentür hinter sich.

»Was ist los? Wieso bewegt sich das Schiff nicht?«

»Dieses Phänomen nennt man eine Flaute. Es gibt keinen Wind, der die Segel bläht und uns vorantreibt.« Zum ersten Mal bemerkte Bandor, wie die Kobra unruhig wurde. »Man kann nur abwarten. Früher oder später kehrt der Wind zurück.«

»Wann wird das sein?«

»Aiolos' Launen lassen sich nicht voraussagen. Es kann in zwei Stunden sein oder in zwei Wochen.«

Bandor fragte sich, wer sich wohl hinter der Maske verbarg. Ihm wurde schon heiß, wenn er den Kerl in diesem schwarzen Anzug sah, den Kopf von dieser Ledermaske bedeckt. Er musste im eigenen Saft schmoren, überlegte er, denn in diesen Breitengraden stiegen die Temperaturen erbarmungslos an.

Auch die Kobra dachte nach, während sie Bandor ansah. Durch die Flaute hatte sich die Situation erneut grundlegend geändert, wie schon an dem Tag, als Bandor ihr mitgeteilt hatte, dass Blackraven ihnen dicht auf den Fersen war. Sie hätte nie gedacht, dass der Engländer so bald Segel setzen würde. Offensichtlich waren seine Schiffe bereit zum Auslaufen gewesen und ihre Spitzel hatten nichts von dieser entscheidenden Tatsache gewusst. Doch das hatte sie nicht so beunruhigt wie diese völlige Windstille.

Die Kobra dachte daran, dass sie sich in diesem Metier behauptet hatte, weil sie jeder Bewegung ihres Gegners stets zuvorgekommen war. Das hatte sie von Papío gelernt, als er ihr beibrachte, Schlangen mit der bloßen Hand zu fangen. »Komm ihren Bewegungen zuvor. Sieh voraus, was sie tun wird. Lass dich nicht überrumpeln, und sie wird unterliegen.« Sie wusste, dass Roger Blackraven die neuen Gegebenheiten ausnutzen und das Schiff in der Dunkelheit angreifen würde. Sie musste unbedingt Vorkehrungen bezüglich seiner Frau und seines Kindes treffen.

Sie sagte in die Stille hinein: »Sämtliche Zugänge zur Kajüte der Gräfin von Stoneville werden verschlossen. Ich will, dass sie völlig abgeschottet ist. Sie und ihre Begleiter werden die Kabine nicht mehr verlassen und nicht mehr an Deck gehen, bis wieder Wind aufkommt.«

»Aber …«

»Camargo und Páez« – zwei der Männer, die die Kobra angeheuert hatte, die bedrohlichsten, wie Bandor fand – »werden abwechselnd in der Kajüte Wache halten.«

»In der Kajüte?«, fragte Bandor fassungslos. »Sie werden nicht einmal in Ruhe ihre Notdurft verrichten können!«

»Lasst diesen Paravent aufstellen.« Die Kobra deutete auf einen Wandschirm, der zusammengefaltet an den Spanten lehnte.

»Das geht zu weit«, empörte sich Bandor. »Wenn man eine Wache vor die Tür stellt …«

Die Kobra, dachte Bandor, bewegte sich nicht, sie war plötzlich da. Wie durch Zauberei verschwand sie, um an einer anderen Stelle wieder aufzutauchen. In einem Wimpernschlag stand die Kobra auf einmal hinter ihm, packte ihn an der Gurgel und hielt ihm einen Dolch an die Kehle.

»Keine Diskussionen, Bandor. Ich bin nicht in Stimmung dafür. Tut, was ich Euch sage, und es wird keine Probleme geben.«

Früh am nächsten Morgen sah Bandor durch das Fernrohr, dass Blackravens Verband aus vier Schiffen eine neue Position eingenommen hatte. Wahrscheinlich hatte Blackraven, als er bemerkte, dass der Wind böig und unregelmäßig wurde und sich eine Flaute ankündigte, Befehl gegeben, die Schiffe um neunzig Grad zu wenden und die Backbordseite zum Bug der *Folâtre* zu drehen, um so eine solide Barriere vor ihnen aufzubauen. Bandor vermutete, dass sie auf der Steuerbordseite, die für ihn nicht einsehbar war, Beiboote zu Wasser ließen, um Botschaften und Vorräte auszutauschen. Nach einer Weile bemerkte er, dass Amy Bodrugan, um Müßiggang zu vermeiden, angeordnet hatte, den Kiel von Algen und Muscheln zu befreien und dem ziemlich ausgeblichenen Schiffsrumpf einen neuen Anstrich zu verpassen. Einige Männer sprangen, mit Spachteln ausgerüstet, ins Wasser, andere ließen Seile und Gerüste herab, auf die sie sich setzen konnten, um zu schmirgeln und zu pinseln.

Amy Bodrugan tauchte die Feder ins Tintenfass und hielt die Ereignisse im Logbuch fest. Sie hasste diese Verwaltungstätigkeiten, die auf einem Schiff anfielen. Aus diesem Grund hatte sie einen Schreiber angeheuert, Stephen Reynolds, doch der lag nach einem Besäufnis, das ihm am nächsten Tag zwölf Peitschenhiebe einbringen würde, schnarchend in seiner Koje. Sie hasste Flauten, weniger wegen der Zeitverschwendung als wegen der Ausschweifungen, die durch das Nichtstun entstanden. Sie legte die Feder hin und fuhr sich seufzend mit den Händen übers Gesicht. Sie konnte sich nicht auf die Eintragung konzentrieren, weil ihre Gedanken dauernd auf der *Folâtre* waren. Sie verbrachte Stunden damit, darauf zu warten, dass Víctor an Deck erschien. Ihr Herz begann schneller zu schlagen, wenn sie ihn dann zu seinem Vater laufen sah. Die Schiffe lagen nur eine knappe halbe Meile voneinander entfernt, und durch ihr starkes Fernrohr konnte sie sein glückstrahlendes Gesicht sehen. Manchmal erlaubte ihm Bandor, durch sein Fernrohr zu schauen, und wenn er sie an Deck bei der gleichen Tätigkeit entdeckte, winkte Víctor und lächelte ihr zu.

Als sie hörte, wie sich die Tür hinter ihr öffnete, gab sie vor, in das Logbuch vertieft zu sein.

»Stell das Essen auf mein Bett, Liu-Chin.«

»Ich bin nicht dein verdammter chinesischer Koch, Amy Bodrugan«, sagte eine vertraute Stimme. Sie fuhr von ihrem Stuhl auf.

»Du verdammter Mistkerl! Gib mir meinen Sohn zurück!«

Bandor, in weißen Kniehosen, barfuß und vor Wasser triefend, lächelte vergnügt, als er Amys wutsprühenden Blick sah.

»Unseren Sohn, wolltest du sagen.«

Amy schwang sich auf den Tisch und stürzte sich dann auf Bandor. Sie wälzten sich über den Fußboden, sie fluchend, er lachend, bis er sie schließlich mühelos überwältigte. Mit einer raschen, energischen Bewegung drehte er sie auf den Rücken und hielt ihre Arme fest, so dass sie sich nicht mehr bewegen konnte. Amy warf den Kopf hin und her und überhäufte ihn mit wüsten Beschimpfungen. Bandor beugte sich zu ihr hinunter und küsste sie fordernd auf den Mund, während er sie mit seinem Gewicht zu Boden drückte.

»Oh, Amy«, hörte sie ihn flüstern, und ein wohliger Schauder lief ihr den Rücken hinunter.

Jemand hämmerte an die Tür. Bandor hob den Kopf und blickte tief in Amys schwarze Augen.

»Kapitänin! Was ist los? Wir haben laute Geräusche gehört.«

Ohne ihren Blick von Bandors grünen Augen zu lösen, antwortete Amy: »Nichts, Lübbers. Alles in Ordnung. Geh wieder auf deinen Posten.«

»Und bei Euch ist wirklich alles in Ordnung?«

»Ja, alles in Ordnung.«

Lübbers' Schritte verhallten im Korridor.

»Was willst du von mir, Galo? Weshalb bist du hergekommen?«

»Deswegen«, sagte er und küsste sie erneut, sanfter diesmal, jedoch mit derselben Leidenschaft.

Amy hatte nicht den Willen und nicht das Verlangen, sich diesem Gefühl zu verweigern, und ließ zu, dass Galo sie langsam entkleidete. Der Pirat hätte beinahe laut gelacht vor Glück, als er die Lust in Amys Augen sah.

»Sag ja«, bat er. »Diesmal möchte ich, dass es mit deiner Zustimmung geschieht.«

»Ja, Galo. Das tut es.«

Sie liebten sich leise, denn wenn sie ihrer Leidenschaft freien Lauf ließen, würde die Mannschaft die Tür eintreten. Bandor biss sich auf die Lippen, und Amy vergrub ihre Fingernägel in seinem Rücken und ihr Gesicht an seiner Brust. Dann trug er sie aufs Bett, um sie ein weiteres Mal zu lieben.

»Du verfluchter Mistkerl«, flüsterte Amy danach.

»Nur mit dir erreiche ich diese Leidenschaft. Nur mit dir«, flüsterte er, während er ihre Augenlider mit sanften Küssen bedeckte und ihren schlanken, geschmeidigen Körper liebkoste.

»Ich bin froh, dass du gekommen bist. Du warst großartig.«

»Als ich die Taue entdeckte, die deine Männer an der Bordwand herunterließen, um das Schiff zu streichen, beschloss ich, die halbe Meile, die uns trennt, schwimmend zurückzulegen.«

»Wie bist du an der Deckswache vorbeigekommen?«

»Deine Männer sprechen mächtig dem Grog zu, mein Liebe«, sagte Bandor vorwurfsvoll.

»Ja, ich weiß«, gab Amy zu. »Bei dieser Flaute sind sie schwer im Griff zu halten. Aber morgen werde ich die Peitsche tanzen lassen, bis ihnen schlecht wird, wenn sie auch nur an Grog denken. Du wirst sehen. Verdammt, Galo!«, sagte sie dann und setzte sich im Bett auf. »Gib mir meinen Sohn zurück! Er war heute den ganzen Tag nicht an Deck. Ist er krank?«

»Hör zu«, sagte Bandor ernst und zwang sie, sich wieder zu ihm zu legen. »Hör genau zu, denn ich habe nicht viel Zeit. Ich bin in den Händen eines Schurken namens die Kobra, der es auf Blackraven abgesehen hat. Er hat mich von der *Sonzogno* gerettet, weil er jemanden brauchte, der ein Schiff führen kann. Und er drohte mir, meine Männer umzubringen, wenn ich ihm nicht dabei helfe, die Gräfin von Stoneville zu entführen.«

»Roger und ich dachten, ihr wärt Komplizen«, sagte Amy.

»Dieser dreimal verfluchte Blackraven! Und auch du sollst verflucht sein, weil du ihm blind glaubst!«

»Ich habe langsam genug von deinem Rachedurst! Roger hat sich mit deinem Vater in einem fairen Duell gemessen. Ich war dabei, ich habe es gesehen. Roger hat im ehrlichen Kampf gewonnen. Dein Vater, ein gemeiner Hundsfott im Übrigen, hat verloren. Akzeptiere das endlich und lass uns in Frieden.«

Bandor packte sie bei den Schultern und warf ihr einen unversöhnlichen Blick zu, der ihr durch Mark und Bein ging.

»Merkst du denn nicht, dass ich Roger deinetwegen hasse? Ich war noch ein dummer kleiner Junge, als ich beschloss, den Tod meines Vaters zu rächen. Mir ist schon vor Jahren klargeworden, dass es eine Dummheit war und dass ich nach vorne schauen und vergessen sollte. Ciro war weiß Gott ein gemeiner Hundsfott, wie du sagst, und hat meinen Einsatz wahrlich nicht verdient. Aber da warst du bereits in mein Leben getreten und hast alles durcheinandergebracht. Es bringt mich jedes Mal um den Verstand, wenn ich mir vorstelle, wie er dich in seinen Armen hält!«

»Roger und ich sind schon lange kein Paar mehr. Er ist jetzt verheiratet und, auch wenn du es nicht glaubst, er ist seiner Frau treu.«

»Und das missfällt dir sehr, stimmt's?«

»Nein.«

Die Antwort stellte ihn zufrieden. Hätte Amy mehr Nachdruck in ihre Worte gelegt oder eine andere Formulierung gewählt, er hätte ihr nicht geglaubt; doch dieses schlichte »Nein«, machte ihn glücklich.

»Ich bin gekommen, um euch einen Plan zu unterbreiten, wie wir die Kobra unschädlich machen könnten.«

»Sie ist bei dir auf der *Folâtre?*«

»Ja. Die Kobra und ihre Komplizin, eine Frau, die ich nur ein paar Mal gesehen habe. Ich glaube, sie sind ein Paar. Mit Ausnahme meiner fünf Männer ist ihr die Besatzung treu ergeben, und alleine kann ich nichts ausrichten. Blackraven und du müsst die Flaute nutzen, um das Schiff zu entern und die beiden auszuschalten. Ich werde die Enterleiter und ein paar Stricke über die Reling werfen, damit ihr an Bord gelangen könnt. Das Fallreep könnt ihr nicht benutzen, ohne dass die Männer der Kobra etwas mitbekommen.«

»Ich werde mit Roger sprechen.«

»Der Angriff muss bald stattfinden. Wir wissen nicht, wie viel Zeit uns bleibt. Das Meer wird allenfalls noch ein paar Tage ruhig sein. Morgen Nacht komme ich wieder, um die Details zu besprechen.«

Als es Zeit zum Abschied war, schlang Galo Bandor seine Arme um Amys nackte Taille und zog sie an sich. Er beugte sich hinunter, um sie auf den Mund zu küssen, und ohne seine Lippen von ihren zu lösen, flüsterte er: »Ich liebe Víctor über alles, weil er der Sohn ist, den du mir geschenkt hast.«

# Kapitel 27

Gegen den Widerstand von Malagrida und Somar beschloss Blackraven, Galo Bandor zu trauen. Dafür gab es eine Reihe von Gründen; vor allem war er in Amy verliebt, und ganz offensichtlich liebte er auch Víctor, nachdem er herausgefunden hatte, dass der Junge sein Sohn war.

Seit dem Beginn der Flaute waren erst wenige Stunden vergangen, doch Blackraven hatte bereits Pläne geschmiedet, die *Folâtre* zu entern. Deshalb zögerte er nicht lange, als Amy an Bord der *Sonzogno* kam, um ihm mitzuteilen, dass Bandor und seine Männer in den Händen der Kobra waren und mit ihnen gemeinsame Sache machen wollten. Die Mitwirkung des Kapitäns der *Folâtre* würde die Sache zweifellos erleichtern. Doch Blackraven hatte keinen Zweifel daran, dass die Kobra zu klug war, um nicht vorherzusehen, dass er die Flaute zu einem solchen Befreiungsschlag nutzen würde. Die Kobra wusste, dass nun er am Zug war. Sie wartete ab, bis er handelte, um dann zu reagieren. Und die Leidtragenden würden Isaura und sein Sohn sein.

Als sein Onkel Bruce ihm das Schachspielen beigebracht hatte, hatte er ihm erklärt: »Bevor du eine Figur bewegst, musst du den nächsten Zug deines Gegenspielers erraten, und den über- und übernächsten. Nur so kannst du gewinnen.« Auch bei diesem Spiel würde er dieses Prinzip anwenden, wie schon so oft als Schwarzer Skorpion. Es war eine Philosophie, die ihm in all den Jahren, die er sich am Rande des Abgrunds bewegte, schon oft das Leben gerettet hatte, zuerst im revolutionären Frankreich und später im Europa Napoleons. Folglich konnte sich der Plan zu Isauras Befreiung nicht darauf beschränken, einfach das Schiff zu entern. Er musste zwei Schritte weiter denken, denn das Entern war mit Sicherheit der Schachzug, mit dem die Kobra rechnete.

Er wählte seine besten Männer für den Auftrag aus. Amy bestand darauf, Servando mitzunehmen, und Flaherty schlug Thomas Maguire vor.

»Auf keinen Fall«, weigerte sich Blackraven.

»Sie ist meine Schwester, Kapitän«, warf Tommy ein. »Ich möchte dabei helfen, sie zu befreien. Erlaubt mir, Euch etwas von dem zurückzugeben, was Ihr vor Monaten für mich getan habt.«

»Als wir wie von Euch befohlen die *Joaquín* und die *San Francisco de Paula* kaperten«, bemerkte Flaherty, »hat Maguire große Tapferkeit bewiesen und seinen geschickten Umgang mit der Machete unter Beweis gestellt. Er wird uns bei diesem Unternehmen von Nutzen sein, wenn Ihr mir diese Meinung gestattet, Kapitän.«

»Einverstanden«, willigte Blackraven ein, um Tommy nicht vor Flaherty bloßzustellen. Gleichzeitig beschloss er, Somar zu sagen, dass er die ganze Zeit in Maguires Nähe bleiben sollte.

An der Steuerbordseite verborgen, um nicht von der *Folâtre* aus gesehen zu werden, arbeiteten die Matrosen zwei Tage unter Hochdruck. Sie strichen die Beiboote schwarz, die sie zu der Korvette bringen sollten. Sie umwickelten die Riemen mit Stoff und schmierten Talg in die Dollen, damit sie beim Rudern nicht knarrten. Sie legten schwarze Kleider bereit und Kohle, um sich die Gesichter zu schwärzen. Sie reinigten die Büchsen und Musketen und kontrollierten die Munition. Außerdem schärften sie auch die Säbel, Schwerter, Macheten, Dolche und Messer, denn sie wussten, dass sie keine Zeit zum Nachladen haben würden. Sämtliche Feuer- und Stichwaffen wurden in Stoff gewickelt, bevor sie unter den Ruderbänken in den Booten verstaut wurden.

In der dritten Nacht der Flaute bestiegen dreißig Mann die Boote, die man steuerbords zu Wasser gelassen hatte, während auf der Backbordseite der vier Schiffe so getan wurde, als gehe alles seinen gewohnten Gang. »Absolute Ruhe!«, hatte Kapitän Blackravens Befehl gelautet, und die Warnung zeigte Wirkung, denn die Boote glitten gespenstisch leise durchs Wasser. Da der Mond nicht schien und sie kein Licht dabeihatten, orientierten sie sich an der großen Hecklaterne der *Folâtre* und an den Lichtern im Mastkorb. Sie kamen nicht schnell voran, da die Ruderer, die geschicktesten aus allen vier Besatzungen, ihre Ruder langsam ins Wasser eintauchten, damit es nicht klatschte. Aber sie ruderten koordiniert und kraftvoll, und so erreichten die Boote ihr Ziel schneller als erwartet. Die Bugspitzen hatten sie mit Matten verkleidet, damit kein Geräusch zu hören war, wenn sie gegen die Bordwand der *Folâtre* stießen. Mit Handzeichen gab Blackraven Befehl, die Boote längsschiffs zu legen und sich zum Entern bereitzumachen.

Galo Bandor hatte Wort gehalten und neben den Leinen, die vom Vordersteven baumelten, im Schutz der Nacht gemeinsam mit seinen Männern noch ein Enternetz, eine Strickleiter und mehrere Taue herabgelassen. Je fünfzehn Mann sollten auf einmal entern, und in weniger als drei Minuten, berechnete Blackraven, würden die dreißig Männer an Deck sein.

Die Nachtwache schlug Alarm, als sie die Eindringlinge im Vorschiff entdeckte, und sofort stürzten die übrigen Matrosen aus den Decksluken. Schreie und Flüche gellten durch die stille Nacht, während das rote Mündungsfeuer der Waffen das dunkle Schiff erhellte. Die Mannschaft der *Folâtre* war nicht überrascht, als sich Bandor und seine Männer ins Getümmel stürzten, um Schulter an Schulter mit den Angreifern zu kämpfen.

Bald zeigte sich, dass niemand Zeit hatte, die Feuerwaffen nachzuladen, denn das Knallen der Schüsse wurde abgelöst vom metallischen Klirren von Säbeln, Macheten und Messern. Das

Johlen der Kämpfenden und die Schreie derer, die im Kampf fielen, luden die Atmosphäre mit einer Spannung auf, die sich auf die Männer übertrug, die entfesselt und mit verzerrten Mienen Mann gegen Mann kämpften, angestachelt von dem Blut, das aus den Wunden ihrer Gegner sprudelte und ihre Gesichter bespritzte.

Bandor entdeckte Blackraven auf dem Oberdeck neben dem Großmast. Er kämpfte mit einem kräftigen Gegner, der geschickt mit der Machete hantierte. Obwohl es recht dunkel war, kam es ihm vor, als bewegte sich Roger nicht so gewandt wie sonst. Er musste sich am Bein verletzt haben, schloss er und sah sich nach Amy um. Sie war auf den Bootskran gesprungen, hielt sich an einem Want fest und schwang den Säbel, um ihren Gegner auf Abstand zu halten. Galo Bandor stürzte zu ihr, als er sah, dass sie von hinten angegriffen wurde. Das Messer des Angreifers war nur noch eine Handbreit von Amy entfernt, als dieser mit einem Stöhnen neben dem Bootskran zusammenbrach. Ein Messer steckte in seinem Hals; Bandor hatte es aus über zwei Ellen Entfernung auf ihn geschleudert. Als er seinen Gefährten umfallen sah, war Amys Gegner einen Augenblick abgelenkt, ein Moment, den sie nutzte, um ihm den Säbel in den Leib zu rammen.

Somar kämpfte beidhändig. Mit der einen Hand umklammerte er seinen Krummsäbel, mit der anderen seinen Türkendolch. Er schwang sie mit nahezu tänzerischer Leichtigkeit, die seine Gegner verwirrte. Seine Ausfälle und Paraden gingen nicht fehl, mit jedem Streich trennte er Hände, wenn nicht gar Arme ab, und obwohl seine ganze Aufmerksamkeit auf den Gegner gerichtet war, verlor er dabei Tommy Maguire nicht aus den Augen. »Weich nicht von seiner Seite und gib gut auf ihn acht«, hatte Blackravens Befehl gelautet.

»Scheiße«, knurrte er, als er sah, wie ein Matrose der *Folâtre*, ein Hüne mit wildverzerrter Miene, Tommy gegen die Reling drängte.

Es war offensichtlich, dass Tommy ihm nicht lange würde standhalten können. Somar sah mit Schrecken, wie der Mann den Jungen am rechten Arm verletzte und ihm so das letzte bisschen Kraft nahm, das ihm noch blieb. Er würde nicht mehr rechtzeitig kommen, um ihn zu schützen; er war selbst in einen Zweikampf verwickelt und außerdem ziemlich weit entfernt.

Plötzlich tauchte wie aus dem Nichts Servando auf und sprang den Hünen an, als der dem jungen Maguire gerade den Gnadenstoß versetzen wollte. Der Matrose taumelte rückwärts und brüllte laut seine Wut heraus. Servando erschien hinter Tommys Angreifer und versuchte, ihm mit den Fingern in die Augen zu stechen. ›Wo zum Teufel hat er sein Messer gelassen?‹, fragte sich Somar, als er sah, dass der Wolof unbewaffnet war.

Der Hüne ließ das Messer und die Pistole fallen, schloss seine riesigen Pranken um Servandos Unterarm und schleuderte ihn mit lautem Brüllen über seinen Kopf. Der Wolof überschlug sich in der Luft und krachte mit dem Rücken auf die Planken, wo er halb ohnmächtig zu Füßen des Hünen liegen blieb. Während der Seemann sein Messer aufhob und es Servando in die Brust rammte, griff Somar ihn von hinten an und versuchte, ihn daran zu hindern.

Tommy vergaß die Wunde am Arm und rannte zu dem Wolof. Er packte ihn unter den Achseln und zog ihn ein wenig näher an die Reling, weg von dem Kampf, der sich nun zwischen dem Türken und dem Seemann entspann. Tommy betrachtete entsetzt das Messer, das in Servandos Brust steckte, und obwohl es dunkel war, sah er, wie seine Wangen aschfahl wurden. Blut rann aus seinem Mundwinkel. Als er sah, dass der Schwarze die Lippen bewegte, beugte er sich zu ihm hinunter.

»Elisea …«, sagte der Sterbende leise, aber ganz deutlich. »Sag Elisea …«

Er verschluckte sich an seinem Blut und musste husten. Maguire nahm seinen Schal ab und wischte ihm das Blut ab.

»Herr Thomas … Sagt Elisea, sie soll …« Er hustete erneut, und Tommy wischte wieder das Blut weg. »Sagt ihr, sie soll sich an die Verse aus der Aeneis erinnern.« Und während Blut aus seinem Mund gurgelte, begann er mühsam zu rezitieren: »*Ich folg' abwesend mit schwarzer Furienglut; und entseelte der kalte Tod mir die Glieder, allwärts schwebt mein Schatten um dich.*«

»Servando!«, schluchzte Maguire und warf sich auf die Brust des Wolof. »Servando«, wiederholte er, dann schloss er ihm die Lider.

Als er wieder aufblickte, stellte Tommy fest, dass sie gesiegt hatten. Die wenigen Matrosen der *Folâtre*, die noch aufrecht standen, ließen ihre Waffen fallen und hoben die Arme, um sich zu ergeben. Das Deck war übersät mit blutüberströmten Körpern, und als das Kampfgeschrei verstummte, war das Stöhnen der Verwundeten zu hören. Tommy richtete sich auf, um Blackravens Männern zu helfen, die nun die Besiegten an der Bugreling zusammentrieben.

Bandor blickte umher, bis er Amy Bodrugan und Blackraven entdeckte. Sie waren mit den Überlebenden der *Folâtre* beschäftigt, während eine andere Gruppe unter den Verwundeten nach Besatzungsmitgliedern von der *Sonzogno*, der *Afrodita* und der *Wings* suchte. ›Worauf wartet er noch?‹, fragte sich Bandor ungehalten, als er sah, wie Blackraven sich damit aufhielt, die Gefangenen zu fesseln. Der gefährlichste Teil des Plans stand noch bevor: Melody, ihre Dienerin und die Kinder unter Deck aus den Händen der Kobra befreien. Er wollte gerade vom Großmast zum Vorschiff hinübergehen, um mit Blackraven zu sprechen, als er das wohlbekannte Knarren hörte, mit dem sich die Decksluke öffnete. Böses ahnend, drehte er sich um.

Dort stand die Kobra, wie immer unter ihrer schwarzen Maske und ihrer schwarzen Kleidung verborgen. Der Kerl hatte Melody an sich gepresst und hielt ihr die Mündung einer Muskete an die Schläfe. Die Umrisse der Kobra verschmolzen mit der

Dunkelheit, während von Melody mit ihrem hellen Haar und dem weißen Kleid ein Leuchten auszugehen schien. Sie zitterte und biss sich auf die Lippen, um nicht in Tränen auszubrechen, doch sie bewahrte eine bewundernswerte Haltung.

»Blackraven!«, rief die Kobra. »Lass diese Männer frei, oder ich werde sie auf der Stelle töten!«

Blackraven fuhr herum und sah unbewegt zu seiner Frau und der Kobra hinüber. Obwohl sie weit voneinander entfernt standen, bemerkte Bandor, dass er unruhig war. Die Kobra trat einige Schritte vor und blieb dann mitten auf dem Deck stehen, den Blick zum Bug gerichtet.

»Ihr enttäuscht mich, Kapitän Black«, sagte sie spöttisch. »Ich hätte nicht geglaubt, dass Ihr so leicht zu durchschauen seid. Ihr habt Euch nicht mit Ruhm bekleckert, zu vorhersehbar war Euer Vorgehen. Ich wusste gleich, dass Ihr die Flaute nutzen würdet, um die *Folâtre* anzugreifen.«

Bandor hätte beinahe aufgeschrien vor Erstaunen, als er plötzlich einen Schatten entdeckte, der sich lautlos von hinten an die Kobra anschlich.

»Der Enttäuschte bin ich«, sagte der Schatten. Als die Gestalt in den Lichtkreis einer Laterne trat, erkannte Bandor Blackraven.

Die Kobra spürte die Spitze eines Degens, der sich in ihre Rippen bohrte, und den Lauf einer Pistole am Hinterkopf. Blackraven beugte sich zu seinem Widersacher herunter und flüsterte ihm ins Ohr: »Ihr solltet nie vergessen, dass ich der Schwarze Skorpion bin.« Dann rief er laut nach Kapitän Malagrida.

Der falsche Blackraven kam mit großen Schritten herbeigeeilt, und Bandor fragte sich, warum er die List nicht gleich bemerkt hatte. Obwohl es keine schlechte Verkleidung war, das musste er zugeben. Der Kapitän der *Sonzogno*, fast genauso groß wie Blackraven, hatte sich den Schnurrbart abrasiert, sein graues Haar unter einem schwarzen Tuch verborgen und Jackett und Hose mit

Watte oder Werg ausgestopft, um Blackravens kräftigen Körperbau nachzuempfinden. Zudem war sein Gesicht unter der Rußschicht, mit der er sich eingerieben hatte, nicht genau zu erkennen. Es war ein Kinderspiel gewesen, die Besatzung der *Folâtre* und die Kobra zu täuschen.

Bandor begriff, warum Blackraven diese Farce gespielt und ihm nichts davon gesagt hatte. Roger hatte erkannt, dass man die Kobra aus ihrem Versteck locken musste. Es war nahezu unmöglich, unter Deck zu der Gräfin von Stoneville vorzudringen; in einem abgelegenen Winkel des Schiffs festgehalten, unter ständiger Bewachung und mit der Kobra und ihrer Komplizin in der Nachbarkajüte, konnten sie nicht schneller bei ihr sein als ihr Entführer. Aber um die Kobra, dieses Phantom, das sich stets unerkannt im Dunkeln bewegte, dazu zu bringen, ihren Unterschlupf zu verlassen, musste man sie in die Enge treiben. Derart bedrängt, würde sie sich zeigen und die Gräfin von Stoneville als Unterpfand mitnehmen. Und dann würde Blackraven, der echte Blackraven, sie überrumpeln. »Dieser Teufelskerl«, murmelte Bandor, dem es schwerfiel, zuzugeben, dass der Plan seines Erzrivalen brillant war. Er hatte die Bewegungen und Reaktionen seines Gegners vorausgesehen und danach gehandelt. Was die Tatsache anging, dass Blackraven ihm nichts von diesem Teil des Plans verraten hatte, so war es schlichtweg so, dass der Engländer ihm nicht über den Weg traute. Was hatte er nun mit der Kobra vor? Würde er sie töten oder den englischen Behörden überstellen? Und was ihn betraf, würde er ihm die *Butanna* zurückgeben? Würde er ihn in Frieden lassen, um das Herz von Amy Bodrugan zu erobern? Die Antworten darauf, sagte er sich, mussten warten.

Malagrida erschien auf dem Hauptdeck und blieb vor der Kobra und Melody stehen.

»Kapitän«, sagte Blackraven, »entwaffnet die Kobra und kümmert Euch um meine Frau. Bringt sie ins Vorschiff.«

Die Kobra übergab Malagrida die Muskete und ließ Melody los, die gemeinsam mit dem Jesuiten zum Vorschiff der Korvette ging, ohne der Kobra den Rücken zuzudrehen.

Als plötzlich ein leises Klirren in der Stille zu hören war, war Blackraven gewarnt und wich mit einer raschen Rückwärtsbewegung der Klinge eines Dolchs aus, der zwischen dem Ärmel und dem Handschuh der Kobra hervorblitzte. Sie standen sich nun gegenüber. Die Kobra streckte den linken Arm aus, in dem der Mechanismus des Stiletts verborgen war, mit dem sie Blackraven bedrohte; sie führte die Waffe mit einer Sicherheit, die ihre Erfahrung verriet. Blackraven hätte seinen Gegner mit einem Schuss töten können, doch es war noch eine Frage offen: Wem hatte die Kobra die wahre Identität des Schwarzen Skorpions enthüllt? Wussten Napoleon und Fouché Bescheid? Er hätte sie auch mit einem Schuss in den Arm oder ein Bein außer Gefecht setzen können. Es vergingen einige Sekunden, in denen sie sich unverwandt anstarrten. An Deck herrschte völlige Stille. Schließlich ließ Blackraven die Pistole fallen, zog den Degen und wies Bandor an, der Kobra sein Schwert zu reichen. ›Wem es gelungen ist, die wahre Identität des Schwarzen Skorpions herauszufinden‹, dachte Blackraven, ›der hat ein Recht darauf, sich mit mir zu messen, selbst wenn er ein hinterhältiger Mörder ist.‹

Erneut war ein Klirren zu hören, als die Kobra die Vorrichtung in ihrem linken Ärmel betätigte, um die Klinge wieder zu versenken und das Schwert aufzufangen, das Bandor ihr zuwarf. Blackraven hatte sich noch nie mit einem Gegner gemessen, der die Waffe mit der linken Hand führte, doch er durfte ihn nicht unterschätzen. Zum ersten Mal stand er einem ebenbürtigen Rivalen gegenüber.

Desirée du Césaire und die Sklavin Taína wurden am gleichen Tag auf der Karibikinsel Martinique auf dem Landgut *La Reine Margot* unter dem unheilvollen Vorzeichen des Schwarzen Mondes geboren. Die Sklaven wussten, dass der Einfluss des Schwarzen Mondes Neugeborene zu bösen, schlechten Menschen machte. Man musste die Mädchen in den Wald bringen und sie auf einem Bett aus Gras aussetzen, damit die bösen Geister sie holten und nicht länger zürnten. Andernfalls würde Unglück über sie alle und über das Landgut kommen.

Die Schwarze Cibeles, eine hochbetagte Frau, deren genaues Alter niemand kannte – einige vermuteten, dass sie bereits über hundert war –, hatte als Amme den einflussreichen und gefürchteten Besitzer von *La Reine Margot* großgezogen, Septimus de Césaire, der mit dem despotischen, grausamen Gebaren eines Feudalherrn über diesen Teil der Insel herrschte. Cibeles war die Einzige, die Einfluss auf den Gutsherrn hatte. Weil sonst niemand wagte, dem Herrn Septimus gegenüberzutreten, betraute man sie mit der Aufgabe, ihn davon zu überzeugen, seine Enkelin Desirée aus dem Weg zu schaffen, die unter dem Schwarzen Mond geboren war.

»Bitte ihn, sie dir zu übergeben«, flehten die Sklaven sie an, »damit wir sie in den Wald bringen und den bösen Geistern opfern können.«

Was das kleine Sklavenbaby betraf, so brauchte niemand seiner Großmutter zu sagen, was zu tun war. Das Mädchen war verflucht. Wie war es sonst zu erklären, dass ihre Tochter, eine kerngesunde junge Frau, bei der Geburt gestorben war? Vor allem aber, wie ließ sich sonst erklären, dass der Blitz eingeschlagen war und den Hühnerstall verbrannt hatte? Die Alte wickelte das Kind in ein grobes Tuch und brachte es zum Rand der Plantage, wo der Dschungel bis an die Zuckerrohrpflanzungen heranreichte. Sie bahnte sich einen Weg durch das unwegsame Dickicht und legte das Kind in die efeubewachsene Mulde, die ein umgestürzter Baumstamm hinterlassen hatte. Dann ging sie weinend zum Haus zurück, doch bei aller Trauer empfand sie vor allem Erleichterung.

Septimus du Césaire hingegen war nicht davon zu überzeugen, dass das Mädchen verflucht sei, wie ihm seine Amme in jener Nacht weismachen wollte, in der Desirée geboren wurde. Nicht einmal der Tod seiner Tochter, der bildschönen Margot, noch der seines Schwiegersohns, eines Langweilers, der außer seinem Adelstitel nichts vorzuweisen hatte, konnten ihn umstimmen. In den Augen von Septimus du Césaire war seine Desirée ein Geschenk Gottes. Gewiss, sie war ein sonderbares Mädchen, doch das schrieb er ihrem blauen Blut zu.

Wie zuvor schon ihr Großvater und ihre Mutter wurde Desirée von der alten Cibeles großgezogen, die im Gegensatz zu den übrigen Sklaven keine Angst vor ihr hatte. Doch im Laufe der Jahre gewann das Mädchen durch seine Schönheit und sein stilles, sanftes Wesen die Zuneigung der schwarzen Dienerschaft, obwohl sie stets ein Hauch von Aberglaube umwehte. Cibeles jedoch wusste, dass sich hinter ihrem Engelsgesichtchen, der samtigen Stimme und dem Benehmen einer Königin ein mächtiges Geschöpf mit übernatürlichen Kräften verbarg. Wenn sie einen Gegenstand berührte, konnte sie ganz deutlich sehen, wem er gehörte, und manchmal auch der betreffenden Person die Zukunft voraussagen. Doch diese Kräfte befanden sich sozusagen im ungeschliffenen Zustand; Desirée brauchte jemanden, der ihr dabei half, diese Kräfte weiterzuentwickeln und zu nutzen. Cibeles ging zu dem einzigen Menschen, der ihr helfen konnte: dem zauberkundigen Papío, einem Eingeborenen, über den man nur wenig wusste, außer dass er zurückgezogen im Urwald lebte.

In der Nacht des Schwarzen Mondes hatte Papío eine Beschwörung durchgeführt, um Unheil von der Insel abzuwenden. Beim letzten Schwarzen Mond war sein Vater gestorben, von dem Papío seine übernatürlichen Kräfte und das Amt des

Zauberers geerbt hatte. Damals hatte niemand die gewaltigen zerstörerischen Mächte gebannt, und diese hatten sich in Aschewolken und glühende Lava verwandelt, die sich vom Gipfel des Mont Pelé hinabwälzte und Tausende von Menschen und Tieren unter sich begrub. Nachdem er die Beschwörung ausgeführt hatte, verließ er das Herz des Urwalds und machte sich auf den Rückweg zu seiner Hütte an der Küste, als ein ungewöhnliches Geräusch seine Aufmerksamkeit erregte. Ein schwarzes Kind lag in der Mulde unter einem umgestürzten Baumstamm. Er schlug die Decke zurück, in die es gehüllt war, und stellte fest, dass es ein kleines Mädchen war. Es war nackt und war noch mit der Nabelschnur verbunden. Da diese noch feucht und biegsam war, schloss er, dass es sich um ein Neugeborenes handeln musste. Mit dem Kind auf dem Arm setzte er seinen Weg fort. Am Strand blieb er unter einer Mangrove stehen, band sich die Kleine auf den Rücken und kletterte geschickt wie ein Affe zu der Hütte hinauf, die in den Blättern des Baumes versteckt war. Er legte das Mädchen auf sein Lager, und als er sah, dass es nicht weinte und nicht jammerte, nannte er es Taína, was in der Sprache der Kariben soviel bedeutet wie »hochherzig« oder »edel«.

Taína und Desirée lernten sich mit acht Jahren kennen, als Cibeles mit dem Mädchen bei Papío erschien, um diesen zu bitten, Desirées Ratgeber und Lehrer zu werden. Die Mädchen, gleich groß und von ähnlichem Körperbau, sahen sich unbefangen und ohne Scham an, bis ihre Neugier befriedigt war und sie die Gesichtszüge der jeweils anderen erkundet hatten. Sie unterschieden sich nicht nur dadurch, dass die eine schwarz war und die andere weiß; während Taína lediglich einen Lendenschurz aus Schlangenleder trug, war Desirée in eine Wolke aus duftiger Spitze und Seide gehüllt. Taína war eine ungezähmte, erdige Schönheit, Desirée hingegen wirkte weicher und zarter, doch dass beide schön waren, war unbestritten.

Papío nahm Cibeles' Auftrag an, und Desirée ging nun täglich in das Mangrovenwäldchen. Niemandem fiel auf, wenn sie nach dem Mittagessen für eine Stunde verschwand, weder Septimus du Césaire noch ihrer Gouvernante Mademoiselle Aimée. Für das Mädchen waren diese kleinen Fluchten mit der Amme Cibeles die einzig freudigen Momente. Sie verabscheute die Strenge ihrer Gouvernante, und was die Gefühle für ihren Großvater betraf, so schwankten sie zwischen Angst und Hass, doch Liebe verspürte sie keine mehr zu ihm. Er hatte angefangen, sie nachts aufzusuchen, um sie an verbotenen Stellen zu streicheln und sie dazu zu zwingen, ihn an verbotenen Stellen zu streicheln. Nur bei Taína und Papío vergaß sie diese nächtlichen Begegnungen und fand ihr Lächeln wieder. Sie bewunderte die Geschicklichkeit, mit der ihre Freundin von Mangrove zu Mangrove sprang, um mit dem Blasrohr, mit den bloßen Händen oder einem kleinen Messer zu jagen. Sie hatte gesehen, wie Taína durch das Gras auf eine Kobra zukroch und diese mit dem Blick hypnotisierte, um dann in einer beinahe unmerklichen Bewegung ihren Kopf zu packen und sie zu töten. Taína war unbezwingbar und erreichte alles, was sie wollte und sich vorgenommen hatte. Sie war eine geschickte Schwimmerin und fuhr selbst bei aufgewühlter See mit dem Kanu hinaus. Desirée sah gerne dabei zu, wie sie sorgfältig den Saft aus einer Kletterpflanze presste, die in der Gegend häufig vorkam, um damit die Pfeilspitzen zu vergiften, die sie mit ihrem Blasrohr auf alle möglichen Tiere abschoss. Diese waren zunächst gelähmt und verendeten dann laut röchelnd.

Taína brachte ihr auch das Schwimmen bei. Sie legten am Strand die Kleider ab und liefen nackt in die Wellen. So kam es, dass sie im Laufe der Jahre die Veränderungen an ihren Körpern bemerkten und sich, wenn sie nackt am Strand standen, mit derselben Unbefangenheit musterten wie damals mit acht Jahren. Durch die ständige Bewegung war Taínas Körper schlank und geschmeidig, ihre langen Beine, die muskulösen Arme und ihre kleinen Brüste bildeten einen aufregenden Kontrast zu Desirées sinnlichen Rundungen. Taína fühlte sich besonders von Desirées schneeweißer Haut und ihren hellrosa Brustwarzen angezogen, während ihre dunkel waren wie reife Pflaumen. Eines Tages streckte sie die Hand aus, als sie sich auszogen, und berührte mit Zeige- und Mittelfinger Desirées Warze. Sie merkte, wie sie sich aufrichtete, wie sonst immer, wenn sie aus dem Wasser kamen. Dann fassten sie sich bei den Händen und rannten ins Meer, und das kalte Wasser besänftigte die unbekannten Empfindungen.

Mit jedem Tag betrachtete Taína die Schönheit ihrer Freundin mit anderen Augen; sie sah sie nun nicht mehr neugierig an wie eine unbekannte Pflanze oder ein Tier, sondern voller Verlangen. Sie musste sich anstrengen, um ihre Hände bei sich zu behalten, und fand immer einen Vorwand, sie zu streicheln oder zu berühren. Eines Tages warf sich Desirée keuchend in den Sand, nachdem sie sich in den Wellen ausgetobt hatten. Taína legte sich neben sie und berührte ihren Bauch. Desirée ließ sie gewähren, und so wurden die Zärtlichkeiten immer gewagter, bis sie sich schließlich im Sand wälzten und sich leidenschaftlich küssten.

Zu dieser Zeit waren die beiden bereits zwei ungewöhnliche junge Frauen. Jede der beiden hatte eine besondere Gabe. Taína verfügte als Erbin eines uralten Wissens über Kräfte, die heilen und schaden konnten, während Desirée gelernt hatte, ihr Talent als Hellseherin zu nutzen, das mittlerweile auf der ganzen Insel bekannt war. Nicht nur die Sklaven und Eingeborenen kamen zu ihr, sondern auch die feinen Damen aus Saint-Pierre. Septimus du Césaire tobte und drohte ihr, sie in ein Internat nach Paris zu schicken, wenn sie weiterhin diese Gegenstände berührte, die man ihr brachte.

Desirée wäre sehr gerne nach Paris gereist, doch sie wusste, dass ihr Großvater sie niemals von *La Reine Margot* wegschicken würde, weil er nicht ohne sie leben konnte. Als sich ihr Körper entwickelte und weibliche Formen annahm, wurden seine nächtlichen Besuche immer häufiger und seine Zudringlichkeiten immer unerträglicher. Anfangs ertrug Desirée Septimus du Césaire und seine seltsame Art, sie zu lieben, weil er ihr einziger Angehöriger war, ihre Zuflucht und ihr Schutz. Doch als Taína sich von einem eigensinnigen Mädchen zu einer starken Frau entwickelte, die Schlangen mit der Hand fing und sich geschickt wie ein Affe in die höchsten Äste der Bäume schwang, wurden ihr die nächtlichen Besuche des Großvaters unerträglich, und der Ekel, den sie vor Septimus empfand, verwandelte sich in Hass. Nachdem sie sich eines Nachmittags am Strand geliebt hatten, brach Desirée in Taínas Armen in Tränen aus und beichtete ihr die Wahrheit. Das schwarze Mädchen hörte ihr zu, ohne Widerwillen oder Überraschung zu zeigen, und beschränkte sich darauf, sie in den Arm zu nehmen und zu küssen.

»Töte ihn, Taína! Du kannst es. Töte ihn und lass uns von dieser Insel fliehen. Wir könnten nach Paris gehen.«

Nur Papío und Cibeles ahnten die Wahrheit. Die Polizei von Saint-Pierre und die Leute aus dem Dorf ergingen sich in unzähligen Spekulationen, ohne jemals herauszufinden, wer den vergifteten Pfeil abgeschossen hatte, der Monsieur Septimus in den Hals traf. Die Sklaven fanden ihn im Zuckerrohrfeld, hart und steif und mit einem erstaunten Ausdruck auf dem verzerrten Gesicht. Was das Verschwinden der schönen Desirée betraf, so ging man davon aus, dass dieselben Eingeborenen, die den Großvater ermordet hatten, auch das Mädchen entführt und auf einem ihrer leichten, schnellen Kanus von Martinique weggebracht hatten, um sie irgendeinem Kaziken zum Geschenk zu machen. So etwas geschah hin und wieder, und die Frauen kehrten nie zurück, teils, weil es schwierig war, sie zu finden, oft aber auch, weil ihre Familien sie gar nicht zurückhaben wollten.

Taínas zweites Opfer starb an einem Messerstich in den Hals. Es handelte sich um einen jungen Goldschmied aus Fort-Royal, der versuchte, sie übers Ohr zu hauen, als sie Desirées Schmuck verkaufen wollten, um die Überfahrt nach Frankreich zu bezahlen. Sie tötete ihn nicht nur mit einem sicheren Stich, sondern raubte ihm zudem Geld und zahlreiche Schmuckstücke. Sie gelangten ohne Schwierigkeiten nach Paris. Auf dem Handelsschiff, auf dem sie sich einschifften, gab Desirée sich als junge Dame aus, die in Begleitung ihrer Sklavin auf den Alten Kontinent reiste, wo sie von ihrem Verlobten erwartet wurde.

Paris war nicht so, wie Desirée es von ihrer Gouvernante Mademoiselle Aimée und ihrem Großvater gehört hatte. In Paris herrschte Chaos, Gewalt und vor allem Armut. Das Blut der Aristokraten und jener, die beschuldigt wurden, das *Ancien Régime* zu unterstützen, floss über die Place de la Revolution, wo man die Guillotine errichtet hatte, und färbte die Straßen rot, bevor es in den Abwasserrinnen verschwand. Dennoch mieteten sie einige schöne Zimmer am Boulevard du Temple, einer der vornehmsten Straßen der Stadt, und lebten dort eine Zeitlang glücklich und zufrieden, während ringsum die Welt unterging. Mit den Monaten wurde das Geld aus dem Verkauf der Juwelen knapp. Die Lebenshaltungskosten in Paris waren exorbitant. Ein Laib Brot kostete um die neun Sous, und manchmal war es unmöglich, eines für unter zwölf Sous zu bekommen. Die Miete stieg in zehn Monaten um vierzig Francs, so dass sie auf Personal verzichteten – zum Teil, um sich jederzeit ungehindert lieben zu können, aber auch, weil sie es sich nicht länger leisten konnten. Ein Jahr, nachdem sie in Paris angekommen waren, teilte Taína Desirée mit, dass sie die Miete nicht mehr zahlen konnten und mit einer weniger vornehmen Bleibe vorliebnehmen mussten.

Sie zogen in eine Pension in der Rue de Picardie in einem der ärmsten Viertel der Stadt, wo sie zwischen Ratten, Gestank und Schmutz hausten, während die Sansculottes jeden denunzierten, der mit einem Wort, einer Geste oder seiner Lebensweise seine konterrevolutionäre Gesinnung verriet. Taína und Desirée hüteten sich, ihre vorherige Wohnung am Boulevard du Temple zu erwähnen, insbesondere gegenüber ihrer Nachbarin Madame

Lafarge, einer glühenden Jakobinerin, die bei dem Mob dabei gewesen war, der Anfang Oktober 1789 von Paris nach Versailles gezogen war und das Königspaar gezwungen hatte, in die Tuilerien umzuziehen. Obwohl sie unglaublich beleibt war, hatte man Madame Lafarge danach auf die Schultern gehoben und sie gefeiert wie eine Göttin.

Taína und Desirée entdeckten bald, dass Madame Lafarge nie in Geldnöten war, weil sie eine Armee von kleinen Taschendieben befehligte, die ihr den achtzigsten Teil ihrer Beute abgaben. Taína begann diesen Kindern zu folgen, die täglich in der Pension in der Rue de Picardie erschienen, um abzurechnen. Sie folgte ihnen durch die verschiedenen Viertel und lernte so die Stadt und auch ihr Metier kennen. Einmal rettete sie einen von ihnen vor dem Zugriff der Polizei und freundete sich mit ihm an. Der Junge, Eugène mit Namen, besaß großes Geschick darin, Geldbörsen aus Jackentaschen zu ziehen, ohne dass die Herren etwas davon bemerkten. Taína gab ihm jeden Tag einen Sou, damit er es ihr beibrachte. Am Ende war sie noch geschickter darin als er. Eugène war keinesfalls verärgert darüber, sondern bewunderte seine neue Freundin. Dennoch sagte er zu ihr: »Du bist zu alt, um dich unserer Bande anzuschließen. Madame Lafarge wird dich nicht wollen. Und außerdem bist du eine Frau. Niemand wird dich ernst nehmen.«

Taína brauchte keine Bande für ihre Diebstähle. Abgesehen von Desirées und Papíos Gesellschaft war sie immer allein gewesen. Sie war von Natur aus eine Einzelgängerin und mochte es nicht, Erklärungen abgeben zu müssen und von den Launen anderer abhängig zu sein. Aber in einem hatte der Junge recht: Sie würde sich von nun an als Mann verkleiden. Sie schnitt sich das Haar ab, setzte eine Schirmmütze auf, um ihr Gesicht zu verbergen, und trug eine Kniehose, die Desirée ihr nähte. Sie beging ihre Diebstähle vor dem Ausgang des Theaters, im Palais Royal, in finsteren Gassen und auch am helllichten Tage. Sie traute sich sogar, in die Häuser der früheren Aristokraten einzubrechen und Schmuck und teure Einrichtungsgegenstände zu stehlen. Ihre Einnahmen, die ebenso stiegen wie ihr Ruf unter den Ganoven, ermöglichten es ihnen, das finstere Loch in de Rue de Picardie zu verlassen und in die Nähe des Boulevard du Temple zurückzukehren, wo sie eine Wohnung in der Rue Saint-Martin mieteten.

Den ersten Mordauftrag erhielt der kleine Eugène. Es ging um eine junge Ehefrau, die ihren unansehnlichen, alten, aber reichen Mann verabscheute und ihn loswerden wollte. Ihre treu ergebene Dienerin war eine Freundin von Madame Lafarge und bat diese darum, den Auftrag zu übernehmen, doch die Jakoberin weigerte sich. Stehlen sei das eine, sagte sie, einen Mord begehen eine ganz andere Sache.

»Die Bürgerin Delacroix« – so hieß die Herrin des Dienstmädchens – »ist bereit, demjenigen zweihundert Francs zu zahlen.«

Eugène lauschte mit entsetztem Gesicht an der Tür, doch schließlich erhellte ein freudiges Lächeln sein von der Krätze gezeichnetes Gesicht. Während er dem Dienstmädchen zum Haus seiner Herrschaften folgte, sagte er sich, dass er den Auftrag nicht allein erledigen konnte, und dachte gleich an seine Freundin Taína.

Sie sprachen das Dienstmädchen in einer dunklen Gasse an. Sowohl Taína als auch Eugène achteten darauf, dass ihre Gesichter nicht zu erkennen waren, um Konflikten mit Madame Lafarge aus dem Weg zu gehen und nicht die Einnahmen mit ihr teilen zu müssen. Nachdem das Dienstmädchen sich von seinem Schreck erholt hatte, bat es sie, in der nächsten Nacht erneut in dieselbe Gasse zu kommen, dann werde sie ihnen Madame Delacroix' Antwort mitteilen. Am nächsten Tag gab ihnen das Mädchen zusammen mit der Zustimmung von Madame Informationen über deren Ehemann sowie einen Vorschuss von fünfzig Francs. Der Auftrag gestaltete sich nicht ganz einfach, denn während Madame Delacroix in Paris lebte und am gesellschaftlichen Leben teilnahm, lebte ihr Mann zurückgezogen auf dem Familienschloss auf dem Land. Er zeigte sich nie im Dorf, ging nicht einmal auf dem eigenen Anwesen zur Jagd und ließ sich nur im Frühjahr und Sommer auf dem Turm blicken, wo er auf einem Diwan lag und las. Zum ersten Mal seit der Abreise aus Martinique vermisste Taína ihr Blasrohr und die mit Curare vergifteten Pfeile.

Desirée bewies, dass sie nicht nur den Haushalt führen konnte, als sie Taína ihren Plan unterbreitete, um das Vertrauen des vermögenden alten Mannes zu gewinnen und in sein Schloss zu gelangen. Dank der Auskünfte, die seine Frau ihnen durch ihr Dienstmädchen zukommen ließ, wussten sie, dass Monsieur Delacroix ein treuer Anhänger des Ancien Régime war und seine Familie größtenteils in der Folge der Revolution umgekommen war. Es hieß, seine jüngere Schwester, die während der Terrorherrschaft gestorben war, habe ein kleines Mädchen hinterlassen, das Monsieur Delacroix nie mehr hatte finden können.

Desirée klopfte an das Tor des Anwesens in der Nähe von Reims und stellte sich als Bürgerin Jacqueline-Marguerite Fréron vor. Sie sei die Tochter von Antoinette Delacroix, Monsieur Delacroix' jüngerer Schwester. Von diesem Moment an waren seine Stunden gezählt. Zwei Tage genügten Desirée, um herauszufinden, wo sich das Schlafzimmer des Hausherrn befand und wie seine Lebensgewohnheiten waren. Sie erwies sich als gute Schauspielerin, die rasch dachte und mit großer Weitsicht verdächtige Situationen vermied. Bei dem Hausherrn handelte es sich um einen höchst gewissenhaften Mann mit einem Hang zur Routine, es waren also keine unangenehmen Überraschungen zu erwarten.

Am Abend des dritten Tages als Gast von Monsieur Delacroix wartete Desirée angespannt, bis es an ihrem Fenster im Obergeschoss klopfte. Taína war über die Mauer des Anwesens geklettert und dann durch den Park zur Gartenlaube geschlichen, die sich unter Desirées Schlafzimmerfenster befand. Sie schwang sich über ein Spalier zum Balkon und klopfte dreimal an die Scheibe. Die Fensterläden öffneten sich geräuschlos – sie hatten sie mit Fett geschmiert –, und Taína sprang in das dunkle Zimmer. Es war unmöglich für Desirée, sie zu erkennen, als sie zur Tür schlich, um von dort auf den Korridor zu schlüpfen. Sie war ganz in Schwarz gekleidet und hatte eine Kapuze über den Kopf gezogen. Auch ihre Schritte waren nicht zu hören, denn Papío hatte ihr bei der Jagd im Urwald von Martinique beigebracht, auf Zehenspitzen zu schleichen. Wenn sie zur Tür ginge, überlegte Desirée, würden sämtliche Dielenbretter knarren.

Als Madame Delacroix die Nachricht vom Tod ihres Mannes erhielt, ließ sie durch ihr Dienstmädchen den Lohn von hundertfünfzig Francs überbringen. Eugène, Desirée und Taína wurden zu einer eingespielten Truppe, die mit der Präzision eines Uhrwerks funktionierte. Eugène beschaffte die Aufträge, während Desirée und Taína den Plan zur Beseitigung des Opfers ausheckten und dieses umbrachten. Da sie für gewöhnlich ihre Verträge in einer finsteren Schänke namens »Die Kobra« besprachen, wurde der Auftragsmörder unter diesem Namen bekannt. Sein Ruhm wuchs, und seine Taschen füllten sich. Es war erstaunlich, wie viele Aufträge sie erhielten. Sie beförderten nicht nur zahlreiche Pariser ins Jenseits, sondern begannen bald auch zu reisen, da sich der Ruf der Kobra in der ganzen Umgebung herumsprach. Sie kamen sogar bis Wien, um einen unehelichen Spross der königlichen Familie zu erledigen, der dem Herrscherhaus Habsburg-Lothringen Probleme machte. Schulden, Veruntreuung, politische Differenzen, Eifersucht, Erbgeschichten, Machtansprüche – es gab viele Gründe, einen Auftragsmörder anzuheuern. Der Kobra war es gleich, wen sie tötete und warum; sobald das Geld auf dem Wirtshaustisch lag, schmiedete sie gemeinsam mit ihren Mitstreitern Desirée und Eugène einen Plan und führte ihn aus.

Die Jahre brachten noch mehr Ruhm und noch mehr Geld. Manchmal fühlte Taína sich unbesiegbar, eine Herrin über Leben und Tod. Irgendwann äußerte Eugène die Absicht, sich von der Truppe zu trennen, seinen Anteil zu nehmen (der nicht unbeträchtlich war) und auf den Neuen Kontinent zu gehen, nach Nordamerika vielleicht. Die Kobra nahm die Entscheidung des Jungen scheinbar gleichgültig hin, aber es gefiel ihr ganz und gar nicht, dass Eugène durch die Welt zog und Dinge erzählte, die sie vernichten konnten. Desirée versuchte, ihn zum Bleiben zu überreden, doch der Bruch war da und hatte Zweifel und Misstrauen geweckt. In der Nacht, bevor er sich nach New York einschiffen wollte, wurde Eugène in einem Gasthaus in Bordeaux erstochen.

»Wir haben ihn sowieso nicht mehr gebraucht«, erklärte Taína. »Jetzt sind wir beide allein.«

Desirée war traurig über den Tod des jungen Eugène, aber sie nickte trotzdem und lächelte. Sie brauchte nur Taína, um glücklich zu sein, sie lebte und atmete für sie und tat alles, um ihr zu gefallen. Sie erledigte jeden Auftrag, den diese ihr gab, selbst wenn sie mit dem widerlichsten Schwein schlafen musste, um eine Information zu erhalten, die sie zu ihrem nächsten Opfer führte. Wenn andere Hände sie anfassten und ihre verbotenen Stellen berührten, schloss sie die Augen und dachte an die Nachmittage am Strand von Martinique zurück. Manchmal hatte Desirée Lust, dorthin zurückzukehren. Sie vermisste Cibeles – vermutlich war sie längst tot –, Papío und das Landgut, vor allem aber den Urwald, die Mangroven, den Strand und das Meer. Im Winter war es kalt in Paris, und die sommerliche Hitze, obwohl nicht zu vergleichen mit den hohen Temperaturen in der Karibik, war klebrig, ungesund und vor allem voller Gestank. Desirée sprach nie über ihre Wünsche und Gedanken, um Taína nicht zu verärgern. Manchmal hatte sie Angst vor ihr.

Sie waren mittlerweile reich, sehr reich, aber sie nahmen trotzdem immer neue Aufträge an. Man konnte nie genug Geld haben, da war Desirée mit Taína einer Meinung, doch manchmal hatte sie den Verdacht, dass ihre Geliebte nicht mehr damit aufhören konnte zu morden. Wie einer, der von Laudanum oder einer anderen Droge abhängig war, wurde sie nach einiger Zeit unruhig, wenn sie sich länger nicht mehr die Hände mit dem Blut eines Opfers schmutzig gemacht hatte. Dann war sie ungehalten, jähzornig und ungenießbar, und erst wenn sie wieder in die Schänke »Die Kobra« bestellt wurde, entspannte sie sich. Mit der Zeit wurden die Wege zur Kontaktaufnahme mit dem Auftragsmörder erlesener. Man musste eine Anzeige in einer Pariser Zeitung veröffentlichen – in letzter Zeit hatten sie sich für das *Journal de l'Empire* entschieden – und nach sechs Tagen in die Schänke kommen. Mittlerweile gaben sie häufig auch einen anderen Treffpunkt an, denn die Schänke, die dem Mörder seinen Namen gegeben hatte, war zu bekannt geworden.

Rigleau, einer von Fouchés Spitzeln, ein hinkendes, buckliges Männlein mit scharfem Verstand, hatte in der Vergangenheit einige Male ihre Dienste in Anspruch genommen. Der Auftrag, den er ihnen diesmal erteilte, kam von dem berüchtigten, geheimnisvollen Joseph Fouché selbst, dem Polizeiminister des Kaiserreichs. Sie sollten den Schwarzen Skorpion jagen, den geschicktesten englischen Spion, der sein Spiel mit Frankreich trieb und einfach nicht zu fassen war. Von dem Geld, das er ihnen bot, hätte eine ganze Familie jahrelang leben können, doch Desirée wusste, dass es nicht die hohe Summe in Pfund Sterling war, die Taína dazu bewog, den Auftrag anzunehmen, sondern die Herausforderung. Den Schwarzen Skorpion zu töten, wurde zu einer Aufgabe, die sie Tag und Nacht beschäftigte. Dann änderten sich die Pläne, und sie sollten den englischen Spion nicht mehr töten, sondern lebendig herbeischaffen; Kaiser Napoleon wollte sich seiner bedienen, um seine eigenen Spitzel und Agenten zu führen. Zu diesem Zeitpunkt, fast zwei Jahre, nachdem sie den Auftrag übernommen hatte, war die Kobra in der Lage zu behaupten: »Napoleon und Fouché wissen nicht, mit wem sie es zu tun haben, wenn sie glauben, der Schwarze Skorpion werde einwilligen, für sie zu arbeiten.« Sie sagte das stolz, und ihre dunklen, geheimnisvollen Augen glänzten.

»Wir alle haben eine Achillesferse«, sagte Desirée. »Auch der Schwarze Skorpion wird eine haben, da bin ich mir sicher. Er ist nicht allmächtig, Taína.«

Nach Monaten erfolgloser Suche, in denen sie nicht hinter die Identität des englischen Spions gekommen waren, hoffte Desirée, dass sich Taína endlich geschlagen gab und die Mission für beendet erklärte. Doch das tat Taína nicht, sondern machte unermüdlich wie besessen weiter, bis sie schließlich, wie immer, ihr Ziel erreichte. Der Schwarze Skorpion war ein englischer Adliger, Roger Blackraven, Graf von Stoneville und der zukünftige Herzog von Guermeaux. Zu diesem Zeitpunkt hatte sich Taína bereits in den Schwarzen Skorpion verliebt, und das, was sie über Blackraven herausfand, fachte ihre Gefühle weiter an. Desirée litt stumm und weinte im Verborgenen. Wie lange hatten sie sich nicht mehr geliebt?, fragte sie sich. Taína war distanziert, abwesend, in Gedanken bei dem Schwarzen Skorpion.

Als sie auf Roger Blackravens Spuren an den Río de la Plata kamen, hatte Desirée eine ihrer Visionen. Sie hatte schon lange keine mehr gehabt, als wären ihre hellseherischen Kräfte mit der Abreise aus Martinique geschwunden. Sie konnte immer noch durch Gegenstände hindurchsehen, doch die Gabe, die Zukunft voraussagen zu können, war mit dem Tag ihrer Abreise erloschen. Aber als sie an diesem Morgen auf einem Karren saßen, der sie vom Schiff in den armseligen Hafen von Buenos Aires brachte, wusste Desirée plötzlich, dass ihnen Verderben drohte, und dass dieses Verderben von Roger Blackraven ausging. Sie erzählte es Taína, die ihre Warnung leichthin in den Wind schlug. Sie verfolgten ihren Plan weiter. Es war nicht einfach, die Korvette sowie einen Kapitän und eine Besatzung aufzutreiben – insbesondere eine Besatzung, denn die Südamerikaner waren keine guten Seeleute. Schließlich beschlossen sie, die anstelligsten Männer anzuheuern, die sie in den Schänken der Stadt finden konnten. Sie brauchten kräftige, ergebene Männer, um Kapitän Bandor und seinen Männern etwas entgegensetzen zu können. Aber durch diese Widrigkeiten verlängerte sich ihr Aufenthalt in Buenos Aires und Taína hatte Gelegenheit, den Schwarzen Skorpion näher kennenzulernen. Ihre Schwärmerei wurde zu unkontrollierbarer Leidenschaft.

Und nun hockten sie in dieser Kajüte auf der *Folâtre*, um die Achillesferse des Schwarzen Skorpions nach Europa zu bringen: seine Frau und seinen Sohn. Alles lief schief, aber das Schlimmste war nicht die Flotille unter Blackravens Kommando, die ihnen in geringem Abstand folgte, sondern diese verdammte Flaute. Taínas Unruhe und ihre gereizte Art verrieten Desirée, dass der Plan eine gefährliche Wendung genommen hatte.

Desirée lief in dem beengten Raum auf und ab. Obwohl sich die Entführten nach wie vor in der Nachbarkajüte befanden, gab sie sich keine Mühe mehr, leise zu sein. Das Klappern ihrer Absätze war ebenso zu hören wie ihre Selbstgespräche. Sie war zu wütend, um auf solche Dinge zu achten. Ihre Gedanken kreisten nur um den Betrug ihrer Geliebten. Ja, Taína hatte sie mit Blackraven betrogen, und ihre Besessenheit für ihn hatte sie nun in diese Klemme gebracht. Es tat so weh, nach all den Jahren betrogen zu werden! Taína hegte die Hoffnung, den Schwarzen Skorpion überreden zu können, gemeinsam mit ihr das tödlichste Team Europas und – ja, warum nicht – der ganzen Welt zu bilden. Sie würde ihm keine Ruhe lassen, bis sie ihn so weit hatte, ob im Guten oder im Schlechten. Und was hatte Taína dann mit Desirée vor? Sie aus dem Weg zu schaffen wie den armen Eugène? Taína liebte Blackraven, sie betete ihn an, und wenn Taína liebte, tat sie es mit Leib und Seele. Früher hatte sie ihr gehört, doch nun gehörte sie dem Schwarzen Skorpion.

Desirée war allein in der Kajüte. Vorhin war ein Mann aus der Besatzung der *Folâtre*, der auf Befehl der Kobra den Kampf an Deck aus einem Versteck beobachtet hatte, mit der Nachricht nach unten gekommen, dass Blackraven und seine Männer gesiegt und die Korvette erobert hatten.

»Hast du Blackraven gesehen?«, hatte Taína gefragt.

»Er ist oben im Vorschiff mit unseren Männern beschäftigt.«

Taína hatte ohne ein Wort die Kabine verlassen. Minuten wurden zu Stunden, die Zeit verging nicht. Keine Neuigkeiten. Schließlich traf sie eine Entscheidung. Sie überprüfte die beiden Musketen, spannte sie und verließ dann die Kajüte.

Die Kobra hielt Bandors Schwert in der linken Hand, und es kam Blackraven vor, als ob sein Gegner unter der Ledermaske lächelte – nicht spöttisch, sondern zufrieden, so als freue er sich auf den Kampf mit ihm. An der fehlenden Fußarbeit, der Körperhaltung und der Art und Weise, wie sie die Waffe führte, konnte Blackraven erkennen, dass die Kobra nie Fechtunterricht erhalten hatte. Dennoch bewunderte er ihre Geschicklichkeit, denn obgleich ihre Ausfälle und Paraden keiner Technik entsprachen, verrieten sie eine Wendigkeit und Körperbeherrschung, wie er sie nur selten gesehen hatte. Seine Meinung bestätigte sich, als sie eine ganze Rückwärtsdrehung durch die Luft machte und sicher wieder auf den Füßen landete. Das Kunststück wurde mit bewunderndem Gemurmel quittiert. Nur einmal hatte Blackraven eine derart formvollendete Kampfweise gesehen, und das war bei den kaiserlichen Garden seines Freundes Quianlong gewesen, des Kaisers von China.

Sie ließen sich nicht aus den Augen, belauerten sich mit gesenkten Schwertern, um dann erneut aufeinander loszugehen und die Klingen zu kreuzen. Auf einen Angriff folgte die Parade, dann ein Gegenangriff und erneute Parade, einer verteidigte, der andere griff an. Sie gingen auf Abstand, taxierten sich, und eine

Sekunde später hallte das Schiff erneut vom Klirren des Metalls wider. Gelegentlich waren ein unterdrückter Aufschrei oder geflüsterte Kommentare zu hören.

Obwohl sie sich einige Schnittwunden zugefügt hatten und Blut auf die Decksplanken tropfte, wussten beide, die Kobra und der Schwarze Skorpion, dass keiner von ihnen in dieser Begegnung den Tod finden würde. Sie genossen dieses Kräftemessen unter ebenbürtigen Gegnern. Übers Geschäftliche würden sie später sprechen, denn obgleich es den Anschein hatte, als befände sich die Kobra in Blackravens Hand, hatte diese noch zwei Asse im Ärmel: Da war zum einen Desirée, die bald mit Blackravens Sohn auf dem Arm an Deck erscheinen sollte und diesem eine todbringende Muskete an den Kopf halten würde. Und dann war da noch die Information, die Blackraven unbedingt haben wollte: die Namen derer, die von der wahren Identität des Schwarzen Skorpions wussten.

Melody stand einen Schritt von der Decksluke entfernt und sagte sich immer wieder, dass sie unbedingt in die Kajüte zu Trinaghanta und den Kindern musste, um diese zu beruhigen. Aber sie blieb wie angewurzelt stehen, den Blick auf diesen Zweikampf gerichtet, gefesselt nicht nur von der Geschicklichkeit der Widersacher, sondern auch von Rogers Haltung und Miene. Sie kannte diesen Mann nicht, der ihr Angst machte und den sie gleichzeitig begehrte. Seine Kraft und seine völlige Furchtlosigkeit verursachten ihr Gänsehaut. Hingerissen sah sie, mit welcher Sicherheit er seinen Körper und seine Waffe beherrschte. Sie lernte gerade eine jener dunklen Seiten ihres Mannes kennen, die er unbedingt vor ihr verbergen und die sie unbedingt ergründen wollte. Das Knarren der Luke riss sie aus ihren Gedanken. Die Tür öffnete sich langsam, und Melody nahm diesen Geruch nach Jasmin und Narzissen wahr, den sie in den Tagen ihrer Gefangenschaft in der Kajüte immer wieder bemerkt zu haben glaubte.

»Simonetta!« So unwirklich und unerwartet war ihr Erscheinen, dass Melody nur dachte, wie wunderbar ihr das malvenfarbene Musselinkleid stand. Doch dann wich die Überraschung kühler Ablehnung, als ihr klar wurde, auf welcher Seite ihre einstige Freundin stand.

Simonetta zog die Blicke der Fechtenden und der Matrosen auf sich. Niemand reagierte, als Simonetta, oder vielmehr Desirée, die Muskete hob und auf die Kobra anlegte. Auf den Knall und den Feuerstoß der Waffe war das Stöhnen der Kobra zu hören, bevor diese zusammenbrach.

»Nein!«, schrie Blackraven, und während er ungläubig auf seinen Gegner starrte, bemerkte er nicht, dass Desirée mit einer zweiten Muskete auf ihn anlegte.

Amy Bodrugan kam zu spät. Ihr Schwert durchbohrte Desirée erst nach dem Schuss. Melody fragte sich, wieso Roger sie so merkwürdig ansah, mit diesen traurigen, flehenden Augen. Sie sah, wie er auf die Knie sank und dann der Länge nach auf die Planken stürzte. Sie fragte sich, wer da wie von Sinnen schrie, gellend und schrill, bis Malagrida seine Arme um sie schlang und sie begriff, dass sie selbst es war.

Melody stand immer noch neben der Luke, an Gabriel Malagridas Arm geklammert, und sah zu, wie Amy Bodrugan mehrere Matrosen anwies, Blackraven hochzuheben und unter Deck zu bringen.

»Galo!«, hörte sie sie sagen. »Zeige uns deine Kajüte.«

Als ihr Mann an ihr vorbeigetragen wurde, bemerkte Melody die feuchtglänzende Stelle, die sein schwarzes Hemd durchtränkte. Aber es war nicht der Anblick des Blutes, der sie in Tränen ausbrechen ließ, sondern Blackravens bleiches Gesicht und seine schlaff herunterhängenden Arme, deren Finger über das Deck schleiften.

»Ist er tot? Sagt mir, ob er tot ist!«, flehte sie Malagrida an und packte ihn am Kragen. Dann sank sie auf die Knie und sah nach oben. »Herr im Himmel, sei nicht so grausam! Ich habe nicht die Kraft, das zu ertragen! Nicht das! Nimm mir nicht meinen geliebten Roger!«

»Beruhigt Euch, Melody, beruhigt Euch!«, redete ihr der Jesuit gut zu, während er ihr wieder aufhalf. »Ihr müsst unbedingt die Fassung wahren. Roger braucht Euch an seiner Seite. Er braucht Eure Kraft.«

Melody wischte sich mit dem Ärmel über Augen und Nase und nickte, nun etwas gefasster, obwohl immer noch Tränen über ihre Wangen rollten. Sie folgte den Männern, die Blackraven trugen, und es kam ihr vor wie ein Leichenzug. Sie hatte keinerlei Hoffnung. Die Männer legten Roger auf Galos Bett, und sie zog ihm die Stiefel aus. Somar hatte Trinaghanta geholt, und als Melody sah, wie ruhig und überlegt die Singhalesin sich zuerst die Hände wusch, bevor sie Blackravens Hemd aufschnitt, um die Wunde zu untersuchen, fasste sie wieder ein wenig Mut. Es kam Melody wie Stunden vor, bis Somar endlich mit Doktor von Hohenstaufen, dem Schiffsarzt der *Sonzogno*, zurückkehrte. Ängstlich verfolgte sie den knappen Wortwechsel mit Trinaghanta. Auch Isabella und Michela waren mit dem Beiboot auf die *Folâtre* gekommen.

»Die Kugel muss entfernt werden«, lautete das Urteil des Arztes. »Und dann müssen wir hoffen, dass sich die Wunde nicht infiziert. Frau Gräfin«, sagte er dann, als er Melody bemerkte. »Es wäre besser, wenn Ihr hinausgeht. Es wird kein schöner Anblick sein.«

»Kommt nicht in Frage. Ich bleibe bei meinem Mann. Nichts und niemand bringt mich dazu, diesen Raum zu verlassen.«

»Also gut«, lenkte von Hohenstaufen ein. »Die Gräfin und Trinaghanta bleiben hier. Der Rest geht nach draußen.«

»Isabella«, sagte Melody und fasste sie beim Arm, »bitte kümmert Euch um die Kinder. Gebt mir Bescheid, falls Alexander weinen sollte.«

Isabella nickte widerstrebend und ging dann mit Michela, Amy, Somar, Galo Bandor und Malagrida hinaus. Melody schloss die Tür und zog einen Stuhl ans Kopfende des Bettes, wo sie nicht störte. Der Arzt reichte Trinaghanta ein Fläschchen mit einer weißlichen Flüssigkeit und sagte: »Das ist Laudanum, damit er die Schmerzen erträgt. Flößt ihm zwei Löffel davon ein.«

Während des Eingriffs bäumte sich Blackraven auf und murmelte unverständliche Wörter, obwohl er unter dem Einfluss des Opiums stand. Melody hielt seine Hand, wischte ihm mit einem Taschentuch den Schweiß von der Stirn und weinte leise vor sich hin. Schließlich stand sie von ihrem Stuhl auf, kniete sich neben ihn und begann, ihm das gälische Lied vorzusummen, das sie Víctor bei seinen Anfällen immer vorsang. Nachdem sie es ein paar Mal gesungen hatte, wurde Blackraven allmählich ruhiger, und sein Atem ging regelmäßiger und weniger schwer. Als von Hohenstaufen die Kugel klirrend in die Metallschale fallen ließ, sah sie erschreckt auf.

»Glücklicherweise hat sie kein lebenswichtiges Organ getroffen«, stellte der Arzt fest. »Ich werde die Wunde reinigen und verbinden, und dann warten wir ab, wie sich die Sache entwickelt. Er hat viel Blut verloren. Es wäre gut, wenn Ihr ihm eine kräftige Brühe und Milch zu trinken gebt, sobald die Wirkung des Opiums nachlässt.«

Von Hohenstaufen gab Trinaghanta getrockneten Beinwell und Kornelkirschenblätter und schickte sie in die Kombüse, um daraus einen feuchten Umschlag zu bereiten. Dann trug er eine Salbe aus Hammeltalg auf die Wunde auf, die er Königssalbe nannte, ein äußerst probates Mittel gegen Infektionen. Dann streute er Schwefelpulver darüber und legte schließlich den feuchten Umschlag auf. Trinaghanta und Melody halfen ihm, die Wunde zu verbinden.

»Ich gehe jetzt an Deck, um mich um die übrigen Verwundeten zu kümmern, Gräfin«, sagte der Arzt dann. »Bitte achtet auf die Temperatur von Kapitän Black. Ruft mich, sobald sie ansteigt. Und vergesst nicht die Brühe und die Milch.«

Melody schickte Trinaghanta in die Kombüse, um eine Brühe kochen zu lassen. Da sie dem Koch nicht trauten – er gehörte zur Besatzung der Kobra –, blieb Trinaghanta neben ihm stehen, während er sie zubereitete.

Melody setzte sich ans Kopfende von Blackravens Bett und sprach ihm leise zu: »Du musst kämpfen, Roger. Lass mich nicht allein, ich flehe dich an. Ich kann nicht ohne dich leben. Ich habe es dir schon einmal gesagt: Alles könnte ich ertragen, jede Tragödie, solange du nur an meiner Seite bist. Nur dank dir habe ich die Sache mit Jimmy überstanden. Bitte, Roger.«

Als es an der Tür klopfte, stand sie auf, um zu öffnen. Es war Trinaghanta.

»Versuch ihm ein wenig Brühe einzuflößen. Ich gehe Alexander stillen. Wenn etwas ist, ruf mich.«

Gegen Morgen bekam Blackraven Fieber. Doktor von Hohenstaufen untersuchte die Wunde, reinigte sie, rieb sie erneut mit Königssalbe ein, streute Schwefelpulver darüber und legte den Umschlag auf. Er sah nicht sehr zuversichtlich aus, als er Anweisung gab, kühle Tücher auf Rogers Stirn zu legen und seine Achselhöhlen mit Alkohol abzuwaschen. Noch einmal empfahl er Brühe und Milch. Melody machte sich mit Feuereifer ans Werk, um nicht daran denken zu müssen, dass ihr Mann zwischen Leben und Tod schwebte. Es wollte ihr einfach nicht in den Kopf. Roger, ihr allmächtiger Roger, durfte nicht sterben. Als sie ihn bewusstlos und eingefallen auf diesem Bett liegen sah, hatte sie das Gefühl, in einem Albtraum gefangen zu sein.

Das Fieber stieg weiter. Melody und Trinaghanta zogen ihn aus und rieben ihn mit kaltem Süßwasser ab, das sie aus den Wasserfässern im Laderaum holten. Roger war sehr unruhig; er schlug im Delirium wild um sich, fluchte und rief mit angsterfüllter Stimme nach Melody und seinem Vater, dass es einem die Tränen in die Augen trieb. Melody beugte sich über ihn und summte ihm etwas vor, bis er sich schließlich beruhigte.

»Herrin«, sagte Somar am späten Vormittag, »wir übergeben Servando jetzt dem Meer. Wollt Ihr nach oben kommen?«

»Ja, Somar. Ich komme.«

Die Toten lagen in einer Reihe auf dem Deck. Melody betrachtete sie gleichgültig. Sie empfand nichts. Neben Simonetta lag ihre Dienerin Ashantí, oder vielmehr die Kobra. Jemand hatte ihr die lederne Maske abgenommen. Melody sah sie voller Verachtung an, während sie an den Tag zurückdachte, als sie die beiden kennengelernt hatte. Sie hatte sie für zwei gutherzige Frauen gehalten, die Polina zu Hilfe gekommen waren. Ein schwaches Funkeln lenkte ihren Blick auf den Hals der Kobra. Es war Rogers Ring, das vierblättrige Kleeblatt. Melody beugte sich über die Leiche und riss die Kette ab, an der der Ring befestigt war. Dann ließ sie ihn in ihren Ausschnitt gleiten.

»Hat einer dieser Männer in den Diensten meines Mannes gestanden, Somar?«

»Nein, Herrin. Sie gehörten alle zur Besatzung der *Folâtre*. Aber Zagros, der Bootsmann der *Sonzogno*, ist schwer verwundet.«

Melody nickte. Dann entdeckte sie ihren Bruder am Ende der aufgereihten Leichen. Er stand neben Servando und weinte bitterlich. Melody ging zu ihm. Erst als sie Servando holen kamen, der als Erster dem Meer übergeben werden sollte, schien Melody zu begreifen, dass er tot war. Sie kniete neben dem Leichnam nieder und strich ihm übers Haar.

»Babá«, schluchzte sie, »mein lieber Babá. Ruhe in Frieden, mein Freund. Ich werde auf Elisea aufpassen. Du kannst in Frieden gehen.«

Die Seeleute legten ihn auf eine Planke, bedeckten ihn mit einem Tuch und trugen ihn zur Reling. Malagrida sprach ein kurzes Gebet und gab dann das Zeichen, ihn ins Meer zu werfen. Melody und Tommy umarmten sich weinend.

»Er ist gestorben, um mein Leben zu retten. Ich bin schuld an seinem Tod«, schluchzte Tommy.

Melody blieb nicht, um der Bestattung der übrigen beizuwohnen. Sie eilte wieder unter Deck und betrat die Kajüte, wo sich Isabella und Michela um die Kinder kümmerten. Zum Glück hatte Amy die Größeren auf die *Afrodita* mitgenommen. Sie wechselte ihrem Sohn die Windeln, stillte ihn und kehrte dann zu Roger zurück. Die Miene des Arztes versetzte sie in Panik.

»Es gelingt mir nicht, das Fieber zu senken.«

»Ein Arzt in Buenos Aires«, sagte Melody mit zitternder Stimme, »hat immer einen Aufguss aus Chinarinde empfohlen.«

»Ich habe keine Chinarinde«, gab von Hohenstaufen zu, »wohl aber Chinin, das Alkaloid aus diesem Baum. Ich werde ihm eine Dosis verabreichen und dann warten wir die weitere Entwicklung ab. Haltet ihn kühl und deckt ihn nicht zu.«

Melody und Trinaghanta waren unermüdlich damit beschäftigt, für Blackravens Wohlergehen zu sorgen und darauf zu achten, dass er Flüssigkeit zu sich nahm und nicht austrocknete. Die Erschöpfung hatte Spuren auf ihren Gesichtern hinterlassen, wozu auch die Hitze in diesen Breitengraden beitrug, die ihnen sehr zu schaffen machte. Jeder, der hereinkam, um sich nach Blackravens Gesundheitszustand zu erkundigen – Isabella, Amy, Somar, Malagrida, selbst Bandor –, bot ihnen an, sie abzulösen, was sie unumwunden ablehnten.

Gegen Abend wurde klar, dass das Chinin nicht wirkte. Das Fieber stieg so hoch, dass Blackraven heftigen Schüttelfrost bekam. Sie breiteten mehrere Decken über ihn, doch nichts schien die Kälte vertreiben zu können, die seinen Körper schüttelte. Von Hohenstaufen flößte ihm mühsam eine höhere Dosis Chinin ein, außerdem Alraunwurzel, die schmerzlindernd wirken sollte. Dann ging er zu Zagros, dem Bootsmann, der ebenfalls keinerlei Besserung zeigte.

»Trinaghanta«, sagte Melody, als sie allein waren, »geh und leg dich mit Alexander schlafen.«

»Nein, Herrin, ich bleibe bei Euch.«

»Nein. Ich möchte, dass du die Nacht bei Alexander verbringst. Er begreift nicht, was los ist. Er kennt weder seine Großmutter noch Michela und wird Angst haben. Schlaf heute Nacht bei ihm. Morgen früh komme ich zu euch.«

»Wie ihr wünscht, Herrin.«

Melody schob den Riegel vor und zog sich aus. Sie war schweißgebadet, denn die Hitze ließ nicht einmal nachts nach. Sie stieg in die Waschschüssel und wusch sich mit einem Schwamm, dann trocknete sie sich ab, legte den Frangipani-Duft auf, den Miora ihr eingepackt hatte, und schlüpfte unter die Laken. Die Hitze nahm ihr den Atem; es waren nicht nur die Wolldecken, auch Rogers Körper glühte vor Fieber. Dennoch zitterte er vor Kälte und delirierte, in der Hölle seiner Albträume gefangen. Melody schmiegte sich an seinen glühenden Körper und umarmte ihn, wobei sie darauf achtete, seine Wunde nicht zu berühren. Er musste das Fieber ausschwitzen, und sie würde ihm dabei helfen. Die ganze Nacht hindurch redete sie ihm gut zu und sang ihm vor, flößte ihm seine Medizin ein, wiegte seinen Kopf und küsste seine trockenen, aufgesprungenen Lippen, das verkrampfte Kinn und die geröteten Wangen. Sie strich ihm das nasse Haar aus dem Gesicht und legte ihm kühle Tücher auf die Stirn. Die feuchten Laken klebten an ihren Körpern und es war äußerst unbequem für Melody. Aber das war ihr egal, sie hatte nur Augen für ihren Mann.

Gegen Morgen wurde Blackraven ruhiger. Als die Sonnenstrahlen, die durch die Luke fielen, auf sein Gesicht trafen, füllten sich Melodys Augen mit Tränen, da sie bemerkte, um wie vieles besser er aussah. Sie berührte seine Wangen und seine Schläfen und stellte fest, dass das Fieber langsam sank. Strahlend vor Glück küsste sie seine Lippen. »Danke, lieber Gott, danke«, flüsterte sie, dann schlief sie ein.

Drei Tage nach dem Überfall auf die *Folâtre* kehrten die Passatwinde zurück und trieben die Flotille in Richtung Norden. Als sie die Nordhalbkugel erreichten, fand keine Äquatortaufe statt; der Besatzung der Mannschaft war nicht nach Feiern zumute, da Kapitän Blacks Leben auf dem Spiel stand. Es wurden einige Fässchen Rum geöffnet und schweigend getrunken, während sie auf den Bericht von Doktor von Hohenstaufen warteten. Das Chinin senkte die Temperatur zwar so weit, dass Blackraven nicht mehr vor Kälte zitterte, doch erst am sechsten Tag war das Fieber völlig verschwunden. Durch den Blutverlust war er zudem sehr geschwächt und verlor immer wieder das Bewusstsein. Jedes Mal, wenn er die Augen aufschlug, sah er Melodys Gesicht, das sich über ihn beugte. Er wollte die Hand heben, um ihr über die Wange zu streicheln, doch es gelang ihm nicht; seine Glieder waren wie aus Blei. Sie bat ihn, sich nicht anzustrengen und sich auszuruhen. Sie küsste ihn, wusch ihn, rieb ihn ab, fütterte ihn, und dann fiel er wieder in diesen tiefen, dunklen Dämmerschlaf.

Als Blackraven am sechsten Tag wach wurde, bemerkte er eine Veränderung. Obwohl sein Körper sich fühlte, als sei eine Büffelhorde über ihn hinweggetrampelt, verspürte er eine geistige Klarheit, die ihn aus dem Nebel auftauchen ließ, der ihn umfangen hatte. Er wusste nicht, wie viel Zeit vergangen war und seit wann er in dieser Achterkajüte lag. Er wusste, dass sie sich nicht auf einem seiner Schiffe befand, und schloss daraus, dass er noch an Bord der *Folâtre* war. Er fühlte sich unendlich schwach und drehte langsam den Kopf, um sich ein wenig umzusehen. Trinaghanta stand mit dem Rücken zu ihm und hantierte an einem Tisch; Melody saß schlafend auf einem Stuhl, die Hände im Schoß verschränkt. Aus dem fahlen Licht, das den Raum erhellte, schloss er, dass es gegen sechs oder sieben Uhr morgens sein musste.

»Trinaghanta«, flüsterte er. Als die Singhalesin sich umwandte, begann ihr Gesicht zu strahlen, wie er es nur selten bei ihr erlebt hatte.

»Herr Roger!«, murmelte sie und kniete nieder, um seine Hände zu küssen. »Herr Roger!«

»Der überschwänglichen Begrüßung nach zu urteilen«, scherzte er, »muss ich dem Jenseits näher gewesen sein als dem Diesseits.« Trinaghanta nickte. »Ich habe euch eine Menge Arbeit gemacht, was?« Das Mädchen nickte erneut. »Ich sterbe vor Durst. Gib mir etwas zu trinken und erzähl mir, was geschehen ist.«

Blackraven erfuhr, dass Simonetta und Ashantí, wie die Singhalesin sie immer noch nannte, tot waren. Von Rogers Männern hatte es nur Servando und den Bootsmann Zagros erwischt. Er erfuhr auch, dass sie kürzlich den Äquator überquert hatten, doch es hatte keine Feier gegeben, weil alle in Sorge um ihn waren. Und Trinaghanta erzählte ihm, dass Melodys Fürsorge ihn gerettet hatte.

»Sie ist nur von Eurer Seite gewichen, um Alexander zu stillen. Sie war es, die vorgeschlagen hat, Euch Chinin zu geben, um das Fieber zu senken, und sie hat Euch dabei geholfen, das Fieber auszuschwitzen. Trotz der drückenden Hitze ist sie zu Euch unter die Decken geschlüpft und hat Euch in ihren Armen gewärmt, weil Ihr immerzu gezittert habt. Wenn Ihr im Delirium um Euch geschlagen habt, konnte nur sie Euch beruhigen, indem sie Euch etwas vorsummte.«

Blackraven spürte, wie heiße Tränen seine Wangen hinabrannen; seine Lippen und sein Kinn bebten, als er versuchte, das Schluchzen zu unterdrücken. Sein Schniefen ließ Melody aus dem Schlaf aufschrecken, und sie sprang so abrupt auf, dass ihr schwindlig wurde. Zuerst sah sie die lächelnde Trinaghanta und dann Blackraven, der sie aus tränengefüllten Augen ansah.

»Roger!«, rief sie und kniete sich neben das Kopfende des Bettes. »Oh Roger, mein über alles geliebter Roger!« Sie küsste seine

Hände und seine Lippen, die Stirn und die Wangen, die Nasenspitze und dann erneut die Lippen.

»Isaura«, sagte er, und seine Stimme war rau vor Rührung.

Niemand merkte, wie Trinaghanta sich leise aus der Kajüte stahl.

»Nicht sprechen, Liebster, bitte. Du bist noch sehr schwach.«

»Dann erzähl du mir etwas.«

»Ich liebe dich, Roger. Ich liebe dich, weil du wieder hier bei mir bist. Ich habe dich so sehr angefleht, mich nicht zu verlassen.« Ihre Stimme versagte, und sie schlug die Hände vors Gesicht. Blackraven streichelte zärtlich darüber. »Es ist nicht gut, so sehr zu lieben. Nein, das ist nicht gut. Der Gedanke, dich zu verlieren, hat mich beinahe erstickt. Ja, wirklich, es hat mir den Hals zugeschnürt, dass ich keine Luft mehr bekam. Oh mein Gott! Es schüttelt mich immer noch, wenn ich daran denke, du könntest … du könntest …«

»Ich verstehe dich gut, Liebling«, sagte Blackraven. »Was du durchgemacht hast, habe ich so viele Male durchlitten, wenn ich glaubte, dich zu verlieren. Niemand kann sich vorstellen, welche Ängste ich in der Nacht des Sturms ausstand! Ich hatte bei jeder Welle den Eindruck, die *Folâtre* werde untergehen, und du und Alexander, ihr wart auf diesem Schiff, unerreichbar für mich. Ich dachte, ich müsse sterben, Isaura. Es war eine so tiefe, unwirkliche Angst, dass es körperlich wehtat. Ich weiß, was du durchgemacht hast, Isaura. Natürlich weiß ich es.«

»Wir haben so viele Prüfungen bestanden, Roger. Glaubst du, nun können wir endlich glücklich sein, gemeinsam mit unserem Sohn?«

»Ja, Liebste, ja«, beteuerte Blackraven, während er daran dachte, dass noch eine Sache zu klären war.

Als hätte Melody seine Gedanken erraten, sagte sie: »Hier ist dein Ring, Liebster. Ich habe ihn Ashantí vom Hals genommen, bevor man sie dem Meer übergab.«

# Kapitel 28

*Hartland Park unweit von Penzance, Grafschaft Cornwall, Südengland. Ende Oktober 1807.*

Melody saß am Fenster und seufzte. Hinter ihr saßen der Herzog von Guermeaux und sein Bruder Bruce Blackraven auf dem Teppich des Salons und spielten mit Alexander. Der Salon war das Zimmer, in dem sie die Abende verbrachten, mit einem riesigen Kamin, in dem mehrere Holzscheite prasselten, und dank der hohen Fenster sehr hell. Diese gingen auf den Teil des Anwesens hinaus, wo hinter einer schroffen, felsigen Steilküste das Meer begann.

Alexanders glockenhelles Lachen weckte ihre Aufmerksamkeit. Sie drehte sich um und lächelte, als sie ihn laut lachend auf dem Teppich liegen sah, während er versuchte, sich den Händen seines Großvaters zu entwinden, der ihn am Bauch kitzelte. Sein Großvater, der Herzog von Guermeaux, liebte ihn nicht nur, er vergötterte den Jungen förmlich. Es war allerdings nicht leicht gewesen, Blackraven davon zu überzeugen, die Beziehung zwischen Enkel und Großvater zu akzeptieren.

Blackraven und sein Vater waren sich im Juli in London begegnet, unmittelbar nach ihrer Ankunft von dieser langen, unwirklichen Reise. Melody hatte staunend vor den eindrucksvollen, einzigartigen Bauten der Stadt gestanden, Bauwerken wie der Saint Paul's Cathedral mit ihrer Kuppel, die nach jener des Petersdoms die größte Europas war, und dem im 11. Jahrhundert von Wilhelm dem Eroberer erbauten Tower of London. Sie fand es bedrückend, wie alt London war, das seit undenklichen Zeiten am Ufer der Themse lag. Aber es war nicht nur das Alter der Stadt – London strahlte mit seinen Gebäuden, seinen Straßen, seinen unzähligen Märkten und seinen Menschen eine Weisheit und eine latente Unbändigkeit aus, die ihr Angst machten und das Gefühl gaben, klein und unbedeutend zu sein. ›Und ich dachte, ich würde nie eine größere Stadt als Buenos Aires kennenlernen‹, sagte sie zu sich selbst.

Wie ganz London, so fand sie auch Blackravens Stadtresidenz in der Birdcage Road bedrückend und einschüchternd, zum Teil wegen der imposanten Fassade und der Vornehmheit seiner Bewohner, aber auch wegen der komplizierten Mechanismen, die vonnöten waren, um den Haushalt in Gang zu halten: die Essens- und Getränkelieferanten, die täglich kamen, der Gärtner und seine Gehilfen, der Architekt, dessen Aufgabe es war, mit einem Heer von Angestellten – Klempnern, Schreinern, Ofensetzern, Schornsteinfegern, Anstreichern, Maurern und Stukkateuren – die Dächer, die Außenfassade und die Innenräume in Schuss zu halten, der Polsterer und so viele andere, die zur Schönheit und Pracht des Stadthauses in der Birdcage Road beitrugen. Das Haus in der Calle San José, das ihr so groß und vornehm erschienen war, konnte da nicht mithalten; tatsächlich hätte es dreimal in dieses Londoner Haus gepasst, in dem es vor Pagen in blau-silbernen Livreen und weißbeschürzten Dienstmädchen nur so wimmelte. In den ersten Tagen kam es ihr so vor, als ob es Hunderte wären, aber nach einigen Tagen fand sie mit Hilfe von Constance Trewartha heraus, dass es fünfundvierzig waren.

Sie würde nie vergessen, wie sie aus der Kutsche gestiegen war, die sie vom Londoner Hafen zu dem Haus in der Birdcage Road gebracht hatte. Zunächst glaubte sie, der Kutscher habe sich geirrt und versehentlich vor einem Nachbarhaus gehalten. Sie schaute zu der Fassade auf, und ihr wurde auf einen Schlag klar, wie wohlhabend ihr Mann war. Vor langer Zeit hatte er ihr einmal gestanden, dass er unermessliche Reichtümer besitze, und sie hatte gesagt: »Man kann sie also nicht mit dem Verstand ermessen, ja?« Und ja, ihr Verstand hatte tatsächlich diese Größenordnung nicht ermessen können, bis sie vor diesem Anwesen stand und sprachlos das Portal mit den beiden großen Ziervasen betrachtete, den Vorgarten und die Marmortreppe, die sich wie zwei einladend geöffnete Arme zu dem Portikus mit den ionischen Säulen emporschwang. Zu beiden Seiten lagen die Flügel des Anwesens, und Melody staunte über die unzähligen Fenster. Wie eine Närrin stand sie dort, um sie zu zählen, bis Blackraven sich zu ihr hinabbeugte und ihr ins Ohr flüsterte: »Es gehört dir, mein Liebling. Du herrschst als Königin über dieses Haus und alles, was ich besitze.«

Blackravens Onkel Bruce und seine »Bekannte« Constance Trewartha empfingen sie mit einer Herzlichkeit, die ihr half, ihre Anspannung abzulegen. Dennoch fühlte sie sich fehl am Platz. Was Constance anging, so hatte sie Angst, dass sie keine Freundinnen werden könnten, weil diese Victorias Tante war. Und das hätte Melody sehr bedauert, denn sie fühlte sich von der unprätentiösen, reizenden Art der Frau angezogen, die indes ihrer Eleganz keinen Abbruch tat. Ihre Bedenken schwanden noch am Tag der Ankunft, als Constance sie durch die unzähligen Zimmer und Säle führte, um dann stehenzubleiben, ihre Hände zu fassen und zu sagen: »Ich habe meinen geliebten Roger noch nie so glücklich gesehen. Und das haben wir dir zu verdanken, daran hege ich keinen Zweifel. Bruce und ich lieben dich schon jetzt wie eine Tochter.«

»Danke, Constance«, stammelte Melody.

»Ich will ehrlich zu dir sein, Melody. Meine Stellung in diesem Haus ist von besonderer Art. Bruce und ich sind ein Paar.« Als Melody sie unverändert freundlich und erwartungsvoll ansah, setzte sie hinzu: »Wenn es dich stört oder dir unangenehm ist, verlasse ich noch heute dieses Haus.«

Melody erschien dieses Anerbieten so unverhältnismäßig, dass sie in lautes Lachen ausbrach. Constance sah sie erstaunt an.

»Dieses Haus verlassen? Constance, es ist Euer Haus! Weshalb solltet Ihr es verlassen?«

»Nun ja, wie gesagt …«

»Kein Wort mehr darüber. Ich rege mich über ganz andere Dinge auf.«

Während dieses Monats in London wurden Melody und Constance gute Freundinnen. Gemeinsam mit Isabella und Amy Bodrugan verbrachten sie einen großen Teil des Tages damit, London zu erkunden, das so unendlich groß war, dass es immer noch etwas Neues zu entdecken gab. Sie frühstückten gemeinsam in dem Haus in der Birdcage Road, in einem Speisesaal, auf dessen Tisch für vierundzwanzig Personen eine riesige Tischdecke aus Perkal lag. Darauf stand ein so wunderbares Service, dass Melody nicht glauben mochte, dass es »für jeden Tag« sein sollte. Es gab lange Mahagonianrichten mit Réchauds, auf denen eine Vielzahl von Speisen warmgehalten wurde, so dass sowohl Blackraven, Bruce und Malagrida, die im Morgengrauen aufstanden, als auch sie, wenn sie gegen zehn erschienen, Speck, Eier, Würstchen, Schinken, Nierchen, Bohnen, Pilze und noch vieles mehr auf den Punkt und perfekt zubereitet vorfanden. Nach dem Frühstück ließen die Frauen die Kutsche anspannen und fuhren zum Einkaufen. Blackraven hatte Melody ein Schreiben mit seiner Unterschrift und dem Siegel mit dem doppelköpfigen Adler überreicht und gesagt: »Leg das in den Läden und Juweliergeschäften vor. Man wird die Rechnungen hier ins Haus schicken und ich werde sie begleichen.«

Melody hatte das Schriftstück gelesen, das, wie Constance ihr erklärte, als *carte blanche* bekannt war:

*London, Blackraven Hall, 5. Juli 1807*

*Sämtliche Rechnungen für Isaura Blackraven, Gräfin von Stoneville, sind an die Adresse Blackraven Hall, Birdcage Road Nr. 78, zu richten und werden dort beglichen.*

*Roger Blackraven, Graf von Stoneville*

»Meine Liebe«, rief Constance begeistert, »so manche Frau würde ihr Leben für eine *carte blanche* des Grafen von Stoneville geben. Er muss dich wahnsinnig lieben und dir blind vertrauen, um dir einen solchen Brief auszuhändigen.«

Zunächst hatte Melody nicht vor, ihn zu nutzen. Sie besaß genug Schmuck, Kleider, Accessoires und Cremes. Aber je länger sie durch die Bond Street, die Piccadilly Street und die Strand flanierten, desto höher stapelten sich die Päckchen und Pakete in der Kutsche. In der Strand gefiel Melody das kleine, feine Teegeschäft von Twinings, aber nichts begeisterte sie so sehr wie Fortnum & Mason an der Piccadilly Street, nicht so sehr wegen der großen Vielfalt an Produkten, sondern vor allem wegen der Art und Weise, wie sie präsentiert wurden. Die Einrichtung war prachtvoll, und im Hauptraum funkelten und glänzten Hunderte von Kronlüstern und vergoldete Wandtäfelungen.

Drei Viertel von Melodys Einkäufen waren nicht für sie selbst bestimmt. Blackraven, Alexander, Tommy – der beschlossen hatte, bei seinen Kameraden auf der *White Hawk* zu schlafen, und die Einladung seines Schwagers, in Blackraven Hall zu wohnen, ausgeschlagen hatte –, Bruce, Rafaelito, Miora und auch Somar erhielten täglich Geschenke. Es machte ihr Freude, sie zu überraschen. In der Tat amüsierte sie sich in London. Dreimal führte Roger sie in ein berühmtes Theater, das Royal Opera House in Covent Garden. Beim Eintreten verschlug es ihr die Sprache, und als sie an »La Ranchería« dachte, das einzige Theater von Buenos

Aires, musste sie lachen – nicht, weil sie sich über dessen Ärmlichkeit lustig machte, sondern weil sie tatsächlich geglaubt hatte, nach einigen Tagen in London könne sie nichts mehr überraschen. Nun aber stand sie hier an der Balustrade von Blackravens Loge und betrachtete sprachlos das Theater zu ihren Füßen.

Anfangs war Melody so mit Staunen beschäftigt gewesen, dass sie gar nicht bemerkte, welchen Aufruhr die Anwesenheit des Grafen und der Gräfin von Stoneville unter den Anwesenden verursachte. Jedermann wusste, dass diese Loge Roger Blackraven gehörte, doch man war daran gewöhnt, sie von seinen Freunden aus dem White's Club besetzt zu sehen, da ihr Besitzer die meiste Zeit des Jahres außerhalb der Stadt weilte. Obwohl Roger eine der strengsten Regeln der feinen englischen Gesellschaft verletzte – ein Gentleman machte keine Geschäfte –, hätte es niemand gewagt, auf ihn herabzusehen, aus Angst, es sich mit dem einflussreichen Herzog von Guermeaux zu verscherzen.

Irgendwann bemerkte Melody, dass fast niemand zur Bühne sah, obwohl die Vorstellung – man gab *Fidelio,* die Oper eines ihr unbekannten deutschen Komponisten namens Beethoven – wundervoll war. Die Leute sahen zu ihnen. Sie blickte wieder auf die Bühne und gab vor, aufmerksam zu lauschen. Die anfängliche Freude war ihr vergangen. Sie stand nicht gerne im Mittelpunkt, aber sie begann zu begreifen, dass es ihr Schicksal zu sein schien, Aufmerksamkeit zu erregen, ob nun in einem Dorf wie Buenos Aires oder in einer Metropole wie London.

Hinter den Fächern der Damen wurden allerlei Bemerkungen über das altmodische Kleid der Gräfin, die Farbe ihres Haars, ihre vollen Lippen oder den Umfang ihrer Brüste gemacht. Andere tuschelten, sie sei in Begleitung der unmoralischen Constance Hambrook – sie nannten sie beim Nachnamen ihres Mannes – und der Kurtisane Isabella di Bravante gesehen worden, wie sie ein Vermögen in den Geschäften ausgab. Sie habe ihr Baby dabeigehabt, das in der Tat das Ebenbild seines Vaters sei. Einige wollten dem Gerücht nicht glauben, dass die Gräfin den kleinen künftigen Herzog selbst stillte. Obwohl keine dieser Damen sie anerkannte oder sie jemals in ihren Kreisen akzeptieren würde, trafen jeden Morgen Dutzende von Einladungen in Blackraven Hall ein. Melody warf einen Blick auf das silberne Tablett, auf dem Duncan, der Butler, die Einladungen sammelte, um sie später dem »Milord« zu überreichen, und betrachtete neugierig die gesiegelten Umschläge. Sie war dankbar, dass ihr Mann die meisten ablehnte.

Am ersten Abend in Covent Garden lernte Melody den Vater ihres Mannes kennen, den Herzog von Guermeaux. Roger plauderte angeregt mit einigen Freunden, die in die Loge gekommen waren, um ihn zu begrüßen, als der Vorhang zum Wandelgang zur Seite geschlagen wurde und eine große, beeindruckende Gestalt im Eingang erschien. Die Besucher begrüßten den Neuankömmling mit einer Verbeugung und schmeichelnden Worten, um sich dann zu entschuldigen und zu verschwinden. Der Mann trat ein und stand nun genau unter dem Kronleuchter der Loge. Obwohl sie außer der Größe und der massigen Statur nichts gemeinsam hatten, wusste Melody, dass es sich um Alexander Blackraven handelte. Unbewusst hielt sie den Atem an und krallte die Hände in ihren Rock. Sie sah, wie Roger kurz zögerte, bevor er die ausgestreckte Hand seines Vaters ergriff.

»Ich weiß, dass du schon seit Tagen in London bist. Ich hoffte, du würdest mich besuchen.«

»Ich wusste nicht, dass Euer Gnaden in der Stadt weilen.«

Euer Gnaden!, dachte Melody fassungslos. Er nannte seinen Vater Euer Gnaden!

Bevor Blackraven sich ihr zuwandte, bemerkte Melody den warnenden Blick, den er dem Herzog zuwarf.

»Isaura, darf ich dir Alexander Blackraven vorstellen, Herzog von Guermeaux. Euer Gnaden, das ist meine Frau, Isaura Blackraven.«

Melody war unschlüssig, ob sie aufstehen und einen Knicks machen oder sitzen bleiben und es bei einem Kopfnicken belassen sollte. Da sie zu keinem rechten Schluss kam, sah sie den Herzog einfach nur an. Ihr Blick musste eine wahrhaft bedauernswerte Verwirrung verraten, denn Alexander Blackraven lächelte sie freundlich an, ein offenes Lächeln, wie sie fand, und streckte die rechte Hand aus, um ihre immer noch verkrampfte Hand zu ergreifen und einen Handkuss anzudeuten.

»Es ist mir ein Vergnügen, Euch kennenzulernen, Gräfin.«

»Das Vergnügen ist ganz meinerseits, Euer Gnaden«, antwortete sie.

»Ich konnte mir nicht vorstellen, was für außergewöhnliche Gründe meinen Sohn« – Melody glaubte aus diesem »mein Sohn« aufrichtige Zuneigung herauszuhören – »dazu bewegt haben mochten, ausnahmsweise einmal meinem Rat zu folgen und erneut zu heiraten. Nun, da ich Euch kenne, verstehe ich ihn. Eure Schönheit ist unbestritten.«

»Danke, Euer Gnaden.«

»Man sagte mir außerdem, dass Ihr so großzügig gewesen seid, mir ein Enkelkind zu schenken.«

»So ist es, Euer Gnaden«, entgegnete Melody. »Morgen wird er acht Monate alt, aber er sieht älter aus. Er ist sehr klug und aufgeweckt. Er spricht auch schon ein paar Wörter …«

»Meine Liebe«, unterbrach Roger sie, »ich glaube nicht, dass der Herzog an den Fortschritten unseres Sohnes interessiert ist.«

»Im Gegenteil!«, widersprach Alexander Blackraven. »Es interessiert mich sogar sehr. Er ist mein Enkel, Roger, und dein Sohn. Selbstverständlich interessiert es mich! Nichts auf der Welt interessiert mich mehr. Wie habt ihr ihn genannt?«

»Alexander Fidelis«, antwortete Melody, und das Lächeln des Grafen von Guermeaux wich einer überraschten, fassungslosen Miene. Er sah abwechselnd zwischen Melody und seinem Sohn hin und her.

»Es war nicht meine Idee«, verteidigte sich Roger. »Ich hätte ihm jeden anderen Namen gegeben außer Alexander. Die Idee kam von Isaura.«

»Ich danke Euch, Gräfin«, sagte der Herzog aufrichtig bewegt. »Danke. Es ist eine Ehre für mich, dass mein Enkel meinen Namen trägt.«

»Und den meines Vaters«, ergänzte Melody. »Somar erzählte mir, dass es im Hause Guermeaux Tradition sei, dem Erstgeborenen den Namen des Großvaters väterlicherseits zu geben, und ich hielt diese Tradition für sehr klug. Ich hoffe, es macht Euer Gnaden nichts aus, dass wir noch den Namen des Großvaters mütterlicherseits hinzugefügt haben.«

»Mitnichten«, wehrte dieser mit einer Handbewegung ab.

»Wäre es Euch recht, wenn Ihr morgen zum Mittagessen zu uns kämt, um Alexander kennenzulernen?«

»Isaura«, mischte sich Blackraven ein, »das wäre völlig gegen das Protokoll. Es wird erwartet, dass wir dem Herzog unsere Aufwartung machen und nicht umgekehrt.«

»Oh!« Melody errötete. »Tut mir leid, das wusste ich nicht.«

»Aber bitte, bitte!«, rief der Herzog nachsichtig. »Wir werden uns doch zwischen Vater und Sohn nicht mit derlei gesellschaftlichen Konventionen aufhalten, nicht wahr?«

»Früher haben Euer Gnaden viel auf diese Konventionen gegeben«, bemerkte Roger.

»Früher«, gab der Herzog zurück. »Die Zeiten ändern sich, mein Sohn, und auch die Menschen. Also, was ist? Kann ich morgen zum Essen nach Blackraven Hall kommen und meinen Enkel kennenlernen?«

»Aber ja!«, antwortete Melody und hörte, wie Roger wütend schnaubte.

»Roger«, bat der Herzog dann, »komm doch einen Moment mit mir nach draußen. Ich möchte deine Frau nicht mit Angelegenheiten unter Männern langweilen. Gräfin …«

»Bitte, Euer Gnaden, nennt mich doch Melody.«

»Also gut, Melody. Wir sehen uns morgen.«

»Bis morgen, Euer Gnaden.«

Auf dem Flur sah der Herzog von Guermeaux seinen Sohn belustigt an und fragte: »Melody?«

»Ihr Vater hat sie ihrer schönen Stimme wegen so gerufen.«

»Ich finde, sie ist eine attraktive, begabte Frau, auch wenn sie Papistin und Irin ist. Und sie hat Temperament. Immerhin hat sie ihren Willen durchgesetzt und meinen Enkel so genannt, wie es sich gehört: nach seinem Großvater.«

Der spöttische Ton des Herzogs missfiel Blackraven.

»Ich warne dich, Vater. Lass Isaura in Ruhe, oder ich werde dich erbarmungslos vernichten.«

»Ja, das würdest du, ich weiß. Keine Sorge, deine Frau gefällt mir. Und sie hat mir einen Enkel geschenkt.«

»Einen Erben, der den Titel fortführt. Das ist alles, was dich interessiert.«

»Nein, ist es nicht, aber ich werde nicht versuchen, dich zu überzeugen.« Es entstand ein Schweigen, während dem sie sich mit Blicken maßen; sie waren diesen unterkühlten Umgang gewöhnt und fühlten sich nicht unwohl dabei. »Bruce erzählte mir, dass Victoria in Südamerika während einer Epidemie gestorben sei.«

»An den Pocken.«

»Deine Stiefmutter, die Herzogin von Guermeaux, ist vor einigen Monaten ebenfalls gestorben.« Roger zeigte keine Regung. »Ja, ich weiß, sie ist nicht gut zu dir gewesen, und ich habe es zugelassen.«

»Vater, wenn du mich entschuldigst. Ich möchte zu meiner Frau zurück.«

»Ja, ist gut. Wir sehen uns morgen.«

»Wenn es dir nichts ausmacht, mit einer weiteren Papistin am Tisch zu sitzen …«

»Deine Mutter wird da sein?«

Blackraven lachte. Es war ein gezwungenes, sarkastisches Lachen.

»Du kommst sechsunddreißig Jahre zu spät, Vater. Außerdem ist meine Mutter verliebt wie ein junges Mädchen und wird dein verspätetes Interesse wohl nicht erwidern. Du wirst morgen ihren neuen Liebhaber Kapitän Malagrida kennenlernen, ein außergewöhnlicher Mann.«

Damit ging er in seine Loge zurück und ließ seinen verwirrten Vater stehen. In der Kutsche zurück zur Birdcage Road sprach Roger kein Wort, auch nicht, als er sich auszog und bettfertig machte. Als er unter die Decke kroch, drehte er Melody den Rücken zu. Sie beugte sich über ihn und flüsterte: »Du wirst doch nicht böse auf mich sein.«

»Ich will nicht, dass du dich in das Verhältnis zu meinem Vater einmischst. Du hättest ihn nicht zum Essen einladen dürfen.«

»Warum denn nicht? Er ist der Großvater meines Sohnes. Und dein Vater.«

»Mein Vater!« Roger Blackraven setzte sich jäh auf. »Ein wunderbarer Vater, der mich entführte, von meiner Mutter trennte und mich in dieses mir fremde Land brachte. Du weißt ja nicht, wie sehr ich ihn hasse!« Für einen Mann wie ihn, der sich stets unter Kontrolle hatte, war dieser Gefühlsausbruch erschreckend und auch beschämend.

Melody strich ihm übers Haar, über die Wangen und über die Stirn, um seine Zornesfalten zu glätten.

»Ich glaube nicht, dass du ihn hasst. Du bist gar nicht fähig zu hassen.«

»Isaura, du weißt nicht, zu was ich alles fähig bin.«

»Ich will nicht, dass du ihn hasst, denn dieser Hass tut dir nicht gut. Der Hass ist wie ein Gift, das uns langsam auffrisst. Ich versuche Menschen, die mir wehgetan haben, einfach zu vergessen.«

»Du bist ganz anders als ich. Nicht jeder ist eine so großherzige Seele wie du.«

»Tut es dir gut, ihn zu hassen?«

Blackraven wich ihrem Blick aus und schwieg.

»Nein«, gab er schließlich zu. »Es tut mir nicht gut.«

»Warum nicht?«

»Was für eine Frage, Isaura!«

»Eine ganz einfache Frage, die ein so kluger Mann wie du beantworten können müsste.«

Blackraven schwieg hartnäckig, aber Melody hatte das Gefühl, dass er weiter über den Herzog von Guermeaux sprechen wollte. Sie kannte ihn gut genug, um zu wissen, dass er das Gespräch abgebrochen hätte, wenn er kein Interesse daran gehabt oder das Thema als unpassend empfunden hätte. Doch an diesem Abend merkte Melody, dass er den Schmerz und die Wut loswerden musste, die er für seinen Vater empfand.

»Weißt du, was ich glaube, Liebster? Ich glaube, dass du deinen Vater nicht hasst, sondern ihn im Gegenteil liebst. Was dir zu schaffen macht, ist nicht zu wissen, ob er dich liebt.«

»Du hast recht«, gab Blackraven nach kurzem Schweigen zu. »Ich hasse ihn nicht. Ich bin nicht einmal mehr wütend auf ihn, und es interessiert mich auch nicht mehr, welche Gefühle er für mich hegt. Und diesen inneren Frieden verdanke ich dir. Deine Liebe füllt mich aus, Isaura, da ist kein Platz für andere.«

»Wenn du keine schlechten Gefühle für ihn hegst, dann lass zu, dass dein Sohn seinen Großvater kennenlernt und dein Vater seinen Enkel. Ich möchte nicht, dass Alexander unseren Hass und unser Leid weiterträgt.«

»Wenn Alexander deine Herzensgüte mitbekommen hat, wird das so sein. Sollte er jedoch meine Veranlagung geerbt haben, wird er hassen und lieben, und er wird beides mit Leidenschaft tun.«

»Madame Odile würde sagen, dass du ein Sohn des Kriegsgottes Mars bist und zudem ein typischer Skorpion – Feuer und Eis, Verstand und Leidenschaft, beide Elemente in einer Person vereint.«

»Sie würde außerdem sagen«, scherzte Blackraven, »dass ich der *Herrscher* bin, die vierte Trumpfkarte im Tarot, und ihr Loblied auf mich singen.«

Das Mittagessen am nächsten Tag verlief in angespannter Atmosphäre. Isabella genoss die schmachtenden Blicke, die der Vater ihres Sohnes ihr über den Tisch hinweg zuwarf, und Malagridas wutentbrannte Miene. Doch als sie nach dem Essen zu Kaffee und Likör in den Salon wechselten und Trinaghanta mit Alexander erschien, änderte sich die Stimmung. Melody merkte, dass der Herzog von Guermeaux feuchte Augen bekam. Er schwieg, weil er fürchtete, seine Stimme werde versagen.

»Sieh mal, Alexander, dein Enkel.« Isabella behandelte den Herzog von Guermeaux mit einer Vertraulichkeit, die man für respektlos halten mochte und die sich nur wenige herausgenommen hätten. Ihr Verhalten zeigte, dass sie ihm nicht verziehen hatte, wie Malagrida verärgert feststellte, aber es verriet auch ihren unabhängigen Geist.

»Sieh ihn dir an!«, sagte sie noch einmal und hob den Kleinen hoch. »Die Kindheit deines Sohnes hast du verpasst, jetzt kannst du sie noch einmal nacherleben.« Damit reichte sie ihm das Kind, das seinen Großvater mit skeptisch gerunzelter Stirn musterte. »Genauso sah Roger in dem Alter aus, Alexander, bis auf die Augenfarbe natürlich. Die kommt von der Mutter, wie du siehst. Darüber hinaus sieht er genau aus wie Roger.« Der Herzog von Guermeaux nahm seinen Enkel auf den Schoß und hielt ihn die ganze Zeit, bis Melody Trinaghanta schließlich anwies, den Kleinen zum Umziehen und Füttern in sein Zimmer zu bringen.

Der Herzog von Guermeaux wurde zu einem häufigen Besucher in Blackraven Hall. Roger blieb distanziert, aber ihm gefiel, dass sich zwischen seinem Sohn und seinem Vater eine Freundschaft entwickelte. Ihm gefiel vor allem, in den Augen seines Vaters die Gefühle zu entdecken, die sein Enkel in ihm wachrief. Er liebt ihn wirklich, dachte er eines Nachmittags, als er in den Salon kam und zu seiner großen Überraschung den Herzog dabei ertappte, wie er auf allen vieren über den Teppich kroch und Alexander als Pferdchen diente.

Irgendwann Anfang August beschloss Blackraven, dass er genug von London habe und sie auf sein Anwesen in der Grafschaft Cornwall abreisen würden. Der Herzog erklärte, dass er mitkommen wolle, und führte allerlei Gründe dafür an: Er sei lange nicht mehr auf dem alten Familiensitz gewesen und wolle einige Reparaturen ausführen lassen, um die ziemlich heruntergekommene Fassade zu retten. Außerdem wolle er sich um die lange hinausgeschobenen Angelegenheiten seiner Pächter kümmern und die Möglichkeiten eruieren, die *Wheal Elizabeth* und die *Wheal Maynard*, die beiden Kupferminen, die sich in seinem Besitz befanden, wieder in Betrieb zu nehmen. Malagrida war von der Ankündigung des Herzogs von Guermeaux ganz und gar nicht angetan und blieb für den Rest des Tages schroff und abweisend. Am Abend frisierte Isabella sich sorgfältig, legte Parfüm auf und schlüpfte in ein Nachthemd und ein Negligé aus durchsichtigem Tüll, bevor sie an seine Zimmertür klopfte.

»Wenn du nicht zu mir kommst, dann komme ich eben zu dir«, sagte sie und trat zu dem Sofa, auf dem der Jesuit saß und in Henry Fieldings *Tom Jones* las.

Er war tatsächlich ganz in die Lektüre versunken. Ohne von dem Buch aufzusehen, sagte er: »Ich bin es leid, dass du mit dem Vater deines Sohnes flirtest.«

»Ich flirte nicht.«

»Verkauf mich nicht für dumm, Isabella!«

»Schon gut, schon gut. Ich flirte ein wenig. Aber nicht, weil ich in ihn verliebt bin – dieses Gefühl ist vor langer Zeit gestorben –, sondern weil es meine Art ist, mich zu rächen.«

»Wenn du das Verlangen hast, dich zu rächen, dann sind da auch noch Gefühle.«

»Diese Erklärung mag dem rationalen Wesen eines Mannes entsprechen«, verteidigte sich Isabella, »nicht aber dem launenhaften, unbeständigen Naturell einer Frau. Aber ja, du hast recht. Ich habe mich wie ein dummes kleines Mädchen benommen. Und wir sind doch erwachsen. Ich verspreche dir, dass ich Guermeaux nicht mehr reizen werde.«

»Du hast ihm Hoffnungen gemacht, und dieser Kerl hat beschlossen, uns nach Cornwall zu folgen.«

»Auch wenn es meinen weiblichen Stolz verletzt, aber Guermeaux kommt nicht meinetwegen mit nach Cornwall, sondern wegen seines Enkels. Merkst du nicht, dass er völlig aus dem Häuschen ist, seit Roger ihm gestattet hat, hierherzukommen und Umgang mit dem Jungen zu haben?«

»Egal. Mir wäre es lieber, er käme nicht mit nach Cornwall.«

»Dann bleiben wir eben in London«, beschloss Isabella.

»Ich kann nicht. Dein Sohn braucht mich.«

»Wozu?«

»Es ist noch etwas zu klären«, sagte er vage.

Am Tag vor der Abreise nach Cornwall bat Amy Bodrugan um eine Unterredung mit Blackraven. Wie es ihrer forschen, ungeduldigen Art entsprach, kam sie gleich zur Sache, nachdem sie ihm gegenüber Platz genommen hatte.

»Galo Bandor hat mir einen Heiratsantrag gemacht, und ich habe mich entschlossen, seinen Antrag anzunehmen.«

Blackraven hatte Bandor während dieses Monats in London nicht gesehen, aber er vermutete, dass Amy und er sich trafen, um einige Stunden gemeinsam mit Víctor zu verbringen.

»Neulich wolltest du ihn noch kastrieren, und jetzt willst du ihn heiraten.« Er versuchte, seiner Stimme einen belustigten Klang zu geben.

»Ja. Hast du etwas dagegen?«

»Würde es etwas nutzen, wenn ich dagegen wäre?«

»Ich würde ihn nicht heiraten, wenn du nicht deine Zustimmung gibst.«

»Machst du es wegen Víctor oder weil du Bandor liebst?«

»Ich liebe ihn.«

»Glaubst du, er ist ein guter Mensch?«

Amy zuckte mit den Schultern und schürzte die Lippen.

»Weder gut noch schlecht, Roger. Galo ist ein Pirat, genau wie du und ich. Ich bezweifle, dass er ein Vorbild an Tugendhaftigkeit ist. Aber er ist gut für mich.«

»Wann soll die Hochzeit stattfinden?«

»Ich weiß es nicht. Das haben wir noch nicht entschieden.«

»Ich wäre froh, wenn sie erst nach der Angelegenheit stattfände, von der ich dir erzählte. Wir werden den Coup in Cornwall planen und von dort aufs Festland reisen.«

»Willst du das wirklich machen?«

»Mir bleibt keine andere Wahl, wenn ich mit meiner Familie in Frieden leben will.«

Als am nächsten Tag die Kutsche mit dem Wappen der Guermeaux in Richtung Süden rollte, der Grafschaft Cornwall entgegen, betrachtete Melody noch einmal die bereits vertraut gewordenen Gebäude und Straßen Londons. Sie spürte, wie sich Rogers Hände um ihre Taille legten. Er küsste ihren Nacken und jenes Stück Haut, das von den skandalösen Dekolletés der englischen Mode entblößt wurde. Melody stockte der Atem.

»Hat dir London gefallen, Liebling?«, hörte sie ihn flüstern.

»Oh ja, Roger!«, flüsterte sie zurück. »Ich bin gar nicht mehr aus dem Staunen herausgekommen.«

London hatte sie fasziniert, aber in Cornwall fühlte sich Melody sofort wohl. Das Anwesen im elisabethanischen Stil mit seinen roten Backsteinmauern und den weißen Fenstern und Türen, bekannt unter dem Namen Hartland Park, war zwar ebenfalls beeindruckend groß, aber es schüchterte sie nicht so ein wie die Residenz in der Birdcage Road. Vielleicht, so überlegte Melody, wegen seiner einsamen Lage, denn es stand am Rande einer Steilküste, umgeben von einer weitläufigen, sanft gewellten Hügellandschaft mit hohen, mächtigen Bäumen und dem Meer. Die Gegend war atemberaubend schön, genau wie der Park, der das Anwesen umgab. Mrs. Moor, die Haushälterin, kümmerte sich persönlich um ihr Wohlergehen.

Das Personal in dem Haus in Cornwall war ebenso reserviert wie jenes in London, und Melody, die an den familiären Umgang mit den Sklaven gewöhnt war, fühlte sich gehemmt und war enttäuscht. Irgendwann begriff sie, dass die Dienerschaft keinesfalls darunter litt, sondern vielmehr stolz darauf war, für den zukünftigen Herzog von Guermeaux zu arbeiten – einige waren seit Generationen bei der Familie –, und dass diese Förmlichkeit im Grunde ein Zuneigungsbeweis war.

Sowohl in London als auch in Cornwall tuschelte das Hauspersonal zunächst über das Verhalten der künftigen Herzogin; empört registrierte man, dass sie sich selbst um Lord Alexander – wie sie den Jungen nannten – kümmerte, und dass sie ihn selbst stillte, rief großes Erstaunen hervor. Sie legte die Kleider für sich und Mylord zurecht, lachte laut und trug ihr langes, lockiges Haar gelegentlich offen. Sie verwöhnte Víctor, Angelita und den schwarzen Estevanico, diese drei kleinen Teufelchen, die sie aus diesem wilden Land im Süden mitgebracht hatte. Und, ganz ungewöhnlich, sie pflegte einen freundschaftlichen Umgang mit den Dienstboten und interessierte sich für ihre Familien und ihre Probleme.

»Die erste Gräfin von Stoneville war mir lieber«, klagte Poole, der Butler. »Ein wenig launenhaft war sie, das schon, aber sie hatte kein schlechtes Herz, und außerdem wusste sie, wo ihr Platz war.«

Doch mit der Zeit verfielen auch sie Melodys sanfter, einfühlsamer Art, nachdem offensichtlich war, dass sie keinen Gedanken daran verschwendete, sich in eine ins Korsett geschnürte, hochmütige Adlige zu verwandeln. Sie erhielten ein Beispiel für das Naturell ihrer neuen Herrin, als diese eines Tages eines der Dienstmädchen, Myriam, die Tochter des Stallknechts, in Tränen aufgelöst antraf. Ihre Schwester Daphne war schwer erkrankt.

»Was sagt denn der Arzt?«

»Der Arzt war nicht bei ihr, Milady. Wir wüssten nicht, wie wir ihn bezahlen sollten. Mrs. Torbay, die sich mit Kräutern und solchen Dingen auskennt, kümmert sich um sie, aber ihre Behandlung zeigt keine Wirkung.«

Myriams Familie bekam einen Schreck, als sie die Gräfin von Stoneville in ihre kleine Hütte eintreten sahen. Hinter ihr folgte Doktor Talbot; er war schlechtgelaunt und rümpfte die Nase, weil er nur ungern Leute aus der Unterschicht behandelte. Aber er konnte unmöglich der künftigen Herzogin von Guermeaux eine Bitte abschlagen. Talbot untersuchte das Mädchen und stellte eine schwere Brustfellentzündung fest, an der auch Jimmy gestorben war. In den kritischen Tagen der Erkrankung kam Melody jeden Tag in die Hütte, um Lebensmittel und Medikamente zu bringen. Dann setzte sie sich ans Bett der kleinen Daphne, holte eine Perlenkette mit einem Kreuz hervor und murmelte fast unhörbar ein Gebet, bei dem es sich wohl um den Rosenkranz handeln musste, dieses endlose, gleichförmige Bittgebet der Papisten. Nach einer Woche medizinischer Behandlung – bezahlt von der Gräfin – und guter Pflege musste der Arzt zugeben, dass ihn Daphnes rasche Genesung erstaunte, nicht so sehr wegen der Schwere der Erkrankung, sondern weil das Mädchen schlecht genährt war. Die Geschichte von Daphne und der Gräfin von Stoneville sprach sich in der Grafschaft herum, und es dauerte nicht lange, bis die Dienstboten von Hartland Park zu Mittlern zwischen Melody und den Pächtern und Dorfbewohnern wurden, die alle möglichen Anliegen an sie hatten. Der Schwarze Engel war wieder da, wie Gabriel Malagrida es ausdrückte.

An diesem milden Oktobermorgen des Jahres 1807 saß Melody am Fenster und betrachtete die Landschaft, während sie an Roger dachte. Ihr Schwiegervater und Bruce saßen immer noch auf dem Teppich hinter ihr und spielten mit Alexander, laut lachend und umringt von Unmengen an Spielzeug. Constance war in der Bibliothek und las, Isabella hatte sich vor dem Abendessen ein wenig hingelegt, und Víctor, Angelita und Estevanico erhielten im Obergeschoss Englischunterricht. Miora, die Melody sonst Gesellschaft leistete, hatte sich mit Rafaelito auf ihr Zimmer zurückgezogen, weil sie sich nicht an die Gegenwart des Herzogs von Guermeaux gewöhnen konnte.

»Es wird alles in bester Ordnung sein«, sagte sich Melody und dachte an ihren Bruder Tommy, der nach dem Monat in London mit der *White Hawk* nach Buenos Aires zurückgekehrt war. Kapitän Flaherty hatte mehrere Aufträge von Blackraven und viele Briefe im Gepäck. Einer dieser Aufträge lautete, Señorita María Virtudes Valdez e Inclán aufzusuchen und sie nach Cornwall zu bringen, wo sie Leutnant Lane heiraten würde. Es hatte Blackraven nicht viel Zeit und Geld gekostet, sich davon zu überzeugen, dass er ein anständiger Kerl war.

Was Thomas Maguire betraf, so würde er sich nach seiner Ankunft in Buenos Aires von Flaherty und seinen Bordkameraden verabschieden und nach *Bella Esmeralda* zurückkehren. Er hatte zwar nicht genügend Geld zusammenbekommen, um die Schulden bei seinem Schwager zu begleichen, doch sie hatten vereinbart, dass Tommy seinen Anteil an den Prisen von der *Joaquín* und der *San Francisco de Paula* dazu verwenden würde, Vieh und Saatgut zu kaufen. Mit den Gewinnen würde er dann seine Schulden abtragen.

»Aber bevor ich nach *Bella Esmeralda* aufbreche, werde ich Elisea besuchen«, hatte er Melody mitgeteilt.

»Vielleicht ist sie gar nicht in der Stadt, sondern schon auf *Bella Esmeralda*. Vor unserer Abreise hat Roger in die Wege geleitet, dass sie eine Zeitlang dort unterkommen sollen, um sie vor einem möglichen englischen Angriff in Sicherheit zu bringen.«

»Wo auch immer Elisea sich aufhält«, entgegnete Tommy, »es ist meine Pflicht, ihr die Nachricht von Servandos Tod zu überbringen. Hast du die *Aeneis* hier?«, fragte er dann zu Melodys Überraschung.

»Ich weiß es nicht. Ich müsste in Rogers Bibliothek nachschauen. Aber falls sich eine findet, ist sie bestimmt auf Englisch.«

»Das macht nichts. Es wird schon gehen. Mit elf habe ich sie zum letzten Mal gelesen, und das nur widerwillig, weil unsere Mutter drohte, mir einen Monat lang das Reiten zu verbieten. Jetzt habe ich wieder Lust, sie zu lesen.«

Melodys Mundwinkel verzogen sich zu einem Lächeln, als sie an dieses letzte Gespräch mit ihrem Bruder dachte, bevor sie sich in London verabschiedet hatten. Ob er gut in Buenos Aires angekommen war? Hatte er Elisea Servandos Botschaft überbracht? Und ob er wohl an die Briefe für Pilarita und Lupe gedacht hatte? Nur zu gern hätte sie etwas von den beiden gehört und erfahren, wie es ihnen in der Zwischenzeit ergangen war. Und schließlich, ob die Engländer die Stadt mittlerweile eingenommen hatten? Sie wusste, dass sich Roger in London mehrmals mit seinem Freund General William Beresford getroffen hatte, der kurz zuvor aus Montevideo zurückgekehrt war. Roger hatte ihn sogar zweimal zum Abendessen nach Blackraven Hall eingeladen. Als die beiden Männer nach dem Essen hinausgingen, um Portwein zu trinken und Zigarren zu rauchen, fiel Melody auf, dass die heiteren Gespräche, die sie bei Tisch geführt hatten, einer ernsten, konspirativen Stimmung wichen. Es störte sie nicht mehr, zu wissen, dass ihr Mann viele verschiedene Gesichter hatte, von denen sie nur wenige kannte. Es genügte ihr, in seiner Nähe zu sein.

Ich brauche dich hier, Roger, schrie sie innerlich. Seit über zwei Monaten hielt sich Roger aus geschäftlichen Gründen auf dem Festland auf, und Melody fiel jeder Tag ohne ihn schwerer.

Ein Glas Champagner in der Hand, bewegte sich Blackraven mit gleichgültiger Miene durch den Salon von Caroline Murat, Großherzogin von Berg und eine Schwester Napoleons. Er hatte große Sorgfalt auf seine Kleidung verwendet, um den Eindruck eines eitlen Stutzers zu erwecken. Über dem Batisthemd mit Spitzenjabot trug er ein Samtjackett mit reich besticktem Revers und Goldknöpfen; die langen, schmal auslaufenden Rockschöße waren genauso aufwändig gearbeitet wie das Vorderteil. Zu den eng anliegenden Kniehosen aus marineblauer Nankingseide trug er weiße Seidenstrümpfe, die in Schuhen mit großen, gleichfalls goldenen Schnallen steckten. Er bevorzugte die schlichte Bequemlichkeit des englischen Gehrocks und hätte ihn auch an diesem Abend getragen, wäre dieser unbequeme Aufzug nach napoleonischer Mode nicht Teil der Rolle gewesen, die er seit Wochen in Paris spielte.

Am Ende des Saals blieb er stehen und ließ seinen Blick über die Anwesenden schweifen. Er betrachtete die Frauen in ihren langen Musselinkleidern, die an griechische Tuniken erinnerten, ihre Frisuren mit den künstlichen Locken, ihren verschwenderischen Schmuck und ihre zu stark geschminkten Gesichter, und musste unwillkürlich an seine Frau denken. Sofort empfand er nur noch Verachtung für diese intriganten Mätressen, die sich an den Meistbietenden verkauften. Er durfte nicht an Isaura denken, für die Dauer seiner Mission in Paris musste er sie sich aus dem Kopf schlagen. Wenn er zuließ, dass sie seine Gedanken beherrschte, würde ihn das nur ablenken.

Nachdem er in Cornwall mit Hilfe von Amy, Malagrida und Somar einen sorgfältigen Plan geschmiedet hatte, waren Blackraven und seine Freunde am Freitag, den 21. August von England aufgebrochen. Amy und Malagrida fuhren unter spanischer Flagge auf der *Afrodita* und gingen am nächsten Tag in der Seinemündung vor Le Havre vor Anker. Blackraven reiste gemeinsam mit Somar und einer ausgewählten Gruppe seiner Matrosen, die sich in den Livreen des Hauses Guermeaux äußerst unwohl fühlten, auf einem Postschiff, das täglich von Falmouth durch die Straße von Dover zur französischen Küste fuhr. Zum ersten Mal seit vielen Jahren reiste Blackraven unter seinem richtigen Namen und mit gültigen Papieren in Frankreich ein. Er wollte, dass Polizeiminister Joseph Fouché und Pierre-Marie Desmarets, Chef der *Haute Police*, der Abteilung für Auslandsspionage, erfuhren, dass er in Paris war. Sollte die Kobra noch Gelegenheit gehabt haben, ihnen die wahre Identität des Schwarzen Skorpions zu verraten, würde er sie in kürzester Zeit auf dem Hals haben, und er war bereit, sie zu empfangen. Wenn nicht, wollte er, dass sie davon erfuhren. Ihnen sollte zu Ohren kommen, dass er den Herzogtitel der Guermeaux erben würde, dass er einer der reichsten Männer Englands war und eine Flotte von zwanzig Schiffen sein Eigen nannte, die immer größer wurde; seine Werft in Liverpool kam mit der Arbeit nicht mehr nach. Kurzum, er wollte, dass diese Information auf Napoleons Schreibtisch landete.

Zu diesem Zweck hatte er sich des Agentennetzes Fouchés bedient, und hier insbesondere Rigleaus, den er sofort nach seiner Ankunft in Paris kontaktiert und mit einer großen Summe Pfund Sterling geködert hatte. Das Treffen fand im ersten Stock einer elenden Schänke im Viertel Saint Michel statt, wo Amy, Somar und Malagrida den Spion erwarteten. Gleich zu Beginn handelte sich Rigleau mit seiner maßlosen Habgier eine Ohrfeige von Somar ein, dass ihm die Augenklappe vom linken Auge flog.

»Wer seid Ihr?«, wollte Rigleau wissen.

»Freunde des Kaisers«, versicherte Malagrida in seinem tadellosen Französisch.

»Was kann ich für Euch tun?«

»Du wirst Fouché und Desmarets mitteilen, dass vor einigen Tagen der englische Adlige Roger Blackraven, Graf von Stoneville, im Hafen von Calais eingetroffen ist.« Malagrida machte eine Pause, um zu sehen, welchen Eindruck der Name auf den Spion machte, doch dieser zeigte weder Anzeichen von Überraschung noch Beunruhigung.

»Haltet Ihr ihn für einen englischen Spion?«, fragte Rigleau.

»Ja.« Dann ließ Malagrida eine Drohung folgen: »Wir überwachen dich, Rigleau. Sei vorsichtig und halte dich an deinen Teil der Abmachung, sonst wird man dich eines Morgens mit aufgeschlitztem Bauch im Bois de Boulogne finden. In drei Tagen setzen wir uns wieder mit dir in Verbindung.«

Blackraven, der in einer eleganten Wohnung in der Rue de Cerutti abgestiegen war, besuchte unterdessen alte Freunde, darunter auch Madame Récamier, die ihm die Türen zu den traditionellen Salons von Paris in Saint Germain öffnete, aber auch zu jenen des neuen Adels, Kaiserin Josephine etwa oder ihrer Widersacherin und Schwägerin Caroline, Großherzogin von Berg.

An diesem Abend hielt sich Blackraven abseits und studierte die anwesenden Gäste. Da war Talleyrand, den Napoleon zwar entlassen hatte, aber wegen seiner politischen Kenntnisse und seiner Klugheit weiterhin konsultierte. Neben ihm stand Joseph Fouché, der gleichzeitig sprach, trank und aß und aufgeregt vor Talleyrand herumfuchtelte. Dieser ertrug ihn, weil sie gemeinsam eine Intrige spannen, um den Kaiser davon zu überzeugen, sich von Kaiserin Josephine scheiden zu lassen und eine europäische Prinzessin zu ehelichen. Metternich, der österreichische Botschafter, hatte Erzherzogin Marie-Louise vorgeschlagen, die Tochter Franz I.

Blackraven wandte ein wenig den Kopf und entdeckte den Gastgeber Joachim Murat, Großherzog von Berg, und daneben General Junot, den Liebhaber seiner Frau. Im Juli wäre es beinahe zum Duell zwischen ihnen gekommen; nur das Eingreifen Napoleons hatte die Begegnung verhindert. Er hob spöttisch den Mundwinkel. Der Kaiser musste sich sehr einsam fühlen in dieser Familie von ehrgeizigen Intriganten, mit der ihn das Schicksal geschlagen hatte. Da war Lucien, der rebellische Lucien, der sich nach seiner Beteiligung am Staatsstreich des 18. Brumaire einige Verfehlungen geleistet hatte, die Napoleon vor Wut toben ließen, etwa seine Hochzeit mit Madame Jouberton und seine Unterstützung für Papst Pius VII. Er beobachtete erneut Fouché und kam zu dem Schluss, dass die Kobra wohl gestorben war, ohne die wahre Identität des Schwarzen Skorpions enthüllt zu haben, denn nur so war zu erklären, dass Fouché bislang nicht an ihn herangetreten war, obwohl er bereits seit einigen Wochen in Paris weilte.

Die Gastgeberin, Caroline Murat, kam auf ihn zu. Während er sie anlächelte, dachte er: ›Sie ist eine großartige Intrigantin. Es liegt ihr im Blut.‹

»Exzellenz, weshalb habt Ihr Euch hierhin zurückgezogen? Weshalb steht Ihr so allein?«

»Ich bin ein wenig ans Fenster getreten, um mich zu erfrischen. Ich wollte gerade zurückgehen, als ich Euch kommen sah. Erlaubt mir, Euch meine Bewunderung auszusprechen, Madame: Ihr seht wundervoll aus heute Abend.«

»Danke, Exzellenz.« Sie war errötet, und ihre Verwirrung war echt. Seit Tagen provozierte sie ihn mit vielsagenden Blicken. »Ich komme zu Euch, weil mein Bruder Euch sehen möchte.«

»Welcher? Ihr habt so viele!«

»Oh, ich meine den Kaiser.«

»Dann wollen wir ihn nicht warten lassen.«

»Folgt mir, Exzellenz.«

Napoleon Bonaparte war ein kleiner, untersetzter Mann, der keine Regung erkennen ließ, bis man ihm in die Augen sah, in deren kaltem, metallischem Grau sich das Feuer und die Leidenschaft seiner Seele spiegelten.

»Sire«, sagte Caroline, »darf ich Euch Roger Blackraven vorstellen, den Grafen von Stoneville.«

»Es ist mir eine große Ehre, Sire«, erklärte Roger und verbeugte sich. »Ich bin ein großer Bewunderer Eurer Majestät.«

Die Hände auf dem Rücken verschränkt, blickte Bonaparte zu Blackraven auf.

»Der Sohn des Herzogs von Guermeaux, wenn ich richtig verstanden habe«, bemerkte er missgelaunt. Er hatte soeben eine Meinungsverschiedenheit mit seinem Bruder Lucien gehabt, weil dieser sich weigerte, sich scheiden zu lassen.

»So ist es, Sire.«

»Euer Vater ist ein Feind Frankreichs. Er konspiriert von der anderen Seite des Ärmelkanals gegen mich.«

»Das bedaure ich sehr, Sire. Ich weiß nicht viel über die Aktivitäten meines Vaters, hätte ich jedoch geahnt, dass meine Gegenwart Euch verdrießt, hätte ich es niemals gewagt, hier zu erscheinen.«

»Wenn ich auf alle verzichten wollte, die mir Verdruss bereiten, wäre dieser Saal leer. Ihr könnt also bleiben.«

Blackraven setzte ein schräges Lächeln auf, das dem Kaiser gefiel; es war respektlos und zugleich verständnisvoll.

»Danke, Sire. Eure Großzügigkeit ehrt Euch. Ich habe noch nie etwas von der biblischen Maxime gehalten, dass ein Sohn für die Sünden seines Vaters büßen solle. Schließlich kann man niemanden für die Familie verantwortlich machen, die einem das Schicksal beschert hat.« Blackraven warf einen vielsagenden

Blick zu Caroline und Lucien, der sich ebenfalls zu der Gruppe gesellt hatte.

Diesmal verriet Napoleons zustimmendes Lächeln, dass ihm die Antwort gefiel. Es war ein offenes Geheimnis, dass seine Geschwister eine Horde gieriger Krähen waren, die für eine höhere Stellung in der Hierarchie einen Mord begehen würden.

»Und was könnt Ihr mir über Eure Landsleute berichten?«, erkundigte sich der Kaiser.

»Auch die Franzosen sind meine Landsleute, Sire.« Napoleon hob fragend die Augenbraue. »Ich wurde 1770 auf französischem Boden geboren, in Versailles. Der Dauphin und die Dauphine, der spätere König Ludwig XVI. und seine Gemahlin Marie-Antoinette, waren meine Taufpaten.«

Es verstimmte Napoleon, dass man ihn unvorbereitet traf, und er nahm sich vor, Fouché eine Rüge zu erteilen. Was waren das für Spitzel, die die wichtigsten Informationen übersahen? Die Spione waren die Basis für die Sicherheit des Landes. Sie waren unverzichtbar. Das brachte ihn auf den Schwarzen Skorpion. Seit Monaten hatten er keine Nachrichten von diesem verfluchten Auftragsmörder, der ihn ein Vermögen gekostet hatte.

»Jetzt erklärt sich mir Eure exzellente französische Aussprache«, bemerkte Napoleon, dessen starker, italienisch angehauchter Akzent immer wieder Zielscheibe des Spotts war. »Es gehört jedenfalls Mut dazu, Monsieur, die Namen der Könige des Ancien Régime so offen auszusprechen.«

»Alter Adel, neuer Adel, es ist alles dasselbe, Sire. Alle wollen einen Adelstitel haben, selbst jene, die 1789 für die Abschaffung der Adelsprivilegien stimmten.«

»Ihr habt wirklich Mut!«, betonte der Kaiser noch einmal, und Blackraven bedankte sich mit einer Verbeugung.

»Was meine Paten betrifft, Sire, so habe ich sie von Herzen geliebt. Sie und meine Mutter waren meine Familie, und Politik interessiert mich heute so wenig wie damals als Kind.«

»Ihr erstaunt mich. Ein Mann, der sich nichts aus Politik macht. Aber Ihr werdet doch wenigstens wissen, was man unter Euren Landsleuten über mich sagt. Wie nennt man mich? Den korsischen Menschenfresser, wie die Russen? Oder General Vendémiaire?«

»Man nennt Euch Boney, Sire.«

Napoleon brach in schallendes Gelächter aus, das den Saal schlagartig zum Verstummen brachte. Es war so ungewöhnlich, ihn lachen zu hören, dass es eine Weile dauerte, bis die Anwesenden ihr Schweigen brachen und ihre Unterhaltungen fortsetzten.

»Boney«, wiederholte Napoleon schließlich. »Das klingt sogar liebevoll! So seid ihr Engländer! Sogar bei der Wahl des Spitznamens für euren ärgsten Feind beweist ihr diplomatisches Geschick und guten Geschmack.«

»Die Engländer haben in der Tat viele Vorzüge, Sire, aber ich sage es noch einmal: Ich bin ebenso Engländer, wie ich Franzose, Österreicher, Italiener und Spanier bin.«

Der Kaiser bat ihn, sich näher zu erklären, und Blackraven nahm sich Zeit, um seine vornehmen Wurzeln zu erläutern.

»Nun, Graf, in Euren Adern fließt also das Blut jener Königshäuser, die mir auf die eine oder andere Weise beim Aufbau meines Imperiums behilflich waren.«

»Sire, es hat nicht viel zu heißen, dass ich ein Enkel Karls III. oder einer österreichischen Prinzessin bin. Ich bin ein Bastard, und das stellt mich auf eine Stufe mit jedem Mann aus dem Volk.«

»Es scheint Euch nicht sehr zu beschämen, dass Ihr ein Bastard seid.«

»Dinge, die ich nicht ändern kann, weil sie nicht in meiner Macht liegen, haben keinerlei Interesse für mich. Das habe ich sicherlich meinem sprichwörtlichen Sinn fürs Praktische zu verdanken, Sire.«

»Bravo!«, rief Napoleon und zog erneut die Verwunderung der Umstehenden auf sich. Er sprach nie so lange mit einer Person, sofern es nicht um Politik oder Staatsangelegenheiten ging, und erst recht nicht äußerte er seine Zustimmung zu derart offenen und unumwundenen Bemerkungen. »Gleichwohl«, fuhr der Kaiser fort, »hat Euch Euer Vater als Erbe anerkannt. Kommt, begleitet mich zum Fenster. Hier gibt es keine Luft.« Er nahm ihn am Arm, und unter den fassungslosen Blicken von Verwandten und Ministern gingen sie davon.

»Soweit ich weiß«, sagte Napoleon, »ist das Herzogtum Eures Vaters das einflussreichste von ganz England. Selbst König George fürchtet sich vor ihm.«

»Wie Ihr richtig bemerkt: das Herzogtum meines Vaters. Meine Macht beruht ausschließlich auf meinem Vermögen, und ich habe mich dafür krummgelegt, wenn Ihr mir diese plumpe Bemerkung erlauben wollt, Sire. Kein Penny davon stammt aus dem Vermögen des Herzogs von Guermeaux. Der Herzogstitel und der damit verbundene Reichtum hätten mir nicht genügt, um mich als richtiger Mann zu fühlen. Ich musste mir ein eigenes Leben schaffen, in dem ich selbst der Held bin.«

Napoleon dachte, dass er diesen Engländer mit dem südländischen Aussehen schon alleine deshalb gerne zum Freund gehabt hätte, weil dieser seine eigenen Gedanken aussprach. Er musste ihn auf seine Seite ziehen, denn es war besser, ihn zum Freund zu haben als zum Feind. Er mochte seinen Vater und dessen Titel verachten, doch wenn sich dereinst seine finanzielle Macht mit dem politischen Einfluss des Hauses Guermeaux verband, würde er in England die Fäden ziehen.

»Ich stimme völlig mit Euch überein, Graf«, erklärte der Kaiser. »Niemand versteht so gut wie ich, dass sich ein Mann – ein wahrer Mann! – aus eigener Kraft aus dem Morast erheben und in lichte Höhen aufschwingen muss, so wie es auch die Großen taten, Alexander der Große, Julius Cäsar oder Karl der Große.«

»Eure Worte berühren mich und schmeicheln mir zutiefst, Sire. Ich bin stolz auf das, was ich durch eigenen Mut und Anstrengung erreicht habe, doch das ist durch nichts mit dem Siegeszug Eurer Majestät zu vergleichen.«

»Aber mit Eurem Einfluss, Monsieur, könntet Ihr jede Monarchie ins Wanken bringen, wenn Ihr nur wolltet.«

»Ich interessiere mich nicht für Politik, Sire. Meine Macht ist rein wirtschaftlicher Natur«, beteuerte Blackraven in gespielter Arglosigkeit. »Sie gibt mir die Möglichkeit, wie ein König zu leben und mir jeden Wunsch zu erfüllen.«

»Wirtschaftliche Macht ist das Fundament, auf dem die Politik ruht«, erklärte Napoleon. »Seht Euch um.« Er deutete in den Saal. »Betrachtet diese Meute hungriger Wölfe. Glaubt Ihr, sie lieben mich dafür, dass ich Frankreich zur mächtigsten und siegreichsten Nation auf Erden gemacht habe? Nein, sie wollen lediglich mehr Macht und Geld! Um mich ihrer Treue zu versichern, brauche ich Abertausende von Francs. Wirtschaftliche Macht ist die Grundlage von allem, mein lieber Graf. Die Soldaten werden in Francs bezahlt, genau wie die Gewehre und Kanonen. Geld ist alles. Eine Erfindung des Teufels!«

Nun war es an Blackraven, angesichts dieses spontanen Ausbruchs von Überdruss und Unwillen in lautes Lachen auszubrechen.

»Ihr gefallt mir, Blackraven«, sagte Napoleon. »Ihr seid einer der wenigen, die mir nicht nach dem Mund reden, sondern sagen, was sie denken.«

»Das ist meine größte Schwäche, Sire.«

Die Einladung Napoleon Bonapartes nach Fontainebleau ließ nicht lange auf sich warten. Drei Tage nach der Gesellschaft im Salon der Großherzogin von Berg klopfte ein Page an der Wohnungstür in der Rue de Cerutti und übergab Somar ein Schreiben mit dem Siegel des Kaisers.

Noch am selben Nachmittag machte sich die Kutsche mit dem Wappen des Hauses Guermeaux auf den Weg nach Fontainebleau, etwa dreißig Meilen südöstlich von Paris. Milton und Shackle lenkten den von sechs Schimmeln gezogenen Wagen, Radama und Schegel ritten voran, während zwei griechische Seeleute der *Afrodita*, Costas Macris und Nikolaos Plastiras, die Kutsche eskortierten. Alle trugen die Livree des Hauses Guermeaux, auch Amy und Malagrida, die im Wagen saßen und sich als Kammerdiener Seiner Exzellenz, des Grafen von Stoneville, ausgeben würden. Somar durfte seine eigenen Kleider anbehalten in der Hoffnung, sie werde ihm dabei helfen, Freundschaft mit Napoleons treuem Diener, dem Mamelucken Rustam, zu schließen und so etwas über die Gewohnheiten seines Herrn herauszufinden.

Am Hof in Fontainebleau wurde rasch klar, wie sehr Napoleon die Gesellschaft des Grafen von Stoneville schätzte. Sie gingen täglich in den Wäldern rings um das Schloss auf die Jagd oder ritten einfach aus, wobei sie stets von fünf Mann der kaiserlichen Garde begleitet wurden, die mit Bajonettgewehren bewaffnet waren. Der Kaiser war freudig überrascht, als er hörte, dass Blackraven Italienisch sprach. Sie wechselten häufig in diese Sprache, wenn die Übrigen nicht verstehen sollten, worum es ging. Napoleon lud Roger auch zu intimen Abendgesprächen nach dem Essen ein; aber sowohl auf der Jagd als auch mit einem Gläschen Cognac in der Hand kam er immer wieder auf die europäische Politik zu sprechen und wollte seine Meinung hören.

»Was kann mir mit Verbündeten wie Russland und Österreich schon passieren?«

»Der Frieden von Tilsit war in der Tat sehr vorteilhaft für Frankreich, das sich so die Unterstützung einer Großmacht wie Russland sichern konnte. Doch dieser Moment des Sieges und des Ruhms ist der gefährlichste, denn er verleitet dazu, sich in

Sicherheit zu wiegen und an die eigene Unbesiegbarkeit zu glauben. Hinter einem bezwungenen Feind lauert der Hass, Sire.«

Bei einer anderen Gelegenheit bemerkte Napoleon: »Der russische Zar Alexander I. Pawlowitsch ist ein angenehmer, beherzter junger Mann mit gutem Urteilsvermögen. Er bewundert mich. Ich würde sagen, seit unseren Gesprächen auf der Memel sind wir gute Freunde.«

»Sire, ein Mann wie Ihr hat keine Freunde.«

»Eure Härte behagt mir nicht.«

»Aber Ihr schätzt mein ehrliches Urteil.«

»Ihr bildet Euch zu viel auf Euer Urteil ein, Monsieur.«

»Sire, es hat mich dorthin gebracht, wo ich heute bin. Weshalb also nicht darauf vertrauen? Einem Mann wie Euch, der sich vorgenommen hat, Herrscher über die gesamte westliche Welt und, solltet Ihr Konstantinopel erobern, auch des Orients zu werden, kann unmöglich entgangen sein, dass politische Freunde so unstet und treulos sind wie eine Frau.«

»Ihr sprecht abfällig über die Frauen. Schlagt Ihr womöglich deswegen die Gesellschaft der Damen aus, die ich Euch vorstelle?«

»Aber nein, Sire. Die Frau ist das vornehmste Geschöpf Gottes. Frauen mögen launenhaft und intrigant sein, aber sie gefallen mir immer noch so gut wie als junger Bursche.«

»Was ist es dann?«

»Ich bin ein seltener Vogel, Sire. Ich bin meiner Frau treu ergeben.«

»Und weshalb hat sie Euch nicht auf diese Reise begleitet?«

»Sie hat mir erst kürzlich einen Sohn geschenkt.«

»Mein Glückwunsch!«

»Danke, Sire.«

»Vor acht Monaten hat mir eine meiner Mätressen ebenfalls einen Sohn geschenkt. Ich habe ihn Charles Léon genannt. Damit wären die Behauptungen meiner Gegner widerlegt, ich sei impotent und unfruchtbar. Das Problem liegt bei meiner Frau Josephine.«

Zwei Tage nach dieser Unterhaltung traf Joseph Fouché im Schloss von Fontainebleau ein, und Blackraven und seine Leute holten zum letzten Schlag aus.

Napoleon unternahm frühmorgens ausgedehnte Spaziergänge durch die Wälder von Fontainebleau. An diesem milden Herbstmorgen war er in Begleitung seines Außenministers Champagny und seines Polizeiministers Fouché. Die fünf Soldaten der kaiserlichen Wache folgten in einigem Abstand. Napoleon redete, während seine Minister nur gelegentlich eine kurze Bemerkung einwarfen, bevor er seinen Monolog fortsetzte. Der Kaiser reagierte verstimmt, als Fouché ihm erneut vorschlug, sich von Kaiserin Josephine scheiden zu lassen, und brachte ihn unfreundlich zum Schweigen.

»Monsieur Fouché, seit Tagen höre ich von Euch nur dummes Gewäsch. Ihr solltet aufhören, Euch um Dinge zu kümmern, die Euch nichts angehen. Statt die Kaiserin zu beleidigen und den Unmut des Kaisers zu erregen, solltet Ihr Euch um diese nichtsnutzige Bande kümmern, die für mich spionieren soll, aber nicht einmal herausgefunden hat, dass der Graf von Stoneville in Versailles geboren wurde. Habt Ihr verstanden, Monsieur? In Versailles! Apropos Spione«, sagte er nach einer Pause, »das erinnert mich an diese Geschichte mit dem englischen Spitzel.«

»Sprecht Ihr vom Schwarzen Skorpion?«

»Ja. Gibt es etwas Neues über ihn?«

»Nein, Sire«, antwortete Fouché betreten. »Die Kobra …«

Fouché verstummte, als sich eine schwarze Gestalt aus einer Eiche am Wegesrand löste und genau vor ihre Füße sprang. Fouché schrie auf und wich ebenso zurück wie Champagny. Napoleon hingegen blieb stehen und betrachtete aus kurzsichtigen Augen die große, massige Gestalt, die ihnen den Weg versperrte. Sie war ganz in Schwarz gekleidet, selbst Kopf und Gesicht waren unter einem Tuch und einer Maske in dieser Farbe verborgen. Napoleon nahm den Unbekannten genauer in Augenschein: Er trug Hosen und Reitstiefel, ein Seidenhemd und einen Mantel, der so lang war, dass er beinahe über den Boden schleifte. Seine Hände steckten in Handschuhen, und in der Rechten hielt er eine Muskete.

Die Hände auf dem Rücken verschränkt, drehte Napoleon sich um und stellte fest, dass mehrere Männer, auch sie maskiert und schwarz gekleidet, seine fünf Wachen mit Gewehren in Schach hielten. Blackraven trat zu Napoleon und seinen Ministern, blieb vor ihnen stehen und sagte: »*Je suis le Scorpion Noir.*«

Diese Stimme jagte elektrische Stöße durch den Körper des Polizeiministers, der mit entsetztem Gesicht zurückwich, während er an die Nacht zurückdachte, als er aufgewacht war, weil er genau dieses Raunen gehört hatte. *Fouché, je suis le Scorpion Noir.*

»Stehenbleiben, Fouché«, befahl der Unbekannte. Er nahm etwas aus seinem Mantel und schleuderte es dem Minister ins Gesicht.

»Ein kleines Souvenir von der Kobra«, erklärte er, während Fouché die Ledermaske betrachtete. »Ach, übrigens, die Kobra und ihr Komplize dienen jetzt im Atlantik den Haien als Futter. Und was Le Libertin betrifft, Fouché, solltet Ihr meine Nachricht nicht rechtzeitig erhalten haben: Ich glaube nicht, dass er zurückkommt. Er leistet der Kobra in der Hölle Gesellschaft.«

Das Geräusch von Pferdehufen und Wagenrädern war zu hören, und da der Schwarze Skorpion ganz ruhig blieb, vermutete Napoleon, dass das Eintreffen der Kutsche Teil des Überfalls war. Die Kutsche kam aus dem Wald und hielt vor ihnen auf dem Weg.

»Sire«, sagte Blackraven, während er den Wagenschlag öffnete und den Kaiser mit einer Handbewegung zum Einsteigen aufforderte.

Napoleon ging langsam zur Kutsche und stieg, gefolgt von dem Schwarzen Skorpion, ein. Sie fuhren los, bevor der Wagenschlag geschlossen war.

»Wohin bringt Ihr mich?«

»Zu Eurem Jagdpavillon, Sire. Ein stiller, einsamer Ort, genau richtig für das Gespräch, das uns bevorsteht.«

»Wer soll Euch öffnen? Es gibt kein Personal dort, und ich habe den Schlüssel nicht bei mir.« Als er das Lachen unter der Maske hörte, kam Bonaparte sich töricht vor. Nun, eine Tür würde wohl kein Hindernis für den besten Spion der Engländer darstellen.

Die Tür stand bereits offen, die Vorhänge des Salons waren zurückgezogen, und in den Kandelabern brannten Kerzen. Der Kutscher blieb im Eingang stehen, während sie in den Salon gingen. Blackraven forderte Napoleon auf, Platz zu nehmen; er selbst blieb stehen. Dann nahm er zuerst das Tuch und dann die Maske ab.

»Blackraven!« Napoleon sprang auf. »Was hat das zu bedeuten, Monsieur?«

»Sire, die Kobra hat mir Eure Botschaft übermittelt. Sie sagte mir, Ihr wolltet einen Handel mit dem Schwarzen Skorpion machen. Nun«, sagte er und breitete die Arme aus, »hier bin ich. Ich bin der Schwarze Skorpion. Was habt Ihr mir zu sagen?«

»Ich … Was ist aus dem Auftragsmörder geworden?«, fragte der Kaiser und wurde sich im selben Moment bewusst, wie unangebracht die Frage war.

»Die Mörderin, solltet Ihr besser sagen, Sire. Die Kobra war eine Frau. Eine schwarze Frau.«

»Ihr lügt.«

»Nein, ich lüge nicht. Dieses Teufelsweib war geschickter als jeder Mann, mit dem ich mich je gemessen habe. Ich muss zugeben, sie war eine würdige Gegnerin.«

»Aber wie ich sehe, habt Ihr sie aus dem Weg geschafft.« Blackraven senkte zustimmend den Kopf. »Dann freut es mich, dass Ihr heute hier seid, denn das beweist einmal mehr Eure Überlegenheit als Spion, und die brauche ich.«

»Meine Zeiten als Spion sind gezählt, Sire, und nichts und niemand wird mich vom Gegenteil überzeugen.«

Napoleon überlegte, dass der Schwarze Skorpion nicht nur der beste Spion war, von dem er jemals gehört hatte, sondern dass er außerdem Zugang zum Herzen seines ärgsten Feindes, England, hatte. Wenn er ihn überzeugen konnte, auf seiner Seite zu kämpfen, würde er, der französische Kaiser, die englische Macht in die Knie zwingen und damit unbesiegbar werden.

»Ich bin nicht irgendwer, Blackraven. Ich bin der Herr über Europa und könnte Euch dazu zwingen, wenn ich wollte.«

»Ich weiß, Sire. Aber auch ich bin nicht irgendwer.« Der spöttische, belustigte Ton war verschwunden, und Blackravens Stimme klang nun drohend. »Solltet Ihr oder Fouché noch einmal jemanden schicken, der mich oder ein Mitglied meiner Familie behelligt, wird sich ein Räderwerk in Gang setzen, das Euch und Euren Traum, die Welt zu beherrschen, in kürzester Zeit vernichten wird. Dasselbe gilt, falls ich oder jemand aus meiner Familie einen mysteriösen Unfall haben sollte.«

»Ich kann mir nicht vorstellen, was das für ein Räderwerk sein sollte, das meinen Ruin bedeuten könnte.«

Blackraven trat näher und übergab ihm eine Papierrolle, die er aus der Innentasche seines Mantels zog. Napoleon entrollte sie, und während er las, entgleisten seine Gesichtszüge.

»Woher habt Ihr das?«

»Ihr müsst wissen, dieses Schriftstück ist nur eine Kopie. Das Original befindet sich in Sicherheit – ein Original im Übrigen, das jeder kalligraphischen Prüfung standhielte.«

»Woher habt Ihr es?«

»Ludwig XVII. hat es mir gegeben.«

»Von wem sprecht Ihr? Ludwig XVII. ist als Kind im Temple-Gefängnis gestorben.«

Blackraven lachte verächtlich.

»Sire, Ihr sprecht mit dem Schwarzen Skorpion, nicht mit einem Eurer unfähigen Minister. Ich weiß, dass Ihr wisst, dass der Sohn des hingerichteten Ludwig XVI. lebt. Ihr wisst nur nicht, wo er sich aufhält. Nun, er befindet sich in einem sicheren Versteck unter meiner Obhut.«

»Dieses Dokument beweist nicht die Echtheit dieses angeblichen Ludwig!«

»Nein, aber Madame Royale, seine Schwester, könnte ihn sehr wohl identifizieren – und ich rede von der echten Madame Royale und nicht von dieser Hochstaplerin, die ich selbst ins Spiel gebracht habe, um meine Cousine zu retten. Auch der Priester, der die Abdankung Ludwigs XVI. bezeugte, steht unter meinem Schutz.« Er zeigte ihm die Unterschrift Pater Edgeworth de Firmonts unter dem Dokument. »Er war es auch, der Ludwig XVII. dieses Schriftstück übergeben hat. Des Weiteren habe ich auch die Frau des Schusters Simon ausfindig gemacht, der Louis-Charles während der Jahre im Temple-Gefängnis bewachte.«

»Das interessiert mich nicht.«

»Das sollte es aber, Sire. Ihr wisst, wer ich bin und wozu ich fähig bin. Und Ihr wisst auch, wie weit meine Macht und mein Einfluss reichen, nicht nur in meiner Heimat, sondern in ganz Europa. Wenn Ihr noch einmal meinen Frieden oder den meiner Familie stört, Sire, wenn Ihr mir noch einmal einen Verbrecher auf den Hals hetzt, der mich töten oder zu Euch bringen soll, werde ich mich mit aller Grausamkeit, derer ich fähig bin, gegen Euch wenden und mit einem Fingerschnipsen allerlei Spekulationen in Umlauf bringen, die der schwachen Allianz, derer Ihr Euch so rühmt, den Todesstoß versetzen werden. Ich frage mich, was wohl Lord Bartleby, der Leiter der englischen Spionage, oder

der englische Premierminister sagen würden, wenn sie von der Existenz des wahren französischen Thronerben erführen? Eure Beziehungen zu Österreich sind miserabel. Oder hat Fouché Euch nicht darüber informiert, dass Franz I. Truppen rekrutiert? Mit welch fadenscheinigen Ausreden hat Botschafter Metternich dieses Manöver Euch gegenüber begründet? Und was ist mit Preußen? Ah, das widerspenstige Preußen! Das sich weigert, die vereinbarten Abgaben zu zahlen und ruhig dabei zusieht, wie die Presse Euch mit allen möglichen Schandnamen belegt. Was den russischen Zaren betrifft, so mag es sein, dass er sich von Eurer Grandezza blenden lässt, nicht aber sein Hof, der den Frieden von Tilsit ablehnt. Der russische Adel fühlt sich gedemütigt und hält den Inhalt dieses Vertrags für eine Beleidigung. Wie lange wird der junge Alexander I. Pawlowitsch dem Druck des Adels standhalten? Und schließlich ist auch die Situation in Frankreich nicht einfach. Nicht zu vergessen Portugal, das sich weigert, seine Häfen für Schiffe aus meiner englischen Heimat zu schließen. Und Dänemark, das sich nach fünftägigem Beschuss von Kopenhagen in englischer Hand befindet. Pius VII., der sich weigert, gegen England Partei zu ergreifen. Mein Vetter Ferdinand, der meinen Onkel König Karl IV. vom Thron vertrieben und sich zum König von Spanien ausgerufen hat. Ferdinand mag Euch nicht, Sire. Tja«, sagte er schließlich mit einem Seufzen, »und dann taucht in dieser katastrophalen politischen Lage auf einmal der Sohn des guillotinierten Ludwigs XVI. auf und fordert, was ihm von Rechts wegen zusteht. Das wäre ein Paukenschlag, bei dem ich gern dabei wäre! Ihr seid in einer schwachen Position, Sire, und Ihr habt viele Feinde. Und keinen Sohn, der Euch auf dem Thron beerben könnte … Nun ja. In Eurer Situation, Sire, würde ich mir keine weiteren Feinde schaffen, schon gar nicht einen meines Formats.«

Napoleon starrte ihn mit offenem Mund an. Noch nie hatte ihm jemand eine so treffende Beschreibung der Lage geliefert.

Er begann mit gesenktem Kopf auf und ab zu gehen, die Hände auf dem Rücken verschränkt. Schließlich blieb er stehen und fragte: »Wenn Ludwig XVII. lebt und so viele Beweise für seine Identität vorbringen kann, warum ist er dann nicht an den Höfen Europas erschienen, um Anspruch auf den französischen Thron zu erheben?«

»Ich werde nicht alle meine Geheimnisse offenlegen, Sire. Es muss Euch genügen, zu wissen, dass Ludwig XVII. jederzeit die Familie seiner Mutter in Österreich oder die Regierung in Whitehall um Hilfe bitten würde, wenn ich es für richtig erachtete. Und ich hege keinen Zweifel, dass am Ende er auf dem Thron des Sonnenkönigs sitzen wird, Ihr hingegen, Majestät, im Exil.« Napoleon und Blackraven maßen sich mit einem kalten, schneidenden Blick. »Wenn ich heute hierhergekommen bin, Sire, dann, um Euch ein Friedensangebot zu unterbreiten. In dieser Welt könnte Platz für uns beide sein.«

»Ich verstehe Euch nicht, Blackraven. Durch mich würdet Ihr alle Macht und allen Ruhm erlangen, von dem ein Mann nur träumen kann. Ihr könntet mein einflussreichster Minister werden, meine rechte Hand. Ich vertraue auf Euer Urteil, ich habe nur selten einen Mann von Eurer Klugheit und Eurem Mut getroffen, ich respektiere und bewundere Euch. Und das ist etwas, das ich nur selten gewähre: meinen Respekt und meine Bewunderung. Ich verstehe nicht, weshalb Ihr mein Angebot ablehnt.«

»Sire, Ihr habt mein Naturell nicht durchschaut. Ich werde immer der Kopf des Löwen sein, nie der Schwanz. Ihr und ich, wir sind zwei Löwen, die sich zerfleischen würden, wenn sie aneinandergerieten. Akzeptiert die Bedingungen dieses Paktes, schlagt ein, und dann geht jeder seiner Wege.«

Erschöpft ließ sich Napoleon in einen Sessel sinken und seufzte. Er schwieg, den Kopf gesenkt, den Blick ins Leere gerichtet.

»Also gut«, sagte er schließlich, »ich verspreche Euch, dass ich Euch nicht zwingen werde, für mich zu arbeiten. Ich werde auch nicht versuchen, gegen Euch oder Eure Familie vorzugehen.«

»Sire, darf ich Euch in Erinnerung rufen, dass für den Fall, dass mir etwas zustößt, meine Spitzel dafür sorgen werden, Eure …«

»Ich halte mich immer an das, was ich vereinbare!«, rief Napoleon und schlug mit der Faust auf ein niedriges Tischchen.

»Verzeiht«, sagte Blackraven.

Es vergingen einige Sekunden, in denen Napoleon versuchte, sein Gemüt zu beruhigen und seine wirren Gedanken zu ordnen.

»Es hat noch nie zu etwas geführt, sich verhasst zu machen und Unmut zu erregen«, erklärte er schließlich. »Und ich wollte gewiss nicht Euren Unmut erregen. Ich verstehe Euch nicht, Blackraven, aber ich verspreche, Euch in Ruhe zu lassen. Ihr habt mein Wort.« Er sah Roger aus halb geschlossenen Augen an, und seine Miene verriet, dass er versuchte, das Unerklärliche zu verstehen. »Ich verstehe Euch nicht«, sagte er noch einmal. »Eure Entscheidung ist nicht rational. Ich biete Euch Macht, viel Macht, und Ihr lehnt sie ab. Es gibt nur zwei Gründe für ein solches Verhalten: Wahnsinn oder Liebe, die ja gleichfalls eine Form des Wahnsinns ist.«

Blackraven lächelte aufrichtig.

»Sire, Ihr seid ein guter Kenner der menschlichen Natur.«

»Blackraven, erklärt mir eines.« Roger hüllte sich in bedächtiges Schweigen. »Weshalb habt Ihr mir Eure Identität offenbart?«

»Weil ich wollte, dass Ihr wisst, mit wem Ihr es zu tun habt. Ich bin nicht nur der Schwarze Skorpion, Sire. Ich bin Roger Blackraven, der zukünftige Herzog von Guermeaux. Beides zusammen ergibt einen würdigen Gegner.«

Napoleon nickte. Blackraven fand, dass er traurig aussah.

»Ich nehme an, das ist das Ende Eures Aufenthalts in Fontainebleau.«

»Ja, Sire. Wir werden jetzt zu Euren Ministern zurückkehren, und Ihr werdet Euren Wachen Anweisung geben, uns nicht aufzuhalten. Ich werde wieder Roger Blackraven sein, und meine Männer werden die Livree des Hauses Guermeaux tragen. In einer Stunde werden wir das Schloss verlassen haben und morgen früh auch französischen Boden. Ihr werdet meine Gegenwart nicht länger ertragen müssen.«

»Aber Eure Gegenwart, Blackraven, war mein einziges Vergnügen. Ich verabscheue die Gesellschaften in Begleitung meiner Frau. Sie ermüden und langweilen mich.«

Anfang November begann Alexander zu laufen. Er krabbelte bereits mit erstaunlicher Geschwindigkeit und zog sich an Möbeln und den Röcken seiner Mutter und Trinaghantas hoch, bis er schließlich eines Morgens losließ und über den Teppich des Salons wackelte. Er erhielt so viel Beifall vom Herzog von Guermeaux sowie von Bruce, Constance, Isabella und sogar der schüchternen Miora, dass er schließlich das Gleichgewicht verlor, der Länge nach hinfiel und zu weinen begann. Melody nahm ihn auf den Arm, und in ihre Freudentränen mischte sich auch ein wenig Trauer, weil Roger die ersten Schritte seines Sohnes verpasst hatte. Sie hoffte, dass er nicht vergessen hatte, dass am nächsten Samstag der 14. November war, Alexanders erster Geburtstag. Der Herzog von Guermeaux plante seit über einem Monat ein Fest mit mehr als zweihundert Gästen, allesamt aus den ältesten Familien von Cornwall und London, das auf dem Schloss der Familie stattfinden sollte.

Am Donnerstag, den 12. November, wachte Melody niedergeschlagen auf. Vor zwei Tagen war Rogers Geburtstag gewesen, und sie hatten immer noch keine Nachricht von ihm. Sie ahnte, dass ihr Mann nicht rechtzeitig am 14. November zurück sein würde. Vom Bett aus sah sie den Dienstmädchen bei der Arbeit zu. Sie legten das Handtuch auf den Rand der Bronzewanne, dann schütteten sie drei Eimer heißes Wasser und mehrere Eimer mit kaltem Wasser hinein. Melody legte den Morgenmantel ab und schlüpfte in die Wanne. Am Anfang hatten sich die Mädchen die Mäuler zerrissen: Darüber, dass die Gräfin kein Leinenhemd trug, um sich während des Badens zu bedecken, und darüber, dass sie keine Haare an den Beinen hatte.

»Es gibt eben auch unbehaarte Menschen«, vermuteten sie, doch eines Tages stellten sie fest, dass sie sich geirrt hatten, als die Frau Gräfin Trinaghanta in die Küche schickte, wo diese eine merkwürdige Paste zubereiten sollte, um die Haare von den Beinen zu entfernen.

»Wie eine Dirne!«, empörten sie sich. »Oder enthaaren sich in dieser Wildnis in Südamerika auch die anständigen Frauen?«

»Dann sind sie nicht anständig.«

Tipsy, die Köchin, eine dicke, gutmütige Frau, sagte: »Die Frau Gräfin hat genauso viel von einem Freudenmädchen wie ich mit meinem Elfenkörper. Und ja, sie ist eine anständige Frau. Ich würde meinen Kopf darauf verwetten, dass Seine Exzellenz, der Graf, von ihr verlangt, dass sie sich enthaart. Er war ja immer eigen, was die Frauen angeht. Und sie tut ihm den Gefallen.«

Mittlerweile hatten sich die Mädchen an Melodys sonderbare Gewohnheiten und ihre glatten Beine gewöhnt. Sie halfen ihr schweigend beim Baden und Ankleiden und frisierten sie besonders sorgfältig, weil Besuch zum Mittagessen erwartet wurde. Der Herzog würde einige Freunde mitbringen, die bereits wegen des Fests am Samstag aus London eingetroffen waren. Melody war so enttäuscht über Blackravens langes Ausbleiben, dass sie nicht einmal nervös war wegen ihrer ersten gesellschaftlichen Verpflichtung mit so hochrangigen englischen Persönlichkeiten.

»Wollt ihr Parfüm auflegen, Frau Gräfin?«

»Ja, Doreen. Dieses dort.« Sie zeigte auf den neuen Flakon mit Frangipani, den sie in London gekauft hatte.

Das Mädchen sprühte sie großzügig damit ein. Nachdem sie sich um ihren Sohn gekümmert hatte, ging sie nach unten, um zu frühstücken. Als es am Hauptportal klopfte, stellte Poole, der Butler, die Kaffeekanne ab, und ging hinaus, um zu öffnen. Es war Somar.

Als sie die vertraute Stimme des Türken hörte, stieß Melody einen Freudenschrei aus, warf die Serviette auf den Tisch und rannte ins Vestibül. Sie warf sich in die Arme des Türken, der ihren Überschwang indes nicht erwiderte. Poole presste die Lippen aufeinander und schüttelte den Kopf.

»Wo ist Roger? Wann seid ihr zurückgekommen? Weshalb ist er nicht bei dir?«

Somar reichte ihr in seiner lakonischen, schweigsamen Art einen Brief mit dem Siegel in Form des zweiköpfigen Adlers. Darin stand: *Komm zu mir, Liebling. Steig in die Kutsche, die draußen wartet, und komm zu mir. R.*

Melody sah zu Somar, dann zu Poole, dann wieder zu Somar, um dann erneut die Nachricht zu lesen.

»Kommt, Herrin«, bat der Türke. »Ich werde Trinaghanta Bescheid sagen, dass Ihr für den Rest des Tages außer Haus seid.«

»Danke. Poole, mein Umhang, meine Handschuhe!«

»Und der Hut, Mylady. Ihr dürft den Hut nicht vergessen.«

»Ja, ja, der Hut«, sagte Melody eilig, aufgeregt und glücklich, während sie die Samtbänder unter dem Kinn befestigte. »Weißt du, Poole, in meiner Heimat trägt man keine Hüte, sondern eine Mantille.«

Der Butler riss angesichts dieser Bemerkung erstaunt die Augen auf. Dann sagte er: »Mylady, ich werde dem Herzog mitteilen lassen, dass Ihr ihn heute nicht zum Mittagessen empfangen könnt.«

»Oh, das hatte ich ganz vergessen! Ja, ja, Poole, kümmere dich darum. Was würde ich nur ohne dich machen?«

Melody eilte aus dem Haus, grüßte Milton und stieg dann hastig in die Kutsche. Sie brauchten fast drei Stunden für die Fahrt zu dem Dorf Truro, wo Blackraven einige Zimmer im ersten Stock des besten Gasthauses gemietet hatte und sie sehnsüchtig erwartete.

Während seines Aufenthalts in Paris hatte er sich ganz darauf konzentriert, die Bedrohung durch Napoleon abzuwenden, und sich gezwungen, Melody aus seinen Gedanken zu verbannen. Die Anspannung war erst von ihm abgefallen, als sie französischen Boden verließen, denn er traute dem Wort des Kaisers nicht. Aber Napoleon hielt sich an die Abmachung und ließ sie unbehelligt. Erst als sie in Plymouth vor Anker gingen, hatte Blackraven sich entspannt und zugelassen, dass ihn das Verlangen nach Melody überwältigte. Er blieb in Truro und ließ dann nach ihr schicken, weil ihm der Gedanke nicht gefiel, bei seiner Ankunft in Hartland Park bis zum Abend warten zu müssen, um sie zu lieben. Er fragte sich, ob diese Leidenschaft irgendwann nachlassen würde. Er lief unruhig im Zimmer auf und ab, rieb sich die Hände, strich die Haare aus dem Gesicht, knöpfte das Hemd auf und wieder zu. Dann kniete er sich vor den Kamin, nahm einen Holzscheit, legte ihn ins Feuer und stocherte in der Glut herum, bis die Funken aufstoben und genauso wild durcheinandertanzten wie seine Gedanken. Er legte den Schürhaken weg und stand auf. Es kam ihm vor, als hätte er Melodys Stimme gehört.

»Wo ist das Zimmer meines Mannes, Milton?«, hörte er sie fragen.

»Dort drüben, Señora.«

Melody klopfte zweimal. Er öffnete, und sie sahen sich an.

»Du kannst gehen, Milton«, sagte Roger, ohne den Blick von seiner Frau zu wenden.

»Danke, Kapitän Black. Bis bald, Frau Gräfin.«

Blackraven nahm Melody bei der Hand, schob mit dem Fuß die Tür zu und legte ohne hinzusehen den Riegel vor, während er sie atemlos küsste. Er löste das Samtband und nahm ihr den Hut ab, um ihren Hals zu küssen und dann zum Dekolleté hinabzugleiten, ihren nackten Schultern. Melody hatte die Augen geschlossen und streifte ihm mit fliegender Hast, die ihre Erregung verriet, das Hemd ab. Sie vergrub ihre Hände in Rogers Haar und dann in seinen Schultern.

»Schwör mir, dass du mich nie mehr verlässt«, flüsterte sie atemlos. »Dass du mich immer mitnehmen wirst, wohin du auch gehst.«

»Ich schwöre es dir.«

Sie liebten sich den ganzen Tag, heftig und stürmisch zunächst; doch nachdem das erste Auflodern vorüber war, liebten sie sich langsam und bedächtig, genossen es, ihre Körper wiederzuentdecken, die Bewegungen und Gesten des anderen. Hin und wieder schliefen sie ein wenig, unterhielten sich, blätterten in der Ausgabe des *Kamasutra*, die Blackraven aus Paris mitgebracht hatte, und probierten einige Stellungen aus. Sie ließen sich etwas zu essen kommen, als sie Hunger hatten, und eine Wanne und heißes Wasser, als ihnen nach einem Bad war. Müde und schläfrig lagen sie in dem warmen Wasser.

»Ich weiß nicht, warum ich heute beim Aufwachen wieder an einen Satz denken musste, den Malagrida oft zitierte, als ich auf der Militärschule in Straßburg war«, sagte Roger schließlich. »Es ist ein Satz von Thukydides, einem griechischen Historiker aus dem 5. Jahrhundert vor Christus. Er lautet: ›Bedenke stets, dass das Geheimnis des Glücks die Freiheit ist und das Geheimnis der Freiheit der Mut.‹ Und da musste ich an dich und an mich denken, denn dieser Satz erschien mir sehr treffend für unsere Geschichte.«

»Ja, mein Liebster, ja«, pflichtete Melody bei und drehte sich zu ihm um, um ihn zu küssen.

# Epilog

*Río de la Plata, zwanzig Meilen vor der Ensenada de Barragán, Januar 1810*

Roger erwachte in der Koje der Achterkajüte, die er seit knapp zwei Monaten mit Melody teilte. Anfang November 1809 waren sie mit der *Isaura,* dem größten Schiff seiner Flotte – sie fasste 15 000 Tonnen und hatte eine Kiellänge von 175 Yards – von Liverpool nach Buenos Aires aufgebrochen. Wenn seine Berechnungen stimmten, würden sie am 5. Januar die Küste von Río de la Plata erreichen. Als er die vier Glockenschläge hörte, die den Wachwechsel anzeigten, stand er auf und blickte durch das Fenster in den Morgenhimmel. Die Haufenwolken verhießen für den Nachmittag Regen.

Melody schlief, ihr wunderbares Haar wie ein Fächer neben sich. Sie war nackt, und wegen der Hitze hatte sie nicht einmal das Laken über sich gebreitet. Blackraven beugte sich zu ihr hinunter, küsste die drei Narben, die das Brandeisen hinterlassen hatte, und fuhr mit dem Zeigefinger ihren Rücken entlang, vom Nacken bis zum Ansatz des Pos. Staunend stellte er fest, dass die Leidenschaft auch mit den Jahren nicht nachließ. Melody drehte sich um, murmelte etwas Unverständliches und schlief dann weiter. Blackraven lächelte und begann sich anzuziehen.

Seine schweren Schritte hallten auf dem Deck wider, als er nach achtern ging. Das Fernrohr am Auge, hörte er sich den Bericht des Bootsmanns an, der ihm die Position des Schiffes und die Windgeschwindigkeit mitteilte und zu bedenken gab, ob man in diesen trügerischen Gewässern nicht besser das Lot auswerfen solle, insbesondere in Anbetracht des Tiefgangs der *Isaura*. Die Morgenwache verstaute die Hängematten in den Finkkästen, enterte an den Webeleinen auf, reffte Segel, fierte das Marssegel, und so begrüßte die *Isaura* den neuen Tag.

Jeden Moment würde die Küste des Vizekönigtums Río de la Plata in Sicht kommen. Drei Jahre waren seit seinem letzten Aufenthalt in Buenos Aires vergangen, eine Stadt, an die er so viele Erinnerungen hatte, gute wie schlechte. Eine innere Unruhe hielt ihn gefangen, so viele unbeantwortete Fragen, denn obwohl ihn seine Agenten und Lieferanten – Diogo Coutinho, Covarrubias, der Gutsverwalter Bustillo und vor allem O'Maley – auf dem Laufenden gehalten hatten, musste er sich selbst ein Bild von der Lage machen. In welchem Zustand würde er seinen Besitz vorfinden? Wie war die politische Situation im Vizekönigtum? Was machten wohl seine Freunde von der Unabhängigkeitsbewegung? Blackraven lächelte bei dem Gedanken an diese Kreolen, die Sobremonte abgesetzt, die Stadt zurückerobert und Liniers zum Vizekönig gemacht hatten, um nun bereits seit einiger Zeit tatsächlich frei zu sein. Was wohl sein Geschäftspartner Martín de Álzaga so trieb? Sie hatten in diesen Jahren ein Vermögen gemacht. Blackraven schickte Schiffsladungen voller Waren aus Übersee, die der Baske unermüdlich verkaufte. Er wusste, dass Álzaga 1808 erneut das Amt des Ersten Bürgermeisters innegehabt hatte, doch seinen Traum, Vizekönig zu werden, hatte er nicht erreicht. Am Ende hatte Liniers den Kampf gewonnen. Was wohl aus Kapitän Liniers geworden war? Nach seinem kurzen Zwischenspiel als oberste Autorität am Río de la Plata hatte man ihn abgesetzt, weil er Franzose war, und ihn durch Admiral Baltasar Cisneros ersetzt. In Spanien hatte das Zerwürfnis zwischen Karl IV. und seinem Sohn Ferdinand eine tiefe Wunde im Herzen der Bourbonen hinterlassen, in das Napoleon sein

Schwert versenkt hatte. Nun saß dessen älterer Bruder Joseph Bonaparte auf dem Thron, doch niemand akzeptierte ihn als König, weder in Spanien noch in den Kolonien.

Blackraven ahnte, dass das Ende nahe war. Pueyrredón knüpfte von Madrid aus seine Bande und sandte Freunde nach London, um Minister Portland davon zu überzeugen, die südamerikanische Unabhängigkeit zu unterstützen. Belgrano, Moreno und Nicolás Rodríguez Peña schrieben ihm häufig und schilderten ihm die schwierige Situation, in der sich Cisneros befand. ›Ich werde dort weitermachen, wo ich 1806 aufgehört habe‹, dachte Blackraven.

Er hörte zuerst Sansóns Gebell und dann die Stimme seines Sohnes Alexander, der nach ihm rief.

»*Daddy! Daddy!*«

Alexander kam zum Achterdeck gerannt und strahlte ihn an. Er war ein glückliches Kind, fröhlich und aufgeweckt, ein wissbegieriges Plappermäulchen. Hinter seinem Ältesten erschien Anne-Rose, seine einjährige Tochter, die sich Mühe gab, auf ihren kurzen, krummen Beinchen hinter Alexander und Sansón herzukommen. Estevanico und Angelita gaben acht, dass die Kleine nicht das Gleichgewicht verlor. Trinaghanta war die Letzte im Bunde. Blackraven sah ihnen mit einem Lächeln auf den Lippen entgegen. Die Liebe zu diesen beiden kleinen Wesen war das tiefste und reinste Gefühl, das er jemals empfunden hatte. Er ging in die Hocke, um seine Kinder zu begrüßen, und wirbelte sie dann durch die Luft, in jedem Arm eines.

»Guten Morgen, Kapitän Black.«

»Guten Morgen, Estevanico. Guten Morgen, Angelita«, antwortete Roger mit einem Augenzwinkern. »Ist die Frau Gräfin schon wach, Trinaghanta?«

»Ja, Herr Roger. Rosie« – so riefen sie die Kleine – »ist in Eure Kajüte gelaufen und hat sie geweckt.«

»*Where are we, daddy?*«

Alexander presste das Fernrohr ans Auge – Blackraven war sicher, dass er gar nichts sah – und stellte Fragen über Fragen, immer auf Englisch, denn das war die Sprache, in der er sich mit seinem Vater unterhielt. Mit Melody sprach er Spanisch und mit seiner Großmutter Isabella Französisch. Es war erstaunlich, mit welcher Leichtigkeit er ganz selbstverständlich zwischen den Sprachen wechselte.

Anne-Rose hingegen war ein stilles Kind, das lieber beobachtete und erst wenige Wörter sprach: Daddy, Mommy, Tina für Trinaghanta, Alec für ihren Bruder, Nico für Estevanico und Saso für Sansón, ihren heißgeliebten Hund. Auf alles andere zeigte sie einfach mit dem Finger. Während Alexander fragte und plapperte, ohne ihm Zeit zum Antworten zu lassen, streichelte Rosie die raue Wange ihres Vaters, küsste ihn und zupfte an seinen Haaren. Ihre zärtlichen Gesten entwaffneten Blackraven. Während er Alexanders Wissbegier zu stillen versuchte, betrachtete er das Gesichtchen seiner Tochter, die Isabella di Bravante mit ihrem schwarzen Haar, der milchweißen Haut, der Stupsnase und dem winzigen Kussmund so ähnlich sah. Blackraven sagte immer: »Rosie, du hast ein Herzchen anstelle eines Mundes.« Ihre wunderbaren, türkisblauen Augen allerdings hatte sie von Melody geerbt. Sie hatten Rosie auf *Parvati* gezeugt, seiner Plantage auf Ceylon, und Melody hatte sie auf *La Isabella,* dem Landgut auf Antigua, zur Welt gebracht. Anders als bei der traumatischen Geburt von Alexander hatte Rosies Geburt das ruhige, sanfte Wesen des Kindes vorweggenommen. Bereits zwei Stunden nach der Geburt hatte sich Melody im Bett aufgesetzt und verkündet, dass sie einen Mordshunger habe.

»Werde ich meinen Onkel Tommy kennenlernen, Daddy?«, fragte Alexander weiter.

»Ja, deinen Onkel Tommy, seine Frau Elisea und deinen kleinen Cousin Jimmy. Aber sie wohnen nicht in Buenos Aires, wo du geboren bist, sondern in der Nähe einer anderen Stadt namens Capilla del Señor.«

»Ich bin in Buenos Aires geboren, Daddy?« Blackraven nickte. »Nicht auf Hartland Park?« Blackraven schüttelte den Kopf. »Aber Opa sagt, ich bin Engländer, wie er.«

»Das bist du, aber du bist in Buenos Aires geboren. Wusstest du, dass dein Cousin Víctor viele Jahre in Buenos Aires gelebt hat?«

»Ja. Er hat es mir erzählt, als wir ihn in seinem neuen Zuhause besucht haben.« Alexander sprach von dem Landgut, das Galo Bandor vor ein paar Jahren auf Jamaika gekauft hatte. Er hatte es *La Cornuallesa* genannt, zu Ehren der Frau, die er liebte.

»Mommy!«, flüsterte Rosie ihrem Vater ins Ohr und deutete mit ihren kleinen Händchen über Deck.

Melody spazierte am Arm seiner Cousine Marie und in Begleitung seines Cousins Louis Charles über Deck. Madame Royale und Ludwig XVII. Wie glücklich Marie aussah!, dachte Blackraven. Sie hatten Rio de Janeiro angelaufen, um die beiden zu besuchen, und als Louis Charles und Marie den Wunsch geäußert hatten, nach Buenos Aires zurückzukehren, hatte Blackraven keine Einwände gehabt. Seit seiner Unterredung mit Kaiser Napoleon im Jagdpavillon von Fontainebleau lebten sie relativ sicher. Relativ, denn ein Mann wie Roger Blackraven blieb stets wachsam.

Er musste lächeln, als er daran dachte, wie Napoleon und er schließlich doch noch Freunde geworden waren. Sie hatten sich nicht mehr wiedergesehen, aber sie hatten sich geschrieben. Der erste Brief traf drei Monate nach der Episode in den Wäldern von Fontainebleau ein, in einem verschlossenen, aber nicht gesiegelten Umschlag. »*Euer Vorzug, mein lieber Blackraven, ist, dass Euch mein Schicksal gleichgültig ist*«, hatte Napoleon geschrieben, »*und deshalb seid Ihr der Einzige, der mir nicht nach dem Mund redet, der mir nicht schmeichelt und nicht lügt. Ich bin immer allein gewesen. Doch nun, auf dem Gipfel der Macht, obzwar von Hunderten Menschen umgeben, empfinde ich die größte und tiefste Einsamkeit meines Lebens.«*

In einem irrte Napoleon Bonaparte: Blackraven war das Schicksal des Kaisers keinesfalls gleichgültig. Seine Geschäfte waren in großem Maße von den politischen Entscheidungen der Regierungen Europas abhängig. Dennoch sprach er auch weiterhin so freimütig und offen zu Napoleon, wie er es in Fontainebleau getan hatte.

Blackraven sah, wie Melody, Marie und Louis Charles an die Reling traten und, die Hand schützend vor die Augen gehoben, zum Fluss hinübersahen. Estevanico lief zu seiner vergötterten Miss Melody, und da Rosie und Alexander hinterherwollten, setzte er sie auf dem Boden ab. Dann betrachtete er seine Frau. Von dem Geschrei der Kinder und Sansóns Gebell abgelenkt, drehte sie sich um und entdeckte ihn unter dem Sonnensegel. Ihre Blicke trafen sich, und sie lächelten sich verschwörerisch zu. »Komm.« Blackraven formte das Wort lautlos mit den Lippen, und Melody entschuldigte sich sofort bei ihren Begleitern und kam zum Achterdeck.

Sie küsste ihn und legte die Hand auf seine Brust. »Somar behauptet, dass wir heute die Ensenada de Barragán erreichen.«

»Ja, Liebling. Bald wirst du die Küste sehen.« Er blickte sie von der Seite an und bemerkte eine gewisse Besorgnis in ihrer Miene. »Was ist? Hast du nicht heute Nacht noch gesagt, dass du so schnell wie möglich nach El Retiro willst? Warum ziehst du dann so ein Gesicht?«

»Ich bin glücklich zurückzukommen, Roger, wirklich. Ich habe alle so sehr vermisst und kann es kaum erwarten, sie wiederzusehen, aber …«

»Aber was?«

»Ich weiß nicht. Mit Buenos Aires verbinde ich so viele Erinnerungen, gute und schlechte, dass ich …«

»Wir sind zusammen, Isaura.« Er nahm ihre Hand und verschränkte seine Finger mit ihren. »Die Gespenster der Vergangenheit existieren nicht. Wir sind frei und doch miteinander verbunden wie die Schalen einer Auster. Du und ich, wir sind unverwundbar. Hab keine Angst, mein Liebling. Ich bin bei dir, an deiner Seite. Dir kann nichts geschehen. Vertrau mir, Isaura.«

Sie schwiegen, den Blick zum Horizont gerichtet. Einen Moment später reichte Blackraven ihr das Fernrohr und sagte: »Sieh nur, dort kommt die Küste in Sicht. Kannst du sie sehen?«

»Ja, ja, ich sehe sie.«

»Bereit zur Heimkehr, Liebste?«

»Bereit, Kapitän Black.«

ENDE

# Danksagung

Vielen Dank an meine Freundinnen, die Schriftstellerinnen Gloria V. Casañas und Mercedes Giuffré, für das wertvolle Material, mit dem sie zu den Recherchen für dieses Buch beigetragen haben. Meche, Glori, ich liebe euch.

Ich danke Professor Oscar Conde für seine großzügige und selbstlose Hilfe bei einigen lateinischen Texten. Ihre Unterstützung, Professor, war eine Ehre für mich.